Rebelião em
NOVA YORK

Kevin Baker

Rebelião em NOVA YORK

Tradução de
VITORIA MANTOVANI

EDITORA RECORD
RIO DE JANEIRO • SÃO PAULO
2006

CIP-Brasil. Catalogação-na-fonte
Sindicato Nacional dos Editores de Livros, RJ.

B142r Baker, Kevin, 1958-
Rebelião em Nova York / Kevin Baker; tradução de Vitoria Mantovani. – Rio de Janeiro: Record, 2006.

Tradução de: Paradise Alley
ISBN 85-01-07601-5

1. Romance americano. I. Mantovani, Vitoria Paranhos. II. Título.

06-3435 CDD - 813
CDU - 821.111(73)-3

Título original norte-americano:
PARADISE ALLEY

Agradecemos a Gisele Mendonça por sua colaboração neste trabalho.

Direitos exclusivos de publicação em língua portuguesa somente para o Brasil adquiridos pela
EDITORA RECORD LTDA.
Rua Argentina 171 – Rio de Janeiro, RJ – 20921-380 – Tel.: 2585-2000
que se reserva a propriedade literária desta tradução

Impresso no Brasil

ISBN 85-01-07601-5

PEDIDOS PELO REEMBOLSO POSTAL
Caixa Postal 23.052
Rio de Janeiro, RJ – 20922-970

EDITORA AFILIADA

DRAMATIS PERSONAE

Ruth Dove, catadora de trapos do Beco Paraíso, no Quarto Distrito da cidade de Nova York
Billy Dove, marido de Ruth, construtor de barcos e escravo fugitivo
O *Perigoso Johnny Dolan*, ex-amante de Ruth, e criminoso
Deirdre Dolan O'Kane, irmã mais velha de Johnny e ex-empregada doméstica
Tom O'Kane, marido de Deirdre e soldado do 69º Esquadrão de Combate
Maddy Boyle, prostituta e vendedora ambulante de milho cozido
Herbert Willis Robinson, amante de Maddy e jornalista do *Tribune*, de Nova York
Finn McCool, capacho político da Tammany e chefe assistente da Companhia de Bombeiros Voluntários Black Joke
George "Snatchem" Leese, um sanguessuga
Black Dan Conaway, *Richard Feeley*, *John J. Sullivan* — soldados do 69º Esquadrão de Combate
Horace Greeley, diretor e editor do *Tribune*, de Nova York
Henry Raymond, diretor e editor do *The New York Times*

PRIMEIRO DIA

Segunda-feira
13 de julho de 1863

Eu sou um irlandês errante
Em Ulster nasci
E muitos dias felizes passei
Em torno das margens
do suave Lough Erne
Mas ser pobre eu não podia
mais suportar
Como outros da minha região
Para a América
naveguei
E esta nação irlandesa deixei...

"O IRLANDÊS ERRANTE"
Tradicional

1

RUTH

Ele está vindo.

Ruth inclinou-se para fora da porta o máximo que se atreveu, perscrutando o Beco Paraíso para o oeste e para o sul. Para além das outras estreitas casas de tijolo e madeira ao longo da Cherry Street, pendendo umas nas outras como apoio. Os montes cinzentos de detritos e ossos, conchas de ostras, folhas de repolho e gatos mortos estavam ficando a cada dia mais altos, desde que os limpadores de rua haviam desaparecido.

Os sinos de alarme de incêndio já estavam ressoando no Sexto Distrito, em algum lugar perto de Cinco Pontos. O ar espesso com poeira, cinzas e esterco seco de cavalo, as emissões sulfurosas dos gasômetros ao longo do rio, das fábricas de sebo e dos cortumes. Ainda não eram seis da manhã, mas ela podia sentir o fino forro do vestido colando-se nas suas costas.

"O bom Senhor, em toda Sua misericórdia, deve estar nos preparando para o Inferno..."

Ela procurou no horizonte qualquer sinal de alívio. A mudança de tempo vinha do oeste, com as nuvens cinza-ardósia e fecundas correndo por cima do Hudson. Era assim que ela esperava que ele viesse, também, feroz e implacável como uma tempestade de verão. Sua fúria explodindo sobre todos eles.

Ele está vindo.

Mas não havia tempestade iminente. O céu ainda tinha uma cor opaca, amarelada, o azul esfiapando-se e desbotando nas beiradas. Ela arriscou um passo para a rua, esforçando-se para olhar por toda a extensão até o centro da cidade, para além das torres das igrejas e dos armazéns em formato de blocos, o denso matagal de mastros em torno da baixa Manhattan.

Nada havia fora do comum. Apenas as habituais figuras disformes jazendo imóveis nas soleiras das portas. Uma criança esfarrapada com um graveto, alguns poucos cachorros e um vendedor de frutas com seu carrinho de mão amarelo vivo e suas mercadorias, rapinadas nas barcaças do West Side, já acres e passadas.

Nada chegando. De qualquer forma, não era provável que *ele* viesse do oeste...

Ela soltou um gemido abafado, girou o corpo e entrou novamente na casa, trancando a porta atrás de si enquanto lutava para recobrar o fôlego. *A idéia de que ele poderia estar atrás dela todo aquele tempo.* Lembrou-se de quão rápido ele se movia. Podia sentir as mãos dele sobre ela, ver a bile amarelada de cão subindo aos olhos dele. Aquela raiva impiedosa, concentrada unicamente nela...

Ruth não havia realmente acreditado, até agora — nem mesmo depois que Deirdre viera lhe contar, na tarde do dia anterior. Parada ali na sua porta, com um pé ainda na rua como se estivesse se apoiando na margem. Usando seu discreto vestido preto de ir à igreja, o lindo rosto ainda mais rígido do que o normal. Ela era uma comungante regular, domingos e sextas-feiras — e estava especialmente agitada por ter de ver Ruth no dia do Senhor. Contou-lhe a notícia em voz baixa. Sussurrando, na verdade.

A própria Deirdre, *sussurrando*, como se de alguma forma *ele* pudesse ouvir.

Ele está vindo.

Ele havia chegado — voltando da Califórnia. Era uma distância temível, inimaginável. *Mas o que era isso para um homem que já fora tão longe quanto ele?* Um amigo de Tom, um estivador, o avistara nas docas — tão atônito como se tivesse visto o próprio Mose descendo de um veleiro, retornando do seu bar nas ilhas Sandwich. Caminhando pela prancha com seu andar peculiar, apressado como o de um caranguejo, feroz e determinado como sempre. Movendo-se depressa, muito mais do que se pensava a princípio, de forma que o amigo de Tom rapidamente o perdera na multidão que esperava ao pé da prancha de desembarque. Já desaparecendo na vastidão da cidade...

Isso significava — o quê? A misericórdia de uns poucos dias? Enquanto ele encontrava um quarto numa das pensões de marinheiros da Water Street, começasse a abrir seu caminho implacavelmente pelos bares e botecos ilegais, farejando quaisquer notícias. Farejando à procura *deles*.

Ou talvez nem mesmo isso. Quem sabe ele acertasse na primeira e encontrasse, no primeiro boteco que tentasse, um bêbado tagarela que lhe contaria, pelo preço de uma dose de uísque encharcado de cânfora, onde ele poderia encontrar um certo casal de raça mista, vivendo num dos ninhos de negros do Beco Paraíso...

Não. Ruth acalmou-se por pura força de vontade. Pegando uma vassoura, fez com que as mãos a distraíssem. Varrendo cuidadosamente em volta do fogão, debaixo da mesa de pernas bambas, mesmo sabendo que não havia necessidade, pois nunca mais iriam viver ali depois daquela manhã.

Quando se obrigou a pensar no assunto racionalmente, não era provável que tivesse tanta sorte. Afinal, ele nunca tivera muita — nem mesmo com ela — e o seu próprio rosto trabalharia contra. Ele não podia se arriscar demais. As pessoas ainda se lembrariam dele, depois do que acontecera com o Velho Noe. Os homens se lembrariam dele, se lembrariam *daquilo*, e manteriam distância. Talvez até o delatassem, pela recompensa.

Eles ainda tinham tempo. Um pouco, de qualquer forma. Ela e Billy haviam conversado sobre isso até tarde da noite. Tempo suficiente para que Billy fosse naquele dia até o seu trabalho no Asilo dos Órfãos de Cor, na Quinta Avenida, e recebesse os salários atrasados. Então eles teriam ao menos alguma coisa com que começar, que os levasse até Boston, ou para o Canadá.

Por que já não estamos no Canadá? Devíamos estar lá...

Ela varreu mais depressa, em sua raiva e frustração, levantando a fuligem fina e negra que esgueirava-se pelas janelas e vãos das portas, cobrindo a Cidade inteira, todos os dias. Eles haviam falado sobre partir, todos estes anos, mas por algum motivo nunca tinham ido. Ela culpava o desalento e a obstinação de Billy, a letargia que às vezes parecia acometê-lo, principalmente quando ele bebia.

No entanto, era mais do que isso, e ela sabia. Os dois se sentiam mais seguros ali — em seu quarteirão, por mais miserável que fosse, no seio dos amigos e vizinhos. Diziam a si mesmos que haveria riscos se fugissem, riscos talvez até piores. Uma mulher branca e um homem negro, com seus cinco filhos miscigenados, movendo-se de uma cidade pequena para outra, sem dinheiro de verdade para sustentá-los. Estariam deixando rastros para ele como se tivessem sido riscados no céu...

Então para onde iriam fugir agora?

Ruth afastou a pergunta da mente. *Isso não importava agora, agora eles não tinham escolha.* Ela estava com tudo preparado para partir. Dali a pouco iria acordar as crianças e dar-lhes o desjejum. Iriam partir assim que Billy voltasse do Asilo dos Órfãos, com o salário de duas semanas que lhe era devido.

Ela não sairia para o trabalho com as alemãs bordadeiras, por enquanto estariam bastante seguros ali, na rua onde moravam. Pelo menos foi o que disseram a si mesmos. Era uma pena que Tom estivesse fora com o exército, mas havia Deirdre. Podiam contar com ela para manter um olho na rua. Ruth já a avistara na primeira vez em que olhara para fora, naquela manhã — sentada junto à janela, de vigia.

Deirdre sabia muito bem o que esperar do próprio irmão.

Tudo o que precisavam era de mais algumas horas de boa vontade, e depois iriam embora. Até Hoboken pela balsa de Desbrosses Street, em seguida numa escuna até Halifax, ou Montreal. Ou, se não tivessem dinheiro suficiente para isso, poderiam simplesmente sair ao acaso, através do interior, em direção ao oeste ou norte...

Houve um som baixo, retumbante. Ruth arriscou uma espiada pela janela, querendo ver se a tempestade estava chegando. Mas, não — o céu amarelo esfarrapado continuava pendendo pesadamente sobre o porto e o rio Norte.*

O barulho continuou — um ribombar contínuo e interminável —, e ela percebeu que deveria ser algo feito pelo homem, algo que era mais e também menos do que a ida diária para o trabalho, o despertar indecente, turbulento da Cidade, que ela gostava de ouvir todas as manhãs na soleira da sua porta antes de se juntar a ele. Este tinha mais um propósito, uma direção. O ruído de centenas, até milhares de pés e vozes, movendo-se incansável e indivisivelmente para o norte, na direção da cidade alta.

Ela sabia que alguma coisa estivera fermentando na Cidade por todo o fim de semana, embora mal tivesse posto os pés para fora de casa. Havia pequenos detalhes que ela captara, quando esticara a cabeça na janela para jogar a água suja na valeta. Havia algo mais nos fragmentos de conversas dos homens em suas tavernas, nos zurros dos bêbados nas esquinas, na agitação dos cavalos, na diminuição do tráfego, na urgência na voz de um policial e no silêncio infeliz das outras mulheres do quarteirão, como ela — escutando e esperando.

Os homens estavam infelizes, e quando isso acontecia, ninguém podia ficar sossegado. Algo sobre o recrutamento, mas, fosse o que fosse, Ruth sabia que seria ruim para pessoas como ela. Talvez, pelo menos, servisse para retardá-lo...

---

*Outro nome dado ao rio Hudson. (*N. do T.*)

Duas horas de boa vontade, é tudo o que precisamos. Certamente isso é possível.

Ela tentou pensar, certificar-se de que não esquecera nada. Sua memória nunca mais fora muito boa, desde o tempo com Johnny Dolan. Ela deixava o feijão ou o pão de milho no fogo até que queimassem. Esquecia de fazer alguma coisa na rua, comprar algo importante, a não ser que pensasse em tudo, cuidadosamente, a caminho do trabalho de manhã, ou enquanto tentasse dormir na sua cama, à noite. Às vezes, ela achava que ele havia socado sua memória para fora dela, esmurrando-a para fora do seu cérebro...

Então, o que precisava ser feito? Obrigou-se a se concentrar. As crianças ainda estavam dormindo no quarto dos fundos, mas seus pertences já estavam amarrados em trouxas ao lado das camas, e elas poderiam carregá-las sozinhas. Tudo o mais já estava arrumado e esperando na porta dos fundos — a rota de fuga —, onde poderia ser facilmente atirado no carrinho de mão do lado de fora.

Havia pouca coisa. Seus utensílios de cozinha, duas panelas de alumínio e uma frigideira de ferro. Seis colheres compridas, alguns poucos garfos e facas entortados. Os dois outros vestidos que possuía, mais uma sacola pequena para roupas de baixo e as fitas que usava no cabelo em dias especiais. O único terno de Billy, e suas camisas e macacões. O equipamento de marinheiro dele e as ferramentas, ainda tão meticulosamente embrulhadas e azeitadas — e intocadas — quanto no primeiro dia em que ele os comprou, há mais de dez anos.

Quase nada havia de natureza mais pessoal. Apenas a Bíblia e uns poucos livros que pertenciam a Milton, o filho mais velho deles. O daguerreótipo emoldurado que ela finalmente convencera Billy a mandar fazer, de toda a família. Todos eles com suas melhores roupas, postados solenemente em volta de Billy, sentado numa poltrona larga, estofada. O paterfamilias, um pequeno suporte do salão de retratos cuidadosamente enfiado atrás do cabelo cortado curto para assegurar que ele mantivesse a cabeça firme, o restante deles agrupados em volta em vários e cintilantes tons de luz. O seu, o único rosto completamente branco, parecendo triste e descorado, quase invisível perto dos outros.

Ela queria ter mandado fazer um daguerreótipo da pequena Lilian, que falecera de crupe antes de completar dois anos. Um retrato funeral apropriado, feito com a menina usando seu melhor vestido, deitada no caixão, mas Billy a impedira. Era caro demais, eles precisavam usar o dinheiro para viver, e agora ela estava contente por ele a ter persuadido. Não havia necessidade de arrastar o retrato daquela pobre menina morta para cima e para baixo pelas estradas, como Ruth certa vez o fizera. Ela seria deixada para trás onde jazia, no agradável e sombreado cemitério no Brooklyn.

Isso era tudo o que tinham para mostrar depois de treze anos naquela casinha atulhada. Poderiam partir num instante, atravessando os terrenos das latrinas e descendo até as balsas. Sumindo antes mesmo que ele pudesse alcançá-los...

Só o que restava ali era aquela *coisa*. A caixa mágica dele. Ruth parou perto dela com a vassoura na mão, como se considerasse a possibilidade de simplesmente varrer tudo porta afora, além de suas vidas. O estranho amontoado de bugigangas e miudezas pelo qual Johnny Dolan pusera em risco suas almas imortais, a fim de possuir. Por algum motivo ela nunca fora capaz de livrar-se daquilo.

Pelo que havia custado?

Ficava num canto distante do cômodo da frente, agora, como um cachorro velho e maléfico. O pano preto e funéreo que ainda o cobria agora tinha uma camada de poeira. Era o mesmo pano no qual o haviam encontrado, e no qual o trouxeram por todo o caminho até ali, desde aquela abadia em ruínas nos arredores de Cork. Ela tirou a capa de tecido, olhando para o vidro rachado. Por trás dele havia a coleção inteira de quinquilharias cintilantes que tanto o fascinara, e para a qual ela não conseguira dispensar mais do que um rápido olhar desde que ele se fora. A espada quebrada e a orelha de um negro africano, a máquina em miniatura e o olho de gigante, os retratos de amantes e uma centena de outras maravilhas. Todas elas tendo sido certa vez coladas e arrumadas tão perfeitamente dentro da caixa, agora a maioria amontoada numa pilha no fundo.

Mas ainda brilhava. Bem no fundo, através das profundezas de todo aquele lixo, ainda cintilavam dezenas de minúsculos espelhos. Colados na parte de trás do estojo, tinham o objetivo de fazer com que parecesse maior, mais esplêndido, para brilhar como jóias. Na luz amarelada da manhã, ela captou um reflexo empoeirado, quebrado, do seu próprio rosto. Estreitando os olhos, espiando com ignorância através de todas as maravilhas, impossivelmente velha e distorcida. Suas faces começando a se encovar, as linhas marcando o queixo e a testa, o cabelo castanho começando a acinzentar.

Ela atirou a capa por cima da caixa e recomeçou a varrer. Não sabia por que nunca se livrara daquilo, por que não o vendera há tempos para os varredores de rua, por quaisquer centavos que quisessem lhe dar. Seria para lembrar do seu pecado — de todos os seus pecados?

Ou era aquele o último domínio que Johnny Dolan ainda exercia sobre ela? Alguma remanescente esperança de que se a mantivesse, a caixa talvez o apaziguasse, mesmo depois de tudo o que tinham feito a ele.

Se ele voltasse. Quando *ele voltasse.*

Ruth pensou que deveria deixá-la. Talvez pelo menos a caixa o retardasse por algumas poucas horas, enquanto ele a examinava e admirava como sempre costumava fazer. Talvez até o fizesse esquecer completamente deles.

Ou seria apenas um outro rastro para ele seguir?

Ela teve de parar, então — acocorando-se, quase dobrada ao meio em sua própria sala. Pensar *nele* outra vez. O retorno daquela presença que ela se atrevera a acreditar que havia afastado das suas vidas para sempre — vindo para lhe dar o troco, agora, por tudo o que ela fizera. Pior ainda, vindo para infligir toda sua fúria sobre aqueles que ela amava, em Billy e no restante da sua família, a ele não importava a quem ferisse. Se ele conseguisse apanhá-los...

Claro que ele iria voltar. Claro que voltaria, depois da armadilha que lhe armamos...

Ele está vindo.

2

HERBERT WILLIS ROBINSON

O menino na valeta olha para cima e sorri para mim, o rosto manchado de sangue. Ele estreita os olhos sob o sol da manhã e esfrega a mão pela boca. Espalhando mais sangue de uma orelha a outra, como se fizesse uma ameaça, como se passasse um dedo através da garganta.

Mas, não — ele não está sorrindo nem ameaçando, apenas tentando ver quem sou, contra o amarelo embaçado do sol. Minha sombra estendendo-se sobre o seu playground, a poça de sangue na qual ele navega o seu barco de papel. Ele olha para mim, distraído, de novo os dedos grossos de sangue fazem deslizar lentamente o seu pequeno barquinho. Eles derrubam a vela, arrastando-o devagar para dentro da valeta. O menino encolhe os ombros e pega outro pedaço de papel pardo de embrulho de açougueiro, dobrando-o habilmente numa série de três triângulos. Batiza o barquinho e o lança num novo fluxo vermelho que chega redemoinhando na grade do esgoto.

Meu bonde chega e subo num salto por cima do menino, a caminho do *Tribune*, onde trabalho escrevendo artigos para o jornal do sr. Greeley. Os cartazes de propaganda amarelo-desbotados na lateral do carro assomam a centímetros do meu rosto.

TREMENDA AGITAÇÃO: O CONFLITO IRREPRIMÍVEL! SOMENTE...
— R. H. MACY —
PODE FORNECER ENORMES REDUÇÕES DE PREÇOS
E A QUALIDADE SUPERIOR QUE IRÃO SATISFAZER TANTO ELE
COMO ELA E NUNCA MAIS SUA CASA FICARÁ DIVIDIDA!

Saio da parte interna do carro, segurando num dos apoios externos ao lado de outro inexorável aviso: PROIBIDA A PRESENÇA DE PESSOAS DE COR NESTE CARRO.

Pelo menos lá fora o ar não é tão abafado quanto dentro, empestado com os odores de suor. O carro já está lotado, na maior parte com trabalhadores e mecânicos, costureiras e empregadas domésticas a caminho do trabalho. Ainda não são seis horas da manhã, mas todos estão em clima de feriado. Cantando e brincando, até mesmo balançando o bonde em seus trilhos, o cheiro azedo de uísque passando através das janelas.

Da Eighth Street para baixo
Os homens estão fazendo
Da Eighth Street para cima
As mulheres estão gastando
E essa é a história desta grande cidade
Da Eighth Street acima e da Eighth Street abaixo...

Hoje é o Dia de Sair. Hoje é Primeiro de Abril. Hoje é Carnaval, Natal e Quatro de Julho, de uma vez só. E tudo o que se precisa é de um fósforo.

Durante todo o fim de semana andei entre eles como um espião. É este o meu trabalho, como repórter. Escutá-los em suas tavernas, esquinas e salões. Fazendo-me passar pelo caixeiro-viajante de fora da cidade, o estranho amigável e crédulo. Havia as habituais blasfêmias e ameaças ferozes, as fanfarronadas dos bêbados — mas alguma coisa além disso. Alguma coisa real, algum tipo de perigosa subcorrente debaixo de toda aquela conversa fiada. Como o sangue e as vísceras que os açougueiros empurram para dentro das valetas até que, quando chove, tudo emerge borbulhando, as ruas nadando em entranhas e orelhas de porco, cascos fendidos, dentes de cavalo e poças de sangue.

Confusão nesta Cidade geralmente começa como o clarão de um mosquete, súbito e imprevisível. Uma briga, uma piada, uma prisão rotineira. Algum protesto desanimado que se transforma em tumulto antes que qualquer um possa entender direito o que está acontecendo.

Mas isso é diferente. Mais deliberado — até, talvez, intencional. Não quero dizer que exista alguma conspiração externa, um pequeno grupo de homens sentados em volta de uma mesa dentro de um porão. Esses rumores têm voejado por semanas, no Clube do Sindicato, no bar do Astor House e no saguão do Hotel St. Nicholas. Agentes confederados esgueiraram-se pela fronteira do Canadá. Assassinos de aluguel têm sido trazidos da Irlanda, os Cavaleiros do Círculo Dourado estão estocando mosquetes num porão secreto em Cinco Pontos, prontos, a um sinal de Richmond, para incendiar a cidade...

A bobagem recorrente. A conversa absurda que sempre precede qualquer crise verdadeira na Cidade, como as gaivotas que precipitam-se vindo do rio Norte à frente de uma tempestade. Não, o que quero dizer é que *eles* estiveram falando. A Outra Cidade, a Cidade Escura, a Cidade que Desvia o Rosto de Nós. A Cidade da Noite, a Cidade do Fogo, murmurando em vozes baixas, raivosas, cautelosas, que nunca conseguimos compreender muito bem. Os trabalhadores nos salões dos partidos. As corporações de bombeiros em suas sedes, os gângsteres em seus esconderijos subterrâneos. Tanta conversa, tanta conspiração, borbulhando lentamente para cima.

Começou quando a nova Lei de Recrutamento foi anunciada. Todos os homens fisicamente aptos, com idades entre 20 e 45 anos, casados ou solteiros, agora são elegíveis ao recrutamento por sorteio para o exército do sr. Lincoln, e enviados ao sul para a guerra. Lá serão alimentados com a ração que consiste de biscoitos de farinha e água, normalmente bichados, e porco salgado, e trucidados pelos generais incompetentes enquanto suas famílias tentam subsistir de esmolas e compensação do governo. *A não ser que* — e, ah, eis aí a dificuldade! — eles tenham trezentos dólares para comprar um substituto. Uma coisa bastante fácil para qualquer homem de posses — mas dois anos de salário para um carroceiro irlandês de Cinco Pontos.

O alívio que varrera a Cidade depois de Gettysburg, começou a enfraquecer quando as listas de baixas aos poucos chegavam. Os republicanos leais que haviam iluminado suas janelas e hasteado bandeiras para celebrar encontraram suas varandas enegrecidas com piche na manhã seguinte, e cruzes ameaçadoras marcadas com giz em suas portas. Depois, na semana passada, as patrulhas do Superintendente de Polícia começaram a se introduzir pelo Quarto Distrito, exigindo que os homens entregassem seus nomes. Houve lutas e prisões, tijolos de chaminés caindo misteriosamente dos telhados, por pouco não acertando os guardas do Superintendente.

O recrutamento estava marcado para começar na sexta-feira passada, no escritório do Nono Distrito, na East Forty-sixth Street com Third Avenue. Até o último momento, ninguém achava que eles realmente iriam levar a cabo tudo aquilo — não nesta Cidade cheia de democratas e *copperheads*.* Quando cheguei, a multidão já estava enchendo as ruas, um tumultuoso aglomerado de trabalhadores e suas mulheres. Claramente nem um pouco intimidados com o punhado de policiais e o esquadrão de soldados inválidos que montavam guarda — gritando seus insultos e comentários escatológicos.

— Trezentos dólares! Ah, vocês podem pegar isso e enfiar no meu...

— Ah, mas eles vão, Billy! Eles vão enfiar!

Risos nervosos e zombeteiros flutuando acima da multidão.

— Trezentos dólares! Digam a Abe Lincoln para vir até aqui e receber ele mesmo!

— Ah, ele virá!

Mesmo assim, eles foram adiante. Os soldados arrastaram um barril de madeira grande e quadrado pela janela aberta e montaram-no no andaime que havia ali, bem à vista da multidão. Um bem conhecido cego foi levado até lá pelo braço, e os oficiais de polícia deram uma estrondosa e pesada virada na manivela, girando muitas e muitas vezes até que o ruído ressoasse como um trovão acima e abaixo da rua, silenciando até mesmo a turba.

Então eles abriram a trava e enfiaram a mão do cego bem no fundo. Olhos aquosos e amarelados fixando diretamente para a frente. Seus dedos revolvendo dentro do barril como se fossem rosados focinhos de porco, até que dragou o primeiro punhado de nomes, escritos em simples tiras de papel. Um major esplendidamente emproado e uniformizado retirou-as uma a uma da palma da mão do cego, desdobrando-as e lendo em voz alta e temível os nomes e endereços.

— O'Donnel! Thomas! Great Jones Street, número 15!

*Habitantes do Norte contrários à Guerra Civil e a Abraham Lincoln, geralmente simpatizantes do Sul. (*N. do T.*)

A multidão começou a assobiar e gemer, e eu vi os dois cadetes postados em cada extremidade do barril trocarem olhares nervosos. Eles seguravam os mosquetes com baionetas fixas, mas para mim ficou claro que, se alguma coisa começasse, eles teriam fugido como coelhos.

— Condon! Jack! Avenida A, número 184!

Houve mais gemidos, mais assobios e vaias — mas nada além disso. Nem um ou dois tijolos que pudessem ter dado início a uma artilharia, provocado uma saraivada. A centelha ainda não estava lá. A multidão estava bem-humorada, o clima ainda moderado demais. Conforme os poucos nomes seguintes foram sendo chamados, houve mais vaias, mais ruídos grosseiros, porém até isso era, na maior parte, de natureza afável.

— Brady! Patrick!

— Sorte sua, Brady! — alguém gritou na multidão, e logo todos estavam rindo.

Em pouco tempo, cada nome era recebido com uma piada...

— O'Connel...

— Como vai você, O'Connel?

— O'Connor, Sean!

— Vai ter um descanso da patroa, Sean!

— O velho Abe é quem manda em você agora, Sean!

... a cena toda degenerando-se em mais uma prolongada diversão de esquina. O tipo de diversão que *eles* adoravam — como uma boa rinha de cachorros ou uma briga de família. Num determinado momento um jovem *b'hoy*,* particularmente ignorante, caminhou para fora da multidão quando seu nome foi chamado e, com um resignado encolher de ombros, avançou para cima através da janela. O major parecia prestes a ter um ataque apoplético, o rosto avermelhando e a mão indo direto para o coldre, imaginando que tipo de brincadeira seria aquela.

— Quem diabos é você?

— Sou McMullen, senhor. Estou aqui para me entregar — disse o rapaz.

A multidão rugiu, toda aquela altercação mais parecendo uma cena tirada de uma farsa num palco Paddy. O major praguejando ao seu futuro recruta: "*Saia imediatamente daqui, seu maldito desgraçado!*" — o jovem limitando-se a sorrir timidamente para ele.

*Do gaélico, geralmente significando um jovem e arruaceiro membro de gangue; brigão. (*N. do T.*)

Depois disso ficou claro que nada iria acontecer. A multidão estava quase festiva, tão perto do final de uma semana de trabalho. Logo começaram a se dispersar, para suas casas ou tavernas locais, buscando novas diversões. O cego ainda revolvia em busca de nomes, entregando as pequenas papeletas brancas para o retumbante major, até que o escritório finalmente fechou as portas no fim da tarde. Então os oficiais de polícia retiraram o barril da sua plataforma e fecharam a grande janela da frente, a guarda de soldados inválidos partindo apressada, grata por poder voltar aos alojamentos em Governor's Island.

Ainda assim, o tempo todo havia um outro recrutamento acontecendo. Eu podia ver isso nas margens da multidão — os garotos, mensageiros dos corpos de bombeiros voluntários, indo e voltando em disparada para informar seus bairros e quarteirões sobre quem havia sido convocado. Depois de algum tempo, outra orla de jovens começou a se reunir — ajudantes de açougueiros e aprendizes, *b'hoys* e garotos do corpo de bombeiros. Com as mãos nos bolsos, parecendo raivosos e carrancudos. Andando de um lado para outro, hábeis com os insultos, repetindo as mesmas coisas muitas e muitas vezes uns aos outros.

— *Trezentos dólares! Vendidos por trezentos dólares, quando um negro vale mil!*

Eles continuavam andando lentamente, murmurando nas beiradas da multidão, como se esperando que algo acontecesse. Mas nada. A centelha não surgiu e logo eles se dispersaram com o restante do povo, olhando para trás, por cima dos ombros, na direção do escritório de recrutamento fechado.

O bonde luta em vão na First Avenue, os cavalos deslizando e caindo no escorregadio pavimento de pedras de granito. Nosso condutor pragueja e brande o chicote contra outros condutores, cujas carroças estão carregadas de grãos e batatas, carne e cerveja. Eles praguejam de volta, cortando através dos nossos trilhos até que nossa velocidade seja reduzida a uma quase imobilidade. Meu estômago dá uma guinada e minha pobre e pesada cabeça parece prestes a cair de cima dos meus ombros como um projétil de 12 libras e rolar para cima e para baixo no corredor do bonde, finalmente em paz. Na esquina seguinte, salto do bonde decidindo que será mais rápido abrir caminho até o jornal a pé.

Os bondes deveriam funcionar a vapor, claro, mas depois de vários acidentes espetaculares a Junta Municipal baniu todas as locomotivas ao sul da Forty-second Street. Em vez disso, eles são desengatados das suas máquinas na Estação Grand Central, atrelados a parelhas de cavalos e puxados pelo restante do trajeto para o centro. O avanço que fazem não é melhor do que o da andadura das diligências ou dos ônibus, ou, na verdade, o dos intrépidos pedestres, que andam com cuidado através de intermináveis pilhas de esterco fumegante e parelhas de cavalos empinando-se.

Esta é a maneira como vivemos *agora*, na Cidade do Destrua e Queime, Enxofre e Sangue. Quase um milhão de almas, espremidas para baixo no interior da extremidade final da ilha de Manhattan. Mais uns poucos milhares espalhados pelos vilarejos de Haarlem e Bloomingdale, as rastejantes favelas de negros e miseráveis irlandeses em torno do parque central que finalmente foi traçado acima da Fifty-ninth Street. Uma cidade onde bandos de porcos ainda correm soltos pelas ruas. Onde condutores de diligências correm e chicoteiam-se uns aos outros ao longo das avenidas, e as barcaças a vapor correm, colidem e explodem no porto. A população é duas vezes maior do que há vinte anos, e quatro vezes maior do que era vinte anos antes disso. E a cada ano a Cidade vai ficando mais densa, berrante, suja, barulhenta, impossível de se percorrer.

Presidindo a tudo isso está o nosso íntegro prefeito republicano, enfurecendo-se regular e ineficazmente diante de cada iniqüidade, como algum vulcão italiano. Logo abaixo dele encontram-se os nossos inqualificáveis vereadores e membros do Conselho, mais conhecidos como Os Quarenta Ladrões. Por que seria? Na verdade, eles são oitenta e dois. (Apenas a Cidade de Nova York tomaria para si a tarefa de apoiar uma legislatura de escroques bicamerais.)

E abaixo *deles* toda uma vasta, imponderável colméia de comissários e demagogos, empreiteiros e homens de confiança, os que salvam e os que afundam, os que dão tapinhas nas costas e os elegantes, cabos eleitorais de partidos políticos, beija-mãos e meretrizes. E todos eles com um olho nos lucros, todos eles com um objetivo e um jogo, e à espera da melhor oportunidade. Tantos com as mãos estendidas, tanta corrupção que, nem se você quisesse limpar tudo, jamais conseguiria, você jamais conseguiria passar pelas primeiras e mais inconseqüentes camadas de sujeira.

Em resumo, é uma excelente cidade para um jornalista.

3

HERBERT WILLIS ROBINSON

Eu sou um especialista em ressacas.

Para os não-iniciados elas talvez pareçam meramente desagradáveis, porém para os mais experientes existem finas e sutis gradações. O vinho — mesmo o de boa qualidade — é o pior. O sedimento obstrui a mente como areia nas engrenagens, e irrita o estômago. A ressaca de conhaque, por outro lado, é como bater num sino com um martelo, ressoando, porém nítida e implacável. Bebidas doces nos deixam com uma sensação de viscoso autodesprezo no dia seguinte, como se estivéssemos nos contorcendo num gigantesco rolo de papel pega-moscas.

Não, a melhor ressaca é aquela produzida pela combinação certa de cerveja e uísque. Cerveja para fortalecer o estômago e dar-lhe algo para mastigar. Uísque para amolecer a mente até transformá-la num nebuloso e cósmico mingau, inflamada por faíscas de otimismo completamente injustificado. Conduzida de maneira correta, uma boa ressaca pode prosseguir no decorrer de todo o dia seguinte como uma espessa nuvem de algodão, deixando tudo um pouco embaçado, mas a uma distância sublime. Uma ressaca ruim pode fazer com que a pessoa deseje morrer ou — o que dá na mesma — aplacá-la com mais bebida.

Esta não é uma boa ressaca.

No entanto, não houve como evitá-la. Quando se quer saber o que os homens estão pensando em Nova York é necessário ir a um *saloon*. Por todo o fim de semana, sábado e domingo últimos, explorei-os em profundidade e, nesta cidade, podem-se encontrar todas as graduações. Existem os bares elegantes e os de má qualidade, botecos que vendem bebidas ilegais e retiros respeitáveis e aconchegantes. Salões sem restrições, bares e mercearias boêmios, salões de clubes elegantes e bares de hotéis na parte endinheirada da Broadway,* espeluncas, inferninhos e antros.

Mergulhei nas camadas mais profundas de sedimento e sentimento, determinado a ouvir a Outra Cidade onde ela estava murmurando. Novamente disfarçado de caixeiro-viajante, de caipira simplório — até mesmo de *um deles*. Até a noite de sábado eu atingira os piores dos piores bares da zona portuária — O Morgue e O Homem Amarelo; A Casa de Vidro e o Buraco-na-Parede. Lugares terríveis, com o solvente de tinta passando por álcool, e tendo como negócio secundário o assassinato e rapto de marinheiros. Bares aonde se vai apenas para servir de presa ou predador, ou se você está simplesmente acabado demais para saber a diferença.

Perto da meia-noite de sábado, descobri-me no lado de fora do bar de Finn McCool, o "Repouso do Marujo", onde há poucos anos Slobbery Jim esfaqueou Patsy, o Barbeiro, por causa de 12 centavos que tinham roubado de um alemão assassinado. O lugar não passa de um prédio antigo e bambo ao longo da South Street. O nome irônico e de maugosto era entalhado numa placa de madeira, que produzia um desagradável barulho rangente e oscilante acima da entrada. O salão em si era como todos os lugares desse tipo, mobiliado com nada além de um bar, umas poucas mesas e alguns bancos compridos encostados nas paredes. Prateleiras cheias de garrafas empoeiradas e abertas de um líquido marrom e âmbar. Gravuras grosseiras retratando a habitual lengalenga dos heróis irlandeses na América: O'Connell e Mitchel, o pobre velho Corcoran, e Meagher da Espada.

Nos fundos pendiam as rasgadas cortinas vermelhas do Salão de Veludo, com sua cama solitária e o famigerado alçapão. A maioria dos inferninhos tem algo assim — um cômodo no qual os forasteiros e desconhecidos, bêbados demais para saber o que fazem, são premiados com um grande e gratuito jarro de uísque ou rum, e acompanhados para trás das grossas cortinas vermelhas onde podem dormir e curar a bebedeira. Só para acordarem na manhã seguinte e se

---

*O lado oeste da baixa Broadway, na época com mais lojas chiques e caras que o lado leste, *shilling*, da rua. (*N. do E.*)

descobrirem a caminho do Peru, China ou Xangai, e levarem anos até voltar para as docas — se é que voltam algum dia.

Algo estava acontecendo, eu soube no instante em que entrei — algo além da exagerada animação habitual. Eu já estivera ali antes, num sábado, até mesmo levara Maddy para estabelecimentos como aquele. Havia sempre um tocador de rabeca e alguém batucando como um pagão num tambor de pele de cabra. As cortinas de bombazina vermelha esvoaçando na janela, a única iluminação fornecida por um par de lamparinas de óleo de baleia com uma fumaça repulsiva. Os homens dançando arrebatadas "escocesas" e polcas pelo piso de serragem, com meninas recém-chegadas da Irlanda que mostravam os dentes quando sorriam.

Nesta noite, entretanto, não havia o tocador de tambor lunático, nenhuma dança. Havia apenas uma palpável sensação de ameaça. O salão estava lotado, mas os homens mantinham-se sentados bebericando cerveja e falando em tons baixos e amargos.

Fiquei no bar, onde podia fingir estar bebendo *enquanto* os observava. Muitos deles eram os mesmos homens e rapazes que vira no recrutamento, pairando em volta da multidão. Rapazes do corpo de bombeiros, especialmente da companhia Black Joke, ajudantes de açougueiros e *b'hoys* de gangues. Os Daybreak Boys, os Swamp Angels, Dead Rabbits, Plug Uglies e Roach Guards. Todos repetindo a mesma litania murmurada:

"*Vendidos por trezentos dólares! Quando um negro vale mil...*"

A espinha dorsal da nossa Cidade eram tais homens — aqueles que fazem todo o trabalho sujo e pesado, que mantêm a grande engrenagem funcionando. Homens indispensáveis, na verdade, e fazendo tudo isso por salários que mal irá alimentá-los.

Como eu os abominava! Eu sei que deveria amar os pobres, mas não amo, eles são sujos e espalhafatosos. Enfatiotados com suas ridículas parafernálias de gangue — chapéus altos e cachos de cabelo ensebados na testa, xales berrantes e calças Oxford de pernas largas enfiadas no cano das botinas. Soqueiras de metal e enormes facas Bowie pendendo nos bolsos. Suas chacotas e algazarras nos nossos teatros, gritando obscenidades uns aos outros nas ruas, violando quaisquer reuniões políticas que não sejam do gosto dos seus patrões. Sempre belicosos, mas impotentes; cínicos, mas cheios de autopiedade.

Quero amar os pobres, mas não os amo; talvez nem mesmo a Maddy...

— Beba aí!

A "leoa-de-chácara" do McCools arrastou-se até onde eu estava para me forçar um uísque. Ela é uma famosa velha rameira do bairro, uma irlandesa de quase dois metros de altura com o cabelo ruivo chegando até os joelhos. Eles a chamam de Mag da Forca em função dos vistosos suspensórios amarelos que usa para segurar a saia, embora use um cinto, também — um revólver e uma atiradeira presos visivelmente na frente.

— Beba, não me deixe ficar zangada com você!

Mag tem garras de metal nas pontas dos dedos, e quando sorri pode-se ver que os dentes foram limados para formar pontas compridas e brancas, tão afiadas quanto as de um rato. Dizem que ela arranca com os dentes as orelhas de qualquer freguês que não se comporte e que guarda seus troféus num pote alto cheio de formol proeminentemente exposto no bar. Esta é a piada corrente no *saloon*. Os novatos enfiando a mão no pote para pegar os habituais ovos em conserva e dando um pulo para o alto quando se vêem segurando uma orelha. Nunca falha em provocar uma boa risada.

Obediente, pedi uma bebida, e Mag da Forca sorriu e fez deslizar o copo no bar até onde eu estava. Tomei um gole, tentei não fazer uma careta feia demais e falhei — o sabor e a consistência não piores do que os dos melhores ácidos. Mag da Forca, observando minha expressão, explodiu numa gargalhada, atirando a cabeça e a longa cabeleira ruiva para trás, e fazendo com que o bar inteiro risse junto com ela. Dei um sorrisinho amarelo, tentando ocultar o quanto detestava todos eles.

Normalmente, o próprio Finn McCool ficava atrás do bar. Nesta noite, no entanto, ele movia-se por entre os fregueses como uma abelha venenosa, espalhando seu veneno de um pequeno grupo de homens para outro. Ombros arredondados, a cabeça prematuramente mirrada afundada quase até o peito. Exercendo suas funções como capitão distrital da Tammany e chefe assistente da Black Joke.

A Black Joke e outras corporações de bombeiros são os pântanos fecundos da nossa maravilhosa nova democracia de massas. Existem dezenas de tais companhias, supostamente protegendo nossa altamente combustível Cidade. Na verdade, elas são pouco mais do que sedes das nossas gangues de rua e máquinas políticas — vá entender a diferença. Eles avançam irresponsavelmente com suas máquinas pelas ruas, vociferam uns com os outros em função dos hidrantes Croton,* enquanto nossas casas e negócios queimam.

*"Croton" tornou-se um termo nova-iorquino comum para "água" depois da finalização do Aqueduto Croton em 1842. Seus canos de ferro se estendiam por 78km e deram à cidade seu primeiro fornecimento de água potável. (*N. do E.*)

Cada companhia tem dezenas de membros, necessários para puxar pela mão as pesadas carroças através das ruas estreitas da Cidade. Todos voluntários, na sua maioria irlandeses, agora — rapazes rudes e arrogantes que adoram pintar cenas espalhafatosas nas suas carroças de bombeiros e organizar elaboradas festas com ensopados e danças.

Eles são cultivados por políticos aspirantes ao Tammany Hall,* como McCool. Dispensando favores e rumores, eternamente impulsionando seu irmão, Peter, que é o capitão da companhia, para o cargo de vereador. Normalmente, numa noite de sábado, o bar de Finn estaria entupido com os líderes da Democracia — mas, por alguma razão, não havia sinal deles agora. Na verdade, eles tinham desaparecido de todos os botecos que visitei, durante todo o fim de semana.

Nada do capitão Rynders cortejando nos salões dos fundos, os oniscientes olhos de jogador adejando sobre tudo. Nada de Fernandy Wood, exsudando sua presença janota e perfumada através da multidão. Nenhum sinal do imenso Tweed, com seu rosto estranhamente aberto e juvenil — a monstruosa imagem de espelho do rosto do próprio Greeley. Todos eles conspícuos em sua ausência. Seu desaparecimento tão perturbador quanto o vôo das aves ou o uivo dos cães e gatos antes de um terremoto.

— Você vai ver como é — escutei uma voz baixa atrás de mim. — Vai ver o que Mag faz com aqueles que gostam de ficar ouvindo o que não devem.

Beberiquei um gole do verniz que a gigante irlandesa me servira, antes de virar para trás. Lá estava McCool, empoleirado no meu ombro, um sorriso afetado enrugando-lhe a face, assentindo, significativamente, na direção do pote de orelhas. Enxergando através de qualquer disfarce que eu pudesse querer adotar.

— Ela parece ser uma Circe e tanto — falei.

Há tempos eu havia reparado que as orelhas, balançando no líquido grosso e vermelho atrás do vidro, pareciam suspeitamente pontiagudas, grandes e peludas, até mesmo para os marinheiros e vagabundos que gostavam de freqüentar o "Repouso do Marujo".

— Quem? — McCool perguntou.

---

*Grupo político que se tornaria uma máquina poderosa dentro do partido Democrata, por mais de cem anos. Na época, entretanto, ainda não tinha atingido o domínio completo sobre o partido, como seria comum nas décadas seguintes. (*N. do E.*)

— Circe era uma feiticeira que tinha o hábito de transformar homens em porcos.

— Ah, mas então a vadia era uma mentirosa. Porque não é necessário ser mulher para transformar um homem num porco.

— Não?

— Não. Só o que se precisa fazer é tratar os homens como porcos e eles viverão seguindo a regra o tempo todo.

— Quer dizer que é coisa de porco postar-se em duas pernas e lutar pelo nosso país?

Eu estava embriagado o bastante para ser tão imprudente com ele, embora desconfiasse que realmente não havia nada com que me preocupar. Finn já poderia ter mandado alguém me surrar até reduzir-me a uma pasta; atirar-me no rio escuro e oleoso lá fora, ou ser mandado num navio para Porto d'Espanha, caso assim decidisse. Não, teria de haver algum motivo para que ele *quisesse* falar comigo, um repórter do *Tribune* de Horace Greeley. Algo que ele queria descobrir...

— É estranho como se transforma em *nosso* país sempre que há uma guerra para ser lutada — ele disse, com um sorriso que mal lhe mostrava os dentes. — De qualquer forma, ando confuso ultimamente. É pelo país que estamos lutando? Ou é pelos negros.

— Então você não acha que a escravidão é um mal?

— Existem muitas coisas ruins neste mundo. Mas não me lembro de ter ouvido Abe Lincoln discursar sobre isso com meio milhão de homens quando todos os Connaught estavam morrendo de fome nas suas cabanas.

— Você pretende impedir o recrutamento? — perguntei diretamente.

Ele deu um breve encolher de ombros e olhou para mim com mais atenção do que nunca, como se não tivesse entendido bem a pergunta.

— Mas não importa o que eu queira fazer.

— É isso que você está dizendo a esses homens? — perguntei, fazendo um gesto na direção da clientela do bar, dos bombeiros que prolongavam suas bebidas taciturnamente.

Finn limitou-se encolher os ombros outra vez. O sorriso desapareceu, mas agora havia um leve franzir ao longo da sua testa, como se ele estivesse tentando explicar algo para uma criança excepcionalmente burra.

— Vá em frente e veja — ele disse. — Vá em frente e recrute os homens que apagam os incêndios nesta cidade. Trabalhadores honestos, que nunca exigiram nada da vida, exceto criar suas famílias e amar suas esposas.

Agora ele estava empolgado com seu discurso de campanha, eu sabia, mas ainda assim havia algo no que ele dizia que me gelou até os ossos.

— Vá em frente e envie bons irlandeses para o sul, como se fossem negros, enquanto suas esposas e famílias têm de implorar ao governo dinheiro para comer. Comece a girar aquele tambor novamente na segunda-feira de manhã e vai ver o que acontece.

Ele concordou rápido e voltou para sua ronda, afastando-se tão abruptamente quanto aparecera. Decidi que já estava na hora de ir embora, certificando-me de deixar uma bela gorjeta para a mulher gigantesca atrás do bar.

Uma vez lá fora caminhei imediatamente pelas docas — até inclinando-me por cima da água. Ali no fundo, abaixo das correntes que se deslocavam, podia ver os restos de um antigo navio. Não restara quase nada dele — um par de mastros quebrados, umas poucas tábuas do molhe visíveis no fundo raso, lodoso. O nome, em letras pintadas a ouro — *JERSEY* — escassamente iluminado pelas lanternas dos navios ancorados ao lado dele, e pelas luzes dos bares das docas. Um dos antigos navios-prisão britânicos da Revolução, deixado para desintegrar-se lentamente e afundar no porto.

Milhares de homens morreram em tais navios, acorrentados durante anos nos porões, liberados para exercitar-se no convés apenas à noite. Jamais vendo o sol, antes de perecerem de fome ou pelas febres. Um castigo diabólico, tipicamente inglês. Aprisionando homens que clamavam lutar pela liberdade — alguma grandiosa, gloriosa e abstrata noção de liberdade — e colocando-os à prova. Certificando-se de que nunca mais teriam a simples liberdade de ficar ao ar livre num dia de sol.

Mas eu já vira o *Jersey* muitas vezes. Minha atenção estava focalizada na porta do "Repouso do Marujo". Enquanto observava com o canto do olho, uma silhueta enorme e maciça andou devagar para fora e fingiu acender um cachimbo. *Alguém enviado para mim?*

Porém, no instante em que o observava, tive o relance de outra figura — alguém levantando-se silenciosamente de onde estivera escondido, numa pilha de cordas velhas e engradados. O homem veio direto para mim, fazendo com que o sangue congelasse em minhas veias. Algum bêbado desesperado, ou um ladrão que havia identificado meu terno, relógio de bolso, ou andar incerto.

A figura maciça perto da porta disparou por cima dele como um cão atacando uma cobra, com a atiradeira na mão, movendo-se com extraordinários velocidade e silêncio para um homem tão grande. Agarrou o meu futuro assaltante pelo pescoço, dando-lhe um único e certeiro soco. O homem caiu aos pés dele com um gemido baixo — meu protetor levantando-o imediatamente e atirando-o dentro do rio escuro, onde ele afundou com um pequeno ruído, quase inaudível na noite. Depois voltou ao seu posto perto do muro, observando-me outra vez sem se incomodar mais em fingir acender o cachimbo.

Eu soube, então, que Finn McCool não estava tentando descobrir absolutamente nada. Em vez disso, ele estava tentando enviar uma mensagem, e até providenciara proteção para se certificar de que eu saísse das docas levando-a comigo em segurança.

— Como todos os criminosos covardes, eles estão tentando estabelecer um álibi para si mesmos, com antecedência.

Mais tarde, naquela mesma noite de sábado, parei no número 300 da Mulberry Street, o quartel-general da polícia, para ver o superintendente John Kennedy, chefe da polícia Metropolitana. Ele apenas assentiu, com a cabeça baixa, fazendo outra anotação na sua escrivaninha, quando lhe contei tudo o que havia visto e ouvido. Ainda trabalhando vigorosamente, embora já fosse madrugada de domingo. Ele descartou toda a idéia de que a turba estivesse para além do controle da Tammany, ou do Mozart Hall, ou de todas as intermináveis camadas de demagogos e canalhas desta Cidade.

— Os peixes grandes nadaram para longe, para que ninguém possa culpá-los. McCool quer nos fazer acreditar que a revolta está além do seu controle, mas aposto um bom dinheiro que ele está apenas cumprindo ordens de fora. Talvez até de Richmond!

John Kennedy é um desses irlandeses enérgicos, eficientes, uma prova viva do que a raça poderia ser se ao menos conseguisse ficar longe da bebida. Seu uniforme é tão impecável e bem passado como o próprio McClellan, a barba branca aparada rente ao queixo.

— Fiquei sabendo que a Black Joke perdeu trinta homens para o recrutamento. Incluindo o capitão deles — eu disse.

— Sim, ouvi falar nisso. — Kennedy assentiu outra vez, mal se dando ao trabalho de levantar a cabeça.

— Eles estão se armando — continuei, destacando todos os murmúrios de revolta que ouvira entre as companhias de bombeiros. — E também a Shad Belly e a Dry Bones. Até mesmo a Big Six supostamente está pronta para entrar na briga, embora não consiga imaginar que Tweed permitiria que eles se envolvessem em qualquer coisa.

— Sim, eu sei. Os bombeiros querem todos ser eximidos de ter de servir novamente na milícia — Kennedy reconheceu num tom seco, sem surpresa. — Todos eles querem que seja como *costumava* ser, antes da guerra. Mas onde estaríamos então, se déssemos a todos a velha dispensa? Quase todo rapaz que valha alguma coisa é bombeiro voluntário nesta cidade. Quem iria lutar por nós?

Houve um outro rápido e enérgico remexer de papéis. A franca masculinidade e o vigor de homens como Kennedy são esmagadores. A pele rosada como a de um porco, o queixo firme e pontiagudo como a proa de um veleiro. Para mim, ele parecia ser o Papai Noel e um profeta do Velho Testamento, misturados em um só — preparado, alerta, ligeiramente divertido. O tipo de capitão em que se podia confiar a defesa de uma cidade, nos tempos medievais.

— Não há nada com que se preocupar! — ele me assegurou. — Eles deviam ter agido na sexta-feira, quando a multidão já estava nas ruas.

Sob a luz âmbar das lamparinas a gás, homens irrompiam impressivamente para dentro e para fora do escritório dele, trazendo intermináveis relatórios e telegramas. Kennedy passava os olhos por todos eles, rabiscando suas anotações em cada um antes de passá-lo adiante para outro subordinado. Seus tenentes eram tão impecáveis e bem-arrumados quanto o chefe, os colarinhos abotoados no pescoço apesar do calor definhante.

— Agora é tarde demais — prosseguiu. — Estamos prontos para eles. Já cancelei todas as folgas, convoquei todos os homens que tenho. Eles sabem que é melhor não tentar nada agora que estamos preparados.

Juntamente com o comissário Acton, Kennedy havia transformado a polícia da Cidade na força mais honesta, confiável e eficiente que já tivemos. Seus Metropolitanos foram criados pela legislatura estadual apenas seis anos antes, um último esforço desesperado para fazer alguma coisa com os antigos e corruptos Municipais do prefeito Wood, que tinham atingido um novo nadir de depravação. Fernandy Wood recusou-se a ceder, claro, apoiando-se em elevados princípios constitucionais — sem mencionar as propinas que eram o sangue vital da sua administração.

Então um juiz enviou os Metropolitanos para prendê-*lo* — o prefeito da cidade —, e antes que a coisa toda ficasse resolvida, os nossos departamentos de polícia rivais, Metropolitanos e Municipais, literalmente entraram em luta na escadaria da Prefeitura. Policiais corpulentos e uniformizados lutando, socando e arrancando os olhos uns dos outros, em plena luz do dia. Se o Sétimo Regimento não estivesse passando por ali e apartasse as brigas, eles bem poderiam ter-se matado mutuamente. Será que alguma cidade, mesmo no tempo da antiga Roma com seus gladiadores, já ofereceu aos seus cidadãos os espetáculos que Nova York nos fornece diariamente?

Desde então, portanto, Kennedy tem limpado os escombros, disciplinado sua polícia à base de chicote. Sua delegacia é mais eficiente do que qualquer divisão de funcionários que eu tenha visto na Virgínia. Estendido em sua mesa há um mapa da Cidade inteira, com alfinetes espetados indicando as localizações dos distritos policiais e dos escritórios de recrutamento; a Prefeitura, o prédio da Subtesouraria em Wall Street; os principais bancos e lojas, as residências dos cidadãos com postos de liderança, e todos os outros alvos em potencial.

— Qualquer confusão provavelmente irá começar no escritório do Superintendente. Mas também temos de dar cobertura aos estaleiros e fundições ao longo dos rios. Depois há a Usina de Vapor da União *aqui* e o Arsenal Estadual *ali*...

Ele pressionou um dedo rosado e de unhas limpas por cima da antiga usina de vapor, na Twenty-second Street com Second Avenue — importante apenas porque fora transformada numa fábrica de munições depois do Bull Run. Logo abaixo no mapa, na Twenty-second Street, está alfinetado o Arsenal Estadual, onde o exército tem dez mil rifles estocados.

— ... mas já temos o Esquadrão Broadway aqui. Vai dar um trabalho danado passar por *eles*. Mesmo se conseguirem, temos operadores de telégrafo em cada uma das delegacias. Podemos enviar homens para qualquer ponto de turbulência, em qualquer lugar da cidade, em questão de minutos!

Não havia motivo para duvidar do sistema dele. Ainda assim, não pude deixar de reparar na quantidade de alfinetes que havia em seu mapa. A Cidade inteira, a maior das Américas, para ser contida nas mãos dos seus duzentos e trinta oficiais Metropolitanos.

— Quantos homens o general Wool pode lhe ceder? — perguntei, referindo-me ao comandante do exército da Cidade.

Kennedy franziu um pouco a testa diante da indagação, mas levantou-se ainda mais ereto do que o habitual.

— Não muitos. Mead arrancou da Cidade todo e qualquer homem que podia mandar para Gettysburg. Talvez uns cento e cinqüenta, no máximo, e a maior parte deles inválidos.

Ele tentou tranqüilizar-me novamente enquanto me acompanhava para fora, apertando meu braço e fechando a outra mão num punho confiante.

— Não há motivo para alarme. O mais importante é estarmos à frente deles! Arrasá-los de uma vez antes mesmo que comecem!

Passamos através do quartel-general, de volta para as ruas e o costumeiro caos de um sábado à noite na Cidade. Conforme atravessávamos a delegacia, no entanto, reparei em algo que qualquer nova-iorquino consciente repara diariamente — que todos os homens que policiam esta Cidade são irlandeses. Homens grandalhões e briguentos, sem dúvida, até mesmo os compridos bigodes se eriçam agressivamente. Educados e limpos, uma força policial bem-arrumada, se é que jamais existiu alguma. Eles até precisam passar por uma prova de alfabetização, agora.

Entretanto, são todos irlandeses, assim mesmo, em toda a escala ascendente até os capitães e comandantes, e o próprio Kennedy.

Não poderíamos passar sem eles. *Mas se houver confusão de verdade, o que irão fazer?* Podemos contar com eles — se isso significa abater seus amigos e vizinhos?

Ou será que o inimigo já está no lado de dentro dos portões?

4

RUTH

Sete horas.

O quarteirão estava quase silencioso. Normalmente a essa hora da manhã haveria um pequeno tumulto no lado de fora da sua porta. A cidade formigando, com homens e mulheres brincando e empurrando-se a caminho do trabalho. Os comerciantes e vendedores ambulantes entoando suas longas e melodiosas ladainhas de propaganda.

Mas, hoje, nenhuma das lojinhas do outro lado da rua estava abrindo. As portas e janelas ainda estavam fechadas, embora Ruth conseguisse divisar movimentos de sombras atrás de algumas delas. Seus proprietários já estavam lá dentro, ela sabia, observando e esperando. Quando aparecia alguém caminhando na rua, andava com movimentos rápidos, desajeitados, girando a cabeça como se quisesse ver o que poderia estar vindo atrás.

O terreno dos fundos estava igualmente quieto. Ela espiou naquela direção — *Só para ter certeza, só para me certificar de que ele não está vindo por este lado.* Normalmente, a esta hora, também haveria uma grande movimentação por lá, enquanto todas as famílias iam e voltavam das fedorentas latrinas dos fundos. Mas não havia ninguém, agora.

Ela perscrutou para além dos barracos das latrinas, para o fundo dos cortiços no quarteirão seguinte, onde os judeus moravam. Era uma família chamada Mendelssohn, um vidraceiro e a esposa, e suas três filhas. Ruth os conhecia um pouco, de quando ia buscar água na bica, ou de trocar um breve cumprimento com a mulher quando estavam as duas pendurando a roupa lavada nos varais armados no teto, acima do redemoinho malcheiroso das latrinas dos fundos. Todos eles abstêmios, não beberiam nem um só copo juntos. A filha mais velha morena e linda de rosto, mas coxa, caminhando com um passo cauteloso e arrastante. Às vezes, Ruth ficava na porta dos fundos, nas noites de sexta-feira, e escutava as estranhas canções e cânticos vindos da cozinha da casa deles, espionava as luzes das velas dançando através das janelas.

"Os judeus são um estigma entre nós", Deirdre gostava de se queixar, mas em volta da bica, de manhã, as mulheres ficavam divididas. Algumas diziam que eles eram, de fato, um estigma, e maus elementos, mas outras achavam que eles podiam trazer boa sorte, pelo menos se a pessoa soubesse como usá-la.

— Você já tocou a perna da menina mais velha?

— Não, é o *cabelo* que você precisa tocar, para ter sorte. De outro jeito não adianta nada.

— Não, é a perna, claro, é ali que ela foi castigada...

A discussão se prolongava — e elas descobriam maneiras de andar lado a lado com a filha de Mendelssohn, de passar a mão pela sua cabeça ou no quadril quando a menina estava na fila da bica, pensando que ela não iria reparar. Ruth achava que ela reparava, podia ver seus olhos se arregalarem e o corpo enrijecer sempre que sentia as mãos das mulheres agarrando-a. Ainda assim, Ruth nunca percebeu ninguém no Beco Paraíso tendo muita sorte, não importava o quanto tramassem para tocar a menina judia.

Ela não avistou ninguém — mas agora podia ouvir o barulho novamente, elevando-se por toda sua volta. O mesmo som de marcha que ouvira antes. O baixo e ameaçador murmúrio de vozes masculinas e o bater dos seus pés, como se a Cidade inteira estivesse em movimento.

A turba estava nas ruas.

Pelo menos ainda não estão parando. Ainda se movendo para a cidade alta, passando por eles, graças a Deus por isso.

Billy ainda estava na cidade alta, no Asilo de Órfãos de Cor na Forty-third Street com Quinta Avenida. Ele ficaria preso ali, ela se deu conta de repente, a não ser que já estivesse voltando, descendo pela Bowery. Ruth tentou imaginá-lo — movendo-se com cautela mas depressa, o pagamento no bolso. Poderiam estar fora da Cidade antes mesmo que qualquer coisa começasse...

Não. Ela obrigou-se a encarar a verdade da situação. De nada adiantava fazer o contrário, se não tivesse aprendido mais nada na vida, ao menos isso ela aprendera. Seria melhor que Billy saísse de circulação e ficasse seguro, caso a revolta tivesse mesmo explodido. Mesmo se ele chegasse dali a poucos minutos, ainda não seria uma boa idéia sair para as ruas agora.

Ruth passou os olhos pelos seus pertences, aguardando perto da porta. Todos os seus pensamentos sobre como iria se sentir livre, como ficaria aliviada assim que chegassem à balsa se dissiparam instantaneamente. Em vez disso, forçou-se a pensar sobre o que eles tinham, aqui e agora, e o que iriam precisar.

Havia comida suficiente para alguns dias, ela havia providenciado isso para a viagem. *O que mais, o que mais?* Água. Estavam quase sem água; ela não mandara Milton para a bica na noite anterior, imaginando que iriam partir. Não havia como evitar, agora, ela teria de sair da casa. Respirou fundo e pegou os dois baldes junto à porta.

Olhou de novo as crianças no quarto, pensando que iria simplesmente trancá-las enquanto caminhava até o hidrante na praça. Mas Milton, o mais velho, já estava acordado. Ele enviou-lhe um sorriso tímido da cama, onde estava lendo um livro. Ficando imediatamente sério ao ver a expressão da mãe, escutando com ela o crescente barulho lá fora.

— O que é isso? — ele perguntou, e ela teve de sorrir apesar da preocupação, só de olhar para ele.

O seu menino. Seu primogênito. Sempre tão rápido em compreender, em compartilhar.

— Nada para você se preocupar — ela disse, com a maior naturalidade que conseguiu. — São só alguns homens nas ruas...

— Nós ainda vamos?

— Bem, agora eu não sei. Não imediatamente, pelo menos.

Havia sido impossível esconder dele os preparativos, o menino era esperto demais para isso. *Mas ao menos não lhe tinham contado o porquê.* Ela nunca lhe contara muita coisa sobre sua vida antes de casar com o pai dele. Nem tanto para poupar-lhe os sentimentos, porém mais por envergonhar-se com a idéia de ele pensar nela assim, do jeito que fora quando vivera com Johnny Dolan.

— Onde está o Pá? — ele perguntou.

— Lá com os órfãos dele.

Ele pareceu um tanto aliviado, Ruth percebeu com tristeza. Billy era sempre duro demais com o menino. Não aprovava tanta leitura, embora fosse ele próprio quem insistira em mandar Milton para as escolas públicas por tanto tempo quanto ele pudesse freqüentar. Queria que ele estivesse bem desperto e bem descansado quando fosse ajudá-lo num trabalho.

— Desse jeito você não me serve para nada — Billy atormentava o menino, principalmente quando estava com o humor mais azedo, de ressaca. — Você precisa levantar dessa cama, se lavar e tomar o desjejum, é a primeira coisa que se faz de manhã.

Mas nada o impedia. Milton pegava o livro assim que acordava de manhã, lia depois do jantar até que adormecesse na frente do fogão a lenha. Ele preferia ler a dormir, ou comer, e ela tentou descobrir o que ele estava lendo agora. Certa vez tinham sido histórias patrióticas da nação, livros como *A vida de Washington*, com a figura de um belo homem num cavalo branco.

Mas nesses últimos tempos os livros eram de um tipo diferente — histórias de aventuras, ou algo assim. Ela leu o título devagar, em voz alta, pronunciando bem as letras — *O-Vin-ga-dor-Ver-de-dos-Cam-pos*. Sabendo que ele gostaria disso e, de fato, ele sorriu para ela, um grande e encantado sorriso de criança.

Doce, doce menino, tão doce quanto uma fruta...

Às vezes ela se esquecia de como ele ainda era novo. Uma criança de olhos escuros com seu livro enorme, lançando um olhar furtivo para as páginas. Foi ele quem lhe ensinou o pouco que ela sabia ler. Quase 14 anos, ainda sem nada além de uma leve penugem nas faces sedosas, amendoadas, mas às vezes tão sério que parecia muito mais velho. Seu corpo já tão rijo e musculoso como o de um homem, graças ao dia inteiro de trabalho que enfrentava sempre que seu pai encontrava algo para ele fazer. Mais alto que ela, agora, e tão negro quanto o pai — muito mais escuro do que seus outros quatro filhos, que tinham mais a cor de café com leite.

Ela temia pela cor dele. Sempre temia por ele, quando Billy o levava para algum trabalho. Sabendo que os trabalhadores das docas e os limpadores de ruas iriam cuspir e praguejar contra ele em função da sua pele escura. Sabendo que ele não podia andar por mais do que um quarteirão sem ouvir alguma palavra ofensiva. Ruth não conseguia suportar aquilo para seu menino, o seu favorito, ela sabia, embora tentasse negar a si mesma que tivesse um favorito.

— Não é tão ruim para ele — Billy dizia. — É melhor que ele seja assim bem escuro. É da mistura que eles não gostam. É a idéia de como isso aconteceu que os deixa loucos.

O garoto apenas sorria outra vez, orgulhoso por fazer o trabalho de um homem. Mas ela sabia o quanto isso o magoava. Podia ver o medo e a perplexidade nos olhos dele, a maneira como se encolhia quando via qualquer grupo de arruaceiros irlandeses descendo pela rua. Como se esquivava das suas imprecações. *Ei, negrinho. Ei, contrabando...*

O pai dele o atormentava quando via isso, dizendo que ele devia andar como um homem, mas ela achava que este conselho era inútil e temerário. Ruth só queria que existisse algum jeito de protegê-lo. Mas, em vez disso, acabou dependendo *dele* para manter as outras crianças na linha, para ajudá-la com as tarefas domésticas e as compras, quando ele não estava trabalhando. Era um garoto tão confiável, sempre fora, responsável como se fosse mais velho.

— Preciso sair, agora. Vou buscar água.

— Eu faço isso...

Ele já estava fechando o livro, pronto para sair num instante.

— Não! — ela disse, mais rápido do que pretendia, tentando ocultar dele o seu medo. — Não, eu não quero que você se incomode. — Sorriu para ele, tentando fazer pouco da sua própria ansiedade. — É só até a bica, de qualquer forma, e eu preciso conversar com Deirdre...

— Tudo bem — ele disse tranqüilamente por trás do livro com sua capa espalhafatosa, melodramática. Dois homens lutando com sabres à frente de uma mulher caída; um deles, sem dúvida o próprio vingador, trajado de verde da cabeça aos pés.

— Tudo bem — ele repetiu, aparentemente aceitando tudo o que ela dizia. — Eu preparo o desjejum.

Mas era esperto demais, Ruth sabia. Podia ver em seus olhos que ele percebia que algo mais estava acontecendo.

— Pode ficar lendo mais um pouco — ela disse, tentando distraí-lo. — Deixe os outros dormirem, não há necessidade de acordá-los já.

Ela olhou para as outras crianças, as mais novas — Mana e Elijiah, Vie e Frederick. Ainda dormindo em suas camas e catres empilhadas em volta do quartinho, babando e lamuriando-se espasmodicamente no pesado calor. Não pôde evitar de deixá-lo um aviso final, embora ele não precisasse, embora ela soubesse que serviria apenas para alertá-lo ainda mais.

— Mas, faça o que fizer, não deixe eles saírem. Está me ouvindo?

— Tudo bem.

Os olhos solenes como os de um bispo, encarando-a e esperando. Ela tomou uma decisão. Não havia como esconder nada do menino, portanto era melhor ter certeza.

— Não esqueça de trancar a porta quando eu sair, e não abra. *Não abra para ninguém, só para mim*, está me ouvindo? Nem mesmo se for apenas outra pessoa, dizendo que precisa entrar para alguma coisa. *Está me ouvindo?* Não me importa se ela for gentil com você... não deixe nenhuma outra pessoa entrar!

— Que pessoa?

— Não importa.

Ela não pretendia soar tão zangada. Era impossível explicar tudo agora, mesmo se pudesse.

Ah, se ela pudesse reabrir seu passado, apenas para o bem desse menino...

— Não importa quem seja — ela disse, suavizando a voz. — Todo tipo de favelado e vagabundo está nas ruas hoje, agitando-se por causa do recrutamento ou algo parecido. Se alguém tentar entrar assim mesmo, você pega os outros e sai pela porta dos fundos, vá até a casa dos O'Kane. Pela porta dos *fundos*, está me ouvindo?

— Sim, senhora.

Ele assentiu gravemente e sorriu.

Melhor fazer disso uma obrigação, outra tarefa para ele. Ele é bom nisso.

— Muito bem. Vou demorar só uns quinze minutos, não se preocupe.

Ela saiu do quarto para lhe dar um pouco de privacidade. Ele já estava ficando dolorosamente recatado, dormindo com as ceroulas ou de calças, mesmo naquele calor, temendo que ela o visse nu de manhã. Ruth esperou que ele vestisse a calça e a camisa antes de acompanhá-la até a porta. Lá ela ergueu a sólida tranca de madeira, dando um suspiro de alívio quando ouviu-a descer para o lugar logo atrás de si, assim que deu um passo para fora.

Ele era um bom menino, em quem ela podia confiar. Tanto quanto alguém poderia, se ele viesse...

As mulheres do quarteirão postavam-se na bica como uma fileira de flores vivamente coloridas. Todas elas em tons de cores ao menos um pouco diferentes, até mesmo irmãs e irmãs, mães e filhas. Havia mulheres e meninas das Ilhas, negras azuladas e púrpuras como plumas. Mulheres fugitivas de alguma parte do Sul, os rostos da cor de bom chocolate ou de couro surrado, ou coloridas com o mais leve traço de vermelho ou cor de azeitona. Mulheres de Hamburgo e Bavária, ou de Leinster ou Connaught, como ela própria. Faces originalmente mais brancas que o branco, sardentas e claras como o pêlo de um cavalo branco — mas agora escurecendo, desgastando-se como todas estavam sob o inclemente sol de verão da Cidade.

Cada uma delas parecia aliviada ao ver mais alguém aparecer na rua antes deserta. Esperando onde ficavam todas as manhãs, para encher os baldes no hidrante Croton de madeira verde que ficava à sombra do Matadouro Sweeney.

O Beco Paraíso não era realmente uma rua, e nem sequer exatamente um beco. Na verdade era um corredor, com não mais do que trinta metros de largura, que levava para o Matadouro — o enorme e duplo cortiço interligado na Cherry Street que assomava por cima deles, com as paredes e até as janelas perpetuamente enegrecidas com a fuligem de carvão. Os cômodos alugados por Ruth e sua família ficavam logo na parte de fora do cortiço, numa das poucas casas remanescentes que se amontoavam na extremidade do quarteirão, onde este inclinava-se para baixo na direção do sul e do oeste. A maioria das casas com menos de cem metros de comprimento e noventa e cinco de largura, com dois andares cada uma e outro meio-andar, que servia de loja para os alfaiates, carpinteiros e sapateiros que foram os primeiros a alugá-las. Não que ainda tivesse restado no Beco Paraíso alguém com tais habilidades...

A torneira do Croton era a única para três quarteirões, de forma que as mulheres vinham de todas as partes do Quarto Distrito — as judias do quarteirão ao lado, as mulheres dos cortiços e até mesmo Deirdre, trocando histórias e contando casos. Na maior parte dos dias elas gostavam de prolongar a tarefa, conversando e observando distraidamente enquanto seus filhos tentavam assassinar uns aos outros na rua.

Hoje, entretanto, estavam mais taciturnas, quase com a língua presa. Arrastando os pés no chão e remexendo os baldes de madeira. Partilhando, concisamente, quaisquer migalhas de notícia que tivessem.

— Ouvi dizer que eles estão indo para o Owen's e para o Novelty...

— Henry disse que eles vão queimar qualquer loja que não saquearem.

— Eles vão queimar a cidade inteira, se puderem...

As vozes baixas e agitadas. Enchendo os baldes rapidamente, ansiosas em voltar para dentro, para trás das suas próprias janelas fechadas e portas trancadas.

— Por que os homens *fazem* essas coisas?

— Eles não vão fazer nada — a sra. McGillicuddy falou com desprezo.

Era uma mulher alta e grandalhona que morava no Matadouro. Usava o cabelo preso num coque ainda mais alto para afastar o calor, e Ruth pôde ver a exposta pele branca ao longo da nuca começar a adquirir um vivo tom rosado.

— Se chegarem a dez quarteirões da sede do telégrafo serão mortos como cachorros — a sra. McGillicuddy insistiu, as mãos nos quadris, como se desafiasse qualquer uma a contradizê-la. — O mesmo vale para o arsenal, ou para a Prefeitura, ou para a casa de qualquer republicano ricaço. Vocês sabem disso tão bem quanto eu.

— *Então,* o que eles vão fazer?

Todas ficaram em silêncio. Sabendo mais do que ninguém o que os homens provavelmente fariam, então, e o que faziam sempre que ficavam frustrados. Se não conseguissem chegar aos grandes e poderosos, o mais provável seria que viessem para o bairro. Esta rua de cortiços, de prostitutas, de negros e mestiços, aberta a todos — para que fizessem o que bem entendessem. Porém, no instante em que se deram conta do perigo que tinham em comum, a conversa das mulheres ficou mais rebelde, ecoando os argumentos dos homens.

— Mas será que podemos culpá-los? São trezentos dólares, e um homem pode comprar a sua dispensa...

— E não há isenção para os bombeiros, nem para a polícia! Nenhuma isenção, para ninguém!

As queixas se atropelando. Ruth e as mulheres negras, e as outras mulheres brancas que eram casadas com negros baixando os olhos, como se fossem de alguma forma responsáveis.

— Ouvi dizer que os abolicionistas estão mandando todos os bons irlandeses para as linhas de fogo.

— *Eu* ouvi dizer que estão trazendo cem mil escravos libertos para a Cidade, para tomar os empregos deles...

— O marido da minha irmã foi por nada, foi mandado direto para lá e levou um tiro na perna, na Virgínia. Para o que ele serve agora, eu quero saber?

— Esmolando o dinheiro da Prefeitura, como uma puta de rua qualquer...

— Você pode culpá-los? Com trezentos dólares você pode comprar a dispensa, assim sem mais nem menos! Quando, com mil dólares, você pode comprar um...

A mulher calou-se no meio da frase. A irlandesa consciente, ao menos, daquelas pessoas em seu meio. Mas Ruth entendeu tudo. Sem nada dizer, porém pensando em como Billy havia pulado da cadeira com o jornal, agitando-se em sua raiva sempre que lia qualquer coisa sobre o dinheiro.

Trezentos dólares? Trezentos dólares! Maldição, eu iria para a guerra por metade disso! Iria sem ganhar nada!

Ela ficara magoada, pois tinha certeza de que ele falava a sério, e mandou-o parar com aquela conversa.

Do que iríamos viver, então? Já pensou nisso? Do que iríamos viver? — embora isso não tivesse importância. O governo não estava aceitando nenhum soldado negro, o que levava todos os capachos políticos a repisar o mesmo assunto nos seus discursos nas esquinas:

Ninguém vê um único rosto negro entre as fileiras, não é? Vocês vêem todos os rostos da Irlanda, cumprindo sua obrigação e lutando pela União, mas não vemos um só rosto negro entre eles. Estão apenas fazendo hora, esperando para tomar o seu emprego, a sua mulher...

— Lá está ela, agora. Acordou cedo e está toda lampeira, para variar.

Até as mulheres negras assentiram concordando, felizes pela mudança de assunto.

— Ela vai trazer o demônio até nós hoje. Esperem só para ver...

Ruth olhou para a rua abaixo e viu Maddy Boyle caminhando na direção delas com seu balde. Movendo-se com aquele andar livre, de pernas abertas, que fazia com que todos parassem para olhá-la, tanto os homens como as mulheres. *Maddy, a Rameira.* Ela andava de cabeça baixa, no rosto o sorriso habitual, ligeiramente assimétrico, como se estivesse acalentando algum gracejo secreto.

— Deus abençoe a todas aqui — ela disse em voz bem alta quando se aproximou das mulheres, olhando cada uma diretamente no rosto, os cantos da boca repuxando-se agora num largo sorriso.

As mulheres resmungaram breves olás, enrijeceram e se afastaram, dependendo da moralidade de cada uma. Ainda assim, hoje havia algo a mais na reação delas do que mexericos e ressentimento, Ruth pensou. Elas pareciam estar quase assombradas por Maddy, recuando como éguas assustadiças quando ela chegou mais perto.

Os homens iam à casa de Maddy — todas sabiam disso. De dia ou de noite, tocando ruidosamente a sineta da frente, ou dando na porta alguma batida pré-combinada, delicada como as asas de um pombo. Açougueiros e estivadores, marinheiros andando a passos largos pela rua com as pernas arqueadas, como se mal conseguissem manter a coisa entre elas. Cavalheiros, parecendo atemorizados e furtivos. Homens negros e homens brancos, irlandeses e ianques. Eles chegavam em dois e três de uma só vez, enquanto Ruth perguntava-se se ela os fazia esperarem no andar de baixo, na cozinha.

E, às vezes, havia tumultos durante a noite, bêbados cantando e brigando na rua. Ruth sempre gostava de olhar pela janela do seu quarto, só para ver, maravilhando-se com a idéia de todos aqueles homens brigando por Maddy. Outras famílias da rua praguejavam contra ela das suas janelas e ameaçavam expulsá-la. Maddy não se abalava, praguejando de volta como um marinheiro, até que eles apagassem as luzes e fechassem as janelas novamente. Eles sempre ficavam um pouco intimidados com ela. Maddy tinha algum rico cavalheiro que a mantinha na casa, e seus preços iam muito além do que qualquer um no quarteirão poderia pagar. Os filhos e maridos ficavam estupidificados quando ela passava por eles, as mulheres resmungando que ela os enfeitiçava.

Maddy tomou seu lugar na fila de baldes, ainda usando o sorriso secreto e uma camisola delicada, toda bordada. Era amarela como uma margarida de verão e indecentemente fina para ser usada na rua. Nada além de uma camisola, porém mais cara do que qualquer vestido que qualquer uma das mulheres na bica possuía, embora estivesse toda manchada com sujeira e cinzas, e talvez até um pouco de sangue. Maddy desatenta às duas coisas, à delicadeza da roupa e do seu estado lastimável. Quando percebia que as outras mulheres a encaravam, ela limitava-se a sorrir de volta, fazendo caretas e mostrando a língua como uma louca.

— É ela. — A sra. McGillicuddy assentiu significativamente, sem se incomodar em manter a voz baixa. — É com ela que temos de nos preocupar.

As outras sabiam o que ela queria dizer.

— Claro, ela vai trazer todos eles direto para nós...

Maddy parecia nem ouvi-las, balançando devagar para a frente e para trás no lugar onde estava. Ainda sorrindo seu sorrisinho, a língua pendendo para fora da boca. *Como uma criança*, Ruth pensou. De repente ela levantou a cabeça — e arrancou uma enorme e antiga pistola de dentro das dobras do vestido, rindo quando as mulheres mais próximas tombaram umas por cima das outras.

— O que me importa se eles vierem? — Maddy exclamou triunfante, girando de um lado para outro da rua, sacudindo a arma para todas elas. — Vão receber mais do que queriam, se vierem!

— Jesus, guarde essa coisa antes que cause um estrago de verdade!

A sra. McGillicuddy tentou soar zombeteira, mas nem mesmo ela conseguia esconder o medo.

— Estão vendo? A garota é completamente maluca!

— Ela vai fazer com que tudo venha abaixo, por cima das nossas cabeças!

Este era o medo que elas compartilhavam. Maddy trazia os homens, e os homens traziam confusão. Mesmo assim, Ruth sentiu uma vontade irresistível de aproximar-se dela, de lhe perguntar sobre a arma.

— Você sabe mesmo usar isso?

Maddy voltou seu olhar para ela, e Ruth sorriu sem pensar. Como ela ainda era bonita e jovem, Ruth pensou — comparada consigo mesma. Duvidava que Maddy realmente soubesse quem ela era, mesmo depois de todos aqueles anos morando perto no mesmo quarteirão, mas ainda assim Maddy lançou-lhe um sorriso radiante, como se fossem as melhores amigas.

— Claro, o que há para saber?

Maddy encolheu os ombros grandiosamente, brandindo a arma à sua frente.

— É um revólver, basta apertar o gatilho.

— E você pode matar um homem com isso? Só assim?

— Num instante! Deixe ele tentar alguma coisa comigo!

Ela entregou a arma para Ruth, que balançou o cano desajeitadamente na palma da mão enquanto pensava a respeito.

Apenas um tiro. Somente um único tiro, e isso cuidaria até mesmo de Johnny Dolan...

5

O PERIGOSO JOHNNY DOLAN

O nariz macio e rosado roçou-lhe a face, empurrando-o gentil, mas insistentemente para fora do sono. Ele piscou diante de um par de úmidos olhos azuis, pairando acima dele, sensíveis e indagadores.

Ele ergueu-se no mesmo instante, agora totalmente consciente. Os olhos já baixando, desapontados — mas ainda assim deu um tapa no nariz inquisitivo, borrachento. A criatura disparando pelo beco com um *oinc-oinc* lamurioso.

— Sai já daqui!

Ele já havia se deitado com porcos antes, mas havia histórias de como eles andavam comendo os homens que caíam bêbados demais nos becos da Water Street. Quando o animal parou e ficou esperando, otimista, Dolan atirou uma garrafa vazia na direção dele, afugentando-o para a rua. Depois girou o corpo, apoiando-se para se equilibrar na parede de tijolos contra a qual estivera deitado, e pegou o saco de dormir e a pequena sacola de marinheiro que continha seus pertences. Verificou, cuidadosamente, para certificar-se de que tudo ainda estava lá, bem como as botas em seus pés, a faca e a lâmina escondidos nas suas laterais e solas, a atiradeira em seu bolso.

Espreguiçou-se e virou novamente contra a parede para urinar. Analisando, enquanto o fazia, as outras formas imóveis que jaziam na pilha de imundície e lixo do beco, enterradas debaixo de velhos casacos e pedaços de jornal. Perguntando-se se valeriam a pena. As chances eram de que já tivessem sido depenados por algum barman ou outro bêbado, mas, quem sabe, talvez o fedor os tivesse assustado...

Ele chutou com o pé o homem que estava mais perto. O rosto dele pendeu para trás, amarelo como verniz. Um sobretudo enrolado no corpo, mesmo naquele calor. Dolan já vasculhara os bolsos da calça e do colete antes de perceber que ele estava morto. Deu um passo para trás, inclinando a cabeça para o lado como se estivesse estudando o homem, divino em seu segredo.

Como podia ser tão fácil deslizar para fora dessa vida?

Chutou os pequenos pés do homem, tão mirrados quanto o restante dele. Nem mesmo um par de botas decente ele tinha, o couro patente gasto e com buracos do tamanho de dólares de prata. Ele chutou-o mais uma vez antes de deixá-lo.

Sorte sua, então.

Ele parou na entrada do beco. Completamente imóvel, da maneira como sempre ficava quando tentava decidir o que fazer em seguida. Sem nada revelar, sem se comprometer com nada, apenas os olhos disparando por toda sua volta, captando tudo.

E tudo era quase igual, mesmo depois de tantos anos. O fedor rançoso de peixe da zona portuária, os dejetos de humanos e animais boiando abertamente na água. O aroma de café, gengibre e canela, noz-moscada, limões e laranjas empilhados nos engradados. Os navios atracados no cais como cavalos de corrida, com os gurupés negros içando-se por cima da rua, retorcendo-se em seus escovéns.

Quatorze anos. No entanto lá estava ele outra vez.

Suas juntas e costas doíam pela noite passada no beco, e ele esfregou umas nas outras as poucas moedas que tinha no bolso, ruminando sobre elas. *Alugar um quarto hoje ou continuar procurando?* Seria bom ter um lugar só seu, mesmo se fosse apenas por algumas horas. Um canto onde descansar, pensar e largar a sua mochila de marinheiro.

Mas qualquer lugar que pudesse pagar seria fatalmente um ninho de moscas, onde teria de ficar vigiando sua retaguarda e pertences dia e noite. Pior ainda, havia mais do que uma chance de ser reconhecido, os outros pensionistas ou o proprietário bisbilhotando seus assuntos. Correndo para a polícia, talvez, para ver se a recompensa ainda valia, em função do que acontecera com o Velho Noe, tantos anos atrás.

Não, melhor continuar andando. Não fazia sentido vir de tão longe, oito mil quilômetros, só para acabar pendurado numa forca...

Ele havia se certificado de descer pela prancha de desembarque com toda pressa, mantendo os olhos baixos. Nunca se sabia quem poderia estar olhando. As intermináveis e evasivas multidões de batedores de carteira, trabalhadores diurnos e bêbados matando o tempo nas docas. Observando, sempre observando. Era a única coisa que faziam que não lhes custava dinheiro. Seria um erro desperdiçar dinheiro numa pensão, pois, tanto quanto sabia, *eles* já haviam se mudado, certamente teriam se mudado, se tivessem ao menos um pingo de juízo.

Mas, daí, se tivessem algum juízo jamais o teriam trapaceado...

Quatorze anos. Primeiro a viagem em torno do cabo Horn, depois todo aquele tempo na prisão para onde os Vigilantes o tinham mandado, ao pé das Sierras. Trabalhando na serraria ou quebrando pedras, acorrentado a uma fileira de outros homens. A cadeia não tinha sido assim tão ruim, apenas um cercado de toras de madeira escondido numa vastidão desabitada. Certa vez ele até conseguira surrupiar uma lima na serraria, escondendo-a na manga. Trabalhando assiduamente nas correntes de ferro todas as noites, depois que os outros homens da sua cela estavam dormindo. Esperando até que estivesse lá fora, num grupo de cortadores de árvores, antes de serrar a última argola de metal para depois apenas correr cegamente para a floresta, certo de que ninguém mais conseguiria apanhá-lo, não importava o que fizesse.

Mas ele não tinha comida e não sabia caçar, e tinha de ficar à frente dos cães todos os dias. Ele nunca havia visto árvores — *florestas* — como aquela, e não demorou muito para que não fizesse idéia de onde se encontrava. Era este o objetivo da prisão, encravada no meio do nada, tão distante que nenhum homem branco jamais conseguiria encontrar seu caminho de volta. E todas as manhãs havia os cães novamente, e os homens a cavalo. Perseguindo-o cada vez mais para cima das montanhas até que finalmente — faminto e ferido, as botas em tiras, a carne cortada e cheia de vergões causados pelas sarças e pelos galhos das árvores que o chicoteavam — ele correra para uma clareira na saliência de um rochedo e chorara, uivando como um lobo em seu ódio e frustração.

Quisera simplesmente jogar-se de cima do penhasco, ali e naquele momento, mas não conseguiu. *Não enquanto eles ainda estão vivos. Não enquanto eles tivessem o que lhe pertencia.*

Não conseguiu obrigar-se a saltar, não depois que teve tempo para pensar nisso. Pensar, esta era a maldita desgraça de tudo. Ele sempre fora amaldiçoado com a capacidade de pensar, soubera disso desde a época do asilo de indigentes em Cork.

Enquanto outros homens eram apenas insensatas massas informes de desejo, nada melhores do que porcos...

Porque podia pensar, ele acabou permitindo que o algemassem novamente e o levassem marchando de volta para a prisão. Deram-lhe seis meses na solitária e sua sentença dobrou por tentar escapar.

Todo aquele tempo inútil. Pensando em nada, exceto em como seria quando voltasse para cá, para a Cidade. Mas o que era o tempo, o tempo *ou* a distância, para gente como ele? Agora ele havia voltado, exatamente como jurara que faria. Agora poderia pensar com algum propósito, mais do que simplesmente manter-se vivo.

De volta para reaver o que era seu — sua mulher e seu tesouro. Então, onde começaria a procurar?

Permaneceu imóvel por mais algum tempo, nas sombras da taverna. *Melhor tentar aquele ninho de pretos primeiro.* A Vila dos Pretos, lá no matagal e na baixada pantanosa acima da Fifty-ninth Street, a cerca de oitocentos metros adiante de Pigtown. Se eles fossem tolos o bastante para ainda estar por ali, pensando estar protegidos pelo povo *dele.*

Bem, isso é o que eles pensam. Nem uma cidade inteira de pretos seria capaz de mantê-los a salvo dele.

Novamente esfregou as moedas umas nas outras. O suficiente para uma bebida, de qualquer forma, embora ele nem imaginasse quanto uma dose estaria custando agora. *Só um trago, era o que bastaria para tirar aquele penhasco do pensamento...*

Virou a esquina na direção do *saloon* que havia visto na noite anterior. Um nome do qual se lembrava dos velhos tempos, embora não estivesse bem certo do motivo: "O Homem Amarelo." Tentou caminhar até o bar o mais despercebido possível, com a cabeça baixa. Mesmo assim, o barman levou um susto quando ele olhou para cima. Os outros homens ao longo do balcão afastando-se bem devagar, da maneira que faziam quando não queriam ofender alguém — mas tampouco queriam ficar muito perto.

No início, ele ficou com medo de ter sido reconhecido, mas quando olhou no espelho amarelado e mofado atrás do bar, viu qual era a verdade. Ele não se olhava num espelho desde Galveston, não tinha a menor idéia de como estava agora. Sua roupa de marujo estava imunda por ter dormido no chão. Pedaços irregulares de costeletas brotando ao longo das suas faces e queixo, chumaços de cabelo gretado eriçando-se para cima e adquirindo uma cor cinzenta de aço. Seu rosto ainda sulcado e amarelado pela febre-amarela que pegara no Panamá. Isso o fizera atrasar-se por mais três meses, até mesmo o branco dos olhos colorindo-se de um tom amarelo, ictérico.

Ele sorriu para si mesmo no espelho. *Mal parecendo humano.* Era exatamente o que queria. Totalmente irreconhecível, ainda assim feroz e assustador. *Dessa maneira ninguém irá interferir comigo.*

O bar era um lugar tosco, dilapidado. Havia um velho fogão de aquecimento, umas poucas mesas e cadeiras com mais homens escarrapachados sobre elas. As costumeiras ilustrações amarelecidas de George Washington, Emmet nas galés, e Will, o Pirata penduradas nas paredes. Ele deixou uma moeda no balcão e apontou para um dos barris empilhados atrás do bar, rotulados simplesmente de "UÍSQUE", esperando esconder sua ignorância sobre o que deveria pedir, e quanto custaria.

O barman pegou a moeda, assentiu e disse:

— Trinta segundos.

Dolan não tinha idéia do que ele queria dizer. Tudo o que pôde fazer foi rosnar de volta para o homem, produzindo um som escassamente humano de assentimento. Ele sabia que ainda estava desligado, depois de tantos anos na prisão. Era bom que sua aparência afugentasse os curiosos, porém ele continuava mergulhado em si mesmo, ainda movendo-se e falando quase como um idiota, um animal irracional. Precisava reerguer-se, tinha de acompanhar o passo daquela agitada e traiçoeira cidade que o rodeava.

O barman pegou a mangueira de borracha cinzenta que pendia de um barril logo atrás dele, exatamente como pendiam outras em cada um dos barris encostados na parede, parecendo caudas de ratos. Ele a esticou, friccionando a mangueira com puxões firmes, masturbatórios. Até que, no exato momento em que sentiu o uísque começando a jorrar, tirou o relógio do bolso e entregou a extremidade da mangueira para Dolan.

— Tudo bem. Trinta segundos.

Dolan envolveu os lábios obedientemente em torno da ponta da mangueira — sentindo o resíduo espesso, acre, de cebolas e lingüiça, todos os sabores de centenas de outros homens que já haviam sugado na mesma mangueira naquele dia.

Então o uísque atingiu-o — removendo qualquer outra sensação em sua boca e através de todo o seu corpo. Era a coisa mais áspera que ele já experimentara, como iodo puro queimando o fundo da garganta. Mais canfeno do que uísque, depois de pouco tempo iria derreter os órgãos internos de um homem como solvente de pintura. Queimando direto até as vísceras, deixando a mente tão limpa quanto uma lousa. *Vai servir, isso vai fazer com que eu pare de pensar.*

Ele agüentou, sem nem mesmo uma pausa para respirar, determinado a aproveitar cada segundo do seu tempo. *Vai servir por enquanto.* Continuou sugando, deixando a bebida atiçar ao ponto de fervura os últimos flocos de bacalhau salgado em seu estômago, querendo que espumasse também a cabeça. Quando finalmente o barman arrancou-a da sua boca ele quase pegou a faca na bota, desejando, mais do que tudo, ser reconectado àquela mangueira.

Em vez disso ficou parado ali por mais um momento, as duas mãos no balcão enquanto se recuperava, certificando-se de que suas pernas ainda conseguiriam carregá-lo.

— Mais um? — o barman ofereceu um tanto cauteloso, tendo captado a expressão nos olhos dele quando puxou a mangueira.

Mas Dolan balançou a cabeça.

Estava na hora. *Depois de 14 anos, está na hora. Mais que passou da maldita hora.* Ele atirou a sacola de marinheiro por cima do ombro e espreguiçou-se como um animal, flexionando cada parte do corpo. Depois saiu com largas e decididas passadas para fora do bar, para dentro da grande Cidade, sua cabeça incandescendo lindamente quando ela inchou-se e se abriu diante dele.

6

HERBERT WILLIS ROBINSON

Em Nova York as máquinas não funcionam e os homens não querem funcionar. Os limpadores de ruas estão em greve e as máquinas que foram compradas para substituí-los não limpam nada, apenas molham o lixo e depois o espalham para todos os lados. Novas pilhas de lixo afloram por cima destas — garrafas vazias, folhas de repolho, ossos de peixe, trapos de roupas. (Esta é a regra férrea: onde quer que haja uma pilha de lixo, os nova-iorquinos irão atirar mais e mais, fingindo que é para lá que a sujeira deve ir.)

Cavalos mortos entopem as valas onde caíram. Este é o sinal mais seguro do quanto está quente. O pior calor do verão, até agora, a umidade já espessa o bastante para fazer com que a gente sinta como se tivesse tomado um banho com melado.

Dois musculosos trabalhadores braçais irlandeses cambaleiam à minha frente, braços em torno dos ombros um do outro, bêbados como lordes às sete da manhã. Não há dúvida quanto a isso, hoje alguma coisa está no ar. Pensaram que seria uma boa idéia marcar o primeiro dia do recrutamento numa sexta-feira. Vamos dar a partida, acabar logo com tudo e deixar as coisas esfriarem no fim de semana. Mas, em vez disso, deram-lhes apenas mais tempo para conversar e tramar, longe dos seus empregos, apenas deram ao calor mais tempo para assentar-se sobre nós...

*

Ainda estou descendo pela ilha, na direção do meu local de trabalho no *Tribune* de Nova York. Depois que passar no *Trib*, terei de voltar para o Beco Paraíso e ver como está Maddy. Ela não vai ficar bem se houver tumultos. Talvez possa tentar convencê-la a ir para minha casa em Gramercy Park, abrigar-se nos aposentos dos empregados — embora eu duvide disso. Ela me recusa tudo, agora, tanto coisas para ela como coisas para mim. Confiando, em vez disso, naquela enorme pistola que arranjou. Brandindo-a na mãozinha com uma risada — *Se houver confusão, posso cuidar de mim mesma...*

Minha Maddy. Ainda tão voluntariosa, tão linda, mesmo quando me rejeita. Ela já viu tantas coisas em sua vida, mas nunca o tumulto de uma turba enfurecida.

O menino olha para mim na vala. A poça de sangue engolfando seu barco de papel, dragando-o para dentro do redemoinho. Ele limpa a mão no rosto, sorrindo, espalhando o sangue de uma orelha a outra.

Não sei porque o rosto dele permanece assim comigo. Normalmente não olharia duas vezes. Pode-se encontrar um menino como aquele em quase toda esquina da cidade. Apenas mais uma criança da Cidade, brincando...

Na Eleventh Street eu paro para observar uma turma de trabalhadores numa construção, erguendo uma dupla casa de cômodos no local onde havia a mansão do velho Abraham De Peyster. Nunca resisto à tentação de fazer uma pausa para olhar a Cidade renovar-se, suas constantes elevações e contrações, como as de uma gigantesca anaconda, ou uma cobra venenosa, trocando a pele.

Tenho observado esta mesma turma há semanas, mourejando neste buraco de lama amarelada. Agora já os conheço tão bem que posso identificar quase a maioria apenas de olhar. O sujeito grandalhão, de barba ruiva, um comandante nato de homens, que é o contramestre. O baixinho, ligeiramente manco, mas com o peito tão musculoso quanto o de um touro, capaz de erguer vigas inteiras sozinho. Dois outros, de pele morena e barbas espessas, crespas, tão parecidos que poderiam ser irmãos, talvez até gêmeos. Todos eles com suas rijas calças de brim e camisas de trabalho, bandanas imundas amarradas nos pescoços, idênticos chapéus de palha inclinados nas cabeças para protegê-los do sol escaldante.

Dia após dia eles mordiscavam bocados dos jardins e da majestosa casa de tijolos em estilo holandês do velho De Peyster, determinados como formigas, usando apenas as ferramentas mais primitivas, pás, picaretas, marretas, e até mesmo as mãos nuas.

Pergunta: Por que o carrinho de mão é a maior invenção de todos os tempos?

Resposta: Porque ensinou os irlandeses a andar com duas pernas.

É bom ver alguém — qualquer um — trabalhando novamente, depois de todas as greves dos últimos meses. A greve dos estivadores, dos trabalhadores dos gasômetros, dos limpadores de ruas. A greve dos alfaiates e dos chapeleiros, dos carpinteiros e calafetadores dos estaleiros, dos caldeireiros e marceneiros, maquinistas e carroceiros...

É um prazer observar até mesmo uma coisa dessas à medida que vai subindo, sentir-se tranqüilizado pelo seu progresso constante, dia após dia. Nada de vagabundos ou estivadores aqui, o meu pequeno time tem trabalhado sem pausa. Assim que acabaram de nivelar a casa e os jardins de De Peyster, eles começaram a erguer os prédios de apartamentos no mesmo local, utilizando os mesmos tijolos e madeiramento recuperados. Nada é permanentemente descartado nesta Cidade, exceto a vida humana.

Não tem havido muitas construções durante a guerra. Até mesmo a imensa nova catedral de Dagger John permanece adormecida e embolorando na Quinta Avenida, devido à escassez de mão-de-obra. Mas este prédio tem-se erguido com perseverança durante todo o transcorrer da primavera e o começo do verão — com três andares, cômodos de sessenta por quarenta, com uma única e fedorenta fileira de latrinas no meio. É mais do que provável que os homens que o construíram irão eles próprios ocupá-lo, construindo suas próprias moradias ali, aqueles tetos sobre suas cabeças...

"Desabamento! Desabamento! Homens em perigo!"

Acontece devagar, tudo de uma só vez — como derrubar uma chaleira e ficar olhando-a cair, sabendo o estrago que irá causar antes mesmo que atinja o chão. Há um rugido que parece vir das profundezas da terra e depois um terrível som dilacerante quando o prédio desaba, e então os homens desaparecem debaixo de todas as paredes de tijolos e madeira velhos e terra.

O contramestre de barba ruiva, com sua habitual percepção, saltando agilmente para fora no último instante. O atarracado e manco Vulcano, e outros dois, escalando imediatamente para cima das ruínas. Mas todos pularam para dentro outra vez, antes mesmo que a enorme nuvem branco-acinzentada tivesse baixado. Impávidos diante do próprio perigo, lançando ao ar o grito enquanto escavavam freneticamente entre os escombros:

"Acudam, acudam! Homens em perigo!"

A vizinhança inteira está ali num instante, todos os que estão de passagem: balconistas de mercearias, mensageiros de bancos, condutores saltando dos seus veículos, deixando suas mercadorias e carroças paradas na rua. Mulheres acorrendo ao local ainda descalças, amarrando xales pretos em torno das cabeças, vindo direto das cozinhas ou porões, dos cortiços dos fundos, das lavanderias e fábricas. Todos pulando no traiçoeiro buraco para ajudar a desenterrar, puxando vigas inteiras, arrancando tijolos e pedras com as mãos.

A urgência deles é tão desesperada, tão terrível de se testemunhar que, antes mesmo de saber o que estava fazendo, eu mesmo estou correndo. Lá estou eu, no meio deles, escorregando e deslizando para o interior da escavação, por mais inútil que seja. Virando para este lado e para outro, tentando encontrar qualquer coisa que possa carregar.

Ouve-se um outro grito áspero, incipiente, de triunfo e medo. Eles encontraram os homens soterrados e agora tentam carregá-los para cima — os dois gêmeos de barba negra. Surpreendentemente baixos e atarracados, vistos de tão perto. Os olhos revirados e sem vida, cada centímetro deles, até mesmo as crespas barbas negras, agora recobertos com a poeira branca de argamassa. Os homens os deitam no chão, tentam desesperadamente soprar vida em seus pulmões, respirando-a de volta para dentro de suas bocas. Eu espero junto com eles, olhando por cima dos seus ombros, inflamado por estar tão próximo daquela cena — tão perto *deles*.

Entretanto, tudo é em vão. Os escavadores transformaram-se na poeira onde estão enterrados. Os homens que bombeavam seus peitos e bocas começam a recuar, e a horda de mulheres agora reúne-se em torno deles. Elas são suas esposas e filhas, irmãs, primas e vizinhas tentando exortá-los de volta para a vida — acariciando-lhes as testas, limpando com os aventais o pó das suas barbas e faces.

Mas tudo inútil — agora elas percebem que é inútil e lançam um longo e agudo grito de desespero. Batendo e prendendo as mãos umas nas outras, erguendo as cabeças e as mãos para o céu. Suas faces parecendo encovadas e velhas, distorcidas para além de todo reconhecimento humano. O lamento é um som estranho, sobrenatural, saído direto de algum vilarejo antigo e pagão em meio aos charcos e turfeiras.

Eu me arrasto para fora do poço o mais rápido que posso, limpando o máximo de poeira possível da minha roupa. Na pressa dou de encontro com uma das novas paredes de arrimo. Eu mal a toco — mas ela começa a desabar imediatamente, os tijolos deslizando um depois do outro. Embora tivesse sido recém-assentada, a argamassa havia se liquefeito novamente sob o calor úmido e pantanoso.

Fico olhando a parede, perplexo. Agora a argamassa nada mais é do que uma pasta cinzenta e mole, esvaindo-se por entre os tijolos que deveria juntar. Está claro que este é o motivo do desabamento. A argamassa imprestável, fornecida por algum construtor que esperava — o quê? Que não se desmanchasse até que os cômodos estivessem todos terminados e preenchidos com famílias, e ele estivesse bem longe?

Eu me arrasto de volta para a rua, não mais tão preocupado com o estado do meu terno. Apenas querendo me afastar daquele lugar, os lamentos repetindo-se muitas e muitas vezes atrás de mim e a argamassa cinzenta ainda pingando, derrubando tijolos para dentro da lama amarela.

7

HERBERT WILLIS ROBINSON

Sete e meia, e eu chego ao prédio do *Tribune* ainda tremendo em função do desabamento. Meu rosto e o terno novo cobertos de pó, do pó daqueles homens e da casa que estavam construindo. *O que eu estava fazendo, pulando ali dentro daquele jeito? Tentando salvá-los? Eles não poderiam ser salvos...*

Tentei sacudir a poeira da minha roupa, da minha cabeça. Não me sinto disposto a enfrentar Horace nesse momento. Em vez de entrar no *Tribune* atravesso a rua devagar até o *Times*, onde Henry Raymond, antigo assistente de Greeley e eterna pedra em seu sapato, está entregando carabinas a qualquer um dos seus homens que queira pegar. Ele dá uma gargalhada quando me vê, quase engolindo o charuto que está calmamente pendurado num canto da boca.

— Santo Deus, homem, mas o que aconteceu com você? Será que agora Horace está obrigando-o a trabalhar na fazenda dele aos domingos?

Tentei mostrar-me divertido e obrigar minhas mãos a pararem de tremer. *Que dia estranho já estava sendo aquele! Primeiro, o menino passando o dedo ensangüentado pela garganta. Depois, o desabamento...*

— Se você fosse qualquer outro tipo de jornalista, Henry — eu digo a ele, fazendo a minha melhor imitação de Horace —, saberia que o futuro da nossa nação depende de sólidos avanços científicos na agricultura e cultivo animal.

Henry gargalha com apreciação e continua entregando as armas. Um homem pequeno e ativo, o rosto envolto em grossos bigodes e costeletas, Raymond nunca foi um abolicionista, sempre pregou as concessões mútuas para a União. Agora, no entanto, parece estar positivamente esperando confusão.

— Jerome vai subir até o Arsenal — ele me diz, fumando tranqüilamente o charuto enquanto espera pelo espalhafatoso comerciante e apostador de ações que é o seu principal investidor. — Ele vai conseguir algumas armas Gatling do exército. Com estas montadas nas janelas, talvez eu até *convide* aquele bando de arruaceiros para tentar alguma coisa conosco!

Ele joga fora a ponta do charuto e gesticula desdenhosamente através de Park Row, na direção do Parque da Prefeitura.

Uma enorme multidão está reunida ali agora, atrás das altas grades de ferro do parque — mais dos homens e mulheres operários que eu já havia visto em movimento durante toda a manhã. Eles andam em círculos, esmagando os canteiros de flores cuidadosamente plantados. Ainda sem fazer nada, mas falando uns com os outros, escutando os discursos de alguns oradores improvisados.

— Dê-lhes apenas algumas horas até que fiquem bêbados — Raymond me assegura. — A polícia já deveria tê-los retirado de lá. Mas claro que o nosso prefeito foi apanhado cochilando.

E também o superintendente Kennedy, ao que parecia, apesar de todas as suas convicções. Há apenas um ou dois Metropolitanos à vista, ainda menos do que haveria num dia normal de trabalho, perambulando timidamente nas margens mais distantes da multidão. Era assim que iriam ficar à frente da turba e esmagá-la?

— E quanto à Junta Municipal? — pergunto.

— Aqueles *copperheads*! — Raymond bufa, os olhos luzindo com repulsa. — É de se admirar que não estejam liderando a revolta.

— Mas e a ordenança deles?

Havia um rumor de que os "Quarenta Ladrões" talvez aprovassem um decreto de última hora, oferecendo-se para pagar os trezentos dólares necessários para os substitutos em favor de quaisquer homens que os solicitassem. Uma lei dessas seria disparatada e covarde, uma completa capitulação à revolta — e algo que talvez simplesmente salvasse o dia.

— Sim, eu também ouvi falar nisso — Raymond diz secamente. — Mas qual o trambique deles *nisso*? Quanto é que vão ganhar, hein? Melhor seria se tivéssemos estipulado aos nossos vereadores a quantia de trinta dólares para cada *recruta*. Somente o Sexto Distrito já teria tomado Richmond há dois anos!

Ele me oferece um revólver e, depois de um momento de hesitação, eu agradeço e o guardo rapidamente no bolso interno do meu empoeirado paletó. Raymond emite um grunhido de satisfação e depois inclina-se, mais sério.

— Pelo menos você tem juízo! A manhã inteira estive tentando convencer o seu patrão a pegar algumas armas. Eles virão, você sabe.

— Sim.

— Aquele idiota cabeça-dura! — Raymond pragueja.

— Sim.

No ramo de jornalismo todo mundo tem rixas com todo mundo, mas Greeley tem mais do que a maioria. Sua contenda com Raymond data da época em que ele trabalhava com Horace. (Alguma coisa sobre Raymond estar à beira da morte durante duas semanas em seu quarto de pensão, enquanto Greeley negligenciou-o a tal ponto que mandou apenas um mensageiro para verificar o que estava acontecendo.) Então, claro, Raymond teve de piorar tudo construindo o seu prédio maior e mais grandioso do novo *Times* quase em frente do *Tribune*, no outro lado da Nassau Street.

Desejando-lhe boa sorte, finalmente atravesso a rua na direção de Horace — e caminho para dentro do caos. Editores, repórteres e aprendizes estão correndo para cima e para baixo dos corredores, fazendo toda e qualquer preparação que possam imaginar. Estão enchendo baldes com água, fechando e trancando as grandes janelas envidraçadas nos andares mais baixos e empurrando fardos de papel ensopado com água contra elas. Todos repetindo uns aos outros quaisquer fragmentos de mexericos e rumores que ouviram, não importa o quão insanos sejam. (Uma vez que um jornal foi fechado, que escolha temos a não ser contar mentiras uns aos outros?)

O próprio Greeley recusa-se terminantemente a fazer qualquer preparação para enfrentar a revolta, embora seja mais do que notório o quanto ele é detestado pelo seu abolicionismo, republicanismo e repetidos ataques contra os irlandeses e católicos em geral. Agora, entretanto, ele está num dos seus humores de mártir. Posta-se atrás da alta escrivaninha de composição, os desgrenhados cabelos e costeletas brancos emoldurando o rosto redondo, rosado e afável, como o de algum querubim aposentado. Grandes olhos azuis piscando inocentemente, as mãos cruzadas com aquele ar de perfeita e infantil serenidade que faz com que amigos e inimigos tenham tanta vontade de esganá-lo.

Enquanto observo, ele rejeita todos os apelos dos seus assistentes, Sydney Howard Gay e James Parton, para que entregue armas aos funcionários, insista em convocar a guarda da polícia, fuja — para que faça *alguma coisa.*

— Numa república estamos sempre à mercê do povo — ele diz ao sr. Gay, que está à beira das lágrimas. — Se, depois de todos os nossos esforços aqui, ainda precisamos viver com o perigo de que nosso estabelecimento seja queimado e todo o nosso pessoal atacado, bem, que seja, então. Precisamos reconhecer que tudo o que temos tentado fazer nesses últimos 22 anos foi um fracasso.

No entanto, o simples fato de ele estar no jornal antes do meio-dia desmente a tranqüilidade de Greeley. Ou então ele queria apenas afastar-se da mulher com quem mora na sua fazenda em Chappaqua, e a quem chama de Mãe — e que é melhor conhecida nos escritórios como "O Conflito Irreprimível". Na verdade, seria um homem muito corajoso aquele que preferisse voltar para casa e para Mary Greeley do que enfrentar uma turba de revoltosos.

— Não, longe de nós acrescentar mais sangue a uma nação que já se encontra banhada nele...

Por trás daqueles piedosos olhos azuis eu detecto uma profunda incerteza. Como muitos homens que têm opiniões ferrenhas sobre tudo, Greeley não sabe lidar muito bem com momentos de crise. O mesmo aconteceu quando a guerra começou. A primeira reação dele foi escrever um editorial pacifista opondo-se a qualquer tentativa de manter o Sul na União mediante força — "Irmãs desgarradas, sigam em paz!". Depois de dois meses ele estava inundando Lincoln com telegramas sobre como distribuir melhor os seus exércitos.

— Você acha que haverá alguma *violência?* — ele me pergunta agora, como se "violência" fosse algum tipo de conseqüência impensável, aqui nesta cidade, na guerra mais sangrenta da nossa História.

— Nada mais do que incendiar a cidade inteira — eu digo. — Mas suspeito que irão parar no Brooklyn. O East River e tudo o mais.

— Eles estão determinados a prosseguir com o recrutamento? Isso é loucura! Eu disse a Lincoln...

Ele se interrompe, perdendo-se em pensamentos. Passando os dedos distraidamente pelas pilhas de papel almaço sobre a escrivaninha, a caixa de chapéu de papelão cheia de anotações rabiscadas para seus futuros editoriais. Horace, com todas as suas loucas fantasias — seu socialismo e fourierismo,* seu entu-

*Movimento socialista francês que desfrutou de um breve sucesso nos Estados Unidos, especialmente nas páginas do *Tribune* de Nova York. (*N. do T.*)

siasmo pela reforma agrária, abolicionismo, dietas fantásticas e amor livre. Em algumas ele até acredita.

— Nós precisamos saber das coisas — ele diz, com instinto de jornalista tomando a dianteira. Rabiscando furiosamente anotações na mesa. — A polícia já apareceu? Quantas tropas estão na Cidade? Podemos contar com mais homens de Meade? Onde o povo está se reunindo neste momento?

Ele vira-se para mim, perguntando-se a mesma coisa que sempre se pergunta quando volta a atenção para qualquer homem: *O que posso fazer pelo Império de Horace?*

— O que estão fazendo aqueles perdulários da Junta Municipal? Onde está o nosso prefeito? — ele indaga.

— O mais provável é que estejam passando o verão em Long Branch ou Newport.

— Encontre-os, está bem? Seria bom saber o que eles planejam fazer a respeito da multidão que clama pelas nossas mortes.

— Que tal reconhecermos a nossa falha em... — tento perguntar, mas o sr. Gay já está me empurrando porta afora.

Maddy. Eu deveria estar ao seu lado, na casa que alugo para ela no Beco Paraíso. Ela é a minha primeira responsabilidade. Eu certamente deveria estar tentando fazer o possível por ela, tentando encontrar algum meio de convencê-la a sair de lá.

Mas ela não vai sair, eu já sei disso. Passei para vê-la, também, durante a minha ronda peripatética do fim de semana. Mas ela não quis ouvir meus avisos e preocupações. *Ela ainda parece tanto uma criança, mentalmente, se não de corpo.*

Há mais coisas aí do que apenas isso, eu sei. Ela ainda está zangada — tem todo o direito de estar. Eu a iludi, embora nunca tivesse feito quaisquer promessas. Deveria voltar para ela agora — mas ela vai esperar, tenho certeza. Ainda tenho tempo, cumprir a ordem de Greeley, fazer o meu trabalho e depois voltar para ela. Só mais algumas horas...

Saio pela porta dos fundos do *Tribune* e entro na Cidade novamente. Voltando na direção da turba reunida no Parque da Prefeitura. Meu pulso está acelerado só pelo fato de estar no meio de tais pessoas, mas sinto-me quase frívolo por estar ali, seguro como estou, em meu disfarce.

Instantaneamente, me transformei num deles, graças ao tratamento que minhas roupas receberam no poço da construção. Não exatamente um trabalhador braçal ou um irlandês, claro, porém mais um integrante da vasta classe *do meio*, a argamassa que sempre uniu esta Cidade. Um aprendiz de tipógrafo, ou um artesão itinerante, um comerciante de ovos ou um vendedor ambulante de remédios patenteados passando por uma fase de má sorte.

Neste exato momento estamos sendo exortados por um homem que está em cima de um caixote de laranjas. Eu o reconheço, por mais estranho que seja: é o barbeiro do *Christadoro's*, no Astor House. Normalmente um sujeito bem-humorado, como todos os barbeiros, agradável e receptivo a quaisquer opiniões sobre a vida, política ou mulheres que seus fregueses queiram expressar, enquanto ele guia a navalha ao longo das suas gargantas.

Agora ele dança em cima do caixote de laranjas, ainda usando o avental de barbeiro e as mangas presas com ligas elásticas, liderando a multidão em três ferozes *hurras* para o general McClellan e para o *The Caucasian*, o jornal interditado dos *copperheads*.

— E agora três uivos de vaia para o maldito *Tribune* e o maldito *Times*, e para aquele amaldiçoado Greeley! O velho "Casaca Branca" que acha que os pretos são tão bons quanto os brancos! — ele explode furiosamente, brandindo a navalha aberta para o céu.

Os homens à frente dele riem, aplaudem e emitem juntos três ameaçadores uivos de vaia. Só mesmo em Nova York — uma turba liderada por um barbeiro revolucionário.

Mas, apesar de toda aquela sede de sangue, isso ainda é uma festa para a multidão — gazeteando num dia de trabalho, com pouco rancor verdadeiro debaixo dos gritos de aplauso e vaias. Eu escolho um local na periferia da multidão e paro um instante para escutar, mas logo aquela retórica de barbearia faz com que minha mente comece a divagar. Fico distraído, olhando através das grades de ferro do parque para o restante da Cidade, para o cenário móvel da Cidade que sempre me fascina, contanto que possa observá-lo à distância.

Tudo parece bastante normal por ali. Faixas de ouro e magenta cintilam ao longo da parte endinheirada da Broadway. As damas da sociedade fazem rodízio entre as chapeleiras e as lojas de departamentos — como têm feito nos últimos dois anos — reluzentes em seus emplumados toucados Imperiais. Vestidos de *moiré* farfalham em ondas cor de esmeralda e âmbar. Nas esquinas, elas utilizam os cordões ocultos nos vestidos de Madame Demorest para erguer as armações das saias rodadas e planar acima da indescritível imundície e dos porcos nas valas, como se fossem balões.

Isto é, se realmente se pode chamá-las de damas. Atualmente, a falsa aristocracia e a antiga nobreza são quase indiscerníveis. Nós forjamos milionários mais rapidamente do que moeda desvalorizada. Homens fazem fortunas em um mês, vendendo ao governo selas sem estribos, rifles sem cano, uniformes que não passam de trapos colados apressadamente e que se desfazem à primeira chuva forte. Eles aglomeram-se no mais recente restaurante *Delmonico's* para devorar perdizes francesas — embora ainda equilibrem ervilhas nas suas facas e assoem os narizes com os dedos.

Suas esposas agora entopem as joalherias e se enrolam em fios de pérolas. Penteando as recém-cultivadas madeixas em ondulantes grinaldas, embrulhadas em torno dos rostos gorduchos e animados como se fossem um laço de forca. Elas organizam bailes grandiosos e empoam os cabelos com ouro e prata. Aos sábados, andam nas carruagens em volta do parque central, com seus lacaios uniformizados e xales de pêlo de camelo. Veraneiam em Saratoga, passam o inverno envoltas em zibelinas e arminhos, percorrendo a Quinta Avenida em seus trenós, atirando bolas de neve umas nas outras e rindo como jovens colegiais.

Toda essa lascívia dourada. Apesar de todas as nossas queixas, a guerra mal nos tocou. Através da Broadway vejo os garçons negros de jaquetas brancas do Astor House abrindo as venezianas e, com imensa dignidade, começarem a arrumar a costumeira comida grátis em volta do balcão. Lá, no interior da estóica fachada grega, a antiga aristocracia holandesa e inglesa da Cidade ainda se reúne em torno dos tranqüilos jardins e fontes do pátio, degustando suas doze variedades de aves e quarenta marcas de vinho Madeira.

Whitman costumava almoçar ali, antes de ir para Washington encontrar seu irmão. Esperava que alguém o convidasse para uma cerveja, depois passava o restante da tarde empanturrando-se alegremente com os pratos fumegantes de rosbife, presunto e peru defumados; com o grosso pão e picles, sardinhas e diversos tipos de queijo, além dos inevitáveis ovos cozidos (sem orelhas, aqui). *Um poeta precisa abastecer-se como um camelo ou um cupim de madeira,* ele sempre dizia, *para comer quando pode e sobreviver com os remanescentes pelo máximo de tempo possível.*

Não faz muito tempo que estive com ele aqui, presos num ônibus quando Lincoln passou pela cidade a caminho da sua posse. Nós observamos o comboio de carruagens que levou Lincoln e a esposa para o Astor House, a multidão aglomerando-se em volta para ter um relance do grande homem. Também havia uma sensação de crise no ar — uma sensação sufocante, de tontura, que acontece antes da explosão de uma tempestade. A Confederação já estava se formando e um grande ajuntamento desenvolvera-se subitamente em torno do hotel, cercando o novo presidente eleito em sua caleche.

Whitman não gostava de multidões. Ele recostou-se na janela, franzindo o nariz — cheirando o ar como se pudesse detectar a podridão nas almas dos homens.

— Há um bocado de pistolas e facas guardadas nas cinturas ou bolsos de assassinos, bem aqui — ele resmungou dramaticamente, lançando um olhar para a multidão. — Prontos para atacar, assim que os rachas e distúrbios começarem...

Pelo menos estaremos aqui, então, a uma distância segura, pensei, mas não falei em voz alta. Naquele exato momento o Velho Abe desceu da caleche com sua habitual magreza e elegância. Eu o vira no ano anterior, quando ele viera fazer campanha eleitoral no Sindicato dos Toneleiros, e mesmo então ele já era uma figura impressionante. Agora, entretanto, parecia alguma força primal — espantosamente alto, esguio e musculoso. As roupas pretas e simples, o rosto com o típico bronzeado do oeste sulcado como o solo de um campo recém-arado.

Ele ajudou a esposa baixa e rechonchuda a entrar primeiro no saguão do hotel — um gesto galante e também prudente — antes de virar-se na escadaria para nos encarar outra vez. Parado com as mãos cruzadas atrás das costas, observando a nós todos com uma expressão de curiosidade educada, mas desapaixonada.

Houve pedidos para um discurso, porém ele escusou-se, assentindo e curvando-se em saudação, dobrando o corpo alto como um arco repuxado para lançar a flecha. *O povo, seu senhor.* Dizendo a eles com sua desarmante honestidade que tudo estava se transformando depressa demais, que "antes de ser eleito, eu poderia ser derrotado pela mudança de cenário que posteriormente mudaria outra vez".

Isso provocou um riso geral e uma salva de palmas da multidão, e eu pensei então que estivera errado, que com seu pescoço comprido e a cartola, o cabelo desgrenhado e os braços de primata, Lincoln parecia ser uma força muito *moderna.* Algum mecanismo vigoroso, o motor de uma barcaça do oeste, talvez. O sonho de um funileiro, com todas as suas partes disformes, desajeitadas, improvisadas, mas ainda assim forjado até transformar-se numa máquina de formidável poder.

Claro que depois disso nós o pusemos à prova com todas as costumeiras futilidades que infligimos aos nossos políticos. De nada adiantou, mas ele teve de ser presenteado com uma guirlanda pelo gerente do Astor House. Em seguida, um homem alto insistiu em comparar com ele a sua altura e, mais uma vez, com aquela distraída tolerância, Lincoln concordou. Virando de costas contra as costas do homem — a multidão aplaudindo e gritando outra vez quando o presidente provou ser cinco centímetros mais alto que ele.

Depois disso, ele finalmente foi liberado para entrar no hotel. Conforme subia o restante da escada, um aplauso espontâneo explodiu na multidão — nunca houve antes algo tão raro ou comovente nesta cidade repleta de agitadores profissionais e mascates. Ele interrompeu os passos novamente por um instante, olhando para trás, surpreso pela primeira vez, e mais gritos — sentimentos verdadeiros — verteram da multidão.

— Deus o abençoe, senhor!

— Fique firme! Mantenha-se firme pela União!

— O senhor terá uma tarefa difícil!

E, finalmente, numa voz infantil:

— Espero que o senhor cuide de nós! Rezamos pelo senhor!

Ele sorriu, parando mais uma vez no alto da escada para dirigir-se à multidão, aquele seu sorriso matreiro e irônico apenas tocando-lhe os lábios, embora os olhos ficassem úmidos de emoção.

— Mas vocês têm de cuidar de mim — ele disse suavemente, e depois sumiu para dentro das sombras do Astor House.

Eu o vi só mais uma vez antes que ele deixasse a cidade, antes que a guerra começasse. Foi na noite seguinte, quando ele foi assistir à ópera de Verdi, *Un Ballo in Maschera*, na Academia de Música. O sr. Lincoln fora antes a uma recepção no Museu Americano de Barnum, com todas as suas maravilhas — a baleia branca, a sereia de Fiji e o anão que sabia recitar de cor qualquer trecho da lei de Blackstone — e estava sozinho novamente.

Observei-o lá em cima, no camarote presidencial, o rosto a sua própria máscara. Sentado ali, bem acima do restante de nós, ouvindo a divina música. Sem nada demonstrar de si mesmo, cumprimentando gravemente a todos que o cumprimentavam. Durante a apresentação ele sentou recostado na cadeira, com uma única mão enluvada sendo visível de baixo. Parecia reluzir na escuridão, aquela luva branca, balançando levemente com a música, pairando acima de todos nós.

Toquei a pistola que Raymond me deu, no bolso do paletó. Ela me arranca do meu devaneio, traz-me de volta para a tarefa que tenho em mãos. Não há mais nada que possa apurar naquela multidão, portanto afasto-me para o lado — subindo calmamente a escadaria da Prefeitura, espiando através do vidro das graciosas portas georgianas. Procurando alguém oficial.

Entretanto, o prédio parece estar deserto. As venezianas e portas estão hermeticamente trancadas, os repousantes toldos verdes recolhidos e fora do alcance dos incendiários. *Onde terá se metido o nosso governo?*

Esta é uma empreitada infrutífera. Absolutamente nenhum som vem do interior da Prefeitura — exceto o tiquetaquear de um grande relógio no pórtico, renomado pela sua exatidão. Paro para acertar o meu relógio por ele, os olhos fixos nos ponteiros enquanto marcam lentamente, escrupulosamente, os minutos que passam.

Maddy. Preciso voltar para Maddy.

8

RUTH

Quando sua vez finalmente chegou, Ruth pegou a água e, relutante, deixou as outras mulheres onde estavam. Detestava ter de deixá-las — até mesmo Maddy — por mais assustadas que todas estivessem, nervosas como gatas. Pelo menos elas eram alguma coisa conhecida, faziam parte das suas tarefas matinais rotineiras naquele dia inquietante.

Ela estava, além disso, apavorada com o que precisava fazer em seguida. Obrigou-se a caminhar os poucos metros rua abaixo até a casa dos O'Kane. Puxando a sineta ali, equilibrando os dois baldes de água cuidadosamente numa das mãos enquanto esperava que Deirdre viesse atender a porta.

Claro que Deirdre já fora buscar sua água, Ruth soube disso antes mesmo de entrar. Lá estava, distribuída em baldes e caçambas na saleta da frente, e nos outros cômodos da casa — muito mais do que a família dela conseguiria beber, porém bastante útil para apagar quaisquer faíscas.

Ela estava sempre pensando, aquela ali. Sempre pensando, do jeito que a própria Ruth não conseguia, e sempre prevenida.

As crianças já estavam acordadas e vestidas, sentadas em volta da saleta tão quietas e rígidas como pequenos juízes. A própria sala estava limpa e brilhando como um brinco. Atulhada com a mobília usada e grande demais que Deirdre e o marido, Tom, tinham recolhido das velhas casas em St. John's Park. Aquele era o maior orgulho de Deirdre. Os móveis diferentes dos de qualquer pessoa no Beco Paraíso — uma imensa secretária com tampo móvel, de cerejeira e carvalho, um sofá de pau-rosa e até mesmo um piano que tinham conseguido enfiar num canto.

A casa dos O'Kane era apenas um pouco mais ampla que a de Ruth, mas eles eram os proprietários — também do andar de cima — e Ruth tinha certeza de que cada centímetro estava tão imaculado como sempre. O piso esfregado à exaustão. Cortinas de renda feita a mão penduradas nas janelas, tão perfeitas que somente as freiras fariam igual. Os lindos pratos de porcelana Canova azul e branca arrumados nas prateleiras — e em cima da lareira, num lugar de honra, um orgulhoso crucifixo de bronze e uma ilustração colorida de Cristo, segurando aberto o seu Coração de Infinita Misericórdia.

Deirdre ficou parada na soleira da porta, o rosto sem qualquer expressão. Aborrecida, Ruth sabia, só de vê-la ali. Os perfeitos olhos castanho-claros, da mesma cor que os cabelos, frios e fixos.

— Ocê acha que nós deve ir embora? — Ruth perguntou vacilante, incerta como sempre ficava quando estava perto de Deirdre.

Ela finalmente afastou-se para o lado, permitindo que Ruth entrasse em sua casa — mas somente depois que mandou as crianças saírem da sala, como se tivesse medo que Ruth pudesse contagiá-las com algo. Elas saíram imediatamente em fileira, sem uma palavra ou protesto, e só então Deirdre fez um gesto para que Ruth sentasse, numa cadeira francesa feita de castanheiro e mogno, com o assento estofado. Ruth empoleirou-se na beirada, tão desconfortável quanto um pardal num cata-vento.

— Você acha que deveríamos ir embora? — Deirdre repetiu-lhe a pergunta.

— É. Ir embora, ou fazer alguma coisa, então...

— Bem, então talvez seja você quem deva ir — Deirdre falou secamente. — É você quem sempre teve um jeito de trazê-lo para cá, não é?

— Você sabe que isso não é verdade — Ruth falou baixinho.

— Bom, então eu não sei quem era. Não sei quem foi quem trouxe o meu irmão para cá, desde o outro lado do oceano, se não foi você. Por Deus, eu só queria que você tivesse deixado ele lá mesmo, onde estava.

Ruth ficou em silêncio, apenas observando o rosto de Deirdre se contorcer enquanto ela cuspia suas palavras, desencadeando toda a onda de frustração por causa de Johnny, pela guerra, e para onde seu marido fora enviado.

— Foi Johnny Dolan que me trouxe, você sabe disso tão bem quanto eu, Deirdre Dolan — Ruth repetiu, usando o nome de solteira de Deirdre. — Queira ou não, foi Johnny Dolan que me trouxe para cá. Eu teria morrido se não fosse por ele.

9

O ANO DO MASSACRE — 1846*

Eu nasci em Burren, onde se dizia não haver água suficiente para se afogar um homem, nenhuma árvore para enforcá-lo, nem solo onde enterrá-lo. Nós tínhamos uma cabana nessa região, não muito longe de Ballyvaughan, onde as avencas, as rosas e as orquídeas cresciam espontaneamente no verão, e os ossos brancos da terra ficavam expostos ao sol.

No inverno, quando ninguém saía e não havia trabalho para se fazer, eles sentavam junto ao fogo de turfas. Ouvindo o pai contar suas histórias de duendes, ou sobre a ocasião em que ele vira Daniel O'Connel no comício-monstro.**

— O país inteiro apareceu para ouvir o Dan Fanfarrão. Havia gente por toda parte. Eles encheram os campos, as estradas e os campos para além delas. Fizeram tochas com os barris de alcatrão e tonéis de açúcar. E o Dan em pessoa, postado ali ao pé da colina com o peito estufado como o de um galo empertigado...

*No original, "The Year of Slaughter", ou "Bliadhain an air" em gaélico. Foi o ano da primeira e mais breve fome coletiva na Irlanda, em 1741. Ainda permanecia na memória dos irlandeses durante a "Grande Fome", em 1845-48, à qual sempre se referiam quando viam seu próprio sofrimento aumentar. (*N. do T.*)

**No original, "monster meetings": Grandes aglomerações comuns durante a campanha em repúdio à discriminação contra católicos no Reino Unido. (*N. do E.*)

Eles com os olhos semicerrados, sonhando em volta do fogo. Escutando o fluxo da voz do pai, enquanto a *banshee** uivava em torno da cabana. Ruth, a mais velha, sentada sozinha em sua emergente feminilidade. Depois os meninos, Brian, que era o preferido da mãe, Sean e Liam, e as meninas mais novas, Kate, Agnes e Colleen, o bebê. Todos eles meio adormecidos, grogues como ursos na cabana enfumaçada, de chão de terra batida, durante os longos meses de inverno. Não havia janelas, nem mesmo uma chaminé, somente a porta que era aberta de vez em quando, apenas o bastante para deixar a fumaça sair e o porco entrar.

Como éramos ignorantes e indefesos. É até pecado ser tão indefeso...

O pai contando suas histórias de um mundo mais devagar, solenemente, como se ainda estivesse trabalhando em cada uma delas. A mãe mais rápida, porém contando cada uma da mesma forma, todas as vezes. A dança nas encruzilhadas, ou como eles moveram a cabana no dia em que casaram.

Eles adoravam ouvir, assim mesmo. A história de como os convidados do casamento levantaram a casa inteira; o telhado de colmo, os torrões de grama, as pedras da fundação e tudo o que estava dentro. Carregando-a por quase oitocentos metros até o local onde ela agora estava, nas planícies ósseas de Burren, enquanto o rabequista tocava e as mulheres cozinhavam ao ar livre, no campo, todos largando o trabalho para beber, comer e dançar.

— Naqueles tempos ainda podíamos dançar nas encruzilhadas numa noite de verão. O padre não gostava, achava que era alguma coisa pagã...

Ruth podia visualizar. O vilarejo inteiro saindo pé ante pé, lentamente, através dos campos para não acordar o padre puritano. Sussurros e risinhos abafados no gramado. Os rapazes com seus vistosos coletes, carregando turfas e gravetos para a fogueira, jarros com uísque contrabandeado e as rabecas debaixo dos braços. O farfalhar dos vestidos das mulheres movendo-se pela grama alta, as fitas coloridas amarradas em torno das toucas...

Quando o vento oeste diminuía e o inverno terminava, meu Pa carregava as algas pelos penhascos onde o vasto Atlântico atira-se contra a terra e os pássaros marinhos fazem os ninhos nas paredes do rochedo. E minha Ma as misturava com a grossa

---

*Espírito feminino do folclore gaélico que, com seus lamentos, anuncia morte iminente na família. (*N. do T.*)

terra arenosa e os excrementos do porco, e os bulbos brotavam até mesmo nisso. Até que não brotaram mais.

Eles as colheram em agosto — batatas grandes, brancas. Estocadas em cima da lareira, numa plataforma logo abaixo do teto de colmo. Cozidas com um pouco de sal ou, às vezes, numa ocasião especial, numa sopa com um pedaço de arenque e manteiga quente para acompanhar. Não tão boas como as batatas vermelhas que eram cultivadas em Munster, mas grandes o bastante para alimentá-los a todos, e também o porco, até o mês de junho seguinte. Depois disso, eles viviam à base do milho americano que compravam na cidade, e de quase todas as galinhas, até que chegavam agosto e a época de colher os bulbos novamente.

No agosto em que Ruth fez 16 anos; eles colheram as batatas e descobriram que metade delas estava preta e apodrecida até o miolo. A praga já viera antes — nunca tão ruim, porém ainda tinham estocado o suficiente para permitir que passassem o inverno sem precisar comer o porco. E na primavera seguinte a mãe cavou profundamente os antigos canteiros com a sua pá e chamou o padre para que os abençoasse, e em agosto as batatas cresceram grandes, brancas e grossas outra vez, e eles rezaram agradecendo à Virgem e à Santa Brígida.

Mas, apenas duas semanas depois, a mãe pegou no depósito uma dúzia de batatas para o jantar e deu um grito quando cortou a primeira. Eles não precisaram perguntar o que era. A batata que ela cortara estava preta até o meio, embora eles a tivessem arrancado do solo branca e sadia. Ela cortou as outras batatas, uma a uma, a expressão dura como pedra, e cada uma estava tão podre quanto a outra.

Pa nos ergueu até a plataforma, em cima da lareira, e nós jogamos as batatas para baixo o mais rápido que podíamos, tentando encontrar algumas que ainda estivessem boas e separá-las do resto. Mas era tarde demais. Elas se transformavam numa gosma preta bem diante dos nossos olhos, enquanto ele as espalhava em volta da cabana.

Nós corremos para os canteiros novos, então, para arrancar a nova safra e ver se conseguiríamos encontrar uma ou duas que ainda estivessem intactas. Mas antes mesmo de arrancá-las o fedor adocicado da praga atingiu nossas narinas. Os bulbos transformados em merda lá mesmo onde estavam. Patinamos sobre elas, caindo de costas e rindo, escorregando por cima das batatas, pois o que mais poderíamos fazer?

Você já teve um pesadelo transformado em realidade? Já teve a pior coisa que imaginou acontecendo com você? Sempre tivemos medo que as batatas se esgotassem e que morreríamos de fome. E então isso aconteceu.

Depois disso não havia mais nada para comer, exceto o restante das galinhas. E quando elas acabaram eles comeram o porco, pois, de qualquer forma, não tinham nada com que alimentá-lo. A mãe passou o dia inteiro trabalhando nisso, regando e assando até que a carne estivesse pronta para descolar-se do espeto, e o pai fatiou-a cuidadosamente, cortando as fatias grossas e gordurosas uma de cada vez.

Eles estavam esfomeados só de sentir o cheiro. Nenhum deles havia experimentado carne de verdade antes, e devoraram os pedaços assim que os tiveram nas mãos, deixando que queimassem as línguas e bochechas. Enquanto Ma e Pa se limitavam a olhar, sem comer, permitindo que eles comessem tudo, cada última migalha, as lágrimas escorrendo pelos seus rostos, pois sabiam o que significava comer o porco.

E naquele inverno o vento vindo do leste soprou todos os dias e todas as noites, o que não era natural, e trouxe consigo a neve e o frio. Meu Pa caminhava seus muitos quilômetros diariamente para o trabalho, onde labutava com outros homens construindo estradas que iam de lugar-nenhum para nenhum-lugar, para ganhar quatro libras e seis pences por semana. Ele trabalhava na estrada, sem nenhum casaco e os sapatos se esfacelando nos pés, até que morreu na estrada e foi enterrado por lá mesmo, sob os cascalhos de pedra.

No terceiro ano da praga, eles vieram para derrubar a cabana. Meia companhia de soldados, recém-saídos da cama e ainda meio bêbados. O nervoso agente do proprietário das terras com o aviso de despejo escondido dentro das baionetas. Mas era o suficiente. Os homens os chamaram de dentro da cabana e eles saíram, a mulher e seus sete filhos. Pálidos como lesmas, nem sequer um par de sapatos que pudessem dividir, as calças adejando como trapos nos tornozelos.

Foi um trabalho de meia hora. Os soldados puxando o colmo do telhado com as baionetas, depois arrancando as pedras da fundação e derrubando as paredes de turfas com pés-de-cabra. O agente lendo a notificação de despejo com a voz alta, trêmula — baixando lentamente a voz até o silêncio, quando a família não fez objeção. Parados ali ao longo das faixas brancas de calcário, piscando como toupeiras sob o ardente reflexo do sol nas baionetas.

— Tudo bem — disse a mãe quando eles terminaram, e juntos retornaram para os destroços da casa e começaram a construir o *scalpeen*.*

Eles tiraram tudo o que puderam, as banquetas e os colchões de palha, os lençóis e o caldeirão enegrecido. Os soldados ignorando-os, o trabalho do dia concluído, entrando em forma para marchar de volta para a cidade e para a aguardente diária, o agente novamente a salvo no meio deles. Eles empilharam uns poucos blocos de pedra e o telhado derrubado em volta das suas posses, da melhor maneira que puderam. Depois rastejaram para baixo, saindo do sol e deitando de bruços sobre a terra.

Nós comemos o porco e, quando acabou, comemos todos os nabos, frutas silvestres e urtigas que conseguimos encontrar. Tentamos até comer as flores, pois era só isso que crescia ali, as avencas e as lindas rosas e as orquídeas azuis e amarelas. Mas não conseguimos mantê-las dentro do estômago.

Depois disso a mãe foi até a igreja, mas dois dos padres tinham morrido de meningite e o último que restara não tivera notícias do bispo, portanto fechou a igreja e saiu para trabalhar com o restante dos homens que ainda conseguiam andar. Em seguida, ela foi para Ballyvaughen, para ver se poderia mendigar um pouco de milho duro.

E naquela noite, um pouco antes de escurecer, eu olhei por um buraco no colmo e a vi ali. Uma silhueta escura e solitária na estrada, erguendo a saia à sua frente, de forma que parecia estar semeando a terra. Não como a semeadora de milho novo, mas sim a semeadora da Morte, então soube desde aquele momento que, mais cedo ou mais tarde, nós teríamos de partir.

E depois que acabou todo o milho duro na cidade eles lhes deram nabos, o que, na verdade, foi uma grande melhoria. Depois de cozidos, pelo menos os nabos

*Abrigo improvisado, geralmente feito com o material remanescente de uma casa destruída. Um *scalp* era um *scalpeen* menor, normalmente uma vala coberta na beira da estrada. (*N. do T.*)

não ficavam tão duros e densos como o milho, que era o mesmo que tentar comer pedregulhos. Mas logo os nabos acabaram e eles sobreviveram graças a sopa dos Quakers, que logo acabou também e então nada mais havia para comer na cidade, ou em qualquer outra parte que soubessem, no desolado silêncio de Burren.

Você já teve um pesadelo transformado em realidade? Já teve a pior coisa que jamais imaginou acontecendo com você?

A mãe deitada na lareira, a cabeça apoiada nas quatro grosseiras lajes onde costumavam acender o fogo. A voz não mais do que um sussurro rouco. Contando as antigas histórias novamente, sobre como costumavam dançar nas encruzilhadas nas noites de verão.

— Isso foi há vinte anos....

Ruth tentou imaginar, da maneira como sempre fazia. Mas, no final, só conseguia ver as histórias sendo contadas. Todos eles, suas irmãs e irmãos e o pai ainda vivo. Sonhando em volta do fogo, nos longos meses de inverno, quando a *banshee* uivava pelas paredes e nada mais havia para se fazer, exceto contar histórias.

Porém, mais do que tudo, ela se lembrava da comida. Tentava evitar, mas era só nisso que conseguia pensar. As batatas gordas e brancas cozinhando no caldeirão com o arenque salgado, um pouquinho de manteiga derretida para acompanhar...

O vilarejo inteiro, saindo para dançar nas encruzilhadas. Movendo-se pelos campos à noite, carregando os tambores de pele de cabra e as flautas. As mulheres, cada uma usando uma fita colorida nos cabelos, as saias farfalhando na grama alta...

Ela nunca havia pensado na mãe como sendo velha, mas agora ela a fazia se lembrar de uma égua velha e condenada que vira certa vez na cidade. Suas faces estavam encovadas. Pedaços inteiros do couro cabeludo aparecendo, os cabelos castanhos quase negros de que ela tanto se orgulhava agora quase desaparecidos. A pele pendia como uma coberta solta em seus quadris, os olhos girando loucamente em seu rosto.

— *Bliadhain an air!* — ela gritava. — *Bliadhain an air!* O ano do massacre!

Ruth baixou os olhos para ela, zonza em sua fome, o rosto da mãe girando à sua frente. Não havia fogo e a nenhum deles restavam forças para catar mais turfas, para sair e procurar algumas e cortá-las do solo. As pedras ainda estavam mornas, no entanto, e ela descansou a cabeça perto da mãe, olhando para seu rosto definhado, deslizando para a morte.

Eu os deixei na primavera, quando brotavam as rosas vermelhas e a avenca da montanha, e as orquídeas deixavam o rochedo rosado, amarelo e azul em sua abundância. Saí e deixei-os ali, em toda aquela inútil beleza.

Houve um mau cheiro terrível e Ruth pôde ver alguma coisa brilhando, escura e molhada por toda a coberta da mãe. Ela levantou a cabeça, olhando, perguntando-se se estaria vendo a vida vazar para fora da mãe. Porém, a expressão da mãe também parecia diferente, agora quase tranqüila, radiosa com a febre. Ela fez um gesto para Ruth, retorcendo um dedo.

Foi então que Ruth viu a unha quebrada, o dedo sujo e sangrando. Foi quando viu o buraco aberto debaixo da pedra da lareira, que jazia na terra como um abscesso.

— Você precisa. Leve ele embora — a mãe comandou, apontando para algo no outro lado do cômodo, a voz quase inaudível, porém triunfante. — Você precisa. Ajude ele. Vá embora.

Ela virou a cabeça devagar para olhar para onde a mãe apontava, pensando que agora ela certamente enlouquecera. Mas a mãe estava apontando para Brian, o seu favorito. O menino sentado no chão, olhando estupidamente para a frente, como sempre fizera, mas com respingos de alguma coisa no queixo e pescoço.

Alguma coisa que ele estivera *comendo*, quando no mundo inteiro nada havia para comer. E havia cuspido tudo para fora no mesmo instante, também. Pelo menos dois nabos e uma batata, a julgar pelos restos na sua camisa e a pequena poça em seu colo. Na mão dele, Ruth viu, estava o velho lenço vermelho da mãe. Coberto de sujeira, agora, no qual ela embrulhara os nabos e a batata e os enterrara no fundo da laje da lareira. Até que algo se quebrara, se rompera em seu interior, e ela sentiu-se desistindo, entendendo que não havia mais nada que pudesse fazer. Foi então que escavou sob a pedra, retirando os últimos e poucos pedaços de comida que tinham restado no mundo — e entregou-os todos a Brian.

Ma não fez segredo disso, agora. Olhando por cima dela, apoiada no cotovelo, Ruth pôde vê-la gesticulando — o rosto iluminado e vitorioso, mesmo na agonia da morte.

— Ajude-o. Ele precisa ir embora... — ela ainda murmurava.

Ruth olhou novamente para o irmão onde ele continuava fitando à frente com os olhos vazios, sem vida. O sacrifício da mãe demasiado tardio, a comida agora inútil para ele. Ainda assim a mãe gesticulava com o dedo quebrado, ensangüentado, para que Ruth fizesse algo para socorrê-lo, o seu Brian.

Em vez disso, ela arrastou-se para perto dos outros, aninhados sob os cobertores. Agnes e Liam com os olhos fechados, mortos ou dormindo, ela não tinha certeza. O restante deles fitando com olhos vítreos o teto de colmo, os peitos mal se movendo, se é que realmente se moviam. Ela inclinou-se mais para ver...

A velha mulher resplandeceu em seu lugar nas pedras da lareira.

— *Salve ele!*

Brian sentado, os olhos fixos no ar, as pernas esticadas para frente. Pedaços de batata respingados pelo seu peito.

Não morra aqui.

— Leve-o embora! — As últimas palavras da mãe.

Não morra aqui, nesse lugar.

Ruth escutou as palavras na sua mente suplantando as dela, e começou a rastejar pelo chão. Louca e envergonhada, a despeito de si mesma e do fato que nada mais importava, que todos eles iriam morrer. Mas ela não iria morrer ali, junto com eles.

Ela saiu do *scalpeen* e o ar frio lá fora a envolveu por um momento. Sentia-se zonza, mas forte o bastante para ficar de pé e caminhar. Sabia que não iria longe, mas pelo menos era melhor sair e morrer assim, sob o vento frio e úmido de Burren, do que lá dentro com eles.

Eu pensei em ir, então fui. Comecei a rastejar e não parei até que estava fora do scalpeen. *Tinha pensado em sair e simplesmente deitar nos canteiros de batatas. Mas quando estava lá fora e senti o ar pensei: Tudo bem, continue andando até onde você conseguir.*

Ela continuou, cambaleando sempre à frente, para longe dos destroços da cabana, deixando para trás as rochas nuas e brancas e a profusão colorida das flores.

10

O ANO DO MASSACRE

Ela caminhou para fora do *scalp*, esperando cair a qualquer momento. Caminhou através de Burren, passando pelas plantações e para longe da última visão da cabana destruída. Andando somente para ver até onde conseguiria chegar, pensando: *Bem, pelo menos é melhor morrer no campo. Melhor morrer aqui fora, sob o céu.*

Encontrou-se numa estrada e foi andando por ela, pensando que não se lembrava que estrada era aquela ou para que lado estava indo. Depois de muitas horas, no entanto, chegou a uma outra cabana, bem parecida com a da sua família, e seguiu em frente para bater na porta. Sem nem mesmo saber o que poderia pedir; afinal, ninguém no país inteiro tinha mais o que comer do que eles próprios.

Mas quando ela foi bater na porta viu que estava aberta. O pouco que havia lá dentro estava revirado de ponta cabeça. A cabana totalmente deserta, seus moradores sem dúvida já tendo tomado a estrada.

Como deveríamos ter feito. Antes que fosse tarde demais.

Ela examinou a miséria, restos dos pertences de uma família desertada — sem se surpreender, em seu quase delírio, com o fato de estar em meio à casa e aos pertences de outras pessoas. Encontrou uma camisola usada, — fina como a casca de uma cebola, mas ainda assim uma camisola — depois uma camisa e uma calça. Eram grandes demais para seu tamanho, mas ela conseguiu enrolá-las e as vestiu.

Em seguida, continuou a busca pela cabana, procurando comida. Nada encontrou, mas sentia-se mais aquecida nas roupas que encontrara, e por estar dentro da cabana, e depois de algum tempo deitou-se e adormeceu no chão.

Na manhã seguinte, ela acordou e voltou para a estrada, porque não conseguia pensar em outra coisa que pudesse fazer. Após algum tempo deparou-se com outras cabanas e, em quase todas, encontrou algo que poderia usar. Na maioria restos de roupas, ou umas poucas velharias que talvez pudesse trocar por comida. Às vezes, se procurasse com bastante cuidado, ela encontrava até mesmo comida — uns poucos restos de batata ou nabo que os fugitivos tinham escondido debaixo do teto de colmo ou na laje da lareira, até esquecendo-se deles em seu desespero de ir embora, para longe da terra faminta.

Ela precisava ser cuidadosa. Às vezes, entrava numa cabana onde havia cadáveres, já enegrecidos e inchados em decorrência da hidropisia causada pela fome, ou pelo escorbuto. Tinha de esperar um pouco antes de juntar coragem suficiente para entrar em tais casas, tentando tocar o mínimo de objetos possível, temendo que ela própria fosse contagiada com a *tamh.**

E outras vezes ainda havia gente morando nas cabanas, ou nos *scalpeens* destroçados. Assustadiços e enlouquecidos, ferozes como lobos. Montando guarda debaixo do colmo, capazes de atacá-la com uma faca ou um pedaço de pau se ela os surpreendesse. E às vezes ela entrava em cabanas que já haviam sido saqueadas, encontrando corpos que não pareciam ter morrido nem de fome, nem da *tamh.*

Ela continuou andando. Caminhou por toda a extensão de Burren, de Ballyvaughan até Kilshanny, de Lisdoonvarna a St. Mary da Rocha Fértil. Através das cidadezinhas com suas praças revestidas de ardósia-azul, os mercados vazios e trancados para se proteger da gente do campo. Os pastos vazios e os campos estendendo-se inativos, abandonados...

A cidade movia-se lentamente através do campo. Todos eles, homens, mulheres e crianças, inclinados para o chão, procurando qualquer última raiz de nabo, o único som aquele produzido pelo quieto farfalhar das roupas e o arrastar dos seus pés no solo. Ela os observou, pensando na cidade inteira caminhando sob o luar para dançar nas encruzilhadas, as fitas amarradas no cabelo da sua mãe.

---

*Palavra gaélica para "peste". (*N. do T.*)

Sua mãe, caminhando pela estrada. A semeadora silenciosa, erguendo as saias...

As estradas estavam cheias de gente, agora, caminhando para o oeste. Na direção de Cork, e ao leste para Dublin, qualquer lugar onde pudesse haver alimento. Os homens e as mulheres movendo-se lentamente, sem descanso, tão depressa quanto a fome permitia. Xales atirados sobre as cabeças, os chapéus moles enfiados fundo nas cabeças. Cachimbos apagados presos entre os dentes sob a chuva, mãos nos bolsos. Caminhando para longe do oeste...

Em Limerick, ela viu a carroça cheia de órfãos deixados na frente da porta do asilo de indigentes. A casa cheia, a porta fechada para eles. As pessoas passavam apressadas na rua, desviando os olhos. Os órfãos sentados ali com suas camisas, sem nada entender e de olhos arregalados, como filhotes de passarinhos em seus ninhos, assustados demais até para chorar.

E perto de Tipperary ela encontrou um bando de homens carregando uma bandeira negra, na qual estavam escritas as palavras "Bandeira da Desgraça". Pareciam ferozes e selvagens como lobos, armados com lanças e foices improvisadas, como se estivessem preparados para qualquer coisa. Perguntaram se ela queria unir-se a eles, tomando-a por um menino. Mas quando um homem apareceu, vindo das obras locais, e lhes deu um pouco de pão, eles se dispersaram, mansos como cordeiros e contentes por recebê-lo.

Eles se amontoaram dentro da caverna, esperando passar a chuva que caía torrencialmente. Todos eles, homens e mulheres, cobertos com algum tipo de xale improvisado — cobertores, toalhas de mesa, saias. Qualquer coisa para cobri-los. Faces avermelhadas pela febre, conversando em voz baixa enquanto esperavam, repetindo as mesmas esperanças e rumores da estrada.

— Ouvi dizer que tinha milho duro em St. Brendan's Well.

— Ah, não, eu acabei de vir de lá — um homem de cabelos brancos e ombros atarracados retrucou, em tom de desculpas.

— Esperem até que o Libertador volte de Londres, ele vai cuidar de nós...

— Você soube o que ele falou na Câmara dos Comuns? — o homem de ombros atarracados recitou como se fosse uma lição que aprendera por repetição na escola rural: — *A Irlanda está em suas mãos, em seu poder. Se vocês não a salvarem...*

— Abençoado seja, Dan Fanfarrão!

— *... eu exijo solenemente que os senhores recolham...*

— Ah, sim. Eles precisam nos recolher logo.

— Levando barcos cheios de milho para fora do país, todos os dias, enquanto nos abandonam à míngua.

— *... um quarto da sua população...*

Ela recostou-se na rocha da entrada da caverna, escutando vagamente os outros falarem sobre o Libertador, Daniel O'Connel. Tentando parecer o mais insignificante possível. Tentando parecer um menino esfomeado, com sua calça e camisa esfarrapadas, pois calculara que assim estaria mais segura nas estradas.

Não que tivesse visto um em dez homens a quem restassem a força ou vontade de interferir com ela. Não que restasse qualquer coisa a temer daqueles acotovelando-se na caverna. Apesar de todas as palavras iradas, eles permaneciam calmos e plácidos, prontos para aceitar qualquer que fosse o seu destino. "É a vontade de Deus", ela os ouvia dizer antes de enroscar-se e morrer na hora.

A pior maneira de morrer que já se descobriu. Ruth sentindo o mesmo, sentindo como se, no final, a vida iria simplesmente fluir para fora dela como a água vazando do calcário depois de uma tempestade.

E por que, ah, por que alguém deveria prolongar isso por tanto tempo?

— Olhe aqui!

Atrás deles, nem sequer tinham reparado, a abertura dentro da rocha seguia por toda a extensão até a encosta da montanha. As paredes eram retas e lisas, obviamente a entrada para um dólmen — talvez a tumba de algum rei antigo, importante, como aquelas que os fazendeiros ainda encontravam depois de uma chuva pesada.

— Aqui atrás?

Eles espiaram para baixo, no interior do escuro corredor da tumba.

— Você é maluco?

— Por que não? É o túmulo de um rei. Por que outro motivo eles iriam escavar até tão fundo?

— Certa vez todos nós éramos reis nessa terra, você sabe...

— Não dá para saber o que tem lá dentro.

— Claro, mas é loucura entrarmos aí. Como vamos encontrar o caminho de volta?

— Eu tenho fósforos!

Uma jovem com um ar enlouquecido, os olhos azuis girando como rodas de carroça, estendeu uma caixinha de madeira. Eles simplesmente a fitaram, educados demais, ou exaustos em excesso, para perguntar por que ela não havia trocado algo tão valioso como uma caixa de fósforos por uma batata ou um pedaço de pão.

— Você tem mesmo fósforos aí? Eles funcionam?

— Claro!

A jovem louca pegou um deles, riscou-o no chão da caverna e levantou-o aceso, sorrindo. O cabelo ruivo, antes lustroso, caía sob o xale em grumos soltos, e sua barriga estava inchada — pela fome ou com um filho, Ruth não saberia dizer.

— Quem sabe? Quem sabe quanto ouro eles não enterraram com os seus reis?

— Nossos reis.

— Tudo bem, então. Se encontrarmos algo, dividimos entre todos em partes iguais.

— De acordo!

Ela olhou em volta para os vinte e poucos homens e mulheres esfomeados e pensou que, se encontrassem uma coroa e um cetro de ouro, o primeiro *gombeen** com que se deparassem poderia tê-los em troca de um caldeirão de sopa.

Dividindo os espólios dos seus anseios — mas, afinal, isso era tudo que tinham.

Ela os seguiu para o interior da tumba, engatinhando sob as enormes placas de pedra que se estendiam para dentro da montanha. A louca acendendo despreocupadamente um palito de fósforo atrás do outro. O ar ficando mais denso, mais úmido, o som de água corrente em algum ponto adiante, na escuridão...

— Jesus Cristo, o que foi isso?

A voz de um velho elevou-se com esperança quando ele tropeçou em alguma coisa na escuridão de breu, imaginando ser o rei em sua armadura. Outro fósforo foi aceso, pairando por cima do chão.

— Je-sus!

Eles juntaram-se em volta do cadáver apodrecido, as faces descoladas, os ossos aparecendo através dos dedos contorcidos que ainda seguravam um cobertor, agarrado até o queixo. Nenhum rei antigo e penitente — apenas uma mulher morta há poucos dias. Eles a contornaram devagar, seguindo adiante, mais fundo para o interior da tumba. Agora tropeçando e trombando em mais

*Do gaélico, proprietário de casa de penhores ou agiota. *(N. do T.)*

corpos, alguns ainda respirando, deitados para morrer ali mesmo onde estavam, ao longo das laterais frias e escuras do dólmen.

— Qualquer coisa que tivesse aqui já foi levada há muito tempo...

— Você não tem como saber disso — o homem de ombros atarracados insistiu brandamente. — Ouvi dizer que uma criança encontrou um colar de ouro, a nem duas léguas de distância desse lugar.

O fósforo apagou e eles pararam onde estavam ali na escuridão, esperando que a jovem louca remexesse à procura de outro. Os fósforos estavam acabando, eles podiam ouvir dos dedos da garota raspando no fundo da caixinha de madeira. Tinham avançado para além dos cadáveres, distantes demais no fundo da passagem estreita para que alguém mais pudesse se arrastar, nem que fosse pelo privilégio de morrer sozinho. Mas ainda estavam relutantes em voltar sem saber o que haveria no final.

A jovem acendeu outro fósforo, sorrindo triunfante, e eles seguiram desajeitadamente à frente. O barulho de água era mais alto, ali, o ar um pouco menos denso, e isso lhes deu esperança. Uma súbita curva surgiu no corredor, tão bem disfarçada que eles quase bateram de encontro com a rocha — e depois que dobraram a curva ficaram face-a-face com um enorme esqueleto sentado numa pedra.

— *Je-sus, é isso!*

— Ah, agora nós vamos comer!

— Carne de porco todas as noites!

O mero som de tais palavras fez com que seus encolhidos estômagos despertassem, e Ruth pensou novamente que eles estavam todos loucos. Inegavelmente, entretanto, havia um esqueleto. Um esqueleto formidável, aliás, sentado em seu trono de pedra com tal serenidade que parecia estar à espera deles. Os ossos realmente antigos, totalmente descarnados e com uma cor cerosa, amarelada e marrom.

— Deve ser o próprio Brian. Uns dois metros de altura, nem mais, nem menos.

— É um rei, com certeza. Quem mais poderia ser?

Porém, nada mais havia no majestoso esqueleto — nenhuma indumentária real, nenhuma armadura, ou qualquer outra peça de roupa. Nada de coroa ou colares de ouro. E eles perceberam, naquele momento, que havia algo mais em questão, alguma coisa sobrenatural naquele esqueleto.

— Ei, ele não é rei coisa nenhuma!

— Como você sabe? *Como você sabe?* — a garota louca inquiriu, furiosa. Acendendo outro fósforo, embora o anterior ainda estivesse iluminando o pequeno nicho onde estavam, procurando qualquer sombra possível.

Ninguém respondeu, pois agora podiam ver a mandíbula afilada do esqueleto diante deles. Os dentes pontiagudos e compridos, as garras esticadas do que antes havia sido um urso, ou qualquer outro monstro pré-histórico, enroscado para morrer naquela tumba muitas eras atrás. Nenhum rei, absolutamente nenhum rei — embora, mesmo assim, eles ficassem parados olhando o esqueleto por mais alguns minutos, atraídos pelo seu tamanho e mistério. Até que o homem de ombros atarracados perguntou, timidamente:

— Bem, então, vocês acham que ele comeu o nosso rei?

As velhas estavam sentadas na beira da estrada, esperando a carroça de sepultamento chegar. Ela sentou junto com elas, por falta de coisa melhor a fazer. Elas enxergaram através do seu disfarce, no mesmo instante. Dizendo-lhe que ela deveria agarrar um homem enquanto ainda podia, dizendo que ela deveria casar, se fosse necessário.

Ruth mal percebeu, a princípio, que estavam falando com ela. As velhas mais parecendo gralhas, agitando os braços cobertos com os xales negros e as gengivas, todos os dentes apodrecidos pela falta de comida. Emitindo sons suaves, tranqüilizadores, viscosos, dizendo-lhe o que deveria fazer...

— Ocê pode acreditá...

— Ocê consegue arranjá um home. Qualqué home serve.

— Qualqué home serve.

... repetindo muitas e muitas vezes, até que a carroça chegou e elas se levantaram para seguir atrás. Erguendo-se da pilha de cajados e trapos negros que elas eram. Começaram a andar assim que avistaram a carroça, uns cinqüenta metros pela estrada abaixo, dando uma boa dianteira para que pudessem acompanhá-la por alguns passos, mantendo os braços e as bocas abertas em desespero, oferecendo-se como carpideiras.

Ela fez o mesmo, junto com as mulheres. Este era o costume, esperando que os enlutados em seu sofrimento pudessem atirar alguns centavos na estrada. Mas não havia enlutados ali — apenas o carroceiro sacudindo as rédeas do burrico. Olhando sempre para a frente, os pés descalços dos falecidos batendo no fundo da carroça, escapando para fora das grosseiras mortalhas. As velhas seguindo assim mesmo, tanto quanto conseguissem. Erguendo os braços imóveis, as bocas secas demais para gemer, as línguas estalando estupidamente contra os céus das bocas.

Uma delas, a mais capaz, ainda conseguiu alcançar o condutor, de alguma forma. Agarrando-se na carroça com uma das mãos e tentando olhar no rosto do homem. Ruth procurou acompanhá-la, segurá-la. Ouvindo-a ralhar com o condutor, embora ele continuasse olhando para a frente, tão imóvel e cego quanto a sua carga:

— Eu venho de uma família talvez tão boa quanto a de qualquer um a quem me dirijo, embora agora esteja destituída de bens!

As velhas continuaram caminhando por mais uns poucos metros antes de desistir, desabando novamente na beira da estrada, a carroça seguindo seu caminho para o cemitério.

A região que cercava Limerick era um furor de novas estradas. Elas se estendiam retas e alinhadas como réguas de nivelar e quando chegou a uma delas Ruth decidiu segui-la, mesmo não fazendo idéia para onde iria. Mas depois de algumas centenas de metros reparou que era a única pessoa na estrada. Os únicos sons eram o ranger dos seus pés no cascalho e os gritos dos corvos que giravam e mergulhavam à sua frente, guiando-a através da planície despida de árvores.

Mesmo assim ela continuou andando, por quilômetros. As nuvens passavam correndo por ela. Alguma sombra escura parecia segui-la, correndo ao seu lado de forma que, no início, ela julgou ser uma nuvem, ou talvez um dos corvos, ou o demônio. Porém, não havia corvos grandes assim e, depois de algum tempo, ela percebeu que era a sua própria sombra, inclinando-se na beira da estrada, fantasmagórica e insubstancial, minguando e evaporando com as nuvens. Esperou até que ela virasse de comprido à sua frente e então esmagou-a com os pés, fazendo-a desaparecer.

A estrada parecia se prolongar eternamente, muito além do horizonte, mas era uma ilusão. Pois, depois que Ruth a seguiu durante o dia inteiro, ela apenas inclinou-se subitamente num pequeno vale e acabou ali mesmo, no meio da planície. Não havia mais nada. Nenhum destino, nem cidade. Nenhuma placa indicando qualquer lugar, a estrada simplesmente acabou. E lá ficou ela, sozinha com os corvos que adernavam à sua volta no fim da estrada, e gritou no silêncio.

Ela achou que havia algo de errado com o vilarejo quando ainda estava a uns oitocentos metros de distância. O lugar inteiro não passava de um borrão branco em meio ao campo gracioso e verdejante. Vinte casas, coladas umas nas outras à beira de um charco. Nenhuma fumaça saindo das chaminés, nenhuma vaca nos pastos ou porcos nos chiqueiros. Nenhum sinal de qualquer pessoa nem qualquer coisa se movendo em todo o vilarejo.

Ela imaginou que deveriam ter ido juntos para a estrada. Havia visto isso, também: vilarejos que tinham subsistido no mesmo lugar por cem anos, todos seus moradores se reunindo e partindo para Dublin, ou qualquer outro lugar onde julgassem que poderiam conseguir alimentos. Pensando que talvez ainda pudesse existir segurança e apoio se estivessem em grupo, que, desde o início, fora o motivo que os levara a se agrupar. Só que ela já sabia, depois de meses na estrada, que não havia segurança, que não havia auxílio em parte alguma...

Quando chegou mais perto, no entanto, teve certeza de que viu algo. Umas poucas figuras baixas esgueirando-se por entre as casas.

Ela parou onde estava. Sempre ouvira histórias, na estrada, de homens que saqueavam as cabanas, assassinando e até comendo as pessoas que estavam lá dentro. Pensou que talvez fosse melhor tentar dar a volta em torno do vilarejo. Ainda assim, nada havia além da *sugestão* de movimento, bruxuleando nas laterais caiadas de branco das casas. E, de qualquer forma, as sombras pareciam estar bem perto do chão, como aquelas de crianças, ou de porcos.

Ela saiu da estrada quando se aproximou do vilarejo, tomando uma precaução extra, só para o caso. Andando abaixada na direção da casa mais próxima, tentando ficar o mais perto do solo que conseguia. Escutando o barulho suave dos seus próprios passos na grama. Sentindo todos os cheiros, e a ausência de cheiros no vilarejo. O odor de bosta de porco embolorando nos chiqueiros, a falta de qualquer coisa cozinhando, de qualquer fogo nas lareiras e o fedor geral de putrefação. *O de sempre.*

No instante em que estava virando para alcançar a frente da primeira casa ela captou outro relance de movimento, com o canto do olho. Girou o corpo — bem a tempo de ver as pernas traseiras de um cachorro, desaparecendo atrás da lateral da casa vizinha.

Então era isso. Pensou em tentar segui-lo, mas sabia que era inútil, que não teria forças suficientes para perseguir e matar um cachorro. O vilarejo continuava mergulhado num silêncio amedrontador, destituído até mesmo dos grasnidos e bater de asas dos corvos que estavam em todos os outros lugares.

É melhor ver logo o que há aqui e ir embora.

Ela entrou na primeira casa. Devia ter pertencido às pessoas mais ricas do vilarejo, ela calculou, uma casa bem feita, de madeira, pedras e blocos de turfas. Bateu na porta de madeira — o que antes havia sido uma boa porta, agora quebrada e pendendo nas dobradiças — depois empurrou-a e entrou devagar.

A casa estava em cacos. Os pratos e xícaras, os mais finos que ela já vira, e a mobília de madeira sólida — tudo estava quebrado, jogado numa grande pilha perto da lareira. Até mesmo algumas pedras da lareira tinham sido arrancadas e atiradas pela sala.

Lentamente o pensamento penetrou através do aturdimento da sua fome: *Eles não pegaram suas coisas e simplesmente partiram.*

Ela viu que havia uma outra passagem aberta dentro da casa e espiou por ela com apreensão. A simples idéia de um cômodo interno numa casa lhe parecia sinistro, uma armadilha óbvia. Mas precisava olhar e, de qualquer forma, havia um tal fedor vindo dali que ela não poderia acreditar que qualquer coisa, humana ou animal, poderia estar à sua espera lá dentro.

Ela entrou e viu que era um quarto, com uma cama de verdade e uma linda colcha bordada. Debaixo dela jaziam um homem, uma mulher e duas crianças — todos mortos, porém não há muito tempo. Seus rostos cobertos com grandes feridas e bolhas vermelhas. Ao lado da cama havia um berço com um bebê morto, que tinha sido gravemente mordido por alguma coisa. *O cachorro...*

Ela esgueirou-se para fora do quarto sem ter sido incomodada, para fazer uma rápida busca por comida, o mau-cheiro ficando demasiado até mesmo para ela. Saiu pela porta, contente apenas de estar novamente ao ar fresco — e nesse instante viu a figura baixa e escura se afastar rapidamente para trás da casa vizinha.

Outro cachorro — ou o mesmo? Naquele momento, entretanto, foi sobressaltada por um barulho súbito, *humano*, vindo de algum lugar no lado mais distante do pequeno vilarejo, a poucos metros dali.

Era o som de uma mulher, ela percebeu. Gritando algo numa voz tão aguda e desesperada que, a princípio, Ruth nem mesmo conseguiu distinguir o que ela estava dizendo. Instintivamente, levada pelo pouco de preocupação que ainda lhe restara pelo sofrimento de outra criatura, ela deu um passo na direção do som, calculando o que deveria fazer.

— Comida! Comida! COMIDA!

O mesmo velho clamor. *Mas será que ela não sabia que não havia comida?* E, se houvesse, *ela* iria comer...

O menino com ar estúpido, com o queixo e peito cobertos com o vômito da sua última refeição. *Ela deu a ele os últimos nabos, a última batata, ao seu filho mais velho, o menino meio-morto. Ela guardara a comida enquanto os outros filhos morriam de fome...*

Ruth esgueirou-se para a cabana ao lado — uma casa mais pobre, as paredes feitas apenas de turfa seca, barro e palha. Porém, o interior estava ainda pior do que a primeira casa. Ali os corpos se espalhavam por todo o chão de terra, dilacerados e arremessados para fora das suas mortalhas — gargantas rasgadas, pernas inteiras arrancadas e espalhadas. Ela estacou na porta, de início, incerta se entraria ou não. Depois obrigou-se a dar alguns passos, tampando o nariz contra o fedor. Vasculhando a lareira enquanto tentava não olhar para os corpos meio-mastigados, levantando as pedras soltas e as turfas esparsas. Procurando uma batata perdida, um nabo, qualquer coisa que pudesse comer.

Mas nada havia, e ela voltou para a porta da cabana. Ainda tentava não ver os corpos, os olhos fixos no chão — quando ouviu um rosnado logo atrás de si.

Ela se virou devagar, uma volta completa, e avistou o cão por inteiro pela primeira vez. Por que ele havia rosnado, ela não sabia. Provavelmente poderia tê-la atacado sem qualquer aviso descuidado, poderia ter dilacerado sua garganta antes mesmo que ela se desse conta de que ele estava ali.

O animal era grande e amarelado, muito maior do que parecera antes, chegando quase na altura da sua cintura. As costelas apareciam debaixo do pêlo desigual, e pedaços de sangue e vísceras cobriam seu focinho. Ele rosnou outra vez e abriu a mandíbula, os dentes pontiagudos e amarelos reluzindo na boca vermelha.

Há algo errado aqui, ele é magro demais — o pensamento flutuou pela sua mente. Não que isso importasse. Não havia para onde ir, a cabana atrás dela não tinha nem sequer uma porta, apenas a abertura grosseira na turfa. Se desse um passo para dentro ela estaria presa numa armadilha...

Tentou desviar-se lentamente para a lateral da casa, as costas pressionadas contra a áspera parede de turfa. Porém, assim que começou a se mexer, um enorme cachorro avermelhado surgiu trotando pela esquina na direção dela, depois dois outros cães mestiços vieram atrás dele. Todos, apesar dos corpos dilacerados dentro da cabana, parecendo tão esfomeados e magros quanto o primeiro à sua frente.

Tem alguma coisa errada aqui...

Não que isso importasse. Agora ela estava colada contra a parede, o bando de cães rosnando e abocanhando o ar. Um deles emitiu um latido alto, como se fosse um sinal, e os outros começaram a se aproximar dela. Um cachorro cercando-a de cada lado, impedindo qualquer fuga, tão rápida e naturalmente como se já tivessem feito isso muitas e muitas vezes.

Ela recuou, fraca demais para fazer qualquer outra coisa. Não conseguia vigiar todos eles, da maneira como estavam espalhados, e o melhor que pôde pensar em fazer foi estender os braços e esperar que não a atacassem na garganta ou na barriga imediatamente. Que lhe dessem uma chance de correr, embora soubesse que não iria muito longe, na estrada aberta logo adiante, no charco que se estendia ao longo de todo o horizonte.

Os cães se arquearam. Cessando os latidos, os sons retornando aos rosnados baixos, guturais. *É agora.* Ela encolheu-se contra a parede, tentando ver o momento em que estivessem prontos para saltar — quando um homem apareceu no outro lado da cabana.

Ele movia-se muito depressa, de um jeito oblíquo, parecendo um caranguejo, trazendo um pedaço de pau na mão. Estava por cima dos cachorros antes mesmo que eles percebessem a sua presença. Batendo com a madeira na cabeça do que estava mais próximo, derrubando-o na terra com um estalo terrível.

— Ha! — ele gritou triunfante, depois começou a bater furiosamente, pulverizando a cabeça do animal, suas costelas, as pernas estiradas e trêmulas. — Ha! Ha!

Os outros cães não fugiram. Em vez disso, formaram um círculo e se voltaram para ele, um de cada vez, conforme iam criando coragem. O homem desferiu um soco sólido no peito do primeiro deles, mas o animal levantou-se em seguida, ainda pronto para atacá-lo até que, com golpe certeiro, ele enfiou o pedaço de pau por toda a profundidade da goela do animal, deixando-o ali girando e engasgando.

Mas, agora, o primeiro cachorro, o enorme vira-lata amarelado e de pêlo solto, preparava-se para o ataque, e o homem perdera o pedaço de pau. Ruth obrigou-se a se afastar da parede, arrastando-se de quatro até o lugar onde o cão engasgava e girava em círculos no chão. Agarrou a extremidade do pau, puxando-o com toda força que conseguiu, tentando retirá-lo sem enfiar as mãos na mandíbula do animal.

Mas era tarde demais, o cachorro amarelo já se atirara no peito do homem, os dentes indo direto para sua garganta. Ele agarrou grandes chumaços do pêlo, puxando-o para mais perto do seu rosto — depois girou as mãos rapidamente para o pescoço do cachorro. Apertando-o ao mesmo tempo em que o animal rasgava-lhe a camisa, arrancando-lhe sangue do peito com as unhas, contorcendo-se e enroscando-se para libertar a cabeça. O homem apenas apertou com mais força. Comprimindo visivelmente o pescoço do cachorro, no rosto um sorriso terrível, a poucos centímetros do focinho do animal. As mãos afundando mais e mais através do pêlo até que, finalmente, o animal estremeceu na morte e ele o largou.

Ainda restavam dois cachorros, ainda rodeando a luta, esperando pela sua chance, mas Ruth finalmente puxou o pedaço de pau e atirou-o para o homem. Ele o pegou e o brandiu para os cães — as mãos ensangüentadas, a cabeça raspada coberta de furúnculos vermelhos, incandescentes. Eles olharam para o homem e trotaram para longe, parando apenas para latir por cima das costas.

Porque ele não a matou naquele momento ela nunca soube.

Na verdade, quanto mais o conhecia, menos entendia. Tudo o que sabia era que havia ficado de joelhos e depois se levantara — encarando-o ali, com o pedaço de pau na mão, rodeado pelos cadáveres dos cachorros. Os olhos enevoados pela bile amarelada, mortífera, como se tivesse a *tamh*, ou coisa pior. Ela tentou se preparar, tentou pensar em algo que pudesse dizer se ele viesse na sua direção. Mas, em vez disso, ele limitou-se a largar o porrete ensangüentado e ajoelhou-se perto dos animais abatidos.

— Bom, muito bom, muito bom — ele ficou dizendo, entoando para si mesmo. — Nenhuma mancha na língua. Muito bom.

Ele tirou a faca da bota direita e começou a dar golpes cortantes no que restara dos cães pulverizados. Era uma lâmina pequena, tão pequena que ele nem se dera ao trabalho de usá-la para se defender dos cachorros. Mas agora, com bastante esforço, ele usou-a para decepar-lhes as pernas, uma depois da outra, e depois para cortar fora as línguas. Ruth ficou olhando quase hipnotizada, ali no meio da rua de terra que cruzava o vilarejo. Enquanto ele mal percebia a sua presença, apenas olhando-a de relance com uma expressão que a avisava para não dar um passo sequer na direção das suas presas.

Foi então que a mulher começou a gritar outra vez.

— *Comida! Comida! Comida!*

Ele também ouviu. Ela pôde ver que ele escutou, que não era apenas ela, pela maneira como inclinou a enorme e terrível cabeça para o lado. Escutando como faria um cachorro. Captando o som com perfeita e inexpressiva equanimidade, depois coçando com força um dos furúnculos vermelho-vivos acima da orelha direita.

— Comida! COMIDA!

Ele enfiou a faca dentro da bota e, olhando direto para Ruth, deu-lhe uma ordem pela primeira vez:

— Venha!

Ela arrastou para ele os pedaços de cachorro, conseguindo impedir-se de enfiar na boca a carne e os órgãos ainda quentes só de pensar o que ele seria capaz de fazer com ela, se o fizesse. Em vez disso, seguiu-o pela rua abaixo até uma fileira de cabanas. Mal conseguindo acompanhá-lo, ele movia-se tão rapidamente com aquele andar esquisito. Era óbvio que estava ainda forte e ágil, em muito melhor forma do que ela. Nem mesmo parecendo mal alimentado, embora ela nem quisesse imaginar onde e de que maneira ele conseguira tanta comida...

Os gritos ficaram mais altos, a voz da mulher soando como se ela estivesse numa agonia mortal, e eles começaram a andar ainda mais depressa. Finalmente chegaram à casa de onde vinham, Ruth ofegando com o esforço. O homem olhou-a com curiosidade, esperando que ela o alcançasse — depois abriu a porta da casa e examinou a penumbra lá dentro. Ele entrou, fazendo um gesto para que Ruth o seguisse. Ela fez o que ele queria, embora o fedor lá dentro fosse terrível, ainda pior do que nas cabanas com os mortos, e ela vacilou, tentando recuar. Mas o homem simplesmente agarrou-a pelo braço, obrigando-a a ficar onde estava.

— Fique! Posso precisar de você — ele insistiu, apontando para a cama de palha num canto do cômodo escuro.

Eles estavam deitados debaixo da coberta, a mulher e seu marido, ou pelo menos foi o que Ruth presumiu que fossem. Pensou que seria provável, pois os dois eram bastante bonitos, ou tinham sido. O homem ainda vivo, mas fraco demais para fazer qualquer coisa exceto mover os olhos de um lado para outro, a boca aberta. A mulher também deitada de costas, os olhos vazios fitando o teto de colmo. Ainda gritando aquela única palavra para os céus:

— Comida! *Comida!*

Mas era tarde demais para comida, Ruth podia ver. Todos os dentes tinham desaparecido, dela e do marido, as faces encovadas como se fossem velhos avós. A pele já começando a mudar. O homem alto, de peito largo. A mulher de olhos castanhos, agora enormes em seu rosto, e os cabelos com mechas esbranquiçadas. Ambos indefesos e impotentes, agora...

O homem que a salvara dos cachorros pegou a faca e espetou-a na beirada do cobertor, tirando-o lentamente de cima deles. Eles não fizeram objeção, mas continuaram como estavam, o homem ainda em silêncio, a mulher ainda gritando inutilmente. Os dois completamente vestidos, ela viu — mas as roupas rompidas e rasgadas onde os braços e pernas tinham inchado nas juntas. Ela não conseguiu impedir-se de olhar, as manchas escuras de sangue tão espessas sob a pele que pareciam quase negras.

O matador de cachorros deixou o cobertor cair no chão e saiu da casa, Ruth seguindo-o tão depressa quanto conseguiu se mover. Ele acocorou-se num pequeno círculo de pedras brancas ao lado da cabana, um lugar onde houvera uma horta agora devastada, mesmo os mirrados e secos pés de milho tinham sido arrancados pelas raízes. Ali ele pegou uma das pedras brancas, pesando-a na mão — depois disse a Ruth para fazer o mesmo.

— Não — ela disse imediatamente, e arrependeu-se da ousadia no instante em que a palavra saiu da sua boca.

Porém, ele foi quase gentil, essa única vez, em sua reação:

— Vamos precisar de alguma coisa mais pesada do que um pedaço de pau. Eles não são cachorros, você sabe...

— Não quero ter nada a ver com isso — ela disse.

— Pois vai, sim. — Ele estendeu a mão, agarrando seu braço com força. — Ocê vai me dizer o que vai fazer e o que não vai fazer, 'tá certo?

Ela tentou desvencilhar-se, mas ele continuou segurando-a.

— Diabos, é perna negra!* Você já deve ter visto isso antes — ele praguejou. — Não tem nada que se pode fazer!

— Não faz mal. Não vou ficar com esse peso na minha alma.

O assassino de cães emitiu um riso de desprezo.

— Sua alma! Primeiro você tem de se preocupar com seu estômago.

— COMIDA!

Ele coçou novamente a cabeça com fúria, escutando a mulher dentro da cabana.

— Além disso — ele murmurou —, essa gritaria precisa parar.

Ele tornou a pegar a grande pedra branca e entrou na casa outra vez. Enquanto isso, ela ficou esperando ali, na horta devastada. Poderia ter fugido, correndo para o charco ou se escondido numa das cabanas, e nem sabia se ele iria atrás dela.

---

*"Black leg", os últimos estágios do escorbuto, caracterizados pela perda dos dentes, doloroso inchaço dos membros e rompimento das veias, de tal forma que deixavam marcas escuras sob a pele. (*N. do T.*)

Mas, em vez disso, ela esperou, parada na horta. Esta foi a decisão que tomou, então, sabendo que não conseguiria durar muito tempo sem ele. Parada na horta, sentindo o vento leste soprar em seus cabelos. Esperando até que ouviu a mulher parar...

Depois de mais uns poucos minutos o homem saiu novamente da casa, trazendo na mão a pedra ensangüentada. Foi para fora e atirou a pedra o mais distante que pôde, na direção dos charcos. Depois voltou os olhos para ela.

11

O PERIGOSO JOHNNY DOLAN

Ele passou pelas lojas dos joalheiros e relojoeiros ao longo da Maiden Lane, olhando distraído todas os reluzentes janotas e aduladores em suas vitrines e pensando em quanto dinheiro fácil eles deviam fazer ali...

E quanto aos meus tesouros? A coleção inteira dos tesouros que tinha carregado através do oceano, milagrosamente guardados e seguros em sua própria caixa de vidro. O seu baú de maravilhas. *Onde estavam agora?*

Ele não queria pensar muito detalhadamente nisso, ainda não. *É bem provável que tenha vendido, ou jogado no lixo.* Ruth nunca dera o devido valor a uma coisa como aquela. Ninguém dera, desde que tinham chegado na *Amerikay*, algo que ele nunca havia entendido. Afinal, fora o tesouro que pagara a passagem deles para lá, e isso somente por exibi-lo em alguns "pregos" de Dublin. No entanto, tinham apenas zombado dele naquele salão para onde Finn McCool o levara, deixando-o todo rachado e misturado antes de devolvê-lo a ele.

Algum plano para enganá-lo, sem dúvida — como ela fizera. Bem, ele iria descobrir o que valia agora, de um jeito ou de outro.

Ele virou para o norte da Pearl Street, seguindo-a para cima através da Bowery. Os ruídos de dados e música de piano já ressoando através das portas dos teatros e dos salões ao longo da rua, mesmo sendo tão cedo. Os bares enfeitados com grandes cartazes nas janelas, anunciando suas atrações.

As Garçonetes Mais Jovens e Bonitas da Cidade!

Nós ainda vivemos — belas dançarinas, encantadoras vocalistas, lindo grupo de balé! Para que se Queixar de Tempos Difíceis? Almoço Grátis!

Ele seguiu aos tropeços, esbarrando na multidão, embora todo mundo parecesse estar se movendo junto com ele, na direção norte. Sem dúvida alguma nova sensação da Cidade. *Um cantor de ópera ou um macaco empalhado, qualquer coisa que pudesse captar o interesse deles por uns poucos minutos.* Olhava fixamente as pessoas que o rodeavam, uma sensação de pânico crescendo em seu estômago. Ainda não estava acostumado a tanta gente, depois de todos aqueles anos na prisão...

Foi então que viu o rosto. Assomando acima da multidão de marinheiros e trabalhadores de estaleiros, carroceiros e estivadores, virando lentamente a esquina para a Catherine Street. O rosto *dele* — o rosto de Patrick. Aquele que ele quase já desistira de procurar, até mesmo nas multidões.

No entanto, lá estava. Mais alto do que Dolan imaginaria que ficasse, porém com a idade certa. Talvez não fosse ele. Havia muitos rostos como aquele no mundo, e ele pensara ter visto de relance estes traços em outras vezes, na Broadway, na Embarcadero, e mesmo na distante Dublin, há tanto tempo.

Ainda assim, *parecia* com Patrick, os mesmos olhos distraídos e amigáveis, os lábios com um meio-sorriso ligeiramente aturdido. O rosto virou de lado, para olhar alguma coisa, e o perfil era tão parecido com o de Patrick, que Dolan tentou forçar seu caminho pela multidão para chegar até ele, esquecendo tudo o mais que viera fazer na Cidade.

No entanto, já não era tão bom como antes em manobrar seu caminho ao longo das calçadas apinhadas. Ele tentou ir em frente aos empurrões, mas só conseguiu trombar contra mais costas e cotovelos. Seguiu o rosto — seguiu *Patrick* — subindo pela Bowery, incapaz de diminuir a distância entre eles. Até que um pouco antes de chegar na Grand Street, quando estava a menos de dez metros atrás, o rosto desapareceu tão abruptamente como se tivesse mergulhado no oceano.

Dolan abriu caminho aos safanões até o local onde o vira pela última vez, mas de nada adiantou. Olhou para dentro de todos os bares e lojas do quarteirão, até mesmo batendo nas portas das casas, apesar do risco que corria. Tudo inútil. Tentou balbuciar uma descrição do rosto que havia visto, de Patrick, para os rostos curiosos e amedrontados que se desviavam dele. Mas era como se tivesse se esquecido de falar o idioma deles. Suas palavras atropelavam-se em fragmentos ásperos, inúteis, que serviam apenas para assustá-los ainda mais...

O rosto do meu irmão? Meu! Só que mais jovem. Como um menino, você viu?

As pessoas com quem tentava falar limitavam-se a balançar as cabeças e se afastavam rapidamente, de volta para a penumbra das suas casas e cortiços. Dolan sentiu a antiga raiva avolumando-se por dentro, mas conseguiu abafá-la. Isso apenas confirmava sua decisão de não se hospedar em alguma pensão. Ele já estava muito além do estágio de ser capaz de conversar civilizadamente com as pessoas, de até mesmo parecer completamente humano...

Voltou para o meio da rua, movendo-se com imprudência entre os cavalos e carroças. Ainda perguntando-se se haveria algum lugar onde não procurara, alguma fenda de um beco. Eles eram comuns por ali, ele se lembrava, e a maioria apenas com a largura suficiente para deixar passar um homem. Os pivetes e batedores de carteiras costumavam disparar para eles quando a polícia dava uma batida na zona do cais.

Finalmente ele avistou o que estava procurando. Um beco largo, sem saída, com lama até na altura dos joelhos, entre dois prédios no lado leste da rua. Beco do Gato, se bem se lembrava. Começou a seguir pelo beco, tão concentrado na sua busca que não viu o homem surgindo atrás dele, o braço estendido para alcançá-lo.

— Dolan! O *Perigoso* Johnny Dolan!

A voz retumbou acima da sua cabeça. O braço tão comprido e grosso quanto o de um urso, agarrando-o pelos ombros.

— Dolan, *é* você, não é? Diabos, quando foi que você voltou?

Ele deixou o corpo inclinar-se, pensando que teria apenas uma chance se fosse a polícia, uma única oportunidade de pegar a faca na sua bota. Mas os grandes braços de urso o soltaram e, virando-se, ele viu outro rosto conhecido, do qual se lembrava graças à enorme protuberância que crescia bem no meio.

— Bunker Narigudo — ele disse com surpresa, mais para si mesmo do que para o homem imenso à sua frente.

— Certo! — Bunker sorriu, dando-lhe uma palmada no ombro. — Ocê também me conheceu! Ora, veja só!

Ele lembrava-se de Bunker da época em que circulava com os Dead Rabbits. *Um gatuno, mas nunca grande coisa em se adaptar, apesar do tamanho.* Agora ele quase parecia um homem de meia-idade — engordara demais, o peito e a barriga enormes espremidos num surrado terno xadrez preto e amarelo. Ele deu uma risada desagradável e cutucou Dolan com o cotovelo.

— Não vejo você desde que o Velho Noe recebeu o que merecia. É verdade o que andaram dizendo?

— O quê?

— Você *sabe.*

— Não. Eu não sei.

— *Você sabe*... que você guardava o olho dele no bolso? O olho que você arrancou fora?

Dolan parou um momento na entrada do beco, mudando o peso do corpo de um pé para outro enquanto pensava. Bunker sorrindo obscenamente para ele através dos bigodes espessos e engordurados — o cheiro de uísque e cebola em seu hálito quase o deixando enjoado, tão parecido com o cheiro da mangueira que ele sugara no "O Homem Amarelo". Bunker sempre fora um fracote para bebida, ele se lembrava. Não precisava mais do que dois ou três tragos para que começasse a contar para todo mundo que estivesse disposto a ouvir que havia visto o Perigoso Johnny Dolan em pessoa na Bowery, vivo da silva.

— Vam'lá! Vou ficar mudo como uma ostra!

Ele sorriu de volta para Bunker.

— Vem aqui — disse Dolan, estendendo o braço para pousar a mão nos ombros dele, e guiando-o para mais fundo no beco. — Vem cá. Você quer ver uma coisa, eu lhe mostro...

Bunker Narigudo entrou direto no beco com ele, ainda mantendo o sorriso lascivo. Dolan sorrindo também, o braço firme nos ombros dele, até que tivesse certeza de que estavam suficientemente distantes para não serem vistos da rua. O Beco do Gato fazia uma curva para a direita e terminava nos fundos de um prédio abandonado. Ele se lembrava disso. Havia fendas enormes nas paredes de tijolos do prédio — grandes o bastante para deixar passar um homem, saindo para a Chrystie Street, no outro lado...

Ele parou na frente de Bunker, ainda sorrindo, e tirou o polegar arrancador de olhos de dentro do bolso — fingindo remexer num dos caixotes vivamente pintados de amarelo e laranja. Bunker aproximou-se imediatamente, inclinando-se tanto quanto permitia a sua pança enorme, esforçando-se para ver o olho arrancado de James Noe. Dolan balançou a cabeça com desgosto enquanto pegava a faca na sua bota.

Como se um olho pudesse durar tanto tempo...

Bunker Narigudo viu a lâmina surgir no último instante, com o canto do olho, e estendeu a mão rapidamente para bloqueá-la. Normalmente isso não teria feito diferença, mas Dolan ainda estava um tanto fora de forma, em decorrência da malária, da noite passada no beco e de todos aqueles anos na prisão. Ele meio que cambaleou para o lado, desferiu um golpe cego na mão de Bunker e fatiou a maior parte de quatro dedos antes que Bunker Narigudo conseguisse dar um passo trôpego para trás, os olhos arregalados.

— Je-sus, Johnny! — ele protestou, soando mais afrontado do que ferido quando olhou para baixo, sem entender, e viu os quatro pedaços de dedos caídos na lama do beco. — Je-sus, eu não tenho nenhum dinheiro, você sabe...

— Sei. Não tem dinheiro, mas tem uma língua, não tem?

Dessa vez ele empurrou a faca, grossa e afiada como uma lâmina de açougueiro, através da mão de Bunker e direto para a sua barriga. Bunker gritou forte, mas estavam fundo demais no beco e o som perdeu-se em meio a toda algazarra do comércio, do girar de barris, dos cavalos e carroças e dos brados dos homens que marchavam pela rua. Ele golpeou outra e outra vez, seis vezes ao todo, tendo em mira o ponto mortal, os órgãos e artérias vitais, antes que Bunker caísse. Silencioso, agora, mas ainda parecendo um pouco atarantado. Um homem sólido e pesado como uma laje desabando lentamente de joelhos e depois caindo para a frente, o rosto atingindo primeiro a lama. Johnny postou-se diante dele por um momento, enxugou o sangue na barra do paletó de Bunker, depois abaixou-se e vasculhou rapidamente os bolsos dele, só para tirar a dúvida.

— Ah, maldito seja, Bunker Narigudo — ele praguejou ofegante, tirando as mãos vazias, sem nem mesmo algum velho relógio de cobre que pudesse penhorar. — Você sempre foi bom em falar a verdade.

Esquivou-se com rapidez por entre o prédio em ruínas saindo, então, na Chrystie Street. Ali ele juntou-se despercebidamente à multidão e marchou com os outros homens na direção norte, esquecendo-se, por enquanto, do rosto do seu irmão.

12

HERBERT WILLIS ROBINSON

Eu abandono a nossa abandonada Prefeitura, contornando a multidão que enche o parque, e atravesso uma passarela na direção da parte endinheirada da Broadway. Aqui as calçadas estão quase tão cheias como em qualquer manhã de segunda-feira. Abarrotadas de mercadores e negociantes da Wall Street, vendedores ambulantes, mensageiros e visitantes de fora da cidade, todos desatentos à crise iminente. As floristas estão arrumando as mercadorias como de hábito, onde quer que encontrem um canto ou uma cerca.

Paro na barraca de uma velha negra para comprar uma pêra em calda servida num prato de cerâmica, um bom remédio para dor de cabeça. As multidões da rua se empurram ao passar por mim, impacientes como sempre. Porém, parado ali, mastigando e sugando a minha pêra, eu reparo que, com multidão ou não, mais e mais armazéns de secos e molhados não estão abrindo as portas. Ou já estão fechando, as portas corrediças de zinco retinindo ao bater nas calçadas. Alguns dos nossos comerciantes chegaram a ponto de contratar robustos seguranças e pagar para que fiquem perambulando na frente das portas, exibindo arrogantes as pistolas nos cintos. Eu me pergunto que utilidade tais homens terão para eles se a turba desenfreada realmente vier.

No Beco Paraíso eles sabem das coisas. O único som na rua é o zunir das moscas, voejando por cima das pilhas de lixo e carcaças de cavalos. Todas as portas estão fechadas. Quase se pode *sentir* as pessoas sentadas dentro das casas, no calor asfixiante. Observando cada movimento na rua...

Eu puxo a sineta na porta da casa de Maddy — a casa que alugo para ela. É uma sólida e antiga casa de pedra de cantaria, datada da época dos holandeses. Uma das poucas que restam ao longo do miolo da Cherry Street. Logo abaixo do Beco Paraíso, assomando-se sobre todos eles, está o terrível cortiço duplo que chamam de Shambles — uma estrutura enorme e monolítica, as paredes e até mesmo as janelas perenemente recobertas com a fuligem de carvão.

Estremeço de leve, como faço sempre que vejo aquele lugar, e me viro para tocar outra vez a sineta da casa de Maddy. Ainda não há resposta, então esmurro a porta com os dois punhos, imediatamente enfurecido com a insolência dela, e depois preocupado. Ela teria mesmo saído num dia como este? Tola o bastante para vaguear de volta de algum daqueles seus antros de terceira categoria...

— Tudo bem, tudo bem, se você está assim tão desesperado!

A voz de uma devassa, mas fico aliviado. Pelo menos ela teve o bom senso de ficar em casa hoje.

Ela abre a porta, sorrindo-me afetada através dos cabelos, e percebo que é tudo uma brincadeira. Ela sabia quem era, deve ter-me visto chegando apressado na Catherine Street pela janela do andar de cima.

— Ah, é você — ela diz, coquete, recostando na soleira da porta. — Desculpe, eu estava esperando um freguês assíduo...

Novamente enfurecido eu agarro seu braço e a empurro para dentro. Ela puxa o braço com raiva, enfia a mão na camisola e tira a absurda pistola que anda levando por toda parte.

— Você não pode fazer isso comigo! Tome cuidado, ou vou lhe dar uma amostra disso aqui! — ela grita, acenando com a arma enorme diante do meu nariz.

Faço a arma voar da mão dela com um tapa, a bala girando inofensivamente para longe quando bate no chão. Eu a esbofeteio, então — uma, duas vezes no rosto, com tanta força quanto consigo juntar, presumindo que ela ainda esteja bêbada da noite anterior. Imediatamente me encho de remorso, com angústia e ódio de mim mesmo, pelo meu temperamento impulsivo. Maddy berra como uma gata por um momento e depois se recompõe, esperando para ver o que mais tenho a dizer.

Ela não é do tipo que perde a cabeça com facilidade.

— Divirta-se comigo numa outra hora. Hoje as coisas estão agitadas.

— Estão? — ela pergunta, cravando a mão na minha virilha e habilmente descobrindo a intumescência que está ali presente desde o instante em que forcei minha entrada na casa. — Estão mesmo?

Eu empurro a mão dela, prendendo-a seus braços junto a seu corpo. Ela fica imóvel, um sorriso dengoso no rosto. Parecendo, Deus me ajude, quase tão jovem como era na primeira vez em que a vi. Ainda sinto uma grande ternura por ela. Vendo a maneira como os cabelos finos e sedosos caem sobre seu rosto. Está usando a delicada camisola que lhe comprei na *Stewart's* — apesar de que, mesmo na pouca luz, posso ver que já conseguiu deixá-la toda suja de comida, cinzas e talvez coisa pior.

Não entendo por que ela me odiaria tanto, exceto pelo fato de que lhe roubei a vida.

— Você precisa sair daqui — eu digo. — Essa arma de nada vai adiantar contra uma turba enlouquecida, como não adiantou comigo. Precisa me acompanhar.

— Por que alguém iria querer vir *aqui*? — ela grita num tom áspero. — São as suas belas casas na Cidade que eles vão queimar! É melhor você voltar e cuidar de si mesmo!

— Eu não contaria com isso — digo, o mais calmamente possível. — Haverá polícia e soldados guardando a Gramercy Square. A multidão irá para onde encontrar menos resistência.

— Você acha que os seus soldados vão servir para alguma coisa? Aqueles velhos fracassados? Eu sei para o que *eles* servem. Além disso, dizem que não há nem um regimento inteiro na Cidade...

Ela está tentando me provocar novamente, embora eu receie que esteja certa.

— Olhe à sua volta — eu digo, agarrando-lhe os braços e obrigando-a a escutar. — Veja todas as pessoas de cor que moram aqui, muitas delas vivendo livremente com os brancos. Em quem você acha que os arruaceiros *realmente* querem tocar fogo? E quando vierem, irão encontrá-la também.

— E o que você vai fazer comigo?

— Vou levá-la para casa...

— Vai me levar para casa. Para a *sua* casa, agora.

— Sim, e você pode ficar nos aposentos dos criados. Se os arruaceiros realmente invadirem, você diz que trabalha para mim...

Eu disse a coisa errada — e descubro isso apenas quando já é tarde demais. Ela enrijece, aquela teimosia caindo sobre ela como um véu.

— Antes eu trabalhava para você. Agora só faço o que quero.

— E quando foi que não fez o que queria? — pergunto, olhando à minha volta.

Ela havia transformado aquela casa, cujo aluguel eu pagava, num bordel. Há uma garrafa de uísque vazia na mesa, copos vazios caídos, uma lata de sardinhas aberta. A casa inteira tem um cheiro rançoso, quase tão fétido quanto o cheiro lá de fora. Parece não ter sido varrida ou limpa há semanas, embora eu também lhe dê o dinheiro para pagar uma faxineira.

Eu me viro na direção da porta, quase num reflexo. Maddy se limita a me olhar de soslaio, astuciosamente.

— Por que foi que você veio, de verdade? Para me oferecer a chance de ser sua criada? Ou estava esperando que pudéssemos fazer a sua brincadeirinha outra vez?

Ela ergue a barra da camisola amarela por cima do seu sexo — bem mais para cima, até exibir os seios pequenos e arredondados — tão desavergonhada quanto uma rameira da Water Street, e eu fico enfeitiçado. *Mesmo depois de todo esse tempo.*

— Posso me livrar *disso* bem depressa. Você só precisa pegar as correntes...

— Tudo bem, você já se divertiu bastante.

Quero sair da casa, deixá-la à mercê da multidão de arruaceiros. Quero atirá-la no sofá, possuí-la ali mesmo. Quero poupá-la de tudo. E, como sempre, ela pressente a minha dúvida, um sorriso experiente surgindo sob os cabelos desgrenhados. *Essa gente...*

— Se você insiste em ficar, pelo menos tome algumas precauções de verdade.

Eu lhe deixo o revólver Colt que Raymond me havia forçado a pegar, mostrando como acionar o mecanismo e girar a câmara. Não será fácil para ela atirar, com suas mãozinhas delicadas, ou manter a mira com uma arma de tal potência. Mas ela pode disparar seis tiros seguidos e o barulho irá soar como o de um canhão. Isso talvez seja o bastante para lhe dar tempo de fugir, pelo menos.

Ela fica ali olhando para a arma, acariciando o cabo de marfim liso e branco como se fosse o melhor presente que já lhe dei, melhor do que todos os vestidos, perfumes e fitas para o cabelo, durante tantos anos. Melhor do que esta casa, ou todos os professores, ou o piano. *Um revólver.* Admirando-o, como se fosse uma criança.

Aquele enigmático tom de triunfo quando me desafia:
— Eu faço o que quero.

Minha Maddy. Minha amante, meu amor. Uma rameira bêbada — e fui eu quem fez isso.

Eu fiz isso?

Ela era diferente, certa vez — eu acho. *Eu também era.* Nós nos conhecemos há muitos anos, quando ela era pouco mais que uma criança, já tendo sido mulher muitas e muitas vezes, nesta Cidade.

Posso me lembrar do momento exato. Era uma das poucas noites de verdadeira primavera que a Cidade já experimentou. Eu havia ficado na sede do *Tribune* até bem depois de escurecer, fechando a edição nacional da semana. Proclamando a Palavra de Greeley para a nação. Sabendo que seria lido pelos pastores de ovelhas de Ohio, pelos camponeses em Illinois, pelos garimpeiros dos vales da Califórnia. A vanguarda do império, resistindo bravamente às enchentes e à fome, bandidos e selvagens. Debruçados em volta das fogueiras nas pradarias escuras e incomensuráveis, lendo quaisquer fragmentos do *Tribune* que lhes caíam nas mãos. Perguntando uns aos outros em tons carregados de espanto: *Vocês viram o Horace?*

Depois de ter cumprido minhas obrigações continuei por ali, tentando trabalhar no meu próprio livro, uma coletânea de esboços sobre a vida na Cidade que planejava intitular de *Cenas das ruas*. Esta era a minha ambição secreta, o livro sobre o qual ainda não falara nem mesmo aos outros literatos do *Pfaff's Cave*. No fundo do meu coração acalentava sonhos de me tornar o Dickens americano, de lançar um livro de grande importância social — e que também venderia como tortas de cordeiro quentes nas barracas de um dólar.

Entretanto, por algum motivo, as imagens que reunira falhavam em aglutinar-se. Elas encalhavam e se atrofiavam na página à minha frente. Eu culpava o meu cansaço, o meu erro em tentar dedicar-me à minha arte somente depois de ter concluído o trabalho necessário. Mais frustrado do que poderia suportar eu caí no sono, cochilando na sala aquecida.

Foi a voz dela que me despertou:

"Milho quente! Milho quente!
Aqui está o seu milho quente!
Bem quentinho, fumegando,
Acabado de sair da panela!"

O som da vendedora de milho, tão próximo, debaixo da minha janela, que eu quase podia ouvir o farfalhar do seu xale. Quantas vezes ouvira o mesmo refrão! Normalmente à noite, quando estava tentando dormir — sufocando no meu quarto, virando de um lado para outro debaixo de um único lençol. O grito da menina, em algum lugar da imensa Cidade, entrando pela minha janela...

"Milho quente! Milho quente!
Aqui está o seu milho, branco como lírio!
Todos vocês que têm dinheiro —
Pobre de mim que não tenho nenhum —
Venham comprar meu milho-lírio quente
Pra que eu possa ir para casa!"

Agora, fluindo em volta do chamado dela, eu podia ouvir os ônibus rangendo pela Broadway acima. O trinado dos jornaleiros, apregoando as últimas notícias extras. Um sino de incêndio badalando, os impávidos jovens em suas camisas vermelhas correndo para o posto dos bombeiros. O riso dos rapazes a caminho dos teatros, ou de um jantar, ou de um bordel.

Todos os sons de uma cidade grande transformando-se com a noite...

Era aquela hora da noite em que a Cidade está apenas começando a entrar no ponto de ebulição. Aquela hora em que os mercadores de Wall Street deixam os negócios para apostar nos bares de hotéis e salões de jogos. Os operários falam com veemência nas suas hospedarias e reuniões políticas. As gangues tramam em seus redutos subterrâneos, as mulheres sorridentes caminham descaradamente pelas portas dos bares. Os teatros e as cervejarias começam a encher.

A sala à minha volta estava ensopada com os odores agradavelmente pungentes da minha profissão: tinta e lascas de lápis, papel mata-borrão, goma arábica e óleo de máquina. Sob meus pés sentia o pulsar das prensas do primeiro andar, imprimindo a edição do dia seguinte, para ser enviada para toda esta Cidade, para o estado, para todos os novos e iluminados postos avançados da nossa república — e eu ainda acreditava, então, com um fulgor de orgulho e satisfação, que fazia parte de tudo isso.

"Milho quente! Milho quente!
Aqui está o seu gostoso milho quente.
Esse milho é bom,

E disso eu sei
Porque em Long Island
Ele foi plantado!"

A voz da garota foi novamente carregada até mim. Era claramente a voz de uma jovem, talvez ainda adolescente. Corajosa e insistente e ao mesmo tempo franca e reveladora, da maneira como somente a voz de uma jovem pode ser. Eu a ouvi tremer levemente. Sem dúvida ansiosa em vender todo o milho antes que esfriasse e ela tivesse de levá-lo de volta para Little Water ou Arch Block, para enfrentar mais uma surra da mãe ou do cafetão dela (ou de ambos). Ainda assim, pude perceber, ela tentava usar seu medo para atingir exatamente o tom certo de desamparo feminino e juvenil, que atrai os homens como moscas.

Elas são o nosso ideal de feminilidade aqui na Cidade. Quando os tempos são muito ruins, pode-se encontrar uma delas em todas as esquinas: vendedoras de fósforos, vendedoras de botões, vendedoras de pêras e, sobretudo, vendedoras de milho quente. Um pequeno barril de cedro , cheio de espigas de milho assado e quente, enfiado embaixo dos braços das meninas, como um sinal não-tão-secreto da verdadeira profissão delas. Essas meninas-mulheres, sempre seminuas e descalças. Sempre oferecendo e pedindo, seduzindo e sangrando.

"Milho quente! Milho quente!"

Ela estava bem abaixo de mim — rodeada, eu sabia, por homens em casacos negros. Homens de negócios e rapazes de gangues, advogados e marinheiros, vereadores e juízes. Alguns comprando, alguns só olhando. Segurando suas moedas, fora de alcance. Jovens e capangas de gravata e chapéu abrindo caminho na multidão, cutucando as unhas com seus canivetes...

"Milho quente! Milho quente!"

Houve um grito súbito, agudo, interrompendo a súplica da menina. Eu me levantei no mesmo instante, disparando para fora da cadeira e do escritório, descendo as escadas, na direção da entrada, enfiando o casaco pelo caminho. O *Tribune* tem um vigia, e havia os jornaleiros, os ajudantes de tipógrafos, políticos e editores por toda parte, mas quem sabia? Um dos atributos mais encantadores da nossa Cidade é que, embora não seja nem de longe tão perigosa quanto parece — *que lugar jamais seria?* — as piores coisas imagináveis podem acontecer em qualquer lugar, a qualquer hora.

Eu corro pela porta da frente preparado, se não para resgatar, pelo menos para conseguir a notícia. Lá estava a vendedora de milho na esquina, ainda gritando a plenos pulmões. Lutando para segurar a barrica de cedro, pelejando como as Fúrias para proteger suas mercadorias de — um bando de porcos.

Eles já haviam arrebatado uma boa parte das espigas e galopavam através do Parque da Prefeitura, fungando e bufando, comendo enquanto corriam. Nossos políticos falam constantemente sobre planejar algum meio de livrar nossas ruas dos porcos, o próprio Greeley deve ter dedicado uma dezena de editoriais a este assunto. Ainda assim, por algum motivo, nada é feito. Eles arrebentam os chiqueiros onde são mantidos perto do rio do Norte, correm em bandos pelas ruas. Mais espertos que os cachorros e duas vezes maiores, trombando com crianças e roubando comida das mãos das senhoras.

Enquanto eu olhava, três deles intimidavam a vendedora de milho com coordenação e inteligência excepcionais. Dois porcos dando cabeçadas na barrica de madeira, tentando virá-la apenas o bastante para que o terceiro porco enfiasse o focinho e tirasse as espigas que restavam.

— Saiam daqui! Saiam! Coisas nojentas! — a garota gritava, gesticulando para eles com a mão livre.

Os porcos escapuliram relutantes quando me aproximei, pressentindo minha altura e meu peso com a costumeira sagacidade suína. Voltando para surrupiar nos esgotos a refeição de sempre — miolos velhos de maçã, pedaços de lingüiça, ostras fermentadas, vísceras atiradas pelos açougueiros, restos mortais de cavalos, ratos afogados e pombos mofados. (O bastante para deixá-los gordos e arredondados até que chegue a hora de agraciarem as melhores mesas de Manhattan.)

Na esquina, a vendedora de milho quente ainda estava gritando e chorando, os rapazes sorrindo para ela enquanto passavam.

— Pronto, pronto, eu os afugentei — falei cordialmente, tentando reconfortá-la, mas ela continuava esganiçando como uma harpia.

— O que vou fazer? O que vou *fazer*?

E, sem pensar, peguei-a pelos braços e comecei a sacudi-la com força, apenas para obrigá-la a parar com aquele barulho terrível. Ela continuou gritando — e antes mesmo de perceber o que havia feito, a levantei direto do chão.

Lá ficamos nós, olhando silenciosamente um para o outro. Nossos rostos a centímetros de distância. Os ombros dela delgados, até mesmo esqueléticos, debaixo do xale axadrezado. Sei que deveria ter sido cativado desde o início mas, na verdade, pensei que ela era bem parecida com todas as outras: usando o mesmo xale, o mesmo vestido de chita manchado e rasgado estrategicamente nos ombros e panturrilhas, exibindo as pernas para cima dos joelhos.

Eu mal podia adivinhar a idade dela — apesar de que, qualquer que fosse, eu sabia que ela não havia sido criança por muito tempo. Ninguém poderia ser, vivendo assim nas ruas, com todo tipo de clima e companhia. Seus cabelos eram escorridos e descuidados, o rosto sujo, os pés descalços. Suas mãos, eu me lembro, agarrando os meus braços. Elas eram pequenas, porém ásperas e calejadas por descascar as espigas de milho todas as manhãs, depois assando-as zelosamente na rua ou no canto de algum quarto de cortiço.

Como ela se agarrou em mim! *Como ela é feroz*, pensei então, mas, ao mesmo tempo, *Como é indefesa e desprotegida*. Seus selvagens olhos verdes assustados, mas também calculistas. O rosto sério, aberto e inocente, enquanto ela tentava decifrar quem eu era, e o que diabos eu estava querendo.

13

HERBERT WILLIS ROBINSON

Ah, minha menina...

Eu a apanhei, bem ali na rua. Eu a apanhei depois que os porcos rapinaram suas mercadorias.

Teria sido bem fácil deixá-la, assim que ela parou de gritar por causa dos porcos. Teria sido bem fácil simplesmente voltar para o meu escritório aquecido e meu livro inútil.

Mas não voltei. Em vez disso tirei do bolso algumas moedas, dólares e centavos, enfiando-os cegamente nas mãos dela, com a intenção de pagar pelo milho perdido. Ou, pelo menos, foi o que disse a mim mesmo. Devo ter dado a ela no mínimo dez vezes mais do que custava o barril inteiro de espigas assadas. E quando fiz isso ela enlaçou o braço no meu, tão passiva quanto uma criança, e dei-me conta de que havia comprado mais do que apenas o maldito milho.

O que eu estava fazendo?

Sim, não sou nenhum santo. Já havia ido a bordéis antes. Mas ela ainda era tão jovem. Quase nem totalmente mulher. Eu nunca fui do tipo que aprecia as meninas-noivas, todas as pequenas Annabelle Lees que freqüentam as nossas esquinas e bordéis da Cidade. No entanto, havia algo que me impulsionava para ela...

Dei uns poucos e vacilantes passos na Park Row, entrando no Parque da Prefeitura, como se estivesse tentando pô-la à prova. Sua mão tão pequena, tão leve no meu braço. Ela ergueu os olhos para mim, os olhos ainda indagadores, mas dóceis, com aquela estranha e infantil confiança que até mesmo a mais desgastada notívaga precisa ter para se entregar a um homem desconhecido numa rua escura.

— Eu conheço um lugar — disse a ela, e comecei a andar mais depressa, agora, a cabeça baixa e a gola do casaco puxada em volta do rosto, esperando que ninguém me reconhecesse enquanto a rebocava através das ruas nebulosas e apinhadas.

Dificilmente poderia levá-la para a minha própria e respeitável casa em Gramercy Park. Sem dúvida ela morava em Cinco Pontos, ou em algum cortiço no Sexto Distrito — os Portões do Inferno ou a Mansão Brick-Bat, talvez. Isso tampouco serviria. Quem poderia saber que rufião a esperava ali, ou se eu não estava sendo vítima de alguma armação — para ter minha carteira, relógio ou vida roubados assim que tirasse a calça?

Não, havia apenas um lugar para nós. Teria de ser em uma das Sete Irmãs, a fileira de sete bordéis grudados uns nos outros ao longo da East Twenty-third Street. Cada um deles supostamente comandado por uma das sete irmãs de uma respeitável família da Nova Inglaterra que, depois de chegarem uma de cada vez na Cidade, se entregaram à devassidão. À medida que a história se espalhava elas submeteram-se sem restrições ao seu pecado e fizeram fortuna à custa disso.

Tudo besteira, claro. A história era boa demais à primeira vista, a verdade mais fria, como sempre é. As casas, como tudo mais nesta Cidade, pertencentes a misteriosas associações de homens de negócios, eram dirigidas por sete velhas enrugadas, sem parentesco algum, e que nunca tinham sido outra coisa *exceto* mercadoras de carne jovem.

Eu freqüentava as casas mais do que gostaria. Eram os melhores bordéis da Cidade, com cortinas de veludo, pianos afinados, bons conhaques e charutos nos salões. Os lençóis eram trocados entre um freguês e outro e os urinóis esvaziados. Toda véspera de Natal havia uma animada festa, com jogos de cabra-cega e pula-carniça, nos quais os participantes ficavam nus em pêlo, as meninas, ao menos. E em toda véspera de ano-novo havia uma festa formal, na qual os cavalheiros eram convidados para um ponche e para conversar educadamente com as mesmas jovens, agora trajadas com seus melhores vestidos e fitas.

Levei Maddy para a minha casa favorita, a mais respeitável das sete, mais discriminadora do que muitos dos melhores hotéis, e bem mais limpa. Era dirigida por uma velha alcoviteira particularmente medonha, com o despretensioso apelido de Vovó Em. Ela nos recebeu obsequiosamente, sem demonstrar a menor surpresa ao me ver na companhia de uma enlameada vendedora de milho quente, apanhada direto da rua.

Em vez disso, nos recebeu das mãos do porteiro e nos guiou rápida e discretamente pela escadaria. Por trás da leve cortina de algodão que separa o salão da frente pude divisar as elegantes silhuetas dos homens e mulheres bem-vestidos, que conversavam ao som de um imponente hino, tocado ao piano por uma das meninas.

Vovó Em trotou à nossa frente na escada, quase dobrada ao meio pela idade, porém surpreendentemente ágil, com uma delgada vela acesa na mão. Ela nos levou a um dos mais privados e afastados quartos nos fundos do segundo andar, depois de dobrar uma esquina no fim do corredor.

— Fique à vontade, senhor — ela murmurou, abrindo a porta e entregando-me a chave.

O quarto era anônimo, mas bem mobiliado. Era equipado com uma escrivaninha sólida e funcional, uma penteadeira com suas escovas de roupas e cabelos. Papel de cartas e uma caneta, uma garrafa de conhaque fechada, um punhado de bons charutos — em resumo, tudo o que um cavalheiro poderia desejar em seu clube. No entanto, a minha preferência pela casa era o único conhecimento a meu respeito que Vovó Em devia ter. Ela nunca dera a menor indicação de saber sobre os meus escritos, ou onde eu morava, ou quem eu conhecia, ou até mesmo qual era o meu nome.

— Toque a sineta para chamar a criada, se houver mais alguma coisa de que precise, senhor.

Puxando o xale mais para perto dos ombros, os óculos na ponta do nariz, concedendo a nós dois um sorriso benevolente, idoso, ela fez uma mesura e saiu do quarto. Entretanto, eu já a vira destruir uma garota que a enganara, uma linda mulata das Ilhas, encurralando-a num canto da cozinha e marcando-a no rosto com um garfo em brasa antes que qualquer pessoa se atrevesse a impedi-la.

Ela fechou a porta — e depois de trancá-la no mesmo instante, finalmente voltei-me para o meu prêmio, a vendedora de milho quente. Ela postava-se nas pontas dos pés na beirada do tapete, virando-se devagar enquanto observava tudo: a cama imensa de dossel com o colchão de penas, o espelho da penteadeira no outro lado do quarto, com suas escovas e grampos, presilhas e pentes.

Então, de repente, ela começou a saltar em volta do quarto. Movendo-se com tal leveza e naturalidade que parecia estar voando. Passando as mãos pela colcha sedosa, os móveis encerados, escovando os cabelos.

Eu tinha certeza de que ela estava representando, bancando a inocente para mim exatamente como fazia para os outros homens lá na Broadway. Reclinei-me com indiferença na cama e tentei ignorá-la, tirando os sapatos e acendendo um charuto.

Mas ela *me* ignorou. Continuou esvoaçando pelo quarto, excitada como a criança que ainda era na alma. Dando-se conta da minha presença apenas quando se virava para compartilhar sua excitação, o rosto sujo e inocente rubro de prazer por tudo aquilo.

— É aqui que você mora? — ela perguntou, afogueada.

Eu me inclinei para a frente na cama — ainda sem acreditar, observando-a por um longo momento antes de apagar o charuto.

— Venha aqui — eu disse, dando uma palmadinha no meu joelho.

Como uma criança obediente ela pulou para cima de mim, direto no meu colo. Era tão leve, tão pequena. Os quadris e nádegas ossudos, subnutridos, penetrando na carne das minhas coxas.

— Então você gosta deste lugar. Gostaria de ficar aqui por algum tempo?

Eu tinha um método comprovado de sedução — embora, claro, só o tivesse aplicado com as prostitutas. A fim de diminuir o nervosismo dela e o meu, fiz perguntas a seu respeito. Sobre onde nascera, sua família, o que ela gostava e o que fazia. O tempo todo com os braços enlaçando delicadamente sua cintura, segurando-a de um jeito inocente, até familiar. Devagar, bem devagar, comecei a acariciar seus seios, o pescoço. Massageando-lhe a testa e as faces, fazendo-a relaxar em meus braços para que eu mesmo pudesse parar de tremer.

Porém, essa garota era diferente. No instante em que pousei a mão em sua coxa ela ergueu o vestido de chita — puxando-o inteiro por cima da cabeça e deixando-o cair no chão — simples assim. Subitamente estava usando apenas um áspero e amarelado meio-saiote. Ainda sentada nos meus joelhos, os seios discretos, sedosos e arredondados totalmente à mostra, as costelas aparecendo sob a pele.

Era o corpo de uma menina, mas que já fora exposto às vicissitudes do mundo, e subitamente eu não sabia o que fazer com ele. Queria chorar, queria idolatrá-la. Queria fazer com que ela nunca mais tivesse de enfrentar qualquer coisa difícil ou terrível e, ao mesmo tempo, queria foder com ela.

— Do que você gosta? — ela perguntou, inocente, papagueando de volta as minhas perguntas.

— Como é o *seu* nome? De onde *você* veio?

Ela passou a mão pelo meu cabelo coberto de brilhantina, cheirou curiosamente a água de colônia no meu pescoço — mais uma vez tão meiga e desinibida quanto uma criança. Eu senti o seu acre hálito de menina no meu rosto, e fiquei quase desfeito. Recostei-me, dócil sob as suas mãos, e ela balançou-se por cima da minha barriga. Puxando o saiote acima da cabeça, agora, deixando-o seguir o vestido de chita no chão. Completamente sentada em cima de mim, totalmente nua. Apoiando-se no meu peito com as mãos.

— Do que *você* gosta?

Eu estendi as mãos para ela, sem saber o que tocar primeiro. Querendo sentir seus seios, sua vagina, a maciez da sua pele, seu rosto, tudo de uma vez. Querendo lhe dar prazer. Querendo, acima de tudo, tocá-la para o meu prazer, aquele primeiro sublime contato da pele contra pele nova. Mas querendo, também, fazer com que ela sentisse *alguma coisa* — que suspirasse, que se encolhesse, que me amasse ou tivesse medo de mim.

Porém, ela nada demonstrou. Estirou-se ao longo do meu corpo com a mesma seriedade e inconsciência com que fazia tudo o mais. Peguei o seu seio esquerdo na mão — ligeiramente menor, ligeiramente mais arredondado do que o direito, até mesmo a leve diferença sendo atraente para mim — e depois levei os lábios até ele, lambendo cautelosamente, sugando a pequena ponta do mamilo. E naquele momento fui preenchido pelo desejo de tratá-la com mais ternura do que já havia tratado qualquer outro ser humano, de não fazer nada que pudesse magoá-la. Eu acreditei que este foi o primeiro momento genuinamente altruísta da minha vida — deitado numa cama de bordel, penetrando lentamente uma prostituta de rua que acabara de encontrar.

Mais tarde ela aconchegou-se sob meu braço por um momento, ainda nua. Tentei cobri-la com a colcha, mas ela se levantou, movendo-se em volta do quarto novamente. Parou e ficou olhando-se no espelho — virando-se devagar, tentando captar um relance das costas esguias, das nádegas, o único lugar onde possuía alguns gramas extras de carne. Pensei outra vez que isso era demais, que devia ser uma encenação. Então ela se voltou para mim, o rosto em total sinceridade:

— Será que tem algum lugar onde eu possa...?

Permiti que ela deixasse o pensamento inacabado, vesti um camisolão e toquei a sineta para chamar a criada. Um par de lindas jovens, residentes regulares da casa, surgiu em resposta, a Vovó Em aparentemente tendo um ilimitado respeito pelo meu vigor e apetite. Maddy correu instintivamente para elas quando entraram, apoiando-se numa das pernas e cochichando com a mão cobrindo a boca.

Elas riram e caminharam pelo corredor até outro quarto sombrio, fazendo um gesto para que Maddy as seguisse. Ela hesitou e, segurando-lhe a mão, levei-a até meio caminho pelo corredor — ainda nua e estranhamente confiante. Ela soltou a minha mão e correu os últimos poucos metros até a porta, onde as outras garotas, mais velhas e um pouco mais altas, a receberam ainda sorrindo, e passaram as mãos impulsivamente pelo seu cabelo, todas elas paradas ali como um trio de náiades ou deusas da floresta, diante do meu olhar extasiado.

Lembro-me dela dormindo profundamente na minha cama, naquela noite. Mais inocente que nunca, o rosto e o corpo limpos e esfregados, uma camisola florida amarrada em torno do pescoço. Depois que ela tomou banho eu pedi um pouco de presunto e batatas, que ela comeu com voracidade, e então praticamente desmaiou, roncando satisfeita no meu colo.

Deitei ao lado dela, terminando um copo de conhaque, tentado a lhe fazer um afago carinhoso. Tentado a possuí-la com arrebatamento de novo. Toda vez que olhava para ela o meu desejo de protegê-la de tudo no mundo crescia — do mesmo jeito que o meu cacete.

O nome dela era Maddy Boyle, eu descobrira, e ela morava no *Shambles*, aquele lugar horrível no Beco Paraíso mesmo e um pouco acima do esgoto da Cidade. Dificilmente esta era a sua primeira vez nas ruas, ou a primeira vez com um freguês. Ela até tinha um cafetão: um certo Eddie Coleman, um bandido de rua que por acaso eu conhecia ligeiramente, que passava os dias bebendo e jogando dados na mercearia de Rosanna Peers, no Cinco Pontos. Ela me assegurou, com indiferença, que ele iria surrá-la por não ter voltado para casa e, embora não parecesse estar muito preocupada com isso, insisti para que ficasse ali na Vovó, pelo menos por alguns dias.

O que iria fazer com ela depois, eu não tinha a menor idéia. No entanto, de alguma forma, todas as possibilidades me enchiam com uma aguda sensação de antecipação, provocando-me uma quase tontura. Ela era minha por enquanto — por tanto tempo quanto eu quisesse, ao que parecia.

Que vida ela já não levou! Que vida todos eles levam, estas crianças e quase-crianças, esmolando e passando fome nas ruas. Ali, eu via, estava a chance de fazer algo por uma delas. Eu sempre ficara fascinado com os enormes rios de humanidade, as intermináveis e fugazes cenas ao longo das nossas ruas. Eu passava por entre eles muitas vezes, com um ou outro disfarce, pois era isso que a minha profissão exigia.

Entretanto, nunca consegui ser totalmente capaz de fazer algo *além* disso, nem mesmo a ponto de conquistar para mim uma esposa, uma família. Nada, exceto no confinamento das casas como aquela onde estava agora. Nada, nem mesmo sob a forma de amigos íntimos, exceto pelos colegas escribas com quem bebia no *Pfaff's*.

Mas isso — isso podia ser algo diferente, eu pensei. Algo que poderia fazer por outra pessoa, e por mim mesmo. No lado de fora da janela eu via as lanternas japonesas de papel vermelho no pequeno jardim dos fundos que a Vovó Em cultivava. Por algum motivo, até mesmo naquele cenário sórdido, elas pareciam reluzir com possibilidades.

Isso foi há muito tempo — uma etapa da vida, mais do que anos. Será mesmo que ela já fora assim tão meiga, tão confiante? Ou teria sido eu?

Minha Maddy. Apesar do seu desprezo por mim — apesar de tudo o que houve entre nós, a sua degradação, nossos terríveis joguinhos — eu ainda desejo abrigá-la, protegê-la. Pergunto-me se não deveria voltar agora mesmo, tentar convencê-la novamente a vir comigo, removê-la do caminho do mal.

Porém, à minha frente, agora, vindo da direção do East River, posso ouvir um outro barulho. O bater de pés, milhares de botas e as vozes masculinas baixas e distantes. Um som inesquecível, um som que eu não ouvia desde a minha temporada na Virgínia para a campanha de Burnside.

É um exército de homens em marcha. Sem a disciplina de um exército de verdade, claro, mas ainda assim um exército. Uma imensa onda de homens avançando para o norte, para a cidade alta. A *multidão está nas ruas, mas para onde está seguindo?* Qualquer que fosse o caso, não estavam vindo para cá. Maddy ficaria bastante segura, haveria muito tempo para resgatá-la mais tarde. Apressei o passo pela rua abaixo, correndo na direção da história.

14

MADDY

Ela o viu sair, olhando pela janela, passando a palma da mão pelo cabo liso e revestido de marfim do revólver. Avaliando seu peso. Mirando o cano através da veneziana para as mulheres que continuavam na fila da bomba Croton.

— Deixe que venham. Deixe que qualquer um deles experimente vir aqui.

Visualizando os homens chegando. Todos aqueles que tinham vindo antes, e todos aqueles que não voltariam. Nivelando o revólver para eles assim que passavam pela sua porta. Sua mão sentindo cegamente o tambor, depois o cano da arma.

— Deixe que tentem.

Um novo revólver, um longo revólver. O revólver de um oficial da cavalaria. Um tiro certeiro. Feito de aço, no mínimo, este aqui, e você nunca precisaria se preocupar...

Nós vamos dar um jeito nos seus pretos. Em você, e em todos os seus pretos.

Aquela voz da outra noite congelando seu sangue. Aquele que ela havia trancado do lado de fora da sua porta. As ameaças tinham sido ditas calmamente, mas isso as tornou ainda mais reais. Feitas como um juramento, num tom alto apenas o suficiente para que todo o quarteirão ouvisse.

Ele já estivera ali antes. Um homem baixo, do tipo meio atarracado. Intendente ou capitão de um corpo de bombeiros, ela conhecia o tipo. Prendendo os suspensórios com um par de águias douradas, tão orgulhoso como se fossem as dragonas de um coronel. Incapaz de levantar a própria mangueira na maior parte do tempo, foi por isso que ela não o deixara entrar. Homens assim tomavam tempo demais. Concentrados demais no fato de que aquilo era apenas um negócio, eles bombeavam com desespero, sempre uma expressão mais assustadora no rosto. Depois despejavam tudo em cima de você.

Todos os homens e suas pistolas. Ela havia visto todas as variedades desde o começo da guerra, os negócios progrediam rapidamente. Marujos em jaquetas brancas, vindos dos bloqueios com seus navios. Oficiais zuavos, usando as largas calças vermelhas e os engraçados chapeuzinhos com borlas. Os pracinhas, garotos de faces vermelhas vindos de Massachusetts, Maine e Vermont, passando por ali a caminho da guerra, recomendados por um amigo ou primo que já fizera aquele trajeto antes. Um freguês satisfeito — talvez já enfiado debaixo da terra em algum lugar nas paragens da Virgínia ou de Stone River.

Eles continuavam vindo, por sua vez. Dois ou três, pelo menos, todas as noites. Amedrontados, excitados, bêbados ou briguentos, ou perigosamente irados. Ela lidava com todos eles, depois os mandava embora, obrigando-os a abotoar as calças na rua se tentassem lhe causar dor ou aflição.

No entanto, *ele* voltara — aquele capitão dos bombeiros, aquela voz — jogando a culpa nos negros.

Os homens sempre se desapontavam com alguma coisa. Esta era a primeira coisa a se saber sobre eles. Raramente ficavam satisfeitos e, quando não ficavam, gostavam de pôr a culpa em qualquer outra coisa — um homem rico, ou uma mulher. O governo, Deus em Sua infinita misericórdia. Os pretos. Na verdade, era apenas uma e a mesma, a razão que os fazia parar. *Melhor não se enganar quanto a isso.*

Ela moveu-se de volta para a escuridão raiada e parda do interior da casa. Remexendo em torno da mesa da cozinha atulhada de lixo, os restos da refeição da noite anterior, pão e queijo, sardinhas e vinho azedado, ainda ali expostos. *Deus, que calor.* Ela já estava ensopada por baixo da camisola de seda amarela, a transpiração juntando-se em minúsculas gotinhas ao longo dos pêlos finos e macios das costas e nos lábios. Olhando em volta para saber onde colocara a concha e o balde de água.

Decidiu que queria algo mais do que água, e foi pegar o jarro que guardava no canto mais fresco da cozinha. Ali era arrancou a tampa com os dentes e bebeu um trago vagaroso, calmante. Sentindo o gosto ácido do uísque pingar lentamente pela garganta abaixo. Enxugando a boca com as costas da mão quando terminou, e pensando, enquanto o fazia, no quanto Robinson odiava aquilo — tanto a garrafa quanto a mão limpando a sua boca. A expressão de repulsa no rosto dele quando sentia o cheiro de uísque nela, principalmente de manhã.

Eu faço o que quero.

Não que isso o impedisse de querê-la. Nada impedia. Ela gostava disso, às vezes, vendo o quão revoltante podia mostrar-se para ele e, ainda assim, fazer com que ele a desejasse. Deixando-se desarrumada e sem banhar-se, com a casa suja até que as baratas corressem pelas paredes. Seus longos cabelos castanhos ensebados e embaraçados. Atormentando-o com a língua afiada.

Nada funcionava. Nem mesmo os homens negros que tanto perturbavam o capitão de bombeiros. Ela conhecia outras, damas de cabarés e prostitutas de rua, que se recusavam a aceitar quaisquer homens de cor. Ela nunca tinha se importado. Para ela, tudo era a mesma coisa, aquele empurrar e latejar lá embaixo, quem se importava de que cor seria. Mas incomodava principalmente aos outros homens, ela sabia. Invejosos como eram do suposto tamanho e perícia. Insultados pelo simples pensamento, pela simples idéia de que ela ficaria *estragada* para os homens brancos.

Como se ainda restasse alguma coisa para estragar.

Ela abraçou-se, esfregando os braços vigorosamente contra a lembrança do toque de Robinson. Seus esforços não mais eficazes do que todos os outros toques que ela usara para obliterar os dele. A sensação permaneceu. Algo mais profundo, mais enervante do que o mero repousar da mão dele em seu sexo. *O jeito como ele agarrava seu pulso, puxando-o por trás das suas costas, apertando as algemas em volta...*

As frouxas correntes de brinquedo que Robinson colocava nela. Rindo enquanto o fazia — o riso forçado, cruel, como se fosse um folguedo que compartilhavam, somente entre os dois. Ela não sabia o que era pior, quando ele ria, ou quando não ria. Pois quando não ria ele olhava para ela — direto através dela — com os olhos vidrados, a boca ligeiramente aberta, respirando com dificuldade e incapaz de falar qualquer coisa.

Robinson insistira que ela gostava disso. Insistira para que ela fizesse a sua brincadeira desde a primeira vez em que tinham ido à galeria Schaus e visto a estátua. Começando com a simples tira de couro que o escultor representara, mas avançando, inexoravelmente, até as correntes.

Ela não sabia bem por quê. Ele parecia gostar do peso dos grilhões, embora fossem apenas decorativos. Ou talvez fosse a maneira como captavam a luz através das venezianas, dourada e prateada, ou, acima de tudo, ela suspeitava, a sensação de vê-los contra a sua pele nua. O jeito como a frieza metálica provocava arrepios em todo seu corpo, fazia seus mamilos endurecerem quando ele a envolvia nos grilhões.

Robinson também ficava com os cabelos da nuca arrepiados, embora não percebesse.

Ela tomou mais um trago direto do jarro. Este desceu mais fácil — geralmente era o que acontecia, depois do primeiro — mas agora sentiu a cabeça pesada. Pensou em cochilar um pouco, o cabo de marfim da arma ainda agarrado em sua coxa direita.

Ela abriu os olhos sem levantar a cabeça de onde estava, deitada no tampo da mesa. *Mais um prato apodrecendo. Deixe para as baratas e as moscas.* Havia um som monótono e ribombante em seus ouvidos, mas ela já não saberia mais dizer se vinha de dentro ou de fora da sua cabeça.

Quando foi a última vez que comeu? Ela sentou, pensou em engolir mais um gole da garrafa, mas sabia que isso só faria com que o calor piorasse. Imaginando se valeria a pena provocá-lo até obter alguma reação, quando quer que ele voltasse. *Ela seria qualquer coisa que ele quisesse que ela fosse.* Mas agora queria apenas ver alguma reação nele, qualquer tipo de resposta que conseguisse. E era por isso que ainda permitia que ele pusesse as correntes...

O bramido continuava em sua cabeça e ela levantou-se da mesa, caminhando sem firmeza na direção da garrafa, pensando, *Pelo menos vai fazer o barulho parar.*

Porém, continuou andando, para além do uísque. Movendo-se para fora pela porta da frente, o ruído ficando perceptivelmente mais alto conforme ela saía. Até que finalmente ela parou na frente da janela de venezianas e deu-se conta de que o barulho não vinha da sua cabeça, mas sim de fora, de algum lugar da Cidade. O calor pressionando em seu peito como uma bigorna.

— Deixe que venham — ela ofegou.

Esperando que viessem, até — mas as primeiras agudas pontadas de medo já cutucando seu estômago. Perguntando-se quando ele iria voltar para ela, depois afastando tenazmente tal pensamento.

— Deixe que venham e experimentem. *Eu faço o que quero.*

15

RUTH

— Ele foi embora, então?

— Acho que sim.

Ruth espiou pela delicada cortina de renda da casa de Deirdre. O homem bem vestido já desaparecia do seu campo de visão, seguindo na direção do East River e dos ruídos ameaçadores da turba.

Por que os homens eram assim, correndo em direção de uma coisa como aquela?

Ela presumira o pior quando avistara o homem, caminhando com tanta rapidez pela rua abaixo. Mas logo vira que não poderia ser ele, que este não se movia em nada como Johnny Dolan, com aquele andar meio arrastado que ela tão bem se lembrava, mesmo depois de tantos anos.

— Quem *era?* — Deirdre perguntou bruscamente, olhando por cima do seu ombro.

— Era só *ele*... só aquele cavalheiro de Maddy.

Em todos os anos que moravam no Beco Paraíso, elas nunca ficaram sabendo qual era o nome dele.

— Ah. *Ele.* — Deirdre fez uma careta de nojo. — Pensar numa coisa dessas. Em nossa própria rua...

— Bem, é melhor ele do que aquele que esteve aqui na outra noite — disse Ruth.

— Ah, sim. Muito melhor, mesmo — Deirdre falou com azedume.

Havia sido mais uma das explosões de Maddy de madrugada. Ruth ficara sentada na cama, escutando com aquela mesma emoção ilícita com que sempre gostava de entreouvir as coisas na rua, nesta Cidade, tarde da noite. Brigas e discussões ferozes e embriagadas, as vozes e sons apaixonados vindos da escuridão. Escutando como escutava os mexericos das outras mulheres, e os casos que Billy lhe trazia — todas as alegrias que nunca conhecera antes, de viver próxima a outras pessoas.

Mas aquilo não foi o mesmo de sempre. Aquela voz em nada esbaforida, nem fanfarrona, como todas costumavam ser. Não eram os habituais bêbados gritando para os céus, mas sim palavras ditas com determinação, elevando-se apenas o suficiente para que todo o quarteirão ouvisse.

"Nós vamos dar um jeito nos seus pretos."

A voz afiada e direta como uma faca.

— Este é um país de brancos e nem no inferno iremos dividir também as nossas putas com os pretos...

— Pretos? Pretos? Nem *dois* de você chegariam aos pés de um preto! Pelo menos um bombeiro preto sabe como levantar a própria mangueira sozinho!

Maddy gritando obscenidades para ele, como sempre. Com zombarias e provocações a respeito da sua masculinidade e capacidades, até que as janelas começaram a se abrir acima e abaixo do quarteirão.

— Parem com essa merda de gritaria! Temos crianças em casa!

— Pare *você* com essa merda, eu tenho de trabalhar amanhã. Suas malditas crianças podem dormir o dia inteiro!

As trocas de gritos e imprecações degenerando-se em mais piadas grosseiras, os risos sardônicos reverberando através da noite. Billy mexeu-se na cama, ao seu lado — alerta como sempre ao seu mais leve movimento, resmungando que ela deveria se deitar e deixá-lo dormir.

Mas a voz na casa de Maddy, ainda segura, intencional e mesquinha, repetindo a sua única ameaça muitas e muitas vezes:

"Vamos dar um jeito nos seus pretos. E em você também..."

Foi alguma coisa na maneira como ele disse a palavra. *Pretos.* Claro, Ruth ouvira a palavra desde a primeira vez em que colocara os pés na Cidade. As gangues *Know-Nothing*,* chamando-a de "preta irlandesa" nas ruas. Pretos,

---

*Apelido para os filiados do partido Nativista, antiimigrante e racista, que floresceu por um tempo entre 1840 e 1850. O partido especializava-se em brigas de rua e reuniões secretas; quando inquiridos sobre sua organização, seus integrantes deveriam responder "Não sei de nada". (*N. do T.*)

pretas, pretos negros, pretos irlandeses — tanto quanto Ruth poderia dizer, aquela era uma Cidade de Pretos.

Mas aquele homem a pronunciara como uma ameaça cuidadosa, como se fosse algo que o homem invisível, a voz na escuridão, faria com prazer. Ela não podia ver quem era — apenas uma silhueta baixa e escura no lado de fora da casa de Maddy, repetindo a ameaça por mais algumas vezes. Depois ele foi embora, recuando pelo Beco Paraíso antes de desaparecer nos redutos do *Shambles*.

Isso acontecera antes de ela saber que Johnny Dolan estava de volta. Mas, escutando, ainda assim ela se lembrara da maneira como ele costumava falar, e isso lhe provocara um arrepio, vindo direto pela sua janela. A voz era até conhecida, portanto ela teve certeza de que deveria ser de um dos antigos companheiros de Johnny do corpo de bombeiros, ou da sede do clube. Agora ascendendo ao mundo, ao lugar onde ele poderia ameaçar prostitutas na rua. Todo aquele incidente, cravado em sua mente, transtornando-a desde então...

Ela ficou parada na janela, vendo as costas do cavalheiro de Maddy desaparecer pela rua abaixo. Ouvindo os sons distantes de homens marchando, ainda movendo-se inabalavelmente para a cidade alta.

— Você acha que eles virão? — ela perguntou, embora se arrependesse disso antes que as palavras lhe saíssem da boca.

Era uma pergunta tola, ela sabia. O tipo de pergunta que as crianças fazem, só para ser tranqüilizadas. E fora exatamente por isso que perguntara.

— Como posso saber se esses *b'hoys* virão aqui, ou o que vão fazer? — Deirdre falou.

Ainda assim, havia uma nota de incerteza sob a sua costumeira veemência. Faltava à sua voz aquele típico tom de comando. Algo que Ruth nunca havia ouvido, vindo dela.

— Eles não virão — Deirdre falou agora, como se recompondo.

— Como você sabe? — Ruth perguntou, novamente esperançosa.

— Eles não virão. O governo não vai permitir — ela disse, persignando-se. — O prefeito não irá permitir, a Igreja não irá permitir, agora. Tudo isso acontecendo nas ruas...

— Ah. Ah, está bem, então — Ruth repetiu num tom respeitoso.

Queria perguntar a Deirdre: *O que eles vão fazer para impedir?*, mas não se atreveu — em consideração a ela, e a si própria. Pois ela vira por si mesma lá na

Irlanda o que o governo, ou a Igreja, ou qualquer um deles, era capaz de fazer quando tudo ia para o inferno.

O que é qualquer uma dessas coisas, tão irreais quanto a Virgem ou o Espírito Santo, comparadas a ele? Johnny Dolan, como o vira pela primeira vez, assomando-se na noite com a faca numa das mãos e um pedaço de carne crua na outra...

16

O ANO DO MASSACRE

Naquela primeira noite eles tinham sentado atrás do muro de um antigo *bawn** perto de Ballykinvarga, e ficaram olhando a tempestade mover-se através da planície na direção deles. Ali ele fez uma fogueira com turfas e assou as partes cortadas do cachorro, atirando pedaços para ela de quando em quando. Sorrindo com afetação, vangloriando-se para ela do outro lado do fogo, enquanto ela comia cada pedacinho da carne — a carne sebosa ainda crepitando, com sua espessa bile amarela e gordura. Ela havia comido tudo o que ele lhe dera, até mesmo o fígado e o coração, embora soubesse que ele a estava testando.

— Melhor do que milho duro, não é?

Ela limitou-se a continuar comendo, observando-o, sem saber o que deveria dizer, ou até se deveria assentir.

— Carne sempre é.

Ela continuou olhando para ele, ainda em silêncio.

— Melhor do que no asilo de indigentes da cidade de Cork, também — ele prosseguiu, sorrindo para ela com os enegrecidos tocos de dentes, como os de um duende. — Lá não tinha nada de carne. Só repolho e nabos, se a gente conseguia.

— Eles aceitaram você — ela disse finalmente, pensando na sorte que ele tinha.

*Do gaélico, uma fortificação. (*N. do T.*)

Não havia asilos de pobres em Ballyvaughan, nem em Kilfenora, ou em qualquer um dos pequenos vilarejos para além dos limites de Burren. Só de pensar nisso, num lugar público onde as pessoas poderiam ser abrigadas e alimentadas. Ela sentiu novamente a inveja que já conhecia, quando ficara olhando para as portas do orfanato em Limerick, embora estivessem trancadas para os órfãos. *Só de pensar nisso...*

Mas Dolan apenas emitiu um riso curto, cortante, que soou como um latido.

— Foi isso que eles fizeram, isso mesmo — ele disse. — É isso que eles fazem: *pegam* a gente. Pegam a gente de um lado, e nos trancam de outro.

— Mas eles aceitaram você. Já foi alguma coisa...

— Ah, eles nos aceitaram, isso é certo. Quando desistimos e admitimos que estávamos morrendo de fome, eles nos aceitaram na hora. Primeiro, nos levaram para a sala da diretoria e tiraram a nossa roupa. Depois vieram os oficiais médicos para olharem dentro das nossas bocas, e o oficial sanitário mergulhou-nos em água fria e espalhou o pó de matar piolhos por cima de nós, e nos colocou em uniformes como se fôssemos prisioneiros comuns. Eles levaram as minhas irmãs e a minha mãe para a ala das mulheres. O meu irmão, Patrick, foi levado para a ala dos idiotas, e meu pai e eu para os fundos, para quebrar pedras e puxar o cabresto.* E em troca eles nos davam uma tigela de sopa de repolho e um punhado de nabos todos os dias, e a disenteria.

Ele cerrou a mão, embranquecendo os nós dos dedos, em volta do osso da perna de cachorro que segurava, o rosto enchendo-se subitamente de raiva.

— Ele não era idiota, merda nenhuma. Só porque era tímido demais para responder as perguntas deles! Ele deveria ter ficado com meu pai e eu, isso teria sido um conforto para ele antes que o levassem lá para cima com o restante de nós!

Ruth recuou o corpo para trás com um súbito terror, insegura do que deveria fazer. Mas o ataque de ódio cedeu, tão depressa quanto havia surgido, assentando-se em sua raiva anterior, meramente implacável.

— Não que isso tivesse importância. Eles levaram todos nós para lá, de qualquer jeito. Nos levaram para a torre negra, um a um.

— Mas não você.

Ela conhecia a torre negra, das conversas ouvidas na estrada. Todos os asilos de indigentes tinham uma. Era o cômodo para o qual levavam as pessoas quando toda e qualquer esperança deixava de existir. O quarto da morte...

---

*A principal função dada aos pobres confinados em casas de correção era a de "puxar o cabresto", ou seja, moer milho. (*N. do E.*)

— Ah, não, ninguém volta do quarto negro — Dolan confirmou, balançando vigorosamente a cabeça para cima e para baixo.

Parecendo muito jovem, quase um garoto, quando estava sério, a despeito das feridas por todo o couro cabeludo, dos dentes faltando na boca. *Mas ele era jovem, devia ser muito jovem, pouco mais que um menino*, ela pensava, sempre que se lembrava disso nos anos que viriam.

— Eles levaram todos nós para cima. Primeiro, minhas irmãs. Depois, meu Pa e minha Ma, depois o irmão, que não era nenhum idiota. Levaram todos nós lá para a torre negra quando chegou a hora, e ali nos deitaram num grande escorregador de madeira que dava para a janela aberta, para que pudessem nos empurrar direto para o buraco no chão.

— Mas não você — ela disse novamente.

— Ah, sim — ele insistiu. — Ah, sim. Eu também.

Atrás dele, bem longe ao leste, ela podia ver a tempestade movendo-se sobre o velho forte como um exército avançando. Camadas sólidas de chuva castigavam os campos vazios, bloqueando metodicamente a luz.

— Quando tudo o que eu conseguia fazer era ficar deitado chão, ensopado de sangue, eles foram me buscar, também. Com um padre para me dar a absolvição, uma tábua na qual me carregar e um pedaço de pano amarelo para a minha mortalha.

— Mas você não morreu.

— Claro que morri. Eu já disse, ninguém voltava do quarto negro.

A chuva audível, agora, a tempestade quase por cima deles. Dolan ficou de pé com um salto, ainda agarrando numa das mãos a acinzentada perna de cachorro, meio-devorada, olhando por cima do muro desdentado e musgoso do *bodhun*.*

— Merda! — praguejou para si mesmo, olhando com incredulidade. — Que tipo de tempestade é essa, que vem do leste?

E naquele instante, vendo-o ali perto da muralha do antigo forte, a perna de cachorro nas mãos, ela não sabia mais onde estava. Não sabia quem era, ou se estava morta ou viva, ou em alguma velha história de duendes que seu pai contava.

A tempestade desabou sobre eles, apagando o fogo e varrendo a última luz cinzenta da tarde. Eles se encolheram contra o muro. Ela não conseguia vê-lo

*Do gaélico, fortaleza. (*N. do E.*)

na total escuridão, embora soubesse que o rosto dele estava bem à sua frente, podendo sentir o hálito rançoso em sua face quando ele inclinou-se para contar o resto da história.

— Quando eu já nem conseguia abrir a boca para falar o meu próprio nome, eles foram me buscar. Levaram o padre e seis homens para me embrulhar no lençol e me carregar para a janela, e ali me empurraram para baixo, para dentro da vala onde estavam os outros.

Os olhos da mãe dela vermelhos, loucos no final, reluzindo em triunfo. *Ela guardara uma batata para seu filho.*

— Mas você não morreu.

— Morri, sim. Eu estava morto e enterrado, mas não precisei de três malditos dias para ressuscitar. Não, eu me levantei naquela noite mesmo, antes que eles pudessem jogar uma nova camada de cal, fiz a volta até a porta da frente e bati para que me deixassem entrar outra vez. "*Pela graça de Deus, quem está aí?*", eles gritaram. "*Vá embora, de qualquer maneira, seja quem for. Nós estamos lotados!*" E eu disse: "Sou eu, Johnny Dolan. Eu já moro aí." E eles disseram: "*Vá embora, você é um impostor! Johnny Dolan está morto!*" "Mas sou eu!", eu disse. "Eu sei quem sou, pelo amor de Deus!" E então os oficiais foram espiar na porta e viram o sangue e a merda na minha calça, e a cal da vala dos mortos no meu cabelo e a mortalha em volta dos meus ombros. Exatamente como o próprio Lázaro, erguendo-se dos mortos sem ter culpa de nada. Eles viram tudo isso e depois fecharam a vigia outra vez, e eu consegui ouví-los cochichando uns com os outros lá dentro, perguntando-se o que deveriam fazer. Depois voltaram, mas tudo o que disseram foi: "*Vá embora! Vai haver uma terrível discrepância se você estiver vivo novamente!*"

Ela pôde senti-lo ao seu lado, sacudindo-se de riso com a sua pequena anedota.

— "*Vá embora ou haverá uma terrível discrepância!*" E foi o que eu fiz, fui embora, sobrevivi graças a minha própria esperteza, e estou morto desde então.

A tempestade precipitou-se sobre eles, deixando-os ensopados até os ossos. E quando passou, apareceram as estrelas e uma estreita lua crescente, e o silêncio retornou por toda aquela terra vazia e abandonada.

Ele a fez tirar as roupas, então, e passou as mãos por todo o corpo dela sob o fraco luar. Ela estivera esperando algo como aquilo, embora não tivesse nenhum conhecimento real sobre o que aconteceria. Mais tarde ela entendeu que ele também não tinha, mas ainda assim ele obrigou-a a ficar apoiada nas mãos e nos joelhos contra a muralha do antigo forte. Abaixada nas poças de água e gordura de cachorro, e os ossos, e ele a possuiu ali, cruzando em meio à lama como se fossem, eles mesmos, dois cães.

E ela nada sentiu, só estava cansada e zonza, como já estivera por tanto tempo, agora, e aceitou tudo o que ele a mandava fazer, temendo que ele pudesse espancá-la ou lhe cortar a garganta. Tinha consciência apenas do cheiro da terra debaixo dela, a grama fria e escorregadia sob suas mãos e braços. O borrão cinzento do muro de pedras ao seu lado, e o cheiro da fogueira de turfas molhada, das fezes dele no outro lado do muro.

Mesmo assim, embora ela fizesse tudo o que ele dizia, ele a esbofeteava com força quando tinha dificuldade em penetrá-la, resfolegando e gemendo atrás dela. Ele deu-lhe um tapa no rosto, socou-a e enfiou os cotovelos nas suas costas, debaixo das costelas, e, para ela, *isso* também foi pela primeira vez. Esta foi a primeira vez que ele colocou as mãos nela, na vazia escuridão do forte na montanha.

17

O ANO DO MASSACRE

— Para que você serve? Que serventia tem para mim, então?

Era o que ele lhe dizia todas as noites, penetrando-a no meio do feno, ou nos *scalpeen* abandonados, ou nos leitos de musgo. Onde quer que parassem, empurrando-se para dentro dela...

— Você é *inútil* para mim, se não for para isso. Você sabe disso.

Depois daquela primeira noite no forte, ela havia caminhado com ele através de todo o país. Não que precisasse. Essa era a maldita coisa amaldiçoada, da qual se arrependia mais do que tudo. Ela sempre poderia ter se esgueirado para longe com as outras fantasmagóricas almas que se arrastavam pelas estradas. Poderia ter desaparecido em algum beco nas cidades de ardósia azul, ou mesmo em alguma cabana ou casebre abandonado, enquanto ele ainda estava dormindo.

E talvez ele tivesse esmagado a sua cabeça como se fosse a de um cachorro. Talvez ele conseguisse farejá-la de longe e fazê-la pagar por isso, mas ela achava que não. O mais provável seria que ele apenas risse e praguejasse contra ela: *Vá para o inferno, então. Puta inútil!*

Em vez disso, ele dissera que iria alimentá-la, e alimentou. Dissera que tinha uma outra irmã, chamada Deirdre, a única pessoa em toda a sua família que não estava morta, mas sim vivendo em Nova York. Ela não sabia se deveria acreditar nisso, ou em qualquer coisa menos imediata do que os pedaços de pão ou repolho que ele lhe atirava todas as noites, como se ela fosse uma cadela. Ele lhe disse que iriam andar até Dublin e achar algum meio de ganhar o dinheiro para a passagem. Porém, na maior parte, ela via que eles seguiam para onde as estradas os levavam, ou para onde ele ouvia dizer que havia comida.

Ela nem mesmo sabia se ele realmente acreditava que todos da sua família estavam mortos — por mais que ele próprio insistisse nisso. Aquela risada dura, crepitante — nas únicas vezes em que ria.

"Claro que estou morto. Do contrário haveria uma discrepância..."

Às vezes ele quase parecia mergulhar num transe, observando cada rosto ao longo da estrada pela qual passavam. Todas as faces encovadas, amareladas, e os olhos temerosos. Encarando-o de volta, exaustas demais até mesmo para desviar os olhos com a devida modéstia. Tomando-o apenas por mais um enlouquecido pela fome.

Ele continuava olhando. No início ela pensou que ele estava atrás de algo — mas, o quê, de gente que não tinha nada? Pensou, também, que talvez fosse mais um dos seus cacoetes. Ele tinha muitos hábitos estranhos e obsessões. Apesar da imundície das suas roupas e das terríveis bolhas vermelhas na cabeça, ele se lavava sempre que podia, e procurava montar o acampamento deles perto de um riacho ou um lago. Despejando a água sobre si mesmo muitas e muitas vezes, esfregando-se e esfolando-se até ficar em carne viva.

Ela passou a entender que ele procurava por um rosto em especial. Descobriu isso quando estava deitada ao lado dele à noite, naquelas poucas noites em que a fome não a fazia dormir assim que paravam de andar e ela pousava a cabeça no chão. Ele rangia os dentes, então, e contorcia-se como um cachorro. Falando um nome, repetidas vezes: *Patrick. Patrick.* Ela começou a entender que ele estava procurando o irmão, aquele que fora levado para a ala dos simplórios. Procurando por ele em cada rosto que via na estrada, esperando que Patrick ainda estivesse vivo em algum lugar.

Ela atirara isso na cara dele numa noite, depois de ele ter sido mais violento que o habitual. Esmurrando-a e jogando-se por cima dela na terra, como se fosse empurrá-la para baixo e enterrá-la ali mesmo, sob seu peso. Levantando-se cambaleante depois de tudo terminado, coberta de poeira, em suas roupas, no rosto e nos cabelos. Ela olhara para ele, que já comia uma perna de coelho que assara no fogo, e não conseguiu se conter:

— *Ele está morto, você sabe. Você sabe disso. Ele está morto com toda certeza, o seu irmão...*

Ele se levantara, a bile amarela subindo aos seus olhos do mesmo jeito que ela vira na primeira vez, com os cachorros. Mas não pôde impedir-se de dizer, em sua humilhação:

— *Não é como você, que só finge estar morto. Ele está...*

Surpreendendo-a, ele até tentara argumentar enquanto avançava para ela:

— *Você não sabe. Você não sabe, aqueles idiotas. Ele poderia estar tão vivo quanto eu, o que não quer dizer muita coisa...*

— *Ah, então você está vivo? Mas sabe que ele não está.*

Ele batera nela, então, como batia, agora, sempre que queria que ela fizesse alguma coisa — que andasse mais depressa, que lhe pegasse algo, que calasse a boca. Ele esmurrou-a, uma vez em cada lado do rosto, esquerdo-direito, desferindo os punhos tão rápido que eles pareciam atingi-la ao mesmo tempo. Derrubando-a novamente na terra, fazendo-a se calar. Porém, incapaz de abalar o frouxo triunfo que ela ainda guardava, o conhecimento secreto, para ser usado contra ele em algum momento no futuro.

Ele está procurando o irmão, eu estava certa...

De manhã, observando-o se lavar, esfregando-se e arranhando-se no riacho, ela imaginou o que ele estava tentando limpar — os piolhos, ou a cal e a sujeira da sepultura do abrigo de indigentes? Ela gostava de observá-lo, em segredo, vendo todo o seu corpo nu e esfolado ali na água. Reduzido a apenas aquilo. Nenhum espectro maldoso, nem o demônio, mas um homem, com as mãos e os braços e o pênis comuns de um homem, a pele vermelha e torturada de bolhas. Tão comum e vulnerável, em nada diferente dos irmãos dela. Tão diferente dos punhos excepcionalmente rápidos e do peso que a atacavam na escuridão.

Não se passou muito tempo até que ela adquirisse o mesmo hábito. Mergulhando seu corpo fatigado e meio-morto na água. Esfregando a própria pele até esfolar-se, com tanta força quanto ele, tentando limpar-se dele o máximo que podia.

O pasto das vacas estendia-se logo além da estrada, ao pé de uma colina. Dolan movendo-se através do matagal com o mesmo passo rápido, acocorado, de sempre — a faca numa das mãos. Ela o seguia obediente, sem ter certeza de que deveriam estar ali mas, como sempre, guiada pela fome, e por ele.

— Só um gostinho, só um gostinho...

Dolan murmurando consigo mesmo, animado pelo gado. Seus olhos perscrutando o pasto em busca de qualquer sinal de um pastor ou vaqueiro.

— O puro e vermelho. Só um gostinho para nos manter andando.

Ele apressou-se na direção de um bando de três vacas leiteiras que pastavam placidamente perto da colina. Ajoelhando-se ao lado da mais próxima, olhando mais uma vez por cima do ombro, depois balbuciando algo num tom de voz baixo e tranqüilizador — antes de cortar o animal, rápido e certeiro, ao longo da perna traseira direita. A vaca arremessando-se para frente, escoiceando violentamente. Ele esquivou-se com facilidade e continuou correndo ao lado do animal, enfiando no corte um pedaço de pão endurecido, deixando o sangue encharcá-lo.

— Tome, tome, pegue isso aqui — ele comandou, entregando-o para ela.

Ela pegou — depois estendeu o seu próprio pedaço de pão e Dolan agarrou-lhe o pulso, estendendo-o na direção da vaca. Enfiando o pão sob a incisão que pingava. Ela segurou o pão ali — a mão de Dolan ainda envolvendo seu pulso, os dois correndo para manter o passo com o animal em disparada. Os profundos, vermelhos borrões de sangue ensopando lentamente o pão.

A vaca desvencilhou-se deles, e Ruth levou o pedaço de pão até o rosto. O cheiro era quase repugnantemente azedo, carnoso e cru — até que de repente ela não conseguiu mais resistir e mordeu-o com voracidade. O sangue arrebatando-a, o pão agora tão grosso e suculento como a carne.

Eu só tinha comido carne na cabana, quando comemos o porco. Um banquete como jamais havia provado. Kate, Agnes e Collen, tagarelando alegremente. As expressões de Pa e Ma, contraídas e temerosas, olhando para o fogo. O porco não era um banquete, eu sabia desde então, mas sim uma última ceia...

Ela engoliu o pão e ergueu os olhos, querendo mais. Dolan já havia devorado o seu e ainda se alimentava na vaca ferida, desviando-se cegamente dos coices e do chicote da cauda ensopada de estrume. Extraindo diretamente da ferida com os lábios, sugando o lento gotejar do sangue. Ela enxugou a boca e riu alto, correndo atrás dele, sem nem se importar mais com os pastores ou xerifes.

Aquela loucura — bebendo diretamente da vaca.

Dolan logo à frente, mantendo a mão tranqüilizadora ao longo do flanco do animal, afastando a boca apenas pelo tempo suficiente para falar, acalmando-o enquanto recuava para trás. Abaixando a sua boca na perna da vaca.

— Isso, isso mesmo, boa menina. Deixe-me mamar nessa teta...

— Eu, agora!

Eles correram atrás da vaca até o alto da colina, rindo e gritando, esquecidos de onde estavam em seu frenesi de sangue.

E foi quando ouviram um barulho alto, agudo, muito indistinto, mas ainda assim musical, e diferente de qualquer coisa que ela já ouvira antes. O som deixou-os imediatamente sóbrios, derrubando-os no chão. Tentando se esconder, lá no alto da colina. Mas não havia sinal de alguém chegando, nenhum traço de atividade humana além do barulho distante, sonoro.

— Um realejo — Dolan falou finalmente, incrédulo.

— O quê?

Ele lhe desferiu um tapa com as costas da mão, sacudindo-lhe a cabeça.

— Um realejo. Daqueles com manivela. É isso.

Eles olharam para baixo da colina até a casa da fazenda, na direção das ruínas de uma antiga abadia que permanecera na encruzilhada. O telhado tinha desaparecido e havia um enorme pinheiro crescendo perto da parede onde antes ficava o coro. No lado de fora do portal, onde a escadaria da abadia uma vez existira, havia uma pequena tenda. O som do realejo vinha dali, uma multidão de pessoas em volta da tenda empurrando-se, tentando se aproximar.

Sabendo agora porque não havia nenhum pastor, nenhum fazendeiro guardando o gado. Eles observaram por um momento, depois começaram a descer a colina, limpando o sangue dos seus rostos.

— Todas as maravilhas! Somente um centavo! Todas as maravilhas do mundo por apenas um centavo!

Um homenzinho agitado com uma barba cinzenta e um chapéu de almirante animava a multidão.

— A mais estupenda coleção de curiosidades que já foi reunida, em todo o mundo! — ele continuava zurrando, um tapa-olho num dos olhos, a mão enfiada na túnica como Napoleão. — O Kunstschrank original do próprio Philippe Hainhofer! Construído especialmente para a Sua Majestade Imperial o Rei Gustavus Adolphus da Suécia! Trazido direto para vocês dos recantos mais longínquos de Uppsala...

As pessoas empurravam-se, embora não entendessem nem uma palavra do que ele estava tagarelando. Acotovelando-se para abrir caminho, embora a maioria delas não tivesse sequer um centavo. Ela começou a aproximar-se também, querendo ver, e sentiu a mão áspera de Dolan segurando-a pelas costas.

— Agora não! — ele disse, apertando-lhe os ombros. Aquele sorriso malicioso fendendo os lábios dele novamente. — Você verá tudo isso, muito em breve. E ele também verá.

O plano já estando bem estruturado na cabeça dele, ela percebeu mais tarde. *Desde quando? Quando descemos a colina?*

Eles esperaram pelo restante do dia, agachados sob as urzes-brancas e roseiras silvestres que cresciam no piso da abadia em ruínas. Apenas uma janela restara — o grande, vítreo e rosado olho de Deus na nave. A maior parte das vidraças tinha desaparecido, as demais cintilando como dentes cortados e pontudos.

Ela passou o tempo arrastando-se pelo chão, descobrindo os misteriosos entalhes e letras que tinham sido talhados nas pedras. As silhuetas de cavaleiros e prelados, as datas dos bispos, esculpidos nas criptas de granito cinzento, liso.

Passando a mão por cima das letras mais novas, também, entalhadas nas cruzes de madeira que se erguiam em meio às urzes.

Estes eram os nomes dos padres mortos, da igreja mais nova, de madeira, do outro lado da estrada — ou, pelo menos, foi o que ele me disse, pois eu ainda não sabia ler. Tão impotente.

Pelo que ele me disse eu deveria saber o que iria acontecer. Deveria saber, mas fui em frente. Este foi o meu pecado, o pecado de ir em frente.

Eles esperaram nos fundos da abadia, escutando a incessante e estridente promoção do homenzinho. O ácido realejo repetindo as poucas notas circenses que ele conhecia. Até o entardecer, quando a rústica igreja de madeira no lado oposto da abadia em ruínas começou a tocar o sino para as vésperas. A multidão finalmente se afastando, relutante. Os febris, os famintos e os quase moribundos arrastando-se junto com os outros para ouvir as preces. O homenzinho com chapéu de almirante enrolou as laterais da sua tenda, movendo-se em volta das ruínas da abadia, juntando pedaços de papel e madeira para acender o fogo.

Dolan arrastou-se através das urzes, apoiado nas mãos e joelhos. Guiando-a para fora, trêmula, através das paredes desmoronadas da igreja. A faca na mão outra vez, cortando rapidamente uma comprida abertura e passando em silêncio pela parte de trás da pequena tenda branca. Eles deslizaram para dentro e levantaram-se cautelosamente, para descobrir o mistério.

E lá estava. O baú de maravilhas.

Era algo como ela nunca havia visto. Não era grande coisa por fora, não mais do que uma caixa de madeira entalhada, revestida de tinta dourada. Não tinha mais do que o tamanho e formato de um armário de cozinha envidraçado, com prateleiras.

Mas por dentro! Havia mundos ali, atrás do vidro.

Ela podia ver: a orelha de um negro africano, o olho de um gigante e um navio dentro de uma garrafa. Uma harpa minúscula, do tamanho de um dedo, o daguerreótipo do grande O'Connell, o osso de uma fera monstruosa. Uma bala de mosquete, uma concha gigantesca, um laço de forca, um fósforo de fricção e uma espada quebrada, com o punho revestido de pedrarias. Havia flores prensadas, gemas coloridas e pinturas perfeitas, minúsculas, não maiores do que uma unha, de uma caravela afundando no mar e uma antiga batalha. De amantes caminhando sob a lua, e a mulher mais linda do mundo, em toda sua nudez, com os olhos tão cinzentos quanto a tempestade e os cabelos como um anel de fogo em torno da cabeça.

Tudo isso, bem ali. Tudo contido naquele único armário, e até ele estava impressionado, eu podia ver em seus olhos. E por que não? Havia tudo o que alguém pudesse desejar no mundo inteiro, debaixo daquele vidro, tão perto que você poderia desferir um soco através dele e agarrar tudo com a mão.

Em vez disso, ele voltou-se para mim.

Ele apareceu subitamente na luz da fogueira, surpreendendo o pequeno tocador de realejo que ali se sentava comendo seu jantar. Fazendo-o derrubar a frigideira com pedaços de coelho que estivera sacudindo por cima do fogo, enfiar a mão novamente na sacola e esganiçar para o desconhecido com sua rouca voz de papagaio:

— Quem é você? O que está fazendo aí no escuro?

Dolan adiantou-se, as bolhas reluzindo em sangue vermelho por toda sua cabeça tosquiada.

— Onde foi que você conseguiu tudo aquilo, hein? — ele perguntou, a voz baixa.

O velho ofegou de riso, as bochechas gordas e vermelhas abaulando-se, embora mantivesse a mão na sacola.

— Mandei fazer com os latoeiros, e isso é tudo o que você precisa saber. O resto é entre mim e eles.

Dolan permaneceu onde estava, sem nada dizer, e o sorriso desapareceu do rosto do tocador de realejo. Ele estendeu a mão para pegar a frigideira novamente, apanhando seus pedaços de coelho. Com o mesmo movimento, tirou a outra mão para fora da sacola, agora segurando uma grande pistola, apontada para Johnny Dolan.

— Acabei de arrumar um pouco de comida que só dá para mim. O espetáculo acabou, volte amanhã se quiser ver...

— Não estou aqui por causa da sua comida.

Dolan ainda parado no outro lado da fogueira, sem nada dizer, até que o tocador de realejo finalmente gritou para ele:

— Bem? O que é, então? O que você quer de mim?

— Uma outra coisa — Dolan falou, sorrindo subitamente.

O homenzinho manteve a distância.

— O que é?

— Algo que você pode pagar, eu acho. Pelo qual você vai querer pagar.

Dolan apontou para a tenda do homem. Ao seu gesto Ruth adiantou-se, sua silhueta aparecendo atrás da aba da tenda contra a luz do fogo.

— O quê? O que é isso? Como diabos entraram ali? — o tocador de realejo inquiriu, estreitando os olhos na direção da sua tenda.

— Olhe...

Ao sinal dele, ela postou-se na lateral da tenda e começou a dobrar o vestido para fora do corpo. Virando-se de perfil, para certificar-se de que ele poderia ver que era uma mulher, pois estava tão miseravelmente magra e desgastada.

— Bem — o velho resfolegou. Levantando-se de perto da fogueira, a frigideira com o coelho ainda na mão. — Bem, agora, talvez eu possa pagar alguma coisa por isso.

— Claro que sim — Dolan falou, ainda sorrindo. Ele ergueu a voz: — Venha para fora, agora.

Ela fez o que ele ordenou, rígida, saindo da tenda e parando diante dele. Envergonhada em sua semi-nudez, tentando cobrir-se com as mãos. Dolan agarrou-lhe os braços e puxou o vestido para cima e para longe dela. Rasgando-o, prendendo-lhe as mãos por trás das costas com o que restava dele, deixando-a nua na frente do homenzinho.

— Humpf! — ele bufou com desdém. — Não é grande coisa! Posso conseguir melhor do que isso em Cork, em troca de uma única espiada na caixa...

— Estamos em Cork, por acaso?

— Não, não, nisso você tem razão. — O tocador de realejo pensou um pouco, olhando de um lado para outro, de Dolan para Ruth. — Então, o que você quer em troca da putinha?

Dolan encolheu os ombros, tão casualmente quanto conseguiu, ela sabia. Ruth observando-o, parada ali, ainda tremendo na noite quente, diante do fogo.

— Você sabe. O de sempre. Vou aceitar um pouco do seu jantar.

— Tudo bem. Mas só a metade. É só isso que ela vale — o tocador de realejo disse finalmente, colocando a frigideira de coelho entre eles, com todo cuidado. — Se pegar mais do que isso, veja bem, eu atiro em você e fico com a garota de qualquer maneira!

— Muito justo — disse Dolan.

Ele soltou Ruth e estendeu a mão para a frigideira, o tempo todo ainda sorrindo para o homenzinho. Virando a mão com cautela até pegar o cabo da frigideira, depois lançando-a subitamente no rosto do homem. O homem gritando quando a gordura quente e os pedaços de coelho o atingiram, disparando a pistola enquanto dava um pulo para trás.

Mas Dolan já avançava para ele, o inofensivo disparo da arma passando por cima da sua cabeça. Ele tentou agarrá-lo pelos joelhos, mas o tocador de realejo conseguiu desvencilhar-se, correndo de volta para a tenda. Agarrando o baú, embora este fosse quase tão grande quanto ele, e disparando como uma lebre pelas espinhosas ruínas da igreja. Dolan correndo atrás dele, os olhos tão arregalados e amarelados como os de um lobo à luz do fogo.

Ruth acocorou-se junto à fogueira, em seu medo, atirando o vestido rasgado por cima dos ombros. Ficou olhando enquanto Dolan saltava por cima das urzes na igreja arruinada, procurando freneticamente à sua volta, brandindo seu porrete de um lado para outro com violência. Então ela o avistou — apenas um relance, esgueirando-se entre as pedras da cripta. Um cintilar do fogo no vidro do baú, e ela gritou, sem nem mesmo querer:

— *Ali! Lá está ele!*

O homenzinho saiu em disparada, correndo para salvar a própria pele. Mas Dolan foi para cima dele como uma águia, estendendo o braço e conseguindo segurá-lo pelos joelhos, dessa vez. O homem gritou, remexendo os pés em busca de apoio no granito cinza liso e escorregadio. Então ele caiu, batendo a cabeça contra a pedra, e Dolan avançou sobre ele, dando-lhe cacetadas na escuridão — uma, duas vezes, rápidas e eficientes, como se estivesse aniquilando um rato. Então ele parou e foi na direção dela, a ponta do porrete escura e molhada sob a fraca luz da lua.

— Ele está morto? — ela sussurrou.

Dolan apenas encolheu os ombros e inclinou a cabeça para o lado.

— Como vou saber? Diabos, é bom que esteja...

Resgatando o baú de maravilhas do lugar onde havia caído, milagrosamente intacto, em meio aos arbustos que cresciam no piso da igreja. Envolvendo-o carinhosamente na cortina preta. Do outro lado da estrada podiam ouvir um cão latindo, e ver uma luz na janela da pequena igreja.

— Rápido, agora! — Dolan falou, novamente prático. — Não sabemos o que esses padres vão fazer.

— Jesus, mas não está certo, tirar isso dele desse jeito — ela protestou, baixando os olhos para o contorno escuro do tocador de realejo que jazia perto da cripta, ainda tentando ver se ele estava respirando.

Dolan apenas praguejou contra ela.

— Não existe mais nada certo aqui. Este não é o país do certo.

Ele já começara a seguir pela estrada, o baú de maravilhas amarrado de alguma maneira em suas costas.

— Você também queria o dinheiro, não é? — ele disse, virando o rosto para ela.

— Ah, mas, meu Deus...

— Você também queria ir embora dessa terra. Sabia o que íamos fazer, foi por isso que me ajudou, e acabamos com ele daquele jeito.

Já recuando pela estrada com ele, passo a passo, como se estivesse sendo puxada lentamente por uma corda. Abrindo caminho com cuidado através das urzes — o latido do cachorro no outro lado da estrada ficando mais alto, agora, o som de alguém se aproximando, das vozes masculinas mais nítidas no silêncio absoluto do campo.

— Ah, mas, Jesus, Johnny, algum dia teremos de ficar diante de Deus! — ela gritou enquanto corria atrás dele, espremendo-se novamente para dentro do vestido rasgado.

— Espero que sim — ele retrucou com desdém. — Vai ser bem melhor xingá-Lo direto na cara.

18

RUTH

Oito horas.

O gracioso reloginho de latão na estante da lareira de Deirdre tocou as horas. Até mesmo isso soou alto demais na atulhada saleta da frente, fazendo com que as duas levassem um susto.

— Preciso voltar para casa.

Ela espiou pela janela novamente, como já fizera uma dezena de vezes. Já deveria ter voltado, embora tivesse certeza de que estava tudo bem, de que poderia confiar em Milton para seguir suas instruções e tomar conta dos outros. Uma tolice — ela demorara-se ali apenas porque queria ser tranqüilizada pela casa imaculada de Deirdre, pelos seus filhos silenciosos e obedientes e pelo seu controle férreo. E agora tudo o que sabia era que a própria Deirdre estava aterrorizada.

Oito horas — e onde estava Billy? Imaginou se poderia ser pela fraqueza dele, depois se envergonhou imediatamente de tal pensamento.

Não, ele sabe que hoje não poderia. Por mais fraqueza que fosse, ele jamais faria isso com ela — com eles —, não naquele dia. Ele viria direto para casa, assim que recebesse o dinheiro.

A não ser que não pudesse. Então ela realmente estaria sozinha, para enfrentar Dolan. Ela tinha amizade com a maioria dos vizinhos no Beco Paraíso, muitos deles de famílias mistas como ela própria, amigos como os judeus que moravam no quarteirão seguinte, passando o terreno das latrinas.

Mas o que poderia esperar deles, se *ele* viesse? Duvidava que eles pudessem detê-lo, mesmo se quisessem. Se havia uma revolta se aproximando, eles estariam trancados no fundo dos seus porões e quartos, mantendo as cabeças baixas. No máximo ela poderia contar com Deirdre, e talvez com Milton — seu menino querido, ela jamais permitiria que enfrentasse tipos como Johnny Dolan...

Não. Ela teria de fazer isso. Teria de resolver tudo sozinha.

— Tudo bem, então.

Ela foi até Deirdre e beijou-a impulsivamente na face, antes de sair. Seu rosto tão lindo, contido com tanta frieza. Seus longos cabelos castanhos — da cor exata dos olhos — presos rigidamente na nuca. Deirdre pareceu surpresa com o beijo, depois envergonhada, virando-se para longe dela.

— Preciso voltar — disse Ruth, depois não conseguiu impedir-se de acrescentar: — Gostaria que o seu Tommy estivesse aqui, pelo menos.

Foi a coisa errada a dizer, ela sabia, mas já estava feito. Deirdre pareceu atônita, depois imediatamente irada e enojada outra vez.

— Será que você já não abusou dele o suficiente? Incluindo-o nas suas tramas?

Os lábios de Deirdre se contraindo com raiva, tentando manter a voz baixa para que as crianças não ouvissem.

— Mas ele me ajudou — Ruth falou calmamente, encarando-a. — Ele me ajudou, quando ninguém mais me ajudaria.

19

DEIRDRE

Ruth foi embora. Deirdre esperou até que ela deixasse a casa, olhando pela janela. Depois foi até a gaveta de cima da secretária de tampo móvel, as mãos remexendo em seu interior. A secretária era o seu prêmio, eles tiveram de economizar durante dois anos para comprá-la. Era enorme, de cerejeira e carvalho entalhados e acabamento de verniz escuro, com as portas de vidro acortinadas no topo, no qual ela observou o próprio rosto, tenso e encovado, enquanto pegava uma folha do *Tribune* da semana anterior.

Leu o nome outra vez, na longa página de nomes. Benzendo-se enquanto o fazia, como fazia todas as vezes em que lia aquilo. A impressão borrada e desgastada pelos seus dedos, embora ela tentasse evitar, temendo apagar qualquer um daqueles nomes como se isso fosse um sacrilégio.

O nome que ela não queria encontrar estava lá, impresso em tipos finos, enfiado numa coluna das últimas páginas sob a manchete: *As Baixas*. Permanecia ali, parado como um sapo na página: "Do Sexagésimo nono de Nova York... O'Kane, Tom, Co. A, perna."

Mais nada — somente o mero registro do homem, do seu regimento e companhia, e o lugar onde havia sido atingido. Pelo menos não havia nenhuma das aterrorizantes extensões que ela já vira antes, anexadas no final de alguns outros: *amp.*, para amputação, ou aquele que ela vira da última vez, ao lado do próprio nome dele: *peito, grave.* Ela chegara bem perto do desespero, no último

Natal, ao ver aquilo. *Grave* — e nada mais para informar onde ele poderia estar, ou o que acontecera desde então. Ela quase fora à loucura, tentando esconder das crianças e obter alguma notícia sobre qual hospital ele estava.

Grave...

Tentou se consolar, dessa vez, pela ausência de detalhes. Nada dc *grave*. Dizendo a si mesma que se tratava apenas de um simples e pequeno ferimento, um arranhão, uma contusão, só isso. Embora em seu coração ela soubesse que isso nada significava, que os homens podiam morrer de qualquer coisa na guerra. Conhecia mais do que uma mulher na bomba de água que havia visto a mesma simples listagem — apenas para saber por telegrama, na semana seguinte, que ele se fora, assolado por uma febre inesperada, ou uma hemorragia, naqueles embrutecidos hospitais onde jaziam...

Ela dobrou o jornal, enfiou-o de volta na gaveta antes que atraísse a atenção das crianças. Seus dedos borrando a grossa tinta da impressão novamente, apagando mais nomes apesar de todo seu cuidado.

Não conseguia suportar a idéia daquilo — Tom sangrando até a morte, jogado numa ala de hospital em algum lugar de Washington. A cabeça em fogo pela febre e ninguém para lhe segurar a mão ou conversar, ninguém para lhe trazer um pouco de água. O segundo filho deles, Charlie, havia sido levado por uma febre. Nem tinha completado três anos, foi algo terrível de se enfrentar — para ela, para Tom — porém o seu único consolo fora estar presente, fazendo tudo por ele. Fornecendo-lhe tudo o que ele queria, dando-lhe o máximo de conforto que pôde até o momento em que o padre fechou-lhe os olhos. Sabendo que a alma dele residia agora com Deus no Céu...

Tom havia ocultado dela, o sofrimento, quando fora capaz de escrever novamente. Mesmo então as cartas dele, quando conseguiam chegar, eram tão mais delicadas do que ela esperava. A primeira, vinda do hospital, havia sido com a bela caligrafia de uma mulher, tendo sido ditada a alguma voluntária quando ele mal tinha forças para se sentar. Nenhuma menção a ela, exceto pelo nome discretamente escrito no final, abaixo da assinatura dele: *ditada à sra. Jeremiah Slade.*

Deirdre tivera ciúme do mero nome, da presença dela ao lado dele, escrevendo as suas palavras. Ela pedira a Tom que lhe enviasse uma fotografia, assim que começou a receber novamente as cartas com a tosca caligrafia dele. Quando ele respondeu, Deirdre pôde ler a sua cautelosa surpresa nas entrelinhas. Ela não era sentimental, e seria uma despesa tão grande, o que ela havia pedido — pois mal conseguia arcar com as despesas com as crianças, ou comprar açúcar.

Talvez quando eu ficar mais forte, ele escrevera de volta, mas ela não podia esperar. Praticamente implorando a ele na carta seguinte para que mandasse fazer um daguerreótipo. *Deixe-me ver você*, ela escrevera. *Eu quero vê-lo* — e dois meses depois havia chegado: uma fotografia dele em sua moldura de latão oval. Tão emaciado, o paletó do uniforme e o capuz do casaco de inverno pendendo da imagem dele como roupas velhas num espantalho. Mas lá estava, seu rosto querido, sob o boné da infantaria. Quase parecendo sorrir para ela, em determinados ângulos, do jeito que o daguerreótipo mudava — numa determinada luz à tarde, ou de manhã, quando ela olhava para ele na penteadeira do quarto. A expressão do seu rosto quase zombeteira, e reconfortante.

Mas, agora, ele estava novamente ferido. Tal idéia a deixava devastada. Tinha vontade de bater em Ruth, vindo à sua casa para dizer que queria que ele voltasse.

Ela mesma não acabara de dizer isso? Eu não o quero de volta, tanto quanto ela?

No entanto, que mal Ruth havia lhe feito, exceto morar no mesmo quarteirão e tentar manter sua família e seu lar unidos? Mesmo quando mais a odiara — por ser conivente com o plano de mandar o seu irmão embora e envolver Tom nisso tudo —, Deirdre não poderia realmente culpá-la. Afinal, ela salvara a vida de Johnny, quando teria sido muito mais simples levá-lo à forca, pois ela própria fora a primeira a querer entregá-lo à polícia.

Ruth até tentara permanecer como sua amiga, a despeito de como Deirdre a ofendera e desprezara em todos aqueles anos. Sempre dizendo olá quando a encontrava na rua, ou na bomba d'água. Mesmo no último inverno, quando Tom foi ferido e ela ficara tão desolada, Ruth aparecera em sua porta para dizer o quanto lamentava — e para ver se havia algo que pudesse fazer. E mesmo assim Deirdre apenas batera a porta na cara dela, desdenhando sua piedade, sua ajuda.

Mas certamente foi por isso que Tom foi ferido. Em função do seu orgulho, da dureza do seu coração.

Culpando Ruth por tê-lo envolvido quando seu irmão foi mandado para longe. Culpando-a, até, por ter enviado Tom para o sul.

Quando, na verdade, isso era o pior de tudo, pois foi ela, Deirdre, quem realmente fez com que Tom embarcasse para o sul. *E tudo porque ele permitira que os pretos fossem morar no quarteirão.*

20

TOM O'KANE

Ele não conseguia afastar da mente a imagem de como o soldado rebelde caíra. Como um objeto. Como uma bala ou um fragmento de projétil, ao acaso, descuidado e cegamente destrutivo.

Num momento ele estivera correndo através de um campo, tão vivo quanto o próprio Tom. Com medo, mas também estimulado, uma vez que a bala de Tom havia desviado para a sua esquerda. Tentando se lembrar o que, exatamente, ele deveria estar fazendo, Tom sabia, tentando chegar a um ponto mais baixo no muro da casa do fazendeiro.

E, então, aquele tenente avançara à frente e não havia mais homem algum. Apenas uma coisa morta, caindo para a terra.

— Você viu como eles vieram? Você viu, hein? — Snatchem lhe perguntou pela centésima vez naquele dia, ainda balançando a cabeça com incredulidade.

— Sim, eu vi, George. Eu vi muito bem — Tom respondeu devagar, mastigando um pedaço de palha. Desejando ter um cigarro para enrolar.

Esse era o problema com o exército. As coisas que às vezes não se podia ter, e geralmente quando mais se precisava delas. Não era como na Cidade, onde talvez você não tivesse o dinheiro para comprar o que queria, mas sempre havia algum meio *de se obter, se você quisesse muito mesmo...*

Eles estavam sentados numa pilha de feno, a poucos quilômetros de Harrisburg, num campo do lado de fora do hospital de operações. Tentando ficar contra o vento para evitar o fedor das tendas de cirurgia, a praga das moscas voando em volta dos baldes cheios de braços e pernas amputados.

Tom ainda pensando sobre o rebelde que ele havia apanhado. Ainda incapaz de obrigar sua mente a se desviar da maneira como o homem havia caído. Como uma coisa. A baioneta nas mãos do homem morto penetrando através da sua perna da mesma forma que ele vira tantas coisas, tanto chumbo e ferro e aço, penetrar através de homens e cavalos...

— Você já tinha visto tantos em toda sua vida? Já tinha visto eles chegarem daquele jeito?

— Não. Não, eu nunca tinha visto — Tom respondeu com paciência.

Pois a verdade era que ele nunca havia visto nada como aquilo. Os ataques dos rebeldes normalmente eram brutais, desordenados. Era isso que os tornava tão aterrorizantes. Os homens correndo soltos como cães selvagens, como se não pudessem mais ser contidos. Eles chegavam gritando e berrando seus brados terríveis — movendo-se pelos campos com uma velocidade incrível, enervante.

No último dia, entretanto, eles tinham marchado como se estivessem num desfile. As bandeiras esvoaçando no alto, numa única longa, ordenada onda após a outra, alguns dos oficiais até mesmo montados. Movendo-se silenciosa e intencionalmente, cruzando a estrada e descendo pelos campos.

Suas próprias tropas tinham ficado em silêncio enquanto observavam. Desistindo das vaias e gritos por um momento, embora ainda estivessem enlouquecidos por causa da batalha sangrenta do dia anterior, e por todas as derrotas e privações que tiveram de suportar a fim de acabar com aqueles rebeldes filhos-da-puta nos últimos dois anos.

As lebres tinham aparecido, listras marrons e brancas correndo em disparada diante deles. Como alguma coisa permanecera viva ali, naqueles campos entre as linhas de fogo nos dois últimos dias, Tom não podia imaginar, mas lá estavam elas, irrompendo através do trigo e da grama alta. Correndo com seu jeito de coelhos, ziguezagueando com as orelhas baixas, em pânico.

Uns poucos homens riram e apontaram para elas, fingindo espetá-las com as baionetas. Os veteranos observando com mais sobriedade. Pensando em como os coelhos, os pássaros e os cervos tinham se precipitado para fora do Sertão quando Jackson atacara Chancellorsville pelo flanco, apanhando todos de surpresa durante o jantar nos bivaques...

Os homens continuavam saindo do arvoredo. Um regimento depois do outro, marchando em imponente procissão. Eles haviam ficado atônitos com a beleza absoluta e sem sentido daquilo. Os rebeldes tinham até parado para alinhar as fileiras, quando ainda estavam apenas a meio caminho de cruzar os fluidos campos verdes e dourados. Cada homem estendendo o braço para tocar o ombro do seguinte, e dispondo-se de forma a preencher os espaços deixados por aqueles que já haviam sido abatidos. Os rebeldes fizeram isso com toda calma, mesmo enquanto as balas dos canhões e os projéteis dos atiradores de primeira classe continuavam a perfurar novos buracos na fileira, como um homem chutando as tábuas de uma cerca de madeira, uma de cada vez. Movendo-se com seu próprio e misterioso ritmo até que o último exercício estivesse completo, suas tropas apresentando um alvo melhor e mais compacto para as suas metralhas e mosquetes. E avançando eles vieram, homens movendo-se pela grama. Homens e grama.

— O que eles estavam pensando?

— Não sei — disse Tom. — Não sei como alguém poderia estar pensando em qualquer coisa, pelo que vi.

— Eles poderiam ter o dobro daquilo. Poderiam ter o dobro de homens, e ainda assim não teriam tomado uma posição como a nossa.

— Não.

— Será que eles achavam que suas grandes armas nos matariam a todos, então? Eles achavam que aquele barulho todo nos faria fugir para longe?

O bombardeio antes do ataque havia sido interminável. Mais tiros do que Tom jamais ouvira, chocalhando seus dentes. Fazendo o solo sacudir por toda a extensão do pequeno vale e da estrada cavada onde eles estavam alinhados, eixo a eixo, na frente das árvores. Mas quase tudo em que atiravam ia para os ares. Espalhando estragos nas tropas da retaguarda, entre a comitiva do general e os carros de munições de artilharia, porém zunindo por cima de onde eles, da infantaria, estavam deitados de bruços, ensurdecidos e abalados, mas abrigados pelo muro baixo de pedras. Até mesmo trocando um ou dois sorrisos diante da aflição dos seus comandantes e dos artilheiros que se arrastavam e mergulhavam em busca de cobertura, tentando em vão agarrar-se aos seus cavalos.

— Oficiais — disse Tom.

— O quê?

— Oficiais — ele repetiu. — Você viu em Fredericksburg. A mesma coisa, só que do lado deles. Os oficiais têm sempre alguma idéia na cabeça.

— Mas aquilo não fazia qualquer sentido!

— Não precisa fazer sentido. Eles são apenas oficiais, apesar de todos os seus ares de grandeza. É o mesmo que acontece com os garotos lá da Black Joke. Alguém põe uma idéia em ação e os outros vão atrás, seja ela boa ou não. E tudo fica fora de controle.

A coisa toda ficara fora de controle. Três dias, ali sob aquele sol terrível, o calor e as moscas. Era de se admirar que qualquer um deles tivesse sobrevivido. Seu rosto enfiado na terra preta e argilosa da Pensilvânia, esperando que algum projétil perdido não fosse pousar na sua cabeça. Pensando em como aquele solo era bom, não era de se estranhar o fato de que as bem-cuidadas fazendas holandesas pelas quais passavam pareciam tão bonitas e prósperas. Os cavalos lustrosos de gordos, celeiros erguidos como mansões da Quinta Avenida, os estranhos símbolos pagãos sobre as portas...

— Olhe só para isso. Encravado bem aqui.

Snatchem se afligia por causa da sua mão, agora, o outro objeto da sua preocupação. Examinando-a pela milésima vez, o fragmento de bala Minié alojado em sua palma, nítido e firme como um diamante engastado num anel da parte endinheirada da Broadway. Preso numa teia de ossos, o fragmento tivera apenas o impulso suficiente para alojar-se ali, distendendo-lhe os dedos de forma que ele não conseguia fechar a mão em punho, mas sem força suficiente para trespassá-la. O cirurgião não conseguiu extraí-lo, embora tivesse tentado com as pinças em brasa até que Snatchem estivesse berrando de dor. Ele se ofereceu para amputar a mão, depois encolheu os ombros e virou as costas, quando sua oferta foi rejeitada. Havia muitas pernas esperando para ser cortadas...

Eles dois tiveram sorte. Ambos tiveram bons ferimentos. Não tanto que pudesse realmente aleijar um homem, mas o suficiente para encerrar suas campanhas — pelo menos por enquanto. Agora, era a Corporação de Inválidos para eles, e uns poucos meses de plantão em algum lugar até que o prazo de alistamento terminasse. Nada mais de correr atrás de Bobby Lee até à Virgínia.

Um bom ferimento — embora Tom ficasse surpreso pela dor que sentira. O aço havia penetrado através do músculo da sua panturrilha. Muito mais dolorido, ao menos no início, do que quando ele levara um tiro em Fredericksburg, e a bala abrira um buraco nas suas costas do tamanho do punho de um homem...

O rebelde, caindo como qualquer outro tiro perdido...

Ele já ouvira os veteranos conversando sobre isso, mas nunca havia visto por si mesmo. Distinguir um homem num campo. *Isso não é o que se deve fazer.* Os oficiais lhe diziam, muitas e muitas vezes, para não mirar num alvo. O que queriam eram saraivadas em massa, disparadas no momento certo, contra corpos em massa.

Porém acontecera, assim mesmo. Tom havia avistado o homem a cerca de noventa metros do muro, uma vez que o espetacular desfile dos rebeldes tinha se dissolvido. Os poucos soldados cinzentos que restaram fizeram uma corrida final na direção do muro, e Tom o escolhera. A pele bronzeada a um tom de noz, depois de passar tantos dias percorrendo a pé as estradas de Maryland e da Pensilvânia. Um homem esguio, com um queixo rígido e olhos pequenos. Usando a calça vermelha Zoauve, obviamente roubada, e o habitual boné cor de cinza de infantaria na cabeça. Nenhum sapato...

Tom apontou à frente dele, esperando pelo seu tiro. O homem cruzando os últimos poucos metros depois de ter vindo de tão longe, depois de ter passado por todo o caminho ao longo dos quase dois quilômetros de campos abertos atrás dele. Correndo em direção do muro de pedras da altura da cintura, atrás do qual Tom se postava. Correndo o mais rápido que podia, agora, sem gritar da maneira como os outros tinham começado a fazê-lo, mas simplesmente correndo com a boca aberta, com a cabeça baixa e a baioneta em riste.

O rebelde olhara para cima, então — e viu Tom ali. Tom tinha certeza disso, mesmo em meio a toda a fumaça dos tiros e das saraivadas. A corrida do homem interrompendo-se por apenas um ou dois passos, a apenas alguns metros do muro, quando avistou o mosquete de Tom apontado para ele. *Vendo a sua própria morte, parada bem diante dele.* Mas ainda assim ele avançou, não havia outro lugar para ir...

Tom então atirou — e errou. O tiro zunindo um pouco para a esquerda, Tom praguejando contra sua maldita arma de má qualidade. O rebelde estacou por um instante, depois avançou mais rápido que nunca, vendo o adiamento da sua sentença de morte. Tom sabia, ele próprio já sentira isso antes. *Sentindo crescer a selvagem e extasiante esperança de que claro que você não iria morrer, existem tantos outros* b'hoys *para morrer, por que, Cristo, você deveria?*

Tom já estava pronto para ele, ajustando sua baioneta. Sua arma agora uma lança, antiga e confiável em cada centímetro. Assentando-se meio acocorado atrás do muro.

Malditos todos os fazendeiros com suas cercas e muros. Enforcam um homem como se estivesse preso em papel de catar moscas. Mas são lugares bons para se esconder.

O homem foi para cima do muro. Tom esperando, observando enquanto o rebelde tentava cobrir a distância com um único passo largo, sem conseguir, os pés escorregando no topo, cambaleando, deixando-o totalmente exposto. Tom abaixou-se um pouco mais, esperando o momento certo do ataque — quando o tenente avançou, surgindo do nada, e atirou na cabeça do homem.

Atirou direto através do boné de infantaria do rebelde, e o homem desabou. Caindo subitamente demais para que Tom tivesse tempo de sair do caminho. A baioneta nas mãos mortas penetrando através da panturrilha de Tom, rasgando-lhe a carne, prendendo sua perna no solo onde ele estava.

Tom só foi capaz de girar o próprio mosquete e dar uma pancada nas mãos do homem morto para que soltasse a arma, antes que o peso rasgasse de vez o músculo da sua perna. Depois teve de largar a sua arma, no meio da batalha, e usar as duas mãos para puxar o mosquete para fora da perna. Gritando de dor, dirigindo uma torrente de imprecações contra o tenente que já se afastara, distraído, no tumulto da batalha. Lembrando a si mesmo de agarrar sua própria arma novamente, de forma que ficou ali com duas lanças, agora, uma em cada mão, e uivando como um cachorro.

A dor tinha sido insuportável. Mais tarde, entretanto, o que mais o perturbava não era a intromissão do tenente, ou a proximidade com que tudo acontecera, nem mesmo o ferimento, por mais doloroso e perigoso que fosse. Era, na verdade, a maneira como o rebelde se tornara uma coisa morta de repente, um mero projétil. Era isso que Tom não conseguia superar. O homem, vivo, subindo pelo muro, morto antes de descer. Transformado em mais um insensato objeto de destruição, um destino, uma casualidade. Nada mais do que isso.

— Você já tinha visto uma coisa dessas?

Snatchem balançou a cabeça, perguntando outra vez.

— Não. Não, George, eu nunca tinha visto.

21

O PERIGOSO JOHNNY DOLAN

Dolan pôde ouvir os berros dos animais muito antes de chegar até onde estavam. Podia sentir o cheiro, também, o fedor de mijo e esterco, intestinos e sangue. E então soube onde estava, e por onde estavam passando: *pela Place of Blood*, o amontoado de matadouros entre as ruas Houston e Attorney, onde o marido da sua irmã, Tom O'Kane, certa vez lhe arrumara um trabalho de varrer as entranhas, cascos e orelhas para dentro das valas de esgoto com uma vassoura de vidoeiro.

Mas houvera ali algo muito pior, disso ele se lembrava. Não o sangue, nem a merda — que, afinal, era o cheiro de metade da Cidade — mas o cheiro do medo. A cega e impotente ignorância de todos aqueles bodes, cordeiros e vacas, engaiolados uns em cima dos outros. Esperando e balindo em seus próprios cercados, enquanto escutavam e sentiam o cheiro de outros da sua espécie sendo abatidos na porta ao lado.

Tudo parecia estar do mesmo jeito, agora. Os açougueiros parados no lado de fora para ver a grande manada de homens passando. Os cutelos e facas ainda nas mãos. Rostos barbados, inexpressivos, braços cruzados. Seus aventais cobertos de desbotadas manchas vermelhas e amarelas, espalhadas muitas vezes por cima das outras como as manchas de fezes de pombos nas coberturas dos cortiços. Alguns dos homens gritavam para eles, e eles vinham, também, atirando fora os aventais e juntando-se à multidão. As grossas facas ainda presas nas mãos, acenando com elas como se estivessem de folga num feriado.

Dolan caminhava embotadamente junto com eles, numa espécie de torpor causado pelo uísque e por ter visto Patrick na rua, e por toda a sua falta de familiaridade com as pessoas. O reconhecimento do lugar e do cheiro da Place of Blood deixando-o ainda mais confuso — fazendo com que tudo parecesse apenas mais um sonho na prisão.

Ele continuava na ignorância do local para onde estavam seguindo. Sabia que tinha algo a ver com a guerra, pelos gritos dos homens que o rodeavam, mas não fazia idéia do que eles pretendiam.

"Trezentos dólares! É isso que nós valemos para eles!"

A *guerra.* Ele mal estivera ciente disso até que seu navio chegara em Galveston e conseguira escapar do bloqueio. Dolan não se importava com jornais e no navio ficara o tempo todo sozinho, mal acomodado num canto do depósito de carvão, onde era quente demais para os outros homens. Depois daqueles invernos nas Sierras, ele achava que nunca mais ficaria aquecido, nem mesmo ali, em Nova York, no mês de julho. Do mesmo modo que achava que jamais ficaria com o estômago completamente cheio depois da Irlanda.

É sempre tarde demais quando se aprende algo, e mesmo assim é apenas por não se ter...

Depois da sua tentativa de fuga ele levara 14 anos para sair da penitenciária. Quatorze anos pelo crime de estar num salão de bilhar na Montgomery Street na hora errada. Ele suportara tudo — as surras dos guardas, o frio e a neve que penetravam através das fendas dos alambrados no inverno, e a chuva que caía durante toda a primavera. E quando pensava nisso, quando conseguia pensar nisso sem sucumbir totalmente à raiva, ele concluía que, afinal, não era muito pior do que o asilo de indigentes na cidade de Cork.

Eles caminharam para além dos matadouros e das fábricas de lingüiças. Os barris pútridos cheios de tripas que esperavam ser limpas para se transformarem em pele da lingüiça. Tudo em completa desordem, pronto para a deterioração do corpo a nada. Os curtidores com as malcheirosas e esverdeadas peles de animais, penduradas para curtir ao sol. As beneficiadoras de sebo, onde homens com grandes remos revolviam pilhas de ossos e cascos em esfumaçados caldeirões de ferro. Fervendo tudo até chegar ao ponto do sabão, corante e cinzas...

Eles passaram pelo Arsenal e pela *Union Steam Works.* Havia uma guarda da polícia no lado de fora do Arsenal, o que ele já esperava, mas também no lado de fora da *Steam Works.* A turba vaiando e gritando, os policiais parados rígidos e inflexíveis em seus postos, os bonés puxados bem para baixo das testas, os botões de latão reluzindo nos uniformes azuis.

Ele se lembrou dos oficiais do asilo de indigentes, julgando-se muito importantes em suas surradas túnicas verdes. Às vezes, os outros homens e rapazes trocavam com eles nabos por uísque falsificado — qualquer tipo de comida sempre valendo mais do que ouro —, e depois escalavam o muro até a ala das mulheres, carregando suas claras garrafinhas. Ele próprio nunca fez isso, estava sempre esfomeado demais para abrir mão de um de seus nabos, mesmo para isso. Mas, à noite, ele também subia para vê-los em ação: as figuras sombrias empurrando-se e grunhindo, encostadas contra a parede de pedras.

Tudo era feito em silêncio, para não acordar o padre que era o encarregado do asilo. Raramente havia alguma conversa, apenas o farfalhar de roupas e corpos, um gemido ou sussurro ocasional. E certa vez ele vira a própria irmã, Kathleen, de pé contra a parede, a forma escura de um homem inclinando-se sobre ela. Enquanto ele observava, ela havia afastado a cabeça para o lado e tossido. Depois pegara a garrafa no bolso do homem que estava com ela e bebera um longo e vigoroso trago antes de tornar a guardá-la — desaparecendo novamente na escuridão do abraço dele.

Tinha sido a mesma coisa no pátio da prisão na Califórnia. Os homens de joelhos, na frente dos guardas. *Ele* nunca fizera tal coisa, havia jurado a si mesmo que mataria um guarda com sua faca antes de fazer aquilo, embora soubesse que isso também era mentira. *Depois de 14 anos ele teria feito o que fosse necessário, qualquer coisa para sobreviver, até mesmo isso.*

A verdade era que ninguém nunca tentara obrigá-lo. Ele sabia que devia parecer horrendo demais, e estava satisfeito em permanecer assim, com os dentes quebrados, as antigas cicatrizes entrecruzando sua cabeça. Satisfeito em evitar os problemas apenas pela sua aparência e pela maneira como agia, rosnando como um cachorro para os guardas ou os outros prisioneiros, caso se aproximassem demais. Tentando mantê-los à distância, para conter o seu insistente impulso de esmagar e matar. Para impedir que uma necessidade ainda mais insistente morresse antes que pudesse voltar para a Cidade e acertar as suas contas...

Então, um dia, estava terminado. Num dia marcado no calendário, depois de quatorze anos, ele era um homem livre e eles lhe devolveram suas roupas — o velho paletó e a calça que certa vez usara em Nova York, agora esburacados e frouxos em seu corpo — e um novo dólar de prata, e lhe disseram que estava livre para ir embora.

Ele caminhara para fora dos alambrados e seguiu para São Francisco na traseira da carroça do vivandeiro. A viagem levara duas semanas, obrigando as mulas a subir pelas montanhas, parando em cada posto e cidadezinha pelo caminho. Mais de uma vez ele considerou a idéia de simplesmente matar o vivandeiro — vender suas mercadorias e comer as malditas mulas, voltando para São Francisco com algum dinheiro no bolso.

Porém, ele mal conseguia caminhar livremente outra vez, depois de tantos anos usando as correntes e os ferros em volta dos tornozelos. Ainda incapaz de confiar em seus reflexos, até de confiar em si mesmo para pensar direito. Obrigando-se a esperar que chegassem ao cais, para recuperar sua presença de espírito e conseguir um navio para voltar ao leste.

Mesmo assim, na noite anterior à sua viagem de navio, ele havia ficado em seu quarto de pensão, na Embarcadero, acalentando uma garrafa de uísque de canfeno. Pensando em como a viagem seria longa, navegando até o Panamá, depois através do Estreito novamente por mulas, e voltando para cima pelo Caribe. O mesmo caminho pelo qual ele viera — e tudo porque achava que iria encontrar o irmão.

Todas as passagens intermináveis, e a espera — apenas para voltar ao mesmo lugar.

Ocorreu-lhe a idéia de simplesmente desistir. De alistar-se num veleiro e seguir para o mar da China, ou para as ilhas Sandwich, onde Mose, o Garoto da Bowery, havia ido para estabelecer sua loja. Encontrar algum lugar, tão distante que ele poderia esquecer de tudo o que se referisse a *ela* — e ao seu tesouro, e a maneira como eles o tinham vendido, e a tudo o que lhe era devido. Encontrar um lugar tão longínquo que ele nem tivesse meios de voltar.

Ou, melhor ainda, acabar com tudo ali mesmo, naquela noite, naquele quarto de cortiço.

Mas era *dele*. Foi isso que o manteve acordado, que o impediu de tocar novamente na garrafa de uísque para que não perdesse a consciência. O baú de maravilhas ainda lhe pertencia, assim como *ela*, e ele merecia isso. Ele receberia ao menos isso deste mundo e, se não pudesse ter o que era seu, então teria de haver um acerto de contas.

A multidão continuou movendo-se para a cidade alta, derivando lentamente para o oeste na direção da Third Avenue. A maioria virou ao chegar na Forty-sixth Street, mas ele continuou em frente, seguindo para onde se lembrava que ficava a Pigtown. *Bem contente por se ver livre da multidão, quase sozinho agora.*

Uma distraída surpresa o invadiu ao ver quantos quarteirões havia — para quão longe a Cidade se movera desde a última vez que a vira, impulsionando-se pela ilha acima como uma fera ferida. Muitas das ruas pelas quais ele passava ainda estavam quase vazias, um casarão de arenito ou o barraco de um posseiro postados aqui e ali, atrás de cordões de isolamento brancos que demarcavam onde ficariam o próximo quarteirão, o próximo meio-fio. Ao longo da Quinta Avenida havia o que pareciam ser ou as ruínas ou um início de construção de uma imensa catedral, as grandes pedras escuras recobertas de trepadeiras e ervas-daninhas, amareladas e castigadas pelas chuvas.

Igual à abadia nos arredores de Cork, onde eles tinham visto o tocador de realejo...

Mas ele continuou andando, subindo pela Fifty-ninth Street, e lá avistou, exatamente como se lembrava. A enorme rocha de ardósia cinza que marcava o começo de Pigtown. Sentindo uma vertigem apenas por vê-la novamente após muito tempo, depois de pensar nela por tantos anos. Ele havia feito o longo caminho de volta.

Lembrando-se, ele acocorou-se atrás da rocha, depois se arrastou silenciosamente pela lateral. Pensando em espionar primeiro, embora se lembrasse, também, que o vilarejo dos pretos ficava mais acima, e para o oeste. *Ainda assim, era melhor ser cuidadoso...*

Ele escalou a pedra e viu, diante de si — um gramado. Um gramado de verdade, tal como havia visto apenas uma vez, numa mansão deserta em Cork que ele invadira quando garoto. A grama verde e bem-cortada, parecendo macia e ondulante como uma cama. Por toda a sua volta havia uma terra de contos de fada, algo como ele jamais vira na Cidade, ou nem mesmo na mansão daquele lorde em Cork.

Era como se alguém tivesse construído a terra, a tivesse estendido e esculpido com as mãos, com tanto cuidado e precisão como se estivesse construindo uma casa. Por toda parte, em volta do gramado perfeito, havia alamedas de curvas suaves e lagos com nenúfares. Havia pontes com intricados corrimãos de ferro, forjados à mão, encantadores abrigos cobertos e, aqui e ali, foram plantados agrupamentos de novas e delgadas árvores. E tudo isso, não importava para que lado ele olhasse, parecia atrair seus olhos à frente, na direção de uma vista distante e verdejante que se abria para o norte. Para onde havia ainda mais retalhos de gramado novo e deslumbrante, mais árvores, mais alamedas sinuosas e varridas.

Tudo o mais — de que ele se lembrava — tinha desaparecido. Não apenas as valas de esgoto e as trilhas de terra de Pigtown — os arremedos de casas com canos no lugar das chaminés, os quintais de terra batida nos quais ficavam os porcos, as galinhas e os ferozes e ruidosos cachorros. *Mas a própria terra desapareceu.* O solo argiloso alastrado de pedras. Os choupos inclinados e as árvores ailantus, os estagnados e escuros lagos de água negra. *Tudo desapareceu* — tão certamente, outra vez, como se uma grande mão tivesse simplesmente varrido tudo para fora da face da terra.

Dolan não sabia o que pensar disso, perguntando-se se, de alguma forma, chegara ao lugar errado. *Mas, não — lá estava a enorme rocha cinzenta; o sinal indicando a Fifty-ninth Street, embora não fosse mais do que um amontoado de terrenos vazios.* Ele estava aqui, com certeza, de volta onde tinha começado. *Mas onde era aqui?*

Ele cambaleou para cima do gramado perfeito. Abandonando a cautela por enquanto, procurando algum traço do que havia sido — algo com que se orientar. Mas tudo havia sumido. E não somente Pigtown, com seus desajeitados barracos — os porcos escavando entre as garrafas jogadas, os pratos, facas e ossos quebrados que circundavam cada palhoça como um anel encantado de lixo. Enquanto ele andava por uma das serpenteantes alamedas com suas graciosas pontezinhas de ferro fundido, tampouco conseguiu encontrar qualquer sinal da Vila dos Pretos. A cidade inteira, com suas caprichosas casinhas brancas e duas igrejas — esvaneceu tão completamente quanto o resto, substituída apenas por mais quadrados imaculados de turfas e árvores recém-plantadas.

Em todas as curvas e trilhas, ele reparou, havia pequenas placas enfiadas na grama, e ele foi ler uma delas pensando que talvez fornecessem alguma pista do paradeiro de todo mundo, ou, pelo menos, informassem quem era agora o proprietário daquele lugar. Entretanto, tudo o que elas exibiam eram as mesmas duas rúnicas palavras: *NÃO PISE.*

Em vez de obedecer ele caiu sobre as mãos e joelhos no chão. Tentando aspirar o odor, sentir o cheiro de alguma indicação oculta sobre o que acontecera ali. Farejá-los.

Porém, nada havia — nada mais do que o canto de um muro de arrimo. Tudo o que ele pôde fazer foi ficar de pé outra vez e girar vagarosamente no lugar, agora sim verdadeira e completamente perdido.

Ele havia pensado que eles poderiam ter-se mudado, no decorrer daqueles 14 anos. Esperava que talvez tivessem partido, se houvesse um mínimo de juízo em suas cabeças, mas sempre imaginara que conseguiria encontrar alguma pista. Algum vizinho que se lembrava deles e pudesse informar seu paradeiro, ou pelo menos o lugar seguinte onde ele procuraria, a próxima pista a seguir. Mas não esperava *isso*, este *nada*, e parado ali no gramado bem-cortado ele sentiu como se sua mente estivesse se dissolvendo. Era uma sensação entorpecente, pacificadora, que o deixava tão bobo e desamparado quanto uma criança pequena...

Talvez mais nada do que ele conhecia fosse real. Talvez ele devesse desistir, esquecer de querer encontrá-los. Apenas parar e deitar, ali mesmo na grama...

Houve o relance de um movimento, e ele olhou para cima. Um homem num cintilante uniforme azul com botões dourados estava descendo por uma das sinuosas trilhas, olhando para Dolan com desconfiança. A sua mera aparência, ele sabia, sempre era capaz de atrair o escrutínio de um policial.

Ele levantou da grama e começou a arrastar-se de volta pelo caminho que viera, tentando mover-se depressa, porém não muito. Logo percebeu, no entanto, que falhara em voltar pelos seus passos. Tomando a curva errada no cruzamento das ruas tortuosas, serpenteantes. O que importava isso, agora? Passou por um bosque de arbustos de lilases, por mais um par de altas rochas cinzentas — contente por finalmente ter um abrigo, olhando por cima do ombro à procura do policial.

Quando olhou em volta outra vez ele viu, assomando-se subitamente à sua frente, um campo repleto de criaturas gigantescas, hediondas. Ou melhor, os ossos delas, caiados e montados em poses aterrorizantes. Tudo era dentes, garras e ossos protuberantes, como nenhum animal que ele já vira antes, porém muito real. Dolan não conseguia parar de andar em volta deles, os olhos arregalados examinando as cabeças enormes, ossudas, batendo nos grossos ossos das pernas, embora o som resultante fosse um eco vazio, de gesso.

Então eram estátuas. Mas quem teria feito estátuas de coisas como aquelas — dos seus esqueletos?

Antes que conseguisse decifrar o mistério, ele avistou um grande número de homens jorrando para dentro do parque. Faziam parte da revolta, ele reconheceu — trabalhadores de aparência rude, como aqueles com quem ele viera para a parte alta da Cidade, andando devagar, mas determinados, passando direto por cima dos caprichosos gramados com seus avisos de NÃO PISE. Ao vê-los se aproximar o policial fugiu na mesma hora, Dolan reparou, surpreso. Mas os homens continuavam vindo, às centenas, e ele apressou-se para juntar-se a eles, desviando cuidadosamente ao passar pelos gigantescos monstros de gesso.

22

HERBERT WILLIS ROBINSON

Eles não são uma turba — ainda não. Por enquanto é mais uma multidão de feriado, caindo na farra. Pelo menos quinhentos, agora, talvez quase chegando a mil, aumentando lenta e irregularmente enquanto seguem para o East Side, na direção do Gabinete do superintendente na Third Avenue com Forty-sixth Street. Um capitão de guarda poderia detê-los agora, um único esquadrão dos Metropolitanos. Mas não há polícia à vista e a multidão cresce, em tamanho e confiança, a cada quarteirão que passa.

Quando chegamos às docas do East River, eles chamaram seus amigos. Tocando a música dissonante, primitiva. Batendo em panelas e frigideiras, em quaisquer dois pedaços de metal que consigam encontrar. Cantando as canções obscenas para os estivadores, que labutam com seus cestos e fardos. Os polidores de latão, os moldadores de ferro e os ferreiros acendendo seus martinetes de forja, os caldeireiros rebordeando as chapas em suas fornalhas flamejantes.

Eles largam o trabalho e saem, tão depressa quanto os Discípulos devem ter atendido ao chamado do Nazareno. Ainda sofrendo as conseqüências das greves recentes — os fura-greves que tinham sido recrutados para ocupar seus empregos, as milhares de outras injustiças que os pobres agarram constantemente contra o peito.

— Nós somos homens livres, não somos?

— E não um preto qualquer que eles podem comprar e vender como quiserem...

Justificando-se uns aos outros:

— Um preto, que diabos! *Trezentos dólares, quando um preto pode custar até mil!*

Eu queria perguntar a eles: O *que os deixa mais ofendidos? O fato de estabelecerem um preço por suas cabeças? Ou que o preço seja tão baixo?* Mas sei que é melhor não arriscar minha sorte. Afinal, eles ainda estão naquele clima de feriado. Balindo a plenos pulmões:

> *"Pois vamos enforcar Abe Lincoln num pé de maçãs azedas,*
> *Sim, vamos enforcar o velho Abe num pé de maçãs azedas..."*

Eles destratam qualquer cavalheiro de aparência próspera que por acaso cruze seu caminho, qualquer um que pareça ter dinheiro suficiente para comprar a dispensa do recrutamento. Empurrando-o de um lado para outro, berrando na cara dele: "*Você é um homem de trezentos dólares?*". Eles o obrigam a engolir tragos de uísque ou a desfilar junto com eles, ou a jurar fidelidade à Confederação.

No final, contudo, acabam despachando o sujeito com nada pior do que uma rodada de protestos e vaias, e até mesmo uma palmada nas costas se ele se mostrou suficientemente camarada. Tudo ainda é diversão — embora isso possa mudar num relance, com uma palavra atravessada, uma dose de uísque.

Eu mesmo sou poupado de tal brincadeira grosseira graças, novamente, ao fatal desabamento e ao meu terno, coberto de sujeira de homens e tijolos. Pelo contrário, como aquela multidão no Parque da Prefeitura, eles me tomam por um dos seus — isto é, mais um pertencente à vasta tribo de homens sem dinheiro. Eu me delicio em continuar representando, seguro em meu disfarce. Eles me oferecem goles gratuitos das suas garrafas e eu finjo aceitar. Fingindo estar tão embriagado quanto eles. Cambaleando com eles, rindo das suas piadas e até cantando junto, vigorosamente, quando o alvo é o meu patrão:

> *"Pois vamos enforcar Horace Greeley num pé de maçãs azedas,*
> *Sim, vamos enforcar Horace Greeley num pé de maçãs azedas..."*

O primeiro problema aparece no lado de fora da Usina de Ferro Novelty, perto da Tenth Street. É aqui que eles fabricam as placas de base de sessenta toneladas para os canhoneiros e os navios de bloqueio que estão sufocando o Sul até a morte. Um dos mestres de fábrica da Novelty tenta impedir que seus homens saiam, correndo atrás deles e agarrando seus braços, dizendo algo sobre cumprirem os contratos.

— Aqui, nós nos inscrevemos para o trabalho, precisamos cumprir...

Ele foi imediatamente espancado até cair no chão. Um homem grandalhão, orgulhoso, obviamente acostumado a ser líder de outros homens. Nu da cintura para cima, os músculos bronzeados pela fornalha protuberantes em seus braços. Porém, mesmo assim eles o derrubam no chão, dando socos e pontapés até que ele rasteja de volta para a fábrica que antes comandava, sem dúvida feliz por escapar com vida.

A mim me parece que o próprio ar em volta foi estilhaçado. Um homem que nada fizera, surrado até cair, em plena luz do dia. Aqueles que o surraram não estavam fugindo para salvar a pele, mas sim latindo seu triunfo. Os outros nada fazendo para detê-los, mas unindo-se a eles, rindo e gritando suas próprias invectivas.

Eu já assisti a centenas de lutas profissionais, já vi homens sendo espancados até se transformarem em polpas sangrentas enquanto a multidão aplaudia, gritando: "Fechem as portas, há uma morte na família!" Já presenciei muitas brigas nas ruas da nossa Cidade turbulenta, vi até mesmo homens derrubados a tiros em batalha.

Mas isso é pior, de alguma forma. Parece que não existe mais nada sob o sol para onde possamos nos voltar — nenhuma justiça, nem misericórdia, nem a simples decência. Parece que fomos todos deixados por nossa própria conta e risco, tão nus e desprotegidos quanto estava aquele mestre de fábrica.

Eu quero fazer alguma coisa sobre isso, sinto que devo fazer algo — minha mão estendendo-se para o bolso onde estava o revólver de Raymond. Mas o bolso está vazio. O revólver ficou na casa de Maddy. Eu fecho a boca, marchando com os outros, dizendo a mim mesmo que não posso fazer nada.

Perto de Dutch Hill, nos afastamos do East River e nos lançamos de volta para dentro da Cidade — passando pelos bandos de cabras meio-selvagens, as palhoças dos catadores de trapos, as caixas de cinzas que não eram esvaziadas havia dias e fediam como a praga. A multidão com pelo menos cinco mil pessoas agora, mais forte, ainda cantando e batucando sua música dissonante. Ao atingirmos a Forty-sixth Street eles explodem numa corrida, seguindo direto para o Gabinete do Superintendente — mas as portas e venezianas ainda estão muito bem trancadas, graças a Deus. Um rumor se espalha de que eles não vão abrir pelo dia todo. Eu rezo para que isso seja verdade, embora não tenha qualquer conhecimento anterior de que as nossas autoridades eleitas são capazes de demonstrar tanto bom-senso.

Ficamos nos movendo em círculos pela rua, incertos do que fazer em seguida. Privados do nosso alvo, começamos a perambular na direção da cidade alta — a turba ganhando ainda mais em número, mas perdendo o impulso e o propósito. Passando por onde o calçamento termina, na Forty-eighth Street. Não muito longe está o que parece ser alguma ruína européia: imensos blocos brancos, empilhados em torno de uma fundação, já acinzentando com a fuligem e a chuva suja da Cidade, meio encobertos de ervas daninhas e trepadeiras.

A multidão diminui o ritmo ao passar por estes blocos, mas não pára. Algumas das mulheres se persignam, e os homens tiram os chapéus. Ali está para ser erguido o núcleo da sua fé, a nova sede da arquidiocese — se é que isso importa para eles agora. Entretanto, sei muito bem que é a última obsessão de um homem moribundo.

No domingo de manhã, a despeito da dor de cabeça, eu havia ido até a St. Patrick. A cidadela *deles*. A sólida igrejinha na esquina da Prince e Mott, construída como uma fortaleza atrás dos seus resistentes muros de pedra.

Um pároco que eu já conhecia do Sexto Distrito, um certo padre Knapp, me dissera que conseguiria arranjar uma entrevista com o arcebispo Hughes. Ele me levou para os aposentos do arcebispo na reitoria, direto para o seu quarto de dormir, de onde eu podia ouvir os cânticos da missa que ainda estava sendo celebrada no outro lado do pátio.

Lá estava ele. Dagger John Hughes, do Condado de Tyrone, apoiado na cabeceira da cama como uma águia ferida. Fraco demais para ocupar seu posto no púlpito, mas com os cintilantes olhos azuis-cinzentos ainda tão ardentes como sempre. Trabalhando concentrado em alguma coisa sobre uma mesinha de escrever — porém, quando me avistou, largou a pena e pronunciou uma única e exasperada palavra:

— *Greeley!*

Eu assenti, sorrindo a contragosto, e ele fez um gesto na direção da mesinha em sua cama.

— Eu estava exatamente tentando terminar uma missiva para o seu patrão. Mas é uma questão delicada, não concorda, colocar palavras nas mãos de um jornalista.

— No entanto, é para isso que estou aqui, Sua Santidade — eu disse, tentando abreviar suas costumeiras tiradas contra Horace, antes que eu mesmo ficasse tentado a acompanhá-lo. — Gostaria de solicitar as suas opiniões a respeito do que irá acontecer amanhã, quando o recrutamento recomeçar...

Ele deixou a cabeça pender para o lado. Olhando fixo através de uma janelinha para o pátio da igreja, com suas árvores sombrias e grama alta, e as estreitas e vermelhas lajes das sepulturas dos seus predecessores. Vinte anos atrás, durante os tumultos dos *Know-Nothings*, homens armados tinham enchido aquele pátio, ficando à disposição dele. Dagger John chamara o prefeito para lhe dizer que se uma única igreja católica fosse tocada, ele transformaria a Cidade numa outra Moscou.

Nenhuma igreja foi perturbada. A Cidade também não foi incendiada — por enquanto.

— O que eu *acho* que vai acontecer? — ele disse agora, voltando lentamente o seu olhar mais fulminante sobre mim. — Acho que os bons e católicos trabalhadores desta cidade irão se apresentar e cumprir seu dever para com o país. Enquanto, ao mesmo tempo, acho que os *seus* jovens da sociedade irão passar os dias na Wall Street, apostando no resultado da guerra, e as noites nos bordéis. Isso, meu senhor, não é apenas o que eu *acho* que vai acontecer. É o que *tem* acontecido nos últimos dois anos, e suspeito que *continuará* acontecendo pelo tempo que durar esta guerra deplorável.

Ele interrompeu-se com um acesso de tosse avassalador. Os olhos nublando-se com incerteza, as garras se retraindo.

Então era verdade o que estavam dizendo. À primeira vista, ele continuava parecendo o velho Dagger John — o mesmo esgar impaciente nas laterais da boca, o nariz comprido e afilado empinado confiantemente à frente. O rosto de um grande comandante, um Wellington ou um Marlborough. Ainda lhe restava vaidade suficiente, pois continuava usando a meia-peruca, escorada cuidadosamente debaixo do barrete.

Porém, observando mais de perto, pude perceber como a simples batina preta pendia no corpo dele, o grande crucifixo de ouro forçando-lhe a cabeça para baixo. Desaparecidos estavam os poderosos braços e pescoço, a silhueta esguia e vigorosa do jovem e ambicioso coroinha que abrira seu caminho para um seminário em Maryland trabalhando como operário, como feitor de escravos, em qualquer emprego que conseguisse. O menino imigrante e pobre, sedento de conhecimento — e de poder.

— Vocês nos transformaram em munição de canhão!

O olhar dele vagueando novamente pelo pátio da igreja. Não era este pátio modesto e murado que ele estava vendo, eu sabia, mas sim aquele terreno na cidade alta, na Quinta Avenida, onde a celebrada conquista da sua intendência jazia encoberta pelas ervas daninhas e trepadeiras.

— Eu recolhi os escombros espalhados da nação irlandesa — Dagger John murmurou, mais para si mesmo.

O padre Knapp deu um ou dois passos na direção dele, alarmado, pois subitamente ele parecia tão desolado — o rosto sem energia, amarelado na luz do sol. Hughes afastou-o com um gesto.

— Eu estava apenas começando a transformá-los num povo novamente — ele disse com amargura. — Um povo temente a Deus, com respeito próprio.

Era verdade, por duas décadas o comandante havia submetido a sua igreja e o seu povo à sua vontade. Pegou uma turba de camponeses e moldou-os até transformá-los em militantes da fé. Ele havia encaminhado filhos deles em marcha para as escolas paroquiais, e trouxera de Dublin as Irmãs de Misericórdia, para ensinar as filhas como serem dedicadas empregadas domésticas, cozinheiras e costureiras. Construindo mais de uma centena de igrejas por toda a Cidade...

Dagger John Hughes — *mais um gladiador romano do que um dócil cristão*, Bennett o descrevera no *Herald*. Escrevendo inscansavelmente suas cartas para o editor, assinando seu nome com uma cruz desafiadora vergastada no meio da folha de papel. Freqüentando as reuniões dos *Know-Nothing* em trajes civis, para que pudesse escutar os argumentos dos inimigos. Falando por dois dias e noites — parando apenas para comer e dormir — contra os clérigos e advogados protestantes que conduziam a Cidade, durante o grande debate sobre educação religiosa. Eliminando qualquer traço de sotaque da própria voz, para que ninguém pudesse presumir de onde ele viera, mas que tivesse de *ouvir*.

A coroação da sua glória era para ser a grande catedral na Quinta Avenida. Era para ser mais do que uma igreja — mais do que a pequena catedral vizinha de onde estávamos agora, com seu humilde ponteiro entre duas torres inclinadas. Teria de ser uma obra de arte, um monumento a *ele* e a *eles*. Construída com o suor e a habilidade do seu povo, financiada com os centavos deles próprios, coletados durante as missas.

— E então vocês precisaram ter a sua guerra.

Protelando todos os seus planos, devorando seus centavos e seus trabalhadores. As grandes pilhas de granito jazendo tombadas no terreno vazio, como os próprios blocos de construção de Deus, abandonados.

— Devo entender, então, que o senhor não apóia mais a guerra?

— O senhor não deve presumir nada nesse sentido. — Empinando o nariz comprido para mim.

Ele era um homem astuto — mas o Velho Abe o era ainda mais. Com a ajuda de Seward ele havia contornado o problema, oferecendo a Hughes a única coisa que talvez compensasse a perda do seu monumento. Ele o nomeara emissário da nação e o enviara por um ano para defender a União nas esfalfadas cortes da Europa. A oferta havia sido boa demais para se resistir, uma chance de rever Roma, Paris — e Tyrone.

— Em Roma fui rejeitado por Sua Santidade, o Papa, e repreendido pelo *Times* de Londres, em decorrência do meu apoio incondicional à União — ele me informou, pegando um exemplar do *Tribune* da última sexta-feira. — No entanto, veja do que o seu sr. Greeley me acusa: "*Seu povo há anos tem sido e hoje é o principal na degradação e abuso desta raça perseguida.*" Meu povo! Meu senhor, isso é demais para se tolerar!

Houve um relance da antiga impetuosidade no rosto dele.

— A Igreja apóia a ordem e a autoridade, mesmo num país *protestante*. O senhor pode dizer ao seu patrão o que eu falei no púlpito no ano passado. As próprias pessoas deveriam *insistir* para ser convocadas, de forma a finalmente levar esta guerra terrível a uma conclusão.

Ele voltou a trabalhar na sua resposta a Greeley, inclinando-se avidamente sobre a mesinha de escrever. Fui dispensado com um aceno da sua mão cheia de anéis — uma faísca dourada cintilando por um instante na luz do sol. Dagger John escrevendo furiosamente com sua pena, determinado a dar sua última palavra.

O padre Knapp acompanhou-me para fora. Nós paramos nos portões do pátio vazio, escutando novamente a missa que ainda acontecia no interior da igreja de St. Patrick.

— Então... Não vai haver problema?

— É isso que você pensa?

— Mas... o que o Arcebispo disse...

— Sua Graça não vê o que está acontecendo, vive confinado aqui. — A voz dele diminuindo a intensidade enquanto ele olhava na direção da pequena reitoria do Arcebispo. — Ele já ouviu *tantas* falsidades sobre o seu povo, no passado.

De repente, me dei conta de que não era realmente Hughes que queria falar comigo, mas sim o próprio padre Knapp. Ele é um homem baixo, atarracado, com a estrutura sólida como um tiro de canhão, porém com olhos que pareciam doloridos de tanto se estreitar, e os cabelos de um loiro-sujo começando a ficar grisalhos nas têmporas. Um homem verdadeiramente auto-anulado, sem nenhuma ambição, que eu soubesse, além da sua paróquia. Servindo o Arcebispo apenas porque, por acaso, ele provinha de Annaloghan, o vilarejo de Hughes em Tyrone.

— É uma injustiça o que está sendo feito com eles... Obrigando os homens a ir para guerra porque não podem pagar a dispensa — ele disse, balançando a cabeça. — Mas, independente disso, nada pode acontecer. Justiça ou não, haverá uma marca escura contra nós que jamais poderá ser lavada.

— O que a igreja vai fazer, então?

Ele ergueu as mãos, as palmas para cima. Era mais um gesto de desespero do que uma simples expressão de dúvida.

— Tudo o que pudermos. *Tudo* o que pudermos. Mas... você viu as pessoas, viu como elas se sentem.

— Isso é tudo que o senhor pode prometer? Nem é uma promessa!

Ele encarou-me com impaciência pela primeira vez.

— E quanto ao senhor, sr. Robinson? O que o senhor diria a eles?

— Bem...

— Diga-me, senhor: por acaso já comprou o seu substituto? Ou está esperando para ver o que acontece com o recrutamento?

— Eu... eu não preciso. Sou dispensado. Como correspondente de guerra — balbuciei, tão idiota quanto aquilo soava.

Mas, e se eu não fosse? Casas de corretagem estavam se espalhando por toda a Cidade. Anunciavam nos jornais, oferecendo-se para lidar com todo o desagradável negócio de comprar um substituto, um homem para ir à guerra no seu lugar. Eles cuidam de tudo, você nem precisa saber o nome do sujeito, a não ser que queira.

Nesse meio tempo, outras cidades instalaram quiosques em nossos parques públicos, tentando preencher suas quotas de recrutamento com os nossos jovens. Elas oferecem bônus competitivos para qualquer um que se aliste pela boa e velha Cincinnati, ou Elmira. Existem até rumores de certos antros em Greenwich

Village, ou na West Cherry Street, onde os corretores que trabalham por gratificação do exército drogam os rapazes e os entregam a quem fizer o lance mais alto...

E por que não? Dificilmente seria a primeira vez que carne humana é negociada nesta Cidade. Tampouco a última...

Eu queria me explicar. Queria dizer ao padre Knapp que é isso o que eu faço. Este é o meu papel, observar e relatar — à distância — da mesma forma que ele distribui caridade e redenção.

Mas naquele momento a missa terminou. A congregação saiu para o pátio da igreja aos borbotões, piscando sob a áspera luz do sol de verão. As vozes baixas e ansiosas. Procurando algum tipo de conselho nestes tempos de crise — não querendo ouvir, imaginei, que *eles* deveriam insistir para que o governo os recrutasse.

— Correspondente de guerra, hein? — disse o padre Knapp, com um sorriso soturno. — Bem, talvez amanhã o senhor se veja de volta à linha de frente.

23

HERBERT WILLIS ROBINSON

E portanto aqui estou eu, de volta à linha de frente — se é que se pode chamar assim. Neste exato momento não há nenhuma bala, mas monstros assomam sobre nós. Imensos e esqueléticos, as bocas abertas, as garras estendidas em fúria. Mas ninguém se intimida. (Esta multidão já viu coisas piores.) Eles cumprimentam estas criaturas alegremente, tirando os bonés enquanto passam. Gritando com o mesmo humor negro que exibiram no recrutamento:

— Ocê parece mais alto, O'Connel!

— Diga-me, aquele ali não parece o Jameson durante a fome?

Nós tínhamos perambulado até o novo parque central, onde o professor Hawkins instalara suas réplicas de gesso de fósseis de dinossauros. Elas são uma das recreações preferidas da Cidade, um lugar onde pais de todas as classes trazem seus filhos pequenos para escorregar nos ossos de gesso, e lutar épicas batalhas com os gigantescos animais.

A turba passa por eles com mais gritos e acenos. Há milhares marchando, agora, tanto homens como mulheres, entupindo as primitivas ruas novas enquanto deságuam do leste e do oeste. Eles deitam com insolência nos gramados do novo parque, espalhando suas garrafas, restos de comida e papel de embrulho ao longo das trilhas imaculadamente varridas.

— ... *Lincoln*, este Nero, este Calígula, este *déspota!* — algum improvisado orador de esquina já está fulminando, empoleirado num engradado de laranjas.

Dê um intervalo de cinco minutos para esses irlandeses e logo um deles estará lhe fazendo um sermão.

No entanto, o povo começa a se juntar em volta dele, tão ansioso como sempre em ouvir qualquer tagarelice política. Eu reconheço o orador — um advogado chicaneiro que se mudou para a Cidade há poucos anos, vindo da Virgínia.

— Resistam ao recrutamento! Organizem-se para resistir! Nomeiem um líder... e, se necessário, *eu* me tornarei o líder de vocês!

Eles aplaudem com vigor, gritando: "É assim que se fala!" e "Que o Velho Abe vá para o inferno!" Alguém os incita a dar três urros de vaias para o presidente e para Greeley, e depois três vivas para Jeff Davis e para o general McClellan, o herói perpétuo deles.

Como todas as multidões, eles anseiam por falsos ídolos. Eu conheci Davis em Washington, quando ele foi o secretário da Guerra de Pierce — um homem vaidoso, nervoso, ocultando sua leviandade por trás de uma pomposa formalidade de Bourbon. McClellan era ainda pior. Eu o vira em Bellevue, depois que ele voltou de Fredericksburg com alguns dos feridos. Ele me pareceu um perfeito general de teatro, então — enfunando o peito, andando empertigado de uma cama a outra. Estendendo a mão para cada soldado sofredor, amarelado, e bradando: "Muito bem, agora! O que há de errado com *você*, meu jovem?" Eu rezo para que nunca mais nenhum dos nossos exércitos seja confiado a ele.

Mas nada disso teria importância para aquela turba no parque, mesmo se soubessem. Como crianças falando palavrões, eles querem apenas dizer as coisas mais chocantes que consigam arremessar contra os republicanos. Eles se atiram no gramado, refestelando-se como se estivessem em algum piquenique da Tammany.

Pobres simplórios. Pobres faces rudes, queimadas de sol, vindas dos Cinco Pontos e do Arch Block, da Praça Paraíso e de Gotham Court, do Beco Cat e dos Shambles. Eles poderiam ter saído direto da Idade Média, camponeses em peregrinação, ou numa cruzada. Andando em círculos, boquiabertos, eles nunca tinham ido a paragens como aquela, o maravilhoso novo parque de Olmsted com seus monstros de gesso, gramados cuidadosamente podados, as pontes de contos-de-fadas, os delicados abrigos e as pitorescas saliências nas rochas.

O *povo de Maddy*. Eles avançaram sobre nós como uma tempestade — ou como uma praga, trazidos por navios, como ocorre com as pragas. Havia sempre algum irlandês na Cidade, exatamente como sempre havia alguém de todo o mundo. A maioria veio de Ulster — comerciantes e construtores de navios, carpinteiros e açougueiros; bons trabalhadores, respeitáveis e insípidos.

Então, certo dia, às vésperas do inverno, apareceu uma mulher seminua com seu bebê no peito, mendigando no meio da Broadway. Sempre houve mendigos na Cidade, mas, de alguma forma, aquilo era mais chocante. Os policiais rapidamente a despacharam, mas na semana seguinte ela estava de volta, e depois havia outra, e mais outra. Mulheres enlouquecidas, com aparência desesperada, as crianças se agarrando em suas saias enquanto olhavam cegamente as multidões que passavam, implorando uma moeda, um pedaço de pão.

Agora eles fazem de tudo em nossa Cidade, todo o trabalho duro, o trabalho medíocre, o trabalho que precisa ser feito — afinal, eles literalmente expulsaram os negros dessas funções. Eles são nossos cavalariços, carroceiros, empregadas domésticas, cozinheiras; cocheiros e pedreiros, faxineiras e lixeiros. Os homens e mulheres que cortam nossa carne, cozinham nossa comida, nos vendem ostras e nos servem bebidas. São os mesmos que constroem nossas casas, descarregam nossos navios e limpam nossa merda. E eles são também os homens que apagam nossos incêndios e mantêm a paz nas ruas.

Eu me sento na grama entre eles, agora, fiel ao meu disfarce. *Sentindo tanta pena deles, e desejando que todos desaparecessem...*

"*E que eu possa ser o próximo mártir glorioso no altar da liberdade do meu país!*"

O orador de caixote continua pontificando, mas agora a turba já se entediou. O gabinete do superintendente ainda está fechado, e eles não têm nenhuma vítima à mão para atacar. Eles começam a se dispersar, na vasta beleza verdejante do novo parque, e eu sou invadido pela esperança de que talvez possamos ser resgatados, no final das contas, de que toda aquela incipiente insurreição irá simplesmente fracassar.

Mas naquele exato instante um animal grotesco aparece cambaleando numa das trilhas de cascalho. Ele é todo cinzento e horrendo, mais parecendo um urso do que um homem. Suas roupas estão rasgadas e repletas de lama, a cabeça coberta com terríveis furúnculos vermelhos que se grudam nos chumaços de cabelo. Os olhos arregalados de medo ou deslumbramento enquanto segue aos tropeços para cima de nós, e, ao vê-lo, os homens perto de mim começam a vaiar alegremente.

— Ei, vejam, é Mose!

Aos poucos o restante da turba começa a acompanhar.

— *Mose, é Mose!*

Eles começam a rodeá-lo, rindo e zombando. A dispersão se interrompe diante daquele novo divertimento.

— Fiquem com o seu velho Abraham, aqui está o nosso *Mose*!

Batizando-o com o nome daquela velha e perene figura dos palcos, Mose, o Garoto da Bowery, herói das gangues e dos bombeiros.* A fera, por sua vez, continua apenas a encará-los, os olhos se estreitando, porém mais e mais homens juntam-se à cantoria. Eles lhe oferecem uma garrafa de uísque, e um jovem almofadinha tenta pendurar em volta do pescoço dele uma corrente com uma placa de madeira, na qual as palavras RECRUTAMENTO NÃO! estão escritas a giz.

Como um urso acossado para além do suportável, a criatura volta subitamente à vida. Ele derruba o *b'hoy* no chão com um único tabefe e arranca a placa ao mesmo tempo, com movimentos impressionantemente rápidos e eficientes. Ele segura a placa de madeira por cima da cabeça, ameaçador, e por um momento a multidão recua, silenciando.

Só então ele olha para a placa, como se estivesse analisando as palavras escritas ali. Um sorriso pequeno e malicioso parece espalhar-se em seu rosto e então ele próprio pendura a corrente por cima dos ombros, acenando para a garrafa de uísque outra vez. Bebe um longo trago e a multidão aplaude e avança em volta dele novamente, empurrando-o para a dianteira.

Enquanto ainda estão celebrando o seu novo campeão, um rapazinho dispara para dentro do parque, curvando-se e abaixando-se em torno dos monstros de gesso. Ele tem alguma coisa escura, sujeira ou sangue, manchando metade do rosto — poderia até ser o mesmo menino que vi logo cedo quando desci do bonde. Apesar de que, para mim, todos esses irlandeses se parecem...

Sorrindo para o sol enquanto limpava o sangue por cima da boca...

— O sorteio! O sorteio! — ele está gritando agora. — Eles estão começando de novo! O sorteio! No gabinete do superintendente!

No mesmo instante a turba começa a se mover novamente. Ainda rindo, mas agora marchando com um propósito — o recém-coroado Mose liderando-os.

**Mose, The Bowery B'hoy*: A versão nova-iorquina de Paul Bunyan, uma figura lendária de apetites gigantescos. Inspirado em um bombeiro real chamado Moses Humphreys, atuou nos palcos de Nova York durante muitos anos, a partir de 1848. Apresentava-se usando os trajes vistosos das gangues verdadeiras da Bowery e imitava seus palavrear e maneirismos. Dessa forma logo se tornou um dos preferidos das multidões. (*N. do T.*)

Um jovem capanga sorridente posta-se ao lado dele, carregando uma bandeira americana que roubou de algum lugar, com mastro e tudo. No seu lado oposto um dos tocadores de panela avança, batendo vigorosamente com sua concha. Os três formando uma rude zombaria do "Espírito de 76", aquele principal quadro vivo em tantos piqueniques de Quatro de Julho. A multidão entende a piada e ruge com aprovação enquanto o trio os lidera de volta, ao longo dos trilhos da estrada de ferro de New Haven na Fourth Avenue.

— Para o superintendente! — eles gritam. — Mose contra o superintendente!

Eu não consigo acreditar que o gabinete de recrutamento realmente tenha sido aberto. *Eles estão loucos?* A turba, tão alegre e animada, irá se transformar num instante, assim que chegar lá...

Há o som de um sino tocando, alto e persistente, atrás de nós. Uma súbita onda de esperança e de alívio me invade. *Será que... são os homens de Kennedy, finalmente chegando?*

Mas, não — trata-se apenas do trem das 8h57 vindo de Stamford, abrindo caminho lentamente pelos trilhos. Seus passageiros de aparência próspera, homens e mulheres, espiando pelas janelas com espanto para a multidão de maltrapilhos que bloqueia a passagem.

O povo abre caminho afavelmente para os carros. Alguns dos homens tirando os chapéus, gesticulando com grandiosidade para os atônitos passageiros. Uns poucos até pegam uma carona nos limpa-trilhos, vaiando e assoviando para que os amigos olhem para eles. Ainda assim o trem continua se movendo vagarosamente para a frente, a locomotiva e seus doze vagões quase tendo passado — quando a atenção do novo líder é despertada.

Eles tentam tirá-lo do caminho, temendo por sua vida, mas ele os afasta com um tapa, com tanta facilidade quanto afastara o primeiro *b'hoy*. Parado ali nos trilhos, tão implacavelmente que o trem é obrigado a ranger até frear por completo. O maquinista tocando o sino com fúria e soprando o apito — em vão. A criatura o ignora, olhando à frente com uma expressão sinistra. O trem aos poucos vai perdendo o vapor até finalmente cessar, os últimos fúteis acessos do motor lentamente desaparecendo.

Só então ele sai, devagar, para fora dos trilhos. E agora, enquanto o trem está parado ali, juntando outra vez seu vapor, a criatura pega um pé-de-cabra de um estivador na turba e arranca uma das pedras do calçamento da rua. Ainda se movendo com toda calma, sem pressa — de forma que nenhum de nós, a multidão, os passageiros do trem, o maquinista, consegue realmente acreditar no que está vendo. Até que ele suspende a pedra do calçamento — quase a metade do tamanho do braço dele, feita de sólido granito de Massachusetts — e a atira na janela do primeiro vagão de passageiros.

Por um instante ficamos todos parados ali, incrédulos. Então todos estão gritando em uma única e primitiva voz. A turba arrancando mais pedras, agarrando qualquer tijolo solto ou pedaço de madeira ou de lixo que consiga encontrar, e atirando tudo contra o trem.

A locomotiva guincha e sopra seu vapor, começando a se arrastar novamente para a frente. Mas agora os arruaceiros seguem com ela, perseguindo-a como índios selvagens, como caçadores primitivos atrás de alguma grande fera. Bombardeando-a com pedras e lixo, estilhaçando as janelas dos vagões. O trem mal consegue escapar, bufando e sibilando a caminho da Grande Estação Central. E conforme passa, eu vejo seus passageiros novamente, agora amontoados nos corredores. Espiando por detrás dos assentos para o cenário à sua volta, os olhos repletos de terror diante da estranha Cidade para onde estão sendo conduzidos.

24

FINN McCOOL

Algo precisava ser feito, isso era mais do que claro, pois já tinham interferido demais com eles. *Trinta homens.* Trinta homens do seu próprio corpo de bombeiros foram recrutados logo no primeiro dia, incluindo o irmão, Peter, o próprio capitão da Black Joke.

Por todo o fim de semana ele havia ido aos bares, às salas secretas dos clubes, às mercearias. Conversando com os vereadores, os chefes de comitês e os capitães de outras companhias de voluntários. Não exatamente tramando. Ninguém havia feito esse tipo de coisa. Eles eram bons demais, experientes como políticos para dizer qualquer coisa diretamente, mesmo nas salas dos fundos das suas próprias tavernas e casas.

Mas estavam de acordo — a Tammany Hall, Mozart Hall e os independentes. *Alguma coisa* precisava ser feita. Sem os homens não haveria mãos para puxar as máquinas pelas ruas, ou para brigar por causa dos hidrantes, ou roubar as urnas de votos no Dia da Eleição. Sem as companhias não poderia haver organização, em parte alguma, e sem a organização o que havia era — o caos.

Algo tinha de ser feito — e seria a própria máquina que faria, o que o deixava satisfeito. Era uma coisa moderna, pintada por um irlandês, construída por carpinteiros e metalúrgicos irlandeses. Era útil, também, um carro de bombeiro. Algo absolutamente indispensável, ao contrário das desajeitadas novas máquinas de limpeza das ruas, que existiam apenas para tirar o emprego de um homem.

Ele sentou na frente dela, agora, sozinho na sede do corpo de bombeiros. A Black Joke, a *Velha Bombazula*, como eles a chamavam. A grande máquina de cobre, entronada no meio da sua pesada carroça. Duas fileiras de grossas manivelas de bomba de fole dispostas em cada lado onde os homens ficavam, trabalhando como demônios — como máquinas, eles próprios — enquanto bombeavam a água.

Mais do que tudo, entretanto, ele adorava as imagens, as formas e sinais que tinham sido pintados em quase cada centímetro do carro alto e escuro. Havia cenas da vida de Rip Van Winkle, de Washington cruzando o Delaware e do velho Pete Stuyvesant, com sua única perna, desafiando os ingleses. Havia o navio corsário da Guerra de 1812, do qual a máquina recebera o nome, o *Black Joke* original, atacando violentamente uma fragata inglesa. Na parte de trás da cobertura de madeira da máquina havia a pintura de um grande incêndio, ardendo fora de controle, em algum lugar nas pradarias do oeste. E, na frente, estava o lema da companhia, pintado em estêncil com tinta dourada: "*O MOTIVO MAIS NOBRE É O BEM PÚBLICO.*"

Agora a carroça estava cheia de pedras, todas em volta da máquina — pedras grandes, pedaços de calçamento e fragmentos de tijolos que tinham conseguido salvar de uma construção, na antiga casa de De Peyster. A carroça da mangueira também estava carregada com elas. Quando eles levassem as duas carroças até o gabinete do superintendente, os policiais e soldados nem sequer teriam tempo de avistá-los. *Mas então iriam saber. Eles iriam mostrar a todos os pretos, e aos amantes dos pretos, que estavam falando sério. Que ninguém podia interferir com os homens livres de tal maneira...*

Ainda assim, Finn não estava seguro. Andava inquieto em volta da máquina, examinando tudo. Parar o recrutamento significaria lutar, não importava como eles o interrompessem. Lutar significava ter de deixar alguma coisa ao acaso, e Finn McCool não gostava do acaso em política, tanto quanto não gostava disso nos jogos de faraó que ele organizava na Pearl Street. Para ele, o acaso era o *oposto* da política.

Mas não havia como contornar o problema, os próprios republicanos tinham procurado isso. Já fora bastante ruim quando eles forçaram a guerra, e dividiram ao meio a democracia nacional. Isso havia sido apenas política inteligente e Finn quase admirava a estratégia, e nem ele, ou qualquer outra pessoa no *saloon* ou no corpo de bombeiros, realmente dava a mínima para o destino de uns poucos plantadores de algodão.

Porém, isso era diferente. Agora eles pretendiam matá-los, em casa e nos campos. *Sentados em suas casas com seus malditos lucros, enquanto eles eram vendidos como pretos lá na Virgínia...*

— Eles estão vindo!

Um garoto surgiu correndo através da porta do posto de bombeiros, gritando e gaguejando, quase explodindo com as notícias que tinha para dar.

— Eles estão vindo, desde o Corlear's Hook e das docas do East River! Pararam na linha de trem de New Haven, também... quebraram o expresso em pedaços com as pedras do calçamento!

O rosto do menino estava coberto de sangue e fuligem, de só Deus sabia onde. Tão escuro que a princípio McCool achou que fosse uma criança de cor, e dera um pulo ao avistá-lo. Mas então o menino sorrira — um grande e escancarado sorriso em meio a toda a sujeira, e ele o reconheceu. *Henry McCarty*, que morava na Greene Street. Um dos muitos moleques de recado que a companhia usava para correr até os incêndios antes deles e encontrar os hidrantes Croton.

Finn os distribuíra em postos por toda a cidade, na noite anterior — apenas mais uma precaução para que ficasse sabendo o que acontecia. Ele começou a interrogar o menino a respeito do que acabara de ver, mas naquele momento outros garotos começaram a chegar, os rostos vermelhos e excitados, contando tudo sobre o trem quebrado e a respeito das longas colunas de homens que se moviam ao longo das docas e avenidas do East Side. Ele assentiu solene, satisfeito — tentando calcular, enquanto isso, quanto tempo levariam para chegar até o gabinete do superintendente, e quanta dianteira ele deveria lhes dar.

Logo os homens da companhia começaram a se apresentar, como fora combinado. Os voluntários do Corpo de Bombeiros Black Joke, número 33. Trajando seus melhores uniformes, as camisas vermelhas e reluzentes calças e suspensórios pretos, as esplêndidas jaquetas negras com botões dourados que tinham usado somente para a grande revista do Príncipe de Gales. Demonstrando apenas um pouco de ressaca da cerveja que ele lhes pagara durante todo o fim de semana, no "Repouso do Marujo" e outros bares do Quarto Distrito. Onde ele martelara os mesmos pontos para eles, muitas e muitas vezes, no balcão do bar.

— Eles já recrutaram Pete, nosso capitão, e vocês sabem que não podemos deixar isso assim. Trinta homens... *trinta!* Só da nossa companhia... E quem é que vai apagar os incêndios e salvar as mulheres, as crianças e os bebês nos braços? Reparem bem, eles não estão recrutando nenhum dos Metropolitanos. Não enquanto ainda existem cabeças para ser rachadas e famílias para ser despejadas das suas casas...

Uma vez que os deixava pensando a respeito de tais coisas, como o fato de suas esposas e filhos terem de se sustentar com o que eles receberiam como soldados, ele fazia uma pausa longa apenas o suficiente, antes de levar à baila a questão do preço.

— Trezentos dólares e um homem... *qualquer* homem, eles dizem... pode comprar a sua dispensa da guerra. Apenas trezentos dólares e ele pode contratar um substituto que vá para lá e lute no lugar dele.

Fazendo uma pausa longa apenas o bastante — depois mostrando o panfleto que recebera, o anúncio de um leilão recebido de um ex-escravo chamado Flask, um comerciante de escravos que a marinha havia apanhado em Long Island Sound e trazido para ser julgado na Cidade. A impressão em negrito e o desenho sendo facilmente compreensíveis, até mesmo pelos analfabetos. O lote a ser leiloado ali, e as mulheres e homens negros seminus, presos com algemas e grilhões. Os cavalheiros refinados com suas sobrecasacas e bengalas, avaliando-os.

Os preços, estampados bem à vista: "MACHOS - $1.000; MULHERES COM CRIANÇA - $1.500."

Deixando o anúncio do leilão — que ele já mandara reimprimir aos milhares — cair levemente no balcão ensopado de cerveja. Antes de declarar o óbvio, o que era, afinal, a sua profissão:

— *Vendidos por trezentos dólares. Enquanto que...*

Ele nem precisava terminar a frase antes que todos estivessem vociferando, gritando diante da odiosa comparação.

Não que ele não acreditasse nisso. Eles teriam de acertar as contas com aquilo, também. Na noite de sábado ele fora novamente até lá, a casa no Beco Paraíso. Tranqüilamente, no início, tão tranqüilo quanto poderia ficar numa rua cheia de famílias de escurinhos, de gente mestiça e de prostitutas com seus filhos. Ele havia dado voltas e voltas pela casa, tentando enxergar através das cortinas vermelhas das janelas do andar térreo. Tentando obter um relance dela com um *deles*, em pleno ato.

Como se ele tivesse de provar isso a si mesmo. Sabia que ela aceitava fregueses de cor. Ele ficava enraivecido só de pensar nisso, era uma das bem poucas coisas que deixavam Finn realmente furioso. *Não estava certo — ter de dividir até as nossas rameiras com eles.* Como fornicar com macacos, era de admirar que eles não rasgassem ao meio as da classe dela, aquela rameirazinha, estragando-a para o uso de qualquer trabalhador honesto...

Aquele era o limite. Eles deveriam estar acima pelo menos dos tipos como os *deles*. Sua fúria levara a melhor, por uma vez, a única vez que isso aconteceu, quando ele estivera lá. Ele havia parado de esquivar-se em volta das janelas e, tomado pela raiva, esmurrara a porta da frente até que ela abriu.

Rindo, bem no meio de uma gargalhada. A delicada camisola de seda amarela agarrada por cima dos seios e, obviamente, nada além de uma combinação por baixo. Rindo como rira naquela vez, quando ele perguntara se ela fazia isso com tal gente — ele próprio duro como o cabo de um machado.

"Eles são como nós, então? Eles são como nós, aqui embaixo?"

Ele estava sério, mas ela continuava rindo — e sua ereção diminuindo.

"Isso não importa! Vocês homens só gostam de pensar sobre as suas partes. Mas a verdade é que um é exatamente igual ao outro".

Mas importava, e este era o problema. Importava, pois eles não eram iguais em nada, e ela deveria saber disso. Era o mínimo que poderiam esperar, até mesmo de uma rameira, que não precisariam dividi-las com cães, nem com macacos...

Ele havia se perdido novamente quando ela respondera daquele jeito, só com a camisola. Deixara que a raiva tomasse conta dele.

— Nós vamos dar um jeito nos seus pretos — ele dissera, bem ali na rua, onde qualquer um poderia ouvir.

Ele não sabia o que lhe dera, então, mas estava falando sério. Eles iriam acertar as contas com todas as prostitutas e todos os pretos, também. Por fazer que fossem obrigados a ir para a guerra, por tentar tomar seus empregos e roubar suas mulheres, nem que fossem apenas rameiras. *Iam acertar as contas com todos eles.*

Os homens postavam-se à sua frente, agora, com seus melhores uniformes, esperando sua ordem. Finn saltou para cima da máquina, acima do cenário do incêndio nas pradarias, varrendo as planícies. Estendendo as mãos para que fizessem silêncio.

— Atenção, homens. Atenção, homens — ele lhes disse. — Está na hora de vermos de que material vocês são feitos, como verdadeiros americanos, e irlandeses também.

Eles o saudaram com gritos de sacudir o telhado. Gritando o brado de guerra da companhia, o brado que davam a caminho de apagar os incêndios:

"Todo Negro e Nunca Foi Derrotado!"

Um sorriso começou a se espalhar lentamente nos lábios de Finn, os homens sorrindo de volta para ele.

— Muito bem, agora, rapazes, acho que está na hora de sairmos e fazermos uma visitinha ao gabinete do superintendente. Vocês estão comigo?

A gritaria no pequeno posto de bombeiros foi ensurdecedora.

— Vamos queimar todos os filhos-da-puta!

— As máquinas de limpar ruas! Vamos queimá-las primeiro!

— Depois os hotéis!

Finn sorriu com benevolência para eles — embora este fosse o tipo de conversa que o deixava inseguro. *É por isso que se precisa de organização, toda vez que se solta um homem das correias as coisas são passíveis de sair fora do controle...*

— Cada coisa no seu tempo, cada coisa no seu tempo! — ele gritou acima da balbúrdia. — Mas primeiro o gabinete do superintendente. Primeiro os registros de recrutamento!

Eles tomaram suas posições em volta das carroças da máquina e da mangueira — as mãos nas rédeas e nas alavancas de órgão. Enfiando os chapéus altos de lona preta nas cabeças, como se fossem capacetes.

— Animem-se agora, companheiros, animem-se!

Ele bradou as instruções. Os homens em seus postos. Os meninos de recados pulando para cima e para baixo em selvagem excitação. Cassius Keahny parado à frente, com a corneta de prata na mão. Finn McCool ergueu o braço direito.

— Muito bem, então... vocês vão puxar, companheiros?

— *Sim, nós vamos puxar!*

— Vão trabalhar, companheiros?

— *Sim, vamos trabalhar!*

— Muito bem, então. Vamos inundar a cidade!

McCool desceu o braço, os meninos mais velhos abrindo as portas da frente do posto de bombeiros no mesmo instante. Keahny sai para a rua, soprando sem parar em sua corneta de prata. O restante deles seguindo logo atrás. Finn, sentado perto da máquina, marcando o passo. Olhando para baixo ele viu novamente aquele garoto, Henry McCarty, sorrindo extasiado enquanto corria com eles, tentando acompanhá-los. Ele não pôde evitar um sorriso de volta para o menino enquanto conduziam a máquina para fora, sob o sol imperdoável.

25

HERBERT WILLIS ROBINSON

— Eles estão chegando!

O grito se espalha, selvagem, esperançoso e misterioso. Repetido muitas e muitas vezes sem maiores explicações.

— *Eles estão chegando!*

A multidão é pressionada para a Forty-sixth Street, na frente do gabinete do superintendente da Polícia. Esperando que abrisse, como fizeram na última sexta-feira, esperando — *alguma coisa.* Eles formam uma multidão diferente, agora, voraz e expectante. *Quase uma turba.* Arrancando, metodicamente, mais pedras do calçamento, derrubando as estacas de madeira que cercam as construções próximas para usar como porretes.

— Meu Deus, eles estão abrindo — um homem murmura atrás de mim.

Eu o reconheço, um capacho político da Tammany chamado Eagan. Ele não está falando comigo, mas apenas olhando atônito para o gabinete do superintendente.

Claro que ele deve estar errado. Há milhares de homens e mulheres esperando na frente do gabinete, agora, transbordando nas Second e Third Avenue — todos nós amontoados de tal forma que não poderíamos nos dispersar nem se quiséssemos. Certamente eles não seriam tão tolos a ponto de abrir, diante daquilo.

Mas eles são. Às nove horas em ponto a pequena guarda de Inválidos marcha para a frente do prédio do gabinete, como se fossem figuras de algum relógio

gio de torre da Bavária. A multidão emite um grande rugido quando eles abrem as venezianas de madeira. O som de sangue em suas vozes, brandindo no ar os seus cajados e pedras de calçamento. O superintendente e seus homens aparecem na janela, os rostos pálidos e concentrados.

Se eles tivessem um mínimo de bom-senso teriam fechado imediatamente. Em vez disso, eles vão em frente com sua obrigação — o tipo de obediência cega, suicida, que um povo aprende somente em tempos de guerra. O superintendente Jenkins e seus assistentes, o conhecido cego que sorteia os nomes. Os soldados montando o grande barril de madeira novamente em seu suporte. Despejando no barril os nomes deles, os milhares de nomes da turba, enquanto o barulho começa a crescer por toda à sua volta.

Pelo menos o superintendente reforçou a guarda. Há mais baionetas, uns poucos oficiais federais a mais aparecendo nas janelas. Ainda assim, ele não deve ter mais do que sessenta homens, ao todo. Os soldados mantêm uma fachada corajosa, as mãos nas armas, os olhos fixos diretamente à frente. Mas posso ver que as pernas do conhecido homem cego começam a tremer, e ele se afasta do barril como um cavalo de corrida assustado.

Onde está a polícia de Kennedy? Poderia ser que o seu eficiente sistema de comunicação tivesse falhado tão completamente? Ou será que fomos traídos...

Eu tento me esgueirar para fora da multidão. Tenho uma idéia de abrir caminho até a delegacia do Décimo Nono Distrito, de fazer com que passem um telegrama para o agitado quartel-general de Kennedy na Mulberry Street. Mas é impossível. A multidão está compacta demais, espremida demais, para que alguém consiga se mover para muito longe.

— Precisamos chegar no Décimo Nono — cochicho para Eagan, que é um Tammany leal, mas evidentemente está tão horrorizado quanto eu. — Podemos passar um telegrama de lá, Kennedy deixou tudo preparado...

— Eu acabei de vir do Décimo Nono — ele murmura de volta, tendo o cuidado de manter a voz baixa. — Eles já sabem de tudo o que está acontecendo. Só que ninguém acredita neles, lá no centro da cidade.

— Mas, como?

Os lábios dele se movem, mas as palavras são abafadas pelo barulho. O superintendente começou a girar o barril. Os soldados giram muitas e muitas vezes, o estrondo ecoando acima e abaixo das ruas da Cidade.

Tudo fica imóvel — a turba intimidada pelo mero barulho do barril, exatamente como acontecera na última sexta-feira. Então, de repente, um movimento desordenado começa a ondular por toda a rua, todos sendo empurrados e empurrando de uma só vez. Eu levo chutes e cotoveladas, sendo arremessado desamparadamente para cima de Eagan e, por um momento, parece que o tumulto realmente começou.

Então eu escuto o grito outra vez, sobrepujando até mesmo o trovão marcial do barril.

— ELES ESTÃO CHEGANDO!

As palavras se elevam como um aplauso. Acima delas eu escuto o soar longo e estridente de um trompete e espero que, de alguma forma, a multidão tenha entendido errado — que se trata de uma companhia de soldados de linha, ou os Metropolitanos de Kennedy finalmente chegando.

— Eles estão vindo!

— O Black Joke!

Um carro de bombeiros e uma carroça de mangueira estão sendo rebocados pela rua, vindos da Third Avenue. A habitual comitiva de meninos e um homem soprando uma corneta de prata, correndo à frente. A turba incapaz de abrir espaço para eles — homens sendo empurrados através das portas e janelas das casas ao longo do quarteirão — mas o restante do povo ainda gritando vivas e aplaudindo. Os bombeiros com suas camisas vermelhas e suspensórios, os cristados capacetes pretos, arremessando as carroças à frente com sua costumeira velocidade alucinante.

É o Nº 33 — o Black Joke. Eles se lançam direto ao trabalho. Finn McCool em pessoa os direciona, postado em cima da caixa da máquina como algum irado espírito irlandês, e vai entregando aos homens, com as duas mãos, as pedras de calçamento e pedaços de tijolos que trouxeram.

— Isso mesmo, rapazes. Lembrem-se, joguem bem para o alto, nós não queremos machucar nenhuma dessas pessoas aqui...

O superintendente Jenkins e seus homens permanecem petrificados nas janelas, mesmo enquanto os bombeiros estão entregando seus mísseis. O estrondoso girar do barril de sorteio silencia. O conhecido homem cego se esgueira lentamente para longe da janela.

— É isso aí, rapazes!

Um tiro explode no ar, próximo o suficiente para fazer com que Eagan e eu, e a maioria das pessoas na multidão, nos abaixemos instintivamente. A guarda se assusta, também — Jenkins e seus homens recuando para dentro das janelas. O homem cego tropeçando de volta para o escritório de recrutamento com um grito de desamparo. Eu não sei quem deu o tiro, se foi um dos guardas ou alguém na turba, mas é imediatamente seguido por uma chuva de pedras do calçamento, espatifando-se nas janelas, batendo no oco barril de sorteio.

Os soldados Inválidos cambaleiam para dentro, tentando aparar as pedradas com os braços e rifles. Eles tentam fechar as venezianas de madeira — mas agora é tarde demais. A multidão avança, obrigando-os a abri-las. Derrubam o enorme barril de madeira, arrebentam-no na calçada e espalham os nomes — *os nomes deles* — por toda a rua.

O superintendente e seus oficiais correm para os fundos — os homens do Black Joke logo atrás deles, entrando pelas janelas. Uns poucos soldados e policiais tentam detê-los, mas são impiedosamente surrados e atirados na multidão, e o restante da guarda recua e foge. Os bombeiros fazem rapidamente o seu trabalho, destruindo com os machados quaisquer remanescentes do escritório de recrutamento. É evidente que eles sabem o que estão fazendo, mesmo nesta confusão, que têm um plano. Despejando terebintina por todo o piso e tocando fogo, queimando cada pedaço de papel que consigam encontrar.

Mas o resto da turba segue logo atrás deles. Procuram qualquer alvo, por pouco que tenha a ver com o recrutamento. Em poucos minutos estão derrubando postes de telégrafo, saqueando uma loja de porcelanas que fica ao lado do escritório de recrutamento. O barulho dos pratos estilhaçados se mescla ao crepitar das chamas e ao uivar constante da multidão. Eu ergo os olhos para McCool, em cima da sua máquina, porém até mesmo ele parece um tanto surpreso pelo que seus homens tinham acionado, os olhos brilhantes, de abutre, agora enevoados e incertos.

Eagan e eu nos afastamos cambaleando, na direção da Third Avenue — mais hordas de irlandeses passam por nós correndo para se juntar à folia. Homens, mulheres e meninos, as faces alegres e animadas como diabretes, destruindo todas as casas e lojas do quarteirão. Outros com os braços já carregados com pilhas de pratos de porcelana, cadeiras e armários, tirados direto das cozinhas das pessoas.

Eu continuo pensando em chegar até a delegacia e tentar passar outra mensagem para Kennedy. Mas assim que chegamos à esquina com a Third Avenue uma carruagem pára e dela desce o chefe de polícia em pessoa. Ele me parece bem menos marcial, agora, trajando roupas civis e armado apenas com uma bengala de rotim. O rosto mortalmente pálido, toda a alegre confiança e eficiência de Papai Noel tendo sido exauridas.

— É loucura você estar aqui! — Eagan diz a ele, o que é verdade.

Ele trouxe consigo apenas um oficial uniformizado e um dos seus assistentes do quartel-general.

— Eu precisava ver por mim mesmo — Kennedy diz, assentindo com ar de desculpas. — Precisava de uma confirmação.

— Pois pode ver muito bem daqui mesmo — Eagan insiste. — Agora volte para aquela carruagem e saia...

Em vez disso, Kennedy começa a andar com passos largos na direção da turba, com sua habitual efervescência. Como os gestos superficiais dos homens sobrevivem, mesmo quando a autoconfiança desapareceu! Eu não posso dizer o que ele achava que estava fazendo. Talvez simplesmente não conseguisse acreditar no cenário à sua frente. O gabinete do superintendente engolfado em chamas. A turba começando a incendiar todo o quarteirão, agora, chamas explodindo através das janelas de uma dezena de casas e lojas ao longo da Forty-sixth Street.

Um grupo de moradoras do quarteirão está tentando implorar aos saqueadores. Corajosas ou histéricas, elas agarram os braços dos arruaceiros, imploram para que parem de incendiar suas casas. Muitas delas também são irlandesas — mas os homens limitam-se a puxar os braços com força, a turba determinada demais em sua pilhagem.

Eu vejo Kennedy parar por um momento, observando esta cena patética — depois ele caminha direto para os desordeiros.

— Aonde diabos ele vai? — pergunto a Eagan, em vão. — Vocês precisam mandar alguns homens para lá...

Mas é inútil. Kennedy segue em direção da turba, o assistente e o oficial uniformizado praguejando, porém correndo lealmente atrás dele.

— Eles vão matá-lo! — Eagan balbucia, incrédulo, mas a maior parte dos desordeiros parece apenas desnorteada ao ver aquele cavalheiro bem-vestido, com um único policial, surgir de repente no meio deles.

Eles param de bater e arrebentar por um instante, tomados de pura surpresa. Kennedy os cumprimenta gravemente com um gesto de cabeça — e começa a fazer um discurso.

— Meus concidadãos! Eu me apresento aqui, diante de vocês, para fazer um apelo ao seu bom senso! Não direi uma palavra sequer, no momento, em relação aos direitos da sua causa.

Ele posta-se ali, estendendo os braços abertos como qualquer orador de esquina da Tammany num dia de eleição. A multidão — todos nós — ainda olhando com perplexidade.

— Sobre o recrutamento: eu sei que vocês acham que estão certos. Sem dúvida é algo difícil para um homem, ter de abandonar o seu lar e ir para a guerra se ele não deseja ir, mas agora não posso discutir esta questão. Provavelmente vocês acham que estão certos no que fizeram.

— Ele está louco — Eagan murmura ao meu lado.

Kennedy está totalmente à mercê da turba, agora. Não há soldados, nem qualquer outro policial na rua. Ninguém, exceto por outra companhia de bombeiros voluntários, a Honey Bee, que apareceu correndo quando avistou a fumaça, e agora permanece por ali conversando com os homens da Black Joke.

Ainda assim, por um instante parece que Kennedy talvez consiga levar a cabo sua proeza. Cercado como está pelo soluçante grupo de mulheres do quarteirão, como uma cena de um daqueles melodramas de teatro dos quais eles tanto gostam...

— Vocês vieram aqui para fazer uma determinada coisa. Já fizeram. Agora devem estar satisfeitos. O escritório de recrutamento está destruído, e eu apelo para que vocês deixem os bombeiros fazer o seu trabalho e salvar as casas destas pobres mulheres. Acredito que os companheiros, aqui, irão me apoiar neste apelo e cumprir seu dever sagrado. Irão, senhores? Os senhores irão apagar as chamas?

Ele estende a mão com um grande floreio na direção de McCool, que continua empoleirado no carro de bombeiros. Recolhido, agora, da sua pose heróica — seu corpo inteiro contraído com prudência, os ombros arredondados, a cabeça prematuramente grisalha enfiada quase até o peito. McCool hesita — depois assente vagarosamente uma vez, erguendo as mãos como um bispo dando sua bênção.

— Muito bem, então, companheiros — Finn grita, ecoando os argumentos de Kennedy. — Fizemos o que tínhamos de fazer. Agora vamos apagar esse incêndio!

A multidão aplaude aquilo, também, até mesmo os homens que estiveram tocando fogo em tudo. Por um momento é como se tudo ainda pudesse voltar ao que era antes. Os bombeiros saltando de volta para suas máquinas, prendendo as mangueiras nos hidrantes Croton. Bombeando as grandes manivelas para acumular pressão — prontos para *apagar* o fogo, agora, como deveriam fazer.

É então que o líder de fato da turba intervém. Aquele mendigo estranho e cinzento que aparecera no parque, ainda usando a placa com o *RECRUTAMENTO NÃO!* escrito a giz. Eu não o tinha visto desde aquele seu momento de glória, quando ele postou-se nos trilhos e atirou uma pedra na janela do trem de New Haven.

Agora reparo nele outra vez — materializando-se para fora da turba, bem na frente do chefe de polícia. Seus olhos tão aguçados e ladinos quanto os de um rato. Antes que qualquer pessoa possa detê-lo, ou mesmo dizer algo, ele vai direto para Kennedy e desfere uma pancada terrível com o punho na lateral da sua cabeça. Kennedy tenta se esquivar, procura bloquear o soco com a bengala. Mas o mendigo é forte e sobrenaturalmente rápido. Ele agarra a bengala de rotim e a quebra como se fosse um graveto — depois recua e atinge o chefe de polícia novamente, desta vez com o antebraço inteiro, fazendo-o cair desfalecido no chão.

Era só isso que se precisava. O policial uniformizado perto de Kennedy pega seu cacetete, tentando protegê-lo — porém um outro irlandês enorme corre por trás dele e lhe dá uma pancada na cabeça com uma tábua da cerca de madeira. Ele derruba o policial no chão, ao lado do seu chefe, e começa a despi-lo do seu uniforme, urrando loucamente para o homem inconsciente enquanto vai rasgando suas roupas:

— Seu filho-da-puta! Agora te peguei, e vou acabar com você!

A multidão adere ao brado de guerra, fechando-se em torno deles, surrando também o assistente de Kennedy. De alguma forma, o próprio Kennedy consegue pôr-se de pé novamente. Ele começa a correr, cambaleando, pela rua abaixo — a turba seguindo direto atrás dele. Perseguindo o chefe de polícia através das ruas, dando-lhe socos e pontapés quando conseguem alcançá-lo.

Kennedy consegue se livrar outra vez, correndo às cegas para salvar a vida. Eagan e eu corremos inutilmente atrás deles todos, tentando pensar em alguma coisa que possamos fazer. A multidão no encalço de Kennedy ladrando e uivando como cães de caça.

— Vamos lá, pessoal! Se ficarmos juntos podemos acabar com toda a maldita polícia da Cidade!

— Acabem com o filho-da-puta!

Um homem golpeia Kennedy com algum tipo de porrete, derrubando-o para dentro de um poço de construção. Ele escorrega para baixo, caindo de cabeça na lama amarelada, e eu temo que esteja tudo acabado. Porém, ele volta para cima logo em seguida, arrastando-se com desespero para o lado extremo do poço enquanto a turba corre em volta, atrás dele.

Nós corremos com eles, Eagan e eu, tentando nos adiantar da multidão para chegar até ele. E então fazer — o quê? Enfio a mão no bolso do meu paletó — me lembrando, outra vez, de que entreguei para Maddy o grande revólver Colt que Raymond me dera.

De pouco adiantaria, de qualquer forma, contra tal multidão de arruaceiros. A única esperança é fugir, e Kennedy já está no outro lado do poço, agora, ainda correndo, mas diminuindo sensivelmente a velocidade. Eu vejo o seu rosto quando ele corre em nossa direção — o elegante terno novo coberto com seu próprio sangue, com a lama amarela do poço — a cal da sepultura já por cima dele.

Eu grito para que ele se apresse — como se ele já não tivesse entendido plenamente o perigo em que se encontra. Ao meu lado Eagan também está gritando, ao mesmo tempo em que olha em volta desesperado, à procura dos guardas de Kennedy que foram surrados, da sua carruagem. Só Deus sabe o que poderia nos acontecer se a turba reparar em nós. Mas eles estão concentrados demais na sua presa — e agora eles a têm. No momento em que Kennedy estende os braços para nós, implorando, o homem com o porrete aparece outra vez e desfere nele um último e ressonante golpe atrás da cabeça.

Isso o lança direto nos braços de Eagan, escarrapachado, um peso morto. Ele o segura ali enquanto a turba acorre, os olhos arregalados de excitação. Perguntando-se se realmente tinham feito aquilo, matado o chefe de polícia em plena rua...

Eagan vira o corpo de Kennedy de frente para eles. Segura o pulso do chefe de polícia — e depois olha para cima com uma expressão de choque e horror, deixando Kennedy deslizar lentamente pelas suas pernas até o chão.

— Ele está morto, rapazes — Eagan lhes diz, quase num sussurro, mantendo-se firme quando o gigante irlandês e seus comparsas se aproximam correndo. — Vocês conseguiram. Está tudo acabado...

A multidão pára diante da notícia. Até mesmo eles dando-se conta, em seu estado de loucura, que *aquilo* teria conseqüências.

— Meu Deus, eles vão mandar o exército para cima de nós, agora!

— Não adianta nada esperar para ver...

Eles se dispersam, a sede de sangue saciada por enquanto. Eu me aproximo de Eagan, que está acocorado protetoramente ao lado do corpo.

— Nunca vi um homem mais vivo do que ele estava ontem à noite...

— Cale a boca. Ele não morreu — Eagan sussurra.

— O quê?

— Ele ainda está vivo... o maldito idiota! Vá buscar a carruagem dele!

Por algum motivo o tumulto não espantara os cavalos, e eu sou capaz de guiar a carruagem até a Avenida Lexington. No momento em que chego, vejo o assistente e o guarda de Kennedy, que tinham conseguido ir até nós, surrados e ensangüentados, despidos até lhes restarem apenas as roupas de baixo. Juntos, carregamos Kennedy para a carruagem, o cobrimos com sacos de aniagem da construção e o enviamos de volta para o quartel-general.

— Você deveria vir também — Eagan me diz, antes de incitar os cavalos.

Ele tem razão, claro. Eu deveria voltar para o centro, para um abrigo no *Tribune*. Acima de tudo eu deveria ir para Maddy, fazê-la vir comigo. Mas não vou. Eu tenho o meu dever a cumprir, minha vocação. É isso que tentei explicar ao padre Knapp e não consegui. *Meu trabalho é ver e relatar.*

Por toda minha vida sempre tive medo demais — dos meus próprios fracassos, da Cidade que me rodeia — para realmente sair à rua e ver a vida como ela é. Para ver o que é que me detém, o que impede que meus escritos sejam algo mais do que meros rabiscos numa página.

E agora tenho a minha chance, que me foi apresentada súbita e acidentalmente. Aquele desabamento na velha casa de De Peyster nesta manhã me forneceu o disfarce perfeito. Agora posso me movimentar entre eles, estes irlandeses selvagens, estes arruaceiros, mesmo no auge do seu frenesi — e ainda assim permanecer despercebido, *invisível.*

É uma chance boa demais para ser descartada. Maddy vai esperar, a turba ainda está longe na cidade alta. Haverá tempo suficiente para que eu veja e relate. E corro de volta para o escritório de recrutamento, e para a multidão. O quarteirão inteiro está em chamas, agora, a fumaça espessa encapelando-se sobre mim enquanto sigo em sua direção.

26

RUTH

Quando ela voltou, Milton já havia feito as crianças acordarem, se vestirem e sentarem à mesa. Ele ia de uma a outra, servindo-lhes a comida, atendendo suas necessidades — tão rápido e tranqüilo em seus movimentos quanto o pai deveria ser em seu trabalho, ela pensou.

Eu gostaria de vê-lo construir um barco. Nunca o vi construir um...

Interrompendo-se, então, obrigando-se a parar de pensar como se nunca mais fosse ver Billy outra vez. Em vez disso sorriu para Milton — *seu bom menino* — e foi cuidar do desjejum. Mingau de aveia e leite outra vez, e as pequenas choramingando por causa disso, mas não restava mais nada na casa.

— Eu *num* quero isso!

— Eu também *num* quero!

Vie e Mana se revezando, os olhos grandes e lacrimosos.

Na maioria das manhãs ela talvez tentasse mimá-los para que comessem. Fazendo alguma brincadeira, contando alguma história de duendes que se lembrava dos tempos em volta do fogo.

Que estranho, que coisa mais estranha não querer comer qualquer coisa que esteja à sua frente.

Ela mesma ainda tinha dificuldade em não comer as coisas que caíam no chão, que rolavam direto das carroças para a rua, batatas e nabos, cebolas, maçãs e até cortes de carne. Ela soube que havia chegado ao Paraíso na primeira vez em que viu aquilo, apesar dos seus muitos pecados...

Mas agora não havia como conseguir qualquer outra coisa para as crianças, mesmo se pudesse sair de casa. Era impossível encontrar café nos mercados por menos de cinqüenta centavos o meio quilo, açúcar por menos de vinte. Mesmo assim, o que ela conseguia comprar não era de boa qualidade. Havia serragem misturada no café, areia no açúcar; zarcão na pimenta e tintura azul da Prússia no chá.

— *Num* tem mais nada, então? Mais nada *mesmo*?

Eles fizeram caretas quando provaram o leite, e ela pegou a lata que conseguira comprar no dia anterior, soletrando as palavras PURO LEITE DO CONDADO DE ORANGE, estampadas na lateral.

Ela despejou uma gota do leite na palma da mão e lambeu. Tinha uma cor repulsiva, branco-azulada, e o gosto de giz e magnésia. Ela duvidava que alguma vaca já tivesse chegado a cinqüenta quilômetros do Condado de Orange. Sem dúvida era algum pobre animal esparvonado, tísico. Alimentado com palha nos estábulos escuros de alguma cervejaria em Williamsburg.

— Não, não tem mais nada. Vocês podem comer isso agora ou ficar com fome.

Milton respondeu por ela, quando ela permaneceu distraída. Olhando para as irmãs menores com uma expressão tão zangada que elas explodiram em risinhos.

Ruth sorriu, também. *Suas duas menininhas*. Ela ansiara tanto por tê-las, para que não ficasse sozinha numa casa cheia de homens. Elas tinham a pele mais clara do que Milton, embora se parecessem menos com ela do que com sua mãe. *Má sorte*. Pelo menos tinham nelas um pouco do pai, também: as feições largas, fortes. Os olhos castanhos solenes, inteligentes.

Às vezes ela achava que podia sentir Bill avaliando-a através delas. Aquele olhar sério nivelando-se ao seu, analisando-a com o mesmo cuidado com que analisava tudo — um pedaço de madeira, um homem, o jantar no prato diante dele. O rosto de um homem que uma vez saltara sem olhar, e agora era mais prudente. Ele não confiava, talvez, mas havia também clemência. Uma tristeza e uma bondade às quais ela sempre se agarrara, esperando que fosse o suficiente.

Onde ele estava agora?

Onde estava o seu marido? Estava ficando muito tarde, ela sabia, tarde demais até para sair para as barcaças, com todos aqueles homens nas ruas. Imaginou se deveriam ir assim mesmo — porém estava mais preocupada com a possibilidade de ele estar caído em algum lugar, sangrando em algum beco. Ou coisa pior.

Não, não o Billy. Billy sabe o que faz, sabe como ser discreto, ele não seria apanhado desse jeito.

Mas mesmo se ele entrasse pela porta com o pagamento naquele exato segundo, ela não sabia do que iriam viver, vagando pelas estradas com cinco crianças, longe dos amigos e vizinhos. Apenas a partida, a caminho da Nova Inglaterra ou da Pensilvânia, já iria consumir tudo o que tinham...

Mas não podemos ficar aqui. Ela tentou se resignar com isso, dizendo a si mesma que ali não era a Irlanda, que não era um país faminto. Havia quilômetros e quilômetros de fazendas, campos repletos de trigo e milho e cidades como aquela onde estavam.

Mas que misericórdia eles poderiam esperar? Uma família de pretos — preto negro, preto irlandês — indo de porta em porta durante aquela guerra?

Nove horas.

As crianças comeram o que puderam do mingau e do leite de cervejaria, e clamavam para ir para fora. Normalmente naquela hora as ruas e os terrenos dos fundos estariam cheios com seus amigos, gritando e perseguindo uns aos outros.

Hoje, entretanto, ela os manteria dentro de casa — os amarraria na barra do seu avental, se pudesse. Milton tomou-os pela mão. Levando-os de volta para o quarto dos fundos, inventando jogos do nada para distraí-los, e ela ficou grata por isso, mas por tudo o que acontecia sentia falta do barulho deles. Subindo e descendo lá fora como o som do oceano, lá em Moher. O sussurro de acalanto das ondas...

Parada na grama no alto do penhasco com seus irmãos e irmãs, as outras crianças e suas mães. Esperando em silêncio pelos homens, apesar daquela chance de conversar e mexericar. Hipnotizados pelo bater das ondas. As algas, quando vinham, surpreendentemente pesadas e escorregadias como enguias. Os homens esvaziando os cestos que carregavam nas costas. As crianças espalhando-as — lisas e salobras, o sal e a areia do mar fazendo arder os olhos. As mães enrolando-as e amarrando-as com fibras de linho, deixando-as prontas para ser levadas e enterradas na terra fina e infecunda. Os compridos rolos piscosos, para fazer com que as batatas germinassem. Para que eles germinassem, o povo das batatas...

— Não, não, não!

— Sim, essa é a regra!

Ela ouviu os gritos das crianças no quarto, entoando em uníssono contra alguma decisão do irmão mais velho. Milton recusando com firmeza o apelo deles. Ela teve de sorrir, ao escutar aquilo. *Ele sabia as regras...*

A rua lá fora ainda estava quase silenciosa. As mulheres dentro de casa também, com seus homens, ou esperando por eles. Até mesmo a roupa lavada havia sido tirada dos varais vazios, nos quais antes entrecruzavam molemente os terrenos dos fundos, como se fossem bandeiras penduradas.

Onde estava o seu Billy?

Àquela hora, normalmente, ela já teria saído para as alemãs, lá nas favelas dos catadores de trapos. Um amontoado de tortos barracos de madeira, erguidos nos áridos quarteirões entre o parque central e o Bosque dos Jones. Tudo, entre eles — os quintais, os batentes das portas e as chaminés dos fogões —, amarrado com varais cheios de trapos postos para secar, e cestos cheios de ossos. No interior dos barracos estavam enfiados quaisquer restos de lixo que as velhas e encurvadas alemãs conseguissem catar — pratos quebrados, cadeiras sem perna, coloridos retalhos de pano e fitas. Pedaços de lata pintada, lâmpadas quebradas, baldes de cinzas e carvão usado.

Qualquer coisa e tudo que elas encontrassem e que poderia ser concebivelmente torcido e colado para se transformar num brinquedo, numa boneca. Deixando espaço no chão apenas o suficiente para que as velhas alemãs, a sra. Krane e a sra. Mueschen, pudessem empurrar as suas camas esqueléticas. Ruth trabalhava ali todos os dias, até que seus dedos doessem. Enrolando e prendendo tecido em volta de velhos ossos de carneiro, polindo e lustrando, cortando e aparando. Criando esplêndidas bonecas para a alta-sociedade a partir de pano velho. Ela ganhava quatro dólares por semana, mas já tivera empregos piores. Pelo menos as alemãs não se importavam se ela levasse os filhos para ficar sentados e brincando em meio às montanhas de lixo, e a deixavam conversar com as outras mulheres enquanto trabalhavam junto ao fogo, as cabeças baixas sobre os restos reluzentes e pútridos em seus aventais.

O trabalho também lhe dava a chance de enfiar furtivamente uma boneca pronta no bolso, uma vez ou outra. Ela levava para as meninas somente o seu trabalho mais bem feito — as lindas senhoritas que criava com os melhores retalhos de feltro, os ossos mais reluzentes que podia encontrar, escondidos discretamente embaixo da sua pilha. Polidos com o carvão até um negro bem escuro, para que brilhassem como o rosto adorável do pai.

Mas precisava tomar algum cuidado com isso. Ela já havia visto as alemãs baterem em outras garotas que tinham roubado delas, ressentindo-se com o furto de até mesmo um mínimo pedaço de lixo que tinham apanhado nas latas de cinzas. Os olhos delas sempre ocultos e vigilantes por trás dos óculos grandes e redondos, sempre avaliando com prazer os seus reinos de lixo. Elas mantinham as afiadas varas perto da porta, num aparador de guarda-chuvas — prontas para dispersar os bandos de irlandesas desgarradas que apareciam para agitar durante os tempos difíceis, exigindo que elas expulsassem da oficina todas as mulheres de cor.

Só para que possam pagar menos a todos nós, Ruth sabia. Durante aqueles tumultos elas se escondiam nos fundos do barracão junto com as outras. As mulheres de cor não querendo que seus rostos fossem vistos, conhecendo a fúria que a mera visão deles podia despertar. Ruth e as outras brancas também se escondendo, pois sabiam que haveria retaliação se elas fossem vistas trabalhando na mesma oficina que as negras...

Era o melhor trabalho que ela conseguira arrumar, contudo, e ela temia perdê-lo, nem se fosse apenas pela chance de fazer as bonecas para os seus amores, as suas meninas Elas eram o maior orgulho das suas filhas. As figurinhas de rostos negros — ou da cor de café, o tom exato da pele delas, uma cor obtida ao se esfregar tabaco velho num nó de madeira. *Diferentes de qualquer boneca que as outras meninas do beco tinham...*

Eram o maior orgulho de Ruth, também. Só de saber que podia fazê-las — podia vendê-las, até, nas grandes lojas, e ganhar o dinheiro quando a sra. Mueschen o contava, na palma da sua mão em toda sexta-feira. Sabendo que podia fazer isso, que era capaz de fazer algo para se sustentar. Que não era inútil...

Escutou os sinos da igreja tocando e ergueu a cabeça subitamente, olhando em volta, distraída com o barulho dos seus filhos.

Dez horas — onde estava Billy?

27

BILLY DOVE

Ele gostava de sair para o trabalho de manhã bem cedo. Era mais fresco, no verão, e havia menos brancos nas ruas, e em alguns dias ele até conseguia percorrer todo o trajeto para o Asilo de Órfãos de Cor sem ouvir qualquer coisa que o fizesse querer se virar e colocar a mão em sua faca. Às vezes, ele conseguia andar por todo o caminho sem ser chamado de preto sujo direto na cara.

Ele era chamado de Billy Dove,* porque tinha ido a muitos lugares, mas sempre voltava. *Meu Billy Dove, um dia você sairá navegando e irá para longe de mim.* Ele havia navegado para Londres e Le Havre, para Barcelona e Marselha e para o Corno de Ouro.** *Mas sempre tinha voltado.*

Eram quase cinco quilômetros desde o Beco Paraíso até o Asilo, na Forty-third e Quinta Avenida, e ele era capaz de cobrir esta distância em uma hora, na maior parte das manhãs. Saindo antes do amanhecer, andando com os passos largos, rolantes, de marinheiro que ele tinha, mesmo depois de tantos anos em terra firme. De manhã bem cedo ele ainda conseguia captar alguma sensação do mundo de fora da Cidade, podia sentir um súbito bafejo de árvores ou grama — ou do mar — vindo de algum lugar. O bastante, durante o verão,

**Dove:* Pomba. (*N. do T.*)
**Baía de Istambul. (*N. do T.*)

pelo menos, para fazê-lo lembrar das manhãs em Charleston — o perfume das camélias vermelhas, dos botões de azaléias, nas docas ao longo do Cooper.

Mas não hoje. Isso ele percebeu assim que chegou na Broadway. As ruas estavam repletas de homens — algo incomum numa segunda-feira de manhã. Muitos deles pareciam que nem sequer tinham ido para casa na noite anterior — cambaleando na avenida briguentos e ruidosos, os olhos injetados pela bebida.

— Deve ser o calor. O calor sempre traz os vermes à tona — ele murmurou.

Pensando nas baratas que apareciam se esgueirando em todas as frestas e buracos da sua casa, quando o calor ficava assim tão forte, não importava o quanto ele, ou Ruth ou as crianças as assustassem com os pés descalços, ou as esmagassem com a vassoura. *É com isso que fiz você conviver. Essas baratas.*

Uma nuvem de calor, amarela e sufocante, já baixara sobre a Cidade. Às vezes, era ainda pior do que em Charleston, o jeito com que o calor descia sobre esta Cidade. *Pior do que na costa da Guiné...*

Ele estava suando profusamente, a transpiração escorrendo de baixo do seu chapéu disforme, de abas largas, provocando-lhe coceira sob a camisa de estopa. Ele tentou ficar fora do caminho dos cambaleantes homens brancos, evitar o olhar deles a todo custo. No entanto, antes de conseguir chegar à Fourteenth Street ele já havia sido empurrado rudemente para fora da calçada uma dezena de vezes. Os rostos maliciosos, cheios de ódio, avançando para o seu.

— Sai da frente, preto sujo!

— Ei, contrabando! Por que você acha que pode vir para cá e tomar os empregos dos brancos?

Ele se desviava, sem nada dizer, deixando-os oscilando atrás de si. Eles não estavam falando a sério — ainda não. *Acordados a noite inteira, bebendo desde o domingo.* Algo estava acontecendo, ele percebeu — e começou a andar ainda mais depressa, ainda mais ansioso por chegar no Asilo, pegar seu dinheiro e voltar para casa.

— A gente já devia ter ido embora — disse para si mesmo. — Devia ter ido embora há muito tempo...

Sentindo-se envergonhado pela maneira como havia discutido com Ruth, quando ela lhe dissera a mesma coisa na tarde anterior. Quando ficaram sabendo que Johnny Dolan estava de volta à cidade.

Ir para onde? E com que propósito? Apenas para ser caçado por ele — correndo para se esconder como um animal ferido.

Não, eles tinham agido certo ao ficar. Pelo menos havia sido certo antes de serem obrigados a sair de Seneca Village e se mudar para o Quarto Distrito. Lá eles tiveram uma casa, amigos, um vilarejo inteiro à sua volta para protegê-los dos caçadores de escravos e de qualquer outra coisa. Ele ainda acalentava as esperanças de arrumar um emprego num estaleiro em algum lugar.

E depois que o vilarejo inteiro foi derrubado e coberto de terra de um dia para outro, de forma que nem uma tábua sequer aparecia mais — depois disso ele se esgotara de tanto fugir e não tinha mais certeza de que direção tomar.

Ele era chamado de Billy Dove porque tinha ido a muitos lugares, mas sempre voltava. Até que não voltou mais.

Ele andava o mais rápido que podia, agora, quase correndo quando cruzou para a Quinta Avenida. Ele teria corrido — mas sabia que a visão de um negro correndo, em qualquer lugar, serviria apenas para atrair um policial, e depois uma multidão que se encarregaria da perseguição. Na melhor das hipóteses ele seria agarrado, surrado e atirado numa cela antes mesmo que pudesse pronunciar uma palavra de explicação. Havia os bondes e os ônibus, mas como um homem negro ele não tinha permissão para viajar na maior parte das linhas e, de qualquer forma, os veículos estavam todos apinhados com mais homens e *b'hoys* à procura de confusão.

Naquele mesmo instante um dos ônibus amarelos passou por ele e uma garrafa voou para fora. Por pouco não o acertou, espatifando-se no meio-fio — o uísque azedo, ácido, se espalhando nos seus sapatos. O som de risos roufenhos dispersando-se pela avenida abaixo, mas ele continuou andando. A cabeça baixa, as mãos nos bolsos. Virando na esquina seguinte só para o caso de eles decidirem saltar do ônibus e vir atrás dele, desapontados com a reação que ele lhes dera...

— Uma hora — disse a si mesmo.

Uma hora até o Asilo, com os meninos em suas simples calças e camisas de lã grossa. As meninas rodopiando por ali como aturdidas borboletas, com suas saias longas e floridas e as sapatilhas estofadas dos chineses. Pensar neles sempre o fazia sorrir. Correndo com seus arcos no pátio revestido de ardósia e fechado pelas cercas. As expressões dos seus rostos sempre tão graves, tão sérias.

Não era um lugar ruim — as roupas quentes, as camas boas; a comida quase sempre melhor do que aquela que ele podia dar aos seus filhos em casa. O local era mantido aquecido no inverno, e bem limpo e esfregado durante o ano inteiro. As idosas senhoras brancas que dirigiam o asilo eram muito sisudas, porém bastante bondosas. Havia a hora certa para as brincadeiras e as aulas, e para aprender um trabalho com o qual pudessem sobreviver, depois que saíssem.

Mas ainda assim os rostos das crianças eram tão sérios. Elas sabiam onde estavam, apesar de tudo. Muitas delas nem mesmo eram órfãs, o que parecia tornar tudo pior. Esperando, e imaginando quando poderiam ser devolvidas...

Uma hora de ida e uma hora de volta. Talvez. Com uns poucos minutos de conversa e regateio para receber o pagamento, de entremeio. Ele debateu consigo mesmo se deveria ou não contar às senhoras idosas que estava indo embora.

Não — não havia razão para isso. As mulheres sisudas, eretas e de cabelos grisalhos que conduziam o Asilo talvez tomassem isso como um motivo para reter seu dinheiro, a fim de assegurar que ele voltaria. A gente nunca podia ter certeza, com os brancos. Era melhor alegar doença na família, prometer voltar antes do meio-dia. Ele achava que poderia parecer desesperado e apressado o bastante para *isso.*

Duas horas, então, ida e volta — duas horas e meia ao todo. Depois tudo o que precisavam fazer era empacotar as coisas e partir. Ruth já devia ter aprontado tudo, ele sabia, podia confiar nela para essas coisas. Claro que mesmo assim eles demorariam pelo menos meia hora, talvez até uma hora, para chegar até a barcaça na Fulton, ou na Desbrosses Street. Para atravessar os rios largos e lentos que circundavam aquela ilha infernal.

Com sorte partiremos ao meio-dia. Se as coisas já não tivessem explodido.

Ele desistiu, hoje, de seguir pelo amplo atalho que gostava de tomar, indo pelas docas do East Side quando ainda era cedo e ele tinha tempo. *Não por outro motivo que não fosse apenas para se torturar, de qualquer forma.* Ele gostava de passar por todos os grandes estaleiros ali — o de Smith & Dimon, o de Brown & Bell; os de Jacob Westervelt e William Webb. Observando os homens trabalharem nos novos e esguios veleiros da China, as fragatas a vapor, nos vasos de guerra e nos couraçados que pareciam demasiado baixos e desajeitados para conseguirem se manter flutuando no mar. Observando os carpinteiros em seus tornos, ajustando e calafetando as tábuas de madeira — carvalho branco e pinho do interior do Estado; acácia de Long Island e nogueira da Nova Inglaterra; carvalho americano e pinheiro da Geórgia. Observando os mestres confeccionando as velas e as cordas, os carpinteiros e os ferreiros martelando as blindagens e as caldeiras. Toda a agitada colméia dos estaleiros, dando duro no trabalho em suas muitas tarefas, até que não conseguisse mais suportar e tinha de afastar-se.

Minha fraqueza. Cuidado com minha fraqueza.

Ele sabia que se fosse até lá acabaria sendo irresistivelmente atraído para uma taverna da Water Street, onde qualquer coisa poderia acontecer. E sabia que se caminhasse pelas docas com a cabeça baixa, ruminando sobre as novas e belas embarcações e a sua própria sorte, alguém poderia atirar uma enguia aos seus pés. E então ele iria levantar a cabeça e veria os rostos brancos, pálidos, sorridentes e ansiosos...

Ele era chamado de Billy Dove porque tinha ido a muitos lugares, mas sempre voltava. Seu patrão lhe dera este nome, como um sinal de afeição, desde o primeiro dia em que o contratara como carpinteiro naval.

— Meu Billy Dove — ele gostava de dizer, com um tom tristonho, um tanto teatral, quando Billy já trabalhava ali por algum tempo. — Um dia você sairá navegando e irá para longe de mim.

Ele havia navegado para Londres e Le Havre, para Barcelona e Marselha, e até o Egeu e o Corno de Ouro. Mas sempre voltava para aquele gordo polegar de terra onde o Cooper e o Ashley se encontravam para formar o oceano Atlântico. Ele sempre voltava para Charleston.

Não via motivos para não voltar. Era seguro de si mesmo e bom no trabalho que fazia entre as viagens, construindo embarcações no pequeno estaleiro ao longo do Cooper. Ele ainda estava para encontrar um porto onde um homem negro pudesse se sentir mais em casa. Tinha até certeza de que seu patrão o deixaria comprar a própria liberdade, se ele quisesse — tão grato a ele como era, por todo o dinheiro que Billy lhe fizera ganhar.

Porém, quando pensava nisso, havia algo que o repelia em relação à idéia de gastar todo seu dinheiro para comprar a sua liberdade — para comprar a si mesmo. Ele começara a pensar em muitas outras coisas. Nas longas fileiras de homens e mulheres, arrastando-se com seus grilhões através dos velhos mercados de escravos. No terreno vazio na Meeting Street onde antes existia a Igreja de Emmanuel. A pesada imobilidade da própria cidade, atrás do musgo espanhol que pendia em toda parte, como fumaça, como se fosse para mascarar algum perigo inominável, mas ainda assim inerente.

Ele começara a reparar como tudo — tudo que tivesse algum valor — era feito por escravos contratados ou negros libertos. Eram eles que pregavam as ferraduras dos cavalos nas oficinas dos ferreiros, que colocavam as rodas de volta nas carroças. Eles marchetavam as vidraças das varandas das grandes mansões ao longo das ruas North Market e Wentworth, fundiam o cobre e a prata das suas salas de jantar, entalhavam a mobília dos salões. Ou costuravam as velas brancas, e aplainavam e montavam os esqueletos brancos das embarcações, como ele fazia todos os dias no pequeno estaleiro de barcos.

Ele sabia que podia comprar sua própria liberdade, e viver como os outros escravos livres numa casinha no Neck. Que poderia economizar dinheiro suficiente para comprar um relógio, um paletó, uma esposa — e até seus próprios escravos negros, se fosse algo que desejasse.

Mas à noite ele ia sentar debaixo das janelas da prisão, e escutava os negros lá dentro entoando suas cantigas melancólicas. Ele passava pelo local da Igreja de Emmanuel — que existira antes que a turba de homens brancos a incendiasse, havia trinta anos, depois do levante de Vesey Dinamarquês. Vesey fora um escravo liberto, e marinheiro, também, mas eles o enforcaram no pátio da prisão e incendiaram a igreja que ele freqüentava. Agora nada mais havia nesse lugar, exceto uma selva de camélias, magnólias amarelas e botões de azaléias.

Ele não podia confiar. Tudo crescia depressa demais nesse lugar — o constante crescimento, apodrecimento e regeneração cobrindo tudo o que existia antes. Depois de algum tempo isso enganava a gente sobre como as coisas eram, e como sempre tinham sido.

Dali em diante ele passou a procurar qualquer coisa que pudesse levar do estaleiro. Um pedaço de madeira, um furador. Um torno, um martelo. Disse aos outros escravos contratados que estava levando aquilo tudo para vender na Ropemaker's Lane, para que pudesse comprar algumas fitas para sua namorada, e eles o deixaram fazer o que quisesse contanto que, depois, não fossem acusados de roubo pelo capataz.

Ele trabalhava no barco em quaisquer momentos vagos que pudesse furtar, mantendo-o escondido debaixo de uma lona num canto distante do estaleiro. Tinha o tamanho apenas suficiente para carregá-lo, mas ele o construiu como aprendera a construir, para que fosse forte e flexível o bastante para romper o mar aberto. O mastro ele aplainou bem fino, de um pinho verde, para que pudesse inclinar-se para enfrentar os ventos da temporada de furacões que estava quase chegando. As velas ele confeccionou com sacos de aniagem, e as juntas e tábuas ele ajustou, envernizou e calafetou com alcatrão, até que nem mesmo um bigode de gato conseguisse passar no meio delas.

E quando ele estava pronto, quando acreditou que seu barquinho conseguiria resistir no oceano, foi até a esplêndida casa com dois andares e varanda em East Bay, mantida pelo homem que era o seu dono. Lá estava ele, sentado na cozinha onde sua mãe e sua irmã trabalhavam. Comendo os biscoitos que elas lhe davam, observando-as deslizar rapidamente de um lado para outro com seus simples vestidos de musselina branca e faixas amarelas, assando presunto e pão de milho nos grandes fornos de tijolos. Enquanto lá fora, no pátio de tijolos, Billy podia ver as grossas palmeiras, a luz faiscando e mudando quando os criados abriam as janelas para deixar entrar a fresca brisa da noite.

Elas seriam novamente fechadas um pouco antes do amanhecer, ele sabia, para guardar o ar noturno e prendê-lo contra o calor do dia. Porém, até lá, ele já estaria em seu caminho, de volta ao estaleiro. Nem sequer haveria necessidade daquela despedida, de pronunciar palavras que poderiam ser entreouvidas por ouvidos curiosos. As mulheres tinham compreendido porque ele viera, fitando seu rosto, tomando as mãos dele nas suas. Elas as seguraram por apenas um instante — depois lhe entregaram furtivamente uns poucos biscoitos e presunto salgado. Depois ele seguira andando para as docas e casualmente empurrou a pequena embarcação que construíra para dentro do rio — de forma que os outros trabalhadores do estaleiro e os capatazes brancos pensassem que Billy Dove tinha ido apenas testar um outro barco, da maneira como ele sempre fazia antes de entregá-los aos seus novos proprietários.

Só que neste dia ele continuou seguindo em frente, navegando através da entrada do porto, passando pelas grandes palmeiras ao longo da Battery. Passando pelo Forte Moultrie e pela cidadela de cinco lados do Forte Sumter, com seus grandes canhões negros apontados para o mar. Continuou navegando, para além dos barcos de ostras e das traineiras de camarão e das escunas de pesca, indo até os limites do porto, e depois além. Olhando a água azul do mar aberto espumar sob seu leme, olhando para trás na direção do porto com seus fortes, com suas árvores enormes e oscilantes, e todas as suas belas casas rosadas, brancas e cinzentas. Sabendo que nunca mais iria vê-los da proa de um barco à vela, quando voltasse do outro lado do oceano, orgulhoso, feliz e cheio de histórias.

No primeiro dia ele velejou até Sea Islands, onde poderia fazer um estoque de água e se esconder no mato alto do pântano até que escurecesse. Depois disso ele virou para o norte. Velejando sempre à noite, guiando-se pela lua e a Estrela do Norte, que os marinheiros lhe ensinaram a distinguir no céu noturno.

Permanecendo perto da costa, porém não muito, pois não tinha qualquer mapa — traçando seu caminho para cima através da barreira de ilhas em torno de Hatteras, e para além de Tidewater. Comendo o mínimo que podia do punhado de laranjas, os pedaços de queijo e pão que trouxera, ansioso por adiantar-se aos furacões na costa acima antes que tivesse de atracar novamente.

Mas demorou demais. Ele precisava mover-se com cuidado, mesmo à noite, ficando atento aos contrabandistas de bebidas, ou a algum caçador de escravos que poderia estar navegando sem luzes e ficaria mais do que encantado em apanhar um fugitivo jovem e habilidoso para acrescentar à sua carga. Depois de uma semana ele achou que já devia ter-se adiantado bastante para o norte, mas não tinha certeza. Escutara tantas histórias sobre fugitivos que haviam planejado e economizado pacientemente durante anos, e seguiram esta estrela e este rio até que estivessem certos de ter chegado na Filadélfia — apenas para desembarcar no meio do nada e acabarem presos nas cidades de escravos de Richmond ou Baltimore, ou na Cidade de Washington.

Depois de mais uma semana a comida acabou, e lhe restava água para só mais um dia no pequeno cantil que ele enchera nas Sea Islands. O barco começara a vazar, apesar de todo seu trabalho, mas ele ainda estava relutante demais para entrar num porto. Em vez disso, passou a atracar nas praias e estuários mais solitários que conseguia encontrar. Perdendo mais noites preciosas percorrendo terras desconhecidas, a fim de roubar de uma ou outra fazenda isolada. Esperando que nenhum cachorro pressentisse sua presença nos pastos de ovelhas, nos galinheiros, nos chiqueiros dos porcos ou no celeiro.

Ainda não podia se arriscar a velejar durante o dia, por isso retirava o frágil mastro de pinho, empurrava o barco para dentro de alguma enseada estagnada. Lá ele procurava um buraco, numa caverna ou sob as raízes de alguma árvore moribunda, e empilhava as folhas e trepadeiras secas por cima do seu corpo, enquanto dormia. Como se pudesse se afundar direto na terra, escondido de qualquer garoto ou cachorro desgarrado. E, de manhã, ele sabia que precisava se parecer com alguma parte da própria floresta, meio homem, meio espírito, arrastando-se pelo solo coberto de folhas e terra.

— Livre ou não? — ele murmurava consigo mesmo, acocorado ali no chão da mata, pensando se conseguiria escutar alguma coisa, alguém, vagando à distância dos campos habitados. Perguntando-se o que teria de fazer se fosse um homem, uma mulher, uma criança?

Livre ou não?

Decidira, no final, que ter a posse do seu próprio ser significava ser livre para se afogar, se assim escolhesse. Ele voltou para o mar e outra vez abriu seu caminho vigorosamente para a Estrela do Norte. Determinado, agora, não importava quanta fome e sede sentisse, a não voltar para a terra até que atingisse solo livre.

No início teve sorte e conseguiu completar um bom tempo. Mas então, numa tarde, sentiu o primeiro dos ventos do furacão, apenas roçando a sua nuca. Ainda somente uma brisa, não mais do que o suficiente para agitar as folhas das palmeiras lá de Charleston, ou varrer as primeiras folhas caídas nos gramados bem podados das mansões.

Por trás dela, no entanto, ele podia sentir uma força maior, como o soco do punho de um homem. As tempestades que ele próprio vira, armando-se na costa da África, ganhando força enquanto passavam impetuosamente pelo Atlântico e para cima através das Ilhas...

Por todo o resto da tarde ele virou de costas para o vento e correu. Sem se atrever a olhar para trás, embora soubesse que os ventos estavam ali — mutantes e caprichosos, tão vivos e voluntariosos quanto ele.

Durante horas ele bordejou o máximo que pôde — dizendo a si mesmo que pelo menos não precisava se preocupar com os caçadores de fugitivos, que nada além dele estaria no mar num tempo como aquele. Até se permitiu deslizar na direção da terra quando os ventos assim exigiram — perto o bastante, às vezes, para enxergar as cidadezinhas de telhados brancos, as casas de tijolos, os homens cultivando os campos.

Ainda seria tão fácil atracar. Aproar o barco para a terra firme, andar em meio a estas pessoas. Pagar com seu próprio dinheiro um abrigo, comida, calor. Só que ele não podia. Não haveria abrigo para ele em lugar algum naquela terra — e ele virou o barco novamente ao largo, debaixo das nuvens devoradoras que o alcançavam.

A chuva veio primeiro, caindo em camadas sólidas e sufocantes e ameaçando afundá-lo de uma só vez. Ele precisou abrir mais um pequeno buraco ao longo da amurada, para permitir que a chuva passasse através dela. Mas então o vento chegou, enganando-o, de forma que quase o arremessou para fora do barco antes que ele tivesse tempo de orçá-lo, e depois amarrar o tornozelo ao mastro — amarrando tudo o mais que podia em si mesmo, ao barco, com toda a corda que conseguira contrabandear para fora do estaleiro.

Olhou por cima do ombro novamente, embora achasse que não devia — e lá estava a tempestade. As nuvens negras espalhando-se pelo céu, encolhendo o sol. O oceano à sua volta ficou subitamente inerte — mas ali, no horizonte, ele já avistava a água espumosa, as altas cristas das ondas correndo atrás dele como se fossem cavalos selvagens. Houve um estrondo baixo, depois um som semelhante ao grito de uma mulher, e a tempestade estava sobre ele.

Ele foi imediatamente mergulhado em total escuridão. Agora cavalgando no oceano apenas pela sensação, o encolher e revolver do seu estômago enquanto o barquinho era arremessado para cima e para baixo nos vastos picos e atoleiros do mar. O vento soprando em sua pequena vela e ameaçando despedaçá-la, rachando o pinho verde do mastro. Mas quando ele estirou o corpo para guardar o mastro, uma onda gigantesca o apanhou — lançando-o para dentro do mar tão casualmente quanto ele espantaria uma mosca do rosto.

Ele debateu-se na água, preso ao barco somente pela corda amarrada no tornozelo, rezando para que o mastro agüentasse. Uma onda esmagou-o novamente contra o casco, esmurrando suas costelas e seu peito, depois o lançou para longe, torcendo a corda até ele ter certeza de que seu tornozelo iria quebrar. A onda seguinte amassou-o contra o barco outra vez, e por pouco falhou em arrebentar sua cabeça, seus ombros batendo pesadamente no leme.

Tateando pela lateral ele conseguiu agarrar a amurada com as pontas dos dedos, mal conseguindo se içar para o lado antes que a onda seguinte o atingisse. Implacável, ela bateu direto em seu rosto e jogou-o de costas no convés. Alguma coisa estalou contra sua cabeça e ele se agarrou a ela, mantendo-se a bordo. *O mastro*, pensou, embora não pudesse saber com certeza. Havia apenas superfícies ásperas sob as suas mãos e ele já não sabia mais onde nada estava — onde o barco terminava ou a água começava — até que gritou alto em sua futilidade, para a escuridão destruidora.

De alguma forma o barco continuou flutuando. Ele agarrou-se ao mastro e à corda durante toda a noite, até que finalmente a tempestade enfraqueceu — o oceano se acalmando tão depressa quanto se eriçara. Ainda não era o furacão, apenas uma borrasca avançada, mas quando o sol nasceu ele pôde ver que seu barco estava adernando muito a bombordo e que o fino e flexível mastro fora derrubado e quebrado para além de qualquer conserto permanente. Ele amarrou-o novamente com as cordas do melhor jeito que pôde — decidindo que, onde quer que estivesse, teria de seguir direto para a linha feita a lápis da terra, escassamente visível contra o horizonte do norte.

Foi então que avistou a vela, entre ele e a costa. Era um brigue estreito, afiado como a lâmina de uma machadinha, lutando para abrir caminho para o sul. Enquanto ele olhava, a embarcação apanhou uma pequena brisa de sudoeste e voou para ele, a não mais do que uma centena de metros de distância. Não havia bandeiras, nem flâmulas, nem mesmo um nome que ele pudesse ver. Apenas duas velas de proa quadradas e uma vela carangueja à popa do mastro da mezena — todas elas com a mesma cor cinzenta, encardida. Velas tão lúgubres que seriam quase invisíveis à noite, mal se destacando até mesmo durante o dia contra os céus acinzentados de outono.

Um traficante de escravos?

Ele se manteve olhando direto para frente quando a embarcação passou, tentando parecer o mais desinteressado possível e, depois que esta se afastou, não olhou em volta por um longo tempo. *Sou só um preto local, saindo com o barco do patrão...*

Eles seguiam pelas vias navegáveis para o interior, ele sabia, uma vez que voltavam das Índias e dos mercados de escravos em Havana. Tentando se esquivar da Marinha — e ao mesmo tempo vendo o que podiam encontrar. Rondando à procura de fugitivos, talvez até surrupiando umas poucas dezenas de escravos de alguma fazenda na costa, se o patrão não fosse suficientemente esperto.

Ele seria uma boa presa.

Ele espiou por baixo do braço, enquanto fingia estar ajeitando a vela, esperando ver as velas cinzentas se afastando no horizonte.

Em vez disso, o brigue havia virado de bordo. Estava vindo direto para ele, agora, disparando sob os rápidos ventos norte. Eles iriam alcançá-lo em uma hora, no máximo, a não ser que os ventos se dissipassem.

Mas a linha da costa estava recuando, dando lugar, a bombordo, a uma larga baía ou enseada. *Mas, onde?* Ele estava no Norte? Ou ainda num estado escravagista, como Maryland ou Delaware?

Teria de arriscar, ele sabia. Pelo menos haveria uma chance de chegar à costa, de se esconder antes que eles lançassem um barco pequeno para apanhá-lo. Tentou virar na direção da terra — mas o rústico leme que ele consertara estava praticamente inútil, destruído para além de qualquer reparo durante a tempestade. Contanto que prendesse o mastro no lugar, ele conseguiria ficar à frente dos traficantes por mais algum tempo, mas não seria capaz de seguir na direção da costa.

Tentou pensar no que fazer, procurando a faca. Mas esta também se fora, perdida na tempestade, e ele começou a praguejar. Sabendo, então, que não tinha nada que pudesse fazer com que eles o matassem. Que sua única saída, se eles o alcançassem, seria pular no oceano. Nadar para as profundezas, tão longe e tão rápido quanto conseguisse, de forma que não haveria maneira de se recobrar, de voltar, mesmo se fosse fraco o bastante para desejar isso...

Ou poderia deixar que eles o pegassem. Que o vendessem em algum lugar, e esperar que algum dia, de algum jeito, tivesse a chance de escapar outra vez.

Livre ou não?

A primeira barbatana cinza cortou através da água, a menos de cinqüenta metros da proa de bombordo. Era meramente visível acima da superfície, tão cinzento e afiado quanto o veleiro dos traficantes, que ainda seguia incansável atrás dele. Instintivamente, ele se estirou de bruços no convés, tão perto do centro do seu barquinho quanto conseguiu, seguindo a barbatana com os olhos até que esta submergiu tão subitamente quanto aparecera.

Ele está só dando uma olhada, disse a si mesmo. Mas enquanto observava, outra barbatana rompeu a água, depois uma terceira e uma quarta. Era disso que ele tinha medo, não se lembrava de jamais ter visto apenas um tubarão. Todas as vezes que velejava, sempre havia um bando deles de uma só vez, abocanhando e investindo em qualquer coisa que aparecesse na amurada. Lutando uns com os outros em sua ânsia de dilacerar tudo, restos de porco salgado do rancho, mas também baldes inteiros e garrafas de vidro. Agarrando tudo em seu frenesi...

O primeiro tubarão que ele avistou reapareceu na superfície, a mandíbula aberta abocanhando um pequeno barril na água, no qual Billy não havia reparado antes. O barril foi imediatamente desintegrado, não restando mais do que uns poucos pedaços de madeira boiando na água, o tubarão mergulhando novamente com qualquer que fosse a sua presa.

Mas no rastro dele Billy viu que a água estava cheia de escombros. Além do barril havia caixotes quebrados, pedaços de corda, cascas de frutas velhas e embolorados restos de pão, ossos e cascas de caranguejos. Um pequeno bando de gaivotas circulava no alto, mergulhando e apanhando com o bico em meio aos tubarões. *Claro, era uma correnteza...*

Ele não havia visto antes, em sua preocupação de se manter à frente dos traficantes, mas lá estava — claramente marcada pelos refugos. A correnteza que os barcos de passeio e os vapores, iates e mercadores deviam pegar regularmente e seguir para a terra firme. Era isso que os tubarões e gaivotas estavam seguindo, procurando qualquer coisa que pudessem agarrar no rastro das embarcações. Não importava que este pobre veleiro estivesse quase em cacos, mantido inteiro somente pela força das suas mãos nuas. Tudo o que ele precisava fazer era segui-la também, e conseguiria chegar à costa na frente do brigue, entrar o mais rápido e próximo que pudesse na praia, onde eles encalhariam se não tivessem cuidado.

Mas como? O seu leme era inútil. A correnteza estava a apenas uns poucos metros à frente, mas ele não tinha meios de virar até ela.

Havia um jeito. Devagar, relutante, obrigando as mãos e os pés a se moverem por ele, Billy se arrastou até a extremidade da pequena embarcação. Ali ele se apoiou ao longo do leme, olhando para o brigue de velas cinzentas. Continuava chegando, já havia cruzado mais da metade da distância que os separava.

Billy escorregou para dentro da água, segurando a corda do mastro numa das mãos. Uma pequena sacola de lona, na qual ele embrulhara todo o dinheiro que havia economizado, amarrada em volta da cintura. A água surpreendentemente morna e suave contra a sua pele.

Lentamente, movendo as mãos uma após a outra, ele foi abrindo caminho a bombordo. Aderindo-se ao barco, tentando fazer o mínimo de barulho e movimento que conseguisse. Puxando a corda consigo, levando seu barquinho lentamente a fazer a volta e apontando-o na direção da correnteza. Tentando manobrar a vela de onde estava, na água, puxando-a para o outro lado.

Um tubarão ziguezagueou rapidamente por ele, tão próximo que quase bateu em seu ombro. Rondando inquieto pela superfície da água, pontuado por mais barbatanas acima e abaixo do seu corpo longo, afiado. Billy congelou — sabendo que nada adiantaria fazer se o tubarão o atacasse. Esperando o primeiro toque, a mordida, imaginando o quanto iria doer. *Como uma facada? Como um machado cortando seu pé, sua panturrilha?*

Mas nada aconteceu, apenas a carícia quente da água — e olhando para trás por cima do ombro, avistou o brigue, avançando direto para ele. Começou a bater as pernas e remar outra vez, tentando fazer com que seus movimentos fossem os mais lentos, calmos e naturais que pudesse, e ainda assim se manter à frente dos traficantes. Estava quase na correnteza, agora, podia ver os despojos flutuando na maré, todos os fragmentos de lixo cintilando na fraca luz da tarde. *Quase lá...*

Outro tubarão passou por ele, e Billy obrigou-se a se imobilizar outra vez, observando-o enquanto desaparecia como um raio. Mas este não nadou para longe, e fez um círculo em volta do seu barco. Billy perdeu-o de vista por uns poucos minutos, e imaginou que tivesse ido embora — quando o relance de um movimento rápido o fez olhar para baixo, e lá estava ele, ficando cada vez maior, disparando para cima, para ele, vindo das profundezas.

Ele não tinha tempo de reagir, nem se conseguisse. Em vez disso só o que pôde fazer foi ficar olhando, paralisado, quando a criatura rasgou a água até a superfície um pouco além dele — a feia cabeça em ponta próxima o bastante para que ele estendesse a mão e tocasse. Quando irrompeu para fora, o tubarão fez um giro, quase como numa brincadeira. Tão perto que Billy pôde olhar direto no interior da rosada boca aberta, e ver todas as suas pontudas fileiras de dentes — os novos já se amontoando por cima dos velhos, como se a ânsia antiga e voraz que guiava a criatura não pudesse se aplacar nem por um momento.

O olho pequeno e escuro encarou-o com indiferença ao passar por ele. Mergulhando de volta sob a onda seguinte, tão subitamente quanto surgira, retornando à sua caçada incessante.

O barco empinou para a frente, quase arrancando a corda das suas mãos — e Billy percebeu que finalmente alcançara a correnteza. Lançou-se outra vez por cima da amurada, o mais rápido que pôde, murmurando uma pequena e apressada oração de graças enquanto o fazia. Segurando com força o mastro, com as duas mãos. A água agora empurrando-o para frente, fazendo-o voar na direção da praia.

Ele olhou para trás e viu que o brigue parecia hesitar, a lúgubre vela cinzenta flutuando molemente. Ele sabia que já era tarde demais para os traficantes o interceptarem antes que chegasse à costa. Tudo o que podiam fazer era seguir atrás dele pela mesma correnteza, mas quem sabia para onde ela iria levar? Seria muito fácil encalhar ali, tão perto da terra. E se houvesse um navio da Marinha em qualquer que fosse o porto para onde Billy estava sendo carregado, o brigue poderia perder toda a sua carga...

Ele sentiu a água tocando o alto dos seus pés descalços — e então percebeu que a correnteza estava começando a diminuir. Estivera tão concentrado no brigue dos traficantes, em segurar o mastro quebrado, que nem se dera conta de que o barco estava fazendo água. Rapidamente seus olhos perpassaram todo o pequeno convés. As tábuas que ele calafetara com tanto cuidado continuavam firmes, mesmo depois da tempestade.

Mas, ali — um vão, não maior do que um dedo, no qual o leme se espatifara contra o barco. Mais um, no lado oposto do convés, como um buraco rasgado numa folha de papel. Desesperado, ele olhou por cima do ombro para o brigue, que ainda parecia retardar-se na cabeça da correnteza, quase parado. Agora ele estava próximo demais da costa, provavelmente, para que eles o alcançassem — mas ainda assim poderiam enviar um bote, equipado com seis bons remadores, para caçá-lo.

A água estava quase na altura dos seus tornozelos, a velocidade da pequena chalupa diminuindo sensivelmente. Não havia nada com que ele pudesse tampar os pequenos buracos, nem tempo para fazer isso de maneira efetiva. Portanto, ele simplesmente começou a esgotar a água, usando as mãos em concha, sem parar, jogando-a por cima da amurada e desejando que ainda tivesse o seu chapéu.

Isso não foi o bastante. A água ainda subindo, já perto de afundá-lo. O brigue ainda pairava na cabeça da correnteza, mas pelo menos a água também continuava carregando-o, pouco a pouco. Havia uma praia se abrindo a bombordo, agora — umas poucas centenas de metros adiante, suficientemente perto para que ele conseguisse distinguir algumas figuras na areia, lançando-se nas ondas.

É isso, então, ele deu-se conta. Isso era o mais próximo da praia que poderia esperar chegar — embora não soubesse quem eram aqueles homens, nem onde estava. Entretanto, não havia como desviar dali, e o barco já estava praticamente submerso. Ele precisava tentar mergulhar o mais fundo que pudesse, depois nadar para fora da correnteza e na direção da praia. No entanto, havia um perigo óbvio aqui, também, se não conseguisse lutar para fora da correnteza; se esta fosse forte demais para ele, então seria simplesmente arrastado para o largo. Com toda facilidade os traficantes poderiam lançar um barco e recolhê-lo antes que conseguisse chegar a qualquer terra...

Mas precisava tentar. Ele disse outra rápida prece de esperança e levantou-se — a água revolvendo-se em torno das suas canelas. Depois disso ele não hesitou, foi até a amurada de bombordo e mergulhou tão longe quanto podia. A água cintilando abaixo dele, o ar passando e rasgando seus ouvidos, de forma que, por um instante, ele achou que estava se impelindo a meio caminho para a praia.

Então ele afundou, ainda na correnteza. A água tragando-o de uma vez, tentando empurrá-lo atrás do barco. Ele bateu as pernas com força e avançou para a costa. Sempre fora um bom nadador, porém a correnteza era forte, muito forte, e agora ele se sentia quase exaurido, as costelas doendo onde as tinha batido durante a tempestade.

Ele continuou se debatendo, mas avançando — a correnteza puxando-o para baixo na extensão da praia. Esta parecia amarela, quase dourada, de onde ele estava, os montes de areia por trás dos pescadores. Ele continuou impelindo-se, a correnteza lentamente, com relutância, deixando-o ir, soltando-o de si como um homem que chuta para longe uma bota apertada. A respiração ofegante, ribombando em seu peito enquanto ele continuava tentando se desvencilhar da correnteza.

Então ela terminou — e agora ele só precisava pelejar com as ondas altas e encrespadas. Permitindo que elas o atirassem na direção da praia, quase incapaz de sequer levantar os braços, mas caindo, cuspindo e engasgando enquanto as ondas o jogavam de um lado para outro. Finalmente carregado para a areia pelo que lhe pareceu um bate-estacas, ouvindo o que sem dúvida era mais uma costela quebrando. Levantando-se sem firmeza — a onda seguinte quase o derrubando outra vez. Cambaleando direto na direção do pescador mais próximo — *nenhuma chance de evadir-se deles, estavam postados por toda a extensão da praia, como sentinelas.* Indo direto para um deles, tentando deixar a expressão relaxada, tão neutra e obsequiosa quanto sabia, de longa e amarga experiência.

Livre ou não?

— Fui jogado para fora do barco do patrão. Se o senhor me fizer a gentileza... de me dizer como posso voltar... — ele grasniu, tendo o cuidado de manter os olhos baixos, olhando para a areia, lançando apenas olhares furtivos para o homem à sua frente.

Perguntando-se se ele poderia prendê-lo.

O homem era um pouco mais baixo que Billy, com uma barriga protuberante sob o casaco, usando botas de cano alto. Um charuto apagado e úmido estava firmemente preso entre seus dentes, as mãos e os olhos ainda firmes na vara de pesca, enquanto Billy tentava falar com ele.

— O que diabos isso me importa? — o homem rosnou com desprezo. — Aqui é Nova Jersey! Você pode ir até para o inferno, mas cuidado para não estragar a minha linha!

Billy ficou parado diante dele ali na praia. A areia amarela à sua volta cintilando enquanto as nuvens acima se moviam inquietas. Tremendo um pouco, quando se lembrou de como a estação já deveria estar adiantada, seu peito molhado e desnudo inchando-se de arrepios.

Nova Jersey. Um estado livre — ele se certificara de aprender quais eram os livres, antes de partir. Olhou na direção do horizonte onde podia apenas divisar o brigue — as velas cinzentas movendo-se para longe, agora, seguindo para o Sul. Seu olhar desviou-se para o pontinho da sua própria chalupa. Billy mal conseguia enxergá-la, mas lá estava, ainda sendo levada ao longo da correnteza. Ficou olhando enquanto ela se assentava para dentro do mar, satisfeito consigo mesmo — pelo trabalho que havia feito. Nunca imaginando, enquanto a via desaparecer, que aquele havia sido o último barco que construiu, que aquela fora a última vez em que tinha trabalhado a madeira em um estaleiro.

28

BILLY DOVE

Quando ele conseguiu chegar no Asilo de Órfãos de Cor, o suor havia ensopado até mesmo o grosso tecido da sua camisa. Ele entrou pelo portão de grades de ferro em lança, passando pelos imensos salgueiros que se postavam no pátio como dois enormes esfregões de cabeça para baixo. O prédio em si tinha três andares — construído como um grande solar sulista, entre tantas coisas, completo com um pórtico e seis pilares acima da porta da frente. A única coisa que faltava eram as cabanas dos escravos nos fundos...

Pelo menos as duas senhoras ianques que dirigiam o Asilo permitiam que os empregados de cor entrassem pela frente, juntamente com os professores e os diretores filantrópicos brancos.

Vocês são empregados, exatamente como nós. Os severos olhos azuis faiscando, aquele inflexível senso de justiça da Nova Inglaterra prevalecendo acima de tudo, nos bons e maus tempos.

Mas estava diferente esta manhã. Ele pressentiu isso assim que passou pelas portas, embora tudo parecesse e cheirasse tão imaculado como sempre. As caiadas paredes brancas tinham sido todas escovadas, e o prédio inteiro estava inundado com o odor de lixívia e sabão derretido.

Mas havia alguma coisa diferente. *Alguma coisa faltando.* Os compridos e ecoantes corredores estavam mais silenciosos do que deveriam, embora ele ouvisse as crianças lá fora, já entoando as costumeiras cantigas de roda e brincando de pular. Rolando os arcos no piso de ardósia azul do pátio...

Apenas pegue o dinheiro. Pegue o dinheiro e vá embora. Três horas, no máximo, as ruas já estão apinhadas de brancos bêbados.

Ele foi direto para o escritório — porém as duas damas ianques, a srta. Shotwell e a srta. Murray, já estavam escondidas lá dentro, a porta trancada e a grossa cortina verde puxada por cima da janela. Billy não havia esperado por isso, e tudo o que pôde fazer foi ficar perambulando no corredor. Calculando, por falta de coisa melhor, quanto estavam lhe devendo, e quanto tempo demorariam.

O salário de duas semanas era de seis dólares, mais os cinqüenta centavos que lhe deviam pelo martelo. Seis dólares e cinqüenta centavos...

Mesmo com os cinco dólares que Ruth certamente teria — que ela havia guardado em algum lugar — ainda assim mal seria o suficiente para levá-los até Providence, quanto mais até Boston. Seria melhor seguir por outro caminho, descendo para Newark. Pegar a barcaça na Chambers Street...

E depois, o quê? Como vamos viver? Esta é a verdadeira razão porque nunca fomos antes, eu nunca pude prover os meios...

Ele olhou no relógio acima do escritório das senhoras ianques. Marcava lentamente os minutos, o barulho ecoando no corredor vazio. *Já passa um pouco das oito. Ele lhes daria até as oito e meia, era o máximo que poderia arriscar. Não... oito e dez, e os homens já enchendo as ruas. Com aquele maníaco só Deus sabe onde...*

Ele teria de forçar sua entrada, então, mesmo se tal impertinência fosse lhe custar o emprego. *E por que não agora? Por que esperar?* Aproximou-se da porta, depois parou. *E se elas se recusassem a lhe pagar?* Ele não conseguia imaginar as damas ianques sendo tão injustas — mas quem sabia o que as pessoas poderiam fazer, num dia como aquele.

Ele sentou no pequeno banco de visitantes no lado de fora do escritório, no qual já havia visto tantos pais e mães, tias e avós, irmãos e irmãs mais velhos sentados com suas melhores roupas, esperando para ouvir se o Asilo ficaria com suas crianças. As próprias crianças sentadas numa imobilidade sobrenatural, os olhos captando tudo. Cientes do que estava acontecendo, sem se atrever a falar com medo de quebrar algum encanto, o único laço que ainda as unia às suas famílias.

Billy detestava aquilo. Detestava tudo no orfanato, ou pelo menos era o que dizia a si mesmo. Era o único emprego que já conseguira manter na Cidade. Odiava a sua dependência dele, e, no entanto, também odiava ter de deixá-lo.

Quando ele finalmente chegara a Nova York, fora direto para perto da água. Tinha certeza de que seria capaz de encontrar algum tipo de emprego, assim que avistou a floresta de velas em torno do porto. Havia mais navios do que ele já havia visto em Charleston, ou Roterdam, mais navios do que vira em Londres, e seu coração deu um salto à vista deles.

Tinha certeza de que encontraria algo. Inscreveu-se em todos os estaleiros de Manhattan, ativos como formigueiros, que se estendiam desde South Street até a East Twenty-third. Deveria haver algum trabalho para ele — talvez não a sua antiga posição de autoridade e responsabilidade, não imediatamente. Ele era um homem sensato, sabia que ninguém começava do alto num novo emprego — mas *alguma coisa.*

Mas havia apenas os homens brancos. E quando ele lhes disse o que queria, que não fora até lá para dançar por uns poucos centavos, nem para lhes vender o almoço, eles o xingaram na cara e o mandaram sair, ameaçando chamar os caçadores de escravos fugitivos para apanhá-lo. Ele voltou no dia seguinte, em outro estaleiro, mas recebeu a mesma resposta. E foi o mesmo no dia seguinte, e no outro, e não somente dos trabalhadores irlandeses dos estaleiros, mas também dos alemães e americanos.

Ele tentou em Red Hook, no Brooklyn, e rio acima em Greenpoint, e até mesmo nos barracões de Hoboken, mas era sempre a mesma história. Em um local, um pequeno estaleiro em Corlears Hook chamado McPherson's, ele até conseguiu que os proprietários concordassem em contratá-lo. Em desespero, ele pegara uma tábua de barril, ajustando-a e aplainando-a ali mesmo, diante deles, com tanta habilidade e rapidez que eles logo concordaram em contratá-lo com um salário de iniciante.

Mas assim que ele desceu para o barracão, assim que os homens perceberam o que ele estava fazendo ali, cada um deles largou as ferramentas e caminhou para fora. Recusando-se a escutar até mesmo quando os proprietários ameaçaram despedir todos — murmurando a única coisa que ele ouvira em toda parte, meio lei, meio ameaça:

Esta é uma oficina de brancos. Esta é uma doca de brancos.

Não se passou muito tempo até seu dinheiro acabar, mesmo morando nas pensões dilapidadas para marinheiros negros que ele encontrara na Roosevelt Street. Depois daquilo ele desistira de procurar emprego nos estaleiros e começara a procurar qualquer coisa que conseguisse. Pedindo trabalho nas construções que pareciam brotar da noite para o dia em cada esquina. Oferecendo-se para carregar carvão nas imensas usinas de gás, fedendo a amônia, que se assomavam por toda a Fourteenth Street — até implorando para varrer as entranhas, a merda e os cascos nos matadouros da Place of Blood.

Porém, nada havia para ele. E começou a reparar que todos os outros negros que via nada faziam além de empurrar carrinhos de mão, levar e trazer recados, carregando sacos nos ombros como se fossem burros de carga. Nada permanente. Nem mesmo lhes era permitido carregar baldes de carvão com as mais inferiores turmas de irlandeses nas construções. Seus rostos negros, contudo, sempre reservados e furtivos. Desviando os olhos quando ele os encarava, como se quisessem proteger o pouco que tinham.

Lá nas docas, perto dos mercados de peixe na Fulton Street, ele até mesmo vira negros adultos dançando por enguias. Um homem batendo com o pé para marcar o ritmo e fustigando uma gaita ou um banjo. Seu parceiro executando os passos rápidos, as arredias contorções dos membros que eles chamavam de *breakdown.* Os brancos mercadores de peixe sorrindo e cutucando uns aos outros em deleite, e incapazes de impedir que seus próprios pés seguissem o ritmo. Condescendendo, de vez em quando, em atirar aos pés dos dançarinos uma enguia ainda se retorcendo, se agitando.

O que os homens brancos não sabiam — o que Billy via — era como a dança na verdade era um arremedo. Uma sutil e zombeteira caricatura de como os marinheiros brancos de pernas arqueadas e os operários irlandeses se comportavam, com tanta bazófia e importância, ao longo das docas — sobretudo quando encontravam um negro.

Uma engraçada pilhéria, apenas entre os artistas, os dois homens negros. Mas o que isso importava para *eles*, os brancos que assistiam e sorriam com desdém?

Somente os marinheiros negros que Billy via pelas pensões lhe pareciam ser homens completos. Suas jaquetas azul-marinho e calças brancas estavam sempre limpas e passadas, os achatados bonés de marinheiro usados com elegância. Eles riam e falavam com o atrevimento que quisessem, e Billy considerou a possibilidade de tentar embarcar com eles com destino ao Brasil ou ao Peru; Veracruz ou São Domingo, ou Havana. Mas quando foi até as docas da South Street e tentou conversar, eles apenas sorriram e lhe responderam rapidamente em seus próprios idiomas, e Billy pensou que não tinha a menor idéia de como seria num navio como aquele, que nem imaginava o que poderia acontecer com ele.

Ao contrário dessa Cidade...

Ele havia ido novamente aos agitados estaleiros. Tentando não pensar em como estava sem dinheiro, agora, ou no buraco em seu estômago que parecia querer puxar todo o seu ser para dentro dele. Observando os carpinteiros e retocadores, montando os esqueletos dos navios como se fossem espinhas de peixe. O início de algo belo, que seria construído metódica e precisamente, até que estivesse pronto para enfrentar o vento e alçar as velas pelo mundo, mantendo a companhia de homens segura contra as ondas.

Foi então que ele começou. Havia virado as costas para os barracões e caminhado direto para o primeiro bar que viu na Water Street, um decadente barraco de madeira que se autodenominava "Repouso do Marujo". Billy sabia que havia boas chances de não ser servido — que poderia até ser roubado e surrado assim que passasse pelas portas de vai-e-vem — mas entrou assim mesmo. Era assim que ele estava, tão desesperado a ponto de gastar o seu último níquel em alguma coisa, qualquer coisa que pudesse servir para embotar sua mente.

Ele não fora surrado nem atirado no rio, como seria de se esperar. Ao contrário, até lhe fora concedido o que poderia ser considerado um privilégio, embora ele soubesse que não era. Os homens brancos ficavam encostados no balcão, sugando em mangueiras de borracha ligadas aos barris de uísque atrás do bar. Mas o barman lhe entregara um copo — o mais nojento e sujo copo que ele já havia visto — e serviu-lhe o uísque.

— Aí está! — o homem latiu com um sorriso desagradável, mas perfeitamente sério. — Não podemos deixar que você beba na mesma mangueira que os brancos, não é?

Billy ficara ali olhando o copo por um momento, sem saber se ria ou ia embora. Mas acabou pegando o copo e atirou o uísque para dentro da garganta, engolindo a dose inteira de uma só vez. Era a pior coisa que ele já havia provado, inchando e ardendo no fundo da boca e da garganta, até parecer que iria explodir através da cabeça. Ainda assim, preenchendo-o com tudo o que ele precisava, com amargura, coragem e estúpido orgulho.

— Esse é o seu último níquel? — o barman perguntou, experiente.

Billy piscou vagamente para o homem — já estupidificado, todas as suas reações, até o piscar dos olhos, já embotadas e vagarosas.

— Claro, se quiser ir para o Salão de Veludo, tem uma jarra inteira disso aí, só para você. Por conta da casa.

O barman assentiu na direção de uma cortina vermelha nos fundos do bar. Só Deus sabia o que haveria por trás dela — um cômodo escondido num boteco do cais — porém Billy até considerou a idéia. *Uma jarra inteira daquela coisa, mais do que ele jamais conseguiria pagar. Já querendo tanto um outro gole...*

Muito devagar, com um tremendo esforço, ele se obrigou a balançar a cabeça em negativa. Pressentindo, mesmo instantaneamente bêbado como estava, que seria melhor não aceitar a oferta do barman. *Nada era oferecido de graça naquela Cidade. Se alguém lhe oferecia alguma coisa a troco de nada, era melhor fugir...*

Billy empurrou-se para fora do bar. Cambaleando pelas ruas fétidas e movimentadas, o barman ainda chamando atrás dele, rogando. Ele continuou em frente, tropeçando no esterco amarelado dos cavalos e caindo por toda parte enquanto andava. Toda a sua maravilhosa raiva, amargura e coragem desaparecendo a cada passo que dava através dos dejetos amarelos, a merda-antes-aveia já desbotando e separando-se novamente em aveia. Desaparecendo a cada passo que dava para longe do bar.

Ele voltou aos tropeços para os embarcadouros, andando cegamente. Sua coragem emprestada pelo álcool já desaparecendo, também, permanecendo apenas o vazio em seu estômago. Desejando agora ter guardado o níquel para comprar um pão, um pedaço de peixe. Implorando em silêncio por algum trabalho, qualquer trabalho, que lhe fosse dado por piedade. Nem que fosse só para varrer a serragem das docas...

Alguma coisa bateu em seus pés, tão alto que ele deu um passo para trás. *Uma enguia.* A criatura ainda viva, ainda tentando revolver-se para fora das pedras secas, voltar para a água. Ele ergueu os olhos e viu dois homens de rostos vermelhos, braços grossos, sorrindo com expectativa, e quis agarrar a criatura viscosa e enrolá-la em torno dos pescoços deles.

— Ei, Juba! — um deles gritou, o sorriso endurecendo as laterais da boca. — Ei, Juba, faça um *breakdown* pra gente ver!

Ele quase se afastou, um pouco de rebeldia ainda restando nele, do uísque ou talvez apenas de si mesmo. Mas então olhou para baixo, para a enguia, que ainda lutava para sobreviver. Arqueando-se loucamente pelo cais, tentando encontrar algum caminho de volta para a água. Sem desistir, a confiança cega e desesperançada na vida...

Billy pegou-a nas mãos, torceu a ponta do seu corpo escorregadio e informe até que parasse de se contorcer e a enfiou dentro da camisa. Erguendo os olhos outra vez, viu que os homens brancos tinham começado a vaiar e assoviar com impaciência — mais deles juntando-se, agora, carpinteiros, pintores e mecânicos que caminhavam orgulhosamente pelas docas. E então devagar, analisando cuidadosamente cada um dos movimentos deles, Billy começou a dançar.

29

BILLY DOVE

Ele andava de um lado para outro no corredor do orfanato. Nem se atrevendo a olhar no relógio acima do escritório das diretoras. Olhando, em vez disso, através das janelas para as crianças — tentando se distrair com a visão delas, girando e correndo em seus pátios separados.

Meninos e meninas. Seus próprios pátios e suas próprias camas. O dia planejado até o último minuto, desde a hora em que eram acordados com o soar da sineta matinal, até quando os monitores apagavam as luzes. Uma vida razoavelmente boa — mas que choque seria quando tivessem de sair para o mundo outra vez, para a Cidade mais ampla que ainda os esperava.

O Asilo para Órfãos de Cor. Era um asilo, tudo bem, pelo menos por enquanto. Billy pensou no nome, entalhado orgulhosamente acima dos pilares lá fora. Preocupando-se que, naquele dia, transformariam o lugar em um alvo...

Pensou pela primeira vez no iodo, então, guardado no armário de remédios. Na garrafa de conhaque de pêssego trancada na cozinha, o nível marcado com riscos feitos pelos anéis das senhoritas. Elas eram abstêmias, as senhoritas, mas eram também mulheres ianques práticas, ianques *perspicazes*, como seu patrão costumava dizer. Elas mantinham alguma coisa à mão para quando algum doador sedento viesse, porém marcavam o nível com o corte de um anel. Claro que isso seria bem fácil de se ajeitar, bastava acrescentar um pouco de água, ou fazer outro corte, as damas nem iriam reparar...

Não, ele se deteve — embora ficasse se lembrando da linda cor avermelhada do conhaque, três quartos da garrafa cheia...

Não, isso não controla você. *Você controla* isso. *Minha fraqueza...*

Yolanda entrou pela curva do corredor naquele momento, sacudindo o balde de lata atrás de si. Uma das faxineiras, uma pequena e sinuosa mulher das Ilhas, a pele bronzeada a um tom quase vermelho pelo sol do Caribe. Olhando-o com desconfiança enquanto carregava o esfregão e o balde.

— Ei, o que você está fazendo aqui, se fingindo de doente? — ela perguntou com sua voz alta, cantada, irônica.

— Não se meta nisso, mulher — ele disse, impaciente, mas ela fez um muxoxo.

— Como assim, *eu* não vou me meter? Tenho de me meter. Você precisa voltar comigo depois que eu limpar o corredor, dar o desjejum para as crianças. As cozinheiras não vieram hoje.

Parada ali, a não mais do que um metro e sessenta do chão, com as finas sandálias da Ilhas que gostava de usar em qualquer tempo. Um pano amarelo amarrado na cabeça, desafiante como uma bandeira.

— As cozinheiras não vieram.

— Foi isso que eu *disse...*

Yolanda encolheu os ombros, curvando a cabeça para ele como se estivesse tentando descobrir o trambique de algum vigarista de esquina.

— E as outras mulheres...

— Eu sou a única. Por que acha que o estou chamando? Nenhuma cozinheira, nenhuma professora, ninguém veio hoje. Só eu, você, o Velho Bert e as senhoritas. Bert está lá fora cuidando das crianças, agora, e eu preciso limpar...

Billy virou as costas para ela, olhando com súplica para a cortina fechada do escritório. *Agora ele nunca conseguiria receber seu dinheiro. Elas nunca o deixariam ir, sabendo que os outros empregados não tinham vindo...*

A porta do escritório se abriu e as srtas. Shotwell e Murray saíram. Eretas e cinzentas como sempre, o cinza dos seus olhos, dos cabelos e até mesmo nos seus longos e retos vestidos cor de púrpura. Um capitão de polícia as seguiu, fazendo uma mesura com ar de desculpa. O rosto irlandês largo e vermelho inclinado para baixo e os olhos fixos no chão enquanto abria seu caminho para fora.

Billy foi até elas assim que o capitão saiu, embora visse que mal percebiam sua presença, as expressões preocupadas e distraídas.

— Com licença, senhoritas, mas preciso falar sobre o meu pagamento — ele começou. — Minha mulher está doente, sabe. Ela precisa de um médico...

A srta. Shotwell voltou o olhar completamente sobre ele, pela primeira vez. Os olhos duros e cinzentos agora repletos de preocupação genuína, e até piedade — tanto que ele soube exatamente o que ela iria dizer, e odiou isso.

— Ah, Billy — ela disse, no mesmo tom suave que usava para falar com os órfãos. Com aqueles órfãos que tinham pais, para lhes dizer que eles não viriam naquele mês e que teriam de ficar ali por mais algum tempo. — Ah, Billy, talvez possamos enviar um mensageiro. Eu conheço médicos que podem atendê-la de graça, só não sei se vão querer sair à rua hoje...

— Eu não preciso de médico de graça — ele disse, tentando falar devagar e respeitosamente, e manter a crescente exasperação fora da voz. — Se receber meu salário, eu mesmo posso pagar. Só preciso voltar para lá...

— Mas isso é impossível.

Ele viu, então, um brilho de medo nos seus olhos duros. Depois ela os desviou — olhando para o corredor e para fora, na direção de onde as crianças brincavam.

— Ninguém deve sair para a rua hoje — ela falou, nervosa. — A polícia disse que já há homens nas ruas.

— Eu sei disso, senhorita. Eu sei, eu os vi, mas preciso voltar para casa, ela está doente...

Já sabendo que isso de nada adiantaria...

— Receio que não possamos lhe pagar, de qualquer modo. Os mensageiros não vieram do banco com a folha de pagamento. E duvido muito que virão ainda hoje.

Seis dólares. Certamente a senhora deve ter seis dólares aqui, em algum lugar. O castanho-rosado do conhaque, a garrafa quase cheia...

— Isso está fora de questão — a srta. Murray interrompeu, soando exasperada. — Nós temos duzentas e trinta e sete crianças para cuidar... crianças da sua própria raça! Nenhum dos empregados apareceu aqui hoje, nenhum dos professores!

— Elas são da minha raça, é certo, mas não são meus filhos — ele falou tão rudemente quanto se atreveu. Mas nenhuma delas estava mais ouvindo.

— Talvez devêssemos removê-las.

A srta. Shotwell estava pensando em voz alta.

— Acho que devemos tirá-las daqui. Agora mesmo.

— Ah, Anna, e levá-las para onde?

— A polícia não pode nos ceder ninguém. Você ouviu o que disse o capitão.

— Mas onde?

— Podemos levá-las para o parque, talvez. Para o meio das árvores.

— Como conseguiríamos mantê-las todas juntas? Como iríamos *levá-las* até lá?

Billy viu-se olhando para Yolanda enquanto as duas discutiam, os olhos dela estreitando-se numa expressão desconfiada. Pensando, tinha certeza, o que ele próprio pensava — que tudo iria sobrar para eles. *Eu e eu.* Bert, lá no pátio, era um velho grisalho que andava mancando e mal conseguia falar...

— Somos apenas nós — ele disse a si mesmo. — Só nós.

Ele saiu, então, deixando as senhoritas ainda discutindo no corredor. Caminhou rapidamente pelos corredores até a entrada principal debaixo do pórtico e dos pilares, perseguido apenas pelas queixas de Yolanda.

— Para onde você vai? Aonde você pensa que vai, *volte* aqui...

Ele passou pela porta da frente, pensando apenas uma coisa: *Voltar para casa.* Voltar para a sua família, mesmo sem o pagamento, e ver se não haveria *alguma coisa* que pudessem fazer.

Nunca deveria ter saído. Foi um erro, outro erro.

Saiu pela porta do pátio — mas parou bem antes de chegar na grade de ferro com ponta de lança, escondendo-se na sombra de um dos gigantescos e inclinados salgueiros.

A Quinta Avenida já estava repleta de homens brancos. Todos eles seguindo para a cidade alta — impedindo sua passagem. Carregando toscos pedaços de madeira, tirados das pilhas de lixo nas esquinas, ou arrancados de cercas. Palavras ainda mais toscas entalhadas ou queimadas neles, com facas ou fósforos. *Recrutamento Não* e *Recrutamento Não Pretos Não Guerra Não* e *Pretos Não.* Os olhos deles duros e implacáveis, no entanto tão cheios de terrível antecipação.

Ah, ser invisível. Ser uma sombra, movendo-se por cima da água...

Ele encolheu-se por trás das árvores, correu aos tropeções para dentro do asilo, onde pôde ouvir as senhoritas trocando argumentos. Yolanda ainda gritando atrás dele. Precisava voltar. Mas agora era impossível. Entrou quase correndo no orfanato, pensando novamente no castanho-rosado do conhaque na garrafa, quase cheia. Pensando no iodo.

30

HERBERT WILLIS ROBINSON

Turba Soberana.

A arruaça já está totalmente em marcha. Incontrolada, a turba força seu caminho de volta para o centro da cidade — ainda uivando e gritando, batucando em panelas e frigideiras. Há um novo som, agora, milhares de pés batendo, à medida que mais homens, mulheres e crianças chegam correndo de todas as partes da Cidade para se juntar a nós.

Eles se espalham pelos quarteirões e avenidas, avançando como ondas até o East River, depois para a Quinta Avenida e Broadway. Saqueando tudo o que podem, principalmente os bares e joalherias. Eles saqueiam o Bull's Head Inn e o Croton Cottage, e até mesmo o Hotel Palace Park. Estilhaçando as vidraças e depois correndo com garrafas de porto e champanhe nos braços, segurando grossos punhados de charutos de Havana.

É um joguinho que eles fazem. Alguém grita que os registros de recrutamento estão escondidos neste hotel, ou naquela casa, e eles invadem o local. Lá eles atiram pelas janelas tudo que podem — papéis, colchões, escrivaninhas inteiras, fronhas e lençóis caindo como velas enfunadas. Quando tudo está na rua, eles transformam a pilha numa fogueira. Até ligam o encanamento de gás, incendeiam os toldos verdes das lojas.

As lojas de ferragens são particularmente preferidas, pois é ali que podem encontrar armas. O mais extraordinário é que algumas até abrem as portas para os arruaceiros. Eu observo quando um audacioso comerciante da Fortieth Street põe à venda todo o seu estoque de armas de fogo, mantendo o seu Colt apontado para a turba com uma das mãos, enquanto pega o dinheiro dos fregueses com a outra. Ele lhes vende tudo, até o estoque de granadas do exército fornecidas pelo mercado negro. Depois, quando os arruaceiros estão todos bem armados, eles apontam suas recém-compradas armas para o homem, obrigando-o a devolver todo o dinheiro que acabara de ganhar, juntamente com seu relógio e botas.

Logo eles começam a saquear as melhores casas ao longo da Lexington e da Quinta Avenida. Sempre espicaçados por alguém gritando que elas pertencem aos republicanos, ou abolicionistas — que pertencem ao próprio Greeley. Na Forty-fifth Street eu os vejo atacar um par de casas geminadas de três andares. No momento em que arrombam as portas da frente e as janelas, um grupo de mulheres e crianças sai correndo para os fundos, expulsas das suas casas como se fossem um bando de codornas. Elas correm através do quintal, as mulheres erguendo as crianças por cima das cercas e depois elas mesmas pulando da melhor maneira que podem, com suas longas saias e espartilhos, fugindo para o centro da cidade.

Os arruaceiros as deixam ir. Estão ocupados demais atirando tudo o que vêem pelas janelas — livros, louças e pratarias; tapetes e oleados; cadeiras, espelhos e mesas, até mesmo as cortinas e toalhas de mesa.

— Esse é Washington! Pelo amor de Deus, nãc queimem o Washington!

Algum vadio embriagado sai tropeçando da casa ao lado, agarrando ao peito uma bela pintura a óleo do nosso Pai Fundador. Um segundo arruaceiro o persegue com uma navalha, tentando cortar o retrato para fora da moldura, para que possa roubá-la ou queimá-la, porém os outros saqueadores o alcançam e, com reverência, encostam o quadro num poste da rua. Ali a turba se junta alegremente às imprecações do bêbado:

— *Pelo amor de Deus, não queimem o Washington!*

O retrato permanece encostado no poste, enquanto eles terminam o saque e tocam fogo em todas as outras casas do quarteirão. Depois que terminam, o bêbado o leva consigo — mais um ícone para liderar suas hostes. Atrás deles as casas são deixadas desertas e queimando — portas e telhados desmoronados, os olhos das janelas arrancados.

Onde está a polícia?

Maddy estava certa, os policiais não virão, nem mesmo para proteger as casas dos cidadãos mais ricos e importantes da Cidade. Não que a turba esteja poupando as casas dos pobres, ou das classes médias. Eu os sigo para um novo cortiço na Second Avenue, onde eles batem nas escadas com seus porretes improvisados, rindo e gritando:

— Apareçam! Apareçam!

— Apareçam ou vamos queimar tudo, seus malditos!

Eles expulsam as aterrorizadas famílias das suas casas e saqueiam todo o pouco que elas têm. Uma mulher idosa implora para que a deixem ficar com o relógio que fora da sua mãe, o seu único bem de valor. Eles a empurram para o lado e pegam o relógio assim mesmo. Uma outra mulher, mais jovem, tenta enfrentá-los, parada na porta do seu apartamento.

— Desgraçada, saia do caminho!

Eles a esbofeteiam e surram, depois a jogam pela amurada do terceiro andar. Ela bate no balaústre e fica ali, gemendo desamparadamente no corredor do primeiro andar. Um casal de vizinhos seus a carrega para a segurança lá de fora, antes que a turba incendeie a casa.

Os saqueadores saem cambaleando, ainda rindo. Os braços carregados com tudo o que conseguiram encontrar — roupas de cama, trouxas de roupas. Muitas tão obviamente velhas, tão desgastadas e sem valor que eles apenas as atiram no chão, acendem outra fogueira. Um homem do cortiço, calvo e de pernas arqueadas, fica saltitando em volta das chamas, tentando resgatar desajeitadamente as suas parcas posses. A turba o agarra e dá-lhe uma surra, também. Gritando com selvageria — "*Joguem ele no fogo!*" — antes que ele consiga escapar e fugir para salvar a própria vida.

Eu tento examinar os rostos dos homens que fazem tais coisas, lançando a eles olhares furtivos, o mais discretamente possível.

Porém não há nada. Essa é a maldita coisa. Não existe nenhuma maldade demoníaca, nada em suas expressões que revele o tipo de crueldade de que eles são capazes. Eles parecem estar se divertindo apenas moderadamente — moderadamente embriagados enquanto praticam esses atos. Não se divertindo muito mais do que se estivessem numa partida de *Bull* ou num jogo de beisebol.

Eu mal suporto a visão deles, embora exista uma terrível fascinação nisso tudo, como ver um acidente de ônibus nas ruas, um vapor afundando no Hudson. Mas o que mais posso fazer? Não tenho mais o revólver de Raymond. Tento procurar ajuda, um alívio em alguma parte. Porém, mesmo a delegacia mais próxima está fechada e deserta, com os Metropolitanos combatendo o tumulto em qualquer outro lugar — eu espero. Vagueio de volta, impotente. Minhas palavras para o padre Knapp agora ressoando como uma maldição em minha mente: *Eu observo e relato.*

O céu acima de nós tem agora uma cor completamente amarelada, pútrida, o ar espesso e úmido como bile. *Quando vai chover?*

A multidão de arruaceiros começa a procurar novos alvos, todos fora das casas, no momento. Encontram um na Quinta Avenida com Forty-third Street — o Asilo para Órfãos de Cor. A única surpresa nisso é o fato de terem demorado tanto para descobri-lo. Eles sobem correndo a escadaria da mansão sulista, derrubam as portas da frente — já não mais clamando meramente pela pilhagem.

Não há sinal dos órfãos. *Será que conseguiram escapar? Mas como, e para onde iriam — agora, nesta Cidade?*

Logo uma fina trilha de fumaça começa a se erguer nas janelas do andar superior do prédio. Se algum deles ainda está lá dentro certamente ficará preso numa armadilha, queimado e sufocado até a morte, se a turba não o encontrar primeiro.

Onde está a maldita polícia de Kennedy?

Em vez disso ouve-se mais um carro de bombeiros tocando a sineta, os rapazes empurrando a máquina para o terreno e subindo direto pela escada da frente do orfanato.

— Abram caminho! Abram caminho!

Eu me pergunto que outra nova maldade estariam aprontando agora. Mas é apenas a companhia Honey Bee outra vez, uma das mais antigas e rápidas corporações de bombeiros da Cidade. John Deck, o maquinista chefe do departamento de bombeiros está com eles, e tenta convencer a turba a se afastar e deixá-los apagar o fogo.

— Eles fugiram, não tem ninguém lá dentro! — ele grita, e só posso rezar para que seja verdade. — Todas as crianças foram embora, por isso deixem-nos apagar o fogo antes que vocês incendeiem a Cidade inteira!

Àquela altura, entretanto, a turba nem sequer está disposta a ouvir. Decker é imediatamente golpeado e depois eles saem no encalço do restante da Honey Bee — derrubando o belo carro de bombeiros e destruindo-o em pedaços. Muitos deles considerando até mesmo aquilo — até o incêndio do orfanato — como mais uma grande pândega. Eu avisto uma menina, não mais do que dez anos de idade, saltitando e girando através da fumaça, brincando sob a sombra do prédio em chamas tão distraidamente como se estivesse pulando amarelinha na rua em frente à sua própria casa.

— Lá vai!

Um penacho de chamas explode através de uma das janelas do andar superior. Há uma enorme gritaria, aplausos, e a multidão dispara para dentro do prédio atacado — arrancando os painéis de madeira, destruindo-os com seus machados, machadinhas e facas, e até mesmo com as mãos. Dos andares de cima os saqueadores atiram as deploráveis posses dos órfãos — minúsculos vestidos e calças brancos, umas poucas e esparsas fotografias e outras lembranças. Tudo sendo jogado no fogo.

— Cuidado, cuidado!

O grito de aviso chega tarde demais. Uma cômoda inteira é jogada lá de cima, e ouve-se um grito terrível. O móvel caiu sobre a menininha irlandesa que eu acabara de ver, pulando e dançando em volta do fogo. Alguns homens correm para tirar a cômoda de cima dela, mas é tarde demais, a menina morre sufocando em agonia. Os outros arruaceiros destruindo o orfanato com ainda mais fúria, como se este tivesse culpa. Berrando, enquanto o fazem: "Vingança! Vingança!"

31

BILLY DOVE

— *Eles estão aqui* — Billy falou para as senhoritas. Parado com desconforto na porta do escritório, o chapéu nas mãos. Mal conseguindo ofegar as palavras.

— O quê? — disse a srta. Shotwell, ainda sem entender, levantando-se da escrivaninha como se estivesse afrontada.

— Eles estão aqui, senhoras. A multidão. Acabei de ver os homens vindo pela Quinta Avenida.

— Eles estão lá *agora*?

— Estão passando por lá. A maioria parece que está seguindo para a cidade alta.

— Ah, bom — disse a srta. Murray, aliviada.

— Mesmo assim nós temos que *ir*, senhoras. Precisamos tirar as crianças daqui — ele falou, com o máximo de vigor de que se achou capaz.

— Mas se a multidão está apenas passando...

— Eles voltarão para cá, e não vai demorar.

— Mas *como*? — a srta. Shotwell perguntou, a voz tremendo levemente embora ele visse que ela fazia um grande esforço para falar devagar e com calma. — Se os homens estão lá na rua, como vamos remover as crianças?

— Não sei, senhoras. Mas precisamos sair.

— Talvez possamos simplesmente ficar aqui bem quietos, trancar o portão e as portas da frente — a srta. Murray tentou. — Fechar a janelas, para dar a impressão de que não há ninguém aqui.

— E se eles vierem assim mesmo, senhoras, o que vamos fazer? — ele insistiu. — Se eles quiserem tocar fogo em tudo, o que faremos?

As duas ficaram em silêncio, então, se concentrando. Tendo absorvido o pior, agora tentavam, com seu prático jeito ianque, pensar no que precisaria ser feito em seguida.

— Sr. Dove — a srta. Shotwell falou com toda formalidade, da maneira que preferia falar quando dava ordens sérias. — Sr. Dove, vá até a cúpula, por favor, e veja se consegue descobrir para onde a multidão está seguindo agora. Antes de ir, faça a gentileza de pedir para que Bert e Yolanda tragam as crianças que estão no pátio. A srta. Murray e eu ficaremos com elas.

— Sim, senhorita.

Mesmo assim precisamos sair daqui, ele pensou, dando longas e rápidas passadas pelo corredor. Lembrando outra vez do conhaque de pêssego quando passou pela cozinha. Mas continuou andando — indo até a escadaria dos fundos e subindo rapidamente, três degraus de cada vez com seus passos largos.

Estava contente com a chance de poder se movimentar livremente, afinal. Sentindo a primavera em suas pernas, apesar de tanto calor. O calor o fazia se sentir livre e resiliente outra vez, como um bom pedaço de madeira. Ele nunca se incomodara com isso, não como as senhoras ianques, ou como Ruth, que simplesmente murchavam no clima quente.

Ruth. O pensamento tremeluziu em sua mente como a sombra de um pássaro. Ele precisava voltar para casa, mas como?

Nada havia a fazer, exceto verificar para onde a multidão estava seguindo. Continuou subindo, passando pelos corredores dos quartos no terceiro andar. Dando uma olhada em todas as camas pequenas, com cabeceiras de ferro, alinhadas em fileiras perfeitas. Cada uma delas arrumada com perfeição, as crianças sendo as responsáveis por manter em ordem os espaços em volta das suas camas. Isso era bastante fácil, pois a maioria delas nada possuía além das roupas do corpo e umas poucas fitas, alguma bugiganga apanhada nas ruas. Talvez um daguerreótipo ou fotografia da mãe ou do pai, se tivessem muita sorte.

Ele subiu através do sótão, depois abriu uma portinhola e arrastou-se até a cúpula. A altura mal era suficiente para que ficasse de cócoras — embolorada e malcheirosa, cheia de moscas mortas. Ele ficou de joelhos e limpou a grossa poeira das vidraças, olhando para fora na direção da Quinta Avenida.

Havia milhares deles, agora. Ainda se movendo para a cidade alta, tudo bem — porém muitos se dispersando para o norte, depois leste, na direção da Third Avenue.

Mas por quê? O que havia ali?

Então, lentamente, começou a se lembrar de pedaços de conversas — as conversas dos brancos nas ruas, ou entreouvidas pelas portas dos bares. *Isso era algo que* eles *nunca entenderiam. Como os homens e mulheres negros prestavam atenção a tudo o que falavam. E como precisamos fazê-lo, afinal as nossas vidas dependem disso.*

Eles iam impedir o recrutamento, essa era a conversa. Devia ser para lá que estavam se dirigindo, para o gabinete do superintendente. Iriam impedi-lo, quebrar o barril de sorteio e queimar todos os nomes. E se tivessem sucesso nisso, Billy sabia, eles ficariam enlouquecidos, fazendo qualquer coisa que quisessem. E, se não conseguissem — descontariam a raiva em tudo o que encontrassem pela frente.

Em nós. Numa casa cheia de crianças indefesas.

A *casa dele.* Pensou novamente em Ruth e nas crianças, esperando que ele voltasse para o Beco Paraíso. *E o que mais poderiam fazer?* Esperando por ele enquanto a arruaça corria solta pelas ruas — com Johnny Dolan em algum lugar da Cidade.

Ruth não sairia sem ele, Billy sabia. Eles iriam esperá-lo, não importava o que acontecesse. *Mas como iria voltar?* Teria sorte se conseguisse permanecer vivo por dez quarteirões, mesmo pegando os terrenos do fundo e esquivando-se pelos becos.

Mesmo se pudesse, e quanto às suas responsabilidades ali?

Ele girou para o outro lado, olhando pela vidraça da cúpula até o pátio cercado do asilo. As senhoras e o Velho Bert tinham feito as crianças formarem filas organizadas, agora — meninos e meninas, todos enfileirados dois a dois. Absolutamente nenhum som vinha do pátio. Como todos os órfãos, Billy sabia, eles eram particularmente sensíveis aos adultos que os rodeavam, sintonizados à mais ínfima mudança de humor.

Uma das senhoras ianques bateu palmas em comando, e as fileiras de crianças começaram a se mover à frente no mesmo instante, para dentro da casa. Eram boas crianças, obedientes e bem-treinadas, mas ele sabia que se o pior acontecesse nada haveria que o Velho Bert, Yolanda ou as senhoritas pudessem fazer para socorrê-las. As damas ianques seriam varridas para longe, o Velho Bert e Yolanda teriam sorte se não fossem linchados...

E o que, exatamente, ele poderia fazer? Se tivessem de fugir?

Billy não sabia se poderia fazer qualquer coisa que fosse — mas assim mesmo deslizou para fora da cúpula e desceu as escadas correndo. A decisão tendo sido tomada por ele. Não poderia voltar para casa, não com toda aquela multidão de arruaceiros nas ruas.

É melhor tentar fazer alguma coisa aqui do que ser perseguido pela rua como um cachorro.

Além disso, ele havia sido salvo pelos órfãos. Tinha de admitir isso, por mais que sempre tivesse odiado aquele emprego. Foram os órfãos que lhe asseguraram um trabalho fixo, e que impediram que a fraqueza o esmagasse.

Ele chegara ali por acaso. Vagando pela cidade alta numa certa tarde, depois de outra manhã gasta em cavar qualquer "bico" que conseguisse, qualquer trabalho que pudesse fazer em volta das docas. Quando já não conseguia mais se obrigar, mesmo bêbado, a dançar por outro peixe ou enguia. Pegava qualquer trabalho que houvesse, escoando a borra dos barris das tavernas para os fabricantes de tinas, limpando o esterco das barcaças de gado, ou servindo como mensageiro quando nenhum garoto branco acima de seis anos estava disponível. Parado na Coenties Slip com todos os outros negros que não se rebaixavam a ponto de dançar, estendendo as mãos em silenciosa súplica.

E nós éramos os orgulhosos.

Ele começara a andar para a parte alta da cidade, pensando em andar por todo caminho para fora daquela maldita ilha, se pudesse. Andara e andara, jurando não desistir até que encontrasse alguma ponte, ou alguma vau por onde pudesse nadar ou chapinhar.

Em vez disso, para além do final dos trilhos dos trens e das linhas dos ônibus — bem além de todas as favelas irlandesas de aparência ameaçadora, dos alambiques e dos barracões de secagem de ossos, escondidos em meio às árvores — ele chegara numa cidade completa, cheia de negros livres, homens e mulheres.

Este era o lugar que ele sempre soubera que devia existir, desde que roubara a si mesmo e saíra em seu barquinho. Eram apenas duas ruas de terra, cuidadosamente varridas, com casas caiadas de branco, toscas, quadradas, cada uma com sua horta plantada nos dois lados, e uma igreja na ponta de cada rua. Por toda parte onde ele olhava havia homens e mulheres da sua própria cor — cumprimentando-o com a cabeça e olhando-o sem surpresa ou apreensão, um homem negro numa cidade negra.

O lugar era chamado de Vila Sêneca, e ele descobriu que era formado, em sua maior parte, por escravos fugitivos, embora houvesse também algumas antigas famílias negras da Cidade, e alguns brancos e meio-índios que tinham se casado com negros. Logo descobriu, também, que eles ainda eram obrigados a trabalhar na Cidade branca ou, no máximo, em suas margens. Não havia qualquer estaleiro de negros, nenhuma oficina na qual pudesse trabalhar.

Livre, mas não livre — porém assim mesmo ele ficou. Hospedando-se com uma ou outra família que pudesse aceitá-lo. Quase nenhuma palavra era trocada na hospedagem, não sendo esperado dinheiro ou qualquer outra retribuição, embora ele saísse e comprasse lenha para o fogo deles, ou cuidasse da horta. Fazendo todo tipo de carpintaria, apesar de que a maioria do vilarejo nem precisava de alguém com sua habilidade para martelar as tábuas das suas toscas casinhas e barracos.

Então, na maior parte do tempo ele se ocupava erguendo a própria casa. Havia demarcado um terreno de meio acre na floresta, e pedira emprestado qualquer ferramenta disponível para derrubar as árvores finas e duras, e desenterrar as raízes e tocos. A madeira delas não era boa para ser usada na construção, mas ele fora mais fundo na floresta e derrubara o maior pinheiro e o melhor carvalho que conseguira encontrar, depois os cortara em tábuas.

Era um progresso lento, trabalhando com as serras, machadinhas e machados de má qualidade, que eram tudo o que conseguira, mas ele não se importava. Dedicava-se a isso com prazer, adorando ter um trabalho verdadeiro novamente — e, melhor ainda, trabalhando para si mesmo. Trabalhando do jeito que *ele* queria — aplainando e serrando cada tábua com todo cuidado e precisão. Pedindo ajuda somente para colocar a cobertura, e depois ele próprio montando o telhado com placas de madeira que modelou e cortou uma a uma. Até que quando terminou, olhando para a casinha, ele pôde dizer que aquela, finalmente, era sua.

Foi o reverendo Betancourt que o indicou para o trabalho no asilo de órfãos. Vindo visitá-lo numa tarde de domingo, depois de ter cuspido mais um dos seus sermões furiosos e intransigentes do seu púlpito na Igreja de Todos os Anjos. Marchando em silêncio por toda a volta da casa nova de Billy com suas pernas curtas, antes de confrontá-lo diretamente.

— Que tipo de homem constrói uma casa antes de ter um emprego? — o ministro perguntara, encarando-o com ar ameaçador até que Billy encolhera os ombros e olhara para outro lado. — Um homem que planeja ficar, é este tipo! — ele próprio respondera. — Se pretende mesmo ficar, precisa de um meio de ganhar a vida!

Então ele o levara para o asilo dos órfãos. Impelindo-o para dentro — a maior casa em que ele já havia entrado, cheirando então, como sempre, a sabão derretido, água sanitária e caiação nova. O reverendo o apresentara às damas ianques abolicionistas, cujos cabelos já estavam começando a acinzentar. A srta. Shotwell, a mais alta, cumprimentando-o formalmente com um aperto de mão e o chamando de senhor — a primeira vez que uma mulher branca já fizera tal coisa.

— É um bom emprego para um homem que sabe trabalhar com as mãos — o reverendo Betancourt lhe dissera. — Um bom emprego para um homem que gosta de construir.

Mas, na verdade, era mais um trabalho de ama-seca. Cuidar das crianças enquanto brincavam lá fora. Ajudar as cozinheiras a preparar as refeições e, depois, na limpeza. Cortar e carregar a lenha para as lareiras e fogões, e tirar água do poço, e à noite colocar as crianças nas camas em seus dormitórios.

Ele aceitara, no início dizendo a si mesmo que receberia um salário fixo — serviria, até que conseguisse encontrar um emprego de verdade em algum dos estaleiros. Parou de gastar dinheiro com bebida, usando cada centavo do salário, além das necessidades mais básicas de comida e roupa, para comprar suas próprias ferramentas novas, como um trabalhador de verdade. Preparando-se para o dia em que encontraria um emprego nos estaleiros.

Porém, mesmo enquanto fazia isso, ele começou a compreender que este dia jamais chegaria. Que não haveria trabalho para ele no cais, ou em qualquer outra profissão em toda a Cidade que pagasse o salário de um homem branco. Que não existia lugar algum onde, no momento em que ele entrasse, os brancos não iriam simplesmente largar as ferramentas e cruzar os braços, esperando que ele saísse.

Ele continuou no emprego no asilo. Enxugando os narizes das crianças, cobrindo-as com os cobertores. Varrendo e limpando o pátio todo fim de tarde, cortando tacos quadrados e toscos de pinho para que elas usassem nos jogos de beisebol. Fazendo qualquer coisa que lhe mandavam fazer.

Mas desistiu de comprar ferramentas novas com seu salário. Tentara voltar aos poucos bares que conhecia que aceitavam fregueses negros, mas agora eles ficavam muito distantes e mudavam o tempo todo. A Cidade inteira era um terreno de areia movediça para um homem negro, mudando constantemente sob ele.

Experimentou comprar uma garrafa de uísque de verdade, só para ele — mas, bebendo sozinho, acabou ficando obcecado com a garrafa. Observando com cuidado enquanto o conteúdo diminuía lentamente, de três quartos para a metade, depois para um terço. Bebendo outro gole, depois assegurando-se de que ainda estava quase cheia, que ainda restava bastante. E assim por diante, pouco a pouco, até que não conseguiu mais suportar e esvaziou a última gota com um soluço.

Ele preferia sair, pois pelo menos poderia conversar com alguém. Procurando os alambiques que ficavam escondidos no meio da mata e das velhas árvores, a pouca distância ao norte da Vila Sêneca — embora soubesse que estava se arriscando muito, com todos os caçadores de escravos fugitivos que perambulavam constantemente nos arredores do vilarejo. Ele os vira de longe — homens magros, inquietos. Rondavam por ali munidos de correntes e chicotes nos cintos, capazes de roubar um negro direto na estrada, em plena luz do dia, se pudessem se safar com isso.

Os homens que cuidavam dos alambiques já eram suficientemente perigosos. Billy os rastreou pelo cheiro de madeira e açúcar queimados. Certificando-se de se mover devagar e ruidosamente para dentro de qualquer matagal onde se entocavam. Sempre havia dois homens vigiando o caldeirão. Um deles mexia devagar, o outro parado ao seu lado, certamente, com a mão num rifle. Observando com ar maléfico quando Billy entrava na clareira, já estendendo a moeda na mão.

Eles a aceitavam, claro — ainda sem dizer palavra — e lhe entregavam uma caneca de lata toda amassada, com o que quer que fosse que estivessem destilando. Billy bebia ali mesmo, tomando goles vagarosos da bebida doce, nova, quente. Acocorando-se na clareira, falando em voz baixa com os outros homens, brancos e negros, em volta do alambique. Trocando histórias de má sorte, de como não conseguiam encontrar trabalho. Repetindo seus próprios planos, quando já estava bastante bêbado, de ir para o Oeste, talvez para São Francisco, onde certamente seria mais fácil conseguir um emprego de verdade — fazer outra coisa além de limpar os narizes e as bundas de crianças abandonadas.

Porém, ele nunca ia a parte alguma, exceto voltar na direção da sua cabana. Ciente da diminuição das suas capacidades, e do quanto estava vulnerável. Tentando andar sem fazer barulho, o mais levemente possível. Olhando à procura de alguém que pudesse estar no seu rastro — um caçador de escravos ou um simples batedor de carteira, seguindo-o desde o alambique.

Toda esta Cidade, um lugar de caça e fuga.

Ele desceu correndo a escada da cúpula, passando pelas longas fileiras de órfãos que subiam para seus dormitórios. Tinham sido instruídos pela srta. Shotwell a subir e pegar apenas um objeto para levar consigo. *Que coisa mais inútil para se fazer, quando precisavam correr para salvar suas vidas* — mas não podia culpá-los. Era ainda mais importante que levassem algo quando tinham tão pouco.

— Dei instruções às crianças para se prepararem para sair.

As srtas. Shotwell e Murray estavam paradas ao pé da escada, eretas como sempre, mas com o medo em seus olhos agora indisfarçável. Yolanda e o Velho Bert atrás deles, as expressões sombrias.

— Elas irão se reunir aqui embaixo, e então veremos se será necessário deixar o asilo.

— *Se* conseguirmos, senhoras — ele disse, no tom mais gentil que pôde. — *Se* conseguirmos.

Mesmo de onde estavam, dentro do prédio, era possível escutar o barulho crescente da multidão, em algum lugar ao Leste. Ele fez uma rápida ronda com Yolanda e o Velho Bert, certificando-se de que todas as portas estavam trancadas e as janelas fechadas, até que estivessem pingando de suor no prédio abafado, sufocante.

Isso de nada vai adiantar para impedir a turba de arruaceiros...

Obedientes, as crianças voltaram para formar a fila no andar térreo. As mais velhas guiando as muito novas, segurando-as pelas mãos. Enfileirando-se outra vez no salão de refeições, como as senhoras ianques tinham instruído. Vestidas com seus volumosos casaquinhos de viagem e calças na altura dos joelhos; as meninas com suas saias compridas, desbotadas. Alertas para a instrução seguinte, cada uma delas segurando aquele pequeno objeto que lhes era mais valioso.

Não mais do que uma em cada três era literalmente órfã, Billy sabia. Eram os filhos de homens e mulheres trabalhadores que haviam morrido de cólera, de tuberculose, ou que simplesmente tinham caído num certo dia de pura exaustão. Mas eram, também, os filhos de prostitutas, de ladrões de rua e andarilhos, suas mães agora trancadas nas casas de trabalhos forçados em Blackell's Island. Os filhos e filhas das criadas e dos jovens patrões das suas casas.

Crianças que foram encontradas abandonadas nas ruas, ou cujos pais não tinham mais meios de alimentá-las. Havia até algumas que tinham vindo sozinhas desde o Sul. Fugindo de uma fazenda com um grupo maior — dispersando-se quando os adultos foram mortos ou recapturados, mas ainda seguindo em frente. Milagrosamente arrastadas, famintas, fantasmagóricas e silenciosas, para esta Cidade.

Provavelmente aqueles anos no asilo seriam os melhores das suas vidas. Billy sabia disso, também. Era quase cruel, ele achava, a maneira como estavam sendo educadas agora — aprendendo boas maneiras, ler, escrever e fazer contas. Treinadas em um ou outro trabalho manual antes de ser devolvidas aos pais depois de alguns anos, ou levadas para trabalhar como aprendizes de criados domésticos ou lavradores — a maioria delas — assim que completavam 12 anos.

Mas havia bem poucas casas na Cidade, agora, mesmo entre os republicanos, que contratavam criados negros. E menos fazendeiros ainda, na alta Manhattan ou Long Island, que pegavam trabalhadores de cor. Aqueles que o faziam geralmente estavam procurando alguém a quem pudessem pagar quase nada, e tratar como bem entendessem. Era muito provável que estas crianças nunca mais tivessem algo assim, um lugar onde lhes garantiam um bom prato de comida, uma cama quente e pessoas que se importavam com o que lhes acontecia.

E os meus filhos? Billy tentou visualizá-los, subindo e descendo a escadaria de acordo com as sinetas do asilo. Andando em silêncio e solenemente, sentando onde os mandavam sentar. Até que fossem empurrados para fora, para a Cidade...

Especialmente o garoto, Milton. Ele ficaria entediado ali, pelo tanto que já sabia ler e pensar — embora talvez gostasse de ajudar com as crianças menores, assumindo alguma responsabilidade.

Ele era um bom garoto — Billy sabia, apesar de que isso apenas o fazia ser ainda mais duro com o menino. Tentando qualquer coisa que pudesse torná-lo mais rijo, transformá-lo num homem o mais depressa possível. Esta era uma Cidade que odiava coisas boas, que gostava de triturá-las e fazê-las em pedaços, e quanto mais belas e escuras elas fossem, melhor...

As crianças esperavam, transpirando no salão de refeições, para ouvir as instruções. Billy esperando com elas, tentando tranqüilizá-las o máximo que podia, enquanto as senhoras ianques conversavam sobre o que iriam fazer, para onde iriam fugir.

— Nós vamos apenas fazer um pequeno passeio, uma pequena caminhada até o bosque...

Ele tentava soar como se estivessem indo a um piquenique no novo parque, ou em uma das raras excursões que faziam. Mas sabia que não enganava nenhuma delas, que o fitavam de volta, sérias e silenciosas como diáconos. Escutando os sons da turba, agora ficando inabalavelmente mais próximos.

— Mas para *onde* iremos? Que caminho é mais seguro? — escutou a srta. Murray sussurrando alto demais atrás dele.

Houve o barulho de sinetas dos bombeiros e o que pareciam gritos de aplauso, muito próximo.

— Sr. Dove, por favor, veja o que está acontecendo — a srta. Shotwell pediu, mas ele já se encaminhava pelo corredor para a porta da frente, depois entreabriu uma das venezianas da janela.

Não havia muita coisa que pudesse ver dali, olhando para a Quinta Avenida. Uns poucos homens brancos correndo, a gritaria ficando mais alta que nunca. Logo, entretanto, sentiu o cheiro de algo, através do pesado ar de verão.

Fogo. Eles já estão começando...

Um soldado apareceu cambaleando pela Quinta Avenida. Depois outro, e mais outro. Alguns deles arrastando os mosquetes pelo cano, o restante de mãos vazias. Um oficial brandindo inutilmente uma espada. Alguns andando aos tropeços, sangrando na cabeça, carregados pelos companheiros. Mas todos se movendo o mais depressa que podiam pela avenida, lançando olhares temerosos por cima dos ombros.

Então — os soldados já debandaram. E agora a multidão estaria chegando. Procurando mais coisas para destruir, alguém mais para perseguir.

Ele voltou para contar às senhoras o que havia visto, dando-lhes a notícia em voz baixa. Elas ouviram com uma demonstração de calma diante das crianças, porém ele podia ver o desespero em suas expressões. O que *iriam* fazer agora? Deveriam ir para o Sul, ele supunha, na direção da baixa Manhattan, mas isso só os levaria direto para bairros inteiros repletos de operários irlandeses bêbados...

Ouviram uma rápida batida na porta da frente. Billy e as senhoras ianques trocaram um olhar — todos claramente imaginando se seria agora, se eles já estavam ali. Devagar, Billy começou a andar outra vez pelo corredor.

— Tudo bem, sr. Dove. Eu vou — a srta. Shotwell falou ansiosa, indo atrás dele, mas Billy a impediu.

— Não, senhora. Está tudo bem. — Ele fez uma pausa, tentando encontrar as palavras certas. — Agora, a senhora já sabe que deve *ir embora* com essas crianças, se eu não voltar para cá. Vão para o sul, e para o leste, eu acho... o mais depressa que puderem!

Ele apressou-se pelo corredor, sem esperar uma resposta. Imaginando que pelo menos a tranca da porta iria retardá-los. Que haveria tempo suficiente para voltar para as crianças e as senhoras, para colocá-las em marcha através do terreno dos fundos. *E depois?*

As batidas na porta persistiram. Ele esgueirou-se na direção da janela que abrira antes, tentando não ser visto. Pensando que pelo menos poderia ver quem quer que fosse que estava ali, antes de ser avistado.

Um rosto surgiu à sua frente, tão próximo e súbito que ele deu um pulo para trás. Estava bem baixo, onde Billy não esperava ver — um horrendo rosto de gnomo, largo, sorridente e manchado de sangue e fuligem. O rosto de — *um menino*, ele viu agora. Um menino branco, batendo na janela com tanta insistência quanto batera na porta. Antes mesmo de pensar direito, Billy já abrira a porta, deixando a criança entrar, presumindo que ela própria estivesse com algum tipo de problema. Mas o menino apenas postou-se ali, sorrindo para ele.

— Eles estão vindo pra queimar ocês — ele disse. — Já queimaram o escritório do recrutamento lá embaixo, e quebraram o barril. Agora estão vindo p'ra cá, e vão queimar tudo por aqui.

— Quando? — Billy perguntou, abaixando-se.

O garoto simplesmente parado ali, com toda calma, como algum terrível pássaro mensageiro. *E como ele sujara o rosto de sangue? E de cinzas?*

— A qualquer hora, eu acho. Assim que acabarem de tocar fogo no quarteirão. Eles já'tão falando nisso, dizendo vamo queimá os órfão dos preto.

— Por onde eles vão chegar? Você sabe? Pela Quinta Avenida?

— Claro. E pela Fourth Avenue... de qualquer lado que puderem, eu acho.

— Hum-hum.

Isso decidia tudo. Eles teriam de sair agora, seguir para o sul e apenas esperar que conseguissem deixar a turba para trás.

— Eu sei de um caminho pra fugir deles — o menino falou com a maior naturalidade.

— O quê?

— Pelo Vigésimo Distrito Policial. Eu posso levá ocês até lá.

Billy olhou atentamente para o menino, perguntando-se se ele poderia fazer parte de alguma armadilha. Mas ele parecia tão tranqüilo e à vontade — e, além disso, eles não precisavam de uma armadilha.

— O Vigésimo fica no centro — Billy o testou. — Como vamos chegar até lá? Passando pela multidão?

— Pelos terrenos dos fundos — disse o garoto. — É fácil, se a gente sabe o caminho.

Os terrenos dos fundos. Qualquer coisa que pudesse mantê-los longe das ruas, tão fora das vistas quanto fosse possível. Dessa maneira, mesmo se fossem descobertos, as crianças teriam chance de fugir, de se esconder nos porões, nos depósitos de carvão e nas latrinas...

Então ele ficou de pé, escutando. Podia ouvir o que lhe pareceu uma cantoria de bêbados — ainda a alguns quarteirões de distância, mas se aproximando inexoravelmente.

— Está bem — Billy falou, passando o braço em torno dos ombros do menino. — Está bem, vamos tentar do seu jeito.

Eles começaram a sair pela porta dos fundos do Asilo de Órfãos, mais uma vez em perfeita formação. Duas filas, meninas em uma, os meninos na outra. As crianças mais velhas carregando as menores nas costas.

As senhoras ianques, Yolanda e o Velho Bert também carregando, cada um deles, as crianças pequenas — Yolanda bufando e resmungando com irritação enquanto andava — "*Os arruaceiros estão vindo da parte alta da cidade, não entendo porque estamos* indo *para a parte alta*". As senhoritas silenciadas pelo medo, porém insistentes em manter as crianças juntas, verificando se não havia nenhuma desgarrada.

Billy também carregava duas meninas pequenas, uma em cada braço. Andando à frente da coluna, para acompanhar o garoto branco que os guiava. Ainda incerto se deveria confiar ou acreditar nele, mas pelo menos querendo estar numa posição em que pudesse avisar os outros, se fosse uma armadilha.

Também para que pudesse matar o menino com as próprias mãos, que Deus o ajudasse, se fosse mesmo uma armadilha...

Eles se moveram rápida e silenciosamente através do quintal dos fundos. Uma criança — uma linda menina da Martinica chamada Anik — começou a cantar um hino em voz bem alta, acostumada que estava a cantar sempre que marchavam para algum lugar.

Minha alma agora canta
Meu Deus salvador está comigo...

— Pare já com isso! Pare com o barulho!

As outras crianças mandando-a se calar antes que ele o fizesse. Elas tinham plena consciência do que estava acontecendo, Billy soube então. O barulho da multidão agora bem ao lado, na Quinta Avenida, entoando suas próprias canções.

— Por aqui.

O menino sorriu para ele, orgulhoso por mostrar seus segredos. Destrancou o portão treliçado dos fundos, e eles marcharam calmamente para fora do quintal. Quando as últimas crianças passaram, Billy pôde ouvir a turba no outro lado do prédio, reunindo-se na frente do portão de ferro.

— Esperem! Esperem! Eu esqueci!

Naquele instante um garotinho minúsculo a quem chamavam de Tad irrompeu para fora da fila, correndo de volta pelo portão e para dentro do asilo antes que Billy pudesse detê-lo. Ele não teve escolha se não entregar as duas meninas para o Velho Bert. Yolanda lhe disparou uma torrente de imprecações, mas ele apenas lhes disse para continuar andando que os alcançaria depois — correndo para a casa atrás de Tad, amaldiçoando enquanto respirava com esforço, por todo o caminho.

Billy seguiu o menino pela escadaria acima, na direção dos dormitórios. Lá ele o encontrou perto da cama, remexendo numa velha caixa de charutos até achar o que procurava. *Um cavalo.* A pequena miniatura em lata de um cavalo. Uma argola presa na ponta, parte do que fora uma vez um chaveiro — talvez algo que pertencera ao seu pai ou à sua mãe. O menino ergueu-o com ar triunfante — porém Billy já estava perto dele, levantando-o do chão com um rápido movimento.

— É isso? É isso que você quer?

É bom que seja.

— É, sim — Tad ofegou, e Billy prendeu-o nos braços, correndo de volta para a escada.

Ouviu o barulho de vidro se quebrando, em algum lugar bem próximo, e mesmo a contragosto ele se esgueirou e olhou pela janela para o terreno da frente.

Lá estava a multidão. Homens e mulheres brancos, e crianças, também, espalhando-se pelo gramado como uma poça de gordura. Alguns já arrancando tijolos e desenterrando as pedras do calçamento na frente do Asilo, outros empurrando e puxando a cerca de ferro. Muitos mais correndo pela Quinta Avenida, mesmo enquanto ele olhava. Gritando vivas e rindo, e cantando alguma coisa — algo incompreensível no início, mas que aos poucos foi ficando mais claro:

"Queimem o ninho de pretos! Queimem o ninho de pretos! Queimem o ninho de pretos!"

Alguns homens subiram pela escadaria até a porta da frente, munidos de pés-de-cabra e chaves inglesas. E então Billy voou — descendo a escada para o primeiro andar, rezando para que ninguém já tivesse entrado pelos fundos. *Não entraram... graças a Deus ao menos por isso.* Passou pelo portão dos fundos num instante — parando para trancá-lo, ainda assim. Tentando evitar fazer qualquer coisa que pudesse lhes dar uma pista, lhes apontar uma direção.

Correu pelo terreno dos fundos até o beco para onde os outros tinham ido. Os órfãos rapidamente aparecendo em seu campo de visão — Billy aliviado e, ao mesmo tempo, temeroso por não terem ido para mais longe. Tad olhando com felicidade para seu talismã, o minúsculo cavalo, em suas mãos. Parecendo nem perceber o crescente entoar atrás deles:

"Queimem o ninho de pretos! Queimem o ninho de pretos!"

32

RUTH

Meio-dia. Agora ela tinha certeza de que ele não viria. Só podia rezar para que não estivesse preso num salão de bar em alguma parte.

Eles iriam apanhá-lo ali. Certamente ele saberia disso, mesmo com a criatura dentro dele, que iriam apanhá-lo em tal lugar.

Mas onde mais ele estaria? O Asilo de Órfãos seria melhor? Qualquer lugar da Cidade seria?

Sentiu um renovado nó de medo na garganta, mas forçou-se a engolir. Billy já passara por situações piores. Era esperto e engenhoso, exceto quando bebia demais, e havia muitos becos, aquedutos e latrinas afastadas; havia os telhados e porões, as portas dos fundos dos bares, lojas e estábulos. Mil buracos abrigados para um homem correr e se esconder, como num tipo de brincadeira. Billy encontraria um deles, ela tinha certeza, precisava ter.

Tentou parar de pensar nisso, combater o impulso que às vezes a agarrava como um par de mãos sufocantes, de simplesmente pegar as crianças e fugir. Em vez disso, juntou-se a Milton por uns poucos minutos, brincando com as crianças menores. Ele havia improvisado um jogo de cartas, feitas com os bilhetes de entrega e os rótulos que gostava de tirar das caixas vazias que encontrava nas ruas. Ela viu-se admirando as lindas figuras e letras. As cenas de mulheres seminuas e países tropicais, de onde vinham os tomates, as bananas e o arroz. Os rostos sombrios e barbados de comerciantes anunciando a integridade dos seus produtos pela seriedade das suas próprias expressões dissimuladas.

O jogo em si era complicado demais para ela, embora as outras crianças parecessem entendê-lo facilmente. Ela sorriu, observando-os na brincadeira. Contente ao pensar: *Cinco filhos, e cada um mais esperto do que ela era.*

Eles saberiam melhor do que ela o que teriam de fazer para escapar de uma armadilha. Como sair de uma ilha quando tudo ia para o inferno...

Milton distribuiu novamente os bilhetes e os rótulos. Ela tentou acompanhar o sistema dele: azul valia mais do que verde, verde valia mais do que vermelho, vermelho valia mais do que branco e preto. Porém, o trunfo estava na distância das destinações listadas nos bilhetes: Troy valia mais do que Yonkers, Hartford mais do que Elizabeth. Um bilhete que ele encontrara de São Francisco valendo mais do que tudo.

— A que distância fica? — ela perguntou a Milton.

— Milhares de quilômetros — ele disse. — Milhares de quilômetros, talvez cinco, seis mil...

Ela já sabia — quisera apenas se assegurar. *Mas o que isso importa? Ele já cruzara milhares de quilômetros uma vez, poderia fazer de novo com toda facilidade...*

Ela se levantou e afastou-se da mesa. As outras crianças ainda brincando alegremente — Milton seguindo-a com os olhos, ela sabia. Era impossível ocultar completamente alguma coisa dele. Ela encaminhou-se outra vez para a janela, olhando para fora através da veneziana de madeira. A rua plenamente deserta, agora, nem mesmo um porco vagando. Eles eram criaturas espertas, saíam das ruas quando pressentiam uma tempestade chegando, ou qualquer outro problema. *Mais espertas do que ela.*

Afastou-se da janela e voltou para perto das crianças. Contente, agora, por uma coisa. Observando-as, tão concentradas no jogo, Milton comandando-as com tanta disciplina. *Contente por ele não saber de nada sobre antes — por nenhuma delas saber quem ela fora antes, e o que fizera.*

33

O ANO DO MASSACRE

Eu fui com ele. Não queria que ele me deixasse para trás. Não sabia como iria sobreviver se ele me deixasse, e este foi meu pecado, eu ainda queria viver...

Por toda a estrada Johnny Dolan mantinha a caixa muito bem embrulhada. Mas à noite, agora, eles montavam o acampamento o mais distante que pudessem da estrada, e ele a abria e ficava admirando até a luz desaparecer.

Havia de tudo lá dentro, por trás do vidro. Havia pedras e gemas minúsculas coladas no fundo, de forma que todo o tamanho e formato das coisas pareciam mudar a cada vez que se olhava lá dentro. E eles sempre encontravam algo novo. Havia embriões de pequenos animais e insetos boiando em potes, penas de pássaros desconhecidos, e ossos de santos. Havia miniaturas de mapas dos mares, das constelações, e a bússola do navegador, e os instrumentos do boticário, do barbeiro e do cirurgião...

No início Dolan não quisera olhar para aquilo, de jeito nenhum. Ele deixava a caixa sempre embrulhada, como se olhar demais para ela pudesse diminuir seu valor. Avisando-a para nunca deixá-la a descoberto, nunca dizer uma palavra sobre isso.

— É a nossa passagem para fora dessa ilha — ele gostava de dizer enquanto seguiam para Dublin. — É o "basta de fome", bem aqui.

Mas então, numa noite ele começou a olhar, e depois disso passou a ficar olhando até que o sol se escondesse, e até mais, mantendo o fogo aceso mesmo quando isso significava ter de procurar lenha por uma hora extra. Dolan não parecia se importar — e ela própria estava bem satisfeita com isso. Ele ficava longe dela, agora, pelo menos na maioria das noites. Olhando para aquela coisa e, depois, indagando-se e imaginando a respeito.

— E o que você acha que é *isso*, lá atrás? O que você acha que faz? — ele perguntava quando ficavam espiando juntos sob o brilho do fogo. Concedendo de má vontade que ela desse uma olhada, no início, ainda temendo que pudesse tirar-lhe o valor. Porém, preferindo ter uma platéia para a sua especulação. — Você acha que podemos ver tudo aí dentro? Acha que podemos ver tudo o que existe?

As pessoas movendo-se ao longo da estrada eram um rio, agora, fluindo cada vez mais depressa na direção de Dublin. As famílias levando todas as suas posses em carrinhos de mão e carretas. Os homens de faces sombrias com suas pás e enxadas, carregando as ferramentas das suas profissões, embora não houvesse trabalho em parte alguma.

Havia corpos por todo lugar. Estendidos nos campos e caídos nas soleiras das portas das cabanas. Corpos caídos pela estrada, as bocas abertas em ricto e esverdeadas por dentro, de tentar comer o mato e a urtiga.

Eles apenas lançavam um olhar para baixo e prosseguiam. Sem parar para nada, agora, nem mesmo para olhar na caixa. O medo crescendo e ficando mais palpável, mais frenético, quanto mais perto chegavam da cidade. Ruth viu quando uma mulher arrastou o cadáver nu da filha para fora do *scalpeen*. Era quase do mesmo tamanho que a mulher, porém mesmo assim ela a arrastou pelos pés — cobrindo o corpo com pedras, bem na frente do *scalp*, e depois engatinhando novamente para baixo das paredes tombadas.

Eu me virei para Dolan, querendo saber se ele tinha visto, para saber o que ele achava. Mas o rosto dele estava sempre voltado para a frente, na estrada que se estendia diante de nós.

Uma vez que chegaram em Dublin eles se mantiveram discretos, Dolan certificando-se mais do que nunca de que o acortinado preto ficasse bem preso em volta do seu tesouro. Até ele estava nervoso com o tamanho do lugar, com as multidões pelas ruas, a atividade e vivacidade das pessoas. Era a primeira cidade que viam onde a comida ainda era exibida nas vitrines dos mercados — galinhas, porcos e réstias de lingüiças pendurados nos ganchos dos açougues, lindos bolos e tortas nas bandejas das padarias. As casas ainda graciosas e alegres ao longo das avenidas, pintadas em tons vivos de azuis e amarelos.

Lá nos becos, entretanto, eles viram pilhas de lama e lixo, e os corpos de homens e mulheres — mortos ou ainda vivos, não saberiam dizer. Crianças postadas em todas as esquinas, puxando a pele que pendia nos braços para demonstrar a sua fome. O cabelo caíra das suas cabeças, mas uma penugem felpuda crescera pelas faces e testas, de forma que ficavam parecidas com macacos. Murmurando a súplica como uma bênção e responsório:

"*Ta sinn ocrach*" — Estamos com fome.

"*Tha shein ukrosh*" — Deveras, a fome...

Dolan alugou um quarto numa hospedaria para marinheiros nas docas de Liffey e, diante da insistência dele, os dois se revezavam para tomar conta da caixa. Raramente saindo do quarto, a cidade apagada e mais ameaçadora à noite.

No entanto, por toda parte que olhavam durante o dia havia sinais, indicações, propagandas. Placas de lojas batiam e balançavam acima das suas cabeças — botas e chapéus gigantescos, chaleiras e porcos. Fachadas de lojas abandonadas eram empasteladas com anúncios de horários de trens e remédios patenteados; avisos de leilão, notificações das Comissões de Leis dos Pobres, e folhas inteiras dos jornais de um centavo, as colunas inflamatórias com as aviltantes manchetes. Grupos de homens lendo-as com atenção, ruminando sobre o que poderiam significar, se é que significavam alguma coisa.

> O LIBERTADOR EM ROMA!
> DANIEL O'CONNELL DEVE ENCONTRAR-SE COM SUA EMINÊNCIA; GRANDIOSO ESQUEMA PARA ALIMENTAR A NAÇÃO!
> Sua Graça Promete Socorrer Seu Rebanho na Sagrada Irlanda, Salvadora da Igreja!
> O'Connel Declarou Estar Revigorado com Sua Audiência com o Santo Papa

Dolan lia tudo, as histórias dos remédios patenteados, os decretos de proscrição e as notícias chocantes, como se isso pudesse fornecer alguma idéia sobre o que deveriam fazer em seguida, ou para onde deveriam ir. Porém, mais do que tudo, ele preferia olhar novamente na caixa — sentado no quarto e admirando todas as maravilhas por trás do vidro.

Finalmente, numa tarde, ele a fez levar a caixa quando saíram para ir até o *gombeen** Eles a carregaram e deixaram-na em cima do balcão, e Dolan pediu dez libras ao homem, sem rodeios.

O *gombeen* apenas riu deles, no início. Um penhorista baixinho e gordo chamado Murphy, com uma loja na Thomas Street que estava cheia de mercadorias até o teto, arrebatadas a troco de quase nada. Havia jogos de chá, chaleiras, pratos, relógios e algibeiras de relógios, bandolins, cítaras e banjos pendurados em fios no teto. Tudo recolhido daquelas pessoas desesperadas o bastante para aceitar o dinheiro do penhor. Enxovais de casamento, grossas mantas feitas à mão, adoráveis broches, camafeus e pentes, todos os outros bens preciosos que foram guardados e acalentados durante uma vida inteira — durante três vidas inteiras — agora pendurados numa casa de penhores em Dublin, pelo preço que qualquer um quisesse pagar.

— Vejam tudo isso aqui! — Murphy riu, apontando para todos aqueles objetos. — E nada disso vai lhe custar dez libras. Nada nesse mundo vale dez libras!

Dolan, para surpresa dela, não perdeu as estribeiras. Pelo contrário, tudo o que ele disse foi "*Veremos*", e depois retirou a cortina da caixa de maravilhas. E quando ele fez isso, até o *gombeen* ofegou.

— Está tudo aqui! — ele murmurou, os olhos adejando por todos os lados da caixa. — Está tudo aqui!

Dolan ia apontando tudo para ele — como se alguma explicação ainda fosse necessária. Todos os minúsculos espelhos, as lindas pinturas. Todos os cantos ocultos e os truques labirínticos que eles haviam descoberto durante o trajeto pela estrada — a bússola escondida, ou a faca do cirurgião; o mapa do frenólogo e as ilustrações gráficas das 144 maneiras hindus de se fazer amor, e os compartimentos secretos que se abriam de repente para revelar uma dançarina de caixinha de música, ou uma laranja dessecada, ou o esqueleto de um sapo. A respiração do *gombeen* curta e acelerada enquanto ele olhava, repetindo a mesma exclamação admirada:

— Está *tudo* aqui!

Depois disso ele recobrou-se o suficiente para rejeitá-los — porém até mesmo Ruth pôde ver, com seus simples olhos de camponesa, que Dolan já o fisgara.

---

*Do gaélico, proprietário de casa de penhores ou agiota. (*N. do T.*)

Ele apenas agradeceu ao homem e saiu. Agindo como se não desse a mínima importância, embora, na verdade, eles estivessem quase morrendo de fome novamente, então — os últimos centavos do dinheiro que Dolan tirara do bolso do tocador de realejo tinham ido para pagar o quarto.

Mas, como era de se esperar, quando eles a levaram novamente no dia seguinte, Murphy deu um pulo para fora da sua banqueta, como se não estivesse esperando por mais nada além daquilo — nada, no mundo inteiro, que surgisse na sua porta.

— Cinco libras! — ele exclamou. — Nem mais um centavo. Detesto ter de oferecer tanto, eu juro, preciso carregar todos os comerciantes de lixo da Irlanda nas minhas costas!

— Dez — Dolan falou.

Ele ergueu o acortinado outra vez, apenas o bastante para que o homem pudesse ver — o cabo da espada quebrada, revestido de pedrarias; o pequeno dínamo. O retrato da mulher mais linda do mundo em toda sua nudez, com os olhos castanhos como o mar e o anel de fogo em torno da cabeça.

E novamente ele não comprou naquele dia — mas Dolan levou-a de volta no dia seguinte, depois no outro, e no outro. Até que finalmente o *gombeen* colocou dez libras na mão dele sem mais uma palavra, e enxotou-os para fora da loja.

— Ele não conseguiu suportar perdê-la de novo — Dolan falou, lá fora na rua. — Ele não conseguiu suportar vê-la e perdê-la todas aquelas vezes. Nenhum homem consegue.

Dolan obrigou-se a esperar o restante do dia, aquela noite e depois a seguinte — antes de arrombar a janela dos fundos da loja e roubar a caixa de volta. Este tempo foi o máximo que ele conseguiu agüentar, ela sabia. E quando lhe perguntou se não poderiam ser enforcados só por aquele roubo, Dolan encolheu os ombros e disse que, afinal, o *gombeen* tivera o prazer de ficar com a caixa durante um dia e uma noite.

Agora que tinham o dinheiro, Dolan saía todas as manhãs para examinar os navios, chutar os seus costados e contar o número de barris de água que tinham a bordo. Pois ele ouvira todas as histórias de embarcações que haviam sido avariadas, naufragadas ou que tinham desaparecido completamente antes de chegar a St. Lawrence, ou a Nova York — sobre o Katie Calhoun, que partira de Waterford e afundara assim que se afastou do porto, com a perda de toda a tripulação bem à vista dos amigos e familiares que ainda acenavam nas docas.

Ruth não podia imaginar que qualquer um dos navios diante deles se sairia melhor do que isso, tão bichados e surrados como estavam, as velas cheias de retalhos remendados inúmeras vezes. Os compridos e cinzentos ratos do embarcadouro correndo livremente para cima e para baixo das cordas. Mas Dolan continuou olhando, até encontrar uma escuna da qual gostou — a *Birmingham*, de Liverpool — e levou-a para comprarem a passagem.

O escritório do agente era um triângulo estreito, tendo apenas um pão laqueado na janela. Lá fora, no passadiço de madeira, duas outras crianças mendigavam — cabeças calvas, a penugem simiesca avançando pelas têmporas. Incapazes até mesmo de pedir, as mandíbulas pendendo abertas de forma que, sempre que tentavam falar alguma coisa, as línguas afundavam nos macios céus das suas bocas.

Lá dentro havia uma escrivaninha solitária, e atrás dela o agente empoleirado numa banqueta alta. Ele usava um amassado chapéu alto na cabeça, coçando fervorosamente a barba bem-aparada enquanto trabalhava. Eles lhe entregaram o dinheiro e o homem começou a carimbar e escrever com vigor nas folhas de papel.

— Como é o navio? — Dolan perguntou.

— Vocês não sabem? Pois são vocês que estão comprando a passagem! Por que iriam entrar num navio se ele não fosse bom? — o agente falou num tom arrastado, mas interrompeu-se quando olhou para a cara de Dolan. — Ah, é um belo navio, muito rápido! Pronto para a inspeção, exatamente como diz o regulamento. Tem um galão de água por dia, e vocês recebem uma porção de mingau de manhã. Arenque e um pão inteiro para o jantar... como este que estão vendo na janela.

Ele apontou o pão com a pena, e eles ficaram olhando com cobiça — o pão envernizado, permanente, exposto ali como uma tentação. O agente acabou de carimbar e escrever e lhes empurrou sobre a mesa o grosso maço de papéis.

— Aqui estão os documentos. Agora vocês só precisam passar pelo oficial médico.

Havia uma fila de homens e mulheres que se estendia por um quarteirão, serpenteando até uma outra estreita fachada ao lado do escritório. Mas a fila andava rápido — tão rápido quanto aquelas pessoas esfomeadas conseguiam se mover. A inspeção consistindo apenas em se esticar a língua, um depois do outro, enquanto passavam em fila na frente do médico. Ele parecia visivelmente aterrorizado, sentado atrás de uma janela aberta na parede, mantendo a cabeça o mais longe possível enquanto olhava para as línguas. No final, ele não parou ninguém, assinando todos os papéis embora houvesse gente na fila que obviamente se encontrava nos últimos estágios da hidropisia por inanição, ou da febre tifóide.

— Liberados! Todos liberados para viajar — ele gritava para eles da janela, conforme passavam agarrando-se aos braços uns dos outros, apoiando-se uns nos outros em sua fome. — Liberados, ah, por favor meu Deus, vocês estão todos liberados para sair daqui!

Depois disso, mal lhes restara forças para se arrastar até uma mercearia e gastar as últimas duas libras em biscoitos e bacalhau salgado, limões e carne defumada. Ruth pensou que talvez precisassem guardar o dinheiro para Nova York — mas quando viu a comida não conseguiu se conter. Teria devorado tudo ali mesmo, porém Dolan segurou-a com força pela nuca.

— Já chega por enquanto! É uma viagem longa!

— Mas eles disseram que vai ter comida no navio! — ela se queixou, lembrando-se do pão laqueado no cubículo do agente de passagens.

— Ah, sim — Dolan zombou com desdém. — Pois vá em frente e acredite neles. Quero ir para o inferno se algum dia acreditar novamente na palavra de alguém, quando disserem que haverá comida suficiente.

Na manhã seguinte, as docas estavam tão cheias de gente que Ruth nem sabia se conseguiriam forçar seu caminho à frente, quanto mais encontrar o navio. Havia famílias e até vilarejos inteiros enchendo os embarcadouros, dando adeuses lacrimosos e embriagados aos seus filhos e filhas. Outros tentavam empurrar-se pelas pranchas de embarque, tendo a passagem ou não, agarrando-se aos seus baús e malas, tropeçando e caindo dentro da água. Os carroceiros e estivadores praguejando uns contra os outros enquanto transportavam as cargas para os cascos negros, os cavalos relinchando e empinando-se no calçamento de pedras. Jornaleiros ziguezagueando pela multidão, gritando os seus rumores competitivos:

"O Libertador está morto em Gênova! O coração foi levado para Roma, o corpo retorna para a querida Irlanda!"

"O'Connell a salvo em Pádua! Rumores da sua morte são uma fraude!"

Uns poucos homens atiraram centavos para os meninos, pegaram seus jornais e inclinaram-se sobre as histórias. Mas estes eram na maioria os agentes de navegação e outros oficiais do porto — o restante da multidão indo em frente, agarrando suas poucas posses, empurrando-se e tropeçando uns nos outros em sua pressa de chegar aos navios.

Dolan puxou-a através do povaréu e para cima do convés do *Birmingham* — segurando a caixa no alto enquanto andava para a frente, trombando e chutando quem quer que ficasse em seu caminho. Ele os guiou direto para a cabine deles sob o convés, e Ruth achou que parecia tão baixa e escura quanto o interior do *scalp* onde ficara com sua família. O convés inferior inteiro era dividido em fileiras de estreitos cubículos de madeira. Havia a fileira de cabines para os homens solteiros na proa, outra fileira para as mulheres solteiras na popa — e no meio deles, apenas alguns centímetros mais larga, a fileira para os casais casados e as famílias.

Cada uma das cabines tinha menos da metade da largura de uma baia de cavalo, porém, como as baias de cavalos, continha um único balde d'água e uma fina camada de palha amarela no chão. Nenhuma porta, nenhuma cortina. Cada cabine simplesmente se abria direto para um estreito corredor que ia de uma ponta a outra do navio, com uma bancada de cozinhar de madeira chamuscada acocorada bem no meio, como se fosse um sapo.

— Bem — disse Dolan, num tom brando e incerto, tão pouco característico. A confiança parecendo escoar para fora dele quase visivelmente, a idéia de que sabia o que estava fazendo quando chutou os cascos dos navios ao longo do cais. — Bem... vai ter de servir — ele resmungou.

Em cima, no convés, era melhor. Ela até se sentiu estimulada ali, olhando para o embarcadouro totalmente apinhado abaixo. Havia um vento soprando do leste, e a tripulação se apressava para alcançá-lo, gritando sobre isso no cordame enquanto as nuvens passavam flutuando. E alguns dos outros passageiros choravam no convés, acenando para os vizinhos e familiares nas docas. Porém, a maioria tinha vindo ao navio como eles, seguindo a pé desde os campos e deixando seus mortos para trás.

Quando o navio se moveu para fora do píer eles tentaram sacudir a tristeza junto com a terra e começaram uma festa improvisada. Os homens levaram suas gaitas e depois uma garota guiou um cantor cego e idoso para o convés.

Ele tinha um banjo e, depois de sentar encostado no mastro, dedilhou a "Campos do Violinista", e então passou para uma canção nova, que ela ouvira os homens cantando em um dos bares de Liffey:

"Este navio vai sair em meia hora
Vai cruzar o grande Atlântico.
Meus amigos estão parados lá no cais
Desvairados de dor e tristeza.
Eu estou prestes a navegar para longe
No bom navio Dan O'Leary,
A âncora foi erguida, a prancha levantada,
Estou partindo de Tipperary."

Era uma melodia alegre, quando ela escutara nos pubs. Mas agora o velho a tocava tão devagar e melancolicamente, como um lamento. Não era o que eles queriam ouvir — ninguém estava dançando ao som dela, embora tentassem marcar o ritmo batendo os pés e as mãos, até mesmo o próprio Johnny Dolan.

"Então é adeus, Mick, e adeus, Pat,
E adeus Kate e Mary.
A âncora foi erguida, a prancha levantada,
Estou partindo de Tipperary.
E agora o vento está soprando,
Não tenho mais nada a dizer.
Eu sigo para a Cidade de Nova York, amigos,
Três mil milhas longe daqui."

Umas poucas crianças sorrindo apesar de tudo. Espiando em volta, por trás das saias e dos braços das mães. Ruth quase tão curiosa quanto elas. Pensando apenas *Como elas conseguiram? Como as mantiveram vivas?* As velas brancas e remendadas enfunando-se e assomando-se acima deles quando o navio começou a descer rapidamente o rio, agora.

— *Daniel O'Connell! Daniel O'Connell, morto e acabado!*

O tanger do banjo do velho cantor cessou com aquelas palavras. Outras vozes rebatendo:

— Ele está vivo! Ele está vivo, eu garanto!

Mas lá estava o navio, subindo o rio na direção deles. Parecia imenso e moderno, ornado desde a proa até a popa com flâmulas pretas e crepes, o *Birmingham* desviando bruscamente a estibordo para lhe dar passagem.

— Daniel O'Connell!

O navio fúnebre aproximou-se, grossas nuvens sendo expelidas da chaminé. A tripulação em posição de sentido ao longo da amurada, usando o melhor uniforme branco. O *Duquesa de Kent* — o nome que aparecera no jornal, com certeza — visível logo abaixo do gurupés.

— O Libertador!

Um homem bateu a mão na folha do seu jornaleco, tão triunfante como se tivesse acabado de apostar no cavalo vencedor num festival campestre.

— É ele, sem dúvida!

— O Dan Fanfarrão!

O homem apontou para onde os olhos de todos já estavam direcionados — o catafalco negro amarrado no centro do convés principal, logo atrás da tripulação. Uma guarda de honra de marinheiros postava-se em cada extremidade do caixão, com seus mosquetes.

— Ele não parece muito fanfarrão agora!

Houve uma pequena comoção, o homem que falara sendo imediatamente derrubado com um soco, entre ameaças e palavrões.

— Daniel O'Connell!

— O coração dele foi levado para Roma!

— Daniel O'Connell, morto e acabado!

O cantor arrastou-se cuidadosamente pelo convés, tendo sido temporariamente abandonado em toda aquela excitação, até mesmo pela sobrinha. Os olhos azuis cegos e remelentos oscilando de um lado para outro, como se estivessem se esforçando para enxergar através da água.

— Eu ouvi um discurso dele certa vez, no comício monstro em Sidney Hill!

Ele mergulhou num devaneio por alguns instantes, como se quisesse conjurar a si mesmo a noite daquela reunião em massa, quando ele ainda tinha a sua visão. Ruth também era capaz de ver. A voz do seu pai perto do fogo, quando o vento gritava lá fora. O comício monstro. A colina, as estradas e os campos repletos de gente, fazendo tochas com os barris de alcatrão e pipas de açúcar. Esforçando-se para escutar cada palavra, o trovão dos aplausos precipitando-se impetuosamente sobre o homem quando não podiam mais se conter.

As batatas e o pratinho de creme do lado. Todos nós, sorrindo em volta do fogo.

Ao pé da montanha ele esperou pacientemente que os gritos de aplauso cessassem, o homem belo, musculoso, de peito largo, os olhos vítreos e benevolentes sob as luzes das tochas. O velho cantor cego tentando trazer à vida a sua voz maravilhosa, ondulada:

"Irlanda! Terra do meu pai — Irlanda! Berço dos meus filhos — Irlanda! Que deverá guardar a minha sepultura — Irlanda! Seus homens são corajosos demais, suas mulheres são belas e bondosas demais — você é elevada demais dentre as nações da Terra, correta demais, religiosa demais para ser escrava. Eu lhe prometo que um dia você será livre!"

Os passageiros em silêncio quando o cantor terminou. Mas quando o navio enlutado passou, as mulheres emitiram um gemido alto, agudo, seus prantos ecoando pela água.

O navio fúnebre respondeu com um tiro da única arma na proa. Os marinheiros prestando continência enquanto o navio passava, contornando uma curva do rio e seguindo para Dublin. Os passageiros afundando-se outra vez no silêncio somente quando a última das velas da sua própria embarcação foi desfraldada, enfunando-se contra o céu nublado, e a escuna se moveu em direção ao mar.

34

O ANO DO MASSACRE

No porão tudo era escuro. Havia somente o brilho avermelhado dos cachimbos dos homens e dos fósforos de fricção, os pedaços de carvão no fogareiro da bancada de madeira. Os homens e mulheres em volta da bancada resmungando e cutucando-se pelo espaço — dançando como diabretes enlouquecidos em torno do fogo quando o navio ondulava e fazia com que tudo escorregasse para baixo, por cima deles.

— Olhem os bolos, *cuidado com os bolos!*

O navio balançou outra vez, o madeirame gemendo como um animal ferido, estalando como ossos velhos. Extinguindo o fogo, enchendo o porão com um renovado fedor de vômito e sujeira enquanto o fazia.

Ela balançou também, juntamente com a palha fétida e áspera. Tentando dormir outra vez, para que não sentisse a sede. Não foi possível, com a palha usada e suja da baia, as baratas e piolhos rastejando. O corpo indistinto *dele* ali ao seu lado, no cubículo apertado. Ela mal podia vê-lo, mas sabia que estava lá, grande, volumoso e insuportavelmente quente. Deitado com uma imobilidade surpreendente e sem se incomodar com os piolhos na palha.

Será que ele está morto?, ela pensou futilmente. *Será que ele está morto e é o inferno onde nós estamos?*

Nós pensamos que era um bom navio, mas fomos enganados. Pensamos que era uma boa embarcação, mas o capitão não sabia o que estava fazendo e, quando largamos para o alto mar, não conseguíamos avançar.

Antes de completarem três semanas no mar, toda a carne de porco salgada e os biscoitos tinham acabado. Depois disso, recebiam apenas um caldo, uma caneca de mingau ralo e uma caneca de água por dia. Se não fosse pelos pedaços de carne, de biscoito e peixe que Dolan comprara em Dublin, Ruth tinha certeza de que teria morrido, porém ainda assim não havia como suprir a falta de água.

Ela tentava não pensar nisso — procurava ficar deitada na cabine e pensar em absolutamente nada. Mas logo sua boca secava e os lábios começavam a rachar. Ela passava a língua por eles, mas então a língua também secava, inchando como um torrão seco no céu da boca.

Se pudéssemos ter comido a terra. Se pudéssemos...

Quando ficava assim tão ruim ela bebia um pouco da água, mas nunca havia o suficiente. Eles entregavam a caneca de manhã e ela tentava fazê-la durar pelo dia inteiro, mas isso só tornava tudo pior. Ter de pensar nisso o tempo todo, a caneca ali ao seu lado. Preocupando-se se o próximo balanço do navio iria derrubá-la, tingindo as placas de madeira do convés com a sua ração. Ou sabendo que, se virasse as costas por um instante — mesmo se levantasse por um momento para andar um pouco, ou para esvaziar o fétido balde de dejetos — uma das crianças do porão certamente viria pegar a sua caneca. Recusando-se a soltar a caneca da boca até que ela tivesse de arrancá-la com os punhos.

Logo ela começou a beber toda a sua água de manhã, apenas para se certificar. Muitos dos outros passageiros faziam o mesmo, depois passavam o resto do dia deitados nas suas palhas, gemendo por mais.

E as pessoas enlouqueciam com isso e se atiravam no oceano, apenas para beber a água. Era tão ruim quanto havia sido lá na terra, sem nenhuma comida — mas, então, pelo menos você poderia sair e andar para algum lugar, qualquer lugar, nem se fosse apenas até o fim da estrada.

Dolan cheirava o ar em volta dos barris, resmungando com ar de entendido. Praguejando, mas também satisfeito consigo mesmo — satisfeito em estar sendo enganado.

— Maldição, maldição, eu devia ter percebido!

Ela vacilou logo atrás dele, no lugar onde ele a ordenara que ficasse.

— O que é, então? Você contou os barris antes de partirmos...

Ele não respondeu, mas pegou a faca e abriu a tampa do primeiro barril. Um odor forte, amargo, ardeu em suas narinas. Dolan pegou um pouco da água com a mão em concha e levou-a à boca, depois cuspiu de volta nas tábuas mofadas do convés.

— Iodo! — ele anunciou, depois praguejou outra vez, a expressão carrancuda, porém triunfante. — Eles guardaram a água em velhos barris de iodo!

Ele abriu caminho às cotoveladas até o porão apinhado. Os homens e mulheres parados imóveis em suas baias nem sequer protestando quando ele os empurrava. Outros deitados por ali, nas redes ou gemendo lá fora no convés. Dolan e Ruth tropeçando por cima deles, Dolan seguindo inexoravelmente na direção da escada e subindo até a cabine do capitão. Ruth ainda o seguindo obediente, apesar da fraqueza que já sentia, esforçando-se para subir até o convés principal.

Ela ficou cambaleando ali — saindo para o ar fresco pela primeira vez em dias, oscilando sob a desordem das estrelas acima. Não estivera no convés superior à noite desde que a viagem começara, e agora só podia ficar olhando para o céu, para o mar escuro e inquieto que ondulava debaixo de todos eles. O vento cortando através das velas e congelando-a onde estava — cortando através dela, de forma que, por um instante, ela não sabia se realmente existia, se era alguma coisa separada da escuridão que a rodeava.

E então eu vi. Vi como todos nós estávamos navegando na crista do oceano, como uma pulga no lombo de uma fera. E vi então que este era o próprio mundo de Deus — lindo e vasto, e vazio de qualquer piedade.

— Venha!

Dolan puxou-a pelo convés atrás dele. Havia um marujo parado do lado de fora da cabine do capitão, sentado num barril, mas Dolan derrubou o homem para o lado antes mesmo que ele começasse a levantar. Forçando a entrada para onde estava o capitão, passivo como o demônio, atrás dos mapas e de uma garrafa de bom conhaque. Sem aparentar a menor surpresa com aquela invasão.

— Iodo! — Dolan cuspiu na cara dele. — Maldito seja, se não comprou os barris usados de algum químico de Dublin!

O capitão nem sequer se levantando diante da acusação. Originário da Irlanda do Norte, tinha o denso sotaque das ruas de Derry, ainda mais empastado pela bebida.

— E daí?

— E daí? Você mesmo vai saber, e não vai demorar muito! Logo não vamos conseguir beber nem mais um gole da água, é isso. Seus malditos canalhas!

— Assim ficava mais barato — disse o capitão. Apontou para a parede, na qual uma fileira de garrafas de conhaque e rum estava presa nas prateleiras. — Além disso, se você ficar com muita sede, pode comprar algumas destas, por um preço bom e cristão...

Dolan deu um passo na direção do homem, mas no mesmo instante ele pegou uma faca e um cunho de mareação que estavam sobre a mesa à sua frente. Dolan hesitou por um breve instante — mas então a porta se abriu e mais marinheiros surgiram atrás dele, armados com lanças e mosquetes. Eles agarraram Dolan pelos braços, segurando-o na frente do capitão.

— Já falou o que queria? Agora volte para o maldito porão, onde é o seu lugar!

Dolan obrigou-se a parar de lutar. Olhando, em vez disso, com uma satisfação assassina para o capitão.

— Maldito seja, não importa onde estamos. Você ainda terá de cruzar o maldito oceano com a sua água estragando naqueles barris.

O capitão limitou-se a se recostar na cadeira.

— Ah, se é esta a sua preocupação. Eu tenho experiência com esse tipo de coisa. Acredite... calculo que a ração de água comece a aumentar qualquer dia desses.

Os marinheiros os levaram de volta pelo convés, onde o mar estava cintilando e virando como uma gigantesca serpente negra, e forçaram-nos a descer para os porões com o restante da carga. E naquela noite ela foi atacada pela febre de recaída* — deitada em sua própria imundície no cubículo, ouvindo todos os outros morrendo à sua volta das *teascha*** e *tamh*.

E todas as manhãs eu os escutava, jogando os corpos no mar. Às vezes eram dois e três de uma só vez — atirados por cima da amurada sem nem mesmo uma palavra dita sobre eles, ou uma pedra para marcar suas sepulturas.

E eu os teria seguido, se não fosse por Johnny Dolan. Era ele quem me alimentava e limpava a minha palha da melhor maneira que podia. Sem ele eu teria perecido no ventre daquele navio. Eu teria morrido ali, com a minha alma sem absolvição,

---

*Mais uma enfermidade comum na Irlanda durante a fome. Semelhante à febre amarela, freqüentemente incluía sintomas como icterícia, febre alta e vômitos compulsivos. Geralmente reincidia outras três ou quatro vezes, a cada seis ou sete dias. (*N. do T.*)

**Do gaélico, "febres". Assim como a *tamh*, tem suas origens na era medieval. (*N. do T.*)

meus pecados pesando sobre minha cabeça e meu corpo arremessado no vasto oceano sem rastros.

O horrível rosto dele inclinou-se sobre ela. O cabelo finalmente começando a crescer em tufos e calombos. Os dentes podres à vista mesmo sem que ele quisesse, sempre que abria a boca.

— Tome, aqui, beba um pouco de mingau.

Ele levava o ralo mingau à sua boca, uma colher de cada vez. Ruth mal acreditando, no início — pensando que ele iria surrá-la quando não conseguiu se levantar da palha de manhã. Até imaginou que ele faria com ela o mesmo que fizera com aquela mulher, que gritava por comida no vilarejo abandonado. Mais um corpo para os marinheiros levarem aos trancos pela escada acima de manhã, passo a passo...

— Aqui, beba!

Ele a obrigava, erguendo a caneca para ajudar a água passar por entre os seus lábios secos, rachados. Ela bebia o máximo que conseguia, tentando mantê-la no estômago. Especialmente grata pela água, pois sabia devia estar vindo da própria ração dele. Ainda não podia acreditar que ele ficaria sentado ali cuidando dela, indiferente e desconfiado apesar da sua gratidão.

O *que ele quer?*

— Me deixe ir. Isso é um castigo por eu ter ajudado a matar aquele homem... — ela chorou. *Porém, pensando consigo mesma que ainda não queria morrer.*

— Castigo! — Dolan zombou. — Se existisse mesmo essa coisa de castigo, até Deus teria de olhar por onde anda.

Ele levou a caneca à sua boca outra vez e, depois que ela bebeu, começou a desabotoar e tirar o seu vestido grosseiro, as esfarrapadas roupas de baixo que ela estava usando desde Dublin. Ela tentou resistir, a princípio — pensando que era isso o que ele queria, forçar-se para dentro dela novamente.

Ele a ignorou, puxando as roupas com facilidade, e começou a lavá-la. Desajeitado, mas cuidadoso como uma mãe com seu bebê, ele esfregou com um pano a sua cabeça e o peito, depois tornou a vesti-la e arrumou a palha debaixo dela. Ela se deitou outra vez, tremendo desamparadamente nos braços dele.

— Por que você não me deixa ir?

Olhando para ele com uma irracional onda de esperança. *Deve haver alguma coisa. Alguma migalha de afeto...*

— Não.

O rosto dele acima do seu tão brutal e desapaixonado como sempre.

— Não. Não depois de todo o dinheiro que investi em você. Vou precisar de uma mulher na Amerikay.

Pelo restante da travessia ele a manteve viva, apesar de todos os acessos de febre. Esta era a natureza da enfermidade, da febre de recaída. Depois de mais ou menos uma semana ela cessava e Ruth começava a se sentir melhor, mais fresca, a mente mais clara. Depois a febre começava outra vez, pior do que nunca. Derrubando-a de volta na palha, o coração batendo com tanta força que ela achava que iria explodir em seu peito. Fraca demais para fazer qualquer coisa, até mesmo para chegar ao balde de dejetos.

Ele a limpava, e até encontrou palha nova para ela, em algum lugar. Trazia-lhe água e comida, e Ruth não podia evitar, aceitava tudo. Engolindo com avidez — a água parecendo mais doce que antes, menos acre do iodo.

— A água...

A sombra de um sorriso pairou nos lábios dele.

— O capitão sabia o que estava fazendo. Não tinha idéia de como navegar, nem de como abastecer um navio, mas sabia o que estava fazendo.

— Ele sabia?

— É, sabia. Eles atiraram o patife pela amurada ontem de manhã. A febre. O primeiro e segundo imediatos também. Agora, o resto da tripulação está escondida na cabine com seus mosquetes. Eles nem vêm mais para baixo, apenas jogam a comida pelo buraco.

Ele sorriu outra vez ao pensar no capitão. No entanto, quando o fez, Ruth percebeu que os olhos dele pareciam lacrimejantes e turvos — sentiu que o toque dele em sua testa não era mais fresco do que a sua própria pele febril.

— *Você* está doente? — ela perguntou, quase com ternura, mas ele balançou a cabeça.

— Não se preocupe comigo — ele disse, forçando-a a beber o restante da água. — Só faça o que estou mandando, e beba.

Ela tentou afastá-lo, mas não conseguiu. Deitando novamente na palha, deixou a água escorrer para dentro da boca, chorando pela sua fraqueza, porém sem resistir mais a ele.

Algum tempo mais tarde. Ele saíra por um momento e as mãos dela se estenderam para a caixa, erguendo uma ponta da cortina preta. Tentando olhar para as maravilhas. Ela mal conseguia distinguir todos os formatos já tão conhecidos: a orelha de negro africano, os amantes ao luar, e o navio dentro da garrafa. O olho de gigante, fitando-a abertamente. Tudo isso, agora, sendo apenas infinitos cacos cintilantes atrás do vidro.

E a uma grande distância eu podia ver o scalp *também, em Burren, e a família inteira lá dentro, abrigada debaixo do teto. Brian, Sean e Liam — e as meninas, Kate, Agnes e Coleen, e minha mãe, também. Com o telhado puxado sobre eles como um cobertor, e todos enfiados lá dentro, adormecidos para sempre em nossa casa.*

Só que um deles tinha saído de lá. Eu podia ver que um deles — talvez fosse Brian — estava para fora, arrastando-se de alguma forma. Rastejando por todo o caminho para além de Burren, atrás de mim — depois que eu os abandonei ali para morrer.

— Meu Deus, meu Deus, Johnny, você não acha que algum deles ainda pode estar vivo? Não acha, Johnny?

— Cristo, o que você está falando?

— Não devíamos ter matado aquele latoeiro, Johnny. Não devíamos ter feito aquilo.

— Por que você fica pensando nisso? Como sabe que matamos o sujeito?

Olhando em volta loucamente ela viu o olho do gigante, fitando-a por trás do vidro da caixa de maravilhas.

— Você acha que é verdade? Acha que talvez a gente não tenha matado ele?

— Como vou saber? — Ele encolheu os ombros e virou de costas. — Mas uma coisa eu lhe digo: eu teria matado duas dúzias de latoeiros para sair daquele maldito país.

Um balde de água foi jogado subitamente no fogo. Nuvens de fumaça cinzenta, avinagrada, se espalharam da bancada de cozinhar, sufocando-a dentro do seu cubículo. Marinheiros andavam com passos duros pelo porão, batendo nas baias com seus porretes e esporões — chutando os corpos meio mortos deitados ali. Ela não tinha idéia de quanto tempo se passara em suas febres, dias, semanas ou meses.

— Levantem! Levantem e saiam daqui, seus malditos! Era isso que vocês queriam!

Um marujo, segurando um grande lenço vermelho sobre o nariz, postou-se acima deles. Chutando os pés dela e de Dolan ao seu lado — vivo ou morto, ela não saberia dizer.

— Saiam! Vocês estão em Staten Island. Agora vão ter de aprender a se virar sozinhos!

Ele foi para o cubículo seguinte. Ela se sentia tão fraca quanto um bezerro recém-nascido, mas a febre havia recuado outra vez, então cutucou Dolan, ainda cinzento, rígido e imóvel sobre a palha.

— Precisamos levantar agora...

— Por quê?

— Já chegamos, e eles precisam levar o navio de volta para o inferno.

Ele abriu os olhos e ergueu-se devagar. Mais magro, agora, do que ela jamais o vira, nem mesmo quando estavam passando fome nas estradas. A pele pendendo dele como a de um velho. No entanto já estava na escotilha antes mesmo que ela conseguisse ficar de joelhos, as pernas de caranguejo carregando-o o mais depressa que podiam na direção do pequeno quadrado de luz que penetrava no porão.

— Espere! — ele disse, com um pé na escada, no instante em que ela o alcançou. — Precisamos voltar. Precisamos levar a caixa de maravilhas.

— Como?

— Nós precisamos, é só isso.

Eles voltaram para o cubículo — arrastando-se de quatro, sem mais forças para andar. Os outros passageiros, aqueles que sobraram, passaram também rastejando, tão devagar quanto eles. Conseguiram chegar, entretanto, e ela ajudou Dolan a erguer a caixa com seus últimos resquícios de força, e prendeu-a nas costas dele com uma corda amarrada em volta do seu peito e barriga. Depois disso, eles tiveram de descansar outra vez, mas então se arrastaram de volta e subiram a escada — Dolan carregando a caixa como se fosse um burro de carga.

Lá em cima, no convés principal, os marinheiros ainda gritavam e zurravam com todo mundo, protegidos pelos seus lenços, chutando e empurrando os passageiros para uma fileira de barcos pequenos. Eles esperaram a sua vez, apoiando-se na amurada do navio com as mãos e joelhos, e olhando para a larga baía à sua frente. Tudo o que os cercava era uma extensão de colinas baixas. Cada uma delas era marrom e desolada, totalmente desnuda de qualquer árvore ou vegetação. Porém, no alto de cada uma estava plantada uma nova e branca mansão.

— É isso.

— É isso o quê?

— Amerikay.

— Meu Deus!

Quando chegou a vez deles, desceram rastejando pela escada de corda e entraram no barquinho. Ruth foi primeiro, embora tivesse certeza de que iria cair — cambaleando de tontura, enterrando os dedos nos degraus de madeira da escada até que sangrassem. Sustentada apenas pelo pensamento de como seria ridículo morrer agora, despedaçando os miolos no fundo de um barquinho depois de toda aquela travessia.

Contudo, outros realmente morreram. Perdendo o equilíbrio e a força, caíram na água como se fossem chumbos de pesca. Alguns conseguiam voltar à superfície, os marinheiros praguejando ainda mais enquanto os pescavam com os remos. Os outros ficaram perdidos ali mesmo onde tinham afundado, rápido demais para que alguém sequer conseguisse determinar o ponto exato, a poucos metros de distância da costa de Staten Island.

Os marinheiros apenas gritavam para que os outros se apressassem. Remavam com pressa até a praia lamacenta — depois simplesmente os despejavam ali, amontoando os passageiros no meio da lama e das pedras como se fossem ovos tirados de um galinheiro.

— Aí estão vocês, Colombos! Nós ainda temos muita gente para transportar...

Eles se apoiaram nas mãos e joelhos — homens, mulheres e crianças, todos fracos demais para ficar de pé — e começaram a se arrastar lentamente para a praia. Movendo-se na direção de outra mansão branca, no alto de outra colina, o único sinal de habitação humana. A praia onde rastejavam era coberta de todo tipo de detritos, naturais e feitos pelo homem — garrafas vazias de uísque e linimento, trapos e sapatos furados, remos quebrados, latas enferrujadas, massas esponjosas de algas e plantas marinhas, e águas-vivas apodrecendo.

Ruth arrastou-se ao lado de Dolan, que ainda carregava nas costas a caixa de maravilhas. E, enquanto subiam, ela avistou um homem vindo da casa, na direção deles. Podia ver que ele estava todo vestido de preto, com um chapéu alto e preto na cabeça, e com uma barba e um rosto tão sombrios quanto a morte.

Ruth pensou que ele estivesse descendo a colina para lhes dizer algo. Pensou, por algum motivo, que ele estivesse prestes a lhes oferecer seus serviços, ou pelo menos lhes dar boas-vindas.

Mas, em vez disso, o homem com o chapéu alto e preto passou direto por eles. Caminhou firme na direção da tripulação na beira da água, onde os homens ainda estavam dando duro no trabalho de atirar gente para fora dos barcos, e dirigiu-se aos marinheiros:

— Seus ingleses filhos-da-puta — ele lhes disse. — Vocês ainda vão nos matar a todos, trazendo essa escória para a terra.

35

O ANO DO MASSACRE

Ela jazia no leito do hospital, com a febre indo e voltando. Quando dormia, sonhava que ainda estava no navio, e quando estava acordada achava que o quarto tinha um cheiro ainda pior, fedendo a carne apodrecida e mofo úmido. Logo acima da sua cama havia um buraco no teto e quando chovia, o que era freqüentemente, em pancadas breves e trovejantes, a água pingava em goteiras nos seus pés e empoçava-se no piso, oleosa e escorregadia.

A sua era mais uma numa longa fileira de camas, em um dos lados de um quarto comprido e retangular. Havia uma fileira idêntica no lado oposto, de frente para ela. Deveria ser a ala feminina, mas havia homens, também — homens por toda parte, superlotando sua própria ala, agitando-se por ali seminus em sua febre. Tentando entrar nas camas com as mulheres, discutindo e brigando.

Ninguém parecia se importar. Ela não tinha muita certeza de onde estava, ou de quem era o encarregado daquele lugar. Todos os dias, de manhã ou à tarde, alguns homens uniformizados passavam pelos leitos. Atirando biscoitos velhos e bichados a cada um deles, pegando os baldes de dejetos e enchendo as pequenas e redondas vasilhas de lata que ficavam perto das camas com a água que tiravam de uma tina.

A nova água era apenas um pouco melhor do que aquela tingida de iodo do navio. Era esverdeada e salobra, os pequenos e finos cadáveres de insetos boiando na superfície. Ela bebia a água da chuva quando podia, por mais desagradável que fosse o gosto de cal, recolhendo-a em sua vasilha de lata.

Do outro lado do corredor, ela achava, estava Johnny Dolan. *Se ele ainda estiver vivo — e, se não estivesse, ela não sabia o que iria fazer, por bem ou por mal.* Uma vez por dia, ao entardecer, os auxiliares voltavam com uma maca e carregavam para fora pelo menos um corpo que permanecera imóvel por algum tempo, enrijecido em silêncio na cama. Ele poderia ter sido um destes, e ela jamais saberia.

— Ei, você! Você aí! Está morto ou está só dormindo?

Ruth olhou para cima, para uma das janelas no outro lado do quarto, embora não soubesse dizer quem estava falando, ou se estava falando com ela. As venezianas ficavam quase o tempo todo bem fechadas, mas sempre que havia uma tempestade elas se libertavam das suas trancas, batendo loucamente e acordando todo mundo. Agora estavam novamente abertas — e através delas Ruth podia ver o alto muro de tijolos que contornava todo o hospital. À noite ela via a lua esgueirar-se lentamente por cima dele, e tentava calcular, pelas suas fases, quanto tempo havia passado. Mas não conseguia se lembrar, nunca tinha certeza de qual tinha sido a fase da lua quando chegaram no hospital.

— Ei! Aí está você. Olhe para cá!

Os olhos dela se abriram outra vez — sem saber se havia dormido por um minuto ou uma semana. Tudo o que sabia era que ainda estava escuro lá fora. Ela ergueu a cabeça da cama, procurando a lua.

Em vez disso, viu um rosto. Um rosto de duende, quase tão horrendo quanto o de Dolan, mas diferente. Este era comprido e afilado, com um nariz fino, olhos brilhantes e um sorriso largo e malicioso. Uma cabeça grande demais num corpo pequeno que estava, por mais incrível que parecesse, acocorado no muro do lado de fora da janela aberta. Ela fechou os olhos.

— Acorde, venha... precisamos ir embora agora!

Ela estava sendo rudemente sacudida. Abriu os olhos, esperando ver o rosto outra vez. Mas era Dolan — os olhos mais anuviados do que antes com a febre, não mais do que dois pontinhos negros nos arregalados olhos amarelos. Ele estava atirando as poucas coisas que ela possuía em cima da cama, lhe dizendo para se vestir e segui-lo.

— Mas você está doente...

— *Venham logo, não temos tempo!* — o homem-duende no muro os chamava com seu sussurro impaciente. — Confiem em Finn, agora. Vocês sabem que não vão durar muito aí. Há mais dois navios chegando no Estreito, e estão apenas esperando que amanheça para aportar. Fiquem aqui e pegarão a febre novamente antes do meio-dia!

Ruth se levantou, sabendo que ele estava certo. Pegando suas coisas — reparando que Dolan, de algum jeito, ainda estava com a caixa envolta em seu pano negro. E, enquanto fazia isso, deu-se conta de que a febre havia passado. Ainda se sentia fraca e meio zonza, mas sua cabeça estava deliciosamente fresca quando vestiu as roupas. Cruzou o piso do hospital num transe e seguiu na direção da janela. O homem com cara de duende deu-lhe a mão quando ela subiu numa cama recém-esvaziada e a ajudou sair — virando-se, depois, para ajudar Johnny passar com a caixa.

— Epa, o que é isso aqui?

O homem que se chamava de Finn sacudiu curiosamente a caixa com seus dedos finos e compridos, ainda acocorado no muro.

— Não se preocupe com isso — Dolan respondeu irritado, trepando na janela depois que a caixa passou.

— Mas o que é, então?

— É uma caixa de maravilhas.

Dolan disse isso com relutância, soando até um pouco envergonhado, mas também com uma ponta de orgulho.

— É mesmo? Bem, você sabe, o transporte não é de graça — Finn sugeriu. — Talvez uma ou duas maravilhas...

Ele se calou de repente, quando viu o olhar que Dolan lhe lançava.

— Bem, não importa, não importa. Vai haver tempo de sobra para acertarmos as contas mais tarde.

Ele apertou os olhos para as colinas na direção do Estreito, onde as altas velas dos dois navios assomavam-se como almas penadas.

— Precisamos sair daqui agora, antes que chegue a próxima leva.

Os homens e mulheres sentados no bote sob a luz da madrugada. Ruth contou pelo menos uma vintena deles, esperando em silêncio. As suas silhuetas escuras inclinadas para a frente, na direção da proa, como se já estivessem se movendo através da água. O barqueiro parado com igual imobilidade acima deles, apoiando-se contra a única vela — um holandês grandalhão com costeletas suíças e um rosto parecendo uma batata cozida, segurando o leme numa das mãos.

Finn empurrou-os para junto dos outros, aliviando-os das suas parcas bagagens enquanto o fazia, suas trouxas e lenços amarrados.

— Ora, ora, vocês não vão precisar disso onde estão indo. Não se sobrecarreguem com todo esse lixo da velha terra. Só vai servir para retardá-los...

Porém, ele permitiu que levassem a caixa de maravilhas. Eles a acomodaram no bote e depois se sentaram, tão sombrios e imóveis quanto o restante dos passageiros, também se inclinando na direção da Cidade. E quando o barco estava cheio, o próprio homem-duende o empurrou, rindo triunfante, pulando para dentro quando se afastaram da terra e Nova York se elevava no outro lado do porto.

E eu nunca tinha visto nada parecido, nem mesmo em Dublin. Todos os campanários, e os mastros, e as chaminés das fábricas vomitando suas fumaças negras. Era bem cedo, mas os fogos já estavam acesos em cem mil fornalhas. Os armazéns gordos e acachapados ao longo do rio, com suas fileiras de janelas como olhos escuros, cegos, e o alarido já vindo até nós pela água. Havia o bater dos martelos, e o girar das rodas das carroças, e o silvo dos apitos e das prensas a vapor. A gritaria de cem mil vozes já despertas e trabalhando. Era uma Cidade cheia de vida, embora fosse negra a sua indumentária...

— Aí está ela... a Frog and Toe* completa!

Todos estavam em silêncio, e Finn riu deles nos fundos do barco.

— Qual é o problema? Será que vocês nunca viram o inferno?

— É para lá que nós vamos?

— Claro que é! Não estamos todos nós habilitados para o inferno? Todos os que chegaram até *aqui*, pelo menos.

O holandês grandalhão conduzia lugubremente o barco para o porto, passando por uma ilhota arenosa com os remanescentes de um forte de madeira apodrecida e uma forca — o nó da corda ainda balançando lentamente no lugar. As correntezas se movendo cada vez mais rápido e o tráfego do rio tornando-se mais denso, agora, até parecer que o porto inteiro estava se aproximando deles por barlavento. Barcos a vapor e barcos a roda, barcaças e escunas. Barcos dos ostreiros e holandeses, brigues, chalupas, barcaças de gado e de transpor-

*Gíria que precedeu "Big Apple", designando a cidade de Nova York. (*N. do T.*)

te, e os aristocratas de todos eles, os belos veleiros com uma única esfera negra pintada nas velas esguias. Todas as embarcações sacudindo-os em sua esteira, ou cortando como tubarões à proa, de forma que o barqueiro tinha de fazer todo o possível para mantê-los flutuando. Apertando o tubo do cachimbo com ar sombrio, agarrando o remo e apoiando os pés na proa enquanto os impelia à frente com imprudência, livrando-se de um desastre certo depois do outro, até que finalmente trombaram de encontro ao embarcadouro das barcaças de Chambers Street.

Nas docas o homem-duende os carregou um a um para fora do bote, escorando-os ao longo do embarcadouro. Imediatamente foram atacados por um bando de garotos, rápidos e furiosos como gralhas, tentando roubar tudo o que tinham. Agarraram toda e qualquer coisa que o homem-duende deixara passar — dinheiro, relógios, chapéus e casacos. Querendo arrebatar seus relógios, seus anéis, daqueles que os tinham — arrebatando seus sexos. Apossando-se de todos eles, homens e mulheres, tentando carregá-los para longe, na direção das hospedarias para as quais trabalhavam.

Finn os manteve à distância de um braço até que pudesse lotear a sua carga. Recebendo uma moeda por cada um deles antes de despachá-los, cada passageiro com um moleque. Seus tutelados esperando tão silenciosos e passivos como gado, indo para onde quer que fossem designados.

— Vocês vêm comigo, agora — finalmente ele disse para Ruth e Dolan, quando todos os outros já haviam sido distribuídos.

Ela permaneceu onde estava, esperando por Johnny Dolan. Era a primeira vez que o via incerto do que fazer. Parado ali indeciso, os olhos vermelhos por causa da *tamh.* Ainda agarrado à caixa.

— Vamos embora! Estamos perdendo tempo!

O homem-duende acenou para eles, segurando uma carruagem de aluguel que havia se materializado de alguma parte. O cavalo bufando e batendo as patas com impaciência no calçamento de pedras.

— Vocês *não* vêm comigo, então? Para onde mais poderiam ir, se não fosse com o bom e confiável Finn McCool? E não se esqueçam de trazer a caixa!

Dolan curvou-se para a frente — e entrou pela porta aberta da carruagem, abraçando a caixa contra o peito.

— É isso mesmo!

Finn empurrou-a para dentro logo atrás de Dolan, depois também entrou. Puxou com força a tira de couro que estava amarrada na perna do condutor e gritou para ele da janela:

— Nos leve para o "Repouso do Marujo", na Peck Slip. E vá depressa!

E embora o condutor agitasse as rédeas nós não íamos mais depressa do que um homem andando, mas estava tudo bem. Pois em todos os lugares onde passávamos havia comida. Mercados inteiros cheios de peixes, e ovos, bem ali ao ar livre, e carroças passando cheias de cerveja, lingüiças e pedaços sangrentos de carne, tão perto que a gente podia estender a mão e pegá-los.

Mas o melhor de tudo eram os porcos. Eles corriam soltos ali nas ruas — bandos inteiros de porcos, cada um deles grande e gordo o bastante para alimentar uma família, correndo nas ruas para que qualquer pessoa suficientemente rápida e esperta os apanhasse. E foi então que eu soube que este era um grande país.

A carruagem parou na frente de um prédio de madeira que se inclinava como um tumor na casa vizinha. Finn McCool saltou imediatamente — levando a caixa de maravilhas para dentro antes que Dolan pudesse detê-lo.

— Ei! Ei, onde você pensa que vai com isso?

Dolan saiu aos tropeços para alcançá-lo, Finn apenas sorrindo com inocência.

— Para onde nós vamos? Ora, para o seu novo lar, filho... para o seu novo lar!

Eles ficaram num salão nos fundos do "Repouso do Marujo", piscando sob a escuridão fumarenta. O cômodo em si era quase desnudo. Havia uma lareira grande e suja de fuligem, um balcão nos fundos e uma estranha cortina vermelha pendurada na soleira de uma porta. Os únicos móveis, entretanto, eram uma comprida mesa de madeira e dois bancos, nos quais cerca de duas dezenas de homens e mulheres se amontoavam — bebendo e comendo, fumando e cantando, e gritando a plenos pulmões por cima de um jogo de dados.

— Deus abençoe a todos aqui! — Finn deu um grito.

— Ora, vá para o inferno!

A mesa inteira explodiu em risos — depois os jogadores voltaram para os dados, ignorando-os. Finn empurrou Ruth e Dolan para o salão.

— Olá! Eis aqui mais dois desafortunados que foram trazidos a salvo para o paraíso! — ele gritou para o barman, um homem de aparência feroz com o peito do tamanho de um barril e sobrancelhas que pousavam em seu rosto como um par de corvos.

Ele apenas grunhiu em resposta, olhando para a caixa envolta no pano preto que Finn lhe passava por cima do balcão.

— O que é isso? — ele perguntou, pegando a caixa nos braços grossos como troncos de árvores.

— Uma caixa de maravilhas! — Finn respondeu com grandiosidade. — Todas as grandes maravilhas do mundo... ou, pelo menos, foi o que me disseram.

O barman grunhiu de novo e atirou uma moeda para Finn, que a enfiou no bolso do colete antes que esta tivesse tempo de cintilar. Depois o homem pegou a caixa de cima do balcão e a guardou num cubículo embaixo da escada.

— Maldito, eu nunca disse que estava vendendo a caixa! — Dolan protestou com a voz arrastada, gaguejando de febre.

— É um lugar seguro para guardar seus pertences.

— Seguro para quem? Me dê aqui...

Mas McCool o interrompeu, empurrando-o de volta para o bar.

— Um lugar seguro para todos nós, então — ele disse, piscando para Dolan. — Não se preocupe, filho, está tão seguro quanto as jóias da coroa! Confie no velho Finn! Esta é a melhor casa de fiança da Cidade, é mais seguro aqui do que se estivesse nos quartéis de polícia ou na própria Prefeitura! Agora, Pat, que tal uma dose?

Pat, o barman, pegou uma garrafa empoeirada do bar e serviu uma boa dose de bebida da cor de um prego enferrujado para cada um deles. Ruth observou Dolan olhar para a bebida por um longo momento, o uísque lentamente nublando o copo à sua frente — ainda lançando um olhar para seu tesouro no cubículo sob a escada. Então ele assentiu rapidamente e pegou o copo, e ela o acompanhou.

Era a coisa mais forte que eu já havia provado em toda minha vida. Foi como se tivesse engolido fogo — e, assim que desceu, senti minha cabeça começar a girar.

Finn já os carregava de volta para os homens e mulheres que pairavam em torno da mesa, e dos jogos de dados.

— Aqui, deixem-me apresentá-los para o nosso próprio destacamento dos Roach Guards...

— É isso mesmo! Vocês não vão encontrar nenhum dos Garotos da Bowery por aqui!

— Os True Blues filhos-da-puta!

— Não, essa é uma casa respeitável!

Seus rostos descorados, sujos, enrugando-se de riso.

— Aqui estão Charlie Maneta, Kate Flannery, Jim Babão e Patsy, o Barbeiro. E aqueles são Sadie Cabrita e Jack Rato, que ganha a vida arrancando as cabeças dos ratos com os dentes lá em Kit Burn's, e George Leese, também conhecido como Snatchem, que antes estava com a Gangue dos Matadouros, mas enfrenta uma briga como um sanguessuga.*

Este último camarada inclinou-se para a frente, parecendo quase filosófico. Seu chapéu estava colocado num ângulo elegante, e usava um colete cheio de retalhos.

— Não sei se eu me descreveria como um sanguessuga — ele os informou. — Preferia ser conhecido como um filho-da-puta-valentão-que-cai-e-levanta-p'ra bater, se vocês me permitem. Um tipo de sujeito que chuta-na-cabeça-com-a-faca-na mão-num-quarto-escuro.

E por que isso os transformava nos Roach Guards, ou em qualquer outra coisa, eu não saberia dizer, exceto que todos os homens usavam uma faixa azul nas pernas das calças. Para mim eles todos pareciam mais que dispostos a lhe cortar a garganta ou arrancar-lhe a bolsa só de olhar para você, e a única coisa que se poderia dizer a favor deles é que todos tinham vindo da Irlanda.

— E aqui está a minha própria Mag da Forca! — Finn exclamou, e a mulher mais alta que Ruth já vira se levantou da mesa.

McCool teve tempo de se adiantar um pouco e conseguiu atirar os braços em torno do pescoço dela e lhe dar um beijo na bochecha. Ela sorriu timidamente quando ele fez isso, exibindo as caprichosas e brancas pontas dos dentes — cada um deles afiado como a lâmina de uma adaga.

— Ora, ora, Finn!

— Ah, eu amo essa mulher, eu amo! Nenhuma mulher no mundo é como a minha Maggie! — McCool insistiu, e plantou outro beijo nos lábios dela, apenas para vê-la ruborizar outra vez.

— Vamos lá, Mag, beba um trago com a gente! Vamos beber mais um pouco, e comer alguma coisa, também!

Ele pulou outra vez, batendo na mesa com uma das mãos e assoviando com os dedos na boca para o barman.

---

*"Bloodsucker", o homem que sugava o sangue dos punhos dos lutadores nas lutas de boxe sem luvas. (*N. do T.*)

— Ei! Ei, aqui, Pat! Já não está na hora do jantar?

— Já vai — o barman grunhiu, e uma mulher de rosto vermelho, ainda maior e mais gorda do que Pat saiu de um cômodo nos fundos trazendo uma leitoa inteira num prato. Ela o deixou bem no meio da mesa — e quando fez isso todos os homens e mulheres que ali estavam fizeram surgir facas de algum lugar, e começaram a cortar todas as partes que conseguiam, incluindo as orelhas e o rabo.

— Tomem aqui, vocês não têm nenhum cortador — disse Finn, todo solícito, e cortou ainda mais pedaços, entregando-os para Dolan e para Ruth.

O porco estava totalmente queimado em alguns lugares, e quase cru em todos os outros, e toda a sua pele era cinzenta e retesada como a lona de um navio. Mas assim que sentiram o cheiro da carne — assim que Finn lhes cortou vários pedaços e colocou-os nas palmas das suas mãos — Ruth e Dolan descobriram que não conseguiriam resistir, engolindo com toda rapidez que podiam e estendendo as mãos querendo mais.

— Sai daqui, você!

— Esse pedaço é meu!

A pequena multidão em volta da mesa fez um ataque renovado ao porco, todos de uma só vez — esfaqueando-o com tanta fúria, agora, que a carcaça escorregou para fora do prato e caiu no chão. Foi rolando pelo piso ao longo do salão — e todo mundo correndo atrás dele, ainda atacando-o com as facas — até que parou de cabeça para cima perto da lareira apagada, fitando-os com sua bronzeada cara de porco, a boca aberta.

Foi quando Ruth sentiu o estômago enjoar. Dolan logo depois dela, os dois cambaleando na direção das escarradeiras num canto para vomitar. Seu estômago se contorcendo convulsivamente até que não restasse mais nada para expulsar, a cabeça girando no salão fechado, enfumaçado.

— Está tudo bem, tudo bem.

Finn McCool materializou-se ao seu lado, arrulhando com simpatia.

— Vocês dois têm estado doentes, é isso. Precisamos lhes arrumar um quarto lá em cima, é o que vamos fazer. Não se preocupem, esta é a melhor casa de fianças da Cidade...

Ela viu-se sendo levada por uma frouxa escadaria de madeira, juntamente com Dolan. Finn os conduziu através de um comprido corredor no segundo andar, passando por um quarto depois do outro. Eram meros buracos, a maioria deles, sem portas e escuros como breu no interior, cheirando a imundície humana, suor, e coisa pior.

Ele finalmente parou num dos buracos — como ele sabia qual era, ela nunca entendeu — e os fez abaixar pela soleira aberta. Não havia qualquer mobília, apenas o chão coberto com palha. Ruth pensou vagamente que não era diferente do cubículo do navio, embora o fedor fosse ainda pior.

— Tudo bem. Agora vocês podem descansar um pouco.

Ela estava tentando encontrar os olhos de Dolan, sabendo que alguma coisa não estava certa. Mas ele mal parecia consciente, e ela quase não conseguia manter a cabeça levantada. Imaginando, de um jeito muito indistinto, o que iria acontecer com eles agora, naquele buraco, porém exausta demais para se importar — permitindo que a voz do homem-duende a acalmasse.

— Com Finn vocês estão em boas mãos. Não têm nada com que se preocupar...

Em algum momento, bem mais tarde, ela acordou com Dolan chutando suas pernas.

— Levante. Levante, agora, se quiser que a gente saia daqui com vida.

Ela obrigou-se a acordar, rastejando na direção da entrada do buraco. Ainda sem saber ao certo se estava novamente no hospital, ou no navio.

— Está escutando isso?

Dolan parou ao seu lado, ouvindo com atenção. A escuridão que os rodeava era quase total, a única iluminação uma fraca luz a gás no fundo do corredor.

— Está escutando o que eles pretendem fazer, hein?

Ruth não conseguia ouvir nada, exceto o baixo murmúrio de vozes no andar de baixo, onde ficava o bar. Seu estômago ainda revirava e a cabeça continuava girando, porém ela forçou-se a seguir Dolan até o alto da escada. De lá ela pôde ver, junto com ele, o salão principal agora quase vazio.

Os únicos que tinham restado ali eram Finn e Pat, o barman — e enquanto ela olhava, eles ergueram a caixa de maravilhas e a colocaram na mesa. Retirando a cobertura preta, deixando a moldura cremosa, branca e dourada, súbita e indecentemente exposta sobre a mesa.

— Aí está!

— Os desgraçados! — Dolan sussurrou ao lado dela.

Juntando suas forças, preparando-se para ir até lá — mas também ansioso para que eles dessem uma olhada, ela podia ver. Querendo saber o quanto realmente valia...

— É isso, então?

As vozes deles soavam incrédulas. Então Pat, o barman, zombou com desprezo:

— Caixa de maravilhas, uma ova! Posso ver maravilhas bem melhores do que essas em qualquer dia, lá no Barnum's.

— Desgraçados — Dolan cochichou outra vez, e agora havia ódio em sua voz.

— Só lixo barato. Bugigangas e vidro — Finn McCool constatou com tristeza.

— E pensar que eu lhe dei um *shilling* por isso! Agora você está me devendo... e mais as bebidas!

Pat balançou a cabeça com desgosto e pegou um martelo embaixo do balcão. Arremessou-o com um único golpe certeiro no fecho da porta da caixa. Uma longa fissura percorreu instantaneamente toda a extensão do vidro, mas o trinco se quebrou e Pat abriu a portinhola, enfiando a mão lá dentro até a altura do cotovelo.

— Lixo! — ele proclamou, enquanto erguia a mão cheia com os badulaques cintilantes.

Dolan já descera a escada, indo na direção dele antes que Ruth pudesse fazer qualquer coisa para impedi-lo.

— Não vale nada!

A mão do barman ainda se remexendo em meio às maravilhas. Destruindo com indiferença o cenário tão cuidadosamente preparado, os perfeitos truques de luz e espelhos, os recantos ocultos, preservados em todos aqueles dias na estrada e durante a viagem para lá...

— NÃO!

Ele gritou como se estivessem arrancando seu próprio coração. E eu pensei então, não me importa o que ele diga, ele não é um homem morto.

Dolan estava por cima do barman antes que ele tivesse tempo de erguer os olhos, arrebatando o martelo da mão dele num instante. O primeiro golpe atingiu Pat entre os olhos, fazendo-o cambalear até o balcão. O segundo quebrou-lhe o nariz, e o fez girar. Então Dolan agarrou-o pela parte de trás do colarinho e começou a bater sua cabeça no balcão, muitas e muitas vezes.

— *Não vale nada*, é isso?

Ele continuou golpeando o homem, incansável em sua raiva, até que Finn encostou firmemente o cano de uma pistola na sua têmpora.

— Já chega, agora. Você está *assassinando* o sujeito.

Dolan parou, então, embora continuasse pairando por cima do barman. Espiando Finn e sua arma com o canto do olho. *Ainda pensando se valeria a pena*, Ruth podia ver de onde estava agora, ao pé da escada. Mas Finn também viu.

— Não seja imbecil! Eu vou enfiar uma bala nos seus miolos. Agora pegue a maldita caixa e saia daqui!

Dolan continuou fitando McCool pelo canto do olho por um longo momento. Então endireitou-se e fechou o trinco quebrado da caixa da melhor maneira que pôde, e cobriu-a com o pano preto. Depois disso ele caminhou vagarosamente até a porta, com Ruth o seguindo, a caixa outra vez agarrada contra seu peito. Pat ainda caído sem sentidos no balcão, o rosto em ruínas.

— Ah, mas você é mesmo uma graça — Finn gritou atrás deles, rindo, embora mantivesse a arma apontada para eles.

Dolan virou a cabeça e olhou para ele da porta, mas ficou em silêncio.

— Ah, não precisa me olhar desse jeito — McCool falou, ainda rindo. — Só posso dizer que um homem com a sua sensibilidade pode ir longe nessa cidade... desde que seja adequadamente conduzido. Quando quiser me procure e eu lhe ensino a ganhar algum dinheiro!

Eles andaram para o norte, e oeste, por toda a noite, distanciando-se na interminável floresta de mastros e torres no fundo da ilha. Exaustos e febris, obrigando-se a seguir em frente. Impressionados ao ver como as ruas continuavam apinhadas de gente e veículos — as faces febris e maliciosas flutuando diante deles.

Ela o seguiu, embora não tivesse idéia do que ele esperava encontrar no meio da noite, numa cidade estranha. Passaram na frente dos *saloons* cheios de frestas de fraca luz amarelada, risos dissolutos e gritos transbordando pelas portas dos fundos. Passaram pelos cortiços vacilantes, pelas velhas mansões agora transformadas em hospedarias, pelos novos prédios de fábricas que malhavam e estremeciam — as fornalhas ainda acesas, a fumaça elevando-se das chaminés mesmo àquela hora da noite.

Eles andaram até que os próprios quarteirões começassem a desaparecer, juntamente com as pessoas. As casas escasseando, porém ficando maiores e mais grandiosas, até haver somente uma em cada quarteirão. Depois não havia mais nenhuma casa — apenas um pântano raso, coberto de mato, com um odor horrível. Ainda assim Dolan os conduziu adiante, até finalmente chegar a uma imensa e cinzenta rocha que se assomava acima deles na escuridão.

Ele insistiu para que subissem na pedra, como se fosse algum tipo de objetivo real, na direção do qual estiveram marchando. E ali, no outro lado, ele avistou os barracos da Pigtown, assentados no fundo de uma depressão como se fossem incontáveis cogumelos chapéu-de-sapo. Casas que não eram mais do que toscas cabanas, erguidas de improviso com umas poucas tábuas e tijolos soltos. Cada uma delas tinha um pequeno quintal cercado, um cachorro latindo e uivando como alguma criatura enlouquecida — e um porco. Foi ali que ele finalmente baixou a caixa, para examinar o local onde ergueriam sua nova casa.

— Vai servir — ele falou para Ruth.

E por mais que a visão do lugar a desalentasse, ela ficou grata por poderem parar e descansar um pouco.

Eles lavaram os rostos numa poça de água lamacenta, embora os cachorros agora latissem como se o Demônio em pessoa estivesse andando perto das suas casas. O único sinal que tiveram dos novos vizinhos foi de um ou dois que apareceram para gritar com os cachorros e para sacudir os punhos para eles, antes de voltar para dentro.

Dolan e Ruth não lhes deram atenção. Em vez disso, se acomodaram num trecho de grama a fim de descansar por algumas horas. Deitados ali, sob as estrelas, até que a manhã chegasse e eles pudessem começar a construir o novo lar.

36

O PERIGOSO JOHNNY DOLAN

Ele não sabia por que havia golpeado o homem, exceto que sentira vontade, e isso lhe dera a primeira satisfação verdadeira em 14 anos. Não tinha nada contra o sujeito, mas sabia que ele estava fazendo o discurso e que então as coisas iriam parar. Dolan nem mesmo tinha certeza sobre o que ele estivera falando, quase já não conseguia mais entender o que as pessoas diziam. Desde que saíra da prisão nas Sierras era como se estivesse embaixo d'água, apenas meio capaz de escutar ou compreender o que lhe diziam.

Mas Dolan sabia o que o homem estava fazendo, ao ver as expressões das pessoas que o ouviam. Os homens parecendo um tanto envergonhados por tudo o que tinham feito. As faces das mulheres cintilando com lágrimas. Ele não conseguira captar exatamente o que era, mas sabia que alguma coisa que o chefe de polícia estava dizendo iria fazer tudo parar, e então os incêndios seriam apagados e as ruas voltariam a ser como eram antes e ele estaria sozinho outra vez — tentando encontrar seu rumo naquela Cidade para onde voltara, cinco mil quilômetros de uma viagem já condenada ao insucesso.

Então ele o golpeara. Sabia que, assim, iria fazer com que tudo começasse outra vez. Era só o que podia fazer agora, provocar os acontecimentos.

Por esse motivo eles o transformaram no seu líder. Empurrando-o à frente da turba, descendo pela Third Avenue. A placa de madeira pendurada em seu pescoço — tão natural, agora, que ele quase se esquecera dela.

*

Ele tinha uma lembrança distante do dia em que uma multidão o carregara nos ombros, depois de uma luta. O *Perigoso Johnny Dolan*. Como eles adoravam aquele nome! Da mesma forma que ele adorava tudo o que se referia às lutas. *A deliciosa satisfação de golpear um homem, e ser golpeado de volta...*

Foi na tarde em que ele chegara a cinqüenta assaltos com o grande John Morrissey, numa chalana ancorada no Hudson, para lá de Yonkers. Um dia bastante parecido com o de hoje, com o gosto de sangue na boca. O sol de julho deixando seus peitos e costas com uma dolorida e reluzente cor rosada. Os rapazes das gangues e os apostadores assistindo dos barcos a vapor e das jangadas que os rodeavam, gritando e acenando com o dinheiro — abaixando até ficar fora de visão, depois aparecendo de novo com cada onda e balanço do rio.

Não haveria a mínima chance de ele ganhar. Morrissey parecia um urso, sólido e musculoso como um ferreiro. Os olhos frios e verdes saltando do rosto maciço, barbado, e captando tudo. Dezenas dos seus companheiros da Tammany estavam à mão para aplaudi-lo e incitá-lo e, desde o momento em que ele saiu do seu canto da chalana, ficou claro que pretendia acabar com Dolan tão rápida e completamente quanto fosse possível. *Matá-lo, se fosse necessário.*

Ele sequer tivera esperança de desferir algum golpe traiçoeiro. Desde que o sino do início da luta tocara, Dolan havia tentado um truque que aprendera em outras lutas em chalanas, pulando subitamente na frente de Morrissey e aterrissando no convés com toda força que podia, esperando desequilibrá-lo na embarcação oscilante.

Porém Morrissey era grande demais para arredar pé do lugar. Em vez disso, ele viu o movimento de Dolan chegando e calculou o momento exato de atingi-lo com um tremendo *uppercut* no instante em que ele aterrissou. O soco o enviou girando pelo convés antes mesmo de perceber o que estava acontecendo. Os camaradas nos barcos gritando e batendo os pés com prazer.

"*Fechem as janelas, há uma morte na família!*"

Morrissey enviando-lhe um zombeteiro sorrisinho de satisfação enquanto voltava para seu canto, o olhar mais direto do que qualquer palavra. *É só isso que você tem, hein?*

Dolan arrastou-se para a sua banqueta. As regras da contenda sendo as mesmas que as de terra firme — cada assalto terminava quando um homem caía, e a luta prosseguia até que um homem, ou os dois, não pudesse mais atender à sineta. Nicky Ward, o seu empresário, esfregou-o com a água retirada diretamente do Hudson, enquanto Snatchem, o sanguessuga, examinava a parte de trás da sua cabeça.

— Meu Deus, mas você já abriu um corte aqui atrás, precisa tomar cuidado... — Snatchem implorou, encharcando o ferimento com iodo antes que Dolan o empurrasse para longe com impaciência.

— Vou tentar não virar de costas para o sujeito.

Eles tinham feito círculos em volta um do outro pelo restante da tarde, e para dentro da noite. Dolan era mais rápido que o campeão, capaz de passar por baixo dele com sua postura inclinada, acocorada. Mas sempre havia um preço a pagar. Morrissey o golpeara com mais força do que ele jamais fora atingido em sua vida, pior do que qualquer coisa que havia suportado nas mãos de Ianque Sullivan, ou de Bill Carniceiro, ou mesmo de Tom Hyer — e devolver os socos de Morrissey era o mesmo que bater num búfalo. Os punhos de Dolan quicavam na cabeça do sujeito, o osso peludo acima dos olhos dele. Quando retornou ao seu canto depois do vigésimo assalto, seus dedos estavam como carne moída cheia de vermes rombudos e sangrentos.

— Você vai quebrar as duas mãos indo por cima dele desse jeito — Snatchem repreendeu-o novamente.

Depois, segurou os punhos de Dolan com profissionalismo e, com todo cuidado, sugou o sangue coagulado e o pus dos descarnados nós dos dedos. Cuspindo cada bocado dentro do balde, depois esfregando-os outra vez com farinha.

— Não me importo — Dolan falou, surpreendendo-se com as palavras. *Mas eram verdadeiras, ele não se importava.*

Se fosse com algum outro lutador, talvez ele tivesse usado os dedos dilacerados para sua própria vantagem — fazendo com que Snatchem os pintasse inteiros com iodo ou sal, e permitindo que ardessem e cegassem os olhos do seu oponente. Mas ele sabia que, se tentasse fazer tal coisa agora, jamais sairia vivo daquele barco. Os capangas de Morrissey da Tammany, com suas facas e pistolas, e suas pesadas apostas, iriam liquidá-lo na hora.

Não tinha outra escolha senão continuar dando investidas e apanhando — *e ele gostava que fosse assim.* A antiga e descuidada excitação crescendo dentro dele. Quanto mais apanhava, mais ele precisava bater. Avançando, indiferente aos murros que choviam em sua cabeça, nas costelas e nos rins. Cada soco servindo apenas para impeli-lo a bater novamente.

A luta continuou por vinte e cinco assaltos, depois trinta — depois quarenta. Cada assalto terminando com Dolan caído no convés. O sol agora ardendo tanto nas suas costas e ombros que ele queria gritar cada vez que desferia um soco. O ringue demarcado com giz era coberto com serragem entre um assalto e outro, porém ainda assim os lutadores escorregavam e deslizavam pelo convés, liso e escorregadio com o sangue e suor de ambos.

Como o chão na Place of Blood, coberto de sangue debaixo da sua vassoura. Seu cunhado, Tom O'Kane, lhe arranjara aquele emprego, mas ele não ficara por muito tempo. Preferindo estar em algum lugar — qualquer lugar — onde fosse ele a empreender a matança...

O quadragésimo-primeiro assalto terminou quando Morrissey escorregou e caiu por sua própria conta e, por um instante, Dolan imaginou se ele realmente estaria esgotado. Mas ele voltou para o quadragésimo segundo assalto, derrubando-o rapidamente no convés e, depois disso, Dolan desistiu de uma vez por todas de qualquer esperança de vencer.

No entanto, continuou avançando direto para Morrissey. Muito além, agora, de quaisquer ilusões de autopreservação, apenas curioso para ver o que tinha dentro de si. Aqui e ali o rosto orgulhoso de Morrissey exibia as marcas do seu próprio esforço. Uma veia latejando através da saliência de granito da sua testa. Uns poucos cortes no nariz e faces, a barba de Vicking pontilhada e suja de sangue.

A *maior parte dele mesmo*, Dolan sabia. Ele fazia alguma idéia de qual era a sua aparência pela maneira como Snatchem e Nicky Ward recuavam com aversão quando ele voltava para o canto. Já cuspira dois dos poucos dentes que lhe restavam, e os outros estavam moles. Não conseguia sentir o nariz e havia um zunido constante na sua cabeça, e a visão estreitara-se a duas fendas enevoadas, através das quais conseguia apenas divisar a figura de Morrissey atacando-o mais uma vez.

Porém, um pouco antes do início do qüinquagésimo assalto, Dolan percebeu que agora a multidão estava gritando o *seu* nome. Atirando mais moedas e notas, apostando em quanto tempo *ele* agüentaria. No seu canto Nicky implorava para que ele desistisse, dizendo que acabaria cego ou morto se voltasse para o ringue.

— Por que, você apostou mais dinheiro no próximo assalto, Nick? — Dolan grunhiu em resposta, e depois voltou cambaleando.

Quem diabos eles eram para se preocupar se ele iria morrer ou viver? Além disso, ele já estava morto, foi o que lhe disseram no portão do asilo de indigentes...

Mas aquele seria o último assalto. Ele não conseguia mais lutar, mesmo se quisesse — os nós dos dedos em frangalhos, as mãos e dedos quebrados e inúteis. Ele nunca havia sido nocauteado numa luta. Imaginando como seria apanhar até perder os sentidos. Querendo, ansiando por isso.

Ele andou até o centro do ringue e desferiu um louco e curvo golpe de direita em Morrissey, pretendendo errar. O campeão deu um passo adiante e lançou um curto soco de esquerda no seu queixo, que o deixou zonzo, mas ainda de pé. *Você ainda vai ter de merecer a vitória.* Morrissey movendo-se para ele outra vez, decidido e implacável como um navio de guerra. Dolan apenas baixou as mãos e então — num momento sobre o qual falariam durante anos nas sedes dos clubes e nos salões dos bares — cuspiu fora um dente, que ricocheteou sarcasticamente no peito do campeão.

— Vam'lá, seu gordo desgraçado! O que diabos está esperando?

Morrissey encarou-o com curiosidade, suspeitando de uma armadilha — ou incapaz de entender o que Dolan estava falando através da boca destroçada, ele nunca soube com certeza. Então ele avançou — fintando uma vez com a cabeça, profissional até o fim. Dolan não viu a esquerda chegando, um soco direto, duro, incrivelmente exato mesmo depois de tantos assaltos. A direita seguindo imediatamente. Uma combinação perfeita, atingindo-o com tanta força que Dolan sentiu como se alguma coisa explodisse em seu crânio, e desmaiou antes mesmo de aterrissar no piso do convés.

Quando voltou a si a multidão já o erguera nos ombros. Os rapazes das gangues e os apostadores o carregavam alegremente, dando voltas e voltas em torno dos vapores e das jangadas, espalhados por toda parte com suas bandeiras e flâmulas comemorativas.

Dolan estava tão zonzo que achou que iria enjoar, mas não conseguia juntar energias para vomitar. Em vez disso olhou embotadamente para o outro lado do ringue, onde Morrissey estava sendo lavado e esfregado pelos seus assistentes da Tammany. Ainda postando-se ereto e inflexível como um carvalho, olhando direto para Dolan e enviando-lhe um pequeno e respeitoso gesto de cabeça que, obviamente, deveria ser algum tipo de reconhecimento pelo seu esforço na luta.

Dolan cuspiu um jorro de catarro ensangüentado na direção dele. Morrissey franziu a testa e se virou — sem entender que havia falhado em seu trabalho. Que deveria ter golpeado Dolan até que mais nada restasse, até que todo pensamento cessasse, de uma vez por todas...

Mas era tarde demais. Ele estava novamente desperto e os camaradas embriagados continuavam levando-o em círculos muitas e muitas vezes pelo ringue até que ele desmaiou, e teve de ser deitado no convés e encharcado com a água do rio até ser novamente reanimado, mais furioso que nunca por ainda estar vivo.

37

HERBERT WILLIS ROBINSON

A Cidade jaz de costas, fendida ao meio, como algum besouro esmagado no calçamento. A turba emana instantaneamente em todos os quarteirões. Homens, mulheres e crianças enxameando as ruas, procurando alguma coisa por cima da qual possam dar vazão à sua fúria ou prazer. Gritando e berrando até enrouquecer, brandindo qualquer arma tosca em que ponham as mãos — pedaços de pau e de cercas, venezianas e pedras, ferros de passar roupa e frigideiras.

Eles saqueiam tudo agora, abandonando qualquer pretensa busca pelos registros de recrutamento. Pilhando hotéis e restaurantes, mercearias e lojas de penhores, alfaiatarias, lojas de roupas e joalherias. Toda a ordem da Cidade destruída no decorrer de uma única manhã. No Décimo Quarto Distrito eu vi até mesmo um vereador liderando a revolta.

Eu abro meu caminho à força na direção do centro, tentando desesperadamente obter alguma notícia de alguém. Mas os Metropolitanos não podem ser encontrados em parte alguma. A maioria das delegacias agora está abandonada, ou defendida por guarnições de esqueletos — muitos dos prédios já incendiados pela turba.

Eu tenho que descer por todo o caminho até o quartel-general da polícia na Mulberry Street. Que diferença de quando estive aqui, apenas na noite passada! A tranqüila eficiência de Kennedy agora totalmente desaparecida — bem como o próprio Kennedy, lutando por sua vida no hospital. Tudo está numa balbúrdia, os sargentos e patrulheiros surrados e feridos, vagando de um lado para outro, os mensageiros chegando aos borbotões de todas as partes da Cidade, cidadãos temerosos e furiosos exigindo alguma providência.

Eu consigo abrir caminho aos empurrões até o comissário Thomas Acton, da Junta Policial, que supostamente está no comando. Ele está sentado atrás da escrivaninha de Kennedy, o rosto vermelho de fúria, tentando criar algum tipo de ordem em meio ao caos. Ofegando, conto a ele sobre o incêndio no Asilo para Órfãos de Cor, e como ouvi alguns integrantes da turba falando em atacar o Arsenal. Mas ele apenas assente com a cabeça, a expressão sombria.

— Sim, sim. Nós já sabemos disso!

Ele está prestando mais atenção aos constantes relatórios trazidos pelos mensageiros, ou aos telegramas que chegam daqueles poucos bairros onde o telégrafo ainda funciona.

Estão surrando os garçons negros no Restaurante Crook's... Uma tropa de Inválidos foi desbaratada na Grande Estação Central, seus rifles roubados... Homens estão tentando incendiar a ponte do rio Harlem e a Ponte do Macombs... Os revoltosos estão erguendo barricadas na Ninth Avenue... Estão atacando as residências dos negros na Baxter Street e na Leonard Street, estão incendiando hospedarias dos negros na Roosevelt Street...

— Por Deus, homem, você chegou a *ver* como estão as coisas lá fora? — eu grito, sem conseguir me conter, pensando que ele é incapaz de entender realmente o que está havendo, com ou sem telegramas.

Mas Acton tem um plano. Por todo o dia ele e o inspetor Carpenter — o oficial de maior patente que restou no quartel-general — estiveram retirando os homens das ruas. Eles estão tentando organizar uma força de ataque para enviar contra a turba de desordeiros, e calculam que já reuniram cerca de 125 policiais no quartel-general, superlotando a sala de reunião de tropas.

Eles estão também pondo em risco a Cidade inteira. Os policiais estão sendo pressionados quase até o limite máximo, protegendo apenas as artérias vitais da cidade — as linhas de telégrafo, os trilhos de trens e as pontes, os estaleiros, docas e bancos, e suas próprias delegacias. Muitos dos patrulheiros que eles reuniram já estão ensangüentados e cheios de bandagens devido às lutas daquela manhã.

Nesse meio tempo o sargento Burdick e seus homens do esquadrão da Broadway entram se arrastando no quartel-general. Estes são os 44 homens maiores e mais duros dos Metropolitanos, que fazem o serviço sujo e pesado de organizar o tráfego na Broadway. Estavam armados com revólveres Colt e carabinas de retrocarga, com ordens de defender o Arsenal na Twenty-first Street e Second Avenue.

Em vez disso, eles acabaram se espremendo num minúsculo depósito nos fundos do Arsenal, e fugindo para salvar suas vidas. Esta é a pior notícia até agora. No momento em que o esquadrão temporário está se formando na sala de reunião de tropas, os arruaceiros presumivelmente estão se armando — arrombando as caixas de armas novas em folha e de munições que capturaram. Com este tipo de poder de fogo, serão capazes de superar em armas todos os policiais, todos os soldados que restaram na Cidade.

Mesmo agora, na sala de reunião do quartel-general na Mulberry Street, podemos ouvir seus gritos e brados orgíacos penetrando pelas janelas. A turba aproximando-se inabalavelmente. Os policiais se agitam e remexem inquietos, sem saber ao certo o que esperar, o que fazer.

Dan Carpenter posta-se diante dos seus homens. Ereto como uma vara, a testa franzida, mas os olhos brilhando acima do espesso emaranhado da barba.

— Em forma! Em forma, homens!

Eles se colocam em posição de sentido, imediatamente transformados. Observando com ansiedade, agora, quando Tom Acton se adianta para entregar o comando a Carpenter.

— Vai sair agora, senhor?

— Sim, vou — Carpenter responde, numa voz de trovão. — Vou sair, e não retornarei a não ser que seja para voltar vitorioso!

Os policiais explodem em gritos de vivas, abafando a selvagem excitação das ruas. *Os irlandeses irão lutar.*

— O que devemos fazer com os prisioneiros, senhor? — o sargento Copeland pergunta.

— Prisioneiros? *Prisioneiros?* — Acton retruca ameaçador, resfolegando como um cavalo de batalha. — Não façam prisioneiros! *Matem! Matem! Matem!* Acabem com a arruaça. Acabem com a arruaça. Não me tragam nenhum prisioneiro para esta sala até que a arruaça esteja acabada!

— Homens! — Carpenter troveja. — Vocês ouviram suas ordens. Nossa missão é enfrentar e debelar uma revolta! Não façam prisioneiros!

Eles ainda estão gritando e aplaudindo loucamente, os ferimentos e o cansaço esquecidos, quando Carpenter os lidera para fora, para a Mulberry Street.

— Sigam-me, rapazes! E quando atacarem, ataquem rápido e com força!

Eles seguem marchando e cantando, movendo-se em fileiras de quatro ao longo das ruas destruídas, incendiadas.

A União para sempre,
Hurra, rapazes, hurra!
Abaixo o traidor
E salve a nossa estrela...

Eu os acompanho, dizendo a mim mesmo que não me importo com o perigo. Querendo ver se eles podem salvar a Cidade. Apenas querendo — desejando muito — ver o que acontece em seguida.

Estamos marchando direto para a turba, agora. Posso ouvi-los chegando, abafando a nossa canção enquanto nos aproximamos da Amity Street. É um barulho terrível o que eles fazem — como o avanço de uma grande conflagração, esmagando e triturando, metodicamente, tudo o que estiver em seu caminho.

Primeiro surge uma enlouquecida confusão de refugiados, impelidos à frente da turba como incontáveis pombos assustados. Negros e mulheres, na maior parte, mas também famílias inteiras de brancos — *cidadãos de uma cidade americana* — fugindo para salvar suas vidas. Eles quase rompem as nossas fileiras, em seu pânico. Carregando desesperadamente quaisquer das suas posses que conseguiram salvar, seus carrinhos de mão e carretas sacudindo no calçamento de pedras.

— Esperem, rapazes! Deixem-nos passar! — Carpenter ordena, e os policiais se dividem para permitir que eles passem através das fileiras, seus rostos empalidecendo diante daquela visão.

Mas não há tempo para o pânico. Logo atrás dos fugitivos chega a multidão. Eles marcham com arrogância, agora, autoconfiantes, preenchendo toda a Broadway até onde a vista pode alcançar. Deve haver pelo menos dez mil, gritando e escarnecendo conforme se aproximam. Brandindo os toscos porretes, pedras e facas; seus remos, arpões, mosquetes e pistolas — até mesmo umas poucas espadas que roubaram em algum lugar.

Quando nos avistam, lançam um grito selvagem, voluptuoso. Longe de recuar, ou desistir, correm direto para nós, rugindo como uma locomotiva. Os Metropolitanos param novamente, a música morrendo em suas gargantas. Posso pressentir que eles estão prestes a se dispersar, a correr adiante dos arruaceiros, e eu mesmo mal consigo conter a urgência de fugir também.

Mas Carpenter dá um salto à frente dos seus homens, virando deliberadamente as costas para a multidão. Balança seu bastão de madeira por cima da cabeça, depois começa a bater com ele nas pedras do chão, ritmicamente — o sinal universal de reagrupamento da polícia. Os homens passam a acompanhá-lo no mesmo instante, batendo com seus próprios cassetetes ao longo da rua até que a batida se torna constante, ressoante, ouvida até mesmo acima da gritaria da turba.

A multidão diminui a velocidade de avanço diante do som, mas está a menos de cem metros de distância, e chegando mais perto. Um gigantesco carroceiro celta corre à frente dos outros, agitando uma imensa bandeira americana que roubou de algum hotel.

— *Ao ataque, pessoal! Eles não podem nos deter agora!* — ele berra, e corre direto para Carpenter, sacudindo o mastro da bandeira acima da cabeça do inspetor.

Porém Carpenter corre para encontrá-lo, com o seu próprio bastão a postos. Desvia-se facilmente do longo balançar da bandeira — e atinge o celta com tanta força que soa como um homem arrebentando uma abóbora. O grandalhão cambaleia com um passo para trás, o sangue escorrendo da têmpora, e cai morto na rua. A multidão atrás dele pára abruptamente, atônita com aquela demonstração de resistência — enquanto dois patrulheiros correm para pegar a bandeira antes que ela atinja o chão.

— Pelo flanco direito! — Carpenter late suas ordens com frieza. — Companhia à frente! Velocidade redobrada! *Atacar!*

Com um único brado os homens erguem seus cassetetes e atacam. Rasgando através da turba como um debulhador de trigo. Os braços subindo e descendo, subindo e descendo, os cassetetes de madeira esmagando a cada golpe.

Os arruaceiros estremecem diante daquele impacto — e depois recuam. Desferem uma saraivada de pedras, tijolos e tábuas de cercas e alguns dos policiais caem, porém outros avançam imediatamente para substituí-los. Seus braços ainda subindo e descendo, subindo e descendo, abrindo uma clareira pela Broadway acima.

Carpenter ainda segue na dianteira, os olhos brilhando como os de um demônio enquanto guia seus homens. Subitamente ele está frente a frente com aquela criatura do parque — o líder *deles* — que ainda carrega em volta do pescoço a placa de madeira com o *RECRUTAMENTO NÃO!* rabiscado a giz. Os dois homens se atracam corpo a corpo e, por um momento, parece que a criatura talvez seja capaz de dominar até mesmo Carpenter. Então o sargento Copeland e outro policial chegam por trás do homem e o golpeiam com seus cassetetes, até que ele fique caído de bruços no chão. Eles levantam seu corpo inerte e o arremessam direto através da janela de um *saloon*.

A falange da polícia avança, ainda esmagando qualquer coisa que se atreva a ficar no seu caminho. Eu os sigo logo atrás, como um homem resistindo às ondas lá em Coney Island — milagrosamente intocado enquanto homens caem por toda minha volta.

É uma luta cruel, primitiva, travada com as ferramentas mais elementares, pedras, tacos e lanças. Mas a rua é estreita demais, mesmo sendo a Broadway, para que a turba consiga resistir. Logo eles entram em pânico e se dispersam diante da nossa violenta investida — tropeçando e caindo de volta pela avenida, deixando centenas de mortos e feridos em seu rastro. Os homens de Carpenter parecem meramente sem fôlego, apenas um punhado deles feridos com gravidade. Mas ainda há muito a ser feito.

— Em frente, homens! Em frente! — ele os apressa, incitando-os na direção do Arsenal.

Este é um prédio formidável, uma construção de tijolos de quatro andares, com janelas pequenas e uma pesada e sólida porta de carvalho no alto de uma íngreme escadaria frontal. Um lugar fácil de ser defendido — e só podemos imaginar que tipo de recepção teremos ali, agora que os revoltosos tiveram tempo de sobra para fortificá-lo e se apossar das armas.

Porém, eles tinham sido lentos na investida, graças a Deus, da maneira que o populacho sempre é quando não encontra oposição para lhe ocupar a mente. A porta de carvalho ainda está aberta e pendendo para os lados, presa apenas pelas dobradiças, no local onde eles arrombaram primeiro. A maior parte da multidão está ocupada, saqueando as mercearias e bares das redondezas — uns poucos arruaceiros somente agora começando a retirar os mosquetes e carabinas das suas embalagens.

Nós estamos por cima deles antes que percebam, cercando o Arsenal e prendendo os saqueadores lá dentro. Qualquer um que tente escapar é abatido, e atirado pela escada abaixo assim que passa pela porta. Podemos ouvir os outros no interior, contudo, ainda gritando seu ódio e nos desafiando. Carpenter pega sua arma e lidera os homens para dentro.

— A eles, homens, *agora*!

Ele derruba a porta arruinada com um chute. Os arruaceiros estão diante de nós, inclinando-se sobre alguns rifles — os engradados abertos com pés-de-cabra, mas as armas ainda sem ter sido limpas nem distribuídas. Os Metropolitanos caem sobre eles como cães num rato, derrubando qualquer coisa que se mova. Os desordeiros que conseguem, pulam direto pelo vidro das janelas, desesperados para escapar dos golpes dos cassetetes.

Apenas uns poucos se voltam para a luta. Os homens de Carpenter os empurram lentamente através do piso até a escadaria interna — tropeçando nos degraus, praguejando e zombando enquanto sobem. Eles não conseguem enfrentar o avanço implacável e quase mecânico da polícia — *aqueles braços ainda subindo e descendo, subindo e descendo.* Eu vejo quando o sargento Copeland derruba um mastro de quase um metro das mãos de um homem com o seu cassetete, depois o atira com golpes por cima do corrimão. Outro brutamontes tenta atacar o sargento com um arpão de pesca — mas Carpenter, ainda à frente, lhe desfere um tiro direto no rosto.

Os policiais os impelem para o terceiro andar. Uma vez ali, no entanto, eles se protegem com barricadas no salão de treinamento, onde é guardada a maioria das carabinas. Podemos ouvi-los lá dentro, correndo para desempacotar as armas, e agora até mesmo Carpenter hesita, incerto do que fazer. Se eles conseguirem que as carabinas funcionem, irão nos superar facilmente em armas — podendo romper e mudar todo o rumo da batalha.

— Precisamos derrubar a porta! — o inspetor ordena.

Mas é então que sentimos o cheiro de fumaça, erguendo-se lentamente através dos pisos de madeira úmida e cheios de frestas do Arsenal. Algum acidente — ou algum idiota — incendiou o lugar. As chamas já estão correndo ao longo do segundo andar, devorando os velhos e empoeirados engradados e barris — movendo-se inexoravelmente na direção da pólvora e das balas. Carpenter ordena aos seus homens que saiam e eles saem, o mais depressa que conseguem correr.

— Fogo! Fogo! Saiam enquanto podem se salvar!

Atrás das portas ainda os ouvimos rir e praguejar contra nós.

— Vão para o inferno, malditos! Que tipo de imbecis vocês acham que somos?

Nós mal conseguimos sair antes da primeira explosão. Há um estrondo abafado, depois uma torre de chamas explode bem no meio do Arsenal, elevando-se a cem metros para o ar. Uma chuva de balas e projéteis desaba, rompendo as paredes de tijolos do prédio antes tão sólido, fazendo com que até mesmo a turba de agitadores saia correndo e gritando por socorro e, espiando de trás de um depósito no outro lado da rua, eu tenho um relance do inferno. O piso sob o salão de treinamento cedeu, e agora os homens lá dentro se arremessam para baixo, em meio às chamas, gritando e queimando-se enquanto caem.

Porém, de alguma forma, uns poucos deles conseguem sair pela porta aos tropeços. Estão em chamas, ou gravemente queimados — alguns ainda agarram cegamente as carabinas nas mãos. Carpenter sobe pela escada da frente e atira neles conforme vão emergindo, um depois do outro, com a mesma facilidade com que atiraria em cães raivosos.

— Pelo menos isso nos poupa o trabalho de transportar as armas de volta — ele diz casualmente, guardando a pistola no coldre.

Então ele nos guia de volta para o quartel-general, deixando o Arsenal ainda queimando atrás de nós. Nem sequer uma alma se atrevendo a ficar em nosso caminho, agora. Os homens marchando com júbilo, berrando uma nova canção enquanto marcham.

Tua bandeira faz a tirania estremecer
Quando estamos sob o vermelho, branco e azul...

Eu gostaria de dizer que sou capaz de manter uma certa objetividade, um certo profissionalismo no rastro de tudo isso. Mas, ao contrário, devo admitir que estou exultante. Eles esmagaram os homens que destruíram a minha Cidade, e até me vejo cantando junto com eles, enquanto se agitam de volta para o centro:

Quando estamos sob o vermelho, branco e azul...

38

RUTH

Fim da tarde.

Ela ouviu o sino das vésperas tocando na igreja de St. Patrick — um som tranqüilizador depois de tantos barulhos inquietantes e aterrorizantes no decorrer daquele dia.

No entanto era quase pior, com Billy ainda fora de casa...

Ela olhou para os filhos, escarrapachados pela cozinha. Era impossível, agora, esconder deles que alguma coisa estava acontecendo. Durante a tarde eles tinham ficado tão enclausurados, tão agitados de frustração que ela os deixara ir para a rua, contanto que não se afastassem muito da frente da casa.

Porém, mesmo ali eles tinham percebido. A rua vazia. O ruído de gritos e explosões distantes, abafados, o cheiro de fumaça. Não demorou muito para que as brincadeiras ficassem desanimadas e eles desistissem, voltando para dentro.

Agora estavam sentados ali, recostados em silêncio nas cadeiras, Mana em seu colo e Elijiah aos seus pés. Seus olhos fechados, até mesmo Milton cochilando com eles. *Seus emblemas de Billy.* A cor ou o rosto dele estampados em todos os seus filhos, pelo menos um pouco. E o seu próprio ser apagado, ela ficava satisfeita de ver, submerso debaixo do dele.

Não, ele ainda deve estar vivo. É bastante inteligente para ficar fora do caminho deles... ao menos quando não está bebendo.

Por todo o dia as notícias foram bem ruins. Uma vizinha depois da outra correra furtivamente pela rua, certificando-se de que ela não perdesse nenhum detalhe. A sra. McGillicuddy, em especial, trazendo-lhe as notícias de lutas em um ou outro quarteirão, uma ou outra história sobre o linchamento de um negro, sempre com um meio sorriso de desdém no rosto balofo, avermelhado.

Nada havia sobre o Asilo para Órfãos de Cor — mas ainda assim ela não conseguia deixar de pensar no pior. E só de pensar ela se sentia esmagada. *Toda a beleza dele desaparecendo, de uma hora para outra.* Ela se lembrou da primeira vez em que o vira, andando com seu porte altivo e ereto, voltando dos campos do vilarejo dos negros. Suas roupas de trabalho eram velhas e surradas, mas o rosto másculo e reluzindo sob o sol. *O homem mais belo que ela já havia visto...*

Ela ainda morava em Pigtown com Johnny Dolan, então, perto de onde eram agora a Fifty-Ninth Street e a Quinta Avenida. Era apenas um vilarejo em formação, na época, um amontoado de barracos feitos de madeira e tijolos tirados de demolições e vedados com lama e graxa. De manhã os homens iam trabalhar nas construções, ou nas usinas beneficiadoras de sebo ou ossos, ou nos açougues e curtumes a pouca distância dali. Cambaleando de volta à noite, depois de uma parada nos alambiques, cansados até os ossos, embriagados e violentos.

Ela já estava trabalhando para as catadoras de trapos em seus pardieiros perto do East River, e no final do dia mal conseguia suportar a idéia de voltar para casa. Ela parava ao chegar nas margens do vale, depois caminhava através dos campos sulcados e áridos. Sem se importar realmente para onde estava indo. Levantando as saias para passar por cima dos muros e cercas grosseiros e caídos, pensando: *A que ponto eles chegaram. Nem mesmo sabem como erguer uma boa parede de pedras...*

Foi assim que ela encontrou a Vila dos Pretos. Nunca havia passado por ali antes, embora conhecesse cada centímetro dos descarnados bosques e prados até o Haarlem, e tivesse encontrado muitas coisas em suas caminhadas. Outras favelas irlandesas escondidas, e pequenos e organizados vilarejos de alemães. Uma capela e uma escola para meninas, dirigida pelas Irmãs de Caridade em McGown's Pass. Uma alucinada colcha-de-retalhos de jardins, viveiros de cabras e lindos e minúsculos campos, tudo guardado atrás de um elaborado muro de pedras feito por um excêntrico burguês alemão de Moenchengladbach, que se anunciava com um cartaz que dizia: *Jupiterville, Propriedade de Júpiter Zeuss K. Hesser* — embora ela ainda não soubesse disso, pois ainda não sabia ler, e apenas passava as mãos, admirada, sobre as delicadas letras entalhadas.

Então um dia ela se deparou com uma pequena saliência perto da Estrada Bloomingdale, cerca de um quilômetro e meio ao norte e oeste de Pigtown, e lá estava, desdobrando-se à sua frente como uma visão. Uma comprida e completa fileira *deles*, andando juntos dois a dois. As mulheres primeiro, depois os homens vindo atrás. Muitos sem sapatos, porém completamente vestidos de branco, até as faixas amarradas nas cinturas e os lenços que as mulheres usavam nas cabeças. Entoando algum hino que ela não conhecia, nem compreendia, seguindo o homem que ela presumiu ser algum tipo de pastor dos negros. Ele erguia uma cintilante cruz de latão à sua frente — o manto amarelo e bordado sobre seus ombros era a única ruptura naquela indumentária toda branca.

Mas a pele deles. Ruth não conseguia desviar os olhos. Aquela era a cor verdadeira. Não havia nem mesmo duas pessoas com o mesmo tom exato; alguns bronzeados, outros com a cor de café, alguns quase amarelados e de um vermelho apagado, ou até quase tão brancos quanto ela.

Porém, a maioria era de negros de verdade, um negro profundo e azulado. Sua cor destacando-se de maneira ainda mais brilhante em contraste com as calças, vestidos e saias tão brancos e limpos.

Ela já havia visto pessoas com aquela cor de pele, nas ruas do centro da cidade — na maior parte marinheiros, com suas jaquetas de marujo e calças listradas, falando numa língua estrangeira. *Mas, aqui! E tantos juntos!* Havia dezenas deles, andando tão perto de onde ela morava, tão visivelmente atingíveis e humanos. Ela moveu-se em transe atrás da procissão, depois que eles passaram. Desesperada para vê-los, para examinar cada detalhe deles. Para ver como eram seus rostos, seus cabelos, os pés descalços — ver e conhecer cada diferença neles.

E eu queria dar pulos de alegria, então. Queria dançar e rir, só de vê-los. Só de ver que existiam pessoas como aquelas no mundo — qualquer uma, qualquer pessoa tão diferente de toda a merda que eu conhecia.

Ela ficou parada na estrada, ainda ofegando atrás deles, enquanto o pastor conduzia a procissão para o vilarejo. Este não passava de umas poucas dezenas de simples casas de madeira, construídas em volta de um par de ruas de terra, com uma igreja na ponta de cada uma. Bastante pobre, ela sabia, talvez mais pobre do que Pigtown. No entanto, as casas pareciam de verdade, e o terreno em torno delas era dividido em jardinzinhos bem cuidados e campos cultivados, nos quais cresciam abóboras, trigo e talos compridos de milho, de forma que, a ela, parecia que estavam marchando direto para o próprio Paraíso.

Ruth queria segui-los até lá naquele mesmo instante, descer pela estrada atrás deles, mas não conseguiu se decidir a fazê-lo. Começou a andar, depois recuou — começou outra vez e voltou, até que estivesse fazendo uma verdadeira dança no meio da estrada. Incerta sobre o que iria lhes dizer, o que *poderia* lhes dizer, ou sobre o que eles fariam.

Foi então que ela *o* avistou, vindo através dos campos. Usando a camisa e a calça azuis de trabalho, um chapéu de palha disforme na cabeça. *E a pele dele.* A pele dele também era negra como carvão, tingida com apenas o mais leve tom de vermelho. As mãos enfiadas no fundo dos bolsos, a cabeça baixa como se estivesse analisando o chão onde pisava.

E, no entanto, ela pressentia, ainda vigilante — ainda ciente de tudo o que o rodeava. Sua cabeça se levantando só um pouco, quase imperceptivelmente, com todos os sons que ele ouvia. Suas passadas não eram diretas, mas ligeiramente ondulantes. Os pés ainda assim ágeis, lépidos, mal parecendo tocar o solo pantanoso, como se estivesse dançando consigo mesmo.

O vilarejo inteiro movendo-se através dos campos para dançar nas encruzilhadas. As mulheres com fitas nos cabelos e os homens levando suas rabecas e potes, andando silenciosamente para não acordar o padre rabugento...

Ele era, Ruth tinha certeza, o homem mais bonito e másculo que ela já vira — e, então, nada pôde fazer exceto correr. Embora estivesse mortificada pelo barulho que fazia, esmagando os arbustos ralos, as folhas secas, como um animal apavorado. Escondendo-se em meio às árvores esqueléticas, cobrindo o rosto e a cabeça com os braços, mas ainda incapaz de se impedir de olhar para ele, de soltar as mãos e ver o rosto dele, sua linda cabeça. Até que ele entrou na Vila dos Pretos, sem ter dado o menor sinal de que a tivesse escutado.

Depois disso ela deixava-se ficar constantemente em volta do vilarejo. Arrastando-se de joelhos por entre os arbustos. Sentindo os galhos das amoreiras arranhando-lhe as pernas, o cheiro de terra e das folhas esfareladas em suas narinas. No início, antes de saberem quem era ela, eles tinham soltado os cachorros para procurá-la. Eram animais rápidos, silenciosos, treinados para atacar uma pessoa antes mesmo que ela soubesse que estavam ali, e Ruth fizera de tudo para escapar deles — ouvindo-os resfolegar, o suave bater das suas patas no mato logo atrás dela.

Uma vez que se acostumaram com ela, entretanto — assim que se certificaram de que ela não era o xerife, nem um caçador de escravos fugitivos se esquivando ali no bosque — eles a deixaram em paz. Presumindo que se tratava apenas de mais uma mulher branca, como todos os outros brancos da Cidade, homens, mulheres e crianças, que gostavam de vadiar em volta da Vila dos Pretos, ou a *Vila Sêneca*, como ela descobriu que eles chamavam o local. Vindo para observar embasbacados uma cidade inteira cheia de negros — ou para algo mais.

Ela se esgueirava até quase o lugar onde eles trabalhavam nos campos, abaixando-se, rastejando através dos arbustos. Observando-os marchar para o interior de uma das duas igrejas de tábuas nas manhãs de domingo. Querendo perguntar se eles *o* conheciam, e como ele era, porém não apenas isso. Querendo lhes perguntar, também, como tinham chegado ali, para estar cultivando aqueles pequenos lotes de terra, sem ser incomodados pelo resto do mundo. Querendo saber como foi que eles conseguiram ser deixados em *paz*.

Depois disso ela geralmente o via à tarde, quando ele voltava para casa. Ele passava bem ao largo de Pigtown, ela reparou, gingando por todo caminho até os trilhos da ferrovia na Forth Avenue. Era ali que ela o avistava quase todas as noites, retornando do seu trabalho com as catadoras de trapos. Ela o seguia ao longo das ruas meio-construídas, meio-desertas. Certificando-se de manter a distância até que ele virasse para o oeste, contornando a Sixty-fifth Street, depois mergulhando nos raquíticos bosques e campos que levavam à Vila Sêneca.

Ele caminhava bem mais depressa, assim que estava entre as árvores. Movendo-se quase furtivamente, os passos se alongando de forma que ela mal conseguia acompanhá-lo. Mas ainda assim ela o seguia, correndo atrás dele o mais rápido que podia, apenas para que pudesse vê-lo mais de perto. Envergonhada e desconcertada com a sua necessidade, mais envergonhada por estar trombando com o mato de maneira tão desajeitada.

Às vezes ela perdia o seu rastro, tão depressa ele se movia. Numa tarde, quase ao anoitecer, ela até teve certeza de que ele saíra da trilha e entrara num denso matagal de árvores e arbustos. Não podia imaginar por que ele o faria, mas, num impulso, foi atrás dele assim mesmo, para dentro do mato.

Quando estava ali, pensou que talvez tivesse se enganado. Debatendo-se em meio aos galhos encrespados das urzes, das heras e bosques de ailantos, incapaz até de encontrar o caminho de volta para a trilha na escuridão crescente. Até que finalmente ela se impeliu através de mais um arbusto — e viu-se face a face com ele. Parecendo tão surpreso quanto ela mesma — a mão esquerda erguida, como se fosse repelir um golpe. A mão direita ainda na cintura, segurando alguma coisa.

Uma faca, ela viu. Porém, ainda assim não sentiu a menor preocupação por estar sozinha ali com ele — apenas vergonha. Tentando cegamente passar por ele, penetrar mais fundo no matagal, mas ele se manteve em seu caminho.

— Você não deve ir para esse lado — ele disse, olhando para baixo como se também estivesse envergonhado de alguma coisa.

Ela pôde distinguir, então, o som de vozes masculinas vindo de trás dele, o cheiro de açúcar queimado. O hálito dele lhe pareceu conhecido, mas, de alguma forma, não tão ruim — não tão azedo e nauseante como o de Johnny Dolan ficava quando ele bebia.

Ruth deu um passo para trás, fitando-o, os olhos dele impenetráveis na escuridão agora quase total. Então ela se virou e correu na direção de Pigtown.

Depois disso ela tentou procurá-lo nas manhãs — para ver onde mais ele poderia ir durante o dia, e o que fazia. Pensando naquele encontro no matagal. Dizendo a si mesma, *Ele fez aquilo para me proteger, não quis se aproveitar. Fez apenas para me ajudar...*

Certa manhã, no fim da primavera, ela acordou mais cedo do que o habitual e esgueirou-se para fora do catre que dividia com Johnny Dolan. Vestiu-se no escuro, deixando Dolan ainda roncando — depois correu, descalça, pelos terrenos lamacentos e a grama alta que rodeavam Pigtown. Deixando os cães uivando enquanto passava, sem se importar com quem poderia vê-la, apenas contente por se sentir correndo.

Ela esperou perto da grande rocha cinzenta que Dolan havia escalado na noite em que chegaram a Pigtown, até avistá-lo de longe. Vindo pelos campos, de onde ela imaginara que ele viria, embora tivesse reparado que ele nunca fazia o mesmo trajeto duas vezes. Ela o seguiu, então, como fazia nas tardes, só que ao contrário — movendo-se através dos campos e dos agrupamentos de árvores e arbustos para o leste. Pegando o mesmo e largo desvio que ele, em torno da Pigtown irlandesa, por todo o caminho até a ferrovia da Fourth Avenue.

Depois disso foi mais fácil, ela podia chegar um pouco mais perto, atrás dos outros homens e mulheres que seguiam para o trabalho vindo dos distritos da cidade alta. Ela o rastreou até a Quinta Avenida, depois por quase um quilômetro e meio até o centro — até onde ele virou de repente e passou pelos portões de ferro do que parecia ser uma mansão, brotando milagrosamente num quarteirão quase vazio da Cidade nova.

Havia algumas palavras acima dos portões, mas claro que ela não sabia lê-las. Perguntou-se se ele seria um criado naquela casa grande, se as pessoas de cor faziam este tipo de trabalho — mas então se deu conta de que não tinha a menor idéia do que as pessoas da Vila Sêneca faziam, além de cuidar das suas próprias pequenas hortas, nem de como ganhavam a vida e o pão que comiam.

Queria segui-lo para dentro, mas não se atreveu a ir até a porta de uma casa tão grandiosa. Em vez disso ela deu a volta para os fundos, o que não foi difícil. Havia apenas outro par de casas espalhadas no quarteirão desolado, e seu maior medo era que ele pudesse vê-la das janelas da casa. Mas pelo menos havia um muro de tijolos que percorria todo o terreno dos fundos do casarão e ela conseguiu se esconder atrás dele, acompanhando-o até chegar ao portão de madeira.

Juntou toda sua coragem, então, e espiou através das tábuas — para ver dois grandes pátios, repletos de crianças de cor. Meninos e meninas com os mesmos uniformes, usando camisas, calças e vestidos de um tecido grosso, acolchoado. Rodopiando por ali com seus arcos, pulando corda ou jogando bola — embora ela achasse, também, que a maioria delas parecia séria demais para a idade que tinha, quase tão sérias quanto as crianças das quais ela se lembrava em Limerick e Tipperary, mendigando e morrendo de fome nas margens da estrada.

No início Ruth ficou estupefata, imaginando se a casa seria alguma extensão da Vila Sêneca, ou alguma outra independente cidade de negros. *Todas aquelas crianças negras, morando numa casa tão bonita!*

Então ela o avistou outra vez, entrando no pátio de piso de ardósia azulada. Ele estava se movendo de maneira diferente de quando ela o via caminhar pelos campos. Mais à vontade, menos vigilante — mas também desprovido daquele andar arrogante, leve, do qual ela tanto gostava. Ele parecia, ao contrário, andar perenemente curvado, abaixando-se ou ajoelhando-se a todo momento para abotoar o casaco de uma menininha, ou remendar uma bola de pano para alguns dos meninos. Movendo-se de uma criança séria para outra, com seus uniformes engraçados, almofadados — enxugando suas faces, contendo suas lágrimas, cuidando dos seus arranhões e machucados.

Um gongo ressoou e as crianças correram para formar uma fila — meninos e meninas, cada um em seus respectivos pátios. Eles se postaram em perfeita ordem, mais silenciosos e sérios do que nunca, até uma senhora branca, alta e com os cabelos grisalhos, aparecer em cada uma das portas, e depois eles sumiram para dentro da casa.

Agora ela entendia, Ruth pensou. A mansão era algum tipo de escola, talvez; uma casa de detenção ou um orfanato. *O amontoado de órfãos em Limerick, na porta do asilo de indigentes. Sentados ali com as bocas abertas, parecendo filhotes de passarinhos.* Depois que as crianças entraram ele endireitou o corpo devagar e começou a andar em volta dos pátios, pegando qualquer coisa que tivessem deixado ali — bolas e pedaços de fita, um pequeno agasalho. Levando tudo cuidadosamente para dentro, depois retornando para se certificar de que o portão estava fechado e trancado. Ela teve de dar um pulo para trás quando ele fez isso, girando o corpo para que ele não a visse — porém estava próxima o suficiente para ouvi-lo, e até sentir seu cheiro. O odor azedo da bebida agora desaparecido, apenas o cheiro dele — o aroma masculino de sabão, café, bacon e tabaco — no outro lado do portão. Certificando-se de que a tranca estava bem presa, depois as portas dos fundos, também, antes que ele próprio desaparecesse dentro do orfanato.

Naquela noite ela correra pelas ruas ao voltar do seu trabalho com as senhoras alemãs, querendo desesperadamente alcançá-lo no caminho de casa. Incapaz de parar de pensar na visão que tivera dele, com as crianças, durante o dia todo. Ela afundou no arvoredo perto da Sixty-fifth Street — e quase bateu direto com ele novamente. Ele estava parado na trilha adiante dela dessa vez, a cabeça ligeiramente virada na direção sul, como se estivesse prestando atenção a algum barulho.

— Fique quieta — ele disse, sem olhar para ela. A voz num sussurro, e ela não se atreveu a fazer mais nada além de respirar.

Havia um som distante, quase que mais uma sugestão de um som, um retinir muito leve de metal ou vidro — e ele virou subitamente e agarrou-a pelos ombros com as duas mãos. Antes que ela pudesse protestar, ele girou-a de costas e empurrou-a através dos arbustos para uma pequena vala. Os galhos a cegavam, arranhando seu rosto e seus olhos, e o corpo dele, muito maior do que o seu, sacudindo-se bruscamente por cima dela, pressionando-a contra a terra. Ele tampou sua boca com a mão — enquanto a outra puxava a faca que ela vira antes, guardada na bota, mantendo a lâmina a poucos centímetros da sua garganta.

Ruth ficou ali, com metade do corpo sob o dele, tentando parar de tremer e se preparar para o que quer que fosse que aconteceria em seguida. Mas ainda assim, de alguma forma, mesmo em seu medo e tremor imediatos, físicos, ela não acreditava que ele iria realmente feri-la. Então os lábios dele estavam na sua orelha, a respiração quente em sua face.

— Se fizer algum barulho eu corto você — ele sussurrou. — Juro por Deus!

Ela fez o que ele mandou — e no silêncio que se seguiu pôde ouvir os homens. Era o mesmo som tilintante de antes, agora muito mais próximo e nítido, quase direto acima deles. Ruth mexeu a cabeça levemente para olhar para cima — a mão dele ainda na sua boca — e então os viu.

Havia dois homens, movendo-se quase sem nenhum ruído ao longo da trilha. Eram homens brancos e magros, usando chapéus de abas largas e compridas capas brancas, andando recurvados como se estivessem seguindo algum rastro. Cada um deles trazia no cinto um chicote enrolado e uma pistola, claramente visíveis através das capas abertas.

— ... achei que ele tinha vindo para cá...

Somente quando estavam quase por cima deles Ruth deu-se conta de que os homens estavam falando um com o outro. As vozes modorrentas, com o sotaque sulista, eram menos que um murmúrio.

— ... eu tinha certeza. Ele vem por aqui quase todas as noites.

— Eu sei. Eu também já o vi. Acha que está por perto?

— Não sei...

Os homens pararam na trilha, a menos de um metro acima de onde eles estavam. Perto o bastante, agora, para que Ruth distinguisse as curtas correntes enroladas em volta dos seus braços, as grilhetas fendidas como mãos abertas. *Era esse o barulho*, ela entendeu então. Ocorreu-lhe, também, que se ela podia vê-los, eles talvez a vissem — o pálido rosto branco brilhando em meio ao matagal. Ela afundou-se ainda mais no solo, os cabelos castanhos se fundindo no lusco-fusco.

— Ele deve ter ido para algum lugar por aqui...

Um dos caçadores de escravos estendeu a mão na direção deles.

— Hum-hum. Você quer ir atrás dele? E se ele viu a gente?

— Ah, diabos, ele não nos viu.

— Então por que iria entrar aqui?

— Não sei. Para mijar. Vamos apanhá-lo com o cacete na mão.

Houve uma pausa. Ruth ficou escutando, o rosto contra o chão — esperando ouvir o primeiro estalar dos pés deles nas folhas secas. Imaginando o que *ele* faria, então.

— Está quieto demais para um homem mijando. Diabos, e se ele não estiver aí? Vamos passar a noite inteira procurando à toa...

— Tudo bem. — A primeira voz soava aliviada. — Tudo bem, vamos embora. Vamos dar uma olhada perto da vila...

Ela ouviu as vozes se afastando, os passos quase sem qualquer ruído. Mas ainda esperou — sem tentar se virar, nem fugir, nem mesmo levantar a cabeça. Tentando demonstrar que ele poderia confiar nela, esperando que ele tirasse a mão da sua boca.

— Você está bem? — ele perguntou, finalmente removendo a mão.

Ela assentiu, olhando para ele o mais direto que se atreveu. Porém, o rosto dele era inexpressivo, misterioso e indecifrável.

— Me diga uma coisa — ela falou. — Você ia mesmo cortar a minha garganta se eu fizesse barulho?

Ele fitou-a por outro momento, depois quase riu alto. Um longo sorriso se espalhou no seu rosto, espontâneo, e Ruth pensou que isso deixava a expressão dele muito mais terna, quase infantil.

— Não — ele sussurrou, olhando para baixo. — Não, isso iria demorar muito. Eu teria de ir para cima deles, primeiro.

Desta vez ela riu.

— Ora, eu imagino que sim! Imagino que isso seja mesmo verdade!

Ele riu também — então parou e olhou a trilha na direção de onde os caçadores de escravos tinham ido, para o oeste e para a Vila Sêneca.

— Preciso ir, agora. — Ele olhou para Ruth. — Você também precisa. Com esses homens por aí...

— Eu vou com você — ela disse, num impulso.

— O quê?

— Vou com você. Vou andando na frente. Dessa maneira eu posso avisá-lo, pelo menos... se acontecer alguma coisa. Se eles estiverem esperando você.

Ele ficou parado ali, olhando-a enquanto analisava a proposta, seu rosto escuro e belo ainda sem nada revelar.

— Não — ele falou finalmente, e o desapontamento a inundou. — Não, isso não está certo. Mas você pode andar atrás. Se alguma coisa acontecer comigo, você corre para a vila e avisa qualquer pessoa que encontrar. Você faria isso?

Ela assentiu, enfática.

— Sim, eu faço. Aviso alguém em especial?

— Não, qualquer um, a primeira pessoa que encontrar. Diga o que houve e para virem depressa com os cachorros. Você entendeu?

Ruth assentiu outra vez.

— Tudo bem, então.

Eles retomaram o caminho, ele andando uns bons passos adiante dela. Ruth levantou a barra da saia, quase correndo. A noite estava nublada e ela temia perdê-lo de vista na escuridão. Determinada a fazer a sua parte, correr e dar o alarme — mas sem ter certeza se realmente conseguiria deixá-lo se os caçadores de escravos aparecessem. Quando se aproximaram do vilarejo ele ergueu a mão e diminuiu o passo, e ela se manteve obedientemente atrás. Tentando obrigar os olhos a captar quaisquer sombras, cada possível esconderijo atrás dos arbustos baixos e das pedras que pontilhavam o terreno.

O vilarejo inteiro, caminhando pelos campos, o mais silenciosamente possível.

Ele andou um pouco mais, Ruth seguindo, depois parou mais uma vez. Ela podia ver as luzes da vila, agora, o fogo tremeluzindo pelas janelas das casinhas brancas, quadradas. *Quase lá.* Mas ele permaneceu imóvel no meio da estrada de terra, tanto que parecia mesclar-se com a escuridão — as árvores, as pedras, a noite nublada. Até que Ruth foi invadida por uma sensação semelhante à que tivera naquela noite no velho forte com Dolan — que nada daquilo era real, e que estava completamente sozinha em meio a uma imensidão escura.

Ele ficou ali, escutando — e depois deu meio passo para trás, como se tivesse ouvido algo. *Havia* alguma coisa. Ela distinguiu um tipo de som deslizante, como se alguém estivesse se arrastando pelo mato, muito baixo. *Será que estavam tentando rastejar até eles?* Mas naquele instante ela o ouviu rir novamente, e abaixar-se para pegar alguma coisa.

— Aqui, tudo bem. *Napoleão!* Agora estamos bem.

Ele estava afagando um enorme vira-lata amarelo, um dos muitos cachorros que ela já havia visto antes perto do vilarejo, rápidos, silenciosos e espertos como porcos. O animal avançou na direção dela, mostrando os dentes, mas ele agarrou o pêlo do seu pescoço.

— Não, está tudo bem, tudo bem agora. Quieto, Napoleão. Ela é amiga.

Ruth sentiu-se aquecer com aquela palavra, vinda dos lábios dele, embora soubesse que era só para acalmar o cachorro.

— É seu? — ela perguntou.

— Não, do meu vizinho.

— Você precisa ter um cachorro, neste lugar.

— É, talvez.

Eles andaram juntos pelo restante da trilha até o vilarejo, Napoleão trotando à frente. Ela não podia imaginar ninguém, nem mesmo os caçadores de escravos, tentando atacá-los enquanto estivessem com um animal daqueles por perto. Quando chegaram às primeiras casas da vila ele olhou para ela, como se esperasse que fosse embora, mas ela não foi. Ao contrário, ficou parada bem ao lado dele, fingindo estar distraída. Seguindo-o direto para a casinha caiada de branco — mais reta e mais bem feita do que as outras — que, obviamente, era onde ele morava.

Ruth foi com ele até a porta, mesmo depois que o cachorro se afastou, voltando para o seu dono no quintal ao lado. Permaneceu ali com ele, embora não soubesse muito bem o que estava fazendo, até que ele parou diante dela, na frente da sua própria casa, como se perguntasse silenciosamente o que ela queria.

— Tudo bem — ele disse afinal.

— Qual é o seu nome? — ela perguntou, mas ele limitou-se a desviar os olhos, as mãos na cintura.

— Muito bem, então.

Ainda sem responder, esperando que ela se fosse.

— Me deixe ficar — ela disse então, porque era a única coisa que conseguiu pensar em dizer, a única maneira de ter certeza de que ele não a abandonaria e entraria na casa, e ela nunca mais chegaria assim tão perto dele.

— O quê? — O tom de voz dele era surpreso, mas não enojado, o que já era alguma coisa.

— Me deixe ficar. Passar a noite — ela disse outra vez, ruborizando e envergonhada por ser apenas isso que podia pensar em fazer... que não tinha uma conversa, nada a oferecer que ele pudesse achar atraente, mas disposta a implorar, assim mesmo.

— A casa é pequena — ele disse finalmente.

— Eu não preciso de muito espaço.

— Casa pequena, cama pequena.

— Eu durmo no chão, então. Só uma coberta no chão — ela disse, depois o surpreendeu outra vez. — Você tem uma mulher?

— O quê?

— Não se preocupe, eu não vou atrapalhar. Não vou deitar na cama dela, só coloque uma coberta no chão e me deixe passar a noite ao seu lado.

— Não — ele disse suspirando, ainda sem se mover da frente da porta. — Não, eu não tenho nenhuma mulher. Você tem um homem?

— Tenho.

— Seu marido?

— Não, mas é um homem. Um homem violento — ela respondeu, com a maior honestidade possível.

— Onde ele está agora?

— Longe. Trabalhando numa construção em Hoboken. Mas eu nunca diria nada a ele, ou a qualquer pessoa, sobre você. Pode confiar em mim, eu acho que você já sabe disso — ela falou, fazendo um gesto com a cabeça na direção dos campos e dos bosques, da escuridão onde os caçadores de fugitivos ainda se escondiam.

Mas ele não se moveu, e ela disparou a falar com desespero.

— Eu tenho visto você. Já segui você outras vezes.

— Eu sei. — Ele encolheu os ombros.

— Eu vi você com os órfãos.

Ele ficou em silêncio, mas ela achou que ele se encolheu de repente, como diante de uma dor inesperada.

— Eu sei aonde você vai — ela continuou. — Vi você cuidar dos órfãos. Sei que você é um homem bom, que sabe tomar conta dos seus e protegê-los dos outros...

— O que é que você sabe? — ele interrompeu, a voz cheia de amargura. — Você não sabe de nada!

— *Eu sei!*

Ele não disse mais nada e, por um longo momento, Ruth achou que ele iria simplesmente abrir a porta e entrar. Mas, então, ele abriu a porta devagar, escancarando-a de todo, e ficou segurando para que ela passasse.

O interior da cabana, onde ele riscou um fósforo e acendeu a lamparina, era tudo o que ela imaginava que seria. Apenas um pouco maior e mais mobiliada do que o seu próprio barraco em Pigtown, porém muito mais limpa. *A casa de um homem que se mantém em ordem*, ela pensou.

Havia um único cômodo com duas janelas, a latrina e a bomba de água ficavam nos fundos. Os únicos móveis eram uma cama e uma cadeira; um velho fogão Franklin que fora obviamente remendado com pedaços de metal recolhidos em algum lugar. Mas havia uma bacia para lavar as mãos e um tapete de cores vivas, laranja e azul. Figuras amareladas de veleiros, tiradas de jornais, estavam pregadas nas paredes, e havia até mesmo uma pequena e organizada estante com livros, embora fossem exemplares surrados e baratos, encapados com papelão e com títulos que ela não sabia ler.

Era a casa de uma pessoa — de alguém que ainda vivia e que tentava deixar uma pequena marca no mundo.

Ela ficou ainda mais envergonhada de si mesma, então. Estava constantemente envergonhada — da sua aparência, do quanto era ignorante. Constrangida por ser tão suja, e magra, e tão pouco amável; tão tola e tão pobre.

— Apague a lamparina — ela disse depois que entraram, e sentou na cama.

Envergonhada até mesmo de ficar nua com ele na claridade, embora ainda não pudesse evitar de querê-lo.

Em vez disso ele deixou a chama da lamparina ardendo e beijou-a. Ela pensou ter visto alguma coisa que realmente se assemelhava à afeição — ou talvez piedade — na expressão dele, e ele a beijou na boca com toda suavidade, e pousou a mão na sua face, e ela não conseguiu se impedir de recostar nela e beijá-lo também. Quando ele tirou seu vestido, a pobre e esfarrapada combinação, ela ficou novamente envergonhada. Mas ele apenas puxou-a para si e a levou para a cama e deitou ao seu lado debaixo do grosseiro cobertor de lã.

Não foi em nada parecido com o que ela conhecera com Dolan, ele era tão calmo e delicado. Depois, deitada ao lado dele, Ruth ficou adorando cada parte do seu corpo. O rosto, os olhos. Ele tinha mãos lindas, ela pensou, *mãos de artesão*, como aquelas que ela havia visto nas melhores bordadeiras nas oficinas das catadoras de trapos. Cheias de nós e calos pelo trabalho duro que faziam, mas sensíveis e ágeis, com dedos longos e afilados.

— Qual é o seu nome? — ele perguntou, observando-a sob a luz bruxuleante da lamparina, a expressão enigmática e distante outra vez.

— Ruth. Meu nome é Ruth — ela disse, e então lhe ocorreu que nunca antes dissera o seu nome a alguém que amava. — E o seu?

Ele girou as pernas para fora da cama, sem responder. Empurrou um graveto pela grade do fogão Franklin para atiçar o fogo, embora não estivesse muito frio, com os dois naquele cômodo pequeno.

— É Billy — ele falou finalmente, olhando para o fogão enquanto as brasas se reanimavam devagar, até crepitar. Ele enfiou a extremidade do graveto no fogo, avivando as chamas. — Billy Dove.

— É um lindo nome. *Billy Dove* — ela repetiu. — Por que você detesta, então?

— Eu não detesto. — Ele encarou-a abruptamente. — Não detesto.

— Detesta, sim.

Ele deu uma cutucada final no fogo e voltou para a cama. Ela estendeu o braço pelo seu peito, aconchegando-se sob seu braço, e ele a puxou com força contra si.

— Este nome me foi dado — ele disse.

— E daí? Todos os nomes não são dados?

— Me foi dado por um homem que achava que era o meu dono. Além disso, é uma coisa que eu era então, não o que sou agora.

Ela sentiu que ele enrijecia desconfortavelmente contra o seu corpo no escuro. As mãos dele para trás, sob a cabeça, olhando para o teto que ele próprio construíra.

— O que você era, então?

— Eu era um homem do mar. Eu era um homem que sabia como *construir* embarcações.

Ela podia ouvir novamente a amargura — e o orgulho — na voz dele, embora ainda não tivesse certeza se entendia. Pois ela mesma não conseguia imaginar qualquer trabalho melhor no mundo do que aquele que ele fazia, com os órfãos.

— Você não sabe como é, construir uma coisa como aquela... — ele disse, quase acusador.

— Mas você pode cuidar...

— Nesta cidade um homem negro, ou uma mulher negra, estão sempre cuidando de alguém. De crianças negras ou brancas, das suas próprias ou de outras pessoas. É só isso que existe, cuidar de alguém.

— Mas o que há de errado nisso? — ela perguntou, a voz tão obviamente ingênua, tão sincera que ele teve de responder.

— O que nós ganhamos com isso, o que um homem como eu pode obter? O que eu posso guardar, reservar para mim mesmo? De que serve todo esse cuidado com os outros... para quê?

Ela queria dizer: *Cuide de mim, então*. Queria dizer, mas não se atreveu.

— Um homem trabalha a vida inteira por alguma coisa, uma habilidade, uma profissão. Ele aprende... mas depois não pode usar. Não quero o nome de outra pessoa para mim. O meu destino é ficar aqui, agora, não quero os nomes deles para algo que não sou.

Ele a puxou para baixo de si outra vez e ela ficou tão contente, apesar da raiva que ele sentia. Abrindo-se para ele, abraçando-o com toda força que conseguia. Pelo resto da noite eles adormeceram, conversaram e fizeram amor, até que ela foi enfraquecendo lentamente, caindo num sono sublime na madrugada. Reconhecendo, mesmo a contragosto, que não estaria ali, que Billy nem teria reparado nela se fosse um mestre construtor naval, e ela fosse quem era.

Depois disso ela ficava com ele sempre que Johnny Dolan tinha um trabalho em Nova Jersey, ou para os lados do rio Norte, qualquer coisa que o afastasse da cidade por uma noite. E mesmo nos outros dias, quando Dolan estava em casa e ela não conseguia suportar a presença dele, ia para casa de Billy depois do trabalho, passando o máximo de tempo que se atrevia, e então eles deitavam juntos, ou se abraçavam na cama e conversavam.

Às vezes, também, quando ele ficava até mais tarde com os órfãos, Ruth entrava na casinha fechada apenas com o trinco simples. Ruth gostava de ficar na casa dele, embora nessas ocasiões sentisse ainda mais vergonha de si mesma. Envergonhada pelos esfarrapados pedaços de fita que eram tudo o que tinha para enfeitar os cabelos. Os sapatos escangalhados que usava, sempre contente em arrancá-los dos pés e andar descalça na maior parte do ano. Ela fitava o próprio rosto no caco de vidro de barbear que ele tinha pregado na parede, desejando que fosse bonita. Que tivesse algum poder de prender um homem, em vez de estar sempre esfomeada, com um vazio permanente dentro de si. Nem mesmo sabendo ler, para poder ajudá-lo com sua mente, trazer-lhe sorte, fortuna, perspectivas.

Tentava deixar tudo muito bem arrumado, embora, na verdade, não houvesse muito o que fazer. Ela esfregava o chão, ou trazia flores que colhia nos campos, ou retalhos de tecido colorido que tirava furtivamente das senhoras alemãs. Certa vez ela até costurara as cortinas para as janelas da casa dele — da mesma cor amarela que havia feito as suas cortinas, bem debaixo do nariz de Dolan, fingindo estar costurando apenas as deles. Deleitando-se com aquela pequena trapaça...

No entanto, ele mantinha suas coisas em tão boa ordem que havia pouco o que ela pudesse fazer mesmo nesse sentido. Ela sempre se lembraria do dia em que encontrara as ferramentas dele, as ferramentas novas que ele comprara com o seu primeiro salário no asilo de órfãos. Ainda azeitadas e preservadas, guardadas com todo cuidado na pequena caixa escondida num alçapão atrás da cama. Lá estava o tesouro dele, mas Ruth sabia que as ferramentas nunca tinham sido usadas — tão esplêndidas e reluzentes como eram no dia em que ele as comprara.

Ela sentiu a dor dele, então, e sentiu mais ainda por saber que nada poderia fazer por ele. Pensando nos homens que costumava ver, carpinteiros e mecânicos, operários voltando de alguma construção no centro da cidade. Cantando "*Não vamos voltar para casa até que amanheça*". Andando orgulhosamente com seus aventais de couro, suas ferramentas numa sacola atirada nos ombros, caminhando com o andar empertigado dos trabalhadores, como um homem que sabe que é considerado de valor; as pernas arqueadas como se houvesse muito que carregar...

Ela não via aquele mesmo andar arrogante nele. Havia, em vez disso, uma resignação, alguma coisa perdida — alguma coisa que, talvez, fosse a razão de toda a sua gentileza. *Não uma rendição completa.* Podia sentir também a sua prolongada frustração, a amargura e confusão que irritavam como um carrapicho na pele. Eram esses os motivos do conhaque ou do uísque no hálito dele. Era isso, também, que o fazia caminhar cuidadosamente, levemente através dos bosques e dos campos todas as manhãs e noites. *É isso que faz com que ele continue voltando para casa, para mim.*

Quando Ruth estava com ele não pensava em mais nada, porém durante o dia tinha medo que Johnny Dolan descobrisse. Medo que algum dos vizinhos reparasse nas noites que ela não voltava para casa.

Ela não tinha amigos entre eles, e sabia que Johnny Dolan preferia que fosse assim. Quase todo mundo em Pigtown se mantinha reservado — figuras fantasmagóricas que ela via sob a luz sombria das manhãs, saindo para se aliviar, ou cambaleando para casa ao anoitecer. Ainda assim ela não sabia quem poderia estar observando, e tentava enganar quaisquer olhares invisíveis. Certificando-se de que a vissem entrar e sair de casa depois que voltava do trabalho com as alemãs. Saindo repetidas vezes para apanhar lenha, alimentar o porco, fazer qualquer outra tarefa — antes de se esgueirar para a casa do seu Billy.

Não sabia se realmente estava enganando qualquer um deles. Logo acabou concluindo que isso não importava, pois o seu homem não era o tipo a quem as pessoas iam contar histórias. Não importava do que suspeitassem, ninguém estaria disposto a regalar Johnny Dolan com casos de como a mulher dele estaria passando as noites com um belo homem da Vila dos Pretos.

E Dolan tampouco parecia suspeitar de nada. Ela o observava com atenção, pois sabia que ele era bastante esperto e mantinha as surpresas bem guardadas no colete, porém não via qualquer indicação de que ele soubesse. Ele lhe fazia acusações sem base quando voltava para casa depois de um trabalho, perguntando com qual dos vizinhos, ou dos rapazes da sua companhia de bombeiros ela estivera passando o tempo. Mas Ruth sabia que isso era apenas para dar a desculpa que ele queria para empurrá-la e esbofeteá-la por todo o barraco — esmurrando-a e chutando-a, chamando-a de rameira e vadia, até que se acalmasse o suficiente para comer a comida que ela deixara esperando.

Era sempre a mesma coisa quando ele voltava para a Cidade, freqüentemente o mesmo se tivesse ido apenas ao centro, ou se tivesse apenas passado o dia inteiro no quintal, cochilando e mamando na garrafa. Mas era pior, ela havia reparado, quando ele voltava de uma luta do que de algum trabalho nas construções, embora fosse de se pensar que já tivesse sua dose de violência em tais ocasiões. Ele chegava com o rosto transformado numa massa de ferimentos vermelho-púrpuras, as orelhas inchadas como couves-flor e o nariz afundado, até que ela própria mal suportasse olhar para ele.

Mas isso apenas parecia deixá-lo mais excitado. Assumindo a posição de boxeador assim que entrava em casa, os joelhos dobrados, os braços estendidos rigidamente. Balançando-se para frente e para trás nas pontas dos pés como um boneco louco, mecânico. Provocando-a com tabefes repetidos, cruéis, rápidos demais para que ela pudesse desviar ou rebater.

— Vam'lá. Me diga o que você andou aprontando — ele sibilava, espicaçando-a por entre os dentes cerrados. — Me fale sobre o seu dia. Vam'lá.

Até que finalmente, nocauteada num canto do barraco, perto do fogão, ela não tinha escolha senão pegar algo — a vassoura, um pedaço perdido de lenha, qualquer coisa à mão — e arremessar-se contra ele. Tentava acertar na primeira — pois ele aproveitaria aquele momento, aquele ponto máximo a que ela chegara depois de toda a sua provocação, para desistir.

Bastava apenas um único soco. Ela permitia que fosse só um, colidindo em seu queixo ou estômago, deixando-a totalmente paralisada. Seus braços e pernas subitamente inúteis — voando de volta, impotente, contra a parede do barraco. E depois disso, normalmente, ele estava satisfeito o bastante para comer seu jantar.

*

Billy reparou nas suas cicatrizes e marcas roxas, mesmo sob a fraca luz da lua que penetrava pelas janelas da sua casa. Passando os dedos, numa silenciosa indagação, por cima dos calombos inchados em seu queixo, dos círculos avermelhados e duros em sua barriga. Uma nova marca geralmente se formando antes que as outras desaparecessem, de maneira que ele conseguia ver seus ferimentos em todos os estágios desde que brotavam, se transformavam e finalmente desapareciam — aquelas flores malignas, manchas de lágrimas no corpo dela.

— Por que você permite que ele faça isso? — ele perguntou, na sua vez de interrogá-la. E: — Como consegue agüentar um soco como esse?

— Não tenho escolha.

— Não acha que ele vai matá-la, algum dia?

A voz dele repleta de uma preocupação — ela percebeu com uma profunda e conformada tristeza — que era mais bondade do que ultraje.

— Você quer que eu faça alguma coisa sobre isso, então? Com ele?

Ela sentiu-se um pouco lisonjeada, pelo menos, com a oferta. Pensando que ele bem poderia fazer, apenas levado pelo orgulho. Podia visualizá-lo entrando em Pigtown, armado com a grande e enferrujada pistola que, ela sabia, ficava guardada na estante, atrás da sua Bíblia Protestante — indo direto para o barraco e atirando em Johnny Dolan como se ele fosse um cachorro.

Mas, depois, o que aconteceria a ele? O que aconteceria a ela, a todos que moravam no vilarejo?

— Não, não. Eu sei lidar com ele — ela disse.

Ouviu a risada dele, forte e áspera, mesmo sem conseguir ver totalmente o seu rosto na escuridão que os rodeava.

— Ah, sim, você está lidando muito bem com ele. Se lidar com ele um pouco melhor, querida, vai acabar morta.

— Eu posso agüentar — ela insistiu sombriamente, embora nem tivesse certeza de estar falando a verdade. — Ele nunca vai chegar longe demais, ele sabe que precisa de uma mulher.

E por que ele não teria uma? Por que ele não teria a mim, para fazer o que quiser comigo? Afinal, se não fosse por ele eu teria morrido de fome...

Ainda assim para ela era um tormento ter de voltar para o barraco todos os dias. Ter de encarar Dolan novamente. Tentando agradá-lo, tentando apenas evitá-lo. Nada funcionava. Enfrentá-lo era o pior de tudo, ele parecia aceitar de bom grado o seu desafio. Às vezes... às vezes ela quase procurava levar tudo ao ponto de fervura, para acabar logo com aquilo e aliviar a tensão. Esperando por um bom soco, e depois tudo estaria terminado. Ao menos por algum tempo.

Ela deixava o barco correr enquanto pensava num modo de escapar. Temendo que não conseguisse mais raciocinar muito bem, que em breve não seria capaz de pensar em mais nada, do jeito que ele batia a sua cabeça nas paredes. E com medo, também, que o seu Billy Dove resolvesse voar para longe outra vez, para um ou outro dos lugares distantes sobre os quais gostava de falar. Para Portugal ou a Costa Windward, para o Brasil ou as Tortugas, ou atravessando o Cabo até o Peru.

Quando estavam juntos, agora, nenhum dos dois falava muito, como se tudo estivesse congelado no lugar pela mudança do tempo, a lenta transformação em inverno. Eles se viam cada vez menos, quanto mais frio fazia. Se bem que era muito melhor dormir aquecida por ele, na cama perto do fogão. Era mais escuro, também — mais fácil de se esconder quando a noite chegava mais cedo. Mais fácil de se esgueirar para casa, quando até mesmo os cachorros de Pigtown ficavam amarrados dentro das casas, para que não morressem congelados e privassem a favela dos seus latidos incessantes quando a primavera chegasse.

No entanto, com o inverno as construções também paravam. A Cidade jazia em hibernação sob o gelo e a neve, o seu incansável e retorcido fazer-e-refazer de si mesma imobilizado por algum tempo. As construções fechavam e havia poucas lutas de apostas, os esportistas adormecendo em cima dos seus copos junto ao fogo, buscando outros divertimentos nos bordéis.

Dolan estava em casa quase o tempo todo, agora. Passando a maior parte do dia ruminando perto do fogão no barraco. Fumando o cachimbo, olhando para as pequenas e trêmulas chamas que lambiam os pedaços de jornais e serragem de pinho. Saindo apenas para serviços noturnos com as gangues dos rios, sobre os quais ele não falava muito.

Ela nunca soube exatamente que serviços eram estes. À noite, algumas vezes, havia uma súbita batida na parede do barraco, assustando-a de tal forma que ela derrubava sua costura. Então ele juntava as misteriosas ferramentas que andara colecionando — barras de ferro, compridos facões e uma que ela não conhecia, um arabesco de cobre do tamanho do seu polegar e com o formato de um rabo de porco — e saía para a noite, com outra sombra acompanhando-o pela neve.

O resto do tempo ela ficava presa com ele ali, no desolado barraco feito com tábuas recolhidas no lixo e amarras de ferrovia para onde ele os tinha levado. Como um dos poucos ornamentos, havia as bugigangas que ainda restavam nas divisórias da caixa de maravilhas. Ele nunca havia tentado consertá-la, depois daquela noite no "Repouso do Marujo", nunca se atrevera a tanto, porém a mantinha num canto, ainda coberta, como uma relíquia danificada. Ele nem espiava mais sob a cobertura negra, Ruth sabia; isso não lhe dava mais prazer, embora continuasse convencido do seu valor imensurável. Resmungando, às vezes, durante os meses de inverno, sobre como estava tentado a trocá-la por sua fortuna e por uma casa grandiosa em algum lugar.

— É um tesouro — ele insistia, quando já ia bem longe em seu uísque. — Eles eram ignorantes demais para saber disso, lá naquele dia. Queriam apenas me enganar para que eu a entregasse de graça.

Ele falava em levar a caixa ao Barnum's, ou em exibi-la por conta própria, porém nunca fazia nada. Ela até pensara em consertar os estragos sozinha, com tudo o que aprendera no seu trabalho com as senhoras alemãs, mas sabia que ele ficaria ultrajado com a sua presunção, poderia até matá-la por tal motivo. Apesar de que, em algumas noites, ela mal conseguia se conter. Em certas tardes, também, encerrada naquele barraco com ele — a caixa assentada escura e admonitória no canto, um lembrete silencioso do pecado original que cometeram juntos — precisava se segurar para não pegar a caixa e arrebentá-la em pedaços.

Depois que o Natal passou as encomendas da Stewart's e das outras grandes lojas definharam, e as senhoras alemãs deram folga a todas até o final do inverno. Em alguns dias ela fingia que ainda precisava trabalhar e se esgueirava até a Vila Sêneca, mas tinha medo de fazer isso com muita freqüência. Temia que Dolan pressentisse o seu desespero, sua necessidade de estar com Billy, quando estavam confinados juntos por tanto tempo. Mesmo quando conseguia encontrar bons motivos para sair, para comprar comida ou vender as coisas que costurava, Ruth achava que Dolan não confiava nela. Quando voltava, o encontrava parado no quintal, observando-a descer para o vale. Supostamente cortando lenha para o fogão, mas observando-a sem nada dizer, o machado agarrado nas duas mãos, nivelado na altura das suas coxas.

À noite era pior. Quase não conseguia suportar, agora, quando ele se forçava para ela. Socando e manuseando-a, empurrando-se para dentro dela na escuridão. Fazendo o que bem quisesse até acabar resfolegando, depois roncando, em cima dela. Seu peso sufocando-a, enterrando-a agora naquele novo lugar, naquela sepultura nua e a céu aberto que ele havia delimitado.

Ruth dizia a si mesma que isso não importava, que, de qualquer forma, Billy não a queria realmente. Que ela já estava morta, mesmo, morta e enterrada ali. Mas ainda sofria pela ausência dele, quanto mais ficavam separados. Ainda queria estar com ele, mesmo se não pudessem passar a noite juntos, na cama dele, mesmo se não tivessem tempo para fazer amor. Ansiava pela simples visão da casinha dele, pela gentileza na sua voz — disposta a aceitar tudo, contanto que pudesse ter estas coisas novamente, nem que fosse de vez em quando.

Antes que o inverno terminasse, no entanto, ela percebeu que suas regras tinham parado. Não ficou surpresa com isso, a princípio, pois quase nunca tinham sido regulares. Não houvera o menor sinal de sangue durante os longos e famintos meses que passara na estrada. Mesmo depois que viera para aquele lugar, tinham sido sempre irregulares, inconseqüentes — o pouco sangue que havia, lhe parecia, era fraco e ralo, confirmando sua crença de que não era realmente uma mulher completa.

Mas então parou, e um dia, esgueirando-se para ver Billy, ela se encontrou vomitando na beirada da Estrada Bloomingdale. Para sua incredulidade, viu que a barriga começava a crescer — ainda quase imperceptível, porém sem dúvida uma intumescência, até que ela soube que não podia mais protelar.

Ela sabia que, se fosse de Billy, Dolan muito provavelmente a mataria ali mesmo, no instante em que o bebê de pele escura saísse de dentro dela. E era quase certo que mataria o bebê, também. No entanto, ficava mais enojada com a idéia de que poderia ser *dele*. Que Billy teria de vê-la caminhando pelos campos com o filho de Johnny Dolan grudado em seu seio — um lembrete constante de quem ela era, e de onde viera.

Durante uns poucos dias ela até pensou em se matar, e ao bebê — em encher os bolsos com pedras e abrir um buraco no gelo do rio Norte. Lembrou-se de ter ouvido um padre dizer que as mulheres grávidas que tiravam as próprias vidas eram condenadas a vagar no inferno por toda eternidade com o filho não nascido e igualmente amaldiçoado, e ela gostava dessa idéia. Ficar perambulando eternamente, com seu bebê junto de si — para sempre mãe e filho, sem ter nada a fazer exceto cuidar dele, prover as suas necessidades.

Mas então pensava que poderia ser de Billy, e a idéia de impedir que ele o tivesse, de privá-lo do seu filho, era mais do que ela podia contemplar.

Nada mais havia o que fazer, então — ela precisava contar a Billy. Seguiu o rastro dele na neve, certa tarde, quando ele voltava do asilo de órfãos. Tinha certeza que era dele — pelo tamanho dos pés, a leveza dos passos. Era apenas a mais leve impressão na camada nova e rangente de neve, oscilando um pouco para o lado, para trás e para a frente.

Ela começou a segui-las, no início andando ao lado das suas pegadas. Depois andando no meio delas, até que as marcas dos seus pés estivessem entrelaçadas. Como se fossem dois amantes caminhando através do campo congelado — os braços em volta um do outro, apoiando-se mutuamente no terreno incerto. Até que, dando-se conta de repente, ela virou e olhou para trás, na trilha que fizera através do campo aberto, então correu de volta e tentou apagar as marcas com o sapato, misturando as duas pegadas. Ofegando no frio enquanto o fazia, a neve gelada deixando seus pés insensíveis e penetrando no couro desgastado, tremendo em seu casaco fino.

Ela seguiu adiante, apagando até mesmo as solitárias pegadas dele enquanto caminhava — embora já estivesse quase escuro, a noite de inverno caindo tão abruptamente quanto uma cortina. A única luz vindo de uma inóspita meia-lua. Movendo-se quase silenciosamente pelo bosque, mesmo em seu estado, as folhas mortas agora enterradas sob a neve. *Não mais um animal grande e desajeitado, mas uma raposa silvestre, contornando cuidadosamente as árvores e os arbustos.*

Foi com a lua que ela o rastreou até a pequena elevação acima da Vila Sêneca — um promontório pequeno e irregular, com esparsos vidoeiros brancos e desnudos. Ele estava parado de costas para ela, de frente para o vilarejo e o rio Norte mais adiante. Enquanto ela observava, ele tirou um pequeno frasco de latão de dentro do bolso, abriu-o e bebeu um pequeno gole. Ainda olhando na direção da água, onde ficavam os esqueletos brancos e as velas enroladas dos navios, aguardando a primavera ou a passagem dos quebradores de gelo.

Ela esperou pacientemente até que ele terminasse e descesse para o vilarejo. Depois, ainda sem dizer uma palavra, ela subiu na pequena colina onde ele havia estado.

Não olhou para a água, mas sim para a meia-lua acima, e a faixa de estrelas frias, nítidas. Depois para baixo, na direção das dezenas de minúsculas luzes âmbar e vermelhas da cidadezinha. Distinguindo a silhueta dele enquanto descia para a Vila Sêneca, seguindo-o com os olhos até que ele chegasse em casa e acendesse a lamparina.

Continuou observando, estática, até que todas as miríades de pequenas luzes parecessem se revolver em torno dela. Exatamente como estavam as estrelas no alto-mar, naquela noite no convés do navio quando ela começara a ter a febre. Era o mesmo vasto mundo que ela vira no navio, e, no entanto, não era o mesmo. Não mais a fera imensa, estonteante e impiedosa, mas um lugar onde *ele* existia, e onde ela poderia entrar e se deitar junto ao fogo. E soube, então, que teria de encontrar um caminho para chegar até lá.

39

RUTH

Depois disso, Ruth havia considerado a possibilidade de ela mesma matar Johnny Dolan. Não seria tão difícil, pensava. Bastaria colocar alguma coisa na comida dele, ou no uísque falsificado que ele bebia. Ninguém iria examinar com muita atenção. Eles estavam em Pigtown, nem mesmo a polícia chegava ali, a não ser que alguma coisa particularmente valiosa tivesse desaparecido.

Claro, isso significava balconistas da loja dispostos a dar com a língua nos dentes, vagabundos que ficavam nas esquinas e a vissem sair com o pacote. Ela já ouvira casos assim, de testemunhas em famosos julgamentos de assassinatos. Pensou em fazer a coisa mais *diretamente*, com uma navalha ou uma pá na cabeça dele, ou até mesmo o machado que ele usava para cortar lenha. Se não tivesse sucesso logo na primeira vez, haveria o diabo — mas ela calculava que não teria este problema.

Seria bastante simples, esperar uma noite até que ele caísse de tanto beber. Um golpe forte e certeiro, e depois poderia enterrá-lo nos campos, onde os homens já haviam começado a escavar para o novo parque. Deixar que eles arrancassem o crânio dele do solo, especulassem que crime antigo deveria ter sido — uma baixa da Revolução, ou um caçador de escravos fugitivos que chegara perto demais dos cachorros da Vila Sêneca. Então ela já estaria bem longe com o seu amante, escondida numa outra favela de negros aonde ninguém chegava demasiado perto.

Tentou dizer a si mesma que isso seria impossível, que iriam dar falta de Johnny. Mas sabia que não era verdade. Ele era um homem solitário, mesmo nos lugares onde trabalhava — até com seus outros camaradas bombeiros. Eles nunca recebiam visitas, e ele nunca a levava para visitar outras pessoas, nem mesmo iam aos piqueniques do corpo de bombeiros aos quais, ela sabia, as outras esposas eram levadas. As chances eram de que, pelo pouco que ele gostava de falar da própria vida, seus companheiros nem mesmo soubessem que ela existia — nem mesmo soubessem onde ele morava. Iriam apenas pensar, quando Johnny Dolan não atendesse o chamado para o incêndio seguinte ou para o baile seguinte, que ele seguira em frente. Que fora para o Oeste, ou para Newark, ou caíra no rio numa noite em que voltara bêbado do "Homem Amarelo".

Não, havia apenas duas pessoas, ela sabia, duas pessoas em toda a Cidade que sentiriam a falta de Johnny Dolan. A irmã dele, Deirdre, e o marido dela. E, no final, eles seriam exatamente os únicos a ajudá-la.

Havia sido Ruth quem os encontrara, quando ele não conseguiu. *Uma boa moça irlandesa, chamada Deirdre, que trabalha como empregada doméstica ou cozinheira.* Ela sabia o quão ridiculamente comum isso deveria soar nesta Cidade, onde mais ou menos cem mil mulheres se encaixavam em tal descrição.

Parecia impossível, mas quando acontecera ela já trabalhava nos pardieiros. Estava vagando pela cidade, certa vez, depois de mais uma das surras que levara dele, indo o mais longe que podia para o leste. Querendo ver o rio que ouvira dizer que havia ali — incerta, por enquanto, se iria ou não se atirar nele.

Em vez do rio ela encontrou as colinas de ossos. As montanhas de detritos, lixo, de todo e qualquer possível resto de pano, de couro, de móveis quebrados e cacos de louça. De tudo o que a grande Cidade mastigava diariamente com seu apetite insaciável, todo o seu mais insignificante refugo, atirado ali para ser esmeradamente reformado, refeito e transformado nas oficinas das senhoras alemãs. A sra. Krane e a sra. Mueschen, conforme lhe disseram, embora Ruth não pudesse imaginar que nenhuma delas tivesse experimentado qualquer coisa além de um casamento em Boston. Magras, altas e de óculos, examinando as vastas pilhas de lixo. Como elas as tinham adquirido, Ruth nunca soubera. Uma herança, pura sorte? Através do seu próprio acúmulo interminável?

Quando ela pediu trabalho — querendo alguma coisa, qualquer desculpa para ficar longe dele nem se fosse por umas poucas horas por dia — elas a fizeram sentar e lhe mostraram suas próprias toscas bonecas e bugigangas. As figurinhas desgraciosas mas aproveitáveis que elas vendiam nas grandes lojas da cidade, como a Macy's, a Chesler's — e a Stewart's, com seus rapazes loiros e atraentes atendendo nos balcões, os requintados pisos de mármore.

— Faça isso — elas lhe disseram, enrolando um pano em volta de um osso, fita em volta do pano.

"*Faça isso*", e Ruth fez, e elas se mostraram satisfeitas, mesmo através dos seus rostos alemães austeros e enigmáticos.

Ela passou a fazer ainda melhor do que elas depois de algumas vezes, uns poucos dias, e ficou tão feliz em saber que havia *alguma coisa* que sabia fazer — finalmente alguma coisa, mesmo se tivesse de fazê-la muitas e muitas vezes seguidas, a mesma coisa pelo resto da sua vida.

Foi ali nos pardieiros que ela começou a perguntar sobre Deirdre a todas as mulheres que encontrava. Perguntando às outras mulheres com quem costurava e retorcia as bonecas junto ao fogo, a qualquer mulher que entrasse na minúscula oficina vendendo ainda mais lixo. Foi assim que Ruth a encontrara, perguntando a todo mundo que podia durante semanas e meses, embora tivesse sido melhor para ela do que para Johnny Dolan.

Deirdre já morava na casa no Beco Paraíso, então, com o marido Tom O'Kane, seus filhos e todas as suas coisas bonitas. Quando Ruth e Johnny finalmente foram visitá-los, ela ficara imensamente intimidada com tudo aquilo — com Deirdre, com a casa. Com todas as grandiosas peças de mobília que eles tinham amontoado na saleta da frente, a escrivaninha de tampo móvel, o sofá reclinável e o piano quadrado espremido num canto. Mesmo a luz ali era diferente — maravilhosamente clara e nítida, a luz branca da lamparina Argand, com o óleo que custava tão caro.

E a própria Deirdre esvoaçando pela mesinha de chá, com um vestido verdadeiro, feito de tafetá listrado de verde, com mangas bufantes e gola e punhos de musseline bordada. Ruth se encolhera diante do seu olhar esmiuçador. Atrapalhando-se com o chá, tentando enfiar os dedos pela minúscula asa da xícara, fazendo o máximo que podia para evitar que respingasse. Tentando sentar no sofá sem que o saiote vagabundo subisse pelas suas pernas...

Ela lhe parecera tão formidável que Ruth ficara realmente surpresa ao vê-la chorar quando Johnny Dolan contou que o restante da família havia morrido. Baixando a cabeça e escondendo o rosto nas mãos, chorando como uma criança. Soluçando incontrolavelmente, afastando-se até mesmo do marido, Tom.

quando ele se levantara da cadeira e tentara passar o braço desajeitado nos ombros dela, querendo consolá-la. Mas quando ela ergueu a cabeça, Ruth pôde ver que seus olhos estavam secos outra vez.

Ela via, também, como Deirdre desaprovava o irmão. Como franzia a testa furiosamente sempre que Ruth chegava em sua casa com uma nova mancha roxa, ou outro inchaço no olho. Ela suspeitava que Johnny fosse exatamente o que era, e ralhava com ele a respeito das suas responsabilidades.

— Você precisa viver como um irlandês direito e parar de envergonhar a si mesmo e ao seu Deus — ela dizia.

Deirdre a desaprovava ainda mais, Ruth sabia — encarando-a desde o início como sendo a agente da degradação de Johnny. Seu desdém transformando-se em repulsa ao descobrir que não eram casados...

Mas então havia o marido, Tom. *Sempre havia um homem.* Ele tinha sempre uma palavra amigável, uma brincadeira, todas as vezes em que a encontrava. Era um homem quieto, gentil nos modos e na voz — porém um ex-açougueiro e bombeiro, com os braços tão rijos e fortes como cabos.

Sempre havia um homem, para criar e solucionar os problemas.

Ruth via como ele recuava sempre que reparava nos seus ferimentos. As marcas do seu martírio, reivindicando a ele a sua condição de *bom homem.* Um plano começando a se formar na mente dela antes mesmo que tivesse qualquer plano real — antes mesmo que o Velho Noe fosse assassinado e Johnny Dolan chegasse em casa com o rosto coberto não de cortes e hematomas, mas sim de arranhões profundos e ensangüentados.

Ela poderia ter descartado aquilo como sendo obra de alguma prostituta do cais. Mas quando Dolan tirou o casaco ela viu que seu colete e a camisa de linho branco estavam completamente raiados de sangue. Ainda não muito mais desgrenhado do que estaria depois de alguma farra habitual nas docas — porém mais agitado do que ela jamais o vira, andando de um lado para outro no barraco. Espiando pela porta, pelas tábuas mal vedadas, como se esperasse que alguém aparecesse vindo atrás dele pelos campos cheios de neve.

Ele tinha uma bengala meio-oculta sob o casaco. Uma bengala de carvalho escuro, encimada com a cabeça dourada de um cão que mais parecia um chacal, com um focinho comprido e orelhas eretas, pontudas. Tentando guardá-la silenciosamente no canto atrás da caixa de maravilhas — o canto dele, onde também escondia as ferramentas e qualquer dinheiro que tivesse, tudo o mais que considerasse valioso.

— Mas o que é isso? — ela perguntara sem pensar, surpresa.

Ele avançara para ela, brandindo os punhos.

— Você vai querer falar alguma coisa sobre isso, hein? Pois eu lhe garanto, se disser uma palavra para uma *alma* sequer, eu dou um jeito para que você vá para a forca junto comigo!

Lançando o punho direto para o rosto dela — mas, Ruth reparou, sem realmente atingi-la.

— Claro que não vou falar.

— Muito bem, então. — Ele perambulou pelo cômodo, ainda arremessando ameaças vazias por cima do ombro. — É bom que não fale mesmo, para o *seu* bem.

Ela voltou os olhos e as mãos para a costura em seu colo, fingindo não ver enquanto ele removia mais coisas dos bolsos do colete e do casaco. Escondendo tudo ali, atrás da caixa que era o maior dos seus tesouros.

Depois que terminou, ele foi para fora buscar mais lenha. Praguejando quando a madeira crepitou no fogão, ainda fria e úmida da neve no quintal. Quando finalmente fez o fogo pegar, ele tirou a camisa e o colete, enfiando tudo freneticamente pela abertura do fogão.

— Pronto! Todas as provas desapareceram. Portanto não vai adiantar nada se você quiser falar com alguém sobre isso.

Ele postou-se por cima dela, o peito nu, as mãos apoiadas com beligerância nos quadris.

— Não.

— De qualquer forma, ninguém iria acreditar em você.

Ruth manteve a cabeça baixa, costurando, até que ele vestiu a camisa de dormir e deitou na cama, ainda gritando com ela. A voz dele soando estridente, fútil...

— Apague essa luz! Como é que um trabalhador vai conseguir dormir com isso?

— Está bem.

Ela apagou com um sopro a lamparina de óleo pútrido sob a qual estivera costurando, e ficou sentada ali no escuro. Depois de poucos minutos ouviu-o roncando, como ela sabia que ouviria. Ele sempre caía no sono mais depressa quando estava mais agitado, mais excitado com alguma coisa, e ela se levantou sem fazer barulho assim que ele dormiu, indo para o esconderijo atrás da caixa de maravilhas.

A única luz no cômodo vinha das brasas opacas na boca do fogão, mas ela não precisava de mais do que isso. Ficou de frente para a cama na qual ele dormia, acocorada no penico, de forma que teria uma desculpa no caso de ele acordar de repente, sentando na cama como um raio, como às vezes fazia.

Estendendo o braço para trás ela sentiu o metal do cofre que ele usava, trancado com o dispendioso cadeado novo que comprara na Broadway. Abriu-o sem dificuldade com um grampo de cabelo, depois examinou o conteúdo com as mãos. Sentindo os mais recentes tesouros que ele trouxera para casa. Um fino lenço de seda, delicioso de se tocar. Embrulhado nele, um relógio. Ruth passou o dedo pela superfície rachada, e pelo estojo macio, metálico — o instrumento ainda funcionando, latejando como o coração de um passarinho em sua mão. Seus dedos se movendo com tanta precisão sobre a inscrição no metal que ela poderia ter lido com o toque, se soubesse o que as letras significavam.

Ela continuou — a algibeira do relógio, um par de abotoaduras. Um alfinete de gravata, talvez. Um papel grosso, que poderia ser um maço de notas ou até mesmo cupons de bônus. Nada fora do normal. Nada além do resultado do assalto a algum janota embriagado ou algum marinheiro num dos becos escuros do cais.

Mas então ela sentiu — o metal retorcido daquele arabesco que ele levava para toda parte. Como um saca-rolha, porém não maior do que um rabo de porco. Ela sempre presumira que fosse uma ferramenta de arrombamento, mas agora havia algo diferente naquilo — algo indefinido, viscoso, cobrindo a ponta do objeto. *Sangue, talvez?*

Ela passou o dedo por cima novamente — mas era liso e fugidio como uma ostra. Finalmente pegou o saca-rolha com dois dedos, com toda delicadeza. Só mais tarde percebendo que já descobrira o que era antes mesmo de erguê-lo diante do rosto. Que já sabia o que era por ter visto a mesma coisa tantas vezes na caixa de maravilhas, de forma que não dera um pulo nem um grito de susto, nada fizera que pudesse acordá-lo quando finalmente viu por si mesma, inconfundível até mesmo na luz tão fraca...

Um olho humano.

40

RUTH

Ela acordou num sobressalto, sem saber com certeza se realmente havia adormecido. As claras estrelas de inverno e a meia-lua haviam desaparecido. Era verão outra vez — e outra vez o céu noturno tinha um tom alaranjado, apocalíptico. Um pesado cheiro de fumaça no ar, mesmo lá dentro, penetrava pelas venezianas fechadas.

— Olá! Olá!

Ruth ouviu batidas na porta da frente, tão altas e imprudentes que, de início, a assustaram. *As tropas na frente da cabana, baionetas reluzindo sob o sol, enquanto o agente lia a notificação de despejo...*

— Olá! Vocês estão *aí*, hein? Vocês ainda estão aí? Olá!

Era Deirdre, a voz impaciente e peremptória inconfundível. Ruth começou a destrancar a porta — lançando um olhar em volta da saleta para ver as crianças ainda dormindo onde ela as deixara, esparramadas no chão ou nas cadeiras. *Preocupando-se até com o que Deirdre iria pensar, ao vê-las fora das camas...*

— Olá! Ruth, você está escutando?

— Sim, sim!

Ela apressou-se em abrir a porta. Surpresa ao ver a expressão de ansiedade no rosto de Deirdre — embora se transformasse no mesmo instante em contrariedade, na habitual impaciência com tudo o que se referia a *ela*.

— Você está aqui, então. Caiu no sono? E essas crianças... ainda estão acordadas!

Milton já reunia os irmãos, empurrando-os na direção do quarto onde dormiam. Eles foram passivamente, andando em transe, sem nem mesmo chorar por estarem sendo incomodados. Ela observou a expressão costumeira de Deirdre ao vê-los sair, algo entre exasperação e perplexidade pelo fato de que crianças podiam ter uma cor como aquela e ainda assim falar, chorar e sorrir como bebês de verdade.

— O que foi, então? Eles tomaram a cidade de volta? — Ruth perguntou.

Sabendo que não poderia ser verdade, ou Billy já teria vindo para casa. Desejando, outra vez...

— Não. É pior do que isso — Deirdre falou em voz baixa, esperando até que todas as crianças tivessem saído da sala. — Estão dizendo que eles invadiram o Arsenal. Talvez a Usina de Vapor, também. Agora eles têm todas as armas que quiserem...

— Entendo — disse Ruth. Sua mente esvaziando-se enquanto esperava pelo que achava que Deirdre estava prestes a lhe contar.

— Eles incendiaram o Asilo de Órfãos de Cor — Deirdre falou de uma só vez, depois segurou o braço de Ruth e acrescentou rapidamente: — Mas *veja bem*, não há notícia de que alguém tenha morrido. Pelo menos não havia ninguém lá quando eles entraram... isso eles sabem com certeza. Os valentões estão subindo e descendo a rua, lamentando que o lugar estivesse vazio e gabando-se do que teriam feito se não estivesse.

— Tudo bem. Tudo bem — Ruth falou respirando fundo, determinada a não permitir que Deirdre a visse chorar. A não desmoronar agora, quando ainda tinha que cuidar das crianças e enfrentar coisas piores.

Então ele ainda estava por lá, em algum lugar, com aquelas pobres crianças. Se é que realmente estava vivo. Mas talvez esta fosse a prova de que estava vivo. Afinal, alguém teve de levar as crianças para fora do orfanato, protegê-las do tumulto...

Ela obrigou-se a pensar, a falar.

— Tudo bem. O que há para se fazer, então?

Ela não tinha certeza absoluta, sob a luz opaca que vazava das janelas fechadas, mas poderia jurar ter visto um lampejo de admiração perpassar o rosto de Deirdre.

— Não muito... não há muito o que se fazer, no momento. Dizem que eles estão queimando a cidade inteira. Há incêndios por toda parte...

— Nós ainda podemos fugir, então?

— Seria loucura, agora. Os arruaceiros estão em todos os lugares, atacando as pessoas nas ruas. Mas eu estava pensando...

Deirdre deixou a frase no ar, baixando os olhos por um instante para o chão que Ruth esfregara com tanto fervor naquela manhã, imaginando que iria embora e nunca mais veria aquele lugar.

— Você poderia ir com as crianças para a minha casa. Por esta noite. Seria mais seguro, assim. Vocês ficariam a salvo dos arruaceiros e *dele*...

— Não. Eu não poderia fazer isso — Ruth falou, embora, para sua surpresa ainda maior, Deirdre realmente parecesse ansiosa para que ela aceitasse. — A sua família estaria em perigo, então. Não seria certo...

— Desde quando a *minha* família tem algo a temer dessa gentalha da rua? — Deirdre escarneceu, novamente desdenhosa.

— Isso é diferente...

— Bobagem! Brancos respeitáveis numa casa de brancos... eles não se atreveriam a nos incomodar.

— Mas e Billy... quando ele voltar, como vai nos encontrar? Como vai saber para onde ir?

— Vamos ficar vigiando, à espera dele — Deirdre respondeu bruscamente.

Milton acabara de voltar para a saleta e, para surpresa de Ruth, Deirdre até mesmo reparou na existência dele.

— Claro, ficaremos você, eu e o seu menino mais velho. E talvez a minha Liza... ela tem uma boa vista, a não ser que esteja cuidando do ensopado. Assim que Billy aparecer na rua nós o levamos para dentro de casa.

Ruth hesitou. — *Mas sem dúvida ficar na casa de Deirdre seria melhor para eles. Era o que ele mais gostaria que ela fizesse, manter os filhos dele seguros.*

— Está bem — ela concordou, e Deirdre era toda eficiência novamente, apressando-os em volta da casa.

— Vamos pegar as suas coisas. Já fez as malas? Ótimo, então. Vamos levar tudo com o carrinho de mão pelos fundos. Não há necessidade de toda a vizinhança saber dos nossos assuntos.

Eles espiaram pela porta dos fundos, para a noite impenetrável.

— Muito bem, agora. São apenas três casas. Liza estará na porta... pelo menos é o que deve estar fazendo, do contrário vou esquentar o traseiro dela — Deirdre instruiu-os. — Batam duas vezes e ela vai atender...

Ruth conseguia distinguir apenas os telhados descaídos das latrinas, o ar impregnado com o mau cheiro. Para além delas ficavam os fundos das casas do bloco seguinte, as janelas fechadas e as luzes apagadas — exceto por um único e solitário lampejo de luz numa janela. *A casa dos judeus*, Ruth reconheceu. *Só Deus sabe como eles estão passando ali, numa noite como aquela...*

— Muito bem, vão, agora!

As crianças olharam para ela, para confirmação, e Ruth assentiu.

— Vão! Agora!

Eles se esgueiraram como ratos pelos terrenos dos fundos. Ela e Deirdre levando os menores pela mão, enquanto Milton empurrava o carrinho que continha todas as suas posses. Cada vez que a roda girava parecia guinchar e ecoar, acima e abaixo do beco. Eram menos de trinta metros pelos terrenos até a casa de Deirdre, e nada havia exceto os fundos das suas casas de um lado, as fedorentas latrinas de madeira do outro. Mas a cada passo que dava ela tinha certeza de estar vendo um par de pés, ou a barra do casaco dele, esperando em meio às sombras...

Como ele ainda era real, mesmo depois de tanto tempo. Ruth podia ver os esbranquiçados nós dos dedos em seu punho cerrado, o ódio em seu rosto, bem diante dela...

Uma cabeça projetou-se de uma das latrinas, selvagem e cabeluda — os olhos avermelhados fixos nelas. Ruth quase gritou ao vê-la — mas era apenas um mendigo local, um desertor do exército que vivia perambulando pelos terrenos dos fundos. Os esfarrapados remanescentes da túnica azul da União ainda pendendo em suas costas. Ele deu um passo na direção delas, talvez ameaçando, talvez implorando.

— Saia já daqui! John Kaehny, seu vagabundo imprestável! — Deirdre gritou para ele, e o homem disparou na mesma hora, voltando para os casebres das latrinas.

Eles correram pelos últimos poucos metros até a casa de Deirdre, chegando na porta dos fundos ofegantes e aterrorizados. Bateram duas vezes — e Eliza abriu imediatamente. Os outros filhos de Deirdre parados logo atrás dela, parecendo preocupados, mas silenciosos — um estremecimento de inveja perpassando Ruth, ao ver como suas roupas eram asseadas, como eram limpos e obedientes.

Deirdre fechou e trancou a porta. Sorrindo da melhor maneira que podia para todos eles. Tremendo um pouco, Ruth percebeu, como ela própria estava, porém ainda no comando.

— Vamos entrando, eu vou arrumar um lugar para vocês dormirem. E Ruth vai preparar um chocolate quente para vocês, crianças, vocês vão gostar.

Ruth ficou satisfeita em obedecer, sem nem mesmo se importar com a maneira como Deirdre ordenara. Admirando-se, como sempre, com a limpeza e arrumação da cozinha de Deirdre. Certamente, olhando na despensa, ela encontrou uma lata de cacau, mesmo sabendo que deveria custar o mesmo que ouro atualmente. Havia um balde com leite de verdade, também, tirado da vaca dos O'Kane. Eles eram os únicos na vizinhança a ter uma vaca, que ficava num estábulo alugado na Oliver Street.

Ela movimentou-se pela cozinha, preparando as canecas de chocolate, tentando impedir-se de sorrir demais. Procurando ocultar a exultação que sentia — *agora Deirdre iria cuidar de tudo*. Ainda não entendia muito bem aquela súbita bondade, ou, além disso, por que ela estivera tão irritada de manhã. Mas era incapaz de afastar sua alegria naquele momento, mesmo com Billy ainda fora e com Johnny Dolan em algum lugar da Cidade.

Estava tudo bem, Deirdre iria acertar tudo. Sentindo-se agora como nunca se sentira antes, exceto quando estava nos braços de Billy na antiga casa, perto do parque central, ou escutando as histórias do pai, meio adormecida, nas esfumaçadas tardes de inverno na cabana deles em Burren. Sua barriga cheia e a cabeça recostada nos joelhos da mãe — os pequenos e farfalhantes barulhos dos seus irmãos e irmãs ao seu redor enquanto entocavam-se com ela em volta do fogo, a salvo na companhia da sua família.

41

HERBERT WILLIS ROBINSON

Noite — e através da Cidade fendida todos os tipos de criaturas rastejam.

Esta é a temporada do horror. Bandidos apanham o que querem pelas vitrines arrebentadas das lojas. Os veículos de aluguel trafegam silenciosamente pelas ruas laterais e becos escuros. São puxados por cavalos com abafadores nas patas, os condutores cobrando cinqüenta, cem dólares para levar sorrateiramente as famílias de banqueiros e mercadores para fora da Cidade.

Dos embarcadouros e do Cinco Pontos vêm outros, sem nenhuma intenção de fugir. Estes são os gangsteres e ladrões profissionais, os assaltantes, os punguistas e os assassinos. Eles não têm queixas contra o recrutamento. Nunca tiveram sequer intenção de ir à guerra, já que seus nomes não estavam registrados em qualquer barril, em nenhum censo. Agora eles vagueiam com arrogância pelas ruas, detêm descaradamente os coches de aluguel apontando-lhes suas armas. Assaltando homens à mão armada na Cidade, cometendo toda espécie de ultrajes...

O menino na rua, brincando numa poça de sangue. Sorrindo para o sol enquanto passa a mão suja pelo rosto...

Eu mesmo me esgueiro por toda parte, ainda buscando. Pelo menos completei a tarefa original que Greeley me designou esta manhã, embora pareça que foi há anos. Já rastreei a(s) sede(s) do nosso governo, localizada agora no Hotel St. Nicholas, na esquina da Spring Street com a Broadway.

O St. Nick é um daqueles perfeitos campos neutros que florescem em qualquer boa guerra. Não tão elegante quanto o Metropolitan, com seus salões femininos, ou a Quinta Avenida com sua ferrovia perpendicular, mas perfeito à sua própria maneira, com todo o seu espalhafato, os gigantescos lustres e candelabros, a prataria e as louças Sheffield, seus seiscentos quartos.

Todo tipo de homens se reúne ali — caixeiros-viajantes, os exploradores e os aristocratas da falsificação; jornalistas, generais e políticos. Eles congestionam o saguão, os olhos alertas e ferozes estreitando-se para descobrir qual é a melhor forma de explorar a nossa calamidade nacional para seu lucro próprio. Discutindo e bajulando, suplicando e seduzindo. Engolindo suas bebidas geladas, suas margaridas e *juleps*, mergulhando excitados em suas folhas frescas e verdes de hortelã. (Talvez não bebessem com tanta avidez se soubessem que a hortelã vem de caixas cultivadas nos terraços de cortiços da Baxter Street, arrancada pelas mãos de crianças tuberculosas e fertilizada com excremento de porco recolhido nas ruas.)

Esta noite o lugar está mais apinhado que nunca, mesmo enquanto os rumores mais loucos varrem o saguão. *A Cidade inteira está ardendo em chamas. A multidão está a caminho daqui.* O prefeito Opdyke montou seu quartel-general no andar de cima, bem como o general Wool, e há um clima marcial em todo o estabelecimento. Mensageiros uniformizados irrompem através do saguão, oficiais com galões dourados pavoneiam-se por todos os lados.

Enquanto isso, a Liga da União protege o bar como a uma fortaleza. Aqui está a verdadeira espinha dorsal da Cidade. Meus vizinhos em Gramercy, George Strong e Dudley Field. O reverendo Morgan Dix, da Igreja da Trindade, e Bellows, de Washington. Os professores Gibbs e Charlie Brace, e o reitor King, da Universidade de Colúmbia.

Homens de aço, nas ruas e nos púlpitos. Eles se sentam em volta de uma mesa lateral, bebericando nada mais forte do que salsaparrilha. Lançando olhares desconfiados aos fornecedores e empreiteiros novos-ricos que os rodeiam, enquanto intimidam o nosso pobre prefeito.

— Onde estão os Metropolitanos? O que Acton está fazendo?

— Ele tem a situação sob controle. Eu deposito nele a minha total confiança — o prefeito responde.

— Ah? — George Strong pergunta, arqueando a sobrancelha. — Será que posso indagar, então, *por que você abandonou a Prefeitura?*

George Opdyke enxuga a testa ensopada de suor, o terno todo amarrotado sob o calor. (*Parece que nunca mais vai chover.*) Ele é um negociante de grãos transformado em político, um homem que aprecia escrever ensaios acadêmicos sobre economia colonial — e que imaginou que seria uma boa idéia ser prefeito no deflagrar da Guerra Civil.

— Certas precauções devem ser tomadas... — ele tateia.

— Você deveria marchar de volta para a Prefeitura imediatamente, e ler a Lei de Revolta para essa gentalha! — o reverendo Dix o informa.

No início da guerra, Dix hasteou a bandeira americana no alto da Igreja da Trindade, e ela tem tremulado ali desde então, acima de qualquer cruz, juntando Deus e a União por toda a eternidade.

— Onde está o general Wool? O que ele está fazendo?

— Lá em cima, escondendo-se na sua suíte! — Charlie Brace diz com desdém.

Wool é o comandante de todas as tropas federais na Cidade. É um homem de aparência rija, mas idoso; um velho combatente de índios que ganhou fama expulsando indefesos Cherokees para fora da Geórgia.

— O general Wool não tem mais do que quinhentos homens que possa pôr em marcha...

— Impossível! — exclama Strong. — Se de fato for assim, precisamos telegrafar imediatamente ao secretário Stanton!

— Fui informado que este é um momento crucial, se Meade pretende alcançar Lee ao norte do Potomac — Opdyke tenta contestar. — Se ele conseguir, todo o jogo pode mudar...

— *Bobagem!* — Strong levanta da cadeira num salto. — Não importa o que acontece numa plantação de aveia da Pensilvânia! A guerra está *aqui*!

Como sempre, estes homens compreendem o cerne do problema. Apenas dois anos atrás, no começo da guerra, o nosso então prefeito Wood propôs que a Cidade também se separasse, dando início à nossa própria nação — promovendo-se, desta forma, a presidente (imperador? Grão-vizir?). Outros homens da Street eram favoráveis, procurando nervosamente seus devedores sulistas — aterrorizados com a possibilidade de que simplesmente se recusassem a pagar, desencadeando um terrível desastre financeiro sobre nós.

Mas não a Liga da União. Eles têm dinheiro em jogo, também, mas seus laços com o país são quase místicos. Todo o ideal de si mesmos — sua obstinada, inabalável superioridade ianque — está vinculado com a União. Se eles não forem os príncipes negociantes de um povo divinamente abençoado, do futuro colosso do mundo, então o que são? Apenas mais um bando de especuladores de ações, labutando por dinheiro como todos os outros nesta cidade?

Foram eles que acertaram tudo para que o secretário Chase encontrasse dinheiro para financiar a guerra. Eles que se certificaram de que nós continuaríamos sendo a Cidade Imperatriz do Oeste, avançando na direção do nosso destino determinado, glorioso. Não pretendem recuar agora, não importa quanto sangue tinja os campos do Sul — ou as ruas da nossa Cidade.

— Precisamos fazer alguma coisa. Esta tarde foi necessário um *padre* para convencê-los a não incendiar a universidade! — O reitor King da Colúmbia protesta, sem deixar muito claro qual foi a sua maior humilhação.

— O que precisamos são *canhoneiros*, canhoneiros *cercando* esta ilha — Dudley Field insiste. — *Isso* irá lhes inculcar o temor a Deus.

A ilha de Manhattan rodeada por mecanismos flutuantes, cingidas com canhões. Prontas para vomitar fogo até que a Cidade inteira esteja destruída, se for necessário...

— Devemos *pelo menos* declarar a lei marcial.

— Não estou bem certo *disso* — o prefeito Opdyke objeta, mas George Strong já agüentou o bastante.

Ele se levanta com um aceno impaciente da mão e vai para a nova e conveniente sala de telégrafo do St. Nick.

— Vou telegrafar ao presidente Lincoln pedindo mais homens. Nós ainda vamos salvar esta Cidade!

Ele marcha para fora do bar, ignorando os protestos de Opdyke. Mas logo está de volta, o rosto contorcido de indignação.

— Parece que as linhas estão destruídas, por todo o West Side. Vou telegrafar do meu escritório na Street... se é que *alguma coisa* ainda está funcionando nesta Cidade!

Eu decido ir com ele, curioso para ver como a Wall Street está se mantendo — e o que vai acontecer em seguida. Por mais furioso que Strong esteja, eu percebo que ele, também, está desconcertado com esta última mudança de rumo. A idéia previamente impensável está crescendo — de que agora, com nossas comunicações interrompidas, talvez possamos realmente perder a ilha.

Lá fora na Broadway a noite está mais sufocante que nunca. Um cheiro corrosivo, de queimado, está em toda parte, penetrando pelo nariz e garganta.

Dezenas de incêndios podem ser vistos, deixando o céu com uma cor alaranjada. É a nossa única iluminação, agora que as luzes das ruas foram extintas, o gás cortado pelos desordeiros ou pelas autoridades.

— A sua casa ainda está de pé — Strong me informa abruptamente, e eu quase dou uma risada ao ouvi-lo dizer isso, sabendo o quanto é difícil para ele estabelecer uma conversa.

É um homem peculiar, o meu vizinho. Arrogante e arredio, porém estranhamente idealista para um homem de negócios, absorvido em suas idéias sobre o que a União, ou a religião, ou a nossa civilização deveriam ser.

— Eles não tocaram no Gramercy Park... ainda não, pelo menos — ele continua, numa tentativa de humor. — Nós organizamos um esquadrão de vigilantes. Ficamos marchando em volta do quarteirão com espingardas de chumbo e pistolas de duelo, tentando nos mostrar suficientemente ferozes para qualquer jovem celta que encontrássemos pela frente. Mas eles ainda não fizeram nada.

Na verdade, havia horas que eu nem mesmo pensava na minha casa em Gramercy Park. Então Maddy realmente teria ficado segura ali, no fim das contas...

Maddy. As batalhas do dia tinham me levado de um lado para outro além da casa dela, mas não para mais perto. O Beco Paraíso, todo o Quarto Distrito, agora está atrás das fileiras da turba de revoltosos. Seria perigoso me aventurar para lá nesse momento, no escuro, mesmo com o disfarce do meu terno sujo e estragado. Mas preciso tentar, assim que enviar a minha reportagem — preciso convencê-la a sair de lá. *Garota tola, teimosa...*

É uma caminhada bastante aflitiva até a firma de Strong. Perto da Canal Street nós passamos por grupos de *b'hoys* de gangues perambulando — esquivando-se sorrateiros, procurando uma boa chance. Um patrulheiro solitário sobe pela rua, batendo o cassetete de madeira na mão. Nada faz, porém — não *pode* fazer nada, um homem sozinho —, e ele e os gangsteres se limitam a trocar um olhar cauteloso e seguir adiante.

Aqueles que podem, se defendem. Na Maiden Lane, os joalheiros fazem patrulha na frente das suas lojas, com rifles nas mãos. Os ferreiros vigiam suas forjas, os condutores os seus bondes. A Lord & Taylor's armou uma centena de balconistas, e os belos rapazes do Stewart's Iron Palace agora se dispõem a disparar contra o primeiro que aparecer.

De alguma forma, conseguimos abrir nosso caminho até a Wall Street sem levar nenhum tiro dos ladrões nem dos vigilantes. Strong vai para seu escritório, mas eu fico esperando por ele embaixo, preferindo ver o que for possível ver, aqui no coração da capital financeira do nosso país.

A Street e os quarteirões em volta estão todos alvoroçados, apesar da hora. Aqui estão a maioria dos soldados de Wool, juntamente com os marinheiros dos navios no porto, armados com revólveres Gatling e em posições estratégicas. No prédio da Subtesouraria — o lugar exato onde Washington fez seu primeiro juramento como presidente — os funcionários montam guarda em todas as janelas. Estão armados com granadas de mão e garrafas cheias de ácido sulfúrico, e uma mangueira foi estendida até a caldeira no porão — pronta para disparar o vapor escaldante em qualquer turba que se atreva a arrombar as pesadas portas de bronze.

Mesmo assim, os marinheiros estão arrastando baús, com formato semelhante a esquifes, pela íngreme escadaria da Subtesouraria. Eles se movem penosamente sob a estátua escurecida de Washington, gesticulando com desdém na direção do Oeste, grunhindo e labutando com os baús enormes, pesados. Por um momento me pergunto o que eles poderiam estar removendo — e depois eu entendo.

Até o ouro está fugindo da Cidade. Eles estão transportando os caixões pela Battery abaixo, e depois até os navios no porto. As reservas de ouro da nação, debandando — pode o restante de nós ficar muito atrás? O capital estremece em sua fortaleza...

Naquele instante escuto uma balbúrdia repentina, e imagino que os arruaceiros tenham conseguido se esgueirar pelas nossas defesas. Mas, não — o barulho vem dos escritórios de uma antiga e venerável firma, do outro lado da Liberty Street.

O que diabo é isso? Será que os bandidos conseguiram entrar? A porta e as janelas do prédio estão trancadas — mas eu vejo uma penumbra de luz em volta de uma janela do porão, e me abaixo para espiar lá dentro.

A visão que tenho dali é algo notável. Um grupo dos mais renomados negociantes da Wall Street, alguns dos homens mais ricos do país e, portanto, do mundo, estão se comportando como lunáticos. Enquanto observo, eles dão pulos no ar, gesticulam freneticamente em cima de cadeiras e mesas, praguejando, rindo — e *cantando.*

Percebo então que me deparei com o Salão Dourado. Este é o segredo mais bem conhecido da Cidade, exceto pelos salões de abortos de Madame Restell. O comércio de ouro foi banido por decreto federal, desde que o Velho Abe acabou se exasperando com os homens mais ricos da União que apostavam todos os dias se esta iria ou não sobreviver.

Porém, isso só serviu para levar os negócios para os subterrâneos. Agora os maiores financistas do país se reúnem todas as noites num escritório diferente, para apostar nas subidas e quedas da América. Eles se juntam em volta do telégrafo e, dizem, têm espiões em todas as principais agências de telégrafos e nos dois exércitos, que lhes enviam as informações mais críticas antes mesmo que o próprio Lincoln as receba.

Cada um dos lados canta quando a guerra pende em seu favor. Quando a maré muda a favor do Norte, aqueles que apostaram na moeda desvalorizada do secretário Chase entoam o "Para Sempre a União". Os apostadores cantam "Dixie" sempre que Lee conquista outra vitória, ou agora, enquanto a Cidade arde em torno das suas cabeças:

"Eu queria estar na terra do algodão,
Bons tempos que não são esquecidos,
Olhe adiante,
Olhe adiante,
Olhe adiante,
Dixie-land!"

Eles cantam numa só voz, com entusiasmo, mesmo enquanto o ouro que tanto idolatram escapa da cidade em esquifes. Quando chegarem ao inferno, eu não tenho dúvida, irão vendê-lo ao diabo.

42

HERBERT WILLIS ROBINSON

Quando consigo retornar ao *Tribune* percebo que há lá dentro uma sensação de absoluto desespero. No Parque da Prefeitura a multidão está maior e mais ruidosa que nunca. O revolucionário barbeiro do Christadoro's continua incitando-os de cima do seu caixote de sabão. *Será que ele realmente ficou aí o dia inteiro? Ou será que foi para o trabalho, fez umas poucas barbas durante a tarde e depois saiu novamente para o espetáculo noturno?*

No outro lado da Park Row, o *Times* está iluminado como uma árvore de Natal. Funcionários e repórteres se exibindo em todas as janelas, munidos de pistolas e carabinas. Até mesmo Henry Raymond e Leonard Jerome estão postados atrás de enormes armas Guntling, apenas esperando que a turba tente alguma coisa.

Greeley, por sua vez, não permite que ninguém traga nem sequer uma pistola de duelo para o interior do estabelecimento. Tudo o que permitiu foi que se armassem barricadas nas janelas com fardos de papel e algodão molhados — uma precaução que deixou quase todos prostrados pelo calor e serviu apenas para agravar ainda mais o desespero geral.

Quase todos, exceto o próprio Horace. Nosso líder permanece atrás da escrivaninha, analisando com a serenidade de sempre as mensagens de telégrafo e os despachos, tendo Sidney Gay e James Gilmore trabalhando ao seu lado com expressões sombrias. Teddy Tilton, que edita o *Independent*, também está aqui e com uma expressão mais sombria ainda. Vindo para participar de um jantar de negócios, acabou encontrando-se encurralado no meio do turbilhão.

— Ah, Robinson! O que você tem para mim? — Horace me recebe com um sorriso paternal, como se eu tivesse acabado de chegar de uma reunião do Sabatarianismo.*

Eu sei o que ele está fazendo, bancando o destemido capitão do navio atingido pela tempestade. Acrescentando algo mais à Lenda que É Greeley. Além disso, como jornalista, ele está em seu elemento.

— Em que época estamos vivendo! — ele exulta, olhando por cima do meu ombro enquanto lhe faço um esboço das primeiras linhas da minha reportagem. Ele folheia novamente a grossa pilha de telegramas sobre sua mesa, lendo alegremente as histórias dessa depredação, ou das corajosas defesas.

— Parece que a Mãe colocou um barril de pólvora no porão — ele se encanta, brandindo uma mensagem da sua esposa na minha direção. — Com um fio que vai pela escada até a sala de estar, para que, se por acaso estes patifes chegarem em Chappaqua, ela possa explodir a casa inteira por cima deles!

Ele se inclina sobre a escrivaninha para considerar tal possibilidade, os olhos arregalados de excitação. E não menos excitado, eu desconfio, com a possibilidade de o Conflito Irreprimível explodir a *ela* do futuro reino...

Há um ruído de algo batendo contra a fachada do prédio, como granizo caindo num telhado de zinco. Lá de baixo chega o barulho de vidro quebrado, um *tump* mais forte de tijolos e pedras ricocheteando nas paredes, e nós corremos para as janelas. A multidão começou a se mover. Enquanto olhamos, eles saem do Parque da Prefeitura aos borbotões, atirando contra nós tudo o que conseguem encontrar — ainda exortados pelo barbeiro radical.

— Vamos lá, companheiros, vamos lá! E teremos a vida daquele maldito Greeley!

Bloqueando a passagem deles não há mais do que quatro ou cinco patrulheiros, postados na porta da frente do *Trib.* Eles serão varridos para longe em segundos; na verdade, é de admirar que ainda não tenham fugido. No entanto, inexplicavelmente, a turba pára diante deles, apenas nos lançando ainda mais insultos.

— *Abaixo o* Tribune!

---

*Movimento que protestava fortemente contra qualquer tipo de atividade no Sabá, sobretudo o consumo de álcool. (*N. do T.*)

— *Abaixo os velhos casacas brancas, que acham que um preto é tão bom quanto um irlandês!*

— Isso não é um tumulto, é uma revolução — diz o sr. Gay, olhando para baixo.

— Pois é o que parece. É exatamente o que eu esperava, e não tenho dúvidas de que eles me levarão à forca — Greeley concorda, parecendo bastante satisfeito.

— Nós precisamos *fazer* alguma coisa...

— Eu, de minha parte, pretendo comer o meu jantar. — Greeley faz uma exagerada encenação consultando o relógio de bolso, depois o fecha com um clique e gesticula com a cabeça na direção da turba. — Deixe que estourem as gargantas de tanto gritar por mim. Se não posso jantar no meu horário de sempre então minha vida não vale mais nada, mesmo. Theodore?

Tilton assente e engole em seco, como um condenado à morte sendo chamado da sua cela, permitindo que Greeley prenda o braço no dele e o leve para o andar de baixo.

— *Ao menos saiam pelos fundos!* — o sr. Gay grita atrás dele, mas Greeley limita-se a descartá-lo com um aceno, ainda segurando o braço do pobre Tilton.

Da janela do escritório ficamos observando emudecidos enquanto Greeley sai direto pela porta da frente, abrindo caminho entre os revoltosos.

— Eles vão enforcá-lo bem diante dos nossos olhos!

Não posso dizer que haja um homem sequer entre nós que não esteja no mínimo intrigado com tal espetáculo. Porém, a multidão parece congelada diante do aparecimento dele. Até mesmo o barbeiro arengueiro está perplexo, imobilizado com aquele absoluto atrevimento. Antes que possam se recuperar a ponto de erguer uma só mão que seja contra os dois homens, Greeley já consegue conduzir Tilton diretamente através das suas fileiras, atravessando a rua e entrando no restaurante Windust.

— É verdade — Gilmore diz engolindo em seco, quebrando o admirado silêncio da sala. — Deus *realmente* protege as crianças e os tolos.

— Qual desses é Horace?

— Os dois!

A turba ainda fervilha lá embaixo — a fúria redobrada, agora que inexplicavelmente permitiram que Greeley em pessoa escapasse pelos seus dedos. Eles avançam outra vez para a porta, os desesperados policiais tentando impedi-los.

— Aí vêm eles! — Gilmore grita.

Eles arrastam os policiais para fora do caminho, arrancando os cassetetes das suas mãos, desferindo golpes e socos enquanto passam. Derrubam a porta da frente com chutes — e no momento seguinte estão lá dentro, engalfinhando-se com os repórteres e os escreventes do primeiro andar. Quebrando os móveis e as placas de composição, atirando no meio da sala tudo o que conseguem encontrar.

— Queimem! Queimem tudo! — o barbeiro está gritando como um maníaco no meio deles, esvaziando garrafas de canfeno no chão, iniciando pequenas fogueiras por toda parte.

Nós corremos para baixo e alguém desfere um golpe selvagem, embriagado, sobre mim. Dou um pulo para trás, e o golpe passa apenas de raspão pelo meu peito — mas ainda forte o bastante para que me esborrache no chão. Num dia inteiro de lutas esta é a primeira vez que alguém colocou as mãos em mim de fato, e eu fico ali onde caí, momentaneamente atordoado.

— Em frente! Em frente, rapazes, p'ra cima deles!

Carpenter e o seu esquadrão temporário chegam correndo pela Nassau Street, e avançam por trás da multidão. Exatamente como aconteceu à tarde, nada os detém. Os homens derrubam qualquer coisa que esteja em seu caminho como a colhedeira mecânica em que se transformaram, e a turba de arruaceiros é imediatamente dispersada. Eles correm de volta para a escuridão, enquanto ficamos ali apagando as fogueiras — o barbeiro sendo visto pela última vez enquanto corria pela Broadway acima, ainda jurando sua vingança a Greeley.

Tudo termina em minutos. A sala de composição está em cacos, cheia de cadeiras quebradas e escrivaninhas meio-queimadas, como se um tornado ou um furacão tivesse passado por ali, tudo coberto com canfeno ou água. Nada foi destruído irreparavelmente, contudo, e antes que Carpenter e seus homens saiam Raymond e Jerome enviam dezesseis homens do *Times* armados com rifles, e ainda mais um revólver Gatling.

— Mas Horace disse nada de armas — o sr. Gay protesta sem muita convicção.

— Pois ele que se enforque! — Gilmore exclama com desdém, embora ninguém ainda saiba com certeza se a multidão já não se encarregou disso, em toda aquela confusão.

— Onde está ele? Onde está Horace?

Os funcionários procuram freneticamente pelos escritórios, enviam mensageiros até o Windust, que a turba também saqueara. Nós espiamos pela janela — um tanto temerosos com a possibilidade de avistar a famosa capa branca de Horace balançando lentamente num poste. Correm rumores de que ele foi realmente enforcado, que fugiu da Cidade — que os garçons do Windust o esconderam debaixo da mesa.

Não há nenhuma notícia, entretanto — até que de repente ele surge na porta, cerca de duas horas depois, como uma aparição. Dando tapinhas na sua barriga de bebê, perfeitamente redonda. Ele atravessa a sala de composição mal parecendo reparar nos móveis quebrados e na madeira queimada, a mente sem dúvida concentrada em um ou outro grande plano Greeley. Nós ficamos observando boquiabertos enquanto ele abre caminho até a sua escrivaninha.

No andar de cima ele pára por um instante, antes de retornar ao seu editorial do dia seguinte. Passando a mão, com uma expressão de tristeza, pelo revólver Gatling que James Gilmore fizera questão de deixar com um vigilante, no lado de fora do escritório.

— Não sei como posso trabalhar com tantas armas à minha volta — ele diz melancolicamente.

Eu me sento à escrivaninha na sala ao lado do escritório de Greeley, e começo a escrever minhas reportagens. Minhas novas cenas das ruas — todas as coisas terríveis que vi e ouvi durante este dia. De vez em quando Greeley aparece, dá uma olhada nas minhas anotações e murmura algo que eu entendo como aprovação.

No entanto, minha mente divaga e preciso me esforçar, me obrigar a terminar o artigo. *Como Maddy estará enfrentando tudo isso?* Deveria estar bem. Ela é irlandesa, faz parte deles, é verdade. No entanto, é tão cabeça-dura, tão propensa a irritá-los...

Minha Maddy.

Eu deveria tê-la obrigado a vir comigo, tê-la deixado na minha casa em Gramercy Park. Em vez disso, corri para ver o que estava acontecendo, como sempre faço. Tentando encontrar alguma história, algum vislumbre da verdade nesta Cidade. Mas o que existe é simplesmente depravação.

Termino minha matéria e subo ao terraço no alto do *Tribune*, para ver se há algum meio de explorar um caminho que me leve até a casa que alugo para ela. Muitos funcionários do jornal já estão lá em cima, presos como eu e impedidos de chegar às suas famílias e entes queridos. Os repórteres e editores em silêncio, fumando seus cachimbos e charutos.

Na rua abaixo, ainda estamos cercados pela turba. Eles acenderam fogueiras por toda a volta da Praça das Gráficas — e através de toda a imensa e escura Cidade que se estende diante de nós. Passada apenas uma hora depois do primeiro ataque, o inspetor Carpenter e seus homens tiveram de interceptar mais uma horda na Frankfort Street, tão determinada quanto as outras, ao que parece, a marchar para o *Tribune* e enforcar Greeley num poste da rua.

Só Deus sabe porque eles nos odeiam tanto — e porque estão tão decididos a transformar a Cidade inteira num monte de detritos. Há gritos e choro na escuridão, pequenos fachos de tochas movendo-se pelas ruas. Aqui e ali um outro prédio explode em chamas, projetando-se na noite como fogos de artifício...

Ouve-se uma explosão e um som semelhante a muitos pés correndo, e por um momento nós todos nos preparamos, lá em cima no terraço, pensando que os canhoneiros finalmente chegaram, ou que a multidão está fazendo outro ataque. Mas, não. O estrondo ressoa novamente, depois crepita com estalos sucessivos e pára. É apenas a benévola intervenção da natureza, uma espetacular e encapelada tempestade de relâmpagos — do tipo que costumava nos aterrorizar tanto na Cidade.

A chuva veio finalmente. Enquanto observamos, a tempestade avança pelo Hudson, apagando os incêndios abaixo como um gigantesco polegar. Obrigando as turbas a abandonarem as ruas, quando nada mais conseguiu.

Aproveito o momento para finalmente sair para a casa de Maddy. Andando rápido sob a camuflagem que a chuva fornece, sem me importar se está me encharcando, tão abençoadamente refrescante. No entanto, ela logo diminui a um chuvisco, a água gorgolejando através das centenas de valas e canos de escoamento.

A Cidade fica quase divina em tais momentos. Até mesmo os porcos foram afugentados das ruas. As pedras do calçamento cintilando, o som da água corrente retrocedendo até que a cidade inteira fique quase em silêncio.

Chego ao Beco Paraíso e desço cautelosamente pelo meio da rua. Estou mais visível aqui, eu sei — porém é menos provável que seja abatido por um tiro de estilingue, ou por um garrote vindo das sombras de alguma casa. Ao chegar na casa de Maddy eu bato na porta sem fazer barulho, tentando chamar o mínimo de atenção. Porém, o único sinal de existência humana que avisto é uma figura encapuzada no final do quarteirão, tão distante e furtiva que nem mesmo sei dizer se é um branco ou um negro, homem ou mulher. Ele, ou ela, parece estar trancando uma porta, pronto para fugir com um carrinho de mão cheio de bugigangas. Quando se vira na minha direção, a figura fantasmagórica congela no lugar, e parece que me envia um olhar longo, perscrutador. Depois acaba de trancar a casa e corre na direção oeste — agarrando um porco ao passar por ele, o animal guinchando lamentavelmente.

— Maddy! *Maddy!*

Minha voz é fraca e pouco convincente na noite vazia — a chuva começando a aumentar outra vez. Bato com mais força, agora, e até mesmo toco a sineta ao lado da porta. Quase frenético, temendo por ela, temendo por mim mesmo...

Então vejo seu rosto na janela do segundo andar, espiando atrás da cortina. Não mais zombando de mim, porém atormentada e pálida como a lua. Ficamos nos olhando por um longo momento antes que ela se afaste, desça a escada e me deixe entrar na casa alugada onde a mantenho há tantos anos.

43

RUTH

A chuva caía como uma barragem, retinindo como metralha de chumbo nos telhados de zinco e madeira da vizinhança. O barulho acordou os seus dois filhos mais novos, Vie e Elijiah, que ao ver que estavam numa casa estranha no meio da tempestade, começaram a chorar imediatamente.

— Aí está — Deirdre falou para Ruth, sentada à sua frente na saleta, com um tom vindicativo na voz. — Aí está a chuva, finalmente, graças a Jesus e todos os santos. Isso vai tirar até mesmo aquela gentalha toda das ruas.

— Vai, sim, por esta noite — Ruth concordou, embora não tivesse certeza de que fosse verdade.

Ela já havia visto o que os homens são capazes de fazer para obter o que querem, haja chuva, neve ou rios de merda.

Foi ver as crianças onde Deirdre as acomodara, três em cada cama, nos quartos dos fundos e do andar de cima. Deirdre foi com ela, mais uma vez para sua surpresa. Ajudando-a a acalmá-las, mandando os próprios filhos de volta para a cama. Ruth sentiu lágrimas inundando-lhe os olhos, mas apressou-se em enxugá-las. Ainda assim, não podia impedir o pensamento de que era isso que sempre quisera, desde que se mudara para o quarteirão. *As duas como irmãs, movimentando-se em volta das camas cheias de bebês.*

Ela esfregou as costas das crianças e lhes serviu uma concha de água de um dos baldes no canto. Olhando pela janela enquanto as atendia — o céu agora todo cor-de-laranja, luminoso, as nuvens refletindo os incêndios que ardiam por toda a Cidade.

Murmurando uma cantiga de ninar, ela fez as crianças se deitarem novamente enquanto passava a mão pelas suas testas. Vie parecia mais quente do que deveria, portanto Ruth voltou à saleta para encontrar um pedaço de pano que pudesse umedecer e colocar na testa da menina. Não queria incomodar Deirdre, que ainda estava com os próprios filhos, então começou a procurar sozinha, olhando primeiro na alta escrivaninha de ébano.

Abriu a gaveta de cima — e encontrou o jornal. O nome saltando bem diante dos seus olhos. Sua leitura ainda era tão ruim que ela quase nunca olhava os jornais, intimidada pelas letras minúsculas e amontoadas, e pela profusão de palavras. Mas o nome dele destacou-se imediatamente. Ela pronunciou-o para si mesma, os lábios se movendo em silêncio enquanto lia a coluna na qual a página estava dobrada:

> "FERIDOS:
> ... *O'Kane, Tom, 69º Nova York, Cia. A — perna.*"

Ruth deu um passo para trás, largando o jornal na gaveta como se fosse alguma coisa quente ou cortante. Deirdre chegou trazendo uma panela de água nas mãos, e Ruth virou-se bruscamente para ela. Envergonhada por ter sido apanhada em flagrante, remexendo nas suas coisas, porém ainda assim repleta de piedade.

— Ah, Deirdre — ela disse. — Pobrezinha... Há quanto tempo você sabe?

Deirdre ficou em silêncio, a princípio, deixando a panela com água em cima da cadeira, com todo cuidado. Depois baixou a cabeça diante de Ruth e estendeu-lhe a mão.

— É um castigo de Deus — ela disse, e começou a chorar. — Um castigo pela frieza do meu coração.

— Um castigo? — Ruth repetiu, confusa. — Mas o que você já fez na vida, Deirdre, além de ser uma boa mãe e uma esposa virtuosa?

— Deus sabe que deveria tê-la acolhido há muito tempo — ela apenas insistiu, enxugando os olhos e ainda apertando a mão de Ruth. — Deveria ter cuidado de você anos atrás, de você e da sua família. É um castigo, por eu não ter feito isso.

Ela levantou a cabeça — a expressão ainda perturbada e tão arrependida que Ruth só pôde abraçá-la e tentar confortá-la.

— Pronto, pronto... Deve ter sido um choque para você. Há mais alguma coisa? Mais alguma notícia sobre Tom?

— Nada, ainda.

Deirdre começou a chorar outra vez, abafando os soluços no ombro de Ruth, enquanto ela afagava seus cabelos e as costas.

— Bem, isso é bom — Ruth disse com determinação, tentando ignorar o medo que subitamente a invadiu. *Tentando não pensar em Billy.* — De qualquer forma, não é tão ruim como da última vez, quando ele desapareceu. E ele sobreviveu, não foi? Sobreviveu à febre no hospital, e todos os ferimentos. Não deve ter sido nem um arranhão para ele, um homem tão forte, tão vigoroso...

Embora as duas soubessem quantas maneiras havia de um homem morrer de um simples arranhão, nos hospitais de Washington. Tinham ouvido todas as histórias das outras mulheres do Beco Paraíso, que perderam os maridos, filhos, irmãos. *Eles morriam de ferimentos nas pernas que se complicavam, os menores arranhões que se transformavam em gangrena. Eles morriam simplesmente sentados nos campos, de tuberculose ou disenteria. Deixando famílias inteiras, cinco ou seis filhos, para mendigar nas ruas de Nova York...*

— Mas eu culpei você. Culpei você por tudo — Deirdre falou. — Culpei você por Johnny, mesmo sabendo quem ele era, e depois a culpei por fazer com que Tom a ajudasse. Deus me ajude, mas também culpei você pela guerra, você e os seus negros. Por levar o meu Tom embora... mesmo sabendo que fui eu quem o convenceu a ir.

Deirdre baixou a cabeça novamente.

— Mas como você poderia evitar? — disse Ruth. — Você tinha um lar respeitável. Só Deus sabe o que Johnny e eu devíamos parecer a vocês...

— Mas eu deveria tê-los ajudado! Deveria ter aberto as portas da minha casa para vocês. Para você, pelo menos.

Ruth sentiu lágrimas nos próprios olhos, mesmo tentando impedi-las. Procurando pensar em algo que pudesse dizer a Deirdre. Então começou a chorar, também — tanto que as duas mulheres tiveram de sentar juntas no sofá. Ela segurou o braço de Deirdre, querendo lhe demonstrar que a perdoava. Querendo abraçá-la para que não pensasse mais naqueles anos, em todas as vezes que se postara como uma pedinte na porta de Deirdre.

Está acabado, agora. Está tudo acabado, de qualquer forma.

— Mas eu culpei você por tudo, e por Johnny, principalmente depois do que aconteceu com o Velho Noe — Deirdre insistiu, quando conseguiram falar outra vez.

— Não, não... Está tudo bem.

— Joguei toda a culpa em você. Naquela noite em que você veio nos procurar...

— Eu sei, eu sei. Mas na verdade, Deirdre, você não estava assim tão errada...

O céu estivera alaranjado naquela noite, também. Estava nevando, mas havia o estalar distante de trovões, e o estrondo dos bancos de gelo quando se rompiam e estilhaçavam no rio Norte.

Ela tocara a sineta, depois esmurrara a porta da frente. Sabendo o quanto Deirdre iria considerar inconveniente até mesmo reconhecer a presença de um visitante àquela hora da noite. Persistindo, batendo e batendo, até que Tom abrira a porta e a puxara para dentro da saleta.

Que ambiente agradável havia ali. Ainda sentia inveja, tinha de admitir. Deirdre em sua cadeira perto da limpa e inodora lamparina Argand, com um livro de histórias religiosas. Tom em mangas de camisa, um exemplar do *Tribune* ainda na mão e um par de óculos de leitura pendendo incongruentemente no nariz. As crianças já acomodadas nas camas, os dois lendo trechos um para o outro.

Ruth sentira um frio arrepio de maldade percorrê-la. Sabendo que viera para revirar tudo aquilo, todo aquele mundo perfeitamente organizado de Deirdre.

Ela trouxera a bengala consigo, embora soubesse que estava carregando a própria vida nas mãos. Dolan iria matá-la por isso, e se tivesse sido apanhada em flagrante não sabia o que teria feito. Conseguira encontrar um pedaço de lona numa construção, enrolando a bengala e amarrando com pedaços de palha da vassoura. Andando por todo o caminho desde Pigtown, temerosa demais até para pegar um ônibus ou um bonde.

Dolan achara que poderia mantê-la na ignorância quanto ao crime. Desafiando-a a perguntar, tentando intimidá-la para que ela pensasse que se tratava apenas de mais um dos seus misteriosos serviços. Mas Ruth sabia que era algo mais. Ele já não saía mais de casa, nem mesmo para vender aos receptadores as mercadorias que trouxera. Rondando pelo barraco cada vez mais inquieto.

Assim que encontrou uma desculpa para sair, Ruth gastara um centavo num exemplar do *Herald*. Correndo até a casa de Billy o mais depressa que pôde. Não queria envolvê-lo naquilo, mas a quem mais poderia recorrer? Ela lhe pediu para ler o jornal inteiro em voz alta, recusando-se a dizer o que estava procurando, e ele foi lendo devagar, desconfiado, lançando rápidos olhares para sondar a sua reação.

Mas estava bem ali, na primeira página. Ela soube imediatamente: *O sr. James H. Noe, destacado fabricante de escovas, foi encontrado morto com um golpe na cabeça, na nova fábrica que estava construindo na Greenwich Street.* O *Herald* discorria sobre todos os pavorosos detalhes, tanto os reais como os que vinham provenientes de rumores. Como se acreditava que o Velho Noe reagira com bravura. O corpo surrado e mutilado, um ou ambos os olhos arrancados para fora das órbitas. Sua bengala, em cujo cabo havia a cabeça de um cão feita em ouro, desaparecera — provavelmente roubada pelo assassino.

Havia muitos olhos na Cidade que poderiam ser arrancados. Mas havia apenas aquela bengala.

Ruth fez o possível para impedir-se de dar um pulo quando Billy leu a notícia. Lutando para se controlar, para evitar que qualquer sinal das suas emoções fosse revelado. E quando acabou de ler o artigo, Billy Dove baixou o jornal e olhou diretamente para ela, sentada na sua cama.

— Então foi ele.

Depois disso, ela teve de confessar tudo — até mesmo que estava grávida, e que não sabia se era dele ou não. Rompendo em lágrimas por ter de lhe contar tudo aquilo. E Billy escutara sem demonstrar qualquer expressão, até que ela terminou, e ele assentiu dizendo:

— Como vamos matá-lo, então?

Ruth não iria permitir que Billy fizesse nada desse tipo. Ao menos poderia impedi-lo disso. Porém, caminhando de volta pelos campos ela se sentira exultante. A sensação não diminuíra nem sequer quando se aproximara do barraco, e pressentira Dolan observando-a através das tábuas. Sabia que precisava ser particularmente cuidadosa. Que ele iria vigiá-la o tempo todo, então teve o cuidado de baixar a cabeça quando chegou mais perto, arqueando os ombros para frente. *Tentando apagar seu triunfo e se lembrar da maneira como se sentia quando voltava para ele todas as noites. Obrigando-se a esquecer que tudo estava prestes a terminar.*

Dolan não saiu de casa novamente no dia seguinte, nem no outro. Ficando cada vez mais agitado e soturno, quando não estava embriagado. Não mais se incomodando em se barbear ou se lavar, apenas espiando pela porta e pelas frestas nas paredes para os campos congelados, hibernais.

Na terceira tarde, ela voltou do mercado e descobriu que ele enterrara a bengala no quintal. Estava escondida sob a neve, dentro de uma fenda de mais um dos enormes pedaços de rocha. O esconderijo astuciosamente disfarçado, com a neve empilhada por cima. Porém, ela sabia onde estava, pois percorrera cada centímetro do minúsculo quintal durante aquele ano, apenas ansiando por estar bem longe dali.

No interior do barraco Dolan estava mais agitado que nunca, andando de um lado para outro e esfregando as mãos como um louco — os olhos vermelhos como brasas ardentes.

— Nós precisamos ir embora — ele disse. — Devemos ir embora agora, enquanto podemos. Sair dessa maldita ilha.

— Ora, por que não vamos, então? — ela disse, cautelosa.

— Não, sua desgraçada! Eles vão me entregar, vão me entregar assim que eu botar um pé para fora da porta! Nós temos de nos entocar aqui. Precisamos ficar aqui dentro, até o fim do inverno.

Ela esperou durante horas, até que ele se acalmasse com a garrafa e finalmente dormisse estirado na cama. Então, quando o sol de inverno já começava a descer no rio Norte, espalhando agulhas de luz púrpura e alaranjada através dos campos corroídos, ela saiu e desenterrou as coisas que ele havia escondido.

Ruth tirou a bengala e todos os outros objetos, amarrando com a lona e a palha de vassoura que encontrara. Indo a pé por todo o longo caminho até o Beco Paraíso no Quarto Distrito. Nem mesmo querendo pedir a Billy que a acompanhasse, com medo daquilo que a visão dos dois juntos, uma mulher branca e um homem negro, poderia despertar. Petrificada com a possibilidade de Dolan acordar, ou de ser detida por algum patrulheiro.

— O que você está armando? O que é que está querendo, trazendo essas coisas para dentro da minha casa? — Deirdre dissera quando ela entrara na saleta com sua trouxa.

Parada na frente da cadeira, uma expressão de desafio, mas também de medo crescente, como se já tivesse algum pressentimento do motivo da vinda de Ruth. Sua voz elevando-se até ficar quase histérica.

— O que você quer, trazendo isso para cá?

No início Deirdre não acreditara, nem mesmo quando Ruth mostrara a bengala com cabeça de chacal. A notícia, os detalhes do crime, estavam em todos os jornais da Cidade, então. Mas Deirdre continuava insistindo que deveria ser um engano, que seu irmão caíra numa armadilha, ou que estava guardando os produtos do roubo para algum amigo. Até que finalmente Ruth retirou um outro item da sua trouxa, que encerrou todos os argumentos.

Deirdre não teve mais que um sobressalto ao ver a coisa, nisso Ruth tinha de lhe dar um crédito. Ela quis até entregar Johnny à polícia, naquele mesmo instante. Insistindo que se seu irmão tivesse feito tal coisa, eles, mais do que ninguém, deveriam entregá-lo.

— Não, meu carneirinho, você não quer fazer isso — Tom a acalmara. Suas mãos grandes nos ombros dela, enviando mais espasmos de inveja em Ruth. — Você não quer fazer isso, nunca iria se perdoar.

No final, Tom a convencera a deixar que ele cuidasse do assunto, que encontrasse um meio de enviar Johnny Dolan para fora da Cidade. Deirdre finalmente concordara que era a coisa certa a fazer — embora manifestasse num último e lacrimoso protesto:

— Ah, mas ele não é assim, não é assim! Deve ter sido pelo fato de ver todos eles morrerem daquele jeito, foi isso que o levou a fazer uma coisa dessas. Em decorrência das más companhias!

Os olhos dela perscrutando o rosto de Ruth, com uma expressão que era tanto de súplica como de ódio.

Foi Tom quem soube preparar todo o resto, por intermédio dos seus velhos amigos da companhia Black Joke e da Place of Blood. Foi ele quem organizou tudo, com a ajuda de Billy. Tudo o que Ruth precisou fazer foi tornar a enterrar os objetos de Dolan na fenda da rocha — e depois levá-lo para fora de casa. Tom se oferecera para ajudar com aquilo, mas Ruth recusara, sabendo que esta seria a parte mais delicada e que cabia a ela encarregar-se disso.

— Tem certeza de que vai ficar bem? — ele perguntara inúmeras vezes. Mas ela lhe assegurara que sim, que ficaria.

Ruth obrigou-se a aguardar por mais três dias, enquanto Tom concluía os preparativos. No entanto, mal conseguia suportar a espera, seus nervos quase tão à flor da pele quanto os de Dolan. Esperando que alguém entregasse a ambos à polícia em troca de recompensa. Observando Johnny Dolan perambular incansavelmente pelo barraco, bêbado e raivoso, ou simplesmente sentar na cama, abrindo e fechando os punhos muitas e muitas vezes, sem parar.

Então Tom lhe enviara um recado dizendo que tudo estava pronto, e Billy a encontrou no pequeno promontório acima da Vila Sêneca onde, sem que ele soubesse, ela o observara naquele inverno. Ele a abraçou ali, depois de lhe dar o recado, puxando-a para si e fazendo-a fitá-lo nos olhos.

— Tem certeza de que ele não sabe? — Billy perguntou.

— Tenho sim — Ruth respondeu tranqüilamente, sem ter certeza de nada, porém contente pelo fato de ele se preocupar o bastante para perguntar.

Billy olhou na direção de Pigtown.

— Está certa mesmo? Eu poderia simplesmente ir até lá e matar o sujeito. Eu poderia.

— Não — ela disse. — Eu não carregaria a sua alma com esse peso, nem a minha. Ele não sabe de nada.

— Vou seguir você, então. Se alguma coisa sair errada você corre para mim, entendeu?

— Sim. Sim, eu entendi — ela disse, e abraçou-o com força por mais alguns instantes.

Ruth correra o seu único risco, então, o mais grave — ficara fora do barraco por quase metade daquela noite. Sem nem mesmo contar a Billy sobre isso, sabendo que ele não permitiria. Contudo, precisava ser feito. Ela perambulou pelas ruas e campos durante horas, caminhando rápido para tentar escapar do frio — andando até que estivesse exausta e soubesse que parecia exausta.

Só depois da meia-noite ela voltou, entrando no barraco o mais silenciosamente possível. Comportando-se da maneira mais nervosa e perturbada que conseguiu, embora, na verdade, se encontrasse inundada com uma profunda e inexplicável calma.

Dolan partiu para cima dela imediatamente.

— Onde é que você esteve? Me vendendo pra polícia, hein?

Ele deu um pulo para fora da cama e agarrou-a pelo pescoço, antes que ela pudesse dizer uma palavra sequer. Ruth não havia contado com isso.

— Peguei você, agora — ele resfolegou, os olhos a centímetros dos dela, remelentos e amarelados pela raiva e pela febre. — Antes você vai me contar todas as mentiras sobre onde esteve essa noite. Peguei você, maldita, e deveria quebrar seu pescoço agora mesmo, sua cadela inútil, traidora.

Ele fez uma pausa, então, as mãos poderosas ainda em volta do seu pescoço. Ruth podia apenas tentar encará-lo com firmeza, incapaz de emitir um som que fosse. Sabendo que bater nele, tentar se desvencilhar, seria inútil. Ele era forte demais e provavelmente a mataria de qualquer jeito, mesmo se ela conseguisse se soltar. Era tarde demais até para gritar por Billy Dove que, ela sabia, estava esperando lá fora, por perto.

Tudo o que pôde fazer foi continuar olhando direto para ele. Esperando transmitir alguma coisa, qualquer coisa que o fizesse imobilizar as mãos.

Deu certo. Dolan relaxou um pouco a pressão — o polegar ainda enterrado na sua garganta, mas soltando-se apenas o bastante para que ela conseguisse falar.

— *Seu... irmão.*

Ela engasgou as palavras, arquejando e sufocando.

— O quê?

Ele retirou completamente as mãos do pescoço dela, então, e arremessou-a para o canto do barraco, onde ela caiu com aquela mesma humilhante impotência de sempre. Mas Dolan avançou sobre ela novamente, puxando-a para que ficasse de pé, esbofeteando seu rosto.

— O quê? O *quê?* O que você falou sobre o meu irmão?

— Ele está vivo!

Ruth mal conseguiu falar, com a garganta em carne viva, os lábios já inchados e sangrando.

— Você está mentindo! Está louca! — ele latiu.

Mas ela podia ver a expressão de dúvida, mesmo através do alquebramento alcoólico no rosto dele. *Ele ainda acreditava nisso.*

— Sua cadela mentirosa...

— Não, ele está vivo! — ela gritou, falando o mais depressa que podia. — Eu acabei de vir da casa de Deirdre. Ela e Tom estão com ele agora, lá em Coentis Slip.

As mãos dele agarraram seus braços com tanta força que ela achou que iriam quebrá-los. Mas obrigou-se a continuar, respirando fundo e despejando a história toda agora, calculando que ou daria certo, ou ele a mataria e, de um jeito ou de outro, seria o fim.

— Você precisa ter cuidado. Ele soube que você está em dificuldades e quer ajudá-lo a sair da Cidade por um tempinho. Foi por isso que ele veio. Deirdre acha que ele vai levá-lo para Hoboken, ou talvez até Providence.

Dolan se afastou e sentou na cama, parecendo desnorteado. Tentando resolver a charada, ela sabia — mas falhando. Sem fazer nenhuma das perguntas mais óbvias, sobre como seu irmão soubera a seu respeito, ou por que ele iria ajudá-lo com aquilo. *Ainda querendo acreditar.*

— Meu *irmão?* Aqui?

— Sim, e ele quer ajudar você, Johnny. Da melhor maneira que puder...

— Então ele estava vivo. O tempo todo, ele estava vivo. Aqueles filhos-da-puta da torre negra... — Ele bufou com desdém e olhou para cima, algo quase semelhante a um sorriso pairando nos lábios. — E pensar que puseram ele na ala dos idiotas. Eu sabia que ele não era idiota. E agora ele está aqui, você está *vendo* só como ele não era idiota coisa nenhuma?

Ruth observou-o vasculhar em volta do barraco, juntando suas poucas coisas. Totalmente incapaz de acreditar que ele havia engolido toda aquela lorota. *Até agora.*

Ela não conseguiu dissuadi-lo de levar consigo os frutos do seu crime — a bengala com cabeça de chacal, o dinheiro do Velho Noe, as abotoaduras e o relógio. Ou a outra coisa, que ele enfiou rapidamente no bolso. O suficiente para mandá-los ambos à forca, se por acaso um patrulheiro os detivesse.

No entanto, ele deixou a caixa de maravilhas onde estava, no canto. Ruth reparou nisso e quase sugeriu que ele a levasse também, mas mordeu a língua no mesmo instante, temendo entregar todo o jogo. *Afinal, supostamente, ele ficaria fora apenas alguns dias.* E, como era certo, antes de saírem ele ficou subitamente desconfiado. Algum vestígio da sua desconfiança básica, animalesca, retornando.

— Se isso for mentira... Se você me vendeu... — ele disse, colocando a mão no ombro dela e apertando com tal força que ela temeu ouvir o osso estalar.

— Não, Johnny — ela balbuciou, conseguindo pensar em alguma coisa de última hora. — Se eu estivesse querendo vender você, Johnny, por que iria lhe dizer para não levar as coisas? Por que não iria querer que você estivesse com as provas?

Ele hesitou por mais um longo momento — depois a empurrou pela porta, à sua frente.

— Veremos.

Quando chegaram às ruas pavimentadas sem que nenhum esquadrão de patrulheiros caísse sobre eles, Dolan pareceu relaxar um pouco. Tiveram sorte de parar um coche de aluguel, que trotava por ali depois de deixar um passageiro numa das novas mansões da Quinta Avenida, e seguiram lentamente pelo longo trajeto até as docas. Passando pelos trasbordantes teatros da Bowery, pelo Cinco Pontos, passando pela prefeitura e pelo zunido latejante das impressoras subterrâneas dos jornais. Seguindo com dificuldade através das ruas laterais perto do rio, congestionadas com as carroças e os bêbados que saíam cambaleando das tavernas.

E durante todo o tempo Ruth ficou olhando pela janela do coche, procurando Billy. Pensando que talvez tivesse tido um relance dele de vez em quando — uma silhueta escura com um sobretudo. Andando depressa, a gola do casaco puxada por cima das orelhas. Ela não tinha certeza, pois era uma noite nublada, sem lua, mas queria acreditar que fosse ele, seguindo o rastro deles pelas ruas movimentadas.

Eles pagaram o condutor em Coenties Slip e apearam-se do coche na frente de um bar decadente, malcheiroso, chamado de "O Homem Amarelo". Uma neblina sombria começava a se erguer do East River, e o lugar parecia bastante quieto para aquela hora da noite — um detalhe que quase fez Dolan desistir de tudo no último instante.

— Você tem certeza de que ele está aqui? Tem certeza que é ele? — Dolan perguntou, numa voz tão anormalmente patética que Ruth quase sentiu pena.

Ele estreitou os olhos na nebulosidade que ficava mais densa. A neblina não era exatamente uma neblina, porém algo oleoso, mais tangível, como se a fumaça e a escuridão se mesclassem, além de todos os vapores pútridos do rio.

— Onde ele está?

— Está chegando — ela prometeu. — Sim, ele vem para buscá-lo.

Ficaram esperando no *saloon*, bebendo uísque numa mesa dos fundos. Dolan segurando o copo na mão, permitindo que ela bebesse um gole de quando em quando. A aguardente horrível ajudando a acalmar seus nervos. Os únicos outros fregueses eram uma dupla de marinheiros e uns poucos bêbados, encostados no balcão. O barman encarando-os com olhos fundos, frios.

Houve um barulho e Dolan pulou da cadeira, escutando — embora ela reparasse que os olhos dele estavam mais enevoados e desfocados que nunca.

— É ele? Ele chegou?

— Não, ainda não.

Ele se revirava inquieto na cadeira.

— Espere só para ver o que eu e ele vamos aprontar juntos. Não existe uma coisa sequer capaz de nos segurar, agora que ele voltou.

As palavras dele começaram a se arrastar.

— É verdade — disse Ruth.

— Mas você acha que ele está com raiva de mim? — ele perguntou, subitamente temeroso. — Por eu ter ido embora daquele jeito, com ele ainda vivo?

— Não! — ela tentou não ser enfática demais, o uísque também afetando-a, embora não tivesse bebido mais que um gole. — E como poderia? Foi a mesma coisa que aconteceu com você. Pensaram que ele estava morto e o jogaram pela rampa, e como ele poderia voltar para o mundo dos vivos?

— É, como ele poderia voltar? Como poderia saber que eu estava vivo?

Dolan ficou em silêncio por um longo momento — depois, devagar e desajeitamente, estendeu a mão sobre a mesa e deu uma palmadinha na dela. Ruth usou todos os músculos do seu corpo para se impedir de puxar a mão.

— Não pense que não vai haver alguma coisa pra você, também — ele disse com a língua enrolada, os olhos baixos. — Não pense que vou me esquecer de você, eu vou mandar buscá-la... e a caixa, também!... assim que estivermos assentados em algum lugar.

— Você vai precisar de alguém para fazer as tarefas de uma esposa.

— É verdade — ele assentiu, sem perceber a frieza na voz dela. — É verdade. Você tem sido uma boa garota, arranjando tudo isso. Vai receber a sua parte, não se preocupe.

As palavras dele provocaram um arrepio gelado em todo o seu corpo. Mas então a porta do salão se abriu, e ela puxou a mão. Tom ficou parado ali, com uma expressão sombria. Assentiu rápida e furtivamente com a cabeça e eles o seguiram para fora, para a escuridão — Dolan maravilhado com o fato de tudo ser realmente verdade.

— Então ele está aqui! Ele está mesmo. Eu sabia que podia contar com Tom. E com Deedee. É uma mulher dura, mas a gente pode contar com ela...

Tom caminhou até a beirada do píer, fazendo um sinal para que eles esperassem nas sombras do bar. Ela deixou que Dolan ficasse tagarelando, embora isso lhe esfolasse os nervos. *O Perigoso Johnny Dolan.* Perguntando-se se seria o mesmo homem que ela encontrara naquele vilarejo, capaz de matar cães ferozes com as mãos nuas.

Como ele conseguira sobreviver por tanto tempo num lugar como aquele? Onde mais nada existia além dos mortos. E aparecendo ainda tão forte e saudável, quando até mesmo os cachorros quase morriam de fome...

— Lá está ele!

Um bote apareceu no rio com apenas um homem remando, uma figura escura e indistinta na neblina, com a gola do casaco puxada quase até as orelhas para se proteger do frio. Uma única lanterna pendia na proa e, enquanto observavam, o homem travou os remos e cobriu, depois descobriu a lanterna com um pedaço de pano — duas, três vezes.

— Este é o sinal!

— É ele? É ele mesmo?

Ruth nunca havia visto Johnny Dolan tão ansioso, mesmo meio drogado como estava. O homem no bote ergueu a mão enluvada e fez um breve aceno.

— É ele mesmo? — Dolan estreitou os olhos, tentando enxergar na noite escura. — Parece mais alto...

— Não, aquele é apenas o dono do bote — Tom apressou-se em dizer. — O seu irmão está lá no porto. Venha, agora... nós temos que parecer animados!

O barco saiu do campo de visão deles, para baixo do embarcadouro, e Tom acompanhou Johnny Dolan até lá, apressando-o.

— Vamos, agora. Está na hora.

Ele foi imediatamente, Ruth notou, sem nem sequer uma palavra ou um olhar para trás, algo que ela lembraria com alívio e com um último, amargo ressentimento. Ele andou ansiosamente até o final do píer com Tom, mesmo com as pernas bambeando, depois os dois sumiram. O barco surgindo outra vez, agora com três figuras sentadas. Tom na proa, de frente para Dolan, e Billy atrás dele. Os dois remando com firmeza na direção do porto enquanto Johnny Dolan se sentava ali no meio, dócil como uma criança. *Sem olhar para trás, nem mesmo* enquanto o barco recuava devagar, silenciosamente, para dentro da noite oleosa.

44

TOM O'KANE

Eles terminaram de limpar os rifles ao anoitecer, Tom repassando cada centímetro do seu com escovas e trapos, o equipamento de limpeza de lentes que comprara numa loja de câmeras na Cidade de Washington. Havia lhe custado cinco dólares, mas ele os gastara de bom grado; já aprendera o valor de uma arma confiável nos campos de batalha. Ele fazia uma revisão completa do rifle pelo menos uma vez por semana, sempre que estavam no campo. Lubrificando o cano e o mecanismo de disparo até que brilhassem. Disparando a seco o Springfield duas, três vezes, até que estivesse satisfeito.

Porém, nem mesmo isso lhe garantia o bastante, ele sabia. A arma repuxava para a esquerda, não importava o que ele fizesse, e era melhor do que muitas outras. O mesmo acontecia com a munição, os cartuchos que lhes eram dados. Os fornecedores entregavam produtos de má qualidade, "batizados" com terra ou salitre, na maior quantidade que pudessem sem que fossem percebidos, ou até mais. Isso fazia com que a faísca espirrasse ou, pior ainda, explodisse no rosto de um homem, arrancando o cano direto para fora da coronha.

Apesar disso ele gostava da sensação do Springfield nas mãos, algo real e substancioso com o qual se defender, ou no mínimo para se apoiar, no caos que era o campo de batalha. Quase lamentava ter de deixá-lo empilhado com os outros à noite, na frente da barraca. Com medo de pegar uma Enfield de algum outro tolo, na pressa da manhã seguinte, ter a maldita coisa negando fogo quando mais precisasse.

No entanto, isso também era uma ilusão, ele sabia. Somente em raras batalhas as coisas tinham chegado àquele ponto, de um homem contra o outro. A guerra, em sua maior parte, era uma vaga e distante fileira disposta contra outra. Um tiro perdido ou um fragmento de projétil penetrando em você antes que pudesse ver quem era o inimigo.

A guerra era marchar, montar acampamento e depois marchar outra vez, até que as solas das botas vagabundas estivessem gastas e furadas. E a guerra era todo o tempo no meio disso. Antes, ele não soubera que tanto tempo poderia existir. Tempo para ser preenchido com canções e baforadas em volta das fogueiras — e os trotes tediosos, os biscoitos de água que pareciam ferro laminado, as bebedeiras, e os tremores de febre nas tendas.

Ao menos estou fora disso por enquanto, ele dizia a si mesmo, perambulando pelo hospital de campanha enquanto o restante do exército se arrastava para o sul atrás de Bobby Lee. *Talvez até para sempre.* Ele não iria retornar às fileiras muito em breve e estava designado a partir, e então o mais provável seria que voltassem a campo no inverno. *Certamente a guerra não deverá durar mais do que isso.*

Três figuras mascaradas surgiram diante dele no lusco-fusco de verão. Ele ensarilhou o rifle e olhou para cima, incapaz de conter um sorriso. Eram Snatchem — George Leese —, Danny Larkins, e Feeley, parecendo bem melhor do seu ferimento. Sorrindo de volta para ele atrás dos panos escuros que tinham amarrado nos rostos como salteadores de estrada.

— Meu Deus, se não são os bandidos mascarados prontos para roubar o gado do senhor de terras!

— Vem com a gente. Estamos saindo para requisitar um gordo ganso alemão de algum gordo fazendeiro alemão — disse Snatchem.

— Não, não. Não vai me fazer bem algum ficar vagabundeando pelas fazendas com minha perna desse jeito.

— Mas vai ser fácil — George insistiu. — Esses fazendeiros vão ficar tão contentes por termos vindo salvá-los que irão atirar até as filhas nos nossos braços...

— Duvido — disse Tom, tentando ficar sério. — É melhor você ter certeza de que não vai acabar com uma espingarda apontada para o seu nariz, como aconteceu em Newburgh.

Ele viu o rosto de George se mexendo por trás da máscara, rindo em silêncio. Então começou a rir também. Eles tinham se alistado juntos — Snatchem,

Feeley, John J. Sullivan e Black Dan Conaway. Os únicos *b'hoys* da Black Joke que se alistaram. *Os mais tolos*...

Ele e Snatchem já se conheciam desde a época em que os dois andavam com a turma dos *Break o'Day Boys*, quando tinham até roubado uma escuna completa das docas do East Side. Eles saíram velejando até o Hudson e iam atacando de surpresa todas as cidadezinhas ao longo do rio. Invadindo casas de fazendas, atracando-se com as bem-fornidas filhas dos fazendeiros nas mesas das cozinhas. Quebrando ovos e espalhando o açúcar, apenas pelo prazer da diversão. Um dos rapazes até conseguira encontrar uma bandeira com um crânio e ossos cruzados, que eles içaram no mastro principal como se fossem piratas de verdade.

Claro, havia sido imprudência demais para durar muito tempo. Após duas semanas os fazendeiros já estavam à espera deles com suas espingardas e foices. Tiveram de fugir de volta para o barco, com o povoado inteiro correndo atrás deles, os sinos da igreja badalando o alarme.

— ... e então, quando todo mundo já tinha voltado e a gente estava pronto para partir, lá veio o George! Correndo como o diabo da forca, com um enorme fazendeiro holandês bem atrás dele, brandindo o seu bacamarte!

— Ah, mas, Jesus, aquela coisa devia ter sido das Guerras dos Franceses e Índios!

— E lá vinha o George, ainda tentando segurar a galinha que trazia debaixo de um braço e um porco no outro. E ele já estava quase ali, correndo pela margem, escorregando e caindo na lama, mas ainda agarrando aquela galinha e aquele porco. E naquele instante o fazendeiro dispara o bacamarte...

— Ah, mas deve ter sido trazido pelo próprio Pete Stuyvesant!

— ... então o homem atira e... *bum!*... uma grande nuvem de fumaça se ergue no ar, e pouca coisa além disso, mas, por Deus, o barulho faz George perder o equilíbrio e ele cai direto no chão. Ele vai escorregando pela margem do rio de cara para baixo... *juro por Deus!*... escorregando direto pela lama, de forma que quando chega lá embaixo ele está como agora, como se estivesse usando uma máscara. Mas ainda segurando aquela galinha e aquele porco!

Os dois estavam rindo tanto com a lembrança daquele acontecimento, e com o alívio de saber que a batalha havia terminado e que ainda estavam vivos, que lágrimas correram pelas suas faces. Snatchem teve de tirar a máscara para enxugar o rosto e os olhos.

— Então, tem certeza de que não quer vir com a gente?

— Não, vão vocês, seus *topers.** Eu tenho aqui uma barrigada de porca ainda com as tetas,** e vou preparar um *skillygalee.**** Boa sorte com o ganso, embora é claro que eu nem precisaria desejar.

Snatchem sorriu para ele, depois tornou a cobrir o rosto com a máscara. Esgueirando-se para longe no crepúsculo, junto com os outros.

Tom observou-os partir, então acendeu a sua pequena fogueira. Jogou um pedaço de gordura de porco e um pouco de sal na frigideira, depois retirou o espesso naco de biscoito de água e farinha da sua lata de ração, na qual estivera de molho em água durante o dia inteiro. Fritou o biscoito na gordura de porco até que estivesse tostado em todos os lados. Então fez um pouco de café, escuro e grosso como breu, e esfarelou outro tablete de biscoito dentro do líquido — certificando-se de coar todas as brocas que boiaram imediatamente na superfície.

— Mas só Deus sabe o que me impede de comê-las, pois vocês seriam mais carne do que comi no mês inteiro! — ele falou aos insetos que se remexiam enquanto os atirava para longe.

Comeu o *skillygalee* devagar, saboreando a refeição substanciosa, apesar de que, como todas as rações do exército, era quase sem gosto nenhum. Pensando em Snatchem, que talvez conseguisse caçar até um leitão.

A *guerra era outra espécie de jogo para homens como George*, Tom refletiu. *Apenas mais uma maquinação.* Lá em Cinco Pontos ele sempre tinha uma dezena de coisas engrenadas — jogos de *stuss***** ou trabalhando nas lutas como sanguessuga. Batendo carteiras ou roubando as bolsas das mulheres, um ou outro assalto a residências para completar o orçamento. Uma vez no exército, ele havia imediatamente estabelecido novos trambiques, novos jogos. *Requisitando* o que podia do quartel e das fazendas locais. Surrupiando o soldo dos outros homens com cartas marcadas e dados viciados.

---

*Referência ao "Capitão Toper", um célebre e esperto salteador. (*N. do T.*)

***Sow belly*: Gíria para um tipo de ração do exército que era descrita como "geralmente escura, oxidada, forte e decididamente impopular". Era conservada em sal, mas mesmo assim freqüentemente estragava. As tropas tinham de deixar a carne de molho de um dia para o outro antes de comer. (*N. da T.*)

***Uma das muitas maneiras engenhosas que os soldados da Guerra Civil encontraram para tornar os biscoitos de água e farinha mais palatáveis. Eles desmanchavam os biscoitos em água fria e depois os tostavam em gordura de porco. Outra receita era comê-los como sanduíche, com uma fatia de gordura de porco e açúcar. (*N. da T.*)

****Ou "faraó", o jogo de cartas mais popular da época. (*N. do T.*)

Ele não era pior do que o resto. Os vivandeiros e vendedores de mulas que os roubavam na cara. Os fabricantes de suprimentos de péssima qualidade, produzindo imensas quantidades de rações apodrecidas e sapatos imprestáveis, armas que não atiravam e uniformes que se desmanchavam. Os políticos, comprando patentes de oficiais comissionados para que pudessem conquistar mais votos.

O que era um ganso de algum fazendeiro, perto de tudo isso?

Tom ficou pensando ali perto da tenda por mais algum tempo, vendo o crepúsculo se transformar em noite. Os insetos já começando a voejar, insetos e moscas, densos como sopa. *Deus sabe que já devo ter sido picado por todas as criaturas que voam e rastejam nesse mundo criado por Ele...*

Mas por todo o acampamento, agora, podia ouvir os sons dos homens feridos se preparando para a noite. Suas vozes joviais e bem-humoradas, sabendo que não haveria lutas no dia seguinte, nem em qualquer momento em breve.

Era quase agradável, a guerra, em dias como aquele, quando o tempo estava bom e quente, e não havia trabalho pesado a fazer. Escutando os pássaros se juntarem, trinando e grasnindo mais alto, um pouco antes que a escuridão os silenciasse. Tom não sabia os nomes dos pássaros, nunca vivera no campo, mas agora os conhecia pelos sons que produziam, depois de tantos meses marchando pelos arredores com o exército.

Uns poucos homens, aqui e ali, também estavam cantando, as cantigas sentimentais e tranqüilas das noites no acampamento:

Tempos difíceis, tempos difíceis, não voltem mais;
Muitos dias vocês se demoraram junto à porta da minha cabana,
Oh! Tempos difíceis, não voltem mais...

Ele se levantou e acendeu a vela na pequena lanterna que pendia no alto da estaca da tenda. De onde estava podia avistar centenas, talvez milhares de outras luzes, fogueiras, lamparinas e tochas, bruxuleando por toda a extensão dos campos ondulados. *Homens se anunciando sobre a terra.*

Remexendo na sua mochila, as mãos foram abrindo caminho através do conteúdo que já conhecia de cor — os utensílios da ração, o equipamento de limpeza da arma e a pequena garrafa de água que ele carregava, em vez do pesado cantil de metal, descartado há muito tempo em alguma estrada poeirenta da Virgínia. Havia uma Bíblia e também um livro de histórias religiosas; sua única muda de roupa de baixo e dois pares de meias, e a sua "dona de casa" — o pequeno estojo de costura que ele se tornara perito em usar no decorrer daqueles dez meses.

Finalmente encontrou o lápis de chumbo e umas poucas folhas de papel que conseguira surrupiar de um hotel em Chambersburg. Prendendo o cachimbo de barro branco entre os dentes, sugou-o apagado enquanto tentava se concentrar no que iria escrever.

Antes de começar, entretanto, puxou o berloque que usava o tempo todo, preso numa corrente em seu peito. Abriu a pequena tampa e olhou para o rosto sério e lindo da mulher que lá estava, os olhos grandes e luminosos mesmo no daguerreótipo. Deirdre. Sua esposa, a mãe dos seus filhos. A mulher que o salvara.

Como ele a odiara.

Pensou, agora, como fazia com freqüência, na última vez que a vira. Naquele acampamento deplorável, perto do parque central. Tudo numa imundície, a água vertendo por toda parte no solo pantanoso. Os homens constantemente bêbados, vociferando e brigando, rolando na lama como porcos. Tiveram de destacar uma guarda da polícia que ficava de plantão por 24 horas, com ordens de atirar em qualquer desertor. Não havia tendas suficientes para todos, nem madeira suficiente para erguer cabanas. Os inconsistentes uniformes e sapatos fabricados pela Brooks Brothers se desmanchando na primeira chuva...

Todas as manhãs, marchando pelo terreno lamacento, ele pensara em como aquilo havia sido idéia dela. A Cidade inteira, com sua casa e sua família, estendendo-se bem ali, abaixo dele. Praticamente visível, atrás das árvores raquíticas e das colinas rochosas, lúgubres. Ele fora incapaz de se conter, desabafando sem rodeios, no primeiro domingo que ela viera visitá-lo:

Como se a vida não fosse ruim o bastante.

Ele vira a expressão no rosto dela desmoronar quando dissera isso, parecendo mais ferida do que se ele a tivesse espancado, algo que nunca faria. E fora exatamente isso o que ele quisera naquele momento, queria que ela sentisse a penúria que ele suportava diariamente.

Como se a vida já não fosse ruim o bastante. E sempre como ela dissera que seria. Levantando todas as manhãs para se arrastar para o trabalho, arando e escavando a terra. Preocupando-se dia e noite se iria ganhar o suficiente para pagar as contas da casa. E quase nunca sequer uma gota de álcool — jamais qualquer tipo de alívio, a não ser as manhãs de domingo sufocando de calor no banco da igreja, olhando para as costas do padre.

Porém, ele estivera atenuando, Tom sabia. Mesmo antes de atirar suas palavras no rosto dela, ele sabia que Deirdre compreendia. Vendo-a olhar o acampamento, entendendo a maneira como eles viviam. *Dando-se conta do que havia feito.* Ela se arrumara para ele com o seu melhor vestido, melhor até do que aqueles que usava para ir à missa, o vestido de veludo com renda Chantilly que ela comprara com seu próprio dinheiro, e usara apenas no casamento deles e nos batizados das crianças. Um chapéu combinando, e fitas amarradas nos delicados cabelos castanhos.

Que mulher tão linda ela ainda era. Totalmente intocada pela idade — aqueles grandes e graves olhos castanhos, da mesma cor que os cabelos.

E o quanto ela parecera perturbada, também, o que não era comum. O orgulho, a inflexível confiança desaparecidos, por uma vez, naquele acampamento no parque central. Percebendo o erro que cometera, como a sua fé cega os conduzira a ambos para aquilo. Duvidando de si mesma pela primeira vez desde que ele a conhecia, porém, mais do que tudo, parecendo lamentar por ele. Vendo isso, ele sentira sua raiva já começando a se esfarelar...

O toque de recolher soou, mas ele ignorou. Exigia-se pouca disciplina no hospital de campanha, contanto que os homens não se embebedassem nem brigassem. Ele continuou a olhar para o daguerreótipo, sob a luz da sua lamparina e a dentilhada lua acima. O rosto dela parecia bruxulear e se mover na sua mão, como faziam em tais retratos. Tão séria e sombria no início, agora parecendo lhe sorrir com pesar. Ele sugou o cachimbo, os olhos fixos na imagem dela na luz oscilante, depois lambeu o lápis e começou a escrever uma carta de amor para a esposa.

Minha querida menina,
Não se preocupe porque comigo está tudo bem...

Ele a vira pela primeira vez quando ela entrara no pátio da igreja, levando água para os homens, os defensores da fé. Seu rosto já era tão lindo e grave como o de uma santa, e ele soube no mesmo instante que ela poderia ter qualquer coisa que quisesse dele.

— Vejam, é Mollie Maloney, a moça travessa!

Ela estava com as Irmãs de Misericórdia, levando auxílios para o heterogêneo exército reunido no pátio murado da igreja de St. Patrick. Uma longa fileira de freiras, as irmãs com seus hábitos e toucas. As jovens que tinham treinado para ser camareiras, cozinheiras e faxineiras caminhando em fila atrás delas — as cabeças e os olhos baixos, no verdadeiro espírito da feminilidade irlandesa. *As criadas de Judá.* Deirdre andava entre elas, a cabeça erguida, os olhos fitando diretamente à frente. Ela nunca soube se portar de *qualquer* outra maneira.

— Ah, mas olhem só para aquela outra!

— Jesus, mas não é uma belezinha!

Eles estavam esparramados em meio às sepulturas de pedra cinzenta do pátio, nas quais Dagger John os congregara. Nada além de um bando de *b'hoys* e bombeiros. Carregando qualquer coisa que pudessem encontrar, uns poucos mosquetes velhos, pistolas, facas e lanças, mas ainda assim loucos para entrar numa briga. Os desordeiros dos *Know-Nothings* e as gangues estavam nas ruas havia dias, tendo até bombardeado com pedras a reitoria do bispo, e corriam rumores de que tinham incendiado todas as igrejas católicas da cidade de Filadélfia, e que a milícia estadual havia sido convocada.

Porém, nada acontecera. Os protestantes nunca vieram e eles ficaram todos sentados ali nas tumbas e sepulturas o dia inteiro, trocando mexericos como vendedoras de peixe e lançando olhares cobiçosos para as garotas que vinham lhes trazer comida e água. As outras castas moças das Irmãs de Misericórdia dando risadinhas e sorrindo por trás das mãos. As Madalenas, as Penitentes e as pobres meninas órfãs da Aula de Preservação — algumas delas prostitutas realmente reabilitadas, e outras que estavam tentando apenas conseguir o que comer. Contentes só por estar em meio a tantos homens corajosos. Os *b'hoys* brincando e flertando, tentando provocar alguma reação em uma delas...

— Será que tem um pouco de uísque aqui?

— Ou será que já foi transformado em vinho?

Ela havia silenciado a tagarelice deles com um único olhar. Entregando o pão e o arenque salgado, servindo a água de poço trazida pelas freiras. Os homens ficando de pé quando ela se aproximava, postando-se desajeitadamente com suas armas. Tentando agir como os defensores da fé que deveriam ser.

— 'brigado, senhorita.

Curvando-se e assentindo para ela como se fossem cavaleiros.

— Muitíssimo'brigado.

A cabeça dela erguida, os olhos fixos à frente, mais rígida do que qualquer soldado em desfile. Eles reprimiam risadinhas depois que ela passava.

— Ora, essa é mesmo um osso duro de roer!

— Toda rosa tem seus espinhos.

— Não seja idiota! Uma garota como aquela vai obrigá-lo a largar a garrafa antes mesmo que a festa de casamento termine!

Mas Tom a seguira, afastando-se do restante dos homens que se espalhavam pelo mato alto. Tentando ficar diante dela. Procurando fazer com que ela o *visse*, embora soubesse qual deveria ser a sua aparência — sujo e insignificante, com o cacho de cabelo ensaboado dos rapazes de gangue, com o colete engordurado e as calças listradas. Subitamente, ficou envergonhado, só de pensar em si mesmo. *Apenas mais um irlandês pretensioso*.

Deu um passo à frente dela, assim mesmo. Determinado a fazer com que ela o olhasse, pelo menos.

— Como tem coragem de me abordar em solo consagrado? — ela disparou, os radiosos olhos castanhos luzindo de indignação. — Num dia como esse!

— Como queira, senhorita — ele murmurou tentando acalmá-la, mas ao mesmo tempo intimidado pela sua beleza.

A pele perfeita e sedosa do rosto dela, o comprido cabelo castanho que era da cor exata dos olhos. A voz repleta de fúria justificada.

— Nós estamos aqui atendendo ao pedido do bispo...

Um osso duro de roer, também. Tom não tinha dúvida de que seus amigos estavam certos. A *sua salvação*. Ele falou com ela novamente, com mais sinceridade que jamais dissera qualquer coisa em sua vida.

— Como queira. Qualquer coisa que a senhorita desejar. É só falar, que eu faço.

Ele trabalhava como ajudante de açougueiro, na época. Na Place of Blood, na Houston Street. Avançando penosamente através de pilhas de entranhas. Passando o dia inteiro decepando cabeças de porcos e vacas.

Claro, ele precisara trabalhar muito para chegar à função de cortar gargantas de animais. Desde limpar o chão — a quantidade inacreditável de sangue, as entranhas que deviam ser separadas do esterco, os pedaços de miolos e olhos, os cascos e longas trilhas de costelas. Tudo isso tinha uma utilidade, devia ser separado para um ou outro propósito. Era um processo tão misterioso quanto a Santíssima Trindade, embora ele não duvidasse das suas razões.

Uma vez que a criatura estivesse morta, os açougueiros e seus aprendizes podiam descarnar a carcaça de um boi em questão de minutos, voejando por cima dela como moscas. Fatiando os melhores cortes para a mesa, os filés e costelas, os flancos, os bifes de chã, os coxões. Cortando fora as patas e o rabo para ensopados, e tirando a língua, o miolo, o coração e o fígado. O sangue era recolhido numa bacia de drenagem e as tripas retiradas para os fabricantes de lingüiça, e o couro para os curtumes, e os ossos para as oficinas de beneficiamento. Cada coisa para seu uso, até mesmo a merda que ficava para trás, levada em carrinhos de mão até a imensa pilha de esterco que se elevava acima da Place of Blood como uma montanha. Até que não restasse mais nada além de uma nódoa ressecada, uma mancha no chão na qual o animal vivo estivera não mais do que vinte minutos antes.

Não era o suficiente para eles. Nas noites de sexta-feira, os outros ajudantes de açougueiros subiam até Bunker Hill — as ruínas de um antigo forte, abandonado desde a Revolução, numa pequena elevação acima da Grand Street. Ali, um proprietário do Mercado de Pulgas havia disposto em círculo centenas de bancos compridos, e plantado no centro um mastro de ferro. Ele acorrentava um touro nessa estaca e cobrava de todos eles um centavo para assistir. Todos os açougueiros e peleiros, os ajudantes de açougueiros e os aprendizes de mecânicos, e todos os outros operários — ainda usando seus bonés de papel brancos, os aventais de couro amarrados nas cinturas

Tom ia com eles, pela companhia. Esta era a sua falta, ele reconhecia. Confessava todas as semanas na igreja de St. Patrick, embora o velho padre atrás da grade de treliça mal entendesse.

É natural que um homem esteja em companhia de outros. Estes não são pensamentos impuros, são?

Me abençoe, padre, mas eu odeio isso.

Ele ia junto porque gostava da companhia dos homens. Ainda sujos, manchados de sangue e ensopados de suor pelas doze horas de trabalho. Gostava de estar perto deles, de ouvi-los praguejar e gargalhar, até mesmo sentir o cheiro rançoso deles perto de si. Gostava da companhia de homens — mas não do que eles gostavam.

O touro era sempre o animal mais feroz que conseguiam encontrar. O tipo raro que viam apenas de vez em quando na Place of Blood, aquele que não parecia submeter-se em pânico e susto apenas com a simples visão dos pátios do matadouro, ou com o cheiro de medo de tantas outras criaturas semelhantes, porém o que se mostrasse mais destemido e furioso diante disso.

No entanto, apesar de toda essa bravura, seu destino era sempre o mesmo. O touro permanecendo impávido no início, imenso e com o peito grosso, porém Tom sabia que não duraria muito. Quando eles soltavam os cachorros no ringue o animal erguia a cabeça como um par de espadas, espetando-os nos chifres cada vez que se atreviam a avançar perto demais. Os açougueiros e peleiros e os aprendizes pulando e gritando com excitação. Os operários fazendo suas apostas, depositando seus poucos centavos no touro.

Mas os cães estavam famintos e eram astutos, e o cheiro do touro diante deles os levava a trabalhar em conjunto. Transformando-se num bando bem à frente de todos. Eles atacavam, um após o outro. Rasgando os tendões das patas traseiras do touro até que ele ficasse imobilizado e exausto. Ainda preso em sua estaca, encarando a todos com seus olhos amarelados, enchendo-se de sangue. Quando já o tinham cansado o suficiente, os cães corriam e rasgavam-lhe a barriga e a garganta. Os ajudantes de açougueiros gritando e aplaudindo mais alto que nunca — como se já não tivessem visto o bastante daquilo tudo, em todos os dias da sua vida.

Foi isso que convenceu Tom a ir procurá-la. O que o convenceu de que devia existir alguma coisa além daquilo, do que ele fazia e o que comia, e de onde ia se divertir todas as noites de sexta-feira.

Ele gostava da companhia de homens, mas não do que eles faziam.

Tom fora até Gramercy Park, onde ouvira dizer que ela trabalhava como cozinheira. Usando o melhor casaco que conseguiu encontrar, emprestado de Feeley, do corpo de bombeiros. Havia caminhado desde o Cinco Pontos num domingo, chegando ali quase ao anoitecer de um agradável dia de primavera, enquanto todos os criados ainda davam seus longos passeios em volta do parque.

Ele apenas os observara, no início — como andavam devagar, como se tentassem prolongar ao máximo as últimas poucas horas de liberdade. *Perguntando-se como deveria ser aquilo, de se pertencer completamente a outra pessoa.* Movendo-se muitas e muitas vezes em torno do parque, o pedaço retangular de flores e árvores e as lindas trilhas de cascalho, tudo isso trancado atrás de uma alta grade de ferro.

Havia mulheres passeando em duplas e casais de namorados. Uns poucos homens solitários como ele mesmo, andando com as cabeças baixas. Alguns deles ainda usando os uniformes domésticos, seus chapéus e aventais, os librés de carruagem. Cheirando — com as mãos cuidadosamente atrás das costas — os narcisos e magnólias, os arbustos de lilases por trás do cercado. Uns poucos últimos momentos do ar da tarde, antes que tivessem de voltar para dentro...

Tom caminhou até as placas de ardósia azul do calçamento. Juntando-se a eles, tentando não parecer visível demais. Lançando olhares furtivos para a casa onde sabia que ela trabalhava, no lado oeste do parque. Na sua terceira volta ele viu a porta dos criados se abrir, sob a comprida varanda de madeira — mas somente duas garotas correram para fora, ainda usando os uniformes da criadagem, rindo como loucas.

Na sua volta seguinte, entretanto, lá estava ela. Havia tirado o avental de cozinheira e usava um vestido simples, azul-acinzentado, quase da cor das pedras do calçamento. Os delicados cabelos castanhos estavam presos para cima, cobertos por um discreto xale preto.

Mesmo ali, ela parecia ser a coisa mais distante de uma criada. Caminhando como fazia, com as costas eretas, a cabeça erguida e orgulhosa, da mesma maneira que andara no pátio da igreja de St. Patrick.

Como Mollie Maloney, a moça travessa. Como a própria Joana D'Arc, caminhando daquele jeito...

O lento e constante fluxo de criados domésticos dividido mais uma vez para lhe dar passagem. Ela passava por eles rapidamente, sem prestar atenção aos homens que lhe faziam uma meia-mesura, ou pousavam as mãos nos chapéus. Percorrendo o seu próprio curso em volta do parque. Tom apressou-se para alcançá-la — memorizando sua figura ali diante dele, alta e inflexível. Queria chegar diante dela, mostrar-se a ela, mas não conseguia encontrar a iniciativa suficiente para isso, nem mesmo com o casaco domingueiro de Feeley. Capaz apenas de segui-la volta após volta em torno do parque perfeito, vazio, até que fosse quase noite.

Ela atravessou a rua, então. Voltando para o jardim do seu patrão, caminhando até a entrada de empregados na lateral, debaixo da varanda. Para longe dele por mais uma semana, no mínimo. Talvez para sempre — entocada na casa de algum ianque de Gramercy Park, tão impenetrável quanto um castelo.

Porém, por algum motivo, ela deixou o portão destrancado, Tom percebeu quando chegou mais perto. Ele atravessara a rua o mais casualmente que pôde. Pousando a mão no portão de ferro, pretendendo apenas fechá-lo. Mas então foi invadido por alguma coisa. Espiou rapidamente o patrulheiro parado na esquina, certificando-se de que ele estava olhando para o outro lado. Então deslizou para dentro do jardim, fechando o portão silenciosamente atrás de si.

Ainda não tinha uma idéia muito exata do que estava fazendo. Andando pé ante pé por uma trilha de lajes até a lateral da casa, sob a varanda de madeira com suas adoráveis treliças cheias de rosas. Esperando, no máximo — se é que chegou mesmo a pensar nisso — obter um relance dela, em sua casa, sua cozinha.

Mas a porta lateral dos empregados também estava aberta. Tom ficou olhando por um longo momento, imaginando por que motivo ela teria se distraído tanto, a ponto de deixá-la entreaberta. Não muito certo — ainda — de que realmente desejaria este tipo de concentração voltada para si mesmo, mas, ainda assim, curioso.

Ele empurrou a porta até que se abrisse de todo e deu um passo para dentro. Sabendo que seria uma acusação grave se fosse apanhado ali, mesmo sem ter tirado nada. Um crime que poderia lhe dar anos de cadeia na Tombs...

Entrou, assim mesmo. Cada passo seu parecendo ecoar pelo corredor da ala dos criados. Não havia nenhum outro som na casa inteira, todos estavam fora ou cumprindo suas obrigações em outra parte.

Exceto por ela. Ele pôde ouvir a voz dela, então, vindo de um cômodo no corredor. *Falando com alguém?* Mas, não — havia apenas um zunido familiar, baixo, farfalhante, e o som da voz dela cantando:

"Já existiu na dança moça mais linda do que Eily Moore?
Ou um rapaz mais orgulhoso que Thady, quando pisou no tablado?"

Cantando enquanto fiava. Incapaz de se conter por mais tempo ele olhou pelo canto da porta do quarto dela, e a visão tirou-lhe o fôlego. Ela estava ali na roda de fiar, cantando enquanto urdia o fio. A voz suave e quase inaudível sob o zunido constante, mas ele reconheceu a melodia de quando sua mãe ficava sentada fiando no único cômodo da casa que tinham em Tipperary. No entanto, a voz de Deirdre era ainda mais doce do que a da sua mãe. Suas mãos se moviam com habilidade no fio tecido, como se ela estivesse tocando uma harpa para se acompanhar:

"Moços e moças em seus lugares, bem no meio e abaixo outra vez.
Ah! O riso de corações alegres ressoando no vale feliz!
Oh, pensar nisso, Oh, sonhar com isso, enche meu coração de lágrimas..."

Ele recuara de volta para o corredor, sem querer assustá-la. Preocupando-se sobre o que ela pensaria dele, um homem que entrava direto nas casas das pessoas e as espionava em seus quartos.

Mas dali em diante ele ficou determinado a conquistá-la. No domingo seguinte fora audacioso o bastante para se apresentar, e perguntar se poderia caminhar com ela. Tom jamais se esqueceria da maneira como ela o olhara. O rosto sério e lindo como sempre, mas também sem surpresa, como se já estivesse esperando exatamente aquilo.

— Eu sou sincero — ele falara atabalhoadamente, achando que ela estava prestes a rejeitá-lo, que deveria receber convites assim todas as semanas. — Sou sincero. Quero ser conduzido a uma vida de misericórdia.

E ela o examinara de cima a baixo, então, como se estivesse tomando alguma decisão final. O rosto ainda sério, sem sorrir. Mas ele nunca mais esqueceu, tampouco, o que ela lhe disse:

— *Está bem.*

E foi só isso, só assim. *Está bem.* Com aquelas duas palavras ela havia mudado tudo em sua vida. Fizera com que ele desistisse das más companhias, e de andar com as gangues dos rios, e de cortar gargantas na Place of Blood. Ela lhe ensinara ler bons livros, e até a escrever um pouco, e como se vestir e se comportar como um irlandês respeitável, temente a Deus. Ela o levara para a igreja, casara-se com ele e lhe dera filhos e uma bela casa, tudo isso com o consentimento daquelas duas palavras.

Está bem. Tom ecoou-as agora na carta que escreveu, sob a luz fraca e amarelada da vela, e da lua da Pensilvânia. Perguntando-se se ela teria visto o relato do seu ferimento e esperando, naquele jeito cruel dos amantes, que tivesse doído nela tanto quanto doera depois da primeira vez — depois de Fredericksburg. Mas contente, também, por ter podido aliviar a mente. Seu ódio tendo se dissipado em tudo o que ele passara desde a última vez que vira o rosto dela. Escrevendo as palavras *comigo está tudo bem,* antes de se deitar em seu campo.

45

DEIRDRE

Desde o começo ela percebera que poderia transformá-lo em alguma coisa. O rapaz desajeitado e orelhudo que a fitava com os olhos de um bezerro no pátio da igreja de St. Patrick. Mesmo então ele estivera em armas, segurando zelosamente um enorme e enferrujado mosquete que alguém lhe dera. *Um soldado de Cristo*, como os chamavam, ela e as outras voluntárias das Irmãs de Misericórdia. Entregando comida e água boa e limpa para os homens — escandalizadas ao perceber que eles queriam que elas lhes dessem algo mais, mesmo estando reunidos ali por uma causa tão nobre.

Ela não se considerava ingênua — uma jovem que morava sozinha, ganhando seu próprio sustento durante anos na Cidade. Tinha alguma idéia de como os homens eram, apenas havia esperado que eles fossem transformados pela causa, ao menos no momento. *Ser soldados de Jesus — em que outra ocasião eles poderiam ter uma missão como aquela?*

Em vez disso, eles usavam a convocação às armas, a convocação para defender a Igreja e o Bispo como mais uma desculpa para piscar e apalpar as garotas. *Não com ela.* Ela os olhara de cima — entregando-lhes o pão e o peixe salgado da sua cesta e olhando direto através deles. Desafiando-os a lhe dizer uma palavra que fosse — até que o avistara, olhando para ela como o tal bezerro. O rosto dele irremediavelmente escancarado para o mundo, mas sério, também, ela podia ver. Um menino grande, desenvolvido demais, agarrando-se com todo cuidado ao seu mosquete, à sua tarefa. Deirdre pensou no mesmo instante, ali estava alguém a quem ela poderia melhorar.

Ela já trabalhava na casa em Gramercy Park. Cozinhando para um ricaço ianque na enorme casa de tijolos que ele mantinha ali, completa, com treliças, varandas e jardins. Ele morava sozinho, em meio a tudo aquilo, com apenas uma pequena criadagem para cuidar do lugar. Mais um integrante da velha aristocracia ianque, com montes de dinheiro que parecia ter escavado do chão, da maneira como todos eles faziam. Condescendente e arrogante, fazendo brincadeiras presunçosas com as criadas.

Mas pelo menos mantinha as mãos longe delas. Ela já estivera em muitos empregos nos quais havia tais ocorrências. Desde que começara a trabalhar, ainda sem completar 14 anos, ela tivera de lutar para afastar os homens. Não somente os jovens, de volta da escola ou num dia de cavalgadas e bebedeiras com os amigos, mas também os patrões da casa. Armando suas arapucas cuidadosamente. Esperando até que ela estivesse sozinha no andar de cima, trocando os lençóis ou tirando o pó de uma prateleira, quando chegavam por acaso no quarto. Tentando acuá-la atrás de uma cama, ou de uma cadeira. Raramente dando-se ao trabalho de dizer alguma coisa, simplesmente agarrando-a ou levantando suas saias por cima da cabeça.

Ela aprendera que puxar as raízes dos cabelos deles era um poderoso dissuador. Dificilmente haveria um homem, ela descobrira, que persistiria em obter seu intento enquanto ela quase lhe arrancava o couro cabeludo. Claro, precisava ser cuidadosa — muitas vezes a cabeleira saía inteira em sua mão e ela ficava ali, segurando uma desgrenhada peruca de crina de cavalo. Outros gostavam de desabotoar a calça primeiro, e partir para cima dela com a coisa bem na frente e no centro. Ela descobrira que isso na verdade ajudava muito, uma vez que superou a sua incredulidade ao ver o que parecia ser um pescoço de galinha emergindo da calça de um homem. Pelo menos aquilo lhe dava um ótimo alvo. Geralmente tudo o que precisava fazer era desferir um bom e vigoroso golpe com o mais inofensivo dos objetos — um simples pano de tirar pó, ou uma fronha — e a maioria dos homens murchava no mesmo instante. Quando isso acontecia, normalmente eles ficavam mal-humorados demais para tentar qualquer outra coisa.

— Mas todas as irlandesas são mais libertinas — um certo patrão lhe dissera, atônito, enquanto ela lutava para se desvencilhar dele no sofá.

Às vezes, como castigo pela sua castidade, ela recebia um belo olho roxo, um lábio ensangüentado, um inchaço na face altiva, delicada. Tentava manter tais marcas escondidas. Para uma patroa perspicaz, eram um sinal mais nítido do que se ela estivesse usando uma tabuleta, e seria pouco provável que permanecesse no emprego. No entanto, mesmo quando apanhada ela insistia, se interrogada, que havia dado de encontro a uma porta, ou batido a cabeça enquanto limpava a lareira. Sabendo que o seu futuro emprego dependia daquele pacto tácito com a dona da casa — sua capacidade de conseguir uma referência e ir embora para servir de diversão em outra residência.

Porém, o patrão da casa, em Gramercy Park, as deixava todas em paz. Sempre falando respeitosamente com *ela*, parecendo pressentir a sua desaprovação. Ele tinha uma amante em algum lugar, disso ela estava mais do que certa. Passava noites demais fora de casa para que se acreditassem em suas desculpas murmuradas, tropeçando ao chegar de manhã, de que havia dormido no clube. O colarinho manchado de ruge, as roupas cheirando a porto ou conhaque. Ou talvez ele passasse a noite num bordel — embora lhe parecesse, quando ainda era a arrumadeira dos quartos e carregava as camisas dele para baixo todos os dias — que elas recendiam sempre ao mesmo perfume floral.

Deirdre se apanhava pensando nele nos momentos mais estranhos nos anos que viriam, embora ficasse com raiva de tais pensamentos ociosos. Imaginando o que teria acontecido com ele, enquanto limpava a sua própria casa. Um homem grisalho, se arrastando pela casa, ficando gordo demais. Respirando com dificuldade ao subir a escada. Penteando o cabelo para trás, ajeitando as meias de seda e a barra da calça no espelho baixo do corredor.

Ele já deve ter morrido, ela presumia. *E aquela casa tão linda? O que terá acontecido com ela?*

Ela gostara de lá, tanto quanto era possível gostar de qualquer casa que não fosse a sua. Comandava a maior parte dos empregados da maneira que queria, com exceção do *valet* do patrão, e o lugar andava como um relógio bem acertado.

Ela também tinha o seu próprio quarto, ali, no terceiro andar, sua recompensa por finalmente ter chegado à função de cozinheira. Passava as noites lendo velhas gramáticas escolares que havia encontrado, compradas por uma ninharia nas lojas da Chambers Street. Ou os seus exemplares de *Como Reconhecer um Caráter*, ou *Em Quem Confiar?*. Histórias de conversões milagrosas, com títulos como: *O Caminho que Levou um Advogado Protestante para a Igreja Cató-*

lica, ou *Como uma Senhora Universalista Chegou a Cristo*. Ou até mesmo, nas raras ocasiões em que queria se permitir um prazer, alguma coleção de histórias sentimentais, como *Um Cesto de Palha* ou *Fragmentos de Lisonjas*.

Na sua noite de folga, ela unia-se ao grande desfile de criados no parque cercado de grades. Caminhando altiva e sozinha na maioria das vezes, não tinha como evitar. Às vezes, principalmente perto do final do mês, ela saía com as irmãs O'Looney, Ellen e Sharon, as jovens arrumadeira e copeira que trabalhavam sob seu comando. Uma noite só de garotas, as três andando de braços dados, Deirdre tentando enfiar algum juízo em suas cabecinhas ocas, infantis. Mas, se tivesse restado alguma coisa dos seus salários, as duas O'Looney prefeririam assistir a algum drama violento ou um espetáculo sangrento na Bowery. Andando com Deus sabe que tipo de gente...

Deirdre voltava para folhear seus panfletos. *Em Quem Confiar?*. Em quem, de fato?

Ela sempre fora capaz de se arranjar sozinha. Desde que tinha onze anos de idade, ainda em Cork. Ela fora assistir ao casamento de uma prima e, depois da festa, todos os convidados acompanharam a pé o casal até o lugar onde iriam morar, num quarto de acre de terra. Ali ela vira a nova casa da sua prima — literalmente, uma vala na lateral da estrada. Um buraco tão fundo quanto uma cova, com uma pequena cobertura de palha atirada por cima, e rodeado de batatas.

Eles tinham ficado todos ali — os homens tocando suas rabecas e todo mundo acenando e desejando boa sorte — enquanto a prima descia lentamente para o interior do seu novo buraco até que somente a cabeça estivesse acima do chão, retribuindo seus sorrisos com bravura. Depois de um ano eles tiveram um bebê, também, todos vivendo e se reproduzindo naquela cova, como animais.

Deirdre decidira desde então que não queria fazer parte de uma vida como aquela. Ainda era jovem demais para sair de casa, mas seu pai ficara bastante satisfeito por ter perdido o custo de um dote. Ela fora primeiro às Irmãs de Misericórdia, na cidade de Cork, para aprender um pouco de costura e bordado, e dali em diante sempre fora capaz de se sustentar sozinha — sempre fora capaz de perseverar e conseguir emprego em alguma parte. Havia sido difícil deixar a família — os irmãos e irmãs mais novos de quem ela cuidava, e até mesmo os pais, por mais indolentes e coniventes que fossem. Teria sido muito mais difícil ficar.

Em Nova York, ela fora orientada a se instalar numa casa de pensão assim que chegou, com apenas 14 anos de idade. Ali ela ficara trancada num quarto durante dois dias sem qualquer comida, até que um homem apareceu para informá-la da conta enorme que ela havia acumulado, e sugerir que havia outras maneiras de pagar.

Mesmo então ela conseguira resolver as coisas do seu jeito. Ela conversara e blefara para poder sair, fulminando que seu tio era um sargento na polícia de Nova York. O proprietário acreditara apenas o bastante para ter suas dúvidas, e assim que finalmente se viu livre, Deirdre foi imediatamente comprar um pedaço de pão e uma caneca de leite. Andando pelo Cinco Pontos, comendo e agradecendo à Virgem Maria pela sua libertação. Sentindo-se quase atordoada de triunfo e excitação, embora lhe restasse muito pouco dinheiro.

Ela aprendera as tarefas domésticas enquanto ia em frente, fingindo conhecê-las quando era necessário. Abrindo seu caminho através do trabalho nas residências, adquirindo um orgulho quase feroz pelo que aprendia a fazer. Mantendo a boa aparência e se esforçando constantemente nas leituras, em aprender a como falar e se comportar adequadamente. Economizando quase todos os sete dólares por mês que recebia como salário.

Economizando para quê?, Deirdre ouvira as mulheres mais velhas, casadas, nas suas conversas fiadas enquanto lavavam a roupa. "*Se eu pudesse voltar atrás, nunca teria me casado...*", dito com tal amargura que sempre a deixava assustada. Muitas delas soavam até saudosas da época em que trabalhavam como domésticas. Ganhando a vida, agora, da melhor maneira que podiam, trabalhando em mercearias e botequins, vendendo pêras assadas e fósforos nas ruas. Os maridos uns vagabundos e bêbados inúteis, pontificando nos *saloons*. Ou eram homens violentos, silenciosos e igualmente amargurados — voltando para casa depois dos turnos de 24 horas carregando carvão nas usinas de gás, ou transportando carne crua para as barcaças, e apenas esperando que alguém se atrevesse a falar alguma coisa.

No entanto, por mais que se deleitasse com a sua independência, Deirdre não tinha certeza de quanto tempo conseguiria ficar sozinha no mundo, e temia cair em pecado.

Levantando-se todas as manhãs antes do alvorecer, sacudindo as irmãs O'Looney até que acordassem, as preguiçosas, letárgicas bestas que eram. Arrumando a própria cama, estirada e rígida como uma vela, enquanto elas acendiam o fogo — depois descendo com seu avental engomado, impecável, para preparar o desjejum do patrão. Fazendo o inventário da despensa e da copa. Saindo para percorrer os mercados de peixes, as barracas de carne e de verduras e as mercearias por toda a ampla e borbulhante Cidade. Mantendo-se segura, caminhando de cabeça erguida pela parte endinheirada da Broadway, tão orgulhosa quanto as damas da sociedade.

Mas sempre sozinha. Às vezes um dia inteiro se passava sem que ela tivesse pronunciado uma palavra sequer, exceto por uma ordem, uma repreensão. Preparando as refeições, cuidando da casa de uma pessoa estranha. Ela se orgulhava de ser uma boa cozinheira, de se esforçar em fazer muitas e muitas vezes o mesmo prato até que ficasse perfeito, porém não sentia um prazer verdadeiro nisso — nenhum amor pela comida, nem pelos sabores. Ela fazia o que tinha de fazer, depois comia em silêncio na cozinha. Ficando de olho em Ellen e Sharon até que estivesse satisfeita com a limpeza.

Depois — era voltar para o quarto. Lavar os cabelos com sabão e água fria na bacia, voltar para suas leituras. Era só isso. Tentando terminar suas histórias de conversões protestantes milagrosas, as gramáticas e os panfletos sobre como uma boa moça católica deveria se comportar.

Tentara escrever para casa, mas já descobrira que era um esforço vão. Seu pai recebera algumas cartas, mas não respondia, alegando que não podia pagar a postagem, ou o papel, mesmo quando ela lhe enviava o dinheiro. Mais cedo ou mais tarde o padre lhe escrevia no lugar dele, informando-a de forma geral e afável o que acontecera desde então com a sua família, quem havia nascido ou quem estava doente, transmitindo supostas lembranças da sua mãe e do seu pai. Isso servia apenas para fazê-la se sentir pior, pensando em seu pai parado na frente do padre, com o chapéu na mão e dizendo a si mesmo, sem dúvida, *Deixe a despesa por conta do Papa.*

A Igreja era o seu único consolo. Ela ia à missa em todas as manhãs que podia, parando na St. Patrick ou em alguma das pequenas igrejas em seu trajeto para os mercados. Adorava os interiores frescos, escurecidos, banhados pelo perfume de velas e incenso — ajoelhando-se ali, já santificada com a água benta da porta.

Porém, mesmo ali ela era orgulhosa, embora tentasse lutar contra isso em seu coração. Pegando o seu livrinho preto de orações, enquanto as outras mulheres à sua volta rezavam simplesmente com seus rosários. Acompanhando cuidadosamente as devoções do padre, que a tranqüilizavam e acalmavam como sempre:

Judica me, Deus, et discerne causum meam de gente non sancta...
Julga-me, Oh Deus, e diferencie a minha causa das nações que não são santas: liberte-me dos homens injustos e mentirosos.

Mas quando se encontrava no confessionário, ela não podia se conter e desabafava o seu pecado, antes mesmo de perceber.

— Me abençoe, padre, mas acho que às vezes eu seria capaz de qualquer coisa, só para sentir o toque de outra pessoa em mim.

O breve e desconfortável silêncio acima dela, por trás da tela de treliça. Deirdre tinha certeza de que era o padre Knapp, que chegara recentemente à paróquia. Um homem troncudo, míope e com um ar humilde, com um toque de *Tyrone* na língua e uma tendência a olhar para os próprios pés. Um homem em quem ela confiava pela sua insegurança, e por sua óbvia humildade.

— Você cedeu a essas tentações? — ele perguntara.

— Não, padre, nunca. Mas receio que possa ceder. Só para ser tocada.

— Talvez esteja na hora de você se casar.

— Eu sei, padre, mas me apavoro com isso.

— Mas deveria se casar em vez de submeter à iniqüidade. Venha me ver depois da missa.

Naquela manhã, a leitura do Evangelho foi do Livro de Mateus, e ela achou que o padre olhava para ela quando foi até o púlpito e leu:

Vinde a mim, todos os que labutam e são oprimidos, e Eu vos darei descanso. Aceitem meu jugo sobre vós, e aprendam comigo; pois sou gentil e humilde de coração, e encontrareis descanso para vossas almas. Pois meu jugo é fácil e minha carga é leve.

Terminada a missa ela havia esperado timidamente na porta da sacristia até que o padre Knapp saísse — acompanhando-a para fora da reitoria, onde lhe entregou um livrinho fino.

— Eu sei que você sabe ler, Deirdre, e que é uma jovem sensata — ele disse. — Leia este livro com todo o coração, depois eu respondo qualquer pergunta que você tiver.

Ela leu o título com curiosidade — *Um guia para moças católicas, principalmente aquelas que ganham o próprio sustento* — antes de guardar o livro na sua cesta de compras. Naquela noite, quando todo o trabalho estava encerrado, ela o lera em seu quarto. Analisando todos os variados conselhos sobre casamento que o livro continha — perguntando-se o que, exatamente, o padre queria que ela lesse, até que as palavras ficassem enevoadas e dançando diante dos seus olhos.

"*O casamento é um estado de vida instituído pelo Próprio Deus*", ela havia lido. "*Não seja precipitada demais ao tomar a decisão.*"

O autor, que era um homem, aparentemente achava tão adequado quanto o padre Knapp que ela se casasse. No entanto, escreveu página após página de avisos sobre o que poderia acontecer se uma boa moça católica se apressasse em casar, ou se casasse com o homem errado. Deirdre foi avançando com esforço, pensando nas mulheres que conhecia, enquanto imaginava se um dia iria encontrar o homem certo, ou como faria para se casar com ele.

"*Quem é aquela mulher inchada, de aparência vulgar, que parece não ter penteado os cabelos por uma semana, com um punhado de crianças esfarrapadas chorando, brigando e praguejando à sua volta, em seu miserável e sujo casebre? Ela era, poucos anos atrás, uma linda e discreta garota, inocente e bem-humorada, que ganhava seu sustento numa casa de família tranqüila e agradável, cumprindo suas obrigações com regularidade e com grande alegria na alma*".

Então, no mês seguinte começaram os distúrbios. Os protestantes correndo à solta pelas ruas, incendiando igrejas na Filadélfia, e o bispo, em pessoa, fizera a convocação para proteger a catedral. Ela fora com as Irmãs para oferecer qualquer ajuda que pudesse — embora os homens reunidos no pátio da igreja parecessem menos piedosos e mais como os homens em toda parte, lançando olhares maliciosos e assoviando para ela como faziam nas ruas.

— Aonde você vai agora, belezinha? Servir aos padres?

— Esqueça disso, Pat. As três coisas mais difíceis de se domar nesse mundo são a mula, o porco e uma mulher...

Ela caminhara através deles com a cabeça erguida, sem dar atenção às gracinhas e risadas. Mas então vira o rosto dele. *Tão jovem, tão franco, o olhar bobo de um bezerro. Como ele conseguira sobreviver por tanto tempo nesta Cidade, com um rosto como aquele?* No entanto ele se atrevera a falar com ela, a se aproximar quando ela estava sozinha. Tendo a impertinência de lhe dizer:

"Qualquer coisa. Qualquer coisa que queira, senhorita."

Que coisa tola, infantil para se dizer. E vindo dele, que não parecia ter nem sequer dois tostões nesse mundo.

Porém, pelo resto daquela tarde ela se apanhara olhando de volta para ele, onde estava ali com seus companheiros. Reparando em quantos amigos ele tinha, embora se comportasse de maneira digna e civilizada. Percebendo os olhares que ele lhe enviava.

Em Quem Confiar? Olhando para o seu rosto franco e juvenil, ela achou que sabia, então, o que deveria fazer — o que o padre Knapp e o livro a estavam orientando a fazer. Se o homem certo não existia, talvez ela tivesse de criá-lo. Ela mesma teria de dar-lhe uma forma, moldá-lo e empederni-lo para o mundo.

Quando ele apareceu na praça ela considerou como um sinal. Movendo-se muitas e muitas vezes em volta das calçadas de ardósia azul com o desfile de sempre. Ela havia reparado nele quando estava voltando para casa. Aquele rosto largo, aberto, seguindo logo atrás dela como um ladrão de estrada. Ficou surpresa ao vê-lo ali, admirada com tal desfaçatez. Mas reparando, também, no casaco quase novo que ele se dera ao trabalho de vestir, o cabelo penteado. Compreendendo o trabalho que ele tivera para encontrá-la.

Deirdre decidiu dar outra volta no parque, esperando que ele se aproximasse. Mas isso não aconteceu — algo que também a deixou satisfeita, o fato de que ele se sentia intimidado por ela. No entanto, percebendo que alguma coisa deveria ser feita, ou do contrário ele ficaria andando em volta do parque eternamente.

Permitira que ele a visse, então. Havia improvisado tudo na hora, levada por uma inspiração que, tinha certeza, devia ter vindo da Própria Virgem Maria. Sabendo que as irmãs O'Looney e os outros criados estariam fora por mais algum tempo. Virando-se ao chegar outra vez na frente da casa, porém certificando-se de deixar o portão destrancado — deixando aberta também a porta da entrada dos criados, só por via das dúvidas.

Sentara em sua roda de fiar, então, e começara a cantar. Censurando-se por ter sido tão tola, no início, quando ele não apareceu — certamente devia estar no andar de cima, roubando a prataria e assassinando o patrão. Mas ouvindo, então, os primeiros e hesitantes passos no corredor. Adorando a timidez do seu andar, a sua incerteza, sua delicadeza, mesmo quando a seguira. Ela cantou um pouco mais alto:

"Deixei Ballymornack a uma longa distância atrás de mim
Para melhorar minha sorte, cruzei o grande oceano
Mas estou tristemente só, nem uma criatura para cuidar de mim,
E, Deus, sou mais triste que um triste pode ser..."

Permitindo que ele entrasse e a visse ali, cantando enquanto fiava. Uma antiga canção depois da outra, não importava qual, contanto que fosse em sua melhor voz. Sua mente quase não prestando atenção à letra, apenas se certificando de que ele podia vê-la ali, antes que prosseguissem.

46

RUTH

Finalmente ela voltou ao quarto com o pano úmido para Vie e Elijiah, andando com cuidado pela casa estranha e escura. Quando chegou eles já estavam quase dormindo outra vez, mas Milton estava acordado. Sentado na beirada da cama deles, onde fora para confortá-los. *Doce menino.* Fitando-a com os olhos grandes e indagadores assim que ela entrou.

— Está tudo bem — ela disse. — Tudo vai ficar bem, agora que a chuva chegou.

Ela sentou ao lado dele na cama. Passando a mão pelas testas das crianças pequenas, contente ao perceber que estavam mais frescas.

— Por que nós estamos aqui? — Milton perguntou num sussurro.

— Eu e Deirdre achamos que seria mais fácil, se alguma coisa acontecesse. Nunca se sabe, com esses tumultos.

Sem querer dizer a ele que estavam se escondendo na casa de uma família de brancos para que a turba não os atacasse. Sabendo, mesmo enquanto tentava poupá-lo que, claro, ele próprio chegaria a tal conclusão.

— É porque eles estão vindo atrás de nós? É porque estão atrás das pessoas de cor?

Ela tentou continuar fazendo o que fazia, cobrindo as crianças com os lindos lençóis de Deirdre. Porém, sua mente prendeu-se àquela última palavra.

As pessoas de cor. Quão rápido ele fizera aquela separação. E onde, exatamente, isso a colocava?

— Não, não. Tudo isso é em função do recrutamento. Só que é mais seguro ficar todo mundo em uma casa. E você sabe como Deirdre é, em relação à casa dela.

Tentando suborná-lo com aquela pequena confidência de adultos. Mas Milton apenas inclinou-se para a frente, teimosamente, e sussurrou outra vez em seu ouvido;

— Onde papai está?

— Ele está bem...

— Como a senhora sabe? Como pode saber de uma coisa dessas?

Sentado na cama à frente dela. O rosto negro e sério quase impenetrável na escuridão. Mas ainda, ela sabia, sem estar convencido.

— Não, não, ele vai chegar logo, agora que está chovendo. Nós temos de esperar por ele aqui. E você precisa me ajudar.

Apelando abertamente para ele, agora. *O seu bom filho.*

— Precisa vigiar para ver se ele chega. Precisa me ajudar, como sempre faz.

O rosto dele se suavizando. Um rosto de menino novamente, um tanto acanhado, porém satisfeito com o seu elogio. *Afinal, ele ainda era um menino.*

— Venha, agora. Vamos ver se ele chega.

— Está bem — ele disse, assentindo com seriedade. — Está bem.

Eles ficaram juntos na saleta da frente. Milton sentado com as costas retas, rígido como um sentinela, numa cadeira perto da janela. O pescoço e a cabeça estendidos para a frente, olhando vigilante para a rua através das venezianas entreabertas.

Lá fora a tempestade diminuiu, depois parou quase tão abruptamente quanto começara — uma cortina se escancarando para revelar a Cidade, agora com um cheiro quase limpo, da maneira que sempre acontecia nos primeiros poucos momentos depois de uma chuvarada. Houve uma quietude súbita, surpreendente, e Ruth até se atreveu a ter esperança, *Bem, talvez seja isso, mesmo. Talvez agora tudo esteja acabado...*

Avistaram uma figura solitária apressando-se pela rua na direção deles. Não era mais do que uma vaga silhueta no escuro, agora que as luzes a gás tinham sido apagadas. Os três ficaram olhando sem dizer uma palavra, até que estivesse quase perto da casa.

Somente então puderam ver com certeza que não era Billy — nem Johnny Dolan. Era um homem, o rosto nitidamente branco, embora estivesse manchado com o que parecia ser fuligem, ou terra. Suas roupas também estavam sujas e desgrenhadas, mas eram boas demais para qualquer coisa que Johnny Dolan pudesse ter — um paletó e o que parecia ser um colete de seda verdadeira, e calça de linho amarelo.

Ele passou rapidamente pela casa e desceu até a porta de Maddy, onde tocou a sineta, o som ecoando acima e abaixo da rua deserta. Bateu na porta com os punhos e, quando ela não apareceu, começou a gritar o seu nome. Ruth podia ver a luz de velas começando a bruxulear atrás de outras venezianas em todo o quarteirão, até que finalmente a porta se abriu e ele foi levado para dentro.

— Não é ele — disse Milton, o desapontamento evidente na voz.

— Não, é o homem *dela* — Deirdre falou com desprezo. — Ah, mas os homens são mesmo criaturas desesperadas!

Eles tornaram a sentar lentamente, voltando aos seus lugares na sala — Milton inclinando-se outra vez em seu posto, alerta. Vigiando o Beco Paraíso como se apenas com os olhos pudesse abrir um túnel através da noite e trazer seu pai de volta por ele.

Ruth recostou no sofá de pau-rosa, cuja estrutura frívola tanto a intimidava quando vinha visitar Deirdre — embora, agora, se sentisse quase afundando nele, pairando à beira do sono. Deirdre também estava recostada na cadeira, os olhos fechados.

No entanto, Ruth já podia ouvir o som de mais passos correndo pelas ruas, de gritos e vozes em algum lugar, muito distante. A Cidade — a multidão — se reunindo outra vez. Reagrupando-se nos bares e nas esquinas das ruas. Preparando-se para o amanhã.

SEGUNDO DIA

Terça-feira

14 de julho de 1863

Nossa sagrada e bela moradia,
onde nossos pais louvaram a vós,
está destruída pelo fogo;
e todas as nossas coisas aprazíveis,
despejadas como refugo.

ISAÍAS, 4:11

47

HERBERT WILLIS ROBINSON

Está quente outra vez. Ainda é de manhã bem cedo, mas já está mais quente do que ontem, como se a chuva refrescante jamais tivesse vindo. O sol é um impiedoso olho vermelho no alto das venezianas...

Mas, aqui dentro, Maddy ressona suavemente no travesseiro ao meu lado. Como ela parece angelical, agora, dormindo em meu ombro. Tão igual às nossas primeiras noites juntos!

Ela está mais velha, porém não terrivelmente — não tanto quanto eu. Não tem mais a aparência de menina, mas o rosto agora está mais cheio e mais sensual. Mesmo com o cabelo sujo e desgrenhado, como sempre está nesses últimos tempos, para mim ela parece mais bela do que nunca.

Ontem à noite, depois que vi seu rosto na janela, Maddy correu para me deixar entrar. Correndo pela escada abaixo, atirando-se em meus braços com uma impetuosidade gratificante.

— Eu escutei eles. Escutei eles aí fora, o dia inteiro — ela admitiu, ainda agarrada ao meu pescoço. — Não tem ninguém por perto. Nenhuma das mulheres saiu para a rua. Ninguém veio me ver!

Eu a sentei na mesa da cozinha, segurei-a delicadamente no meu colo. *Ela ainda é tão pequena — tão leve quanto uma menina.* Não havia nenhum jogo, agora, de nenhuma das partes. Ao contrário, era como nos nossos primeiros tempos juntos, apenas necessidade e imprudência. Apertei-a com mais força contra mim, acariciando-lhe os cabelos enquanto ela falava.

— Fiquei sozinha o dia inteiro — ela disse, baixando a cabeça e aninhando-se no meu pescoço.

Ainda sem se banhar, vestida com a mesma decrépita camisola amarela com que eu a vira naquela manhã. Nós dois devíamos ser uma visão e tanto — eu com o terno imundo, arruinado pela poeira da construção.

Isso não importava. Eu a beijei e a toquei em toda parte, minhas carícias descendo pelos seus braços, os seios, a barriga. Levantei-a e a despi amorosamente, bem ali na cozinha. Tirando a sua indescritível camisola, prendendo seus cabelos para cima enquanto ela postava-se nua e dócil diante de mim.

— Minha boa menina.

Levei-a para cima pela mão, para a bela cama de carvalho que comprei para ela anos atrás. E quando fizemos amor ela agarrou-se a mim, como se não pudesse me distinguir em meio à escuridão total do quarto, o bater da chuva nas janelas que silenciava todos os outros sons. Quando a chuva diminuiu, pudemos ouvir os gritos e risos distantes, e vidros quebrando, e ela prendeu-se contra mim com mais força.

Então por quê? Por que motivo eu deveria deixá-la?

Eu sou um escritor assalariado.

Este é o cerne da questão. Ah, não digo isso como um insulto a mim mesmo. Tenho até um certo orgulho disso.

Mas sou um escriba, um escritor assalariado. É uma profissão como qualquer outra, nem mais nem menos honrada. Escrevo sobre tudo o que conheço, e sobre o que não conheço. Escrevo sobre cães e armas, cavalos e pássaros. Escrevo críticas de livros que não li, e de peças que não assisti, e descrições em primeira mão de lugares onde nunca estive. Até já escrevi poesia.

Eu escrevi para os Republicanos, e pela Democracia, para os antigos *Whigs*,* para os Anti-Masons,** e para o partido Moderado. Já escrevi histórias de conversões milagrosas para a Igreja da Única Verdade — *Como um advogado protestante encontrou a Luz*, e *Como uma senhora universalista chegou a Cristo*. E escrevi panfletos dos Know-Nothings sobre as chocantes libertinagens nos conventos e mosteiros papistas — *Terríveis revelações, ou As confissões de uma freira lasciva*.

---

*Partido político formado em 1834 para combater os Democratas. (*N. do T.*)

***Mason-Dixie Line*: limite entre os estados de Maryland e Pensilvânia, considerado a linha divisória entre os estados escravagistas e abolicionistas antes da Guerra Civil. (*N. do T.*)

Já escrevi romances sensacionalistas por um níquel, e histórias de terror por dez centavos. Escrevi *O Vingador Azul dos mares* e *O Vingador Vermelho das planícies*, e *O Vingador Negro da cidade*. Já escrevi para o *Harper's Semanal* e para o *Harper's Mensal*; para o *American Museum*, o *American Museum Monthly* e o *National Era*; para o *Brother Jonathan*, o *True Flag*, o *Flag of Our Union*, e o *Starry Flag*. Já escrevi para o *Livro das Senhoras Devotas*, para a *Peterson's Ladies' National Magazine e Ladies' Companion*; para a *Burton's Gentleman's Magazine* e *Mrs. Stephen's Illustrated News Monthly*, e *Frank Leslie's Illustrated Newspaper*, e *Ned Buntline's Own*. E escrevi para a *Country Living and Country Thinking*, *Musical World and Times*; e para *The Scorpion* e *The Congregationalist*. Eu já escrevi.

Nunca foi algo que tivesse planejado fazer. Eu era — como Greeley — o brilho súbito da minha família. O prodígio, em meu pequeno vilarejo da Nova Inglaterra. Lendo, escrevendo e somando com tanta destreza a ponto de atrair a atenção de um tio distante. Ele tornou-se o meu patrono, pelo menos à custa de me mandar para um colégio interno, e depois para sua antiga universidade nas suaves e ondulantes colinas do oeste de Massachusetts.

Depois disso fui deixado por minha conta — e tão pobre como sempre. Minha tradicional família ianque, a mais próxima, era tão pouco ambiciosa que não se mudou nem mesmo quando o já escasso solo da sua fazenda se esgotou, contente em se deteriorar aos poucos a uma empobrecida nobreza.

Mas eu vim para a Cidade, dando as costas para eles. Procurando fazer alguma coisa que não exigisse capital nem o tipo de risco insano que os meus conterrâneos se aprazem tanto em correr — lutar contra índios, cultivar milho das pradarias, cruzar cadeias de montanhas à procura de ouro. Trabalhar nas caldeiras e nas usinas de vapor o dia inteiro.

Então eu vi. As pessoas lendo, por toda parte — absortas nos livros em bibliotecas públicas, salões de leitura e nas ruas. Só então a idéia me ocorreu, uma vez que estava na Cidade, embora tivesse estado atento à palavra escrita desde que comecei a andar. Somente ali, onde ela estava toda reunida, eu percebi. Gráficos e suas impressoras em quase todas as esquinas. Produzindo montanhas de papel e palavras; de livros e jornais, de anuários e panfletos, e de quaisquer folhas velhas espremidas entre dois pedaços de papelão barato.

Eu soube, então, que havia encontrado a minha vocação — a minha mercadoria. Não me considere cínico demais. Como um artesão, me orgulho do que posso fazer com tanta facilidade, apenas por intermédio do peso da minha experiência e habilidade. De como posso transformar qualquer coisa — qualquer evento público, qualquer moda passageira, qualquer trabalho de outro escritor (de preferência um que esteja na Europa) — em alguma coisa que as pessoas vão *ler*, na qual irão gastar o seu suado dinheirinho e — mais ainda! — o seu tempo.

E ganho meu sustento. O suficiente para me abrir caminhos, mesmo nesta mais desgraçadamente cara cidade de todas. Exibindo incansavelmente o meu nome (e os meus muitos pseudônimos) diante do público, até que pudesse pagar as melhores roupas, os melhores restaurantes dos que jamais me daria ao trabalho de sonhar. Até que adquiri a bela casa em Gramercy Park, comprada de um senil herdeiro de uma antiga família de mercadores holandeses, tão decadente quanto a minha própria.

Ainda assim, não era o bastante. Era quase uma doença, uma mania. Segui em frente, escrevendo e escrevendo, até que fui atraído para os jornais. Havia alguma coisa para se escrever todos os dias — alguma coisa bem ali nas ruas, à minha frente.

Certamente haveria algo, aqui, que eu poderia acumular em meu benefício. *Algo maior.* Este era o meu sonho secreto, o anseio que jaz no coração de todos os escribas. O desejo de fazer alguma coisa de valor duradouro. Alguma cantiga que eu pudesse remendar, como o velho e grosseiro Whitman fez com suas intemperadas, vibrantes odes a tudo. Eu procurava por isso em toda parte, ao largo da grande Cidade.

Entretanto, o meu *Cenas das ruas* provou estar irremediavelmente empacado. Tentei de tudo. Certa vez até me postei na janela mais alta do *Tribune* durante um dia inteiro. Dali, eu fazia votos, poderia apreender todo o cenário ao longo da Broadway e escrever tudo o que visse, cada traço e contorno de humanidade.

Como eu os amava — observando-os de tal distância, despercebido como eu próprio estava. As vendedoras de flores rindo e regateando, pendurando seus produtos ao longo da cerca da Capela de St. Paul. Uma bela e orgulhosa cozinheira, andando a passos largos, a cabeça erguida como a de um bispo. Os homens de negócios e os *b'hoys* de gangues vagando ociosos, de olho na jovem e qualquer outra mulher que viam. As mulheres da sociedade fazendo compras com as suas criadas, os políticos dando palmadinhas em ombros e falando, falando. Os condutores dos veículos se empurrando e incitando os estúpidos cavalos à frente...

Eu acreditava que havia alguma grandeza aqui, mas estava na Cidade e não em mim. Não consegui extrair nada daquilo, nem do meu dia no ninho-de-águia, nem mesmo uma história para os leitores do *Tribune*. Eu martelei e malhei, como um escultor golpeando um obstinado bloco de pedra, tentando moldar alguma verdade, alguma história mais grandiosa a partir de tudo aquilo.

Mas não emergiu — e eu fugi, corri para dentro da Cidade. Mergulhando por uma rua acima, e descendo pela outra, abrindo caminho às cotoveladas através das multidões nas calçadas. Correndo riscos imprudentes, atravessando as avenidas bem na frente dos coches e carroças e dos ônibus amarelos. Disposto a me arriscar a ser cortado ao meio apenas para chegar no outro lado da rua um instante mais cedo.

Descobri que não estava sozinho nisso. Havia centenas, talvez milhares de companheiros nova-iorquinos assim como eu, correndo junto comigo. Seus rostos ansiosos, febris, sempre no meu ombro. Inquietos como tubarões, disparávamos para este e para aquele lado. Em movimento, sempre em movimento — sempre esperando enterrar ou desenterrar alguma coisa na grande pilha da Cidade.

Eu andava até que me visse limitado, como sempre, por um ou outro rio. E ali eu parava, ofegando, e então podia ouvir — o zumbido constante e dissonante, elevando-se por toda minha volta.

Às vezes achava que estava enlouquecendo, mas realmente ouvia. Não sei dizer o que era exatamente — o rangido de uma nova máquina, ou o tagarelar de um milhão de vozes; o incessante perambular de pés e patas ao longo do calçamento. Talvez fosse tudo isso, e mais, reunido naquele zunido impressionante, sem sentido. A Cidade era uma coisa viva, sem consciência, que respirava em torno de mim. No entanto, não conseguia transformá-la em nada.

Eu sou, como mencionei, um escriba.

Então encontrei Maddy. Eu a mantive na casa da Vovó Em, nas Sete Irmãs, por mais umas poucas semanas, depois paguei o que foi preciso ao cafetão dela e aluguei esta casa. Eu a acompanhei quando foi buscar suas coisas e as da mãe na casa que tinham no Shambles. Foi uma subida terrível, através de uma escuridão quase total, pela escadaria quase tão íngreme e estreita quanto uma escada de madeira. A cada passo eu podia sentir sob a minha bota o esmagar de sujeira, animal ou humana, não saberia dizer. Outras figuras sombrias, cheirando a uísque ou repolho, trombavam cegamente contra nós e desapareciam, praguejando e grunhindo enquanto abriam caminho pela escadaria abaixo.

Maddy seguiu à frente, o andar certeiro como o de um índio. Pareceu-me que o novo vestido vermelho que eu lhe comprara era o único lampejo de cor naquele lugar — guiando-me sempre para cima como se fosse uma lanterna, até o cubículo decrépito onde morava a mãe dela, no último andar. Ali, a velha senhora se balançava para a frente e para trás numa cadeira, na frente de um fogão apagado, sugando um cachimbo de sabugo de milho. Maddy gritou saudações a poucos centímetros da sua cabeça — a expressão da mãe evidentemente indiferente ao que ela dizia, mas um sorriso se formando ao longo da boca desdentada, as mãos nodosas se estendendo para tocar o rosto da filha.

Maddy juntou os poucos pertences das duas, depois a levou com toda paciência pela escadaria abaixo, embora os passos da velha parecessem quase tão firmes e seguros quanto os da filha. Eu, por outro lado, tropecei numa protuberância perto da soleira da porta do Shambles — e, para meu horror, meu pé afundou direto através do calçamento de pedras do Beco Paraíso. As pedras soltas mergulhando numa correnteza escura e malcheirosa, subitamente revelada abaixo.

— É o esgoto da Cidade — Maddy explicou jovialmente. — Os *Anjos do Pântano* e os *Break o'Day Boys* gostam de abrir buracos no bueiro. Eles escondem seus tesouros lá embaixo.

— Você vai lá? — perguntei, arregalando os olhos.

— O tempo todo. Nunca encontramos tesouro nenhum. Mas a gente precisa ter cuidado, pois se eles encontram alguém bisbilhotando por lá, cortam a sua garganta na mesma hora.

— Lá embaixo — eu repito, baixando os olhos para a vociferante tempestade, despejando todas as nossas imundícies acumuladas, dia e noite, para dentro do East River.

— Claro!

E assim, sem mais nem menos, ela girou através do buraco que eu abrira inadvertidamente no calçamento, e foi para dentro do esgoto infecto.

— Maddy!

Por um instante temi que ela tivesse desaparecido para sempre. Perscrutei freneticamente na escuridão abaixo, esperando ver seu pequeno corpo sendo carregado para o rio.

Em vez disso, ela sorriu para mim — os lindos pezinhos equilibrando-se na saliência superior, que não era mais larga do que a minha mão. Ficou andando ali com a mesma facilidade de uma cabra das montanhas. Indiferente ao efeito que as paredes enegrecidas poderiam ter em seu novo vestido vermelho, andando nas entranhas da Cidade.

— Desça aqui! — ela gritou para mim, ainda sorrindo diante da minha expressão horrorizada. — Venha, eu lhe mostro onde deve andar!

Mas eu só consegui me agarrar à beirada do bueiro, olhando Maddy. Ela andou nas pontas dos pés, executou um rodopio na estreita saliência, graciosa como qualquer malabarista na corda bamba, dançando nas margens de uma cloaca.

Depois disso eu fiz tudo o que podia para ela. A casa foi apenas um começo. Contratei professores particulares para ensiná-la a ler e escrever, mestres de dança e professores de música para instruí-la na harpa e piano, em desenho e boas-maneiras. Abri uma conta para ela na *Stewart's*, juntamente com os serviços de uma viúva especialista em moda, que iria orientá-la sobre o que comprar e como usar. Em resumo, eu lhe dei tudo o que ela precisava para se tornar uma jovem prendada e esmerada.

Quando a mãe dela morreu, até mesmo paguei o funeral — completo, com sepultura de mármore e um coche de vidro com cavalos ajaezados de negro, além de um grupo de carpideiras que o acompanharam até o cemitério Green Wood. Um belo funeral — algo que sempre parece significar tanto para *eles*, depois da vida miserável que tiveram nesse mundo.

Fiquei surpreso, eu admito, ao ver o quanto ela chorou no cemitério. Emitindo um lamento fúnebre como aquelas mulheres irlandesas com seus xales, no poço da velha casa de De Peyster. Tentei ser particularmente atencioso com ela, depois disso. Meus companheiros do grupo de literatos no *Pfaff's Cave* notaram as minhas ausências, e em como agora eu me esgueirava para fora logo no início da noite. Tentei mentir e lhes disse que era um caso de gota, mas ninguém acreditou.

— Vocês não estão vendo? — George Arnold havia gritado. — Deve ser a paixão secreta dele!

— Ela deve ser muito bonita, para mantê-lo longe de nós por tanto tempo — disse Clapp, o Mais Velho, sorrindo para mim através da fumaça que sempre se espiralava na nossa mesa de fundo. Então ele me surpreendeu, ficando quase sério: — Mas você deveria se casar! Quando vai se casar, Herbert?

Por que eu deveria? Nós tínhamos, do jeito que estava, um fac-símile perfeitamente viável de um casamento. Melhor, ainda, do que um de verdade. Em qualquer noite que eu quisesse, bastava simplesmente ir até lá. Ouvindo Maddy tocar ou cantar para mim depois do jantar. Desfrutando qualquer outra coisa que eu desejasse, mais tarde (ela nunca me negava nada). Não havia cenas pelo fato de eu fumar ou beber. Nenhuma objeção quando eu viajava por duas semanas para uma temporada de caça em Jersey, ou uma pescaria no Adirondacks. Não havia qualquer tipo de exigência sobre mim. *Como tudo isso era monótono!*

Então descobri o nosso joguinho.

Começou quando a levei para ver uma exposição na galeria de William Schaus. Eu não esperava grande coisa, apenas mais um pouco da "*Ruth-mania*" pela qual estávamos todos passando na época. Intermináveis pinturas de Ruth, desenhos de Ruth, esculturas de Ruth, reluzindo nos campos de Boaz. A fronteira de Cooper de Ruth, arrastado para viver com os índios no O *Pranto de Wishton-Wish.* Bustos de Ives em todas as casas, com suas feições recatadas, castas, femininas — o único simbólico grão de trigo arranjado com bom-gosto em seus cabelos. Ruth, a esposa zelosa, a nora zelosa, mantendo-se fiel à sua nova gente.

Mas o que encontrei foi algo além disso. Schaus tinha uma única peça em exibição, executada por algum escultor autodidata que Hamilton Fish descobrira no interior do estado. A obra era chamada de A *Escrava Branca* e, de acordo com a literatura na galeria, deveria ter um propósito moral elevado "para demonstrar a influência do selvagem sobre a cristandade".

A influência do selvagem, de fato! Depois que paguei a nossa entrada, Maddy e eu fomos varridos para o meio da multidão como se fosse por uma onda gigantesca em Coney Island. Fomos carregados quase fisicamente através de um estreito corredor, até que pensei que Maddy poderia ser esmagada, ou que meu nariz fosse quebrar por estar batendo tão repetidamente nas costas do cavalheiro à minha frente. Então, finalmente, fomos atirados para o interior da galeria, e lá estava ela.

Era a escultura de uma jovem. Uma jovem pioneira, arrancada da sua cabana no meio da noite por saqueadores selvagens. Despida da sua camisola, agora ela se postava nua e amarrada a um toco de árvore. A obra inteira era uma cópia descarada de A *Grega Cativa,* antiga sensação de Power — mas esta era muito menos clássica, quase vívida em sua rotundidade feminina, sensual.

Schaus colocara até mesmo um halo de luz a gás colorida acima da peça, de forma que a pele parecia quase tão real quanto a de uma pessoa de carne e osso. Um mecânico ali perto virava arduamente uma manivela que fazia o pedestal girar devagar, muitas e muitas vezes, para que toda a multidão pudesse vê-la. Suas pernas, suas nádegas — a tira de couro que lhe prendia as mãos juntas nas costas, e a amarrava à árvore. A camisola atirada no tronco, como se para nos lembrar novamente da sua inocência prestes-a-ser-perdida. Tão indefesa. Tão aterrorizada que conseguia apenas olhar cegamente à frente, pronta para fazer qualquer coisa que a obrigassem...

Greeley — com sua ilimitada capacidade de se auto-iludir — escreveu no dia seguinte que "em sua nudez ela é inatingível a qualquer pensamento malicioso. A própria atmosfera que respira é para sua roupagem e proteção. Em sua naturalidade pura, inconsciente, sua castidade de alma e a doce e feminina dignidade, ela está mais verdadeiramente trajada do que estaria uma figura de mais baixo caráter, embora dez vezes mais vestida..."

Uma ova. As mulheres ali presentes sabiam disso melhor do que ninguém. Elas se agrupavam temerosas nos cantos, estendendo os leques e os braços à frente dos rostos, como se estivessem se protegendo de um assalto. Enquanto isso, os homens na multidão rodavam incansavelmente em volta da obra, o mecânico com sua manivela ainda não sendo rápido demais para eles. Schaus foi sensato em não colocar nenhuma outra obra na exposição: eles a teriam feito em pedaços, em seu frenesi. Trombando distraidamente uns nos outros, enxameando em volta da estátua como se fossem tubarões. Ninguém conversava — nenhum zunido de palavras, excitadas ou entediadas, que se ergue inevitavelmente da multidão em todas as exposições. Somente o constante ruído rangente e abafado dos sapatos dos homens, movendo-se de um lado para o outro nos tapetes e tábuas do piso.

Olhando para ela eu mantive minha serenidade por tanto tempo quanto foi possível. Então levei Maddy para casa e a violentei. Obrigando-a a tirar cada mínima peça da sua refinada roupa nova na minha frente, amarrando suas mãos atrás das costas com meu próprio cinto. Ela aceitou tudo com a mesma passividade que a escrava branca. Aparentemente amedrontada e dominada por mim, agora. Outra vez reduzida à sua natureza mais primitiva — à selvagem arredia que eu encontrara nas ruas de Nova York.

No entanto, era mais do que luxúria — era literatura. Eu tinha, descobria agora, a chave para o meu *Cenas das ruas*. Por que uma boa história, um conto de reforma moral, não poderia conter episódios de loucas e lascivas aventuras? *A influência do selvagem sobre a cristandade.* Bem, por que não? Que melhor maneira haveria para discernir o que era o quê?

Eu me atirei ao trabalho imediatamente. Meus longos meses de estagnação rompidos. Mudando o título da minha história para *Beco Paraíso: Um conto das ruas de Nova York*, a fim de dar a ele mais um ar de reforma social (e, é claro, de depravação). Escolhendo como assunto — a própria Maddy.

Claro, teria de ser modificado, melhorado. O pai dela — e a mãe — agora eram ambos bêbados. O pai caindo primeiro na desgraça da bebida, mediante uma série de infortúnios e más companhias, e depois arrastando a mãe junto com ele. Maddy ainda era uma vendedora de milho assado, porém uma jovem pura e virtuosa — todas as noites rechaçando a corrupção, e ainda vendendo sua mercadoria. Surrada não pelo cafetão, mas pelos próprios pais sempre que retorna ao Shambles. Não mais uma filha única, agora, porém abençoada com um irmão mais novo. *Não*, um irmão *e* uma irmã mais novos, a quem ela protege de um sofrimento após o outro nas ruas, e dos seus pais dipsomaníacos...

Tudo se encaixava tão perfeitamente. Uma aventura repleta de perigos e desgraças. Prestando-se tão naturalmente a tantas conversas e reversões, salvamentos e cenas em leitos de morte. Claro que teria de haver um pouco de tragédia, umas poucas descrições de lugares verdadeiramente depravados. Talvez até mesmo algumas estatísticas sociais no final do livro para lhe proporcionar peso, deixar clara a sua importância literária. E para a personagem principal — a muito sofredora e sobrecarregada vendedora de milho assado — eu tinha o modelo vivo bem ali à minha frente.

Meus editores na Harper and Brother ficaram extasiados. Tudo correu tão bem que comecei a planejar os sucessores do meu livrinho assim que o enviei para a impressão. Poderia ser alguma coisa com o Cinco Pontos no título, ou a Cow Bay. Nunca vão me faltar bairros depravados, não nesta Cidade...

Foi logo depois disso que ela veio à minha casa em Gramercy Park. Eu me lembro que era uma tarde no outono, bem naquela mudança de estação quando os dias se tornam notavelmente mais curtos. As luzes das ruas se acendem mais cedo, brilhando contra as folhas alaranjadas e as calçadas de ardósia azul que contornam o parque.

Ela simplesmente apareceu diante de mim. Eu havia voltado a pé do *Tribune*, estava quase virando para entrar no portão da minha casa, quando lá estava ela. Envolta num manto com capuz, movendo-se pela rua com tanta rapidez que eu enrijeci — pensando que fosse alguma pedinte, ou um andarilho noturno particularmente imprudente.

Então o rosto dela estava à minha frente, mais adorável que nunca. Mais definido, agora, as primeiras e delicadas linhas de feminilidade completa começando a esculpir faces. Emoldurada pelo capuz, o cabelo preso em cachos cuidadosos, artificiais. Os olhos já não mais tão francamente ingênuos, porém experientes, enxergando-me agora.

Ela viera para dizer que me amava. Eu a levei nervosamente pelo portão do pátio, escondendo-a sob o elmo que havia ali. Querendo tirá-la de onde meus vizinhos poderiam ver, mas sem estar disposto a levá-la para dentro da minha casa. Segurando suas mãos, tentando sorrir — eu sentia a armadilha se fechando sobre mim, a extorsão há tanto adiada se aproximando.

— O que você está fazendo aqui? — perguntei desconfiado. Imaginando o que finalmente a deixara insatisfeita. *A morte da mãe? Uma nova oportunidade? Ou simples tédio?* — Você pode ficar com as roupas. Com o piano também, se quiser. Até com a harpa. Quanto a dinheiro vivo...

Os olhos dela bruxulearam para baixo, para longe dos meus, pela primeira vez desde que a conheci.

— Eu amo você.

— Não estou entendendo — eu disse, atônito. Meio sorrindo, pensando que aquilo deveria ser algum tipo de manobra.

— Eu amo você — ela repetiu.

Tive de admitir, então, o que eu já sabia — não era um jogo, nem um estratagema. Eu sabia que ela estava sendo sincera.

— Você ainda está de luto pela sua pobre mãe. Está confusa...

Ela virou a cabeça, olhou com um pouco de admiração, agora, para a graciosa casa de tijolos onde eu morava, a comprida varanda com suas treliças e trepadeiras. A recompensa do escriba.

— Esta é a sua casa.

— Sim. Como você sabia?

Fiz a pergunta concisamente, e ela olhou para baixo outra vez.

— Escute, se é a condição de não estar casada que a incomoda... — tentei. — Talvez eu possa lhe arrumar uma colocação numa loja. Ou em outra casa, onde não a conheçam. Você poderia dizer que eu era o seu guardião. Não será difícil arranjar um casamento, agora que você se tornou tão prendada...

Isso serviu apenas para deixá-la com raiva, e ela olhou para mim com uma expressão de ódio súbito que eu nunca esperaria ver nela.

— Veja quem está falando de dinheiro.

Que mulher. Ela aprendera a falar.

— Isso é impossível — eu disse, balançando a cabeça.

Olhei na direção da casa, desta vez, temendo que uma das criadas pudesse estar nos observando.

— Não. Simplesmente não é possível.

Os olhos dela penetraram nos meus, cheios de dor e frustração.

— *Eu amo você.*

Fiquei reduzido a murmurar, debaixo do meu próprio elmo.

— Não é possível. Não é possível.

48

HERBERT WILLIS ROBINSON

Há um grito lá fora, depois o som de uma garrafa quebrando, e Maddy se agita contra o meu corpo. Desenlaçando as pernas das minhas, desgrudando a carne macia e úmida da parte interna das suas coxas. Eu estendo o braço e a puxo de volta para mim. Aspirando o doce e almiscarado suor noturno das suas axilas. Ela esconde a cabeça no meu pescoço, murmurando, os olhos ainda fechados...

Há mais um grito, um apelo incoerente, e nós dois nos sentamos. Um leve cheiro de fumaça penetra dentro do cômodo e, espiando pela veneziana do quarto de Maddy, eu vejo que o céu está pulverizado com uma fuligem opressiva, avermelhada.

Eles já voltaram para as ruas. A revolta não terminou.

Nós nos levantamos, ambos em silêncio, ainda surpresos e um tanto constrangidos com a nossa ansiosa e aferrada paixão da noite anterior. Sentindo até mesmo uma certa ternura um pelo outro enquanto voltamos para as nossas roupas e nos apressamos nas higienes matinais.

Eu me lavo num dos pequenos baldes de água rançosa que ela recolheu ontem. Mas não *demais*. Nem mesmo escovando as roupas nojentas antes de tornar a vesti-las — não querendo parecer em nada com um homem-de-trezentos-dólares. Afinal, a turbulência está nas ruas outra vez e eu devo voltar para lá.

E, novamente... por quê?

Eu deveria ter ido para a minha casa ontem à noite, imagino, a fim de montar guarda na minha propriedade em Gramercy Park, junto com George Strong e sua tropa de vigilantes. Em vez disso, parece que estou completamente à deriva na Cidade. Ficando onde quero, fazendo o que bem entendo...

Então, por que aqui?

Na cozinha malcheirosa e atulhada nós mastigamos um pedaço de pão velho. Tentando encontrar alguma coisa que preencha o vazio em nossos estômagos, preencher os silêncios incômodos entre nós. *Maddy.* Ela está tão linda, tão *conhecida* à minha frente na mesa, até vestiu uma nova camisola vermelha. *Para mim?*

Eu vou para a porta, no entanto, sem ter dito quase nada a ela. *O que há para se dizer agora?* Quando ela foi à minha casa, para confessar que me amava, eu falei apenas que era impossível. Preferindo tê-la sob meu jugo. Para amarrá-la com pequenas correntes, para que pudesse olhar para ela...

Ainda deve haver alguma maneira de acertar as coisas — para que eu possa compensá-la. Eu me viro na porta para lhe suplicar. Desejando tê-la ao meu lado ou simplesmente arcar com a minha responsabilidade, já não sei mais. Apenas sabendo que, como sempre, ela fará o que quiser.

— Maddy, preciso ir agora. Quero que você vá para a minha casa em Gramercy Park.

— Para o quarto da criada?

— Para onde você quiser! — eu disparo, imediatamente irritado outra vez, tentando controlar o mau gênio. — Fique sentada na varanda, se assim desejar. Você não pode ficar aqui. Está muito calor, e eles virão para cá.

— Por que eu deveria temer qualquer coisa deles? *Você* deveria estar com medo!

Ela tenta se mostrar novamente desafiadora — mas posso detectar uma certa indecisão, algum traço pouco característico de medo em seu rosto. Alguma coisa deve tê-la assustado, ao menos um pouco. Serão os gritos crescentes da turba que podemos ouvir agora? O quanto a rua estava silenciosa e deserta ontem?

— *Por favor*... vá para lá. Para o seu próprio bem. E o meu, também.

Pronto, eu falei. Ela hesita por um longo momento, olhando-me como se tentasse ver se poderia confiar em mim.

— Está bem... talvez! — ela diz finalmente. — Se você me levar!

— O quê? Por quê?

Há muito a fazer. Preciso voltar para o *Tribune*, depois para as ruas novamente.

— Você precisa me levar para lá. Certificar-se de que os criados vão me deixar entrar, que me tratem bem.

Ela empina o queixo, outra vez intransigente. Mas isso iria me tomar metade da manhã, escoltá-la por todo trajeto até Gramercy Park, depois voltar para a Praça das Gráficas. Eu preciso ir até lá, assistir a luta pela Cidade em seu momento mais crítico — para ver e depois escrever a respeito. É crucial para a minha carreira, minha necessidade de escrever alguma coisa de valor duradouro...

— Posso levá-la para outro lugar — eu digo. — Só por algum tempo, umas poucas horas. Depois nós vamos...

— Não. Para a sua casa.

— Isso é *impossível*...

Aquela palavra outra vez. Ela abaixa a cabeça, cruza os braços no peito e olha para o outro lado.

Depois que ela foi à minha casa naquele dia — daquele momento em diante —, ela procurava toda e qualquer oportunidade que pudesse para me desafiar. Dispensou os professores — os instrutores de geografia e os mestres de música, e o professor de dança. Quando lhe perguntei o motivo, ela apenas me lançou um olhar longo, intencional.

— Eu faço o que quero — foi tudo o que disse.

Este se tornou o seu refrão padronizado. Sempre que eu tentava fazê-la me acompanhar a algum lugar, numa excursão pelo Hudson, ou pelos Campos Elíseos em Hoboken, ela me lançava aquele mesmo olhar funesto: "*Eu faço o que quero.*"

Logo ela começou a devolver meus presentes. A única coisa que aceitava de mim eram as roupas, na conta da *Stewart's*. Mesmo ali, entretanto, ela me desafiava. Dispensando a viúva modista, escolhendo quaisquer cores e tecidos que quisesse, por mais vulgares que fossem. Fazendo a costureira cortá-los nos modelos mais indecentes e espalhafatosos que se pudesse conceber. Comecei a lhe comprar vestidos prontos, que ela aceitava — só que os cortava, também, do jeito que queria.

— Eles são meus, não são?

— Sim, são seus, mas...

— Então eu vou usá-los como quiser.

Achei, então, que ela iria me deixar. Em minha disposição de ânimo mais honesta eu esperava por isso, ansiava por este alívio. Porém, mesmo assim continuava cumulando-a de mais presentes, mais agrados.

Para minha surpresa, ela não foi embora. Continuou dormindo comigo sempre que eu queria. Continuamos com os nossos joguinhos.

Então, numa ensolarada manhã de domingo, eu cheguei a tempo de ver um marujo negro de Trinidad sair pela sua porta. Ele me enviou um sorriso desdentado, tocou levemente no boné e disse alguma obscenidade em espanhol enquanto eu o olhava estupefato.

Embora sempre a tivesse tratado como uma, até aquele momento eu não havia realmente compreendido que ela era uma prostituta. Ou eu deveria dizer, mais exatamente, uma *rameira pública*. Atirei este termo na cara dela certa noite, porém ela o aceitou com bastante calma.

— Foi você que me transformou em rameira, quando decidiu que não me amava.

— Você tem tantos novos amores, agora. Talvez devesse ver se eles também pagam as contas.

Um erro. (Como é que eu podia ser tão constantemente sobrepujado por aquela garota semi-analfabeta?) Ela tirou o simples colar de prata que usava em torno do lindo pescoço, a única jóia que não recusara de mim.

— Se é assim que deseja. Pode ficar com isso, também.

Largou o colar na palma da minha mão como se fosse algo nojento, um punhado de vermes.

— Você pode passar o aluguel da casa para o meu nome, se quiser. Caso contrário, posso simplesmente ir embora. Se você tiver alguma outra pessoa em mente...

— Isso não será necessário!

Continuei pagando o aluguel. Continuei visitando-a, também. Fornicando com ela com um desejo ressurgente, devasso, mesmo depois dos seus outros amantes — seus outros *clientes*. Escrevendo as histórias *deles* também, conforme ela as contava para mim.

Continuei voltando mesmo depois do seu "imprevisto". Ela nunca ficara grávida antes — não de *mim*, ao menos isso eu sabia. E, verdade seja dita, nunca me preocupei muito com isso. Nas raras vezes em que pensava nesse assunto, presumia que ela estivesse utilizando algum artifício feminino que aprendera com a mãe, ou com alguma outra garota na Vovó Em.

Agora, de repente, ela estava tão fecunda quanto as outras da sua raça, reproduzindo-se em cada cortiço e esgoto. Ela se comportava de maneira imperturbável quanto a isso — insinuando que se livraria sozinha do bebê, ou que até mesmo teria a criança se eu preferisse não ajudá-la. Até especulando para mim quem poderia ser o pai — um marinheiro de Nassau, um alemão ou um siciliano, ou talvez um judeu. Como se subitamente o mundo inteiro tivesse aparecido na minha porta...

Eu a levei para o solitário palácio de mármore de Madame Restell, na Quinta Avenida com a Fifty-second Street. Tentando fazer a visita da maneira mais rápida e discreta possível, chegando num cabriolé fechado, com as cortinas baixadas. Levando Maddy, o mais depressa que pude movê-la, através da porta lateral de visitantes.

Tudo foi resolvido com uma discrição impecável. Maddy foi levada para seus aposentos por um criado servil. Quase nenhuma palavra foi trocada, nem qualquer referência aos nossos nomes, além dos falsos que eu escolhera: *Sr. e sra. White.*

Ainda assim, foi grotesco. Até mesmo Maddy ficou chocada. O cerco de meninos entoando "*Madame Assassina! Madame Assassina!*" e "*A sua casa está erguida em cima de esqueletos de bebês!*", cada vez que uma carruagem entrava ou saía pelos portões.

E, lá dentro, os intermináveis corredores de mármore marchetado pelos quais era necessário andar para se chegar à sala de exames de Madame Restell, os passos ecoando ao longo das paredes. Tudo mobiliado em vulgares tons de vermelho; as janelas cobertas com cortinas de seda escarlates. Pior de tudo, havia uma fileira de dourados espelhos franceses pendurados no corredor, de forma que a cada passo que dávamos, éramos forçados a nos ver refletidos. Uma amedrontada jovem grávida, de braços dados com um homem de aparência furtiva quase escorregando para a meia-idade, o rosto obscurecido pela gola levantada.

Eu vi Madame Restell apenas por acaso, no final da entrevista, quando ela abriu a porta para Maddy. Ela possuía um jeito desconcertante de olhar direto através de mim, um rosto inglês franco e esbranquiçado, apesar de todos os seus ares franceses. O rosto da dona de mercearia de Gloucestershire que ela era, avaliando-me com exatidão.

Eu aconcheguei Maddy em seu casaco, carregando-a de volta pela porta lateral e para a carruagem de aluguel o mais depressa que pude. Ela ria suavemente consigo mesma, a cabeça baixa, enquanto passávamos através dos horríveis meninos. Depois se virou para mim, ainda rindo. Dizendo: *Bem, é isso. Eu não posso ter mais nenhum...*

O que eu havia feito? Deveria ter permitido que ela tivesse o seu filho — *meu filho*, talvez? E se não fosse?

Mas, estranhamente, depois daquela tarde com a Madame Restell, não houve nenhuma conversa sobre separação. Maddy ainda recebia seus outros visitantes, ainda fazia o que queria. Mais amarga comigo do que nunca, depois disso, com a língua mais afiada, porém agora não poderia haver mais adeus. Eu cuidara dela ao longo de toda a sua juventude, e agora estávamos tão unidos como se fôssemos marido e mulher, com todos os seus devidos rancores, ressentimentos e ódios obrigatórios.

Ultimamente não havia quase mais nada entre nós, nem mesmo o tolo joguinho, as correntes. Tínhamos nos tornado tão briguentos e castos, tão dependentes um do outro quanto um casal idoso. Olhando para ela parada à minha frente — dormindo ao meu lado lá em cima — eu sei que devo até amá-la. Que, pelo menos, não amei mais ninguém.

Então por que não me casei com ela? Ela era inferior a mim, com certeza, mas isso dificilmente importava. Não existe outra Cidade no mundo, provavelmente, onde isso importe menos. Nova York está cheia de homens e mulheres que rastejaram para fora de Deus sabe onde, dizendo ao mundo qualquer coisa que quisessem. Madame Restell, com seu nome francês e seu rosto de vendedora de peixe inglesa. Construindo sua marmórea mansão de abortos a apenas dois quarteirões do local onde a adorada nova catedral de Dagger John ainda se molda.

Eu poderia ter mudado o nome de Maddy, seu passado, sua gramática. Poderia tê-la levado para a minha casa em Gramercy Park. Não teria feito tanta diferença assim, exceto para as mesas daquelas famílias mais antigas e tradicionais da Cidade — que, de qualquer forma, não me aceitariam, por causa da minha profissão.

Por que, então?

Porque eu sou um escriba, no fim das contas. Apenas querendo ver meu nome impresso, para me deleitar com elogios e adulações daqueles que não conheço. Querendo observar a multidão e escrever sobre ela, mas sem fazer parte — sem fazer parte de nada nesta grande, perigosa e devoradora Cidade.

Não é tarde demais para mudar, para nós dois. *Ou é?*

— Está bem — eu digo. — Está bem, então. Espere por mim aqui. Não vou demorar. Me espere aqui e não abra a porta para ninguém, a não ser para mim. E eu vou voltar e levá-la para a minha casa.

Ela olha para mim, de braços cruzados. Ainda desconfiada, mas esperançosa. *Ainda com medo de alguma coisa.*

Maddy fica em silêncio, limitando-se a assentir brevemente com a cabeça, e eu torno a me virar e saio pela porta. De volta às ruas ardentes, procurando uma história. Dizendo a mim mesmo que não vou demorar.

49

MADDY

Ela o viu sair para a rua novamente, imaginando se iria voltar. Sem saber ao certo se queria que ele voltasse, rezando a Deus para que sim.

Não havia esperado que ele viesse na noite anterior. Finalmente caíra num sono leve, com a ajuda do uísque, quando escutara — as batidas abafadas na sua porta. Um som muito mais próximo e mais sinistro do que quaisquer gritos selvagens que escutara lá fora o dia inteiro. Havia apenas aquela batida leve, insistente, no meio da noite — como se alguém estivesse testando sua porta, testando para ver se ela estava em casa.

Ela se sentara em meio à escuridão, incapaz de se mover. Esperando ouvir em seguida o barulho da maçaneta girando, a porta sendo estilhaçada. Finalmente pegara o revólver e correra para a janela. Espiando por trás das cortinas, primeiro, a palma da mão se fechando com força em volta da pistola. Sentindo o suor esfriar enquanto escorria pela nuca e pelas costas.

Nós vamos dar um jeito nos seus pretos...

Naquele momento, entretanto, Robinson começara a tocar a sineta. Ela o deixara tocar, obtendo um certo prazer em ouvi-lo gritar seu nome ali na rua. Então descera a escada correndo e o puxara ansiosamente para dentro, com alívio e desespero.

Havia sido assim, logo no começo. *Sem o jogo, sem nada.* Os dois se agarrando um ao outro contra todos os terrores da Cidade lá fora. Depois eles tinham ficado escutando a chuva, e ele a abraçara, falando sobre todas as coisas terríveis que havia visto, e no quanto ficara preocupado com ela. E ela recostara a cabeça em seu peito, deixando que ele falasse.

No entanto, ele saíra outra vez. Prometendo retornar, para finalmente levá-la para a sua casa. Até soara sincero, para variar, embora ela tentasse não acreditar nele — acreditar que não precisava dele para nada.

Eu faço o que quero.

Mas não estava fazendo, não agora. Havia permitido que ele se fosse, mesmo não querendo. E já ouvia tudo começar novamente. O mesmo barulho distante, retumbante. A multidão outra vez em movimento, em algum lugar. Enquanto ela se sentava e esperava que ele voltasse.

No início ele havia sido muito mais divertido. Era uma transação mais direta; ela não tinha ilusões quanto a isso. Estava acostumada às mãos dos homens em seu corpo. Estava até mesmo acostumada com as mãos dos homens erguidas contra ela — e ficou mais do que disposta a trocar tudo isso por uma cama de verdade, num quarto só seu, com lençóis limpos e um espelho para se olhar.

No verão ele a levava para passar uma semana em Coney Island, para brincar nas ondas, ficar num hotel e dançar à meia-noite em volta das fogueiras com os outros hóspedes. Ou então, à noite, ele a levava para assistir a algum espetáculo de Mose, na Bowery — *Mose e a Corrida do Ouro*, ou *Mose no Kansas Sangrento*. Eles sentavam nas galerias do alto, com os jornaleiros e os varredores de ruas, as catadoras de trapos e as criadas. Batendo os pés no chão, assoviando e entoando "*Pegue o bandido!*" junto com os outros, antes que a cortina se erguesse. Bebendo uísque direto do pequeno frasco, comendo frango recém-assado e embrulhado em jornal, atirando os ossos nos gordos mecânicos alemães e suas esposas lá embaixo, sugando hortelãs e limonadas nas barracas.

Depois Robinson a levava para o *Atlantic Gardens* e ali, em meio a todas as multidões e pandemônio, talvez eles tivessem mais diversão por algum tempo. Empoleiravam-se num banco dentro da enorme cervejaria, ocultos sob o contínuo alarido dos tambores, rabecas, pianos e harpas, e das galerias de tiro, e dos homens batendo seus dominós e dados.

Ficavam sentados ali, espremidos juntos, toda a comoção tão ruidosa que mal conseguiam falar um com o outro. E ela olhava para ele, vendo seu olhar deslizar para longe. Captando todo o cenário à sua volta, como se tentasse fixar na memória. Procurando algum personagem interessante com quem pudesse trocar gritos. Os lábios de Robinson lhe sorrindo, mas os olhos se afastando inquietos, evasivos, sempre que ela tentava olhar para ele.

Foi mais ou menos nessa época que ela tentara se transformar no que ele queria, embora não tivesse uma idéia muito exata do que poderia ser. Foi então que deixou que ele a levasse, e também a sua mãe, para a casa que havia alugado. Quando começou a ter as aulas que ele lhe empurrava — aprendendo a ler e calcular; a dançar e tocar o piano que ainda hoje continuava no seu canto, a tampa fechada há anos. Aprendendo a se vestir, a se comportar.

Maddy não lhe pedira nada, satisfeita em aceitar o que ele achava que ela deveria ter. Grata por ele ter proporcionado uma casa decente para sua mãe, um quarto seco e quente para ela no inverno. Um ailanto plantado perto da janela dos fundos, onde podiam observar os pássaros durante o verão, exatamente como faziam no St. John's Park quando ainda eram uma família. Às vezes, quando Robinson vinha para o jantar, ela quase achava que *eram* uma família novamente — do jeito que havia sido quando seu pai era vivo, e os três riam e comiam juntos em volta da mesa da cozinha.

E quando sua mãe morreu, Robinson contratou um enorme coche fúnebre, com janelas de vidro e cavalos ornados com plumas negras nas cabeças, e uma carruagem para que eles seguissem atrás. Ela se deleitara com os olhares das outras mulheres do quarteirão quando ele a ajudou a subir na carruagem — usando o fino chapéu preto com aba de crepe e o vestido que ele lhe comprara, completo, com um véu de verdade. Ela sabia o quanto a sua mãe teria apreciado tal funeral, o quanto significaria para ela. E quando, a três quarteirões do Beco Paraíso, ela começara a chorar compulsivamente, não pôde evitar apoiar-se nele e permitir que a confortasse.

Ela achava que estava apaixonada por ele, então. Ou, pelo menos, agora queria que ele a visse, que realmente a enxergasse. Olhando-se no espelho todas as manhãs, alisando as suas lindas roupas novas, seu vestido de tafetá listrado de verde para usar de dia, sua mantilha com aplicações de veludo vermelho e marrom. Mal se reconhecendo, tão diferente estava. Pensando que este deveria ser o começo de tudo, que Robinson devia estar transformando-a na pessoa que ele queria, a quem poderia amar.

Ela já passara por isso antes. Arrumando-se para os homens da Broadway e da Bowery. Usando seu xale xadrez e o vestido esfarrapado da vendedora de milho assado, e tirando os sapatos. Fingindo ser o que eles quisessem, embora mal soubesse o que seria isso, tampouco. Porém, eles apareciam, rodeando-a com avidez, e ela percebera então que os homens aceitavam quase qualquer disfarce.

Robinson viera, também — e ela ficava na casa cujo aluguel ele pagava, esperando, moldando-se pacientemente para se tornar o que ele queria. Mas nada mais houvera. Ela ainda esperara, tentando impressioná-lo com suas habilidades recém-adquiridas. Entretendo-o com quaisquer conversas que podia sobre os acontecimentos do dia, ou sobre um livro que seu professor lhe recomendara. Tocando piano para ele.

Ele apenas se sentava numa cadeira no canto, bebericando o conhaque e soprando para o teto os anéis de fumaça do charuto. No início ela não entendera isso, porque não lhe era permitido ir ao tipo de eventos que ele freqüentava. Não podia acompanhá-lo aos jantares sociais e as *soirées* musicais, nem às *séances* e bailes noturnos, portanto apenas gradualmente ela começou a captar a idéia. Capaz de compilar unicamente mediante o comportamento dele, do seu tom de voz, da sua expressão e seus meio-sorrisos, e todas as outras pequenas pistas às quais agora ela prestava tanta atenção. Só então foi compreender que estava se transformando exatamente em algo ao qual ele estava acostumado, e com o qual já estava completamente entediado.

Então, aconteceu a exposição na galeria de Schaus. Ela também não entendeu muito bem aquilo — os homens circulando em volta de uma estátua que tinha um halo sobre a cabeça como o da Virgem Maria. Uma garota robusta, bem alimentada, com uma expressão que Maddy reconheceu das mulheres do bordel de Vovó Em nas Sete Irmãs, olhando invulneravelmente por cima das cabeças dos homens que a examinavam.

Ainda assim, ela deixou que ele a levasse para casa, depois disso, e postou-se diante dele, permitindo que ele lhe amarrasse as mãos como as da estátua estavam amarradas. Seu novo vestido cor de vinho jogado na cadeira ao lado dela. Parada na frente dele, na sala da sua casinha. A respiração dele ficando ofegante e mais acelerada enquanto a olhava. Deixando as mãos dele se moverem por todo seu corpo — enquanto ela ficava ali indefesa, incapaz de tocá-lo também.

Ele nunca parecia se cansar daquele jogo, tendo até mudado para correntes de verdade. Eram bastante leves, encontradas em Deus sabe que bordel, ou talvez feitas por encomenda por algum ferreiro discreto. *Não era difícil, nesta cidade, encontrar uma corrente para qualquer pessoa.* Enrolando-as ansiosamente em volta das mãos dela, às vezes nos tornozelos também; pendurando-as nos seus ombros, por cima dos seus seios.

Quando o tempo estava bom, ele alugava uma carruagem. Conduzindo-os pela Broadway, depois mais longe, pela Estrada Bloomingdale. Passando por todos os pequenos vilarejos clandestinos de irlandeses e negros, as pequenas plantações de milho, os alambiques nas matas e as toscas fábricas beneficiadoras. Por todo o caminho até algum bosque isolado, para além de qualquer resquício remanescente de civilização.

Ali ele a fazia repassar o jogo inteiro. Tirando as roupas dela, uma de cada vez. Deixando-as num galho de árvore ou num toco, até que ela estivesse completamente nua. Observando cada movimento seu — depois andando lentamente até ela e estalando as correntes enquanto ela ficava ali, tremendo. Percebendo intensamente todos os sons dos pássaros e dos pequenos animais nas moitas que a rodeavam — os sons mais distantes da Cidade, de apitos e martelos, do sacudir das ferrovias de Nova York e do Harlem para o oeste...

Numa tarde houvera um farfalhar particularmente alto entre as árvores, mais do que um cachorro ou qualquer outra criatura poderia provocar. Ela achou que havia algo errado no instante em que escutou, mas antes que conseguisse chegar perto das roupas os homens já estavam caminhando para dentro da clareira.

Eram dois, cobiçando-a abertamente enquanto a olhavam de cima a baixo — ela tentando cobrir a nudez da melhor maneira possível, mas restringida pelas correntes. Eles usavam casacos compridos, cobertos de poeira vermelha, e chapéus moles de abas largas que lhes caíam sobre os rostos. Tinham suas próprias correntes, penduradas nos cintos, e chicotes enrolados nos quadris. Ela já havia visto homens como aqueles na Cidade, e imediatamente se deu conta do que eles eram, esgueirando-se pela floresta tão perto do vilarejo dos negros. *Caçadores de escravos...*

— Tô vendo que você já pegou uma — disse o primeiro que saiu da floresta, sorrindo e piscando para Robinson, que permanecia pregado no solo, à frente dela na clareira, o rosto perfeitamente inexpressivo.

— Parece que ocê andou invadindo a nossa terra.

Eles viraram de costas para Robinson e foram na direção dela. Os rostos rosados eram idênticos sob as abas dos chapéus pretos, raiados de sujeira e cabelos desgrenhados, castanho-avermelhados. Os olhos redondos, ferozes, quase a devorando.

— Ela é só uma irlandesa, de qualquer forma. Deixe ela tostar um pouco no sol, e podemos levá ela com a gente...

— Já tá até com as corrente e tudo!

Eles se aproximaram e Maddy tentou permanecer completamente imóvel. Enfrentando o olhar deles, os olhos como aqueles dos cães que ela costumava ver nas ruas. Fitando direto dentro deles, esperando que recuassem...

— Já chega, agora.

Robinson falara em voz baixa, no outro lado da clareira. Puxando a capa para mostrar a pistola que tinha no cinto. *Claro que ele iria tomar precauções*, ela pensou com um pequeno arrepio de alívio, mas, ao mesmo tempo, se ressentindo dele. *Mesmo sabendo que poderia precisar de uma coisa daquelas, ele a levara para lá.*

— Tudo bem.

Eles o ignoraram e continuaram avançando para ela, até que Robinson tirou a arma e destravou o gatilho. Isso fez com que prestassem atenção, embora ainda não se afastassem dela.

— Vocês já brincaram um pouco. Agora voltem para qualquer que seja o esgoto na Carolina de onde saíram.

Eles não recuaram — e, agora, Maddy viu que também carregavam pistolas nos cintos, enfiadas atrás dos chicotes.

— *Espere...* — ela começou a falar, mas não conseguiu continuar a frase. Temendo que eles o matassem, e a ela também.

Enquanto que, se ele simplesmente deixasse que eles a possuíssem... Não seria agradável, mas daria um fim àquilo e ninguém morreria. Além disso, eles iriam atacá-la de qualquer jeito.

O primeiro homem virou a cara sorridente para ela.

— Ah, está vendo só, patrão? Ela tá querendo ter um gostinho.

O caçador de escravos girou subitamente por trás dela, passando o braço em torno da sua cintura. Maddy podia sentir a ereção dele, pressionando-se em suas nádegas, e começou a tremer involuntariamente.

— O que é que ocê vai fazer agora, patrão? Não vai querer machucar a sua bonequinha aqui, vai?

O homem deslizou a mão pelo seu seio direito, o polegar e o indicador apertando o mamilo até que ela gritou de dor.

— Eu atiro primeiro no seu amigo — Robinson disse, mirando calmamente a pistola no outro caçador de escravos, que deu um rápido passo para trás, embora ainda estivesse a vários passos de distância das árvores. — Depois vou até aí e cuido de você.

— Pois acho que vai cuidar, mesmo!

— E eu acho que você terá de soltá-la para pegar a arma no seu cinto. E antes que faça isso, eu já enfiei uma bala nos seus miolos.

— Cass, já chega dessa besteira. Largue ela, agora! — o outro caçador de escravos falou pela primeira vez, o nervosismo evidente em sua voz.

Mas o homem que tinha as mãos sobre ela ainda hesitou, apertando com mais força a sua cintura.

— Ah, o que ele vai fazer, Chance? Se arriscar a ser enforcado por causa de uma rameirazinha como essa?

— Vai demorar um ano até que alguém encontre vocês aqui — Robinson falou. — E, se encontrarem, simplesmente vão culpar os negros que vivem nas redondezas... dois caçadores de escravos assassinados por um deles. É bem provável que os negros se certifiquem de que *ninguém* encontre seus corpos, só para se pouparem de problemas.

Maddy sentiu que o homem atrás dela se agitava. Os olhos ferozes olhando acima do pedaço de terra abandonado que os rodeava, o emaranhado de moitas e árvores. Ele tirou as mãos de cima dela, queixando-se enquanto o fazia:

— Meu Deus, patrão, que tipo de lugar é esse? — A voz soando sinceramente magoada, enquanto voltava devagar para a floresta junto com seu companheiro. — Querer matar um homem branco por causa de uma puta!

Robinson manteve a arma apontada para eles, os lábios levemente contorcidos num sorriso.

— Aqui é Nova York, meu senhor. Aqui nós matamos por praticamente qualquer coisa.

Quando o ruído dos passos dos homens desapareceu em meio às arvores, Maddy correu para Robinson e ele a cobriu com sua capa. Pegando rapidamente suas roupas, correndo com ela de volta para a carruagem sem nem mesmo parar para que ela se vestisse, ou para tirar as correntes do seu corpo. Ele chicoteou os cavalos de volta para a Estrada Bloomingdale, guiando-os a toda velocidade, até ter certeza de que estavam bem distantes dos dois sujeitos.

Só então ele virou a carruagem para uma alameda deserta. Parando ali, e voltando-se para onde ela estava, recostada no assento de couro do veículo — ainda usando a capa sobre os ombros indefesos. Ele passou a mão pela sua face.

— Você está bem, então? — perguntou.

Maddy limitou-se a assentir — ainda acorrentada. Sentindo a mão dele tremer em seu rosto, agora.

Robinson virou as pernas e escorregou para o assento ao lado dela. Segurou seu rosto entre as mãos, beijando-a pelas faces e pescoço, depois a acariciando sob a capa. Acariciando seus seios onde o caçador de escravos a machucara, como se quisesse mitigar a dor. As mãos dele se moveram para baixo, então, e ela deixou, pressionando-se contra ele, permitindo que a possuísse ali mesmo na carruagem, ainda envolta em correntes. Pensando que era isso que ele queria e disposta a ser isso, também, desejando ser qualquer coisa que ele quisesse que ela fosse.

Mas não era isso. Nada era, ao que parecia. Maddy suportara tudo aquilo. Até mesmo fora à casa dele para lhe dizer que o amava, apenas para que ele a deixasse lá fora, debaixo do elmo, murmurando que isso era impossível.

Até agora. *Ele iria mesmo voltar para buscá-la?*

Ela duvidava — mas assim mesmo foi para seu armário, para aprontar-se caso ele viesse. Tirando apressadamente todas as lindas roupas que ele lhe dera...

Esta foi uma outra estratégia que ela usara para rechaçá-lo, vestir-se com as roupas desleixadas, sujas. Mas a verdade era que não conseguia usar as melhores. Guardando todos os seus belos vestidos, seus melhores casacos e chapéus, incontáveis pares de luvas, meias e fitas. Porém, ainda comprando mais, com o dinheiro dele e com o que ganhava. Deixando a maior parte das roupas empacotadas com bolinhas de cânfora assim que chegavam da modista. Poupando-as para alguma ocasião, para algum dia em que estivesse separada dele, de uma vez por todas.

Ela deixara que ele a pegasse, ali direto nas ruas. E ele a levara para um bordel. Mas para abrigá-la, assim mesmo...

Escutou um barulho na rua e interrompeu sua busca nos armários, correndo para a janela do segundo andar. Lá embaixo pôde ver as mulheres do Beco Paraíso começando a emergir novamente das suas casas e dos apartamentos dos cortiços. A sra. McGillicuddy, a sra. O'Connel, a sra. Buckley — todas que andavam de nariz empinado só porque eram brancas e casadas com homens brancos. *Rameiras e vagabundas, todas elas.*

Ficou surpresa quando não viu Deirdre O'Kane entre elas. Deirdre era a única mulher do bairro de quem Maddy tinha um pouquinho de medo, sempre imaculadamente vestida e limpa, andando altiva e ereta como um bispo. Fazendo o sinal da cruz sempre que passava na frente da sua casa.

— *Eu sou tão boa quanto você!* — ela gritara certa manhã, querendo mostrar a Deirdre que a estava vendo.

Qualquer uma das outras mulheres do beco, as mais velhas e as mais novas, teria apressado o passo ou fingido não escutar. Mas não Deirdre O'Kane. Ela se mantivera firme, parando exatamente onde estava e virando a cabeça devagar na direção de Maddy, até que a focalizara na janela. Encarando-a com tanta frieza e determinação que foram somente a sua própria teimosia e o uísque que já bebera naquela manhã que impediram Maddy de fechar as venezianas no mesmo instante.

— Isso é o que o Nosso Criador e Salvador, o Senhor Jesus Cristo, irá julgar, srta. Boyle — Deirdre replicara, numa voz que fez os pombos voarem para longe. — Nesse meio tempo, sugiro que a senhorita pare de anunciar o quanto é boa à população em geral.

Aquilo quase fizera Maddy dar uma gargalhada, depois de superado o choque inicial. Deirdre se mostrava bem menos antipática, ela havia reparado, desde que o marido fora para a guerra. As outras, as mulheres de cor e as de raças mistas, também não eram de todo más. Como a sra. Derrickson, ou aquela outra, Ruth, que ficara fascinada com a sua arma lá na bica d'água, na manhã anterior. Ruth parecia uma coisinha tão simples, desgastada até os ossos, mas era sempre gentil com ela. Casada com aquele negro grandalhão e atraente, que andava como um marinheiro. Ela bem que ficaria com *ele* sem cobrar nada — ele, ou aquele filho deles, que tinha a pele tão escura e quase a mesma aparência máscula. Tão meigo em sua juventude, as faces ainda com uma leve penugem que não chegava a ser barba.

Algum dia, talvez, ele viria procurá-la.

Os únicos ali no bairro que podiam pagar o que ela cobrava eram os rapazes. Ajudantes de açougueiros e de mecânicos, e aprendizes de estaleiros, apenas começando em seus primeiros empregos, ainda sem família que precisassem sustentar. Ou os pais deles os traziam, se conseguissem encontrar um jeito de esconder das mães os seus primeiros salários da semana. Impacientes e ansiosos para aprender — porém constrangidos e envergonhados demais para olhá-la de frente.

Envergonhados por ela, no fim das contas. O pai dando palmadinhas nas costas do filho ali na saleta, antes de irem embora, os dois saindo pela porta dos fundos sem lhe dizer uma palavra sequer. Poucos momentos depois ela os ouvia rindo enquanto mijavam juntos nos terrenos atrás da casa.

Seria assim com ele? Com aquele menino bonito?

Ou será que ela duraria por tanto tempo? O que iria fazer quando a guerra acabasse, quando todas as guerras acabassem? Quando o seu preço baixasse, sem mais as hordas de caipiras de passagem pela cidade, ansiosos por uma trepada antes de seguir para a matança? Eles conseguiriam pagar seu preço, então — todos os homens do Beco Paraíso?

Ela arrancou um dos novos vestidos vermelhos para fora do armário, desafiadora. *Para que o estava guardando, afinal? Ele não viria mesmo.*

No parapeito da janela do andar de cima ela encontrou o revólver, onde o deixara na noite anterior. *Pelo menos ele lhe deixara aquilo.* Guardando a arma no bolso, desceu a escada correndo — verificando a porta da frente, depois as janelas dos fundos, certificando-se de que estavam todas trancadas.

Claro que ele não iria voltar para buscá-la, ela era apenas uma rameira.

Pegou a pistola e enfiou o cano pelas frestas da veneziana repetidas vezes, experimentando um ângulo, depois outro. Lá fora, no outro lado da rua, podia ver as mulheres brancas se reunindo como se fossem gansas. Falando avidamente umas com as outras e gesticulando, ela tinha certeza, na direção dela — na direção da sua casa. Seu dedo acariciou o gatilho, fingindo derrubá-las todas, uma a uma, como se fossem alvos de lata numa galeria de tiro ao alvo...

Então ela ouviu outra vez. O rugido monótono da turba, como o som de uma locomotiva à distância, elevando-se lentamente conforme se aproximava. Correu aos tropeções de volta para a cozinha, praguejando contra ele enquanto o fazia. Procurando a garrafa.

Me oferecendo um lugar de criada. Só mais uma rameira. Só mais uma Paddy.*

---

*Alcunha dada aos irlandeses. (*N. do T.*)

50

RUTH

Ela despertou devagar, incerta de onde estava, no início. O calor pressionando seu peito como um ferro em brasas, e o primeiro pensamento consciente voejando pela sua mente como um inseto: *Meu Deus, está ainda pior do que ontem...*

Havia o ruído de passos lá fora, se movendo depressa, e ela levantou da cadeira na saleta de Deirdre e foi olhar pelas venezianas. Mas era o mesmo homem — o homem de Maddy — que viera na noite anterior. Já se apressando para longe, parecendo quase tão atemorizado e desgrenhado quanto estivera ao chegar. Um homem baixo, com a calça amarela suja, a ponta de um vistoso lenço vermelho agora aparecendo no bolso do colete. Assoviando distraído através dos dentes — olhando por cima do ombro de quando em quando, como se estivesse fugindo de alguma coisa. Ele caminhou rapidamente até a esquina, depois desapareceu.

Que criaturas estranhas são os homens! Sempre correndo de um lado para outro. Esgotando-se e se reabastecendo, até que a mera capacidade de se movimentar parecesse o bastante para satisfazê-los...

Ela voltou para a sala. Deirdre e Milton estavam escarrapachados nos mesmos lugares onde tinham adormecido na noite anterior. Milton, com seu habitual instinto por ela, acordando alguns momentos depois e endireitando o corpo como um raio. Ele pareceu assustado por um instante, depois olhou em volta da sala, preocupado.

— A senhora também dormiu? Todos nós dormimos? — ele perguntou.

— Sim... eu acho que sim — ela respondeu sem pensar.

— Então pode ser que a gente não tenha visto ele!

Milton correu para a porta.

— Você não vai sair! — Ruth gritou, quase se atirando sobre ele.

— Mas se nós estávamos dormindo, como a senhora sabe que ele não chegou? — o menino insistiu, a voz se elevando. — Talvez ele tenha voltado para casa, e não tinha ninguém lá. Precisamos ir agora, precisamos *procurar* por ele!

— *Não* — ela disse, tentando convencê-lo. — O seu pai não é nenhum tolo. Foi bom termos ficado acordados pelo tempo que ficamos, só por via das dúvidas, mas ele vai saber que deve vir nos procurar aqui se não estivermos em casa...

— Ele teria de fazer isso, nem se fosse para perguntar onde vocês estavam — Deirdre falou, levantando da sua cadeira. Sua voz era tão cortante e prática como sempre, mesmo enquanto alisava inutilmente todas as novas dobras do seu vestido. — Esta seria a primeira preocupação dele. Você pode entender isso, não é? Primeiro, ele iria querer saber onde vocês estavam, e para isso teria de vir para cá.

Ruth observou, silenciosamente grata pelo rápido raciocínio de Deirdre, enquanto Milton assentia devagar.

— Mas ele pode ter chegado durante a noite — ele insistiu, depois de refletir um pouco. — Talvez tenha voltado e decidido esperar até que ficasse de dia. Precisamos procurá-lo em casa, pelo menos.

— Sim, isso faz sentido — Deirdre apressou-se em dizer, antes que Ruth tivesse tempo de levantar quaisquer objeções. — Mas deixe que eu faço isso. Dessa forma posso simplesmente entrar e sair pelos terrenos dos fundos, e ninguém perceberá.

— Porque a senhora é branca — disse Milton. A voz subitamente ressentida.

— Sim — Deirdre concordou. — Porque eu sou branca.

— Está bem — ele falou, cauteloso. — Está bem, então.

Ruth percebeu, pela expressão do filho, que ele ainda não estava completamente satisfeito, mas apressou-o na direção da cozinha.

— Você pode vir me ajudar com os outros — ela disse.

Detestando a idéia de Deirdre ser obrigada a ir para fora por causa do seu marido, da sua família — mas querendo, acima de tudo, manter Milton a salvo.

Então as coisas eram assim? A gente sacrificava o que precisava sacrificar?

— Está tudo bem? — ela cochichou para Deirdre, inclinando-se na porta da cozinha. — Se você não quiser ir...

— Eu entendo — Deirdre falou, descartando-a com um aceno e já se encaminhando para a porta dos fundos.

Ela não tinha filhos, também, e um marido?...

Ruth tentou não pensar mais nisso e começou a preparar o desjejum. Tentando manobrar em volta da bela e impecável cozinha de Deirdre. Contente, mesmo em meio a tudo aquilo, por ter dado uma última varrida na sua casa abandonada...

Ela se lembrava de como havia se sentido ao ter uma casa de verdade pela primeira vez, mesmo sendo apenas alugada. Como havia sido quando chegara ao bairro. Fora Tom quem organizara tudo tão bem, tantos anos atrás — embora Ruth tivesse certeza de que ele não contara nada à Deirdre de antemão. Tom havia providenciado tudo, depois de ter ido à Vila Sêneca com o restante da sua turma de trabalho, para derrubar o teto sobre suas cabeças.

Ruth estivera morando no vilarejo desde a noite em que eles fizeram Johnny Dolan desaparecer. Havia soltado o cachorro que Dolan criava, dando-lhe um chute no lombo e atirando-lhe pedras até que finalmente ele correra para os campos, uivando e mancando. Depois ela matara o porco; cortando-o e salgando-o sozinha, levando os pedaços para a casa de Billy embrulhados numa lona, como se fosse um presente. *Seu dote, pelo que era.* Batendo a porta atrás de si quando saiu, abandonando para sempre a favela de Pigtown.

Billy insistira para que se casassem e ela ficara muito contente com isso, embora nunca tivesse lhe pedido que o fizesse. Antes do casamento o reverendo Betancourt, o mesmo pastor protestante que ela havia visto na primeira vez em que pusera os olhos no vilarejo, fora doutriná-la sobre as práticas da sua nova fé. Ela esperara a visita dele com ansiedade, mais que disposta a trocar sua fé por qualquer outra, mas quando ele chegou na casa de Billy, Ruth caíra em lágrimas.

— Olhe para mim, padre, não sou uma pessoa digna — ela lhe dissera. — O senhor pode ver, já estive com outros homens. E fiz coisas ainda piores, cometi muitos pecados, padre, apenas para me manter viva.

— Arrogância! — ele trovejara. — Você acha que é a única pessoa aqui que fez coisas terríveis apenas para sobreviver?

Ele era um homem baixo, pequeno, mas agora parecia muito maior. Os olhos se inchando e ardendo — fitando através dela para um ponto ao acaso, em algum lugar acima da parede. Gesticulando na direção de onde ficava a Cidade.

— E ali, também! Eles acham que suas vidas foram tão abençoadas por Deus que não precisam pecar. Mas estão enganados! — ele declarou, agora falando com um pouco mais de calma, porém ainda com o tom grandioso, bombástico, que usava no púlpito. Com um traço da mesma cadência das Ilhas que Billy tinha na voz. — Eles estão errados, pois não existe pecado baixo demais para o homem. Você sabe desta verdade, pelo menos, e por saber disso está muito mais próxima de Deus.

O reverendo se levantou abruptamente, proclamando sobre a Bíblia, embora Ruth mal entendesse o que ele estava falando.

— Como está escrito em Josué: "E eles destruirão completamente tudo o que estava na cidade, homens e mulheres, jovens e velhos, e bois, cordeiros e asnos, com a lâmina da espada."

Então ele se sentou, do mesmo jeito repentino. Sua voz quase indiferente, agora, os olhos parecendo menores em seu rosto. A luz enfurecida tendo desaparecido, ao menos por enquanto.

— Você conhece o seu pecado, agora está pronta para a redenção — ele disse casualmente, balançando uma cruz sobre ela e respingando óleo pela sua testa. — Só o que precisa fazer é estudar suas lições, renunciar à iníqua igreja do papa em Roma, e será ungida.

Poucas semanas depois ela foi batizada no Hudson. O pequeno ministro agarrou-a com firmeza pelas costas e fechou a mão por cima do seu nariz, depois a mergulhou abruptamente para trás, para dentro da água gelada da primavera que redemoinhava e puxava com força em seus tornozelos.

E mais tarde, naquele mesmo dia, ela se casou na pequena capela de madeira — usando o seu próprio camisolão branco, agora, flutuando por cima da barriga crescida. Uma guirlanda de flores campestres e espigas de trigo enfeitava seus cabelos, trançada para ela pelas outras mulheres da congregação, embora ela mal as conhecesse.

Ruth se perturbara com a estranha cerimônia. A igreja inteira de pé e trovejando seus sonoros hinos protestantes. Gritando suas preces e respostas ao ministro. Ela fora tomada de um súbito terror com a idéia de que poderia estar perdendo sua alma de uma vez por todas — tão maltratada como estava — ao trocar a Igreja Verdadeira por aquela cerimônia estranha e pagã. Porém, mesmo assim se manteve firme e casou com seu Billy Dove, como sabia que faria mesmo se lhe fosse exigido que se tornasse judia ou maometana, ou se tivesse de ir diretamente para o inferno.

E quando estavam casados ela fizera tudo o que podia por ele, no estado em que se encontrava. Limpando e esfregando a casinha, cultivando a horta no pequeno terreno que ele mantinha nos fundos. Tentando sempre surpreendê-lo com algum agrado, alguma melhoria. Acordava bem cedo de manhã a fim de cozinhar para ele, e antes que ele chegasse no fim da tarde, ela andava pelos campos e colhia uma flor silvestre, ou um cacho de lilases para colocar perto do prato dele. Embora lhe ocorresse, quando ficava ali observando-o comer, que sua vontade seria enfeitar a ele com flores, tão bonito que ele era.

Billy estava muito contente com ela naqueles tempos. Suas mãos estavam sempre no corpo dela, acariciando e abraçando. Agarrando-a e lhe fazendo cócegas quando chegava em casa — a hora que, antigamente, ele se sentia mais infeliz e mal-humorado, e já dera uns poucos goles em seu caminho desde o orfanato. Agora normalmente estava sóbrio, ou, pelo menos, bebia apenas uma dose. Esfregando as mãos na barriga dela, insistindo em erguer-lhe o vestido mesmo se estavam lá fora.

— Um belo menino para mim. Uma criança com um pai e uma mãe — ele dizia, passando as mãos pela sua barriga esticada, protuberante. — Um menino que possa realmente aprender a velejar e ir para onde quiser.

Ela esperava pacientemente a hora do parto, pois sabia que era bem provável que não sobrevivesse a ele. Percebia isso nos olhares que as outras mulheres lhe lançavam, segurando seus braços ossudos, franzindo a testa e balançando a cabeça. Murmurando, *Magra demais, magra demais,* umas para as outras, tentando engordá-la com pedaços de toicinho e pães de milho embebidos em banha.

Ruth não se incomodava muito com isso. Já ficava bem grata com a companhia delas. Tivera medo de que ficaria sozinha — *como se pudesse ser mais sozinha* — morando no vilarejo. Mas fizera amizades com bastante facilidade — andando até o Hudson todas as manhãs com as outras mulheres, negras e brancas, para lavar e bater as roupas nas pedras. De pé com a água do rio traiçoeiro, de correnteza rápida, batendo na altura dos joelhos. Vasculhando os leitos secos de Stryker's Bay à procura de algum marisco ou caranguejo desgarrados. Deixando que elas lhe ensinassem a pescar, atirando na correnteza as toscas redes de cânhamo que usavam, puxando bagres e pescadas.

Era uma terra de tal abundância. Como algum milagre da Bíblia. Pouse a mão sobre a água e você terá tudo o que quiser.

E mais tarde, esperando que as roupas secassem, elas descansavam um pouco nas longas tardes de verão. Deitadas ou acocoradas sob as árvores perto do rio, olhando através da água para a costa de Jersey e o Palisades. Algumas das mulheres fumando seus cachimbos de sabugo de milho, ou tabaco que enrolavam em folhas de jornal. Rindo e acenando para os trens da linha Harlem quando passavam sacudindo e retumbando nos trilhos atrás delas — o maquinista e o foguista tocando o apito e acenando, sorrindo lascivamente para elas.

Um pouco antes de ir embora, na hora mais quente do dia, elas voltavam para chapinhar e se banhar no Hudson. Então retornavam à sombra por mais alguns minutos, permitindo-se secar ali, longe do sol, refrescando-se para a noite. A vida que crescia dentro dela mantinha Ruth agradavelmente, molemente aquecida de qualquer maneira. Todas as preocupações sobre a hora do parto se dissipando quando pensava como seria bom morrer daquele jeito, rompendo-se e se deixando levar sem qualquer defesa, sem qualquer dor, pelo rio largo e cinzento.

Quando seu confinamento finalmente chegou, as mulheres obrigaram-na a ficar na cama da casa minúscula. Vindo lhe fazer companhia em turmas de duas, ou três ou quatro. Trazendo suas próprias cadeiras, tricotando e conversando em voz baixa perto da cama, uma ou outra constantemente passando um pano úmido em sua testa, nos seus braços.

Ela ficou deitada ali, ouvindo-as cochichar ainda — *Magra demais, magra demais.* Contente apenas por estar encarando uma morte limpa e certeira, depois de todas as vezes que a encontrara em meio à confusão — fugindo pelas estradas, ou deitada no porão do navio. *Sentindo o primeiro e frio empurrão, como as correntezas do Hudson batendo em seus tornozelos.*

Ainda assim, a dor das primeiras contrações a pegou de surpresa. Ruth já conhecera a dor — a dor sob os ossos quando tivera a febre no navio, ou as mãos de Johnny Dolan em cima dela, ou a dor em seu estômago depois de sete dias sem alimento. Mas essa era diferente. Era uma sensação áspera e cortante no início, como se ela estivesse sendo rasgada ao meio por mãos gigantescas, e depois só piorou. Perdurando por quatro horas, a dor prolongando o tempo interminavelmente. Deixando-a fraca e impotente demais para fazer qualquer coisa exceto observar a progressão agonizantemente lenta da vida por toda sua volta. As moscas rastejando pelas paredes, o sol de verão recuando segundo a segundo através do peitoril da janela...

E justamente quando estava quase acostumada a ela, quando Ruth achou que quase poderia suportá-la sem ser partida ao meio, a dor mudou. Não mais cortante e penetrante, porém constante, pulverizante, pior do que qualquer coisa que ela já havia sentido em toda a sua vida. Pressionando em suas costas e coluna como alguma criatura selvagem, tentando escavar seu caminho ainda mais profundamente para dentro dela.

— Você precisa empurrar. Precisa empurrar de novo — uma das mulheres estava dizendo, abaixada na frente das suas pernas.

Ruth olhou para baixo e viu os seus joelhos despidos e brancos — tão terrivelmente brancos em contraste com os rostos da maioria das mulheres no quarto. Agora todas estavam ali, ao que parecia, paradas contra as paredes como o coro da igreja. Algumas se movimentando em volta com urgência, fazendo coisas, embora Ruth não conseguisse imaginar o que seriam. Muitas rezando ou apenas olhando para ela. Os rostos tensos ou sombrios de preocupação, dependendo das suas idades e experiências.

— Você precisa empurrar ele para fora. Não vai sair de qualquer outro jeito, você sabe. Não tem outro jeito de sair.

Mas a coisa dentro dela só parecia escavar para mais fundo, como se estivesse prestes a explodir suas costas, e ela gritou — gritou no quarto pequeno, apinhado. Ouvindo-se, surpresa ao ver que ainda conseguia fazer um barulho daqueles. Pensando, *Claro que não seria assim tão fácil, nem mesmo morrer era fácil...*

Então ela o avistou na soleira da porta. Seus olhos giraram loucamente em volta do quarto e lá estava Billy, cabeça e ombros acima das mulheres. Seu rosto bonito, cobre-vermelho-e-negro, mais solene do que ela jamais vira — os olhos ensandecidos, avermelhados pelo medo.

Ruth o avistou ali e maravilhou-se. Então a dor a atingiu novamente, a criatura selvagem ainda tentando ir mais e mais para o fundo, e a mulher acima dos seus joelhos balançou a cabeça, o rosto marrom se franzindo de preocupação.

— Você precisa empurrar ele para fora. *Precisa* — ela insistiu.

Mas a coisa não saía, fosse o que fosse. Preferia ficar lá dentro e devorar suas entranhas, triturando sua espinha até transformá-la em pó. Ruth empurrou e empurrou, mas não conseguia desalojá-lo, e então se deixou afundar para baixo, e isso pareceu aliviar a dor. Seus sentidos se esvaindo agora, também mergulhando para dentro dela, de forma que se sentiu cega e quase surda. Não podia mais ver as mulheres à sua volta, mal as escutava lhe dizendo para *empurrar*, e outras exigências assim tão fantásticas.

Em vez disso, podia sentir muito perto, agora, a fria correnteza do rio subindo pelas suas pernas. Engolfando-a da mesma forma que o pastor fizera quando a mergulhara de costas, e ela aceitou de bom grado, ansiava por mergulhar ainda mais fundo.

— *Amado Jesus Cristo, tome-a em Suas mãos...*

Ela abriu os olhos outra vez e viu o pequeno ministro ao lado da sua cama. Acenando com o crucifixo por cima dela, as pupilas novamente ardendo, avermelhadas, diante da iminência da morte. *E nem mesmo um padre de verdade, para fazer uma oração adequada por mim. Ainda assim, era melhor do que no oceano...*

Ela virou a cabeça para o outro lado da cama — e viu Billy ajoelhado ali, a expressão de puro sofrimento. Sentiu o conhecido cheiro de conhaque no hálito dele — mas havia tal profunda e pesada tristeza no rosto, agora, algo muito além da habitual tragédia da bebida.

— Não vá — ele lhe sussurrou, a voz quase inaudível através do travesseiro.

Ele disse a mesma coisa muitas e muitas vezes, um murmúrio suplicante, porém as palavras mais sinceras que já lhe dissera.

— Não vá, não vá embora.

Ruth encarou-o, admirada ao perceber que ele realmente se importaria se ela vivesse ou morresse. Ele continuou assim durante horas — murmurando todas as coisas habituais, desesperadas, que ela sempre o imaginara lhe dizendo. Sussurrando que a amava, que queria que ela vivesse, e para que não deixasse o menino deles sem a mãe...

Ele ficaria infeliz, ela pensou, ainda atônita. *Ele ficaria infeliz se eu morresse.*

Decidiu que tentaria viver, embora não tivesse certeza se agora conseguiria. A dor apenas aumentando, ficando pior do que qualquer coisa que pudesse imaginar.

Deve haver um fim para isso, ela pensou. *Vamos encontrá-lo.*

Ela empurrou a dor para fora — e gritou e gritou. As mulheres apressando-se à sua volta, inclinando-se, afastando o rosto de Billy para longe do caminho. Passando um pano embebido com láudano em seus lábios.

— Pronto, pronto. Falta pouco, agora, mas você precisa empurrar.

— Eu sei — ela disse, e o som da sua voz pareceu surpreendê-las.

Ruth empurrou outra vez — a dor estava pior, alcançando novas e inteiras partes do seu corpo. Mas ela pensou que agora sabia, agora estava entendendo. A criatura dentro dela também estava sofrendo. Queria sair, e ela precisava ajudar, precisava facilitar sua saída para ajudar a ambos. Empurrando devagar, com cuidado, girando um pouco o corpo. Tentando acalentá-lo e confortá-lo, envolvê-lo em si mesma. Dando-lhe um empurrão suave, depois um mais forte. Tentando orientá-lo, convencê-lo a sair. Empurrando outra vez, depois parando, depois se preparando para um grande empurrão que doeu tanto que ela teve certeza de que iria morrer.

Mas não morreu, e ela começou tudo de novo — outro pequeno empurrão, outro maior. Muitas e muitas vezes até que finalmente Ruth sentiu que a criatura que estivera encovada, o grande punho que golpeava as suas costas, começava ceder. Sua coluna se contorcendo de volta ao lugar, de forma que ela foi capaz de controlar a criatura, agora — de empurrar com mais firmeza e facilidade, enquanto a tranqüilizava mentalmente, o tempo todo. Até que, afinal, pôde olhar para baixo e ver, entre suas pernas finas e brancas, a parteira segurando o seu bebê.

Um menino, Billy estava certo. A pele escura como a do pai, negro contra suas pernas brancas e pálidas. Ela chorou ao vê-lo, enquanto as mulheres o enxugavam delicadamente com um pano e o deitaram em seu peito. *Tão lindo, tão meigo e negro* — e com Billy ainda ao seu lado, murmurando coisas em seu ouvido. Tanto que ela não pôde fazer mais nada senão chorar, e perguntar-se como teria conseguido viver para presenciar aquilo.

51

RUTH

Foi a melhor época para eles, aqueles poucos anos seguintes no vilarejo. Foi a única ocasião, que Ruth se lembrava, em que não precisou fugir de alguém ou de alguma coisa.

Como um momento qualquer, qualquer espaço de anos ou meses, poderia ser a melhor época da vida de uma pessoa e depois terminar...

Ela precisara de um bom tempo para convalescer completamente das dores e dos rasgões em seu corpo, mas depois de algumas semanas conseguia andar mancando pela casa, fazendo o que pudesse. Quando já estava bem o bastante, voltou a cuidar da horta e a ajudar na colheita nos campos de trigo. Andando novamente até o rio com as outras mulheres para lavar a roupa, catar mariscos e pescar nas margens com suas redes de cânhamo.

Havia cidra e cerveja para ser preparadas no outono, o xarope no inverno; as noites, ela passava engarrafando as conservas e salgando carne, ou costurando com as outras mulheres na igreja. Ruth não sabia fazer quase nada dessas coisas, sua família havia sido pobre demais até mesmo para tarefas tão simples e caseiras. Aprendendo com as mulheres conforme ia progredindo, abjetamente grata pela ajuda delas, pelas suas instruções — percebendo mais uma vez o quanto era ignorante. Quase nada sabia de valor, além da costura que sua mãe lhe ensinara, e como transportar as algas e plantar batatas. Contente, agora, por aprender tudo o que podia, até feliz em ficar de pé e cantar os estranhos hinos juntamente com todos os outros na igreja africana.

Mas o melhor de tudo era que Billy estava encantado com ela e com o filho que ela lhe dera. Ele gostava de ver a criança sempre que podia, de observá-lo enquanto dormia, e espiá-lo quando brincava nos campos. Balançando-o no joelho quando voltava do trabalho com os órfãos, rindo de tudo o que ele falava, maravilhando-se ao ver que garoto esperto ele era. Eles o batizaram na igreja de tábuas de madeira, o reverendo Betancourt mergulhando-o, um tanto rudemente, ela achou, na pia batismal, de forma que ele soluçou e soluçou. Porém, o pai sorria radiante, dando-lhe o nome de Milton, em homenagem ao seu próprio pai, que fizera a passagem do meio.

— Ele é inteligente como ele, inteligente o bastante para partir — Billy lhe disse, com aquela ferocidade prática que ela já havia visto nele antes, e que sempre a amedrontava um pouco. — Um dia ele irá embora daqui, e nunca mais nos verá.

A criança também dera a Billy a chance de construir mais um cômodo na casa. Satisfeito por ter um motivo para pegar as suas ferramentas de carpintaria, recolher a madeira de cercas e casas velhas e abandonadas além dos campos do norte. O dinheiro ficou mais curto, mas eles conseguiam arranjar-se com o trabalho dela nas senhoras alemãs. Carregando Milton nas costas — muito embora ficasse surpresa e perturbada com os gritos de escárnio que ouvia de quaisquer trabalhadores irlandeses ou alemães pelos quais passava, ou dos condutores da linha férrea da Fourth Avenue.

"*Rameira! Rameira! Rameira amante de pretos!*", eles gritavam do estribo do último vagão, quando acontecia de ela passar por trás.

— Arrume um trabalhador honesto de verdade, sua rameira imprestável!

Ruth ficava admirada com a ferocidade deles — os maquinistas tendo apenas um breve relance dela do veículo em movimento, já retrocedendo pelos trilhos na direção da Grande Estação Central. Ficou desconcertada ao ver como podiam ser tão diferentes dos homens da linha do Harlem, que ainda acenavam e assoviavam para as mulheres enquanto elas descansavam na grama.

Ao menos a sra. Krane e a sra. Mueschen tinham ficado encantadas com o bebê. Permitindo que Ruth o pegasse no colo e amamentasse enquanto trabalhava — contanto que não parasse de retorcer as bonecas de trapos e ossos para elas. E Milton estava sempre feliz, apenas de ficar perto dela. Era uma criança quase sobrenaturalmente afável, a cabeça se levantando, um largo sorriso cruzando-lhe o rosto sempre que ouvia sua voz.

Quando ele cresceu um pouco mais, as senhoras alemãs deixavam que brincasse em suas pilhas de retalhos e, imitando a mãe, ele começou a montar seus próprios brinquedos e bonecas, com notável habilidade — e vendáveis. Ruth ficava maravilhada com sua destreza, dizendo a si mesma que ele devia ter herdado as habilidades do pai.

— Algum dia você vai construir um navio. Um navio melhor do que todos que existem — ela lhe dizia, abraçando-o com força.

Quando pôde, ela o levou até as docas e estaleiros ao longo do East River, para ver os barcos sendo construídos ali. E quando o levou — quando viu as maravilhosas quilhas brancas tomando forma — ela compreendeu um pouco porque Billy se orgulhava daquilo, e porque tal perda ainda o feria tanto.

Porém, nunca mais voltou para lá com Milton. Antes de ter andado cem metros pelo cais, Ruth descobriu que era motivo de piadas para todos os homens à sua volta, os marinheiros, carpinteiros, estivadores, os fabricantes de velas e os donos de hospedarias. Eles a agarravam a cada passo que dava, gritando suas ameaças obscenas.

— Ei, garota, quem é esse boneco preto que você tem aí? Largue ele, eu vou lhe dar um melhor...

— Vem aqui, *Molly*, eu lhe dou o que você está precisando!

Apalpando descaradamente seus seios e nádegas, tentando empurrá-la e jogá-la nos becos sem saída, e através das portas dos *saloons*. Ruth enervou-se com aquela selvageria e atrevimento, pensando no início que deveria ter alguma relação com a natureza da profissão deles. Logo, entretanto, entendeu que era pelo fato de estar com seu bebê. Mortificada por não ter descoberto isso antes, por ter posto seu filho em tal perigo.

Era isso que acontecia com os homens da ferrovia, também. Era a criança que os deixava furiosos. O ultraje pelo fato de que qualquer mulher tão desesperada e depravada a ponto de se perder por um preto, pudesse ficar feliz com a troca...

Ruth estava grata, pelo menos, por estarem abrigados na Vila Sêneca, em meio aos seus semelhantes. Eles se deitavam à noite e ouviam os sons de galhos se quebrando na mata, e o rosnado baixo do cachorro de um vizinho, e ela sabia que as sombras ameaçadoras lá fora eram reais. Os caçadores de escravos fugitivos ainda perambulando em volta da Vila Sêneca, para ver o que conseguiam encontrar...

Ela apertou seu bebê com mais força contra o peito, sabendo que até mesmo ele poderia ser levado. Os caçadores de fugitivos não faziam qualquer discriminação quanto a quem levavam à força, se eram escravos fugitivos ou homens libertos, crianças ou adultos. Os moradores do vilarejo, negros e brancos, sempre ficavam atentos uns aos outros, mas bastava apenas um descuido, um momento, e alguém poderia sumir em meio às árvores e nunca mais ser visto.

E se não pensávamos mais em Dolan, se não nos preocupávamos com ele tanto quando deveríamos, era apenas por sabermos que ali estávamos mais seguros do que em qualquer outro lugar. Sitiados ali na Vila dos Pretos, para o melhor e para o pior.

Não demorou muito para que Ruth descobrisse que estava grávida outra vez. Não ficou tão apreensiva nem tão profética com isso, desta vez — sabendo o que significava, agora, a dor que deveria esperar. Até conseguiu engordar um pouco, motivo pelo qual Billy gostava de provocá-la. Não tanto a ponto de deixar de ser magra — a possibilidade de qualquer gordura verdadeira tendo sido afastada dela de uma vez por todas lá em Burren e na estrada — porém de forma que não parecia mais estar efetivamente desnutrida, e ele a chamava de sua "mulherzona", a sua "Mãe Rocha".

E dessa vez foi mais fácil. Ela não sentiu a maré gelada invadindo-a — embora soubesse que ainda estava ali, aguardando, só um pouco fora de alcance. Desta vez foi necessário somente metade do dia antes que ela desse a luz à uma menina, que chamaram de Lillian. Ela era mais comprida e magra do que o irmão, e a pele um ou dois tons mais clara, como a de todos os outros seria. E Billy também ficara encantado com a menina, ela ficou aliviada ao ver — não tão entusiasmado quanto estivera com o filho, mas ainda assim muito feliz.

Poucas semanas depois, num domingo em que estava de folga do orfanato, Billy entrara na mata outra vez à procura de madeira que pudesse usar para erguer mais um cômodo na casa em expansão. Ele voltou carregando nos ombros uma boa quantidade de tábuas de madeira de primeira qualidade, mas com uma expressão preocupada no rosto.

— É da casa do alemão — ele explicou. — Aquele homem que mora lá em cima, com as cabras.

E ela soube exatamente ao que ele se referia. A pequena propriedade com seus meticulosos muros de tijolos alemães. As fileiras constantes e ordenadas de verduras e árvores frutíferas, que eram tão permanentes quanto qualquer coisa que conheciam, nas terras ainda não demarcadas de Bloomingdale. O nome excêntrico que Billy havia lido para ela certa vez, gravado numa placa de bronze no muro: *Júpiter K. Zeuss, Proprietário.*

— E ele não se importou?

— Ele foi embora. Só levou as cabras e os móveis. E ninguém mais se mudou para lá, para ocupar a propriedade.

— Bem, talvez ele tenha morrido de repente — disse Ruth, embora ela mesma mal pudesse acreditar nisso. Se havia uma coisa que sabia, era que nenhum imóvel ficava abandonado em Nova York sem que ninguém aparecesse para se apossar dele. — Talvez tenha sido isso, pobre alma...

Mas logo se espalhou a notícia de que o alemão fora desapropriado, para que finalmente a Cidade pudesse construir o novo parque, e uma sensação de presságio abateu-se sobre o vilarejo.

Há anos corriam os rumores sobre o parque, e reportagens nos jornais, mas ninguém achava que realmente seria construído algum dia. Parecia uma idéia absurda demais, até mesmo para aquela Cidade. *Destruir as casas e jardins das pessoas, apenas para que outras pessoas pudessem passear pelos gramados e árvores e respirar o ar fresco.* Todo mundo simplesmente presumira que se tratava de política e que, se fosse realmente construído, seria lá pelos lados da Floresta Jones, ou na Battery, onde a tradicional aristocracia da Cidade preferia respirar o seu ar fresco.

No entanto, menos de um mês depois de Billy ter encontrado a propriedade do alemão deserta, um representante do gabinete do xerife veio para falar nas igrejas. Ruth o reconheceu no mesmo instante. Era o mesmo homenzinho de cabeça-grande-demais que havia se empoleirado no muro do lado de fora do hospital em Staten Island, e que tentara roubar a caixa de maravilhas de Dolan. O homem com a horrível cara de duende, *Finn McCool...*

Ele havia subido na vida, desde a última vez em que ela o vira. Parecendo muito importante, agora, com uma larga faixa vermelha em volta da cintura e a bengala colorida que os líderes da Cidade carregavam nas atividades oficiais. Dizendo a todos, com aquele mesmo sorriso fácil do qual ela se lembrava, que eles também seriam desapropriados e que todas as suas casas, a pequena escola, e as duas igrejas do vilarejo seriam derrubadas e depois cobertas de terra para dar lugar aos jardins do novo parque.

Eles afundaram num silêncio chocado, no início — pelo sorriso no rosto dele, pelo tom indiferente e casual na sua voz, mais do que tudo. Depois a igreja inteira explodiu em protestos, tanto os homens como as mulheres, levantando-se e gritando em seus bancos. Outros homens tentaram correr até o púlpito e abrir passagem aos empurrões através dos brutamontes que ele tivera a suficiente prudência de trazer consigo. Até mesmo o reverendo Betancourt estava gritando, ela pôde ver — batendo a mão repetidamente sobre a Bíblia, como se tentasse provar uma questão teológica.

McCool se mantivera firme onde estava, acima deles no púlpito. Ainda sorrindo e erguendo a mão para pedir silêncio.

— Pronto, pronto! Nenhum dono de propriedade será desapropriado sem pagamento! — ele gritou por cima do tumulto. — Qualquer pessoa que puder apresentar uma escritura legal da sua propriedade será compensada plenamente, graças à generosidade da Junta Municipal!

Tal pronunciamento silenciou a congregação por apenas um momento. Então estavam todos gritando outra vez:

— Uma escritura! *Uma escritura!*

— Nunca houve escritura nenhuma! Isso aqui era um pântano... era só mato e árvores!

— Vergonha! Vergonha!

Finn McCool limitou-se a encolher os ombros e sorrir novamente, saltando todo lépido para fora do púlpito e abrindo caminho rapidamente para a porta dos fundos da igreja, com seus brutamontes. Os moradores ainda esbravejando, embora logo desistissem e começassem a sair em fila para fora da igreja, quando viram que tinham apenas uns aos outros a quem apelar.

— Você tem uma escritura, hein? — Ruth perguntou a Billy, com a maior delicadeza que pôde, quando estavam voltando para casa. Já sabendo a resposta pela expressão no rosto dele.

— Não. Nunca ninguém precisou de escritura nenhuma. Nunca ninguém nem falou nada sobre isso.

A voz dele desapontada e amarga, porém não totalmente ultrajada, como aquela de um homem que já fora terrivelmente enganado antes e não esperava coisa melhor do futuro.

Ruth estava carregando Lillian no colo e Billy levava Milton nos ombros. Andaram pelo resto da alameda em silêncio, e pararam na frente da casinha branca que Billy construíra e aumentara com tanto cuidado para eles. Ruth lembrou-se de quando havia olhado para a casa sob o lusco-fusco, pensando que era assim que se encerra uma época...

As pontas afiadas das baionetas. O oficial lendo seu documento enquanto eles piscavam como toupeiras na luz do sol.

Entretanto, quando eles de fato chegaram, não houve necessidade de um pelotão de soldados, nem mesmo de um policial. O vilarejo inteiro juntando seus poucos pertences e partindo num silêncio ainda incrédulo. Somente um punhado, dentre eles, estava de posse de alguma escritura válida e com direito à compensação — o restante dos moradores da Vila Sêneca simplesmente perambulando devagar para a Estrada Bloomingdale na direção da Cidade, sem uma queixa sequer, nem um olhar para trás. Todos eles, amigos e vizinhos, uma população inteira simplesmente vagando para longe, de forma que dificilmente restaria algum rastro deles ao cair da noite.

Foram necessários apenas alguns poucos homens do xerife para supervisionar toda a atividade, esperando pacientemente até que todos deixassem suas casas. Um contingente de fiscais, liderados por um homenzinho míope e acanhado, que usava um pequeno boné de estudante e que os ignorou completamente.

E a equipe de obras — bem semelhante àquelas que Ruth via por toda a Cidade, rasgando algum novo buraco na rua. Inclinando-se e acocorando-se nas laterais da agora abandonada e dessacralizada Igreja de Todos os Anjos. Os trabalhadores mascando seus nacos de tabaco em silêncio e cuspindo de quando em quando no gramado da igreja. Sem intenção de desrespeitá-la, mas simplesmente matando o tempo, como sempre faziam, enquanto esperavam seus superiores.

Tom entre eles. Até mesmo no comando, tanto quanto ela pôde perceber, usando a túnica azul de oficial da Cidade, com mais uma vistosa faixa vermelha na cintura. Ele caminhou na direção dela parecendo desconcertado, tirando o chapéu quando se aproximou.

— Eu tinha me esquecido de que você estava aqui — ele disse, a voz com um tom de desculpas, até envergonhada.

— Claro, mas não é culpa sua — ela disse.

Mas Tom continuara olhando para ela, que segurava Milton pela mão e Lillian pendurada em seu quadril. Os olhos arregalando-se levemente ao vê-los. Encarando-a com aquele misto de piedade e desejo de proteger que fazia com que ele a amasse um pouquinho — e Ruth sabia disso.

— Assim mesmo, eu sinto muito por você estar em tal situação — ele falou, tocando a faixa do chapéu de oficial e olhando para baixo.

A última, errante fileira de moradores desaparecendo do campo de visão deles, seguindo para a Cidade. *Uma vida de quarenta anos de duração, apagada em um único dia.*

Tom arrastou os pés novamente, esfregou a aba do chapéu.

— Eu tinha me esquecido de que você morava aqui...

Foi Tom quem encontrou a casinha no Beco Paraíso para eles — levado pela sua infinita generosidade e, ela esperava, o seu silencioso e fraternal amor por ela. Até mesmo lhes emprestou o dinheiro para o aluguel do primeiro mês, embora sugerisse, forçando um sorriso e ruborizando, que talvez fosse melhor não falar nada sobre isso com Deirdre.

Não era nada que Ruth já não desconfiara — apesar de ter certeza, também, de que Deirdre já sabia. Mesmo assim, estava determinada a tentar permanecer fora do caminho dela o máximo possível, chegando a calcular seus horários de sair para pendurar a roupa lavada e recolher água na bomba Croton para que não coincidissem com os dela.

No entanto, Deirdre a surpreendera, aparecendo inesperadamente em sua casa numa certa manhã. Trouxera um prato de bolo, recém-tirado do forno, com cobertura de glacê, e Ruth ficara tão admirada que nem soubera o que dizer — embora tal visão tivesse atirado Milton num paroxismo de alegria, pulando por trás da sua saia.

— Ah... olhe só para isso, mamãe! Olhe só!

— Isso é para lhe dar as boas-vindas ao bairro — Deirdre lhe dissera, a dicção e modos, como sempre, tão rigidamente ianques, tão perfeitos.

Ruth havia murmurado alguma coisa em resposta — ainda hipnotizada pela beleza de Deirdre. *Como um rosto tão belo podia ser tão duro...*

Mas Deirdre baixou os olhos para o seu filho que, ali na soleira da porta, ainda olhava admirado para o bolo.

— Este é o seu mais velho — ela disse, uma afirmação, não uma pergunta.

— É, sim.

Ruth sorriu automaticamente, presumindo que Milton iluminaria qualquer coração, da maneira como iluminava o seu.

— Quantos anos ele tem, então?

— Eu... — Ruth começou, depois se calou abruptamente, percebendo a armadilha em que caíra.

— Foi o que pensei. Você já andava com ele quando ainda estava com meu irmão.

— Billy é meu marido — Ruth falou, na defensiva, empurrando Milton para dentro da casa para que não ouvisse mais. — Nós somos casados, agora, o que Johnny e eu nunca fomos...

— Ah, sim! — Deirdre disparou. — Casados numa adequada igreja de pretos, tenho certeza. — Inclinou-se para a frente, o rosto repleto de uma raiva ainda não abrandada. — Você está num bairro respeitável, agora. Terá de aprender a viver entre brancos respeitáveis. Não é mais como quando morava ali no meio do mato, andando com quem quisesse.

Isso dito, ela largou o bolo nas mãos de Ruth e foi embora. Depois daquele dia, Deirdre não trocara nem mais uma palavra com ela, embora Tom ainda viesse às escondidas, de vez em quando, para fumar um charuto ou beber um trago com Billy. Quando vinha, ele sempre trazia um presente para ela, alguma coisinha, uma panela nova ou uma fita, ou um brinquedo para as crianças. E depois que ia embora, Ruth sempre encontrava um dinheiro escondido em alguma parte da casa, algumas moedas debaixo de uma frigideira, ou na prateleira sobre a lareira. Ela as recolhia em silêncio, sem contar nem mesmo a Billy — sabendo que Tom não queria ofender a dignidade deles oferecendo o dinheiro abertamente.

Ela era grata pelo dinheiro, pelos presentes — e pela casa, também. O quarteirão não era tão ruim, embora as caixas de lixo transbordassem na esquina e o sangue se avolumasse para cima dos esgotos sempre que chovia. O caminho para o trabalho deles ficara muito mais longo, uma boa caminhada até o centro da cidade. Mas Ruth conseguiu fazer amizade com a maioria das mulheres, e havia mais famílias de outras raças se mudando para a rua. *Eles não estariam convivendo apenas com gente branca, no fim das contas, a despeito da advertência de Deirdre...*

Entretanto, Billy estava irritável o tempo todo, ela reparou, parando para um trago cada vez com mais freqüência no trajeto do orfanato para casa. Ruth sabia que ele não gostava de morar em casas que eram tão juntas — isso o impedia de ver o que poderia estar se aproximando. Ele desconfiava dos vizinhos brancos, e quando ela tentou lhe dizer que seria menos provável que os caçadores de escravos fugitivos viessem até o Quarto Distrito, Billy ainda não se convenceu.

— Lá, pelo menos, podíamos ver quem estava do seu lado e quem não estava — ele gostava de dizer, tamborilando os dedos na mesa da cozinha com um ar sombrio. — Pelo menos na vila dos pretos ninguém chamava a gente de preto.

Porém, seus antigos amigos e vizinhos estavam todos espalhados, agora — morando, quando muito, nas poucas casas amontoadas no Arch Block, e na Roosevelt Street, na Baxter, e ao longo das ruas York e Lispenard, em Greenwich Village. O Beco Paraíso era um lugar tão seguro quanto qualquer outro para eles, e ela pensava, *Bem, não é tão ruim. Temos um teto sobre nossas cabeças, o suficiente para comer, como poderia ser ruim?*

Mas antes que terminasse o primeiro verão deles no bairro, Lillian foi atacada por uma doença debilitante. Ruth percebeu imediatamente que era grave. Deixou de ir ao trabalho com as senhoras alemãs para cuidar da menina. Dando a maior parte da sua própria comida para a filha, enchendo-a com todo tipo de doces e gorduras que podia conseguir. Mas era difícil obter água e alimentos limpos e de boa qualidade em qualquer lugar do distrito, e o único leite era aquele que vinha das vacas de cervejaria.

Apesar de tudo o que ela fazia, Lillian não parava de vomitar e de defecar toda e qualquer coisa com que era alimentada. Ruth a observava emagrecer cada vez mais, todos os dias, morrendo de inanição bem diante dos seus olhos. Exatamente como tinha acontecido com todos eles, lá na cabana. No escuro da cabana, encolhendo-se sob o telhado de palha. Sua filha gritando de dor enquanto os pequenos braços e pernas se convulsionavam com as câimbras, incapaz, após alguns dias, até de reter o pouco de água que bebia.

Billy não podia ficar muito próximo, tendo de sair para seu trabalho no orfanato, mas fazia tudo o que era possível. Gastando cada centavo que tinham, pedindo mais emprestado apenas para comprar um leite saudável em um estábulo de verdade, que ficava no West Side, acima da Fifty-ninth Street. Andando pelos oito quilômetros de volta para casa com um balde em cada mão, todas as noites. Ele até chamara um médico de verdade, um certo dr. Sloper, um rapaz confiante e elegante da Great Jones Street, que se limitou a informar que a filha deles estava com cólera-morbus e alertá-los de que ela deveria permanecer em quarentena, antes de voltar correndo para a cidade alta.

Ruth permanecera à cabeceira dela dia e noite, fazendo tudo o que podia pela menina. Molhara sua testa com panos úmidos, tentara forçá-la a engolir qualquer comida e água que conseguisse. Sabia, no entanto, que estava apenas esgotando ainda mais a sua filha, pois ela vomitava tudo o que ingeria, e ao se dar conta disso ficou totalmente fora de si — saindo pela rua cega e enlouquecida pela impotência. Apenas o pensamento de que sua filhinha poderia morrer sozinha a fez voltar para casa, de volta para sua cabeceira para testemunhar os últimos e impiedosos estertores da morte.

Naquela noite ela ficara acordada e lavara a menina, depois a vestiu com as melhores roupas que encontrou. Deixando seu corpo pronto para o quadro que queria encomendar ao daguerreotipista da Second Avenue. Ruth já havia visto tais retratos, expostos na vitrine. A criança morta sempre parecia tão pacífica, tão vívida e tranqüila, como se estivesse apenas dormindo. Usando suas melhores roupas, um solene irmão, ou irmã, postado ao seu lado, igualmente trajando as roupas de festa.

Ela vira os retratos e queria um igual, portanto no dia seguinte vestiu Milton, também, e mandou o pai dele sair para contratar o daguerreotipista. Milton, que comera e bebera tudo o que ela lhe dera durante a enfermidade da irmã, ficara ainda mais forte e crescido. De forma que, por algum tempo, Ruth havia odiado até mesmo ele, embora se esforçasse para não demonstrar ao menino. Percebendo agora, quando o viu tão sério e obediente, parado um tanto perplexo ao lado do corpo da irmã, que ela o amava mais do que nunca, o amava apenas por ter sobrevivido, bem como por tudo o que ele era. Esperando calmamente, tão pacificamente quanto ela estivera durante semanas, que Billy retornasse.

Mas Billy voltara balançando a cabeça — lhe dizendo com carinho, mas também com firmeza, que o retrato custava caro demais. Que seria impossível, que seria mais sensato usarem o dinheiro no funeral e para tentar oferecer uma vida melhor para o filho deles. E ela havia uivado como uma louca, atirando-se contra ele com fúria, ao ouvir aquilo. Aferrando-se a ele, que a abraçava delicadamente em seu peito, confortando-a, até que Ruth percebesse que ele tinha razão.

— Deixe os mortos com os mortos — ele disse, porém, com tal delicadeza, que ela soube que ele estava certo, que nada mais havia que pudesse fazer pela sua filha, mas que teria de retornar ao terrível trabalho de viver.

Eles a enterraram no Brooklyn — com a ajuda de Tom, novamente, que conhecia um coveiro no belo e novo cemitério Green-Wood, e lhes adiantou mais algum dinheiro. Para isso nem mesmo Deirdre regateara, assentindo para Ruth brevemente, mas com o máximo de solidariedade que era capaz de oferecer, quando se cruzaram na rua, dizendo, com um rápido e agudo suspiro: "Lamento muito pela sua perda."

Ruth, de certa forma, se sentira confortada com aquela demonstração, muito embora imaginasse que isso deveria fazer com que odiasse Deirdre ainda mais. E também pelo fato de sua filhinha ter sido enterrada no Brooklyn — tão distante que ela não poderia visitar seu túmulo com muita freqüência. Contente, agora, por Billy tê-la impedido de fazer o retrato, para ser capaz de se lembrar da menina como ela era — e não ter algum registro permanente daquele rosto encovado, mirrado pela inanição. *Por não ter nenhum retrato do seu menino, parado ao lado da morte.*

Poucos meses depois ela engravidou outra vez, e engravidaria novamente depois disso, e eles seguiam adiante com as coisas da maneira que eram. Porém, nunca mais foi o mesmo para eles, ali no quarteirão. Não havia qualquer outro lugar que conhecessem para onde pudessem se mudar, nem que pudessem pagar, mas nunca mais foi a mesma coisa para eles, ou entre eles. Ainda saíam para seus trabalhos na cidade alta, Billy seguindo para o orfanato todos os dias, e ela para as suas senhoras alemãs. Mas foi o final daquela época, e eles sabiam agora que nenhuma época melhor viria, que não havia mais nada a esperar, exceto continuar vivendo, morando ali no quarteirão.

52

DEIRDRE

Ela chocalhou ruidosamente a chave na porta dos fundos da casa de Ruth, abrindo-a com o maior barulho que pôde. Havia considerado a idéia de se esgueirar para dentro da casa com todo cuidado e silêncio, mas achou que isso iria apenas alarmar Billy, se ele realmente tivesse voltado — ou quaisquer arruaceiros que estivessem lá dentro, tentando saquear o lugar.

E se seu irmão estivesse ali, ela sabia, não iria fazer a menor diferença. Ela já estaria bem morta antes mesmo de cruzar a soleira...

Mas não havia ninguém. Ficou rapidamente evidente, nos poucos cômodos da casa, que ninguém estivera ali — nem Billy, nem Johnny Dolan ou qualquer um dos saqueadores. A casinha estreita estava totalmente vazia — apenas o fogão e os móveis toscos, mal-acabados e desgastados pelo uso ainda permaneciam. Aquela maldita caixa de Johnny enfiada num canto como uma sepultura coberta. *Como uma escura efígie do próprio Johnny, ainda zombando deles.*

Tudo o mais estava completamente varrido e lavado, mais limpo do que Deirdre se lembrava de já ter visto. Embora tentasse ser caridosa, ela mal conseguia se impedir de demonstrar repugnância pela maneira como Ruth mantinha a casa e criava os filhos. Não podia ser evitado, ela imaginava, considerando-se o pouco dinheiro que tinham. Pelo menos eram mais limpos do que a maioria das crianças do beco, e o menino mais velho, Milton, era esperto como um azougue. No entanto, Deirdre não conseguia deixar de pensar, bem lá no fundo, que de alguma forma Ruth poderia ao menos ter *tentado* com mais afinco.

Ela desaprovara Ruth desde o começo, na primeira vez em que seu irmão a levara à sua casa. Ruth ficara encarando-a com os olhos arregalados, como uma criatura estúpida, como se nunca tivesse entrado numa casa respeitável, e Deirdre não conseguira evitar, desde então, de considerá-la, ao menos em parte, responsável pelo que Johnny se tornara.

Por todos aqueles anos, quando a grande fome se abatera em seu país natal, ela pensava na sua família com uma crescente sensação de medo. Lendo sobre as mortes nos jornais irlandeses; os navios-esquifes e as pessoas famintas andando pelas estradas como espantalhos humanos. Ela tentara obter alguma notícia — mas desta vez não houve nenhuma resposta. Até mesmo as cartas que enviou para o padre retornaram, com uma observação de que a igreja paroquial tinha sido fechada devido à epidemia de tifo, as famílias tendo se debandado ou se escondido em suas cabanas.

Ela enviara Tom à Associação de Homens Corcorianos, embora ele mesmo fosse de Tipperary, para ver se conseguiria encontrar alguém que tivesse alguma informação. Porém, a única notícia que ele conseguiu foi por intermédio de um amigo de um amigo da família, que achava que todos tinham ido para o asilo de pobres.

— Pelo menos lá eles serão alimentados — Tom lhe dissera, tentando tranqüilizá-la. — Pelo menos têm um teto sobre as cabeças e duas refeições por dia. Assim que soubermos de alguma coisa nós os traremos para cá.

Mas Deirdre havia lido sobre as condições nestes asilos, e quando escreveu para um deles, na cidade de Cork, tampouco obteve resposta. Tom era um bom homem, mas ela achava que tinha uma tendência a ser um pouco otimista demais sobre determinados assuntos.

Naquela época, eles ainda moravam no apartamento alugado num velho prédio em St. John's Park, e Eliza já estava a caminho. Deirdre fizera com que Tom parasse de andar com a turma dos *Break o'Day Boys*, e com as outras gangues do East River — o fizera desistir de todas as suas antigas associações com os homens, exceto pela companhia de bombeiros, a Black Joke, porque ele a convencera de que prestava um valioso serviço público.

Deirdre também o persuadira a ir à sede do partido e começar a freqüentar as reuniões políticas, até que ele fora contratado como acendedor de lampiões da Cidade. Tom se sentira um pouco envergonhado com isso, a princípio — um emprego político de favor, obtido graças à bajulação — e seus amigos zombavam dele. Porém, o salário era melhor do que o de aprendiz de açougueiro, e ele não chegava mais em casa fedendo a sangue e entranhas, nem precisava ficar na pia por meia hora antes de poder relaxar as costas e os ombros doloridos.

E à noite eles ficavam lendo juntos. Deirdre o ensinara a ler seus textos inspiradores, e os respeitáveis jornais católicos, não apenas o *Herald* do sr. Bennett e os outros periódicos de um centavo que vinham repletos de horrores. Tom enlaçava os ombros dela, afagando seus cabelos e pousando a mão em sua barriga protuberante — tratando-a sempre, fosse no quarto ou não, com todo respeito e adoração. E em tais momentos ela pensava que isso era tudo que sempre desejara, e como o padre fora sensato.

Ela se certificava, por sua vez, de seguir os outros conselhos do *Guia para moças católicas que ganham o próprio sustento.* Esforçando-se ao máximo para se manter bem cuidada — escovando os cabelos, esfregando e limpando a si mesma e à casa com mais fervor do que nunca, até mesmo quando estava com a gravidez adiantada. Não que ainda estivesse ganhando o próprio sustento, pois deixara o emprego na casa em Gramercy Park para trás logo depois que se casaram. Mas continuava costurando, bordando e fiando na sua roca, para apressar a compra da casa deles...

No entanto, seria capaz de desistir de tudo, gastar cada último centavo que tinham economizado, para saber que sua família estava a salvo da fome e do asilo de indigentes. Para ter alguma notícia deles. Certa como estava, em algumas noites que ficava insone em sua cama, que o pior acontecera e que estavam todos mortos. Tentando banir tais pensamentos no instante em que surgiam, a fim de preservar seu bebê. Em outros dias, esfregando o chão ou lavando os pratos, ela dizia a si mesma que eles tinham emigrado para a Inglaterra ou para a *Amerikay*, ou mesmo para a Austrália. Que talvez, estivessem ali em Nova York, tentando encontrá-la. Uma vez por mês ela enviava Tom para as docas e as hospedarias, para investigar se alguém aparecera por ali. Mas nenhum deles jamais apareceu.

Então Ruth surgira com seu irmão, como um maldito corvo prenunciando uma tempestade. Aparecendo quando eles já moravam na casa nova no Beco Paraíso, e Eliza já havia nascido, e ela já desistira de toda e qualquer esperança de encontrar a família. Dizendo a si mesma, *Bem, eles estão em Dublin ou no Céu, era tudo a mesma coisa, e eu os verei na próxima vida.* Fizera todo o possível para se impedir de chorar quando ficara sabendo que Johnny não somente estava vivo, mas que também morava na Cidade.

Entretanto, no instante em que o viu, achou que ele parecia tão diferente, tão embrutecido. Em Cork, ele havia sido o seu homenzinho. Não era mais do que uma criança quando ela partira. Um menino teimoso e inconseqüente, capaz de ser cruel e astuto como o diabo. Mas afetuoso, também — Deirdre cuidara dele nas muitas vezes em que a mãe saía para os campos, e o amara como se fosse seu filho. Brincando de ser mãe, ao pé do fogão. Alimentando-o com leite e batatas e enxugando seu rosto. Era uma criança agitada e não parava quieto, mas ela sabia que ele a amava.

Agora, quando Deirdre o viu novamente, ele parecia ter mudado para além do endurecimento natural de um homem. A única semelhança era uma certa determinação nos olhos dele — algo que era tão parecido com ela, e do qual ela se orgulhou indevidamente. Porém, até nisso havia uma esquisitice. Havia nele uma inquietação mal contida, mais parecida com a de um cão perdido do que a de um homem. Ele olhava direto através dela, Deirdre reparou — através de Tom e do bebê, da casa nova e da mobília. Como se, igual a um cachorro faminto, estivesse apenas avaliando o que poderia abocanhar.

Quando Johnny lhe contara sobre o restante da família ela se desfizera em lágrimas, surpreendendo até a si mesma com seus soluços, sua incapacidade de se controlar. Chorando como alguma lavadeira bêbada no meio da rua. Mas chorando tanto por Johnny quanto pelos outros — ela soubera disso — aquele homem destruído à sua frente, que tivera de testemunhar tudo aquilo.

E a garota que ele trouxera consigo — ela própria meio selvagem, mal conseguindo puxar a saia por cima dos joelhos. Desnorteada e analfabeta, alguma criança enlouquecida saída do Oeste. *Só Deus sabia com que tentações ela o atraíra...*

Deirdre ficou determinada, então, a salvá-lo — a trazê-lo de volta para o misericordioso rebanho de Deus. Pedindo a Tom que cuidasse dele, que o convidasse para a companhia Black Joke. Pensara que talvez ele pudesse ser a sua obra, o seu sacrifício pelas bênçãos que lhe foram concedidas. *Oferecendo seu sacrifício a Jesus...*

Tudo o que precisava fazer era persistir nele com afinco, ela estava convencida. Porém, para sua surpresa, Johnny resistira a ela. Ele se juntara prontamente à Black Joke — mais que disposto a farrear por cima das tortas de carneiro e cerveja — mas, ao contrário do que ela esperava, passara a andar com as antigas más companhias de Tom. Insistindo em morar em Pigtown, em meio aos pretos pagãos e aos irlandeses favelados. Fazendo só Deus sabia o quê para ganhar seu sustento.

O problema devia ser a garota, Deirdre concluiu — sobretudo quando soube que eles não eram casados. *Que outro motivo levaria uma mulher a querer viver naquele fim-de-mundo se não fosse para esconder a sua própria vergonha?* Então decidiu que se Johnny a expulsasse de si mesmo, daria o primeiro grande passo para a salvação.

Mas não podia ignorar as manchas roxas nos olhos, os cortes nos lábios e as equimoses que Ruth passou a exibir. Os dois aparecendo em sua casa como uma dupla de lutadores intinerantes, ambos sempre tão marcados e feridos. Ela via nos olhos de Ruth aquela mesma cautela enlouquecida que percebia nas expressões das outras mulheres do quarteirão que sentiam o peso das mãos dos seus maridos. E quando via isso, tinha vontade de atirar os dois para fora da sua casa, tamanha era a raiva que sentia.

Havia tentado se convencer de que isso, também, deveria ser culpa de Ruth. *De qualquer mulher que se permitia ser surrada dessa maneira.* Ela não devia ter um mínimo de respeito próprio. Incitando-o a fazer isso, de alguma forma. Levando-o a isso com seus modos desleixados, ímpios, atormentando-o com sua própria fraqueza.

No entanto, quando Ruth viera à sua casa naquela noite para lhes dizer que fora Johnny quem matara o Velho Noe, ela soube que era verdade. Apesar de tudo o que gritara e de todas as acusações que fizera contra ela, Deirdre sabia que suspeitara disso o tempo todo — sabia que seu irmão se transformara em algo ruim. Que era evidente que ele fizera aquilo, claro que ele seria capaz de coisas ainda piores, exatamente como todo o resto daquela imundície humana em meio a qual ela andava, a cabeça erguida, nas ruas da Cidade. Prontos para matar, fornicar ou vender suas almas por um dólar, por mais um trago, por uma bela roupa nova. Encarando-se uns aos outros como se fossem apenas mais um lote enviado aos matadouros, mais um bando de porcos e cabras e vacas que eram despejados todos os dias pelas barcaças. Nada mais do que outro açougueiro, o seu irmão. *Seu irmão.*

E mesmo então, também, ela teve uma outra impressão do valor de Ruth. Aquela garota ignorante, meio selvagem, vindo procurá-los já tendo um plano esquematizado na cabeça. Envolvendo Tom em tudo isso, algo pelo qual Deirdre não podia perdoá-la. Querendo que Ruth mantivesse as mãos longe dele, imaginado que Deus sabia a que coisas terríveis ela poderia conduzi-lo — mancomunada com aquele preto que estava sempre embriagado, nada menos que isso.

Debaixo de tudo, entretanto, jazia seu medo de que Ruth poderia atrair o próprio Tom — uma garota tão engenhosa, tão calejada, com tão pouca idade. *Calejada como ela mesma havia sido, abrindo seu caminho sozinha na Cidade, pouco mais que uma menina.*

Ela havia odiado acima de tudo quando Tom, sem o seu conhecimento, levara Ruth para morar no beco — juntamente com a sua cria de cor e o marido negro. Ofendendo-se apenas por vê-los ali todos os dias, seguindo-a pela rua. Todos aqueles meios-tons — e o menino mais velho, escuro como o pai, a cor do próprio demônio. Todos eles morando em seu quarteirão, desafiando seus esforços para moldá-lo — de *pensar* nisso, até — numa vizinhança respeitável.

Morando ali, nesta casa, apenas a poucas portas de distância da sua.

Deirdre saiu em silêncio da casa deserta de Ruth. Trancando a porta novamente — os cabelos na sua nuca se arrepiando com a casa vazia atrás de si, embora tivesse olhado em todos os cantos. A casa onde Ruth e sua família tinham morado por tanto tempo, e o que ela havia feito por eles? Apenas se ressentindo, culpando-a por tudo o que acontecera — por ter sujado as mãos de Tom com o seu plano, e ter mandado seu irmão para longe. Nem mesmo confessando, mas guardando seu ressentimento durante todos aqueles anos.

Quando Deirdre voltou para casa, Ruth estava ocupada com as tarefas na cozinha, alimentando as crianças, erguendo os olhos timidamente, em meio a toda a comoção, à procura da sua aprovação. O coração de Deirdre se abriu para ela, diante de tal visão. Vendo a sua persistência, agora, a tenacidade debaixo da aparente confusão, da ignorância.

Como foi fácil todo o seu ódio desaparecer. Como fora difícil mantê-lo guardado por todos estes anos! Perguntando-se se seria assim em todas aquelas histórias dos seus livros inspiradores — o advogado protestante, a senhora universalista — finalmente chegar a Jesus, e à Igreja Verdadeira. Todas aquelas almas salvas que finalmente abandonaram suas resistências, como se tirassem uma roupa velha.

Ela teve um pressentimento disso quando a filhinha de Ruth morrera. Sua raiva se esvaindo um pouco desde então, quando via diariamente o quanto isso exigira de Ruth — tendo de ficar apenas observando enquanto a criança era devorada pela cólera. Temendo pelos seus próprios filhos. Lembrando-se de como se sentira quando perdera dois durante o parto. *O bebezinho nascendo azul, sem respirar, estrangulado pelo cordão, pelo próprio fio que o ligava a ela, à vida.* Ou natimorto, no outro caso — já morto dentro dela, como ela suspeitara por mais de um mês, por um daqueles terríveis e impenetráveis motivos de Deus.

Ela sentira seu ódio e sua fúria retrocederem desde então. Mas os puxara de volta em seus lugares, segurando-os ali por mais aqueles anos. Mantendo seu ódio como mantinha sua altivez, embora não houvesse razão nenhuma para isso.

— Então... nada? — Ruth perguntou agora, num sussurro, limpando as mãos no avental. Sua expressão já certa da resposta, composta e sem acusação.

— Não, nada.

Ruth virou-se e olhou para Milton, balançando a cabeça. Incluindo-o, partilhando com ele esta conversa de adultos, acima das cabeças das outras crianças. Sorrindo quando ele franziu a testa, dizendo alguma coisa para apaziguar seus temores, da melhor maneira que foi capaz:

— Tenho certeza de que ele está bem. Como qualquer marinheiro, ele sabe como enfrentar uma tempestade...

Transformando numa virtude o fato de o pai dele ainda estar desaparecido, talvez enforcado num poste de rua em algum lugar da Cidade. E fazendo isso de maneira tão convincente que Deirdre sentiu vontade de chorar diante de tal esforço, e pela frieza do seu próprio coração.

Como pudera se manter à distância dessa mulher por tanto tempo? Isto era algo que sempre a perturbava nos seus livros inspiradores, todas as assombrosas conversões. Será que os autores de tais histórias não ficavam ainda mais envergonhados dos seus pecados passados quando finalmente encontravam a luz? Isso não fazia com que sentissem ainda mais remorso — e ainda mais *tolos* — pelos anos perdidos na escuridão?

Pelo menos eles tinham a revelação gloriosa da sua conversão, a pura alegria das vendas caindo dos seus olhos, para animá-los. Deirdre ainda tinha de alcançar o seu próprio reconhecimento pleno. *Uma coisa era perdoar Ruth, e acolher seus filhos.* Mas, então, havia Tom — ainda desaparecido, novamente ferido, enfrentando Deus sabia que agonias. E ela o enviara para lá. Com uma consciência que a devastava totalmente, Deirdre sabia que o mandara para a guerra porque ele trouxera os pretos para o quarteirão.

"É a sua obrigação cristã", ela lhe dissera, e ele obedecera. *E qual era a obrigação dela?*

Depois de ter lido as listas de mortos e feridos de Fredericksburg, no último dezembro, ela ficara vagando pela casa em transe. Guardando em sua luva o pedaço de papel que era parte dele, contra seu corpo. O anúncio daquela vez. As minúsculas linhas impressas do *Tribune*, sob o costumeiro e simples cabeçalho "As Baixas":

> OS MORTOS E FERIDOS DA BRIGADA IRLANDESA.
> CORONEL NUGENT, DO 69º DE NOVA YORK FORNECE, DE MEMÓRIA PESSOAL, A SEGUINTE LISTA DE BAIXAS:
> DO 69º DE NOVA YORK FORAM FERIDOS....
> ... *O'Kane, Tom, Cia. A, peito, grave.*

Fora ela quem primeiro começara a comprar o *Tribune*, de Horace Greeley, tentando seguir o exemplo dos protestantes. Não a sua doutrina pagã, Deus sabia, mas a maneira como pensavam e viviam — e como ganhavam dinheiro. Pois quanto mais tempo eles moravam no Beco Paraíso, mais Deirdre desejava morar em outro lugar.

Este anseio havia apenas aumentado e se inflamado à medida que ela observava a Cidade se mudando maciçamente para a parte alta — os novos quarteirões e casas brotando em todos os lugares nos campos abertos, os elevados novos bairros ao norte. Eles não tinham conseguido ir junto. Tom fizera um progresso lento, mas constante, na sede, indo de acendedor de lampiões a um emprego de vigia municipal, depois como capataz da sua própria turma de construção, escavando o terreno do parque central na cidade alta. No entanto, eles mal conseguiam arcar com as despesas dos bebês que chegavam, um após o outro, certos como um relógio. Nunca juntando o suficiente para se mudarem, principalmente agora, com a guerra subindo os preços de tudo.

Enquanto isso, o Beco Paraíso e os quarteirões que o rodeavam no Quarto Distrito ficavam mais populosos a cada ano. Ainda mais sujos, ainda mais movimentados. Ainda mais cheios de famílias de raças mistas e até mesmo prostitutas como Maddy Boyle, com seus fregueses elegantes e marujos negros...

— É um pecado desejar demais as coisas terrenas — o padre Knapp a censurara delicadamente em uma das conversas que tiveram em seu gabinete na reitoria da igreja de St. Patrick.

Mas Deirdre sabia que ele estava errado. O seu desejo não era por coisas materiais, mas sim por tudo o que era respeitável e de boa qualidade. Querendo viver como gente decente naquele inferno que era a Cidade, exatamente como o próprio arcebispo os advertia todos os domingos. Querendo viver como *americanos*.

Fora no *Tribune* que ela havia lido os relatos de como eram a escravidão e a vida no Sul. Sobre toda a miscigenação, a mistura de raças, com os fazendeiros e capatazes brancos se impondo sobre as mulheres negras. Gerando ainda mais mulatos, que eram então confiscados à escravidão. Mulheres brancas tendo de conviver diariamente com escravas que, na verdade, eram suas meio-irmãs, enteadas e primas. *Mas claro que os homens fariam coisas assim. Claro que eles fariam o que bem quisessem, tendo este tipo de poder...*

Ela ficara tão estarrecida que até perguntara ao padre Knapp sobre isso.

— Isso está certo, então, padre?

— A Igreja nos ensina que a escravidão não é um pecado *mortal* — ele respondera devagar. — É a próxima vida que conta, e se a escravidão servir para levar quaisquer pobres pagãos a Jesus, não importa quão inadvertidamente...

— Então é uma coisa cristã, padre?

Foi a primeira vez que Deirdre o vira constrangido. Baixando os olhos para o chão enquanto arrastava um pé sobre o velho e gasto tapete da reitoria.

— Não — ele falou com suavidade, encontrando o olhar dela, então. — Não, não é uma coisa cristã, absolutamente.

— É sua obrigação — Deirdre dissera a Tom.

Ele discutira com ela a respeito disso, embora nunca discutisse sobre nada no casamento deles. Mantendo-se firme em sua posição, embora falasse com ela com bastante tranqüilidade e sensatez, sentado à mesa da cozinha em mangas de camisa.

— Não é que eu esteja com medo. Você entende isso, não é? Não é que eu esteja com tanto medo que queira fugir da minha obrigação.

Apenas ao se lembrar disso, sozinha, ela chegava a ruborizar de vergonha. *Por ter forçado um homem como ele a defender sua honra...*

— Mas e vocês, como vão ficar? Eu vou lá para a Virgínia lutar pela pobre gente de cor, enquanto a minha própria esposa e meus filhos ficam aqui passando fome...

— Nós damos um jeito — ela disse. — Se este é o seu dever, Deus nos ajudará a enfrentar tudo muito bem.

— Ah, Dee, mas essa guerra não deve durar muito tempo. Vamos esperar mais um pouco...

Porém, logo depois disso, os cartazes de recrutamento tinham sido espalhados por toda a Cidade pelas Legiões de Corcorianos, anunciando "Precisa-se de Uns Poucos Homens Dignos", e o arcebispo proclamara que se não houvesse voluntários suficientes era o dever da população se levantar e exigir que o governo os recrutasse.

— É a nossa obrigação patriótica. O próprio arcebispo falou... — ela dissera na cara dele, e Tom então acabara cedendo e fora ao centro registrar seu nome.

No entanto, ela soube que fora um erro assim que ele se alistou. Havia sido uma cena desoladora, ali nas tendas listradas que o superintendente de Polícia erguera em Castle Gardens para os alistamentos. Os *b'hoys* de gangues parados em volta, zombando dos recrutadores e tentando convencer os homens a não se alistar. Tendas rivais sendo armadas perto de vilas e cidades do interior, ou tão distantes quanto Ohio, tentando atrair recrutas com as melhores ofertas, para que seus próprios filhos e maridos não tivessem de ir e morrer.

Deirdre se deu conta do que fizera assim que ele saiu da tenda e colocou em sua mão 129 dólares em notas e um grosso maço de bilhetes de troca.

— Aí está — ele disse. — Este é o total do bônus de alistamento. Mas você precisa fazer durar pelo máximo de tempo possível.

Já odiando-a, estava nítido no rosto dele. Ela quis desistir de tudo, então. Queria que ele voltasse para a tenda, devolvesse os bilhetes e as ridículas notas verdes do dinheiro desvalorizado, e mandasse riscar o seu nome da lista.

— É tarde demais para isso — ele disse, como se pudesse ler seus pensamentos pela expressão do seu rosto. *Odiando-a.* — É tarde demais para isso, então é melhor você ir para casa, agora.

A frieza dele deixando-a perplexa e amedrontada. Pensando, enquanto se virava e o deixava ali sem mais nem uma palavra, O *que eu fui fazer?*

Deirdre ficara ainda mais horrorizada quando fora visitá-lo no campo de reunião de tropas no parque central. Atônita pelo fato de o governo permitir que seus soldados vivessem daquela maneira — vendo por si mesma as longas fileiras de tendas brancas e sujas, armadas sobre um mar de lama. Apenas uma vala aberta servindo de latrina.

— Você parece faminto. Vou lhe trazer mais comida — ela lhe dissera, tocando a túnica azul, deploravelmente leve e já desgastada pelo uso. — Não sei como eles esperam que vocês sobrevivam ao inverno com esses uniformes...

— Sim. Seria bom.

O seu ódio já depositado em algum lugar, então, tão bom e generoso ele era. *Muito melhor do que ela.* Ele parecera apenas muito triste, o que a fez se sentir ainda pior — já parecendo tão mais magro e envelhecido, com a barba crescendo. Olhando para além dela, como se a única maneira de conseguir agüentar fosse se mantendo muito contido e distante. Ele pousou a mão em seu ombro e Deirdre se lembrou, então, de como ele havia sido, indo vê-la em Gramercy Park. Tão franco e inocente, tão obviamente esperançoso. *O que eu fiz com ele?*

Voltava para visitá-lo o mais freqüentemente que podia, embora detestasse vê-lo ali. Ao contrário do primeiro ano da guerra, agora não havia mais desfiles grandiosos, nem revistas. Às vezes, nos domingos, a banda do regimento tocava desesperançados hinos militares, que já soavam como cantos fúnebres. Nas outras vezes ela o encontrava em alguma desolada e lamacenta alameda perto do acampamento — esperando ali com as outras esposas e namoradas, as prostitutas envoltas em veludo vermelho que perambulavam de um lado para outro à procura de fregueses. Arrastando-se de volta para casa, depois, na escuridão crescente, andando por quase dois quilômetros antes que pudesse encontrar um coche de aluguel para o trajeto de duas horas até o centro da cidade.

Era como se estivesse visitando-o na prisão de Tombs, e Deirdre temia não conseguir suportar aquilo por muito mais tempo. No entanto, foi ainda pior quando ele foi enviado para o Sul, para a guerra.

A Cidade se tornara um lugar estranho e lúgubre, então. Havia piquetes em todos os lugares. Os grevistas parados ao longo das calçadas na frente das usinas de gás, dos estaleiros, das fundições. As mãos enfiadas nos bolsos, desagasalhados e tremendo no inverno. As construções paradas, as cercas em torno delas empapeladas com panfletos conclamando o povo para assembléias contra ou a favor da guerra, denunciando os *Copperheads* ou os *Niggerheads*.

Ela via homens sendo presos nas ruas todos os dias, geralmente desertores apanhados pelos guardas da Superintendência. Havia uma fortificação inteira erguida para eles no parque da Broome Street, os homens sendo retirados apenas para usar as latrinas atrás das favelas.

Até mesmo os porcos tinham sumido. Não era de se admirar, desde que qualquer tipo de carne, até mesmo a de carneiro, era impossível de se encontrar por menos de quinze centavos o quilo. Agora ela passava o tempo todo percorrendo as ruas da Cidade, tentando encontrar comida decente para a sua família. Deixara até de comprar café, guardando o dinheiro para qualquer tanto de açúcar que pudesse encontrar para as crianças. Os preços subindo ainda mais — os comerciantes pregando ansiosamente suas novas placas com remarcações nas janelas, todas as manhãs.

Deirdre pegava qualquer serviço de costura e lavagem de roupa que conseguia encontrar, mas quase não tinha tempo para isso, com todas as horas que precisava gastar fazendo compras, e as epidemias de catapora e caxumba que tinham se abatido sobre as crianças mais novas. Encontrou um trabalho para Eliza, como balconista na *Macy's*, e outro para o seu filho mais velho, Henry, como aprendiz de escrevente, embora o menino mal tivesse completado treze anos. Mesmo assim, precisou esvaziar a conta no Banco de Poupanças, que tinham mantido com tanto sacrifício durante anos.

Se esta é a sua obrigação, nós vamos dar um jeito.

Até desistira do *Tribune*. Em vez disso, ela apanhava quaisquer páginas que encontrava, ruborizando quando se abaixava para pegar um exemplar do jornal no esgoto ou na caixa de lixo, mas ainda precisando *saber*.

No início não fora tão ruim, verificando as listas de baixas diariamente. Tom perdera por pouco a batalha sangrenta em Antietam. e quando dezembro chegou, as outras mulheres do quarteirão, aquelas cujos maridos e filhos já estavam na guerra, lhe disseram que não haveria mais campanhas até que fosse novamente primavera.

Então chegaram as notícias das lutas em Fredericksburg. Deirdre mal conseguira pegar o jornal, nos três dias que se seguiram. Pensando, *Não é justo, não é justo, não deveria haver outra batalha!* Seu estômago se contraindo cada vez que via o cabeçalho com o regimento dele — *69º de Nova York* — e as longas colunas de nomes abaixo. Sabendo que eles tinham passado pela parte mais difícil da batalha. Lendo os nomes com o coração na mão, caindo de joelhos para agradecer a Deus e à Virgem Maria assim que terminava.

Até que, no terceiro dia, ela havia deparado com o nome dele. O *seu nome*. *O'Kane, Tom, Cia. A, peito, grave.*

Ela ouvira os passos das crianças no corredor — e sem saber o que fazer, rasgara aquela linha e atirara o restante do jornal na pilha de gravetos da lareira. Não querendo jogar o nome dele no fogo, mas enfiando o pedaço rasgado por dentro da luva, como se o estivesse guardando ali.

Pegara a cesta, então, e saíra para as ruas. Pretendendo comprar alguma coisa, fazer algo, porém, mais do que tudo, querendo ficar longe das crianças até que estivesse refeita.

Lá fora havia um chuvisco constante, o vento chicoteando a água nos rostos das pessoas, e ela vagara sem destino pelas ruas. Passando por todas as galerias de tiro que tinham se espalhado pela Cidade desde o início da guerra, explodindo e zunindo na Bowery. Observando apaticamente um salão de diversões perto da Grand Street, sua imensa bandeira vermelha flutuando na brisa gelada: "*Quem se Queixa de Tempos Difíceis?*"

Quem, de fato? Se esta é a sua obrigação, nós vamos dar um jeito...

Perto da Tenth Street, ela reparou numa pequena multidão reunida em torno da vitrine de uma loja, e se aproximou para ver o que eles estavam admirando. Ali, na vitrine, havia um boné de feltro cor de cinza, notavelmente pequeno. Com o formato tão parecido com aquele que Tom estivera usando na última vez que ela o vira...

"*Boné de um Oficial da Secessão*", Deirdre leu no cartaz logo abaixo — e então, um pouco acima da aba do boné, ligeiramente para o lado, ela distinguiu um pequeno e trêmulo círculo, como o furo que um charuto aceso faria ao trespassá-lo.

A maioria das pessoas se afastava sem nada dizer, baixando os olhos. Umas poucas exclamavam "*Muito bem feito*", ou "*É isso que se faz com traidores!*" Mas Deirdre continuou apenas olhando o pequeno, inseguro buraco, não maior do que a unha do seu polegar.

— *Que o céu seja seu leito* — ela murmurou afinal, fazendo o sinal da cruz, depois mergulhou novamente nas ruas descoradas.

Passou o restante do dia caminhando, envolta numa espécie de névoa. Poderia facilmente ter acabado no rio, ela pensou depois, e tinha certeza de que foram somente o amor pelos seus filhos e a intervenção da Virgem Maria que a sustentaram. *Isso — e a esperança de que ele ainda estaria vivo.*

Acabara de entrar em casa quando ouviu batidas na porta. Ali, na sua soleira, estava Ruth, o rosto marcado pela preocupação e piedade, obviamente tendo ouvido a notícia de alguém no beco. Deirdre ficou emocionada com o seu gesto — porém ainda desconfiada da preocupação dela com Tom.

— Ah, Deirdre, eu sinto muito... — Ruth começara a falar. — Você já soube de mais alguma coisa...?

— Nada mais do que qualquer outra pessoa neste quarteirão — Deirdre dissera, desprezando sua piedade. Não querendo permitir que Ruth reivindicasse qualquer parte do seu Tom.

Não há nada, nada que você possa me dar. Nem mesmo a sua solidariedade.

— Bem, então. — Ruth arrastou os pés no chão, sem saber o que mais poderia dizer. — Bem, se eu puder ajudar em alguma coisa...

— Muito obrigada. Muito agradecida, mesmo — Deirdre lhe dissera. Fechando a porta o mais abruptamente que pôde.

Culpando-a, culpando Ruth por tudo, mais ainda do que culpava a si mesma. Por ter envolvido Tom em toda aquela história. Por ter trazido sua família de mulatos para o quarteirão. Por ter se livrado do seu irmão...

Ainda se aferrando ao seu orgulho, apesar de todas as preces que fizera no caminho para casa. Afastando as lágrimas, mas mantendo a cabeça erguida e as costas eretas quando foi contar para seus filhos. Sentindo o pequeno pedaço de papel dentro da luva, agarrando-se a Tom, na palma da sua mão.

53

TOM O'KANE

— A Cidade inteira está em chamas, foi o que ouvi dizer.

— Pois eu soube que os rebeldes introduziram um regimento, se insurgindo no meio da noite...

— Vocês sabem que o rio Norte está cheio de canhoneiros, só esperando para abrir fogo!

Tom escutava, apático, as histórias dos soldados, enquanto o trem sacudia-se lentamente através da ponte para Camden. Sentado espremido contra uma parede do vagão, sem espaço suficiente nem mesmo para esticar as pernas. O vagão mantendo o fedor dos últimos ocupantes que, ele calculava pelo cheiro, deviam ter sido porcos.

— Não vai sobrar *nada* de pé, depois que aqueles rapazes mostrarem a eles! — um dos soldados exultou.

— *Cale a boca,* tá? — um dos veteranos falou.

— O quê?

A voz do rapaz soando magoada. *Veio do Oeste,* Tom adivinhou pelo sotaque. *E jovem.* Um camponês qualquer, das planícies de Iowa ou Illinois, soprado pela guerra por toda esta distância até o leste.

— Eu só estava dizendo o que vai acontecer quando os canhoneiros abrirem fogo...

— E eu disse *cale a boca.* Pare de matraquear.

A segunda voz — a do veterano — era mais conhecida. Muitos daqueles no vagão, Tom sabia, pertenciam aos regimentos de Nova York — o seu próprio 69º, o 88º, e o 63º, todos da Brigada Irlandesa de Meagher. Pensando em seus próprios lares, agora — exatamente como ele se preocupava com Deirdre e as crianças, presas no meio de qualquer que fosse o inferno que estava acontecendo lá na Cidade.

Faz uma diferença, quando é em seu próprio quintal. Tom sentiu uma fortuita pontada de simpatia pelos rebeldes, lutando por quase toda a maldita guerra em seus próprios campos e casas. Já havia visto o que um exército era capaz de fazer com uma cidade, quando acamparam no outro lado do rio acima de Fredericksburg, no último inverno. Depois de algumas semanas o lugar mal podia ser habitado. Quarteirões inteiros bombardeados, transformados em ruínas esfumaçadas. Vagabundos e desertores saqueando tudo o que podiam encontrar. Cidadãos sendo mortos a tiros por patrulheiros que os tomavam por atiradores rebeldes...

Mas agora era a casa *dele*. Quase não acreditara quando o sinal de agrupamento soara, apenas algumas horas atrás, embora parecessem meses. A manhã no acampamento dos Inválidos começando com seu habitual ritmo indolente. Os feridos se preparando para mais um dia abençoado de apenas tentar ficar longe do sol. Zombando do corneteiro com mais uma das suas cantigas típicas, irônicas:

Vocês estão todos mortos? Vocês estão todos mortos?
Não, graças a Deus, ainda sobraram uns poucos vivos,
Sobraram uns poucos — vivos — ainda!

Minutos mais tarde soara o toque de chamado às armas. Snatchem olhando para Tom, atônito, ele e o restante do seu pequeno grupo de ataque, Feeley e Larkins, ainda com os olhos turvos e as barrigas inchadas com o banquete de galinha fresca e batatas doces assadas da noite anterior.

Porém, não havia dúvidas quanto ao chamado. Eles correram aos tropeções até suas Springfields e suas mochilas, alguns ainda vestindo as calças, pensando que Bobby Lee devia ter se duplicado e estava prestes a avançar sobre eles. *Ninguém querendo acabar num campo de prisioneiros Confederado, todos eles tinham ouvido casos suficientes de como eram as coisas por lá...*

Em vez disso, um coronel baixinho e barrigudo, com um tiro na perna na altura do joelho, ficara mancando de um lado para outro na frente das suas fileiras.

— Toda a cidade de Nova York está tomada por uma rebelião — ele disse, balançando a cabeça com movimentos súbitos, como se fosse um galo. — Quem dentre vocês, corajosos Inválidos, deseja esmagar uma revolta?

Tom dera um passo à frente no mesmo instante, Snatchem logo depois. Rapidamente seguidos por Feeley, cujo ombro fora atravessado por uma bala, mas que ainda conseguia apoiar o rifle com o cotovelo, e Larkins, que apenas levara um tiro no pé. *Todos os companheiros que saíram da Black Joke atingidos, de um jeito ou de outro.*

A maioria dos outros nova-iorquinos também se apresentou — aqueles que ainda conseguiam mancar, pelo menos, e carregar uma arma no ombro. Imediatamente clamando para voltar, para descobrir o que estava acontecendo com suas esposas, filhos e pais.

— A disciplina será mantida a todo custo — o coronel avisara, interpretando erroneamente o entusiasmo deles. — Não haverá nenhum ataque por iniciativa própria, nem o uso desta tarefa para licenças não-autorizadas!

Eles o ignoraram. O que os homens de Nova York queriam era ver suas famílias e saber que estavam seguras. Conversando sobre isso em voz baixa, enquanto o trem rasgava seu caminho lentamente para o leste e norte do entroncamento onde haviam embarcado. Tentando assegurar uns aos outros que as notícias estavam sendo exageradas, que os caipiras não sabiam o que significava uma revolta.

Mas na estação na Filadélfia, Tom ficou observando quando o 26º de Michigan e o próprio 7º de Nova York embarcaram no trem. E não eram Inválidos, mas sim regimentos de primeira ordem, retirados da linha de frente e da busca por Lee.

Deve ser sério, ele percebeu então. *Devem estar preocupados, para retirar tropas quando têm uma chance de acabar de vez com toda a guerra.*

Seguiu-se um outro pensamento — um que ele tivera tantas vezes, mas que voltava com força renovada, agora que se via encurralado naquele vagão.

O que eu estou fazendo aqui? Por que já não estou em casa, onde é o meu lugar?

Eles cruzaram o Delaware entrando em Nova Jersey por Camden. O trem sacolejando devagar através das baixas planícies costeiras, passando por pântanos salgados, plantações de frutas e densas florestas de pinheiros escuros e cedros. Os soldados abriram buracos aos chutes nas laterais do vagão para que o ar entrasse, mas isso deixou apenas tudo mais frio e de nada serviu para dispersar o mau-cheiro dos porcos.

Perto do rio Toms a bitola da ferrovia mudou e eles tiveram de sair e depois subir em outro vagão — este tendo sido usado mais recentemente para o carregamento de gado. Dali eles foram desviados para linhas de manobras mais outras vezes, abrindo caminho para trens de suprimentos e trens de tropas que trovejavam ao passar por eles, na direção do Sul. Uma vez ele até mesmo viu um trem comum de passageiros, da linha de Lackawanna, passando lentamente. Os homens e mulheres lá dentro olhando sem curiosidade pelas janelas do vagão de luxo. Pareciam prósperos e bem alimentados, os olhos complacentes — como se não houvesse guerra nenhuma, em lugar algum, muito menos na maior cidade da nação.

Exatamente como o exército. Deslocando soldados de um lado para outro, passando direto uns pelos outros. Que confusão tão terrível tivemos de armar a fim de abrir caminho para os ricos mercadores e suas esposas.

Numa parada para o abastecimento de água eles puderam descer para esticar as pernas e comer uma rápida ração de banha de porco com biscoitos. George havia surrupiado açúcar em algum lugar para espalhar na banha, de forma que não foi tão ruim. Sentado ao longo da margem dos trilhos, Tom pôde ver um grupo de oficiais perto da máquina, pairando por cima dos últimos telegramas recebidos, fazendo gestos agitados.

Então o elefante realmente chegara à cidade.* E, mais uma vez, *O que eu estou fazendo aqui?*

Voltaram para o vagão, cujo interior ia ficando cada vez mais escuro, raiado de listras embaçadas do sol da tarde, enquanto se moviam, ruidosamente, pela costa de Jersey. Seguindo pelas cidadezinhas brancas que os ignoravam, ninguém lançando mais do que um rápido olhar quando o trem passava. O ar ainda estava espesso como um ensopado, muitos homens cochilando e acordando, a despeito da ansiedade geral. George se esticou ao lado dele, a cabeça caindo em seu ombro. Feeley e Larkins roncando sonoramente, as bocas abertas na direção do céu.

---

*"The elephant": uma gíria da época, geralmente irônica, para indicar qualquer acontecimento sensacional — como "sair para ver o elefante", ou "o elefante saiu da cidade". (*N. do T.*)

Tom também poderia ter dormido, mas sentia outra vez as câimbras no músculo da panturrilha. Ele a esfregou com as duas mãos, sentindo as novas cicatrizes nos dois lados da perna. *Nada pior do que um homem poderia fazer se derrubasse a navalha enquanto se barbeava de manhã, e exatamente tão retas.* Mesmo a cicatriz abaixo do peito, de Fredericksburg, agora não mais do que um buraco pregueado, do tamanho de um níquel — pelo menos na frente. A coisa era bem mais feia nas costas, onde a bala saíra, ele sabia — mas ainda assim nem chegava perto do tamanho que ele havia esperado, por todo o estrago que fizera.

Não é preciso muita coisa para matar um homem. Somente um pequeno buraco, com o tamanho suficiente para deixar o ar entrar e o sangue sair.

Ele havia visto isso muitas vezes. Homens que tinham uma artéria talhada, ou que levavam um tiro no pulmão. A vida simplesmente se esvaindo para fora deles. *E a pergunta novamente — por que ele deveria estar fazendo parte de uma coisa dessas?*

Deirdre Dolan, cantando na roda de fiar. Ele se lembrou de um antigo provérbio: *Uma mulher que assovia ou uma galinha que cacareja nunca fazem bem algum a Deus ou aos homens.*

Ele se postara numa esquina, naquele outono antes da guerra, observando em silêncio com o restante do distrito enquanto os *Wide-Awakes** desfilavam pela Quinta Avenida. Dez mil homens, pelo menos, marchando através da fria noite de outubro. Cada um deles levando uma tocha, usando idênticas capas negras-prateadas e chapéus. Seguindo pela avenida acima em fileiras cerradas, como alguma terrível e desumana máquina.

Eram jovens arruaceiros e de famílias ricas, a maioria deles. As faces afogueadas e os olhos turvos pela bebida. Rapazes farristas que ele já havia visto dezenas de vezes, em suas expedições às favelas, provocando brigas e vomitando nos becos ao longo da Bowery. Berrando suas canções de marcha, como se desafiassem qualquer um a objetar:

Hurra para a escolha da nação
Nosso líder tão valente e tão verdadeiro,
Nós somos pela grande reforma,
Por Lincoln e a Liberdade também!

---

*Alertas. (N. do T.)

Fora uma época nervosa e agitada, aquele outubro. Homens marchavam por toda a Cidade, e havia uma sensação de que algo estava fadado a acontecer — a mesma sensação que as corporações de bombeiros tinham quando havia fumaça no ar. Uma semana depois os Democratas fizeram o seu próprio desfile a favor de Douglas, e todos os operários e operárias dos distritos mais baixos tinham aparecido — três vezes mais gente do que no desfile dos *Wide-Awakes*, prosseguindo até bem depois da meia-noite, com todos carregando lanternas e os *b'hoys* explodindo fogos de artifício.

Mas, de longe, o maior desfile do outono — a maior sensação da Cidade — foi aquele para comemorar a visita do Príncipe de Gales. Todas as corporações de bombeiros tomaram parte, seis mil homens ao todo, puxando seus carros e máquinas. Cantando *Vigorosos Homens ao Front* enquanto passavam pela janela de balcão do Hotel Quinta Avenida, onde estava o Príncipe — uma figura magra e elegante com seu uniforme dos *Coldstream Guards*, sorrindo ou inclinando-se graciosamente em resposta.

Tom nunca havia visto um espetáculo como aquele. A pintura de todas as máquinas e das carroças dos bombeiros retocada para a ocasião, com novas e fantásticas cenas acrescentadas pelo próprio professor A.P. Moriarty, o melhor de todos os pintores de carros de bombeiros.

A *Old Honey Bee* também participara, com uma colméia dourada e iluminada balançando entre as travas. A *Silk Stockings*, com seus enfeites de golfinhos prateados e a pintura de anjos da guarda pairando acima de uma criança adormecida no cilindro da mangueira. Entoando seu grito de guerra: *À frente, Velho Nove Prateado!* enquanto passava.

Estavam lá também a *Old Turk*, com sua tantalizante cena de harém, e os arrogantes ianques da *Amity Hose*, com suas lamparinas vermelhas em formato de abacaxis e engastadas em ouro sólido. Havia também a *Quills of the Oceana* — uma companhia de mercadores e escreventes que mantinham minutas notavelmente detalhadas das suas reuniões — e a *Old Blue Box*, com sua representação de Jefferson assinando a Declaração, entoando *O Verdadeiro Azul nunca desbota!* ao passar. Havia a *Niagara*, com sua pintura das cataratas e de um vulcão no mar; e a *Lafayette*, com Rip Van Winkle vagando para fora de Catskills depois do seu longo sono. A *Iron Horse* e a *Man-Killer*, e a *White Ghost*, que sempre afirmou ser a máquina mais rápida da Cidade, quando na verdade nunca foi. E a *Shad Bellies*, a *Dashing Half Hundred*, a *Bean Soup*, a *Mutton House*, a *Old Sal* e a *Old Jeff*, e a companhia *Mazeppa* com seus cilindros de mangueira que exibiam nada menos que a representação da Esperança e o acampamento de Washington no Vale Forge, incidentes da vida de Mazeppa, um bombeiro em seu hidrante, o brasão de armas da Cidade e da Instituição de Cegos de Nova York.

Tom também estava lá, marchando com a *Black Joke*. Carro da Companhia 33, o *Old Bombazula.* Vestido com sua orgulhosa camisa vermelha e o chapéu, calça e suspensórios pretos, as fitas pretas pendendo de trás do seu chapéu com o "33" bordado em dourado nas pontas. A carroça com sua nova e reluzente pintura de preto com listras vermelhas. Em um dos lados o orgulhoso retrato, pintado pelo professor Moriarty, do navio corsário *Black Joke* e, no outro, a grande fogueira ardendo nas pradarias. E, na frente, o lema da companhia — O MAIS NOBRE MOTIVO É O BEM PÚBLICO.

Ele achou que até mesmo Deirdre ficara orgulhosa dele naquela noite. Assistindo quando o desfile das corporações de bombeiros serpenteava através das multidões que aplaudiam — mais impressionadas com eles do que com o príncipe, ou mesmo com a avultante perspectiva da guerra, tão excitadas que tinham rompido as fileiras da polícia e dos militares que tentavam mantê-las nas calçadas. A *Black Joke* fora a única coisa que Deirdre permitira que ele continuasse freqüentando, a única coisa da sua antiga vida que ainda lhe era permitido prosseguir. Ele a convencera de que se tratava de um serviço público e, portanto, de valor — embora ela suspeitasse que não passava de mais uma desculpa para bebida, pândega e política democrática.

Acima de tudo, ele sabia, Deirdre desconfiava da posição de Finn McCool como chefe assistente da corporação. Isso era algo pelo qual ele dificilmente poderia culpá-la, desde que ele próprio não confiava nem um pouco em Finn.

Entretanto, Tom também via o quanto ela gostava dos bailes de sábado à noite na sede do corpo de bombeiros. As noites com música, quando era servido o grosso ensopado feito com enguias, caranguejos e lagosta, frango e pato. Ou o baile anual da *Amity Hose* nos Salões Apollo, com Jerry Go Nimble e Jack Diamond tocando a gaita e dançando o seu *breakdown*, e Jack Ballagher, um negro enorme que usava um brinco na orelha e um lenço vermelho amarrado na cabeça como um pirata, tocando a rabeca como o próprio Old Scratch.

E em tais ocasiões Tom tinha certeza, mesmo descontando o orgulho natural de marido, que a beleza e graciosidade de Deirdre superavam as de todas as outras esposas e namoradas. E achava que Deirdre também sabia disso. Ele a via sorrir e ruborizar de prazer por trás do leque e, por mais que desaprovasse, ela dançava com ele por metade da noite.

Nunca houve algo que ele mais desejasse em sua vida do que correr com a máquina dos bombeiros. Eles eram todos loucos pelas companhias de bombeiros, Tom e os outros garotos da sua rua. Quando o sino de alarme soava, eles jorravam para fora dos cortiços como percevejos e ficavam esperando para vê-las passar.

Primeiro vinham os mensageiros — não mais do que garotos, eles mesmos, na maioria, disparando pela rua tentando farejar o incêndio e encontrar as bombas de água mais próximas. Depois aparecia um outro rapaz, mais velho, soprando uma comprida corneta de prata enquanto corria. Então vinha a companhia, trinta ou quarenta homens, talvez mais, com seus chapéus alcatroados, as camisas vermelhas e galões. Conduzindo as grandes máquinas tão depressa que as rodas mal tocavam o calçamento. A multidão nas calçadas rompendo em espontâneos aplausos, vivas e assovios de puro prazer, apenas por vê-los chegar.

Quando meninos, eles se vestiam com as camisas de flanela vermelha e os suspensórios coloridos das suas companhias preferidas. Perambulando pelas sedes das corporações, carregando água e acendendo os fogões para os bombeiros. Lustrando e polindo as máquinas, e até as botas dos homens, até que ficassem reluzindo. Aqueles que podiam, cujos pais ganhavam alguns centavos a mais do que os outros, até mesmo se juntavam para comprar novos sinais e lanternas para as companhias, ou faixas de latão para amarrar em volta da máquina.

Porém, isso não era o bastante. Ainda era necessário um "empurrãozinho" para alguém se tornar um mensageiro. Um irmão ou um primo na corporação, pelo menos, e Tom não tinha nada disso.

O que ele tinha, como acabou ocorrendo, era Finn McCool, que foi quem lhe serviu de padrinho para a *Black Joke*, da mesma forma como fez dele um cidadão e um membro leal da Democracia.

Foi Finn, também, quem ensinou a Tom o velho truque do melado, exatamente no primeiro dia em que se conheceram no Cinco Pontos. Levando-o até uma mercearia recém-aberta — não apenas uma fachada para um bar, com o habitual montículo de verduras e legumes apodrecendo na calçada, mas uma mercearia de *verdade*, com barris novos em folha cheios de farinha e açúcar, e barriletes de melado ao longo das paredes. O proprietário — algum pobre caipira de Yonkers — parado atrás do balcão com um avental branco impecável, um lápis novo e bem apontado preso atrás da orelha.

— *Veja, olhe só pra ele, olhe só pra ele, esse pobre coitado! Estúpido como uma ostra!*

Finn cochichando em seu ouvido, o rosto prematuramente enrugado quase colado ao de Tom enquanto o empurrava para frente. Anunciando com grandiosidade quando passaram pela porta da mercearia:

— Meu amigo aqui, e eu, fizemos uma aposta. Ele e cinco dólares dizem que o senhor não consegue colocar um galão de melado dentro do meu chapéu. Eu digo que sim.

Atirando em cima do balcão, com um floreio, o chapéu alto, tipo cartola, que ele usava.

— Seja um bom homem, sim, e faça o favor de enchê-lo.

Até mesmo o merceeiro se esquivando diante de tal sugestão. Era um homem grandalhão, de ombros quadrados, e Tom teria começado a se esgueirar na direção da porta se a mão de Finn, debaixo do seu braço, não o segurasse.

— O senhor quer encher seu chapéu? Com melado? — A voz do homem incrédula.

— Claro, é apenas um chapéu velho. Posso comprar dez iguais a esse com o que ganhar desse rapazola aqui!

Lançando com um piparote uma moeda de um dólar sobre o balcão, distraidamente, bem ao lado do chapéu. O merceeiro pegando a moeda, mordendo a beirada com uma expressão contemplativa.

— Vá em frente e encha, eu vou ganhar um bom dinheiro com isso.

O balconista balançando a cabeça e sorrindo um pouco, agora. Pensando que estava a salvo contanto que segurasse a sólida moeda na mão. Pegando a medida de um galão do barril de melado mais próximo, Finn fingindo observar atentamente enquanto o homem despejava o melado preto-esverdeado, lodoso, grosso como cimento, dentro do seu chapéu. Deixando pingar cuidadosamente cada gota, até que o chapéu de Finn estivesse cheio quase até a aba.

— Aí está! Viu só? — Finn pegou o chapéu cheio, levando-o triunfante para baixo do nariz de Tom. — Você me deve cinco dólares, tostão por tostão!

Tom ajudando-o inadvertidamente, parecendo completamente perdido. O merceeiro inclinando-se sobre o balcão, sorrindo diante do que pensava ser a brincadeira.

— Ele ganhou de você, isso eu posso atestar...

Antes que ele pudesse terminar a frase, Finn levantara o chapéu com um movimento rápido e hábil. Virando-o para baixo, com toda força, por cima da cabeça do merceeiro, até na altura das orelhas.

— Pronto, você pode *experimentar* um pouco!

O homem cambaleou para trás, fazendo ruídos sufocados enquanto tentava tirar o espesso e glutinoso melado do rosto. Finn já estava pulando por cima do balcão, abrindo a gaveta de trocos e recolhendo tantas moedas e notas quantas conseguiu juntar nas duas mãos. Cruzou novamente o balcão antes que o merceeiro tivesse conseguido tirar o chapéu de cima dos olhos — a calda lamacenta e esverdeada escorrendo nos seus ombros, pela camisa e pelo avental antes imaculado, ainda sem nada enxergar.

— Agora, garoto! *Para fora!*

Finn o empurrou pela porta afora, enfiando nos bolsos todo o dinheiro que pôde, entregando mais a Tom — certificando-se de pegar até mesmo a moeda de um dólar que o merceeiro havia deixado em cima do balcão. Eles dobraram a esquina disparando, e desapareceram pela Orange Street e para dentro do Beco da Garrafa antes que os primeiros apitos da polícia começassem a soar. Finn McCool diminuindo a velocidade a um lento caminhar, então, pegando o braço de Tom, seguindo outra vez na direção das ruas e das multidões anônimas.

— Aí está, meu rapaz. Mais do que você ganharia em um mês, eu aposto... se você quiser apostar. E, se quiser, conheço um bom jogo de *stuss*, que ainda não foi trapaceado...

Ele estava certo — era mais do que ele ganhava num mês, ou, às vezes, em dois. Tom passou os dedos pelo dinheiro em seus bolsos, sem se atrever a olhá-lo em plena luz do dia. Imediatamente desconfiado, entretanto, sobre o que Finn iria querer dele.

— Não, não, não é nada! — McCool o descartou com um gesto. — Apenas o seu voto, só isso. E, afinal, o que é um voto para um homem? Menos que um cisquinho de pele, menos que um pedaço de unha!

Naquela mesma tarde ele levou Tom para conhecer o capitão Rynders, no Clube Americano, e obter sua cidadania. O capitão elevado numa pequena plataforma, olhando para eles lá em baixo, parecendo uma águia com o seu enorme nariz. Quando Tom aproximou-se dele, seus olhos penetrantes de jogador o examinaram de cima a baixo, então ele pegou a mão de Tom entre as suas — cumprimentando-o como se o conhecesse por muitos anos, e deslizando um pequeno e conveniente pedaço de papel na palma da sua mão:

A Quem Possa Interessar:
Favor naturalizar o portador deste.
Capitão Isaiah Rynders

Finn pegou o pedaço de papel e arrastou Tom até o juiz Pietr Brinckerhoff, um velho e decrépito magistrado holandês, no Sexto Distrito, que permanecia sentado em sua bancada recebendo uma interminável fila de irlandeses. Eles se aproximavam como uma procissão de casamento, dois a dois, alguns lhe entregando pequenos bilhetes como o que o capitão Rynders lhe dera, agora embrulhando uma moeda.

Nenhuma parte do juiz se movia em resposta, exceto as mãos, e estas trabalhavam como uma máquina particularmente bem equilibrada. Pegando o papel, guardando a moeda. Escrevendo algumas palavras em outro pedaço de papel, de aparência oficial, depois batendo o martelo.

— Pronto! — era tudo o que ele dizia, e: — Próximo!

Foi só isso — e então ele era um cidadão. Finn o levara para fora do tribunal, segurando o papel novo e maior, com seu selo oficial, os misteriosos floreados de águias, índios e holandeses, moinhos de vento e apetrechos de velejadores.

— Ah, meu rapaz, era disso que você precisava! — McCool o congratulou, batendo nas suas costas. — Este é o bilhete de entrada, sem dúvida. E você vai ganhar um bocado de dinheiro com *isso*!

Foi assim que aconteceu. Esta era parte das coisas, a história de como os *homens* se viravam no mundo, algo que Deirdre nunca soube realmente. Foi a McCool que ele recorreu, também, para conseguir um emprego municipal, uma vez que Deirdre decidiu que ele era bom demais para continuar trabalhando como açougueiro. Havia sido Finn quem tornara possível que ele conseguisse as promoções na organização, subindo — subindo exatamente como ela queria que ele fizesse — de acendedor de lampiões até comandar sua própria equipe de escavadores, no novo e grandioso parque central que estavam construindo.

E, em troca, Tom precisava apenas freqüentar as reuniões de indicações da Tammany quando Finn o chamava, votando em quem quer que fosse que Finn lhe dissesse para votar. Nunca contando nada disso a Deirdre. Sabendo o quanto era importante para ela pensar que fora ela, e apenas ela — exceto pela advertência e pelos conselhos do padre — quem o fizera subir na vida.

Havia sido Finn, também, quem lhe dissera para não ir à guerra. Quando esta finalmente começou, muitos dos seus companheiros ficaram extasiados. Transformando-se imediatamente de corporações de bombeiros em corporações de voluntários de noventa dias — os Zuavos do Fogo, os Rapazes de Billy Wilson e o regimento de Kerrigan. Repletos de uniformes novos e coloridos, bandeiras regimentais cheias de harpas e trevos, e o sol da Irlanda explodindo através das nuvens.

Eles se lembravam de como havia sido, aqueles camaradas que tinham idade suficiente para isso. Todos os grandes desfiles, as honras e os banquetes com que os homens tinham sido recebidos quando voltaram da Guerra Mexicana.

— Só que não é no México e não vamos lutar contra Santy Anny e sua turma, não é? — Finn resmungara. — Agora se trata de lutar contra outros americanos, na América, e bons democratas, acima de tudo!

Finn era a verdadeira força na corporação, todo mundo sabia disso. Seu irmão Peter, o capitão — um homem forte, bonito e vaidoso, com uma cabeça cheia de cabelos loiros encaracolados e absolutamente nenhum juízo. Finn esperava conseguir que Peter concorresse pelos "Quarenta Ladrões", e queria desencorajar a idéia de quaisquer eleitores em potencial partindo para o Sul. Porém, era mais do que isso, Tom podia ver, ele realmente detestava toda a idéia da guerra.

— É a guerra *deles*, dos Republicanos. Vão usar isso para nos esmagar, se puderem, espere só para ver.

— Mas, por Deus, Finn, então você não acredita que devemos manter a União?

— A União! — McCool escarneceu. — Ah, a União, é isso! Claro que eu acredito em manter a União. Acredito em manter a união entre meu pescoço e o resto do meu corpo. Pode apostar: se a guerra vier nós iremos lutar nela, e eles vão lucrar com ela.

Mas então começaram todos os desfiles pelas docas enquanto os voluntários marchavam. A Cidade inteira atada em bandeiras americanas e a crinolina verde dos regimentos irlandeses. As multidões em nada parecidas com o que Tom tivesse visto antes, mesmo para o príncipe, com meninos subindo em todas as árvores e postes para ter uma visão melhor, e as moças correndo para atirar flores aos pés dos homens, beijar suas faces e colocar guirlandas em suas cabeças. A famosa banda de Dodsworth tocando para os novos soldados, enquanto marchavam na direção da Battery:

Então nós lhes demos sinceros aplausos, meus rapazes,
Que foram recebidos com sorrisos.
Cantando nós somos os rapazes
Que não temem nenhum barulho
Nós somos o Sexagésimo nono de Combate!

E Deirdre foi apanhada nisso como todos os outros. Pondo em risco a própria vida dele, era isso que Tom jamais conseguira superar. Lendo seu jornal Republicano, sempre se preocupando em ser respeitável e em fazer a coisa certa. Ela lhe mostrara todos os tratados abolicionistas, lhe falara sobre os horrores da escravidão, e claro que eram horríveis, mas ele não sabia o que deveria fazer quanto a isso.

Já não estava fazendo tudo o que ela exigia? *Saindo para trabalhar todos os dias nas escavações do novo parque. Dando duro com a pá e a enxada dez horas por dia, tendo de vigiar para que seus homens não parassem de trabalhar e fossem deitar debaixo de uma árvore qualquer, o que fariam num piscar de olhos se antes não caíssem em algum buraco. Enchendo seus ouvidos com cera quando explodiam as pedras imensas, transportando grandes rochas inteiras para as docas — mais uma coisa que ele nunca entendeu, por que algumas rochas tinham de ser explodidas para o novo parque, enquanto outras tinham de ser retiradas e levadas para longe.*

Mesmo assim, ele fazia. Até gostando, tinha de admitir, vendo toda aquela coisa, o parque perfeito e ajardinado, tomar forma diante dos seus olhos. Nos domingos ele levava as crianças para brincar entre os fósseis de gesso dos ossos de dinossauro que o professor Hawkins havia montado ali, vendo-as escalar todos os grandes monstros esbranquiçados. E de volta para casa, depois que elas dormiam, ele sentava junto ao fogo com Deirdre e lhe contava sobre o trabalho que estavam fazendo, construindo a nova Cidade, e via os olhos dela cintilarem de orgulho.

Mas, de alguma forma, não era suficiente. Deirdre não desistia daquilo, sobretudo depois que o arcebispo conclamara todo bom católico a *exigir* que fosse recrutado para a guerra. Legitimada por sua fé — e por sua grande respeitabilidade protestante. Dizendo a ele que era sua *obrigação* se alistar, ir para o Sul com os outros homens.

Sua obrigação. A sua obrigação era para com sua esposa e sua família. Pela graça de Deus, ele estaria com eles, agora.

Quase ao cair da noite o vagão já estava completamente escuro. Espiando pela porta aberta, no entanto, Tom calculava que estivessem quase chegando. O trem sulcando as pradarias de Jersey, os altos e amarelados talos da vegetação dos brejos sacudindo-se na margem dos trilhos. Logo, ele sabia, iriam cruzar a Baía de Newark, depois seguiriam até a estação de Hoboken ao longo do rio. Dali as barcaças os levariam até a Cidade...

A mesma rota que ele fizera para a guerra, só que ao contrário. Voltando, agora, até mesmo com os três companheiros com quem se alistara, Snatchem, Feeley e Danny Larkins. Black Dan Conaway tendo ficado para trás, em Marye's Heights. John J. Sullivan tendo morrido com um tiro, nos campos de trigo de Gettysburg, por algum bastardo do Mississippi.

E agora voltando para cá, para lutar em nossas próprias ruas. Meu Deus, isso não fazia sentido. Temendo novamente o que poderia acontecer com Deirdre e com as crianças. Certamente ninguém iria lhe fazer mal, uma respeitável irlandesa com cinco filhos. Mas nunca se sabe o que pode acontecer numa guerra. E, depois, havia uma provocação específica no quarteirão onde moravam.

Ruth — e aquele seu marido negro, e sua família de mestiços. Isso levaria a turba de arruaceiros até eles, se não fosse por mais nada.

Era culpa sua também, Tom sabia, o que acabara acontecendo entre ele e Deirdre. Mas ele sentia tanta pena daquela pobre criança, aparecendo na casa deles, semana após semana, com um olho roxo, com o queixo e as faces machucadas e descoloridas pelas surras que levava. Tão ignorante e indefesa. *Ou, pelo menos, era o que parecia.* Deirdre nunca simpatizara com ela, por motivos que ele não entendia muito bem — embora tivesse de admitir, agora, que ele tampouco compreendia seus próprios sentimentos por Ruth. A estranha sensação que o invadia sempre que a via, indefesa e surrada. *Alguma coisa mais — e menos — do que piedade.*

Tom também gostava do marido dela, Billy, tanto quanto gostaria de algum homem de cor. *Um tipo quieto, sempre meditando sobre alguma coisa. Mas havia sido rápido e confiável o bastante, quando foi necessário — quando tiveram de dar um jeito no irmão de Deirdre...*

Johnny Dolan. O *Perigoso* Johnny Dolan, como o denominavam nos cartazes e panfletos de lutas-livres. Tom sabia que Deirdre ainda acendia uma vela votiva para ele, uma vez por mês. Insistindo em manter o seu daguerreótipo na cômoda do quarto.

Meu Deus, mas que rosto para se ver, logo de manhã, ainda vestindo as calças.

Deirdre o tratara quase como se fosse seu filho desde o momento em que ele apareceu, e Tom não podia culpá-la por isso. Ele fora em frente e conseguira incluir Dolan na Black Joke, como ela pedira. Conseguira até mesmo um trabalho para ele nas turmas de construção do centro da cidade, assentando as pedras do calçamento das ruas.

Porém, com apenas uma olhada, Tom soubera que havia algo de errado com aquele sujeito — algo que nenhum emprego, nenhuma corporação de bombeiros poderia consertar. A raiva flutuando logo abaixo da superfície, pronta para explodir por quase qualquer motivo, como a sujeira borbulhando através das grades do esgoto.

Como ele lutara no barco, naquela noite! Tom não achava que conseguiria segurá-lo, nem mesmo com o saco lhe cobrindo a cabeça, apanhado de surpresa. Ele lutara como quarenta gatos, e se Billy não o tivesse dominado com aquele arpão, certamente ele teria virado o barco. E, depois, teria sido o inferno...

Deirdre nunca o perdoara por isso. Quando Ruth viera procurá-los naquela noite — quando ela lhes mostrou o que Dolan havia feito com o Velho Noe — e provou para além de qualquer dúvida, a própria Deirdre insistira para que o entregassem à polícia, mesmo que isso significasse que ele seria enforcado.

Ainda assim, ela não o perdoara...

Teria sido mesmo por isso?, Tom sempre se perguntou. Ele nunca tivera certeza — foi por ter sido ele quem levara o irmão dela para longe? Ou teria sido por causa de Ruth?

Passava um pouco da meia-noite quando finalmente pararam na estação de Hoboken. Os homens se levantando devagar e cambaleando para as portas do vagão de gado. Aqueles que tinham vindo de mais longe, os homens do regimento de Michigan que vieram do exército de Meade, caindo para dormir direto na plataforma.

Tom tentou descer do vagão com facilidade, mas sua perna ferida ainda vergou-se debaixo dele assim que tocou o chão. Foi mancando pela plataforma, praguejando baixinho e socando os músculos enquanto tentava recuperar a sensação da perna. Arrastando-se atrás de Snatchem e de alguns dos outros até onde estavam parados agora, do lado de fora da estação, nas margens do rio Hudson.

Ali ele pôde ver a grande Cidade novamente. Seu coração se preenchendo diante da visão, mais emocionado do que ele havia antecipado — ansiando por finalmente chegar em casa.

Porém, ele achou que a cidade também parecia marcada de cicatrizes — mesmo no escuro, mesmo à distância que estavam, tão longe, do outro lado do rio. Podia ver os prédios ardendo por toda a extensão dos embarcadouros do West Side, e rolos de fumaça vagando através da lua. O restante do céu noturno estava iluminado com uma viva cor avermelhada, como se estivesse pingando fogo na Cidade abaixo.

— O que está acontecendo? O que foi que houve? — Tom perguntou agitadamente, para ninguém em especial.

Não houve resposta, os outros homens tão assustados e estupefatos quanto ele, observando a Cidade ferida.

— Nós temos de ir para lá...

54

HERBERT WILLIS ROBINSON

Um carro fúnebre passa sacolejando pela Bowery. Oito *b'hoys* embriagados carregam o esquife negro. O epitáfio escrito a giz numa das laterais:

O Recrutamento do Velho Abe Morreu na Segunda-Feira, 13 de julho de 1863.

Mas o espírito carnavalesco desapareceu. Está quente demais e há mortos demais. Agora não haverá mais delicadezas a respeito de se salvar os retratos de Washington. Os próprios carregadores do féretro estão carrancudos e rabugentos em sua embriaguez. No Astor Palace, eu vejo uma dupla de trabalhadores irlandeses arrancar a bandeira e rasgá-la em pedaços, gritando "*Dane-se a bandeira!*"

Por toda a Cidade os homens estão levantando barricadas nas ruas. Estão arrancando os trilhos das Third e Fourth Avenue, exterminando as linhas do rio Hudson e do Harlem, na esperança de que o governo não consiga trazer mais tropas. Todos eles se armando, de qualquer maneira que podem, pegando não somente revólveres e facas, mas também enxadas, machados, porretes e lanças.

Por onde quer que eu vá escuto os sons no ar, pairando acima de mim. Olho para cima a tempo de ver figuras humanas correndo pelos telhados e terraços dos prédios. Espreitando atrás das chaminés, tramando Deus sabe que novas maldades. Mal consigo me obrigar a tocar o chão, com medo de que a calçada possa se arrebentar em chamas sob meus pés.

Esta não é uma cidade para a qual posso trazer Maddy. Não me atreveria a andar com uma mulher nem por um quarteirão através dessas ruas — apesar de que, sem dúvida, há muitas delas por aí agora, as harpias de faces vermelhas, lançando-se aos saques e clamando por sangue ainda mais furiosamente do que seus homens.

Pintando a cidade de vermelho.

Os postes de iluminação de todo o centro, agora, exibem uma vergonha específica — pior do que qualquer coisa que eu já tenha visto na Cidade. Os corpos de homens e mulheres negros — até mesmo de meninos negros — pendurados ali, abertos, mutilados e torturados.

Muitos deles estão ali desde a noite passada, ou mesmo desde a tarde de ontem. A turba persegue qualquer um que tente retirá-los. Seus filhos até mesmo brincam debaixo dessas terríveis efígies, correndo para me contar tudo o que fizeram, enquanto balanço a cabeça e me obrigo a sorrir. Escutando tudo, *vendo tudo.*

No Nono Distrito, há um marujo negro chamado Williams. Ele desembarcou do navio de carga *Belvedere*, querendo comprar um filão de pão. Por algum motivo, ninguém o avisou sobre o que estava acontecendo na Cidade, ou talvez ele simplesmente não tenha acreditado. Na esquina das ruas Leroy e Washington ele perguntou a um estudante onde poderia encontrar uma mercearia. O menino apenas encarou-o, e um homem branco saiu de uma loja de bebidas na esquina querendo saber o que ele queria.

— Ora, só um pão, senhor.

O homem branco olhou para ele e assentiu. Então o golpeou no rosto. Derrubando o marinheiro na rua, depois pulando para cima e para baixo em seu peito.

O restante da multidão avançou sobre ele no mesmo instante. A multidão que se junta imediatamente, agora, vinda de todos os lugares e de lugar nenhum — homens e meninos brancos, até mulheres e moças, saindo aos borbotões de dentro dos bares e das mercearias, dos cortiços acima e abaixo dos quarteirões, com uma velocidade aterrorizante.

Eles seguram Williams no chão enquanto o primeiro homem branco, apoiado nos ombros de um amigo, lhe desfere chutes nos olhos, muitas e muitas vezes. Eles atiram pedras enquanto William jaz deitado na rua, ainda usando o uniforme do seu país, depois o obrigam a se levantar e o penduram. Abrindo cortes com facas nos seus braços e pernas, depois despejando óleo nas feridas e tocando fogo. Até mesmo um marinheiro branco, seu companheiro do *Belvedere*, correu e enfiou uma faca nas costas de William. A turba assistindo com avidez, aplaudindo enquanto ele se contorcia e queimava.

"*Vingança em todos os pretos de Nova York!*"

Na West Twenty-eighth Street eles enforcaram um homem que eu conhecia de vista. Todos conheciam, ele era um antigo residente do bairro, um cocheiro negro, idoso e aleijado que atendia pelo nome de Abraham Franklin.

Parece que eles o mataram por causa do nome. A multidão gritando "*Abraham! Abraham! Diga o seu nome... se tiver coragem!*", vezes e vezes seguidas. Depois eles o enforcaram e queimaram num poste da rua, e gritaram três vivas para Jefferson Davis. Um troncudo garoto irlandês, ajudante de açougueiro, ainda adolescente, tira o homem do poste e o despe das suas roupas, puxando-o ao longo da rua pelos seus genitais. Ainda usando o avental de açougueiro, ele corta pedaços do velho e os atira para que a turba guarde como lembranças — antes de voltar a pendurá-lo no poste, do mesmo jeito que deve pendurar as carcaças de cordeiro.

É algo chocante, quase além de qualquer compreensão, ver alguém que já se conhecia — mesmo apenas de vista, de passagem — ser realmente cortado em pedaços como se fosse uma posta de carne, uma *coisa.* Pelo menos o pobre cocheiro Abraham está morto. Em todos os lugares eles sujeitam os vivos a todas as humilhações possíveis. Na Thirty-third Street eu me deparo com uma jovem mãe negra, atordoada e surrada, vagando pela calçada com seus filhos pequenos, um menino e uma menina — todos eles nus como no dia em que nasceram.

Esta se tornou a humilhação especial deles — despir qualquer negro que consigam pegar nas ruas. Alguém na turba me informa que tiveram de fazer isso depois que apanharam um negro tentando entrar na barcaça do Brooklyn disfarçado com as roupas da sua mulher. (Como ele se atreve a tentar escapar de ser torturado até a morte!) Porém, é mais do que isso. Eu escuto quando eles provocam a envergonhada mãe, gritando e olhando-a com malícia:

"*Pra que uma preta precisa de roupas? O que uma preta selvagem vai fazer com roupas?*"

Eu tento levar a pobre e atônita mulher para dentro de algum abrigo — embora até mesmo isso seja arriscar a fúria da turba. Mas ninguém nem sequer abre a porta para ela, sem dúvida temendo que a multidão queime suas casas como represália. Sou informado que até na Enfermaria para Mulheres e Crianças Indigentes os pacientes brancos ali internados exigiram que todos os negros fossem expulsos, com medo de que alguém incendiasse o lugar.

Finalmente consigo cobrir a mulher e seus filhos com um cobertor de cavalos, tirado de algum estábulo saqueado, mas é o melhor que posso fazer. Os negros foram todos deixados por sua própria conta, como se fossem estranhos entre nós. A turba os ataca onde quer que os encontre. Vingando-se da guerra através deles — pelo crime de serem inferiores a eles na sociedade.

Na Minetta Lane alguns dos negros conseguiram revólveres e enfrentam a multidão à mão armada. Na maior parte, entretanto, eles estão espalhados demais pela Cidade, vulneráveis demais para fazer qualquer coisa exceto fugir. Eles se refugiam onde podem, nas igrejas e nas casas de uns poucos abolicionistas corajosos; no Consulado Britânico e até mesmo em um navio de guerra francês que está atracado nas docas do West Side.

A polícia faz o melhor que pode para protegê-los. Enviaram todo um esquadrão sob o comando do inspetor Dilks para resgatar quaisquer negros que encontrarem e os levarem para o abrigo nas delegacias. Mas, como seria de se esperar, até as delegacias estão sendo incendiadas, agora — a 21ª, depois a 23ª e a 10ª — todas em chamas. Não há homens suficientes para conter a multidão e, quando esta se aproxima, eles entregam as armas que têm aos negros e lhes desejam boa-sorte, antes de fugirem de volta para o centro através das ruas ardentes e esfumaçadas.

Eu vou com eles, de volta para o quartel-general da polícia, na Mulberry Street. Tentando descobrir *alguma coisa*, qualquer coisa que puder. A Cidade está prestes a ruir? O exército finalmente está a caminho? Será que devo levar Maddy para a minha casa em Gramercy Park — ou tento fugir desta ilha destruída de uma vez por todas?

De fato, há mais informações no quartel-general — todas ruins. As teclas continuam matraqueando nas salas de telégrafo:

Os desordeiros estão incendiando as hospedarias de marinheiros negros, nas ruas Roosevelt e Water... Estão saqueando residências particulares de negros nas ruas Baxter e Pell... atacando a Usina de Gás Metropolitana... incendiando a cidade de Harlem...

Nossos recursos são esticados quase até o limite máximo. O general Meade ainda está para enviar as tropas da Pensilvânia. O general Wool ainda está entocado no seu quarto do Hotel St. Nicholas. Apenas o general Brown, brigadeiro de Wool, foi capaz de deslocar umas poucas companhias que faziam a guarda dos estaleiros e do Prédio da Sub-Tesouraria. Um destacamento do 11º de Voluntários de Nova York está se formando agora na frente do quartel-general da polícia, sob o comando do coronel Henry O'Brien.

Enquanto isso, o comissário Acton anda de um lado para outro no escritório de Kennedy, desfigurado e enfurecido. Praguejando e latindo ordens, despachando suas forças sitiadas para onde quer que a crise seguinte entre em erupção.

— Eles estão sempre adiante de nós! — ele esbraveja. — Atacando onde e o que bem entendem, enquanto tudo o que podemos fazer é reagir. Nesse ritmo acabarão incendiando a Cidade inteira!

Um auxiliar entra correndo com uma outra mensagem, o rosto e as roupas cobertos de poeira e fuligem, como os de todas as outras pessoas nesta Cidade. Acton analisa o papel que ele lhe entrega, seu próprio rosto se avermelhando imediatamente.

— Eles dispersaram a guarda da Usina da União — ele me diz, e pragueja com virulência. — Se tomarem o depósito, vão ficar armados até os dentes!

Ele se volta para o assistente e ordena que avise o esquadrão do inspetor Carpenter e as tropas de O'Brien para que sigam imediatamente para a Usina de Vapor da União. Eu lhe digo que vou também, e ele abre a primeira gaveta da escrivaninha, revelando uma fileira de revólveres Colt, novos e reluzentes.

— Você tem uma arma, hein? Não? Pegue uma dessas... eu tenho mais na outra gaveta!

Guardo a arma no bolso, pegando também uma caixa de balas. Acton balança a cabeça com ar pesaroso, enfiando uma pistola num dos seus próprios bolsos.

— Esta cidade tem armas demais!

Os patrulheiros de Dan Carpenter se reúnem na sala de reagrupamento. Muitos deles agora exibem curativos, ou trapos ensangüentados amarrados em volta das cabeças, braços e pernas. Não mais a impiedosa máquina destruidora que eram no dia anterior. Agora eles se encostam e se sentam contra as paredes da sala, quase exaustos de um dia e uma noite inteiros de lutas contínuas.

Este pequeno espaço, esta sala, eles transformaram em seu próprio. As paredes estão repletas de testemunhos e espadas simbólicas, e com os nomes de companheiros há muito desaparecidos — com gravuras de Emmet e Daniel

O'Connell, de Bonnie Prince e de Wild Geese, Tyrconnell e Tyrone. Penduradas ali, também, agora, estão as bandeiras de batalha dos regimentos irlandeses na guerra, perfuradas com os buracos de tiros. Harpas douradas e campos verdejantes, o sol explodindo perenemente através das nuvens. Abaixo deles a antiga e romântica legenda: RIAM NAR DRUID O SBAIRN LANN — *Quem nunca recuou do fragor das lanças.*

— Em pé, homens, em pé! — Carpenter os chama para as fileiras. — Ainda temos trabalho a fazer!

Tom Acton grita atrás deles, frenético agora pela falta de sono e comida pesada.

— *Codornas assadas, rapazes, codornas assadas! Codornas assadas para todos vocês, se conseguirem debelar a rebelião!*

Mas eles o ignoraram. Não era para isso que lutavam. Não contra uma multidão selvagem cujos números os ultrapassavam em cem por um, e que incluía muitos dos seus amigos e vizinhos.

Que raça inescrutável. *Para que eles lutavam, então?* Por amor a este país, a esta Cidade que os despreza por serem pobres e católicos? Por amor à querida Irlanda, então? Ou por esta sala — este pequeno lugar que é só deles?

— Em formação!

Eles se levantam e formam fileiras. Não exatamente pulando para o alto, mas ainda dispostos. Batendo os cassetetes no calçamento outra vez enquanto se movem para as ruas, batendo aquele orgulhoso toque de agrupamento da polícia.

55

HERBERT WILLIS ROBINSON

Nós devíamos ter percebido a emboscada chegando.

Carpenter enviou seus homens pela Third Avenue nos poucos bondes que os desordeiros tinham deixado intactos, tentando poupar-lhes as forças. Eu os sigo de perto, observando sem fôlego enquanto dispersam a turba para fora da Usina da União. Lutando com a mesma bravura de ontem, seus braços e cassetetes de madeira subindo e descendo da mesma maneira impiedosa.

Mas, desta vez, a multidão desiste com demasiada facilidade. Cede terreno sempre que a polícia avança. Os arruaceiros não mais fugindo cegamente para salvar a pele, mas provocando e incitando, entoando canções obscenas e insultos enquanto recuam lentamente pela Second Avenue, na direção de Murray's Hill.

Carpenter avança com seus homens atrás deles, tentando esmagar a insurreição aqui e agora. Ele brande seu cassetete no ar como se fosse uma espada, gritando aos oficiais por cima da balbúrdia:

— Avante! *Avante!*

Eles fecham a armadilha assim que passamos pela Thirty-fourth Street. De repente estamos cercados, todos de uma só vez. Uma nova multidão jorra dos seus esconderijos, as casas e bares por toda a extensão da rua. Surgindo na avenida atrás de nós — e nos bloqueando.

Subitamente, os revoltosos que estiveram recuando à nossa frente passam a defender sua posição — os homens brandindo seus machados e lanças, enviando para o ar um grito selvagem, triunfante, horripilante. Foi um bom ponto o que eles escolheram, nos encurralando entre as ruas Thirty-fourth e Thirty-fifth. É um quarteirão completo, sem terrenos baldios por onde escapar — apenas cortiços de quatro ou cinco andares, assomando-se sobre nós como paredes de um desfiladeiro.

Eu ouço um conhecido barulho de passos acima de mim, e olho para o alto. Eles estão correndo pelos telhados, agora, acocorando-se atrás de pilhas de chaminés desfeitas e pedras arrancadas dos calçamentos. Muitos deles se postam nas janelas, munidos de rifles. Suas mulheres e crianças, até bebês de colo, bem ao lado deles, tendo vindo para assistir ao espetáculo. Gritando para nós com a mesma exultação:

— *Vocês vão morrer como ratos antes que consigam sair do distrito!*

Os Metropolitanos hesitam, agora, começando a perder a coesão, como geralmente acontece com homens acuados. Eu vejo os olhos deles disparando em volta, à procura de alguma saída. A turba enlouquecida berrando com selvageria, sacudindo suas enxadas e machados.

E ali, à frente deles — ainda viva, mesmo depois de ter sido arremessada inconsciente pela janela de uma taverna — está aquela horrenda criatura do parque central. Eu não acreditava que pudesse ser ele, mas não havia dúvidas quanto a isso. O *Mose deles.* Ainda usando a mesma ridícula placa de madeira com que eles o enfeitaram, com a tosca mensagem escrita: *RECRUTAMENTO, NÃO!* Parecendo ainda mais abominável, agora — cortes horríveis e vermelhos, de quando os Metropolitanos o atiraram pela janela na Amity Street, cruzando o alto da sua testa. As marcas de sangue ressecado escorrendo pelo seu rosto, mais ferimentos nos pulsos e nos braços.

Ele ruge e cospe seu desafio à polícia de Carpenter. Um bastão de madeira na mão direita, a esquerda chamando com um gesto: *Venham, venham...*

Um tiro aterrissa no meio de nós — a bola de chumbo se estilhaçando nas pedras de granito do calçamento. Fragmentos voam e penetram no queixo de um dos patrulheiros, fazendo-o uivar de dor. Mais bolas e tijolos começaram a cair por cima de nós, e os Metropolitanos vacilam — recuando num círculo mais fechado por toda a minha volta, preparando-se, mas com um brilho de medo nos olhos, agora.

— Avante, homens!

Carpenter chega rugindo à frente, recusando-se a aceitar que está acuado. Incitando seus homens a avançar, ainda, apesar da desvantagem...

— A eles, agora, e não façam prisioneiros!

Eles avançam — os braços ainda subindo e descendo, subindo e descendo. Quebrando uma cabeça depois da outra, empurrando a turba para trás, guiados a princípio pela pura força de vontade. Carpenter está com seu revólver novamente, atirando com cuidado, tentando abrir uma trilha através da multidão para que seus homens possam passar. Ele atinge um arruaceiro direto no peito, uma viva mancha vermelha explodindo pela camisa. Outro homem se encolhe como um coelho, atingido no estômago, depois mais um desaba...

Porém, uma chuva de tijolos e balas está caindo sobre nós, agora. De alguma forma, o próprio Carpenter permanece intocado — mas, enquanto estou olhando, uma pedra do calçamento atinge um patrulheiro no ombro, derrubando-o no chão e quebrando sua clavícula. Outro policial ao lado dele também cai, com um tiro nas costas. Ele tenta se levantar, mas cospe um jorro de sangue vermelho escuro, cai novamente de costas na rua. Mais tijolos e pedras chovem nos braços dos homens, nos ombros, pernas e cabeças. Derrubando-os, espalhando-os pela rua...

Eu olho para cima, para a galeria de caras zombeteiras que giram diante de mim nas janelas dos cortiços. Todos observando com tanta avidez como se estivessem vendo um daqueles espetáculos sangrentos da Bowery. Os rostos desdentados dos velhos, as crianças apalermadas, as mulheres não muito diferentes de Maddy. Elas sacodem seus aventais e lenços, gritando e praguejando. Atirando sobre nós qualquer coisa que podem, incitando seus homens com gritos de gelar o sangue:

— *Morram em casa! Morram em casa!*

Os policiais de Carpenter se reerguem com esforço, ainda lutando desesperadamente — lutando pelas suas vidas, agora. Mas não podem mais avançar contra a multidão, acuados como estão pelo mero volume das pessoas amontoadas naquele único quarteirão. Meus próprios braços estão colados nas laterais do meu corpo, incapazes até de alcançar o Colt que Acton me deu, e percebo que realmente posso morrer ali, na Second Avenue, dentre tantos outros lugares. Imaginando o que Maddy fará, então. *Vai chorar por mim? Vai pensar que me esqueci dela?*

Ali — encabeçando a multidão — eu avisto novamente aquela criatura com a placa do RECRUTAMENTO, NÃO!. Tenho certeza de que estou morto, agora, e que desci aos infernos. O homem ainda avança para a polícia como um louco enfurecido, rosnando e desferindo golpes a esmo com o bastão. Faz um dos policiais se esborrachar no chão com um golpe na cabeça, estrangula um outro com seu próprio cassetete de madeira — o patrulheiro sufocando e tossindo horrivelmente.

Ele vai abrindo seu caminho aos safanões de maneira constante, se aproximando mais, ameaçando romper a linha por si só. Movendo-se implacavelmente, bem na direção de onde estou parado observando seu progresso com uma fascinação mórbida, congelada. *Ele está vindo para me matar...*

— Agüentem, homens! Sustentem suas posições e ataquem! — eu escuto Carpenter ainda gritando, mas sua voz soa rouca e desesperada, até mesmo a bravata parecendo frágil.

— *Agüentem!*

Abruptamente, como em resposta àquele grito, a multidão que veio por trás de nós começa a vacilar. Apenas um pequeno tremor em suas fileiras — porém o suficiente para fazer com que até mesmo a criatura barbada do parque se vire para ver o que está acontecendo.

Então escutamos os tambores. Um rufar solene, marcial, conclamando as tropas para as fileiras. Olhando na direção do centro, podemos ver algo mais através da turba — uma comprida e escura mancha azul, espalhada através de toda a largura da Second Avenue.

— Dispersar! *Dispersar*, malditos sejam!

São os homens do coronel O'Brien, o 11º de Voluntários. Incapazes de encontrar outro bonde, eles nos seguiram para a cidade alta em marcha forçada, chegando bem a tempo. Alguns dos arruaceiros se voltam para enfrentá-los, provocando e zombando — esperando que fugissem exatamente como as tropas de Inválidos que eles tinham expulsado ontem.

Mas estes são homens aptos, veteranos na maioria, que já estiveram em batalhas desde Antietam até Fredericksburg e Chancellorsville. Sustentam suas posições, impávidos diante de qualquer coisa que a turba possa atirar sobre eles. Enquanto observamos, eles se formam rapidamente em duas fileiras regulares de saraivadas, um homem ajoelhado, outro de pé atrás deste, ambos com as costas tão eretas como varetas de espingarda. Os mosquetes dos soldados claramente visíveis — apontados para nós tanto quanto para a multidão.

Os desordeiros começam a se espalhar, então, alguns deles correndo em busca de cobertura. A criatura que os lidera, no entanto, se recusa a ceder, mantendo-se firme em seu posto a apenas alguns metros de distância das armas.

— São de festim! As balas são de festim! — ele insiste, e o restante dos desordeiros começa a cerrar fileiras à sua volta.

Eles avançam devagar na direção dos soldados, arrastando os pés, cuspindo e gritando seu desafio. As mulheres nas janelas ecoando seus insultos:

— Voltem para a guerra! Nós não somos nenhum bando da gentalha do Sul!

— Vão para o inferno, seus canalhas Inválidos!

— Morram em casa!

Mas Carpenter também está gritando — para seus homens, para nós todos —, nos exortando a sair do caminho da saraivada.

— Abaixem! Abaixem!

— *Dispersar!*

Nós nos jogamos no chão, de barriga para baixo. A turba já não nos dá mais atenção, todos se virando para enfrentar as tropas. Eu espio através das pedras do calçamento e vejo O'Brien parado ao lado dos seus homens, tão rígido quanto um soldadinho de chumbo — um homem troncudo e inflexível, com um reluzente bigode preto. Ele leva a espada desembainhada acima do ombro, a lâmina prateada cintilando na luz do sol. Então ela mergulha para baixo — e uma série de tiros explode ao longo da fileira.

— *Abaixem!*

A multidão cambaleia para trás. Jogando as mãos para o alto, empurrados pela mera detonação das armas — tropeçando e caindo, baixando os olhos para si mesmos.

Só para descobrir que são uma coisa só. Por um momento todos nos olhamos uns para os outros, tanto os policiais como os arruaceiros, nos perguntando o que está acontecendo. Então escuto gritos renovados vindo das janelas, e olho para cima.

Ali, numa das janelas do terceiro andar, vejo uma mulher segurando o corpo inerte da filha pequena. Um menino caído por cima de outro parapeito, a mancha vermelha crescendo em sua camisa. A mulher que segura a criança começa a gritar, e das janelas no outro lado da rua mais mulheres gritam, até que o quarteirão inteiro seja preenchido com aquele mesmo desolado lamento irlandês que ouvi no desabamento na manhã de ontem.

O'Brien ordenara aos seus homens que atirassem para o alto, a fim de se certificar que não atingissem nenhum dos policiais à frente. Mas, em vez disso, a saraivada varrera a tiros as casas e os telhados, acima e abaixo da rua, atingindo muitos daqueles que estiveram nos atirando pedras e insultos — e as crianças. Agora a multidão na rua, vendo-se praticamente ilesa, se volta outra vez para as tropas, com sua raiva redobrada. Muitos dos homens gesticulando para seus próprios peitos, como se os desafiassem a atirar. Mas os soldados se mantêm nas suas posições...

— *Assassinos! Açougueiros! Seus ianques assassinos!*

— Dispersar!

A segunda fileira das tropas atira, agora — e desta vez os corpos começam a cair no calçamento. Há mais uma saraivada, a multidão vacilando e se rompendo, e O'Brien ordena a seus homens fixarem baionetas e atacarem. Por toda minha volta, Carpenter e seus policiais já estão de pé novamente, golpeando tudo o que vêem pela frente com renovada fúria.

Finalmente os revoltosos se espalham e fogem, correndo para suas casas e tavernas em todo o quarteirão. Em questão de minutos as ruas estão esvaziadas e subitamente silenciosas, toda a multidão tendo fugido ou se escondendo. Alguns Metropolitanos pegam o menino ferido na janela — que ainda está vivo, milagrosamente — e a mãe dele, e carregam os dois para o hospital sob veementes protestos e imprecações.

A mulher cuja filha morreu, enquanto isso, desce para a rua carregando o corpo da criança. Não está mais gritando, porém seus olhos parecem assustados e cegos. Os soldados e os policiais se afastam dela, envergonhados, e um deles se persigna quando ela passa se arrastando. Ela está descalça, eu reparo, como muitos deles, um xale sujo e vermelho amarrado na cabeça, e o vestido é uma tosca colcha de retalhos de cores vivas, amarelos, vermelhos e verdes. Ela atravessa a Second Avenue tropeçando, enquanto os soldados formam fileiras ao lado dela e começam a marcha de volta para o centro, deixando-a ali com sua filha morta.

Eu me retardo no quarteirão. Querendo ver — o que, exatamente? O que restou agora, exceto a mulher chorando sobre a criança morta? Esticando a história, através de uma edição depois da outra. *E agora? E depois?* Perguntando-me se faria qualquer sentido trazer Maddy para uma Cidade como aquela...

No outro lado da rua avisto o meu amigo padre Knapp. Ele está fazendo o sinal da cruz por cima das costas de um homem que jaz imóvel no meio-fio. Quando me aproximo, ele ergue os olhos para mim com uma expressão entorpecida, o colarinho e a batina manchados de fuligem. Usando a estola da sua pobre paróquia em volta do pescoço — branca de um lado, a púrpura penitencial do outro. Ele concluiu suas orações e aceita o braço que lhe ofereço, levantando-se rigidamente da rua, mas ignora minhas súplicas para que vá descansar e comer algo.

— Você já viu o que está acontecendo? — ele me pergunta, a voz tão rouca que é apenas um sussurro. — Você já *viu*?

— Sim. Sim, eu vi.

Ele balança a cabeça, a expressão atordoada e zangada.

— Eles nunca irão nos perdoar. *Nunca.* Você sabia que a multidão destruiu o Asilo de Órfãos de Cor? Queriam incendiar a universidade...

— Não há nada que o Arcebispo possa fazer?

— O governador pediu a ele que fizesse um discurso. — O padre Knapp balança a cabeça. — Um *discurso.* Temos padres espalhados por toda a Cidade, tentando detê-los. Mas é inútil. *Eles nunca irão nos perdoar...*

Há uma comoção no final do quarteirão, e nós dois nos viramos para olhar, imaginando se as tropas tinham retornado — ou os arruaceiros. Então nós o vemos, conduzindo uma carroça até a sua casa. É o coronel O'Brien em pessoa, do 11º de Voluntários, retornando para a mesma rua onde liderara suas tropas poucas horas antes.

Eu jamais saberei o que o levou a retornar. Ele tem uma casa na Thirty-fifth Street, e alguns dizem que voltou para ver se a família estava bem.

Mas por que assim? O que o teria feito pensar que poderia voltar usando seu uniforme completo, sem qualquer tipo de escolta? Será que acreditava que, uma vez que a rua fora desimpedida, continuaria dessa maneira? Purificada e subjugada, adequadamente restaurada à civilização. Ou será que foi o contrário — que ele simplesmente não podia acreditar, apesar do que vira com seus próprios olhos, que seus amigos e vizinhos tinham se transformado em selvagens no transcorrer de uma tarde?

Seja o que for que o impele, ele pára a carroça bem na frente da sua casa. Detendo os cavalos com um rápido e hábil puxão, saltando lepidamente para fora do assento do veículo. Mantendo o tempo todo sua postura de soldado, o uniforme azul ainda sem nenhum estrago, os botões dourados cintilando.

— *É ele!*

Eles o reconhecem imediatamente — do mesmo jeito que o reconheceram pouco tempo atrás, quando ele retornara ao seu quarteirão com duas companhias de soldados. As vozes se elevando pouco a pouco ao longo da rua, soando atônitas.

— É ele mesmo! Aquele que atirou em Ellen Kirk, e no garoto dos Mulhare!

— É o mesmo homem!

Os gritos ficando raivosos, agora — e mais ávidos. Eles estão se movendo antes que os pés de O'Brien toquem o chão. A turba se reagrupando instantaneamente, emergindo das casas e dos bares, de todos os lugares secretos que apenas eles conhecem. Antes de termos tempo para ao menos gritar um alerta ao homem, um tijolo se estilhaça na lateral da sua carroça, depois outro. Três homens grandalhões saem de um *saloon* no outro lado da rua e vão direto para ele — com uma multidão inteira em seu rastro.

O'Brien permanece em sua posição e luta contra eles. *É um homem forte, esta será a sua ruína.* Ele puxa a espada assim que os avista, corta o braço de um homem até o osso, abre um corte no rosto de outro. São apenas golpes de aviso, mas ágeis e efetivos. O terceiro brutamontes celta consegue chegar mais perto, espancando-lhe o rosto. É um homem grande, musculoso, um aprendiz de açougueiro com o avental sujo de sangue ainda amarrado na cintura. Porém, a despeito do seu tamanho, O'Brien consegue soltar uma das mãos e o derruba sem sentidos com o punho da espada.

Naquela altura, eu penso, ele já entendeu o erro que cometera. Ele endireita o corpo e puxa a túnica para baixo, ainda ereto e inflexível. No entanto, seu rosto está sangrando e os olhos parecem um tanto enlouquecidos pela ferocidade do ataque que acabara de suportar. Ele olha em volta à procura da carroça — mas a multidão já a cercou. Já estão desatrelando os cavalos e empurrando o veículo para longe. As mulheres e as moças andando pela rua, gritando imprecações e ofensas contra ele.

— Açougueiro! Assassino!

— Como se atreve a voltar para cá? *Como se atreve?*

— Depois de ter matado aquela garotinha!

Ele deveria ter corrido, então. Deveria ter se virado e corrido o mais rápido que pudesse de volta para o centro, ou talvez devesse ter ido para a delegacia ou a um posto do exército, antes que eles conseguissem apanhá-lo. Deveria ter se virado e fugido, pois pelo menos assim teria tido uma chance de lutar.

Mas, em vez disso, com grande dignidade O'Brien gira nos calcanhares e atravessa a rua com passos duros e entra na farmácia de Von Briesen. Incrivelmente, ele pára diante do balcão e pede um pouco de iodo ao proprietário. *Pensando, talvez, que sua única esperança seja olhá-los de frente, agora?* Podemos ver Von Briesen, seu amigo, falando com ele, ajudando-o a tingir os ferimentos com iodo, mas o tempo todo lançando rápidos olhares para trás, para a multidão que se acumula na rua.

— Ele precisa sair daqui. Precisa sair imediatamente — o padre Knapp está me dizendo.

Mas o coronel O'Brien continua parado na frente do balcão, a espada embainhada, como se estivesse indiferente a tudo aquilo.

— Assassino!

— Uma criança, não mais do que isso! E na sua própria rua...

É quase inevitável, então, uma pedra entra voando pela vitrine de Von Briesen. Mais uma pedra, depois outra, transformando a vitrine em cacos.

O'Brien se encolhe, como se levasse um susto. Agora, finalmente, ele larga o frasco de iodo e o pedaço de pano ensangüentado que estivera aplicando no rosto. Pega a sua espada e o revólver e se encaminha para fora da loja, direto para a multidão.

Como você é corajoso! E como isso de nada vai lhe adiantar, aqui. Qualquer outro homem talvez tentasse conversar com eles para conseguir escapar — tentar convencê-los, ou afirmar que não era quem eles estavam pensando. Porém, O'Brien não faz nada disso, apenas avança para cima deles. E quando se move para a calçada, eles realmente começam a lhe abrir caminho, enquanto ainda destilam seu ódio.

— Assassino! *Assassino sanguinário!*

Sem que O'Brien percebesse, um dos homens entrara na farmácia por uma porta lateral. Ele se move furtivamente atrás de O'Brien, através da loja — e eu vejo, horrorizado, que é aquela criatura do parque. O matador. *Ainda vivo*, de alguma forma, mesmo depois da batalha na rua, quando postou-se desafiando os soldados a atirar nele.

Agora, ele carrega a enorme placa de madeira com as palavras rabiscadas *RECRUTAMENTO, NÃO!* em uma das mãos, segurando-a como se fosse tão leve quanto um graveto. Movimenta-se com uma velocidade impressionante através da loja, rápido demais até mesmo para que Von Briesen, o gordo e plácido farmacêutico alemão, o avistasse e gritasse um aviso em tempo. Não rápido demais para o padre Knapp, que tenta pelo menos alertar O'Brien.

— Cuidado com ele! *Atrás de você, filho!*

Porém isso não faz diferença. O'Brien hesita, mas não se vira, temendo, sem dúvida, que o aviso seja mais um truque cruel dos arruaceiros. Só começa a olhar para trás quando escuta a porta da farmácia se abrir e, então, já é tarde demais. A criatura do parque já está levantando o bloco de madeira e desferindo um golpe em sua cabeça, com toda força.

Deveria ser um golpe aniquilante, mortal. Mas O'Brien é um homem forte e, de alguma forma, impede-se até mesmo de cair direto para a frente, limitando-se a derrubar a pistola na calçada. Ele se abaixa para pegá-la — e a criatura o atinge novamente com o pedaço de madeira, desta vez derrubando-o sem sentidos.

— Ah, meu Deus! — o padre Knapp repete seu lamento, um longo uivo direcionado inutilmente para mim. — Ah, meu Deus, você sabe o que vai acontecer agora!

— Sim, eu sei...

Ele cambaleia até a multidão no instante em que começam a rodear O'Brien. Agitando as mãos diante deles, gritando a plenos pulmões, como se tentasse despertar um sonâmbulo.

— Vocês precisam parar! Como seu pastor, eu os proíbo de fazer isso! *Pelo amor de Deus!*

Eles apenas levantam o padre e o tiram dali, mesmo pesado como ele é — com a mesma firmeza e delicadeza que se afasta uma criança pequena de algum perigo. Ele tenta empurrar-se de volta para onde está O'Brien, mas alguns dos brutamontes simplesmente o afastam outra vez, até que finalmente ele se volta para mim, o rosto vermelho e a boca entreaberta em seu desespero.

— Nós precisamos *socorrê-lo*. Precisamos fazer alguma coisa para ajudá-lo!

— Sim, padre — eu digo, agarrando no bolso do meu paletó a arma que Acton me deu lá no quartel-general da polícia. *Armado outra vez — mas é apenas uma ilusão.* Os seis tiros do revólver talvez nos abram caminho até O'Brien, mas ele ainda está caído no chão, inconsciente, e o que faríamos com ele depois?

Seguro o revólver, pensando que talvez a situação não seja tão má assim. Afinal, O'Brien é um *deles*, um irlandês e católico romano. Posso ver o crucifixo em torno do seu pescoço quando eles rasgam a sua túnica. O homenzinho de prata com os braços estendidos na cruz. *Afinal, a pele dele é branca...*

Mas o quarteirão inteiro deve estar na rua, agora, além de muitos outros quarteirões. As mulheres, em especial, praguejando e chutando-o. Muitas delas parecendo meramente confusas, como uma adolescente que vejo, apalermada, sardenta e orelhuda. Apanhada em meio caminho entre a adolescência e a feminilidade, ainda usando um avental amarrado na cintura. Sua boca está escancarada de admiração, como se estivesse vendo o elefante do circo pela primeira vez. Enquanto nós dois observamos, os arruaceiros amarram uma corda em torno dos braços e pernas de O'Brien e o puxam para cima e para baixo da rua, a cabeça batendo inerte nas pedras desiguais do calçamento...

— *Precisamos ajudá-lo! Não podemos ficar parados aqui olhando!*

O padre Knapp agarra meu paletó, quase me derrubando. Seus gritos renovados me lançam de volta à ação. Eu o arrasto a uns poucos metros de distância da multidão, onde espero que não consigam nos ouvir — embora já veja vários *b'hoys* de gangues olhando em nossa direção.

— Não há nada que possamos fazer, não sozinhos! — eu digo por entre os dentes cerrados, tentando despertar algum bom-senso no padre. *Tentando ignorar o revólver em meu bolso.* — Precisamos procurar ajuda. O senhor vai para o lado oeste, eu vou para o centro, vamos tentar encontrar quaisquer policiais ou soldados que pudermos...

Ele percebe que meu plano faz sentido, concorda e se afasta imediatamente. Eu faço o mesmo, correndo pelas ruas na direção sul. Perguntando-me se devo mesmo voltar para este quarteirão amaldiçoado — ou se simplesmente continuo correndo até a casa de Maddy e me escondo ali em seu quarto...

Não, eu preciso encontrar ajuda. Aí está algo que posso fazer, finalmente, algo real e, a princípio, fico até animado. Disparando para as delegacias mais próximas que conheço. Correndo na direção do barulho de quaisquer lutas ou pilhagens, pensando que certamente vou encontrar ali alguma tropa de soldados, ou os Metropolitanos de Carpenter.

Mas não há nada. A maioria das delegacias para onde me levo está em chamas, ou já totalmente queimada. As duas únicas que encontro ainda intactas estão sendo guardadas pela habitual dupla de sargentos de polícia, com ordens de se manter ali tanto quanto puderem. De qualquer forma, eles não poderiam me ajudar — se afastando silenciosamente para que eu veja o local repleto de refugiados atrás deles, os rostos escuros e aterrorizados de mulheres e crianças, espiando as ruas enfumaçadas.

Eu até mesmo volto para o meu próprio bairro, para Gramercy Park, em torno da praça cercada e impecável. Procurando o esquadrão de vigilantes alemães de Strong, esperando convencê-los a irem salvar O'Brien. Eles também se recusam — temendo deixar o parque por uns poucos minutos que sejam, temendo que sua intervenção possa atrair a turba até lá.

Talvez eles estejam certos, dificilmente posso culpá-los. Fico parado na calçada por um momento, olhando para a minha própria casa antes de começar a correr novamente. Tudo ali parece ainda intocado, tão silencioso quanto um cemitério, a despeito de toda a fumaça e gritaria que vem da Cidade maior que nos rodeia. Imaginando como seria ter Maddy ali, na casa silenciosa, ficar lá dentro com ela.

Então preciso seguir em frente. Mas as lutas, o esquadrão de Carpenter e as tropas estão sempre em algum outro lugar. Considero a possibilidade de tentar chegar até o quartel-general na Mulberry Street novamente, mas é longe demais. Com certeza O'Brien já estará morto quando eu conseguir voltar, e nem mesmo sei se eles têm homens disponíveis.

Finalmente, começo a voltar para Murray's Hill, esperando que, de alguma forma, agora talvez seja possível resgatá-lo — que os desordeiros tenham se cansado ou se envergonhado daquela atividade sangrenta, como fizeram com o superintendente Kennedy.

Mas isso não aconteceu. Pelo contrário, eles o torturaram no decorrer de toda a tarde. Há agora manchas de sangue nas pedras por onde o arrastaram, quebraram todos os seus dentes e achataram seu nariz e faces com pedras e tijolos.

Agora eles enfiam pequenos chumaços de papel em seus cabelos e debaixo das unhas, e tocam fogo. Depois disso as mulheres começam a trabalhar nele — ajoelhando-se em volta dele, sorrindo com ferocidade umas para as outras. Elas rasgam a calça do seu uniforme até deixar à mostra a pele branca e pálida. Despejando óleo quando fazem um corte suficientemente profundo.

Pior de tudo, ele está novamente consciente. Despertando para o pesadelo, enfeixado e amarrado, indefeso diante deles. Porém ele não grita, não geme nem implora piedade — pelo menos não até que o momento em que elas ateiam fogo ao óleo. E é apenas um ruído baixo, raspante, relutante, ainda mais angustiante por não se assemelhar a qualquer som humano.

Mas isso não lhe concede nenhuma trégua. As mulheres que pairam sobre ele apenas chutam e cospem com mais vigor. Ainda gritando seus insultos e justificativas:

— Assassino! Seu maldito assassino! Como teve coragem de voltar aqui e mostrar sua cara...

— Isso é o que ganha por ter matado Ellen Kirk!

— Isso é o que merece por matar crianças!

Elas não permitirão que ninguém sequer se atreva a movê-lo. Von Briesen, seu amigo farmacêutico, tenta lhe trazer um copo d'água. Inclinando o peito volumoso de alemão, a camisa branca ensopada de suor, até o calçamento.

— *Por favor, por favor... é só um pouco d'água...*

Elas arrebatam o copo da mão dele e o atiram pela vitrine já estilhaçada.

— Ellen Kirk ganhou um copo d'água, hein? Ela bebeu um copo d'água antes que eles a matassem, hein?

Eles demolem o que restou da farmácia do alemão. Rasgando as cortinas, saqueando a gaveta de trocos. Destruindo os delicados frascos de boticário atrás do balcão, os tônicos e bálsamos com todos os seus tons de âmbar e ferrugem. Von Briesen dá um breve e triste encolher de ombros e sai andando prudentemente pela rua.

A adolescente que eu tinha avistado antes começa a gritar quando as mulheres o castram. Provavelmente era uma criada doméstica, eu pensei — uma arrumadeira ou ajudante de cozinheira. Abrira caminho até o círculo das mulheres, ajoelhando na rua com as outras, sorrindo timidamente consigo mesma. Alguém pressionou uma faca na sua mão e ela começou a cortar a lã azul da calça do uniforme de O'Brien com tanta diligência e presteza como se estivesse descascando batatas na cozinha da patroa.

Mas, então, quando elas passam a cortar a carne viva, o rosto da menina começa a descair, o queixo desabando. Quando as mulheres o mutilam, ela se levanta com esforço e se afasta, correndo em pequenos círculos. Depois volta na direção delas — onde ele está caído — gritando com toda força, gritando e agitando as mãos para as mulheres.

— Parem, parem! Ah, parem com isso, pelo amor de Deus!

Várias mulheres se levantam indignadas, uma delas lhe dá um tapa no rosto.

— Quem é ela? Quem é ela para falar desse jeito com a gente?

Fervilhando de indignação, elas chutam e empurram a garota pela rua abaixo e para fora do quarteirão. Depois seguem para a casa de cômodos onde ela mora, recolhem todas as suas miseráveis posses e queimam tudo no meio da rua — não mais do que dois simples vestidos de algodão, o baú de vime que ela trouxera da Irlanda, o inevitável exemplar do seu *Guia para moças católicas, principalmente aquelas que ganham o próprio sustento*. Conforme as chamas crescem, elas reacendem sua fúria:

— Quando foi que ela se importou com a pequena Ellen Kirk, era isso que eu gostaria de saber! Quando foi que ela se importou conosco?

Porém, atrás das mulheres indignadas, a rua está mais tranqüila, quase filosófica. Homens e mulheres sentados nas suas pequenas varandas, fumando seus cachimbos de barro, observando O'Brien com indiferença ali na calçada onde ele está caído, ainda vivo.

Eles olham os meninos pequenos que se revezam desfilando com a reluzente espada prateada de O'Brien, tentando enlaçar os dedos em volta do punho revestido de pedrarias. Distribuindo outros *souvenirs* que tiraram dos seus bolsos — seus documentos e o anel, umas poucas notas do dinheiro desvalorizado. Um pingente contendo o retrato da esposa e dos filhos, que já haviam fugido para o Brooklyn naquela manhã.

— O que ele estava pensando, voltando para cá desse jeito?

— Mesmo assim, é um irlandês corajoso...

— Não desperdice nem um pensamento com ele. Atirou nas crianças, do mesmo jeito que atiram em quem bem entendem!

— E no seu próprio quarteirão. No seu próprio quarteirão!

O padre Knapp finalmente retorna, não tendo obtido mais sucesso do que eu. Limito-me a encolher os ombros com desolação quando ele olha para mim, e tento afastá-lo. Mas ele não permite. Seu rosto está inchado de raiva, o pescoço vermelho vivo, e ele mergulha à frente outra vez, tentando abrir caminho até O'Brien.

De nada adianta — o melhor que elas o deixam fazer é ministrar a extrema-unção ao moribundo. Ali na rua ele abre a pequena caixa de madeira que trouxe consigo. Em seu interior há um altar em miniatura, velas e um crucifixo, uma pequena colher de prata e uma pátina; linhos limpos, uma garrafinha de óleo, água benta e um cálice de prata. Quando tudo está preparado ele vira a estola novamente para o lado púrpura e se inclina para ouvir a confissão do homem agonizante.

O'Brien se esforça para se apoiar num cotovelo, agarrando a batina do padre. Quando faz isso, vê que lhe cortaram o dedo anular para fora da mão —

sem dúvida para mais um *souvenir.* Seus braços e pernas ainda estão esfumaçados pelo óleo, seu corpo agora quase nu. O rosto está cheio de bolhas por ter ficado deitado ao sol durante toda a tarde, os lábios inchados e rachados. Mesmo assim, ele está vivo — ainda capaz de murmurar alguma coisa no ouvido do padre, enquanto o padre Knapp balança a cabeça e o aninha em seus braços.

— Ele se arrepende dos pecados, padre? Se arrepende?

A multidão se inclina.

— É bom que se arrependa, o maldito...

— Se não se arrepender, nada de extrema-unção!

O padre os ignora e concede a absolvição ao moribundo. Dando-lhe a comunhão, tirando a hóstia da pátina. Entoando a oração que ele deve repetir:

— *Oh, Senhor, Que misericordiosamente fornece alívio para todas as nossas necessidades, conceda-me Vossa graça...*

— *Oh, Senhor...*

— *... conceda-me a luz verdadeira, com a qual serei conduzido através das sombras da morte...*

Quando termina, ele esparge a água benta por cima de O'Brien e depois lhe oferece o crucifixo, que ele beija com os lábios feridos e cheios de bolhas.

— *Adjutorium nostrum in nomine Domini... ex hoc loco accessus ademonum, adsint Angeli pacis, domunque hanc deserat omnis maligna discórdia...*

Em seguida, ele abre o pequeno frasco de óleo e começa a ungir o moribundo. Molhando o polegar no óleo e depois fazendo o sinal da cruz nos olhos de O'Brien, nas orelhas, no nariz e nos lábios; nas mãos, nos pés e na virilha. Em qualquer parte, qualquer orifício que possa ter ofendido a Deus aqui neste pântano em ebulição, nesta Cidade desventurada.

"Kyrie, eleison.
Christe, eleison..."

A mão de O'Brien solta a batina do padre, desabando na calçada. O padre Knapp o abençoa, concluindo o sacramento — e, então, com as últimas palavras do rito, faz uma derradeira tentativa de salvar o homem, atirando-se por cima do corpo dele.

— Por favor... me deixem levá-lo! Pela salvação das suas próprias almas! Ele não pode fazer mal algum a ninguém, agora...

Mas eles apenas empurram o padre Knapp novamente, carregando-o para o outro lado da calçada, onde não poderá mais interferir.

— Acabem com ele! Já recebeu os ritos finais!

Os homens arrastam O'Brien para o quintal dos fundos da sua própria casa. As mulheres se ajoelham em volta dele outra vez, prontas para acabar com tudo. Grunhindo e praguejando como selvagens enquanto socam e esfaqueiam o homem.

Eu seguro com força o revólver no bolso do meu paletó, olhando para elas, minha cabeça girando com a visão de tanta crueldade. Ainda pensando, *Deve haver alguma coisa que eu possa fazer...*

Começo a me afastar cambaleando para tentar ir a algum lugar, fazer alguma coisa — quando me vejo olhando direto para a cara de Finn McCool.

Ele estava parado no outro lado da rua, de frente para as mulheres, com o reforço dos seus guarda-costas brutamontes logo atrás. E algo mais, que deveria ter-me feito parar — ele já estava olhando para mim. A expressão do seu rosto funesta, até reprovadora. Como se dissesse, *Está vendo? Eu disse que não tinha autoridade alguma sobre eles...*

Eu sigo na direção dele, assim mesmo, pensando que de alguma forma talvez consiga que ele os impeça de matar O'Brien. Quando me vê chegando ele ergue o braço à frente, quase como se estivesse amedrontado — como se estivesse tentando me precaver. Porém eu estou mais apalermado do que um coelho depois de todas as coisas terríveis que presenciei, e pelo calor. Continuo andando para ele, pelo menos até perceber que seu gesto mudou. Ele está apontando para mim, agora, os olhos quase selvagens sob a luz do fogo ardente.

— Ele é um espião! Um espião da polícia! De Greeley! — agora McCool está berrando, alto o suficiente para ser ouvido a dois quarteirões de distância.

Eu fico congelado no lugar. Levantando as mãos estupidamente, como que suplicando a ele. Todos olham para cima, os *b'hoys* em volta de McCool agora olhando para mim. Subitamente o meu disfarce — meu terno amarelo, sujo e amassado — foi arrancado.

— Procurem no paletó, ele tem um caderno de anotações no paletó! Fica anotando os nomes de todos no quarteirão, para entregar à polícia!

Os *b'hoys* de McCool começam a se mexer, agora, atravessando a rua na minha direção, os lábios retorcidos em sorrisos maliciosos, cruéis.

— Peguem ele! Um espião!

Eu me viro e saio em disparada. O *que mais posso fazer? Deixar que encontrem meu caderno de notas... o Colt cedido pela polícia?* No mesmo instante sou transformado num refugiado. Correndo, agora, como vi o pobre Kennedy correr...

— Um espião! Um espião! Detenham o espião!

A gritaria cresce atrás de mim. Corro ao passar por um borrão de homens e mulheres — alguns sorrindo, alguns tentando me agarrar. Seus rostos se virando um após o outro, para ver do que se trata toda aquela confusão. Para *me* ver.

— Espião! Detenham o espião!

— Um dos espiões de Greeley!

Seria necessário apenas uma pedra bem colocada, um pé chutando meus tornozelos, para me fazer cair — tão indefeso quanto o coronel O'Brien, derrubado por aquela criatura. Reduzido a um objeto para o prazer deles...

— Peguem ele!

Continuo correndo. Procurando um beco, uma porta, qualquer lugar onde possa me enfiar e ficar seguro. Minhas pernas estão pesadas como blocos de pedra depois de todos os meus esforços durante o dia, meu fôlego começando a fraquejar. Meus perseguidores me conduzindo firmemente na direção sul, e oeste, até que estou perto da Ninth Avenue, agora — apenas a dois quarteirões do rio, o limite extremo da ilha.

E ainda, atrás de mim, escuto o som de passos correndo. Risos abafados, também — como se quem quer que esteja me perseguindo se deleite com a caçada.

Quem iria me perseguir a tal distância? Quando poderiam encontrar diversão em qualquer esquina, nesta noite?

Poderia ser aquele monstro — o Mose deles, a criatura do parque? Só pode ser ele, quem mais iria rir numa perseguição?

As ruas e avenidas estão truncadas por barricadas improvisadas. Móveis, carroças, postes de iluminação, cavalos mortos, fardos de algodão contrabandeado e trilhos de ferrovia arrancados — qualquer coisa que possa ser atirada no meio da rua.

Mas a batalha já aconteceu nestes lados, as barricadas quebradas e queimadas pelo fogo. Ainda posso ouvir os sons de lutas, os gritos e aplausos, homens cantando e gritando nas ruas acima e abaixo de onde estou.

Corro na direção dos embarcadouros, por todo o caminho até o final da ilha e as docas do Hudson. Ainda procurando um refúgio. Remexendo no bolso em busca do revólver...

Bem no outro lado da West Street está uma das novas máquinas de limpeza das ruas, agora quebrada e abandonada. Eu me abaixo atrás dela, quase sufocando, incapaz de continuar correndo. Além disso, não há mais lugar algum para onde correr, ali no limite da Cidade.

Os passos chegam mais perto atrás de mim. Tenho certeza de que os escuto, mesmo contra o rugido distante e constante das revoltas. O zunido implacável e dissonante da Cidade, agora ficando mais alto do que nunca.

Atrás da máquina quebrada eu pego a minha arma. Pronto para matá-lo — pronto para matar até mesmo *ele*, a criatura terrível, que não morria por nada — se viesse para cima de mim.

Os passos se aproximando — ruídos verdadeiros, tenho certeza. Começam a ficar mais lentos, depois param completamente — como se ele estivesse me farejando, me escutando na noite deserta.

Deve ser ele. Quem mais, dentre todos os outros, teria esse tipo de inteligência? O discernimento de um animal predador, que aprendeu por longa experiência a não cair na armadilha emboscada. Em vez disso ele espera, em algum lugar nas sombras dos armazéns compridos e baixos no quarteirão seguinte. Escutando, observando.

Eu seguro o meu revólver. Preparado. Preparado para ele.

56

MADDY

Maddy tentou permanecer o mais imóvel que conseguiu contra o calor, escutando a respiração subindo e descendo em seu peito. Sem ter mais certeza de que horas eram. O zunido das cigarras ficando cada vez mais alto no ailanto lá fora, a árvore que sua mãe tanto gostava. "A *árvore do chinês*", diziam. Elas cresciam em qualquer lugar — rijas, disformes, emergindo até mesmo no lodo indescritível em volta das latrinas dos fundos.

Elas também cresciam no terreno dos fundos do apartamento em St. John's Park. Isso foi quando seu pai ainda era vivo, e eles moravam em dois cômodos no segundo andar de uma casa com fachada de pedra. Foi o melhor lugar em que ela morou — antes que Robinson alugasse aquela casa para ela, ali no Beco Paraíso. Talvez fosse ainda mais bonita, embora não fossem donos da casa inteira. *Mas, daí, ela tampouco era dona de nada naquela casa...*

Havia sido apenas os três, então, antes que seu pai caísse do andaime e, apesar de sua mãe ter perdido os outros bebês, eles eram bastante felizes. Nas noites de verão faziam as refeições perto da janela dos fundos, onde a árvore ficava tão perto que podiam tocá-la, como se estivessem morando nos seus galhos. Ela nunca mais tinha visto nada assim, até que Robinson a instalou naquele bordel nas Sete Irmãs, onde ela podia olhar pela janela no pôr-do-sol e admirar as lanternas japonesas vermelhas e amarelas, pontilhando as árvores...

Ele vai trazer tudo de volta. Ele vai deixar tudo certo. Foi nisso que ela passou a acreditar, quando Robinson começou a lhe comprar coisas. Ele iria deixar tudo certo. Ela até mesmo começou a rezar outra vez — a primeira vez que rezava para a Virgem, desde que era uma garotinha. Pensando que este era o propósito de tudo, tornar as coisas como tinham sido antes de seu pai morrer.

Depois da morte dele, ela e a mãe precisaram se mudar para Little Water, e depois para o Shambles. Sua mãe até tentara cuidar dela, mas tinha de passar a maior parte do tempo pegando todo e qualquer serviço de costura e lavagem de roupas que conseguisse, ou catando lixo nas ruas para pagar o aluguel. Maddy fora deixada por sua própria conta, explorando as galerias de esgoto e os becos labirínticos dos cortiços...

Fora assim que ela conhecera Eddie Coleman, o seu cafetão. Ele lhe oferecera 25 centavos para sair pelas ruas como vendedora de milho assado e ela mais que depressa aceitara o dinheiro, suficiente para que comessem durante uma semana.

Ainda assim, ficava amedrontada com a movimentação das ruas, na Broadway e na Bowery, e em Park Row. As avenidas congestionadas com os ônibus e carroças, carretas e bondes. O calçamento sob seus pés sacudindo-se com a rotação das impressoras dos jornais. As faces fantasmagóricas dos homens que passavam por ela — espiando cegamente, com ganância, na escuridão, vendo o que ela tinha para vender. Depois, circulando à sua volta...

Maddy aprendera a lhes dar o que queriam — fosse o que fosse. Tremendo e flertando, implorando e provocando. E, no final da primeira semana, Eddie Coleman a levara para os fundos de uma mercearia e tirara toda sua roupa. Percorrendo as mãos pelo seu corpo com tanta frieza e profissionalismo como se estivesse examinando um lote de seda roubado nas docas.

Quando descobriu que ela era virgem, ele a vendeu em leilão para um dos rapazes de gangue. Um jovem embriagado, não muito mais velho do que ela, que Eddie encontrou num jogo de dados em Cinco Pontos. O rapaz levara um guarda-costas — um homem de ombros largos com uma cicatriz no rosto e uma arma no bolso — de forma que, em vez de simplesmente roubar o sujeito, Eddie a vendera para ele.

O rapaz inclinando-se sobre ela em cima de uma mesa áspera, numa oficina qualquer nos fundos do beco. Cheirava a óleo de máquina e serragem úmida, o rapaz com cheiro de gim e água de colônia. Ele se sacudiu e sacolejou lá embaixo dela, e doeu um pouco, depois ela sentiu alguma coisa molhada nas coxas, e foi só isso. O rapaz já estava andando para fora do beco abotoando a calça, e ela voltou para casa, para sua mãe.

Isso era tudo. Ela não pedira mais nada além disso, não esperava mais nada. Sobrevivendo da melhor maneira que podia nas ruas rápidas, mutáveis. Tentando evitar ser atropelada por um ônibus, tentando manter as espigas de milho longe do alcance dos porcos.

Maddy gostava quando conseguia levar algum dinheiro para casa. Não gostava quando Eddie batia nela, ou quando decidia levá-la para a oficina nos fundos do beco e ele próprio se sacudir dentro dela como uma serra. Tentava não pensar muito sobre o que o via fazer com as outras garotas, quando estava no auge da raiva. Tentava não pensar sobre as coisas que as outras garotas lhe contavam, enquanto bebiam gim no bar de Rosanna Peer. Casos sobre homens que tinham uma expressão estranha nos olhos e que queriam ir a lugares desertos. Casos sobre homens que pareciam perfeitamente normais — e então, quando estavam sozinhos em algum antro, subitamente apareciam com uma navalha ou uma faca nas mãos...

Ela não pensava muito no futuro, ou em acertar as coisas. Não queria pensar muito sobre nada, exceto tentar ajudar a mãe, já meio surda e encarquilhada pelo reumatismo.

E então o seu cavalheiro aparecera. Como algo saído de um livro de histórias, como os textos religiosos que às vezes lia, oferecidos pelos missionários protestantes, onde as moças que eram resgatadas a uma vida de virtudes se casavam com vigorosos rapazes e se dedicavam ao auto-aperfeiçoamento.

Não que ela acreditasse nessas coisas. Nada era assim tão certo. As pessoas caíam de andaimes, eram subjugadas pelas desgraças da vida e retalhadas até a morte por homens desconhecidos, em becos que fediam a mijo de gato. Além disso, você precisaria ser protestante para que as coisas dessem certo...

E então ele aparecera, o seu príncipe. E rapidamente a carregara para um bordel.

Maddy tentara ser qualquer coisa que ele quisesse que ela fosse. Parada diante dele envolta em correntes, durante seu jogo, permitindo que ele a visse como queria ver. E nada acontecera.

Finalmente ela fora procurá-lo, incapaz de acreditar que ele não retribuía o seu amor. Fora até a casa dele em Gramercy Park e ficara debaixo da árvore em seu quintal, e perguntara se ele a amava. E tudo o que ele conseguiu fazer foi ficar parado ali, murmurando que era impossível.

Depois disso ela tentou se tornar tão miserável quanto podia para ele. Foi então que começou a receber outros homens. Havia começado com um marinheiro, que perambulava no Beco Paraíso vindo das docas. Ele viu Robinson saindo e foi até a porta da sua casa, presumindo que fosse um bordel. E ela pensou "*Por que não?*" e o deixou entrar.

Os outros vieram logo em seguida. Seus companheiros de navio, os carpinteiros e os trabalhadores de estaleiros das docas; donos de hospedarias, carroceiros, barbeiros e sapateiros. Homens negros e brancos, contanto que pudessem pagar o que ela exigia.

Ela não se importava com o que as mulheres do quarteirão pensavam, elas já acreditavam mesmo que Maddy era uma rameira. Apenas se certificou de que *ele* ficasse sabendo.

Porém, nem mesmo isso o afastou. Ele continuou voltando, dia após dia, semana após semana, querendo fazer o seu joguinho, enrolando as correntes em volta do corpo dela. Apesar de que até mesmo disso ele estava se cansando — ela podia ver os sinais. A avidez nos seus olhos desaparecendo, a respiração menos ofegante. Pequenas insinuações de tédio, de distração, se esgueirando. Certa de que ele acabaria se cansando dela completamente...

Ainda assim, ela agüentou. Deixando que ele voltasse, mesmo quando o toque da sua mão a fazia se encolher. Enchendo o armário com as roupas que ele lhe comprava, mas não usando a maioria delas. Agarrando-se a alguma coisa — esperando que, de alguma forma, ele pudesse enxergá-la novamente, para além das correntes.

Então viera o bebê — algo que nunca lhe ocorreu antes. Ela tomava precauções, aprendidas como tantas outras coisas com as mulheres do bordel na Sete Irmãs. Porém, nunca estivera mais do que uma semana atrasada, portanto não imaginou que aconteceria, ficara displicente...

Mas acontecera, depois de tantos anos ela descobriu que estava grávida e teve de contar a Robinson, sabendo que ele cuidaria de tudo. Permitiu que ele a levasse até Madame Restell e o pequeno e escondido quarto na sua extravagante mansão — o quarto que ele nem chegou a ver. As cortinas todas fechadas, as paredes e até o piso pintados de vermelho, para o caso de haver muito sangue.

E depois que tudo estava terminado, ela rira e dissera a ele que seria impossível ter outro. Querendo feri-lo — ela percebeu, almejando que ele acreditasse que havia sido dele. Para que desejasse, mais do que qualquer coisa, que ela tivesse outro.

Mas isso não acontecera. Na verdade, ele parecera apenas aliviado por se livrar de mais uma carga. *De mais um Paddy.* Apenas satisfeito por ter espirrado aquele para fora e continuar vendo-a como gostava de ver.

E o que ela iria fazer, então? Sem nenhum filho ou filha para cuidar dela? O que faria quando ele terminasse com ela, sem um filho seu e nem um amigo no mundo?

Maddy escutou um barulho na rua e se levantou, indo espiar pelas venezianas outra vez. *As cadelas estão todas lá fora, agora.* Todas as mulheres brancas do Beco Paraíso, mais algumas que deviam ter vindo de outros quarteirões. Cacarejando e gesticulando entre si, juntando algo nas saias e aventais...

Pedras, ela viu finalmente. Pedras arrancadas do calçamento, e pedaços de tijolos e alvenaria soltos, tirados das construções. A *revolta estava assim tão perto?* Ela tentou se concentrar, pensar o que deveria fazer. Tentar sair pelas ruas para chegar sozinha até a casa dele? Ficar e esperar — sabendo que ele voltaria?

Ou que alguém mais voltaria primeiro. Pensou outra vez na ameaça que aquele homenzinho enrugado lhe fizera, poucas noites atrás: *Nós vamos dar um jeito nos seus pretos...*

Ela voltou a sentar à mesa da cozinha e olhou para a garrafa. Perguntando-se se deveria servir-se de um copo — querendo um, mas também desejando ficar apresentável para ele, quando voltasse para buscá-la e levá-la para sua casa.

Para que a levasse direto para dentro, como se ela fosse sua esposa, ou quase. Já era alguma coisa. Ela não havia imaginado que nem mesmo a revolta fosse capaz de despertar algo assim nele — um pouco de afeição duradoura, pelo menos. Isto é, se ele realmente estava falando sério. Se ela não acabasse trabalhando como criada dele, como sua ajudante de cozinha, enquanto ele levava alguma jovem noiva para sua cama...

Foi quando encontrou o livro que ela teve certeza de que o odiava. Era apenas mais um romance que ela encontrou numa barraca na rua, na parte pobre da Broadway, cujo vendedor, um negro obsequioso e grisalho, gostava de ser chamado de Peter Livreiro. Maddy parava ali às vezes, quando não agüentava mais ficar em casa e tinha de sair para suas caminhadas. Andando o mais rápido que podia com suas saias compridas, sem dar atenção às pessoas que paravam para ver uma mulher bem-vestida caminhando tão depressa. Perambulando indiferente por toda a Cidade até que conseguisse enxergar tudo com clareza novamente, e o latejar em sua cabeça se esvaísse.

Então ela comprava algo para ler. Este era um romance popular, não custava mais que vinte e cinco centavos, com a capa de papel duro marrom. O título estampado em dourado na capa da frente e na lombada, *Beco Paraíso: Um conto das ruas de Nova York*. Ela não imaginou que fosse dele, o pseudônimo impresso na primeira página — *por Dr. E.C. Argent* — e só mais tarde descobriu o que significava o trocadilho.

Maddy o levou para casa e começou a ler. Trancando a porta e recusando todos os visitantes enquanto prosseguia, embora fosse uma excelente noite para se ganhar dinheiro. Ficando cada vez mais envolvida, lendo por todo o transcorrer da noite enquanto os habituais distúrbios na rua lá fora diminuíam lentamente. Lendo até as altas e silenciosas horas da madrugada, apesar de que a Cidade nunca ficava totalmente em silêncio. O barulho de alguma briga de bêbados, algum choro de desespero, até mesmo um grito, ainda sendo carregado pelo ar até ela, vindo de alguma parte. *Alguma outra pobre alma, descobrindo alguma coisa no meio da noite.*

O livro inteiro era sobre ela, Maddy logo percebeu. Os nomes tinham sido mudados, e também os eventos, claro. Isto é, a coisa toda era uma mentira. Sua vida — transformada em lições sobre os malefícios da bebida e da pobreza. Seu pai era um bêbado, sua mãe também. Foram eles que a jogaram nas ruas para vender milho assado. Eram eles que se beneficiavam dos seus lucros escusos. Surrando-a quando achavam que não tinha trazido dinheiro suficiente para casa. Alimentando-a com uísque no jantar, para que conseguisse dormir à noite.

Ela possuía um irmão, nesta versão *dele* da sua vida, um garoto que fora obrigado a se tornar um bandido, embora não quisesse. Também uma irmã mais nova, do tipo angelical com olhos azuis e cabelos loiros, que tentara entrar para as missionárias protestantes da Old Brewery. Os pais cruéis tinham surrado a menina e a deixaram passar fome até que morresse — embora sua aparência ainda fosse bastante angelical, de acordo com a ilustração ao lado da cena no leito de morte.

E então havia ela mesma. *Maddy Boyle, agora Mary Boggs.* Descrita tim-tim por tim-tim, até a marca de nascença em sua face. Era impossível não reconhecer. Tampouco, aliás, era impossível deixar de reconhecer os típicos apartes dele, suas frases floreadas, seu senso de humor e pequenas anedotas. *Só podia ser ele*, ela discernira antes mesmo do fim do primeiro capítulo.

E só podia ser ela, aquela sua garota inocente. No final ela era deixada viva — ao menos ele tivera a bondade de fazer isso por ela. Mandada de mala e cuia para um bom lar protestante em Pelham. Não apenas redimida, mas também redimindo outros, fazendo com que seus pais vissem a luz. *Apesar de que, se seus pais verdadeiros tivessem feito tais coisas, ela os teria redimido com um arpão...*

Maddy passara a noite inteira lendo, terminando o livro no momento em que os pássaros começaram a cantar no ailanto, e quando finalmente o fechou sentiu vontade de chorar. Sabendo, então, que ele nunca a enxergara realmente. Sabendo que ele sempre a considerara, desde o começo, nada além de um modelo.

Não mais do que a vendedora de milho assado. A sua Escrava Branca.

Porém, ainda pior do que aquela fantasia — pior do que a grosseira distorção que ele fizera da sua vida, seu desprezo por tudo o que ela sempre fora e o que sempre sentira por ele — era o quanto aquele *livro* era ruim. O quanto era tedioso, sem qualquer sensibilidade. *Como os personagens eram mal esboçados, como os diálogos eram fracos, como as descrições eram descuidadas...*

Ela havia se enganado com ele, agora percebia. *Ele nunca a enxergara. E ela também não o enxergava.*

E agora, o que restava para ambos, exceto o tempo que tinham investido? Ambos aferrados, sem qualquer outro motivo além do passado — em contraste com o horror habitual da Cidade lá fora?

Maddy olhou em volta à procura de um copo, qualquer copo. Arrancando a rolha da garrafa com os dentes. *Ele não vem.* Pouca luz restava na casa, agora, mas em vez de acender as lamparinas a gás ela simplesmente foi para as janelas da frente e escancarou as venezianas. Servindo-se de mais uma boa dose de uísque. Convencida, agora — *ele não vem.*

O dia já deslizando rapidamente na direção do fim da tarde e da noite. Havia sido louca ao pensar que ele voltaria para levá-la para sua casa. *Ele me quer apenas para ser sua escrava, confinada ali...*

Ainda estava de pé olhando pela janela aberta, com seu copo na mão, quando a primeira pedra foi atirada. Era um pedaço de pedra do calçamento, grossa e cinzenta, e ela ficara olhando enquanto rolava de um extremo a outro, incapaz de acreditar, mesmo enquanto via, que alguém tivesse lhe atirado tal coisa...

Então a pedra estilhaçou o vidro da janela da sala e ela gritou, cobrindo o rosto com as mãos, abrigando-se dos cacos que voavam. Escutando, com um choque ainda maior, os gritos zombeteiros e risos que vinham das suas vizinhas na rua.

Mais uma pesada pedra bateu de encontro à porta da frente. Depois outra, e mais outra — pedras, tijolos, pedaços de granito chovendo na frente da sua casinha. Elas batiam no que restara do vidro da sala, arrebentando a madeira das venezianas.

Maddy correu para a porta, escancarando-a e olhando para fora com incredulidade. Um fragmento de tijolo do tamanho do seu pulso atingiu a soleira bem acima dela — polvilhando-a com a poeira vermelha, fazendo-a correr de volta para dentro. Espiou lá fora outra vez, mas não havia dúvidas. As mulheres brancas seguravam as pedras em seus aventais conforme avançavam, gritando por ela enquanto a acuavam em sua casa.

— Venha pra fora, venha pra fora se tem coragem!

— Saia daí, sua rameira! Rameira vagabunda!

— Venha pra fora pra receber o que merece, sua rameira de pretos!

Para sua própria surpresa, Maddy sentiu lágrimas enchendo seus olhos quando escutou as mulheres zombando dela. Então estava com o revólver na mão, disparando pela porta afora. Incerta, agora que havia bebido, de como usar aquela coisa, porém não se importando. Avançando para o meio da rua...

— *Estou aqui! Estou aqui, suas cadelas!*

Ela sacudia a arma loucamente, tentando empunhar o cabo, acertar o gatilho. Sorrindo com satisfação ao ver as mulheres recuarem, no início, para o outro lado do Beco Paraíso.

— *Estou aqui!*

Mas elas recuperaram a coragem rapidamente, quando viram que ela se atrapalhava com a arma. Mais pedras e tijolos ricochetearam em sua casa — uma delas passando zunindo pelo seu rosto. As mulheres avançaram outra vez — rindo dela, gesticulando para que as enfrentasse...

Uma pedra atingiu-a na cabeça — uma pancada rápida, mas forte o suficiente para que ela caísse de joelhos, tremendo. A pistola caiu na rua, escorregando no calçamento, e Maddy engatinhou atrás dela, praguejando consigo mesma.

— *Cadelas. Malditas cadelas!*

Agora as mulheres riam e guinchavam como gralhas. Movendo-se para mais perto, pegando mais pedras.

— Onde estão os seus pretos, agora? Onde está o seu cavalheiro ianque, hein?

Ela se arrastou até onde estava o revólver, sentindo outra pedra atingi-la num dos lados do corpo. Percebendo, então, o que as mulheres estavam fazendo, através da vaga lembrança de uma história da Bíblia...

Estão me apedrejando.

57

RUTH

Por todo o dia ela escutara os gritos selvagens, animalescos, outra vez — os ruídos de coisas quebrando ou queimando à distância. Mas não tão distantes, agora. Ruth tinha a impressão de que estavam sendo lentamente atraídos para elas, por todos os lados. Sabia que Deirdre também havia reparado — falando cada vez menos conforme o dia passava, os lábios ficando cada vez mais pressionados, apertados.

Agora as mulheres brancas tinham tomado o quarteirão. Corriam de um lado para outro na rua, como crianças brincando. Os rostos pálidos e murchos agora excitados, até jubilosos, enquanto as informavam que o próprio Horace Greeley tinha sido enforcado e que um regimento inteiro de infantaria fora massacrado em Arch Block. A sra. McGillicuddy até mesmo viera para lhes dizer que deveriam ir embora.

— É melhor vocês irem agora, enquanto ainda dá tempo — ela aconselhou, a figura estatuesca cambaleando um pouco na soleira da porta, o hálito azedo de uísque. — Do contrário, vocês vão ver, eles lincharão todos os seus filhos, os pobres mulatinhos, bem diante dos seus olhos!

Deirdre veio para a sala, o rosto talhado em raiva.

— Sra. Mack, é melhor a senhora encontrar uma utilidade melhor para seus dentes e sua língua.

— Mas é verdade! Tem mais de cem mil irlandeses vindo para cá, agora. Eles estão marchando pela Bowery, queimando qualquer preto que encontrem pela frente. — Ela inclinou-se para Deirdre, apontando um dedo para Ruth e falando como se ela não pudesse ouvi-la: — Meu primo Seamus já viu o marido dela balançando num poste na Fourth Avenue, perto daquele asilo de crianças pretas. Todo mundo espetando e cortando o corpo dele, queimando com óleo...

— Saia daqui agora mesmo!

Deirdre deu um forte e furioso empurrão na mulher, que era bem maior do que ela, enxotando-a até que estivesse no meio da rua.

— A senhora sabe tão bem quanto eu que o seu primo está se escondendo como um covarde na sua cozinha nesses dois últimos dias, sra. Mack! Ele não sabe de nada o que acontece para além da barra do seu avental!

— Não, não foi ele que viu, mas alguém disse...

— Não, mas a senhora veio correndo para nos contar que aconteceu, depois de beber uns goles para criar coragem!

A expressão da sra. McGillicuddy ficou emburrada e despeitada.

— Todo mundo sabe que ela tá aqui, ela e a sua ninhada de mulatinhos — ela disse agora, num tom que penetrou como uma faca no peito de Ruth. — Nós vamos dar um jeito neles, não se preocupe... e também naquela outra lá em cima da rua, que se mete com marinheiros pretos!

— Saia daqui, eu já disse!

A sra. McGullicuddy se afastou relutante, recuando diante da promessa da ira de Deirdre, mas ainda disparando suas ameaças por cima do ombro:

— Não pense que vocês estão seguras aqui. Não pense que ela vai se safar, só porque está debaixo do seu teto!

— Mas ela está certa, nós estamos expondo vocês todos ao perigo — Ruth disse à Deirdre assim que a sra. McGullicuddy saiu e as duas se trancaram novamente na casa. — Não podemos ficar...

— Não seja tola. Para onde vocês iriam? E você tem de ficar esperando Billy...

— Mas é a sua casa, você se sacrificou tanto por ela.

— Ora, pare com isso — Deirdre falou sumariamente. — É só uma casa.

Ela hesitou, então, olhando para Ruth com mais atenção e baixando a voz.

— Você sabe que ela está mentindo, não é? Sabe que ela não faz idéia do que está falando.

— Eu sei.

— Nem ela, nem uma centena dos seus primos Seamus...

— Eu sei. Sei que é mentira — Ruth falou com suavidade.

A imagem de Billy, pendurado num poste de rua, assim mesmo penetrando em sua mente. Aquele homem tão belo sendo degradado, mutilado...

— Mas, aconteça o que acontecer, não diga nada ao menino... — Ruth pediu.

— Não, claro que não!

— Por favor, não lhe diga nada. Não quero que ele escute isso, mesmo sabendo que é mentira.

— Claro que é mentira. "Cem mil irlandeses marchando pela Bowery" — Deirdre zombou com desprezo. Para seu bem, Ruth sabia. — Quando foi que você já ouviu dizer que cem mil irlandeses seriam capazes de fazer alguma coisa juntos?

Escutaram um barulho semelhante a uma chuva de granizo na rua, e correram para a janela. As mulheres estavam atirando pedras e pedaços de tijolos na casa de Maddy. Paradas no meio da rua, gritando e guinchando como um bando de gaivotas.

— Rameira, rameira, rameira suja!

— Venha para fora, sua rameira de pretos!

Houve o som de vidro se quebrando, e as mulheres berraram com alegria. Então, para admiração geral, Maddy saiu correndo para o beco — usando apenas uma camisola de seda vermelha e brandindo um revólver acima da cabeça.

— Saiam daqui, vocês todas, antes que eu estoure seus miolos! — ela gritava, segurando a arma para o alto.

As mulheres apenas riram e guincharam mais um pouco. Uma delas atirou uma pedra que acertou a cabeça de Maddy, derrubando-a no chão e fazendo a arma escorregar pela valeta. Maddy engatinhou atrás dela, ainda gritando e praguejando, rasgando e sujando de lama a camisola. Mas outra pedra a atingiu nas costelas, e depois outra, mais outra... as mulheres gritando em triunfo a cada pedrada.

— *Meu Deus, mas o que está acontecendo com essa gente?*

Deirdre já estava jogando o xale nos ombros, correndo instintivamente para a rua. Ruth foi logo atrás dela — pensando que acabariam sendo mortas, mas seguindo-a assim mesmo.

Quando chegaram perto de Maddy, no entanto, as pedras pararam. As mulheres ainda perambulando pelo Beco Paraíso, porém Deirdre foi capaz de encará-las enquanto socorria Maddy — limpando a linda camisola da melhor maneira que pôde. Sem saber o que mais poderia fazer, Ruth abaixou-se e pegou a arma onde caíra, segurando-a desajeitadamente. Parecia bem diferente daquela que ela invejara horas antes, na bomba d'água. Esta parecia muito nova, com um cabo de madrepérola e o cano grosso e reluzente. *A arma de um cavalheiro*, ela pensou.

— Que a vergonha de Deus recaia sobre vocês, mulheres cristãs! — Deirdre gritou para as mulheres no outro lado da rua. — Nem quero pensar no que o padre diria se pudesse ver isso!

— Ah, volte para cuidar dos seus pretos! — uma delas gritou com desprezo, e as outras riram.

Mas começaram a se mover relutantes pela rua abaixo, desviando os rostos para não enfrentar a ira de Deirdre, ao menos por enquanto.

— Onde está a minha arma? — Maddy perguntou assim que a levaram para dentro, fazendo-a deitar no lindo sofá reclinável de Deirdre.

Ela parecera quase inconsciente ali na rua. Porém, agora que tinham entrado, estava novamente cheia de fúria.

— *Onde está a minha arma?* Eu posso cuidar daquelas vacas e cadelas com a minha arma...

— Não se preocupe com isso! — Deirdre ordenou, segurando-lhe a cabeça enquanto Ruth limpava os ferimentos com um pano. — Ninguém vai dar tiros aqui nesta casa. E cuidado com a língua, há crianças aqui.

— Eu faço o que quero! Foi isso que eu disse para ele, e digo o mesmo para você!

Maddy se afastou bruscamente do pano úmido.

— Não preciso de *você*...

Ruth achou que ela parecia uma índia selvagem, ou qualquer outra criatura não domesticada. Sentada ali no sofá de Deirdre, o sangue pingando no estofamento amarelo bordado. Os braços envolvendo os joelhos numa atitude defensiva, as pernas escondidas sob a agora esfarrapada camisola vermelha como se fosse uma criança.

Ela ainda era muito bonita, Ruth reparou. Havia algumas linhas em torno dos seus olhos e boca, o rosto um tantinho desgastado. Mas inegavelmente bonito — mesmo com os cabelos sujos e embaraçados, a sujeira colando-se em sua pele mesmo antes de ter caído lá fora. *Suficientemente bela para que qualquer homem ainda a desejasse...*

— Enquanto estiver na minha casa, você vai fazer o que eu mandar — Deirdre falou em seu tom de voz mais áspero, que sempre resultava em obediência imediata.

— Pois então eu vou embora!

Maddy deu um pulo para fora do sofá, os cabelos desgrenhados caindo em seu rosto.

— Eu não pedi para vir aqui e não vou aceitar ordens de você ou de ninguém. Onde está a minha arma?

Ela começou a andar pela sala, procurando freneticamente o revólver — embora este estivesse bem à vista, onde Ruth o deixara, dentro do armário envidraçado da escrivaninha.

— Não tenho medo daquelas cadelas. Eu conheço elas, conheço os maridos delas, e não tenho medo de ninguém!

— Elas vão espancá-la até a morte, se você for para a rua.

— Pois deixe que experimentem! Elas querem me expulsar daqui, pois então que venham e experimentem!

Maddy correu subitamente para a janela, com aquele pensamento, espiando pelas venezianas.

— É melhor que não tenham entrado na minha casa. Aquelas covardes! — Olhou para Deirdre e Ruth, então, com veemência. — Meu homem vai dar um jeito nelas. Ele é um americano de verdade, não como essas irlandesas filhas-da-puta. Ele vai dar um jeito para que elas recebam o que merecem...

— Eu pensei que você se cuidava sozinha.

— Eu posso me cuidar muito bem! Só me devolva a minha maldita arma e eu vou cuidar de tudo sozinha!

Maddy avançou para a porta, mas foi surpreendentemente fácil detê-la. Debaixo da camisola seu corpo parecia quase oco, Ruth pensou, os braços e pernas meros gravetos, e assim que a seguraram, ela cedeu.

Maddy deixou que a levassem de volta para o sofá e fizessem curativos na sua cabeça e joelhos machucados. Ruth lhe serviu um pouco do ensopado de cordeiro que elas tinham feito na noite anterior, enquanto Deirdre a vigiava. Maddy devorou o ensopado com avidez, embora estivesse frio.

— Obrigada pela comida. Agora, me devolvam a minha arma que eu vou embora.

— Por que não pede ao seu homem para tirá-la daqui? — Deirdre sugeriu, ignorando sua exigência. — Será que ele não vê que você não está segura neste lugar?

— Para o inferno com isso! — Maddy praguejou, sentando novamente. — Essas vagabundas não me assustam, eu posso cuidar delas. Deixe que experimentem tocar fogo em mim... elas ou os seus homens!

— Já chega dessa conversa, ninguém vai tocar fogo em você! — Deirdre falou com firmeza.

Mas Ruth se lembrou da voz ameaçadora que ouvira, poucos dias antes. Conhecida, de alguma forma, porém estranha em sua frieza. *A voz de quem pretendia fazer o que dizia.*

Nós vamos dar um jeito nos seus pretos.

— Eu falo o que quiser! Eu faço o que quero, e quando quero...

— *Já chega*, eu disse!

Maddy se esforçou para levantar do sofá outra vez, mas Deirdre a empurrou de volta facilmente, e Ruth ajudou-a a segurá-la ali.

— Você não manda em mim! Você não manda em mim! — ela gritou a plenos pulmões, até que as crianças vieram espiar amedrontadas na sala.

Mas depois de alguns minutos ela parou de lutar. Sentada quase imóvel, agora, enxugando o nariz na manga da camisola enquanto olhava em volta.

— É uma casa bonita — ela disse baixinho, subitamente dócil, admirando a sala de Deirdre. — Eu já tive uma sala como essa. O meu homem me deu. Do mesmo jeito que me deu a casa.

Maddy bocejou longamente, então, e aninhou-se no sofá com a mesma tranqüilidade e conforto como se estivesse em sua cama. Em questão de minutos estava dormindo profundamente, até roncando, e Deirdre a cobriu com um cobertor.

— Olhe só para ela, a pobrezinha.

— Vai ficar tudo bem, assim que ela se acalmar.

— Sim, se conseguirmos tirá-la daqui sem que nos matem, então vai ficar tudo bem.

Observando-a, Ruth se lembrou do quanto Maddy era bonita quando viera morar no quarteirão. As roupas ainda bem-cuidadas, e a mãe morando com ela. Nunca houvera qualquer dúvida quanto ao que ela era, o cavalheiro bem-vestido a acompanhando e depois desaparecendo em sua carruagem. No entanto, ela parecia educada e exótica o suficiente para que a maioria acreditasse que se tratava de alguma misteriosa dama estrangeira que viera morar entre eles.

Naquela época eles já tinham se acostumado com suas vidas ali no Beco. Billy continuava trabalhando com os órfãos e ela ainda caminhava todos os dias até as oficinas das senhoras alemãs e suas pilhas de lixo. A cada dois anos, mais ou menos, nascia outra criança, Mana e Frederick, Elijah e Vie. E Milton sempre crescendo — ficando mais alto e maior do que o pai, e quase tão belo. E inteligente, lendo tudo o que encontrava, depois de apenas um período na escola pública para onde ela o mandara.

Ruth até mesmo aceitara uma pequena Bíblia de um missionário protestante, que naturalmente presumira que ela era uma idólatra católica. Ela não o desiludiu desta idéia, mas aceitou o livrinho com a capa vermelha, de couro falsificado, levando-o para Milton embrulhado na saia, temendo que algum dos vizinhos pudesse ver.

Ele ficara tão contente. Havia lido a Bíblia inteira, depois passara para os textos religiosos e para as histórias patrióticas sobre Washington e a Revolução. E, depois disso, para os romances de um níquel, que consumia com mais avidez do que tudo — *O Vingador Negro da cidade*, ou *O Redentor Verde das colinas* — de forma que ela se preocupava por não terem o mais elevado conteúdo moral. Mas não conseguia proibi-lo de ler, ele parecia gostar tanto...

Milton lia noite após noite sob a luz do fogo, enquanto o pai resmungava na cadeira sobre como queria vê-lo acordado e pronto para sair de manhã. Muito embora tivesse sido Billy quem insistira para que ele fosse matriculado na escola pública, e lhe trazia todo tipo de leitura que encontrava durante as longas caminhadas do trabalho para casa, todos os pedaços de jornais e periódicos. Os livros descartados que encontrava jogados nos becos e nas caixas de lixo, e vendidos por dois centavos nos fundos de alguma loja de bebidas — abundantes como tudo o mais neste país.

E Milton, por sua vez, lhe ensinara a ler alguns destes livros — até lhe ensinara a ler *O Vingador Negro*, que, mesmo a contragosto, ela achou muito excitante. Seus momentos juntos eram a única alegria que tinha — quando se deitava no chão ao lado dele perto do fogo, depois que todas as tarefas diárias tinham terminado. Ruth precisava acordar antes do amanhecer para preparar o desjejum de Billy e mandar as crianças para a escola pública. E, depois, ainda havia a longa caminhada para seu trabalho, após voltar para limpar a casa, fazer o jantar, colocar as crianças para dormir no único e apinhado quarto.

Billy também estava pior, então. Ela sabia que ainda lamentava a morte de Lillian, a garotinha que tinham perdido naquela rua. Sem demonstrar muito, pois não era do seu feitio, porém se prendendo a isso como se fosse um insulto final, imperdoável, que recebera da vida. Ruth pensava, depois de algum tempo, que deviam se considerar com sorte por ter perdido apenas um filho, diante da quantidade de crianças que morriam ali no quarteirão todos os anos, de tifo, sarampo, *tamh* e cólera.

Mas Billy não aceitava. Odiando o longo trajeto até o orfanato, ela sabia, através de todos os bairros de brancos. Entediado e insultado com o seu trabalho, quando chegava. Ele passou a chegar em casa cada vez mais tarde, apesar dos olhares que Ruth lhe enviava — sabendo que até mesmo uma ou duas doses de uísque no caminho eram mais do que poderiam gastar. Cambaleando ao entrar em casa, do jeito que agora ela odiava — odiava que as crianças o vissem, que sentissem o seu hálito azedo de bebida.

Ele jurava que iria se corrigir. Esperava até que estivessem sozinhos na cama, e ela não pudesse ver seu rosto na escuridão, e então lhe falava com angustiadas auto-acusações, jurando que iria melhorar. Atônito ao descobrir que falhara novamente, ele jurava que controlaria sua fraqueza, que encontraria um lugar melhor para morarem, mesmo fora da Cidade.

E Ruth ficava deitada ao seu lado, afagando silenciosamente seu ombro e suas costas, escutando a tudo o que ele tinha para dizer. Sabendo, tão bem quanto ele, que não havia nada que pudessem fazer. Não havia outro lugar para onde ir, nenhum trabalho na Cidade ou fora dela, nenhum trabalho naquele país inteiro onde ele pudesse ganhar mais.

Por uns poucos meses, então, Billy conseguia ficar longe da bebida. Obrigando-se a voltar para casa de bom humor, brincando com as crianças. Desencavando qualquer tipo de trabalho de carpintaria que conseguisse, com outras famílias de cor nas ruas Dover e Oak, a fim de ganhar algum dinheiro extra.

Mas isso sempre acabava em nada. Ele ia vagar pelos estaleiros, ou simplesmente passava por uma construção, e depois pelas portas do bar mais próximo. Voltando para casa naquela noite com o cheiro adocicado do conhaque, ou do uísque, novamente, e cambaleando — *como agora ela odiava aquele cambalear, o que antes pensava ser o seu jeito gracioso e gingado de andar.* E como a bebida deixava sua fala engrolada, ele parecendo estúpido e grogue, até que ela tivesse vontade de gritar toda a sua piedade por ele, o seu marido.

O único momento de deleite que permanecera, então, era quando se estendia no chão perto do fogo, analisando os símbolos dançantes e pululantes nos livros de Milton, ou nas folhas dos jornais. Havia tantos sinais, e tantas combinações que podiam ser feitas com eles, que ela se maravilhava ao pensar que seu próprio filho era capaz de guardá-los todos na memória. Adorava simplesmente deitar ali e deixar que ele lhe explicasse tudo. Adorava o som da sua voz doce, tranqüila, sentindo tanto prazer nisso que nem mesmo aprendia tudo o que deveria aprender. Escutando-o até que os símbolos minúsculos como insetos começassem a girar à sua frente, e ela adormecia junto ao fogo.

Billy tinha de acordá-la — com raiva dela, embora não conseguisse admitir. Com tanta raiva como se ela tivesse feito algo errado. Tão irritado quanto ela ficava quando ele ia se deitar cambaleando, depois de beber demais, roncando tão alto que a casa parecia estremecer e as crianças riam do barulho.

— Você nunca se importou com o que eu quero para esse menino! — ele a advertia. — Mantendo ele acordado até tarde, deixando ele cansado por ficar aprendendo coisas que não terão utilidade nenhuma para um homem de cor nesta Cidade! Onde está ele? Onde está o menino? Já mandei ele para a cama. Ele precisa aprender a *me* obedecer. Você também precisa aprender...

Ela se levantava e ia em silêncio para a cama, magoada nem tanto pela injustiça do que ele dissera, mas sim pelo fato de ele poder falar com ela daquele jeito. Mais tarde, na escuridão, ele se arrependia outra vez, ficando triste e até envergonhado. Mas depois de um tempo Ruth achava que tantas desculpas eram como água, agradáveis enquanto passavam pelas suas mãos, porém sem deixar mais nada em seu rastro.

Maddy, pelo menos, trouxera um pouco de excitação para o quarteirão. Rompendo, ao menos por enquanto, os tediosos círculos da vida de penitência e declínio. As outras mulheres, Ruth sabia, a encaravam quase como a realeza, no início, e ela própria se sentira da mesma forma. Tentando ter um relance dela, do homem que a mantinha, andando pelo beco de luvas e com sua elegante capa de seda.

Mas depois de uns poucos anos isso também mudou. Havia outros, agora, tocando livremente a sineta na porta de Maddy, dia e noite. E depois que a mãe dela morreu, e foi levada naquele esplêndido carro fúnebre que o homem de Maddy contratara, ela começara a aparecer entre as vizinhas com mais freqüência. Arrastando-se pelo beco para pegar água na bomba, ou para ir ao mercado — na maioria das vezes sem vestir mais nada além de uma das suas finas camisolas.

Elas ainda falavam sobre Maddy em vozes ofegantes, como se fosse tudo o que pudessem fazer para se impedir de espiar na janela dela. Trocando entre si as ameaças do que fariam com seus maridos se algum dia os apanhassem indo para lá.

Mas não tinham muito com que se preocupar, considerando-se os preços de Maddy e a sua proximidade. Os homens, Ruth já havia reparado, se sentiam livres para fazer suas coisas mais indecentes quando estavam longe de onde viviam — no trabalho, ou no outro lado da cidade, ou em outro bairro. Ainda assim ela se preocupava com a idéia de que Billy poderia ficar tentado. Atormentando-se ao ver o quanto estava velha e desgastada sempre que se olhava num espelho, ou na vitrine de uma loja — ou no reflexo rachado e escurecido da caixa de maravilhas *dele*, sempre que tirava o pó.

Porém Billy nunca demonstrou ter qualquer interesse em Maddy, não tanto quanto demonstrava ao ver os marinheiros negros que a visitavam. Eram marujos negros audaciosos, confiantes, andando pelo Beco Paraíso com seu passo gingado, e Ruth percebia a intensidade com que Billy os observava. Rindo e brincando entre si em algum idioma estrangeiro, antes de desaparecer dentro da casa de Maddy. Ruth estava sempre ciente do quanto Billy desejava partir com eles.

Ficou pior depois que a guerra começou. Billy começara a comprar o jornal dos escravos libertos, o *North Star*, sempre que podia, esquadrinhando-o para ver se já haveria uma brigada de homens de cor — e reclamando amargamente ao saber que não havia.

— Eles têm uma brigada de irlandeses, uma brigada de alemães, um regimento de poloneses e até de boêmios! — ele exclamava, andando com passos duros pela casa. — Por que não uma brigada de negros? O que há de errado conosco, será que não somos bons o bastante nem mesmo para morrer por eles?

Ruth se recusava a discutir o assunto — embora Billy soubesse o quanto a idéia de vê-lo partir para a guerra deveria fazê-la sofrer. *Vá embora para a guerra, e deixe o resto da família vivendo com uma mão na frente e outra atrás.* Talvez nem sequer voltando para casa, ou regressando sem um braço ou uma perna, como os homens que já começavam a aparecer nas esquinas de toda a Cidade, substituindo as vendedoras de milho assado. Encostando as muletas na parede, executando pequenos milagres de agilidade ao enrolar e acender seus próprios cigarros, ou para entregar o troco aos jornaleiros.

O que eles iriam fazer, então — se, Deus nos perdoe, alguma coisa acontecesse com ele? Viver com o que ela ganhava nas senhoras alemãs? Fazer com que Milton ocupasse o lugar dele no orfanato e esquecesse de qualquer esperança de uma vida melhor?

Mas em vez dos inválidos e amputados ele via apenas os jovens e audazes marinheiros que vinham à casa de Maddy em números cada vez maiores, cheios de confiança e insolência.

Quando Tom se apresentara e se alistara no 69º de Combate as coisas pioraram ainda mais, ela sabia — sem nem mesmo visitá-lo para o ocasional cigarrinho, o único amigo verdadeiro de Billy em todo o quarteirão. Ele ficara ainda mais taciturno depois disso. Não mais parando nos estaleiros a caminho de casa — mas sim parando para observar as levas de soldados marchando pelos embarcadouros.

Até que um dia, apenas um mês atrás, quando o verão começara a fechar suas garras súbitas e pesadas em torno da Cidade, Billy levantara ainda mais cedo do que o normal. Saindo sem lhe dizer nada, mas voltando mais cedo, também, de forma que já estava em casa quando ela voltou do trabalho. Calmo e ainda sóbrio, mas sem a desajeitada e reticente dignidade que lhe era habitual — sem o pequeno brilho de orgulho que ele possuía, sempre que conseguia ficar longe da bebida.

Em vez disso ele parecia exausto, mais cansado do que ela já o vira, segurando a cabeça entre as mãos sobre a mesa da cozinha. Ruth queria lhe perguntar o que acontecera, mas ele deixou claro que ela não deveria se aproximar. Mal tocando na comida antes de ir sentar na cadeira de balanço que ele mesmo fizera. Fumando e balançando em silêncio, enquanto ela ia deitar perto do fogo para ler com o menino. Mas quando ela fez isso, Billy levantou-se de repente da cadeira e a proibiu.

— Chega de livros! — ele exclamou, postando-se acima deles com o rosto transpirando profusamente, um brilho feroz, negro-avermelhado na luz das velas que ela acendera. — Não, você precisa ficar ignorante como qualquer trabalhador! Já chega dessa tolice!

Ruth começou a protestar, mas ele lhe lançou um olhar com tal fúria que ela se calou imediatamente. A expressão em seu rosto como algo que ela havia visto somente em Johnny Dolan, em seu mais puro e agonizante desespero. Milton, no entanto, sendo menos experiente com os humores dos homens, se limitou a olhar cuidadosamente o pai, de cima a baixo, depois retomou a leitura do seu *Vingador Negro.*

— Você quer ficar acordado? — o pai gritou com o garoto despreocupado. — Muito bem, então, fique de pé!

Billy o fez levantar puxando-o com apenas uma das mãos, embora Milton fosse grande e pesado — o seu braço de carpinteiro ainda forte, mesmo depois de todos aqueles anos trabalhando com os órfãos. Obrigando o filho a ficar de pé, juntando todas as páginas soltas debaixo dele como algum pássaro depenado. Pegando o livro, também, e atirando-o contra a parede, puxando Milton consigo sem se importar com os gritos assustados e ultrajados.

— Venha... eu disse, venha!

As outras crianças foram acordadas com o tumulto e saíram das camas, indo para a sala da frente em lágrimas. As luzes, Ruth pôde ver, começando a acender nas janelas no outro lado da rua. *Dessa vez eram eles que causavam a algazarra...*

— Só existe um motivo para que um trabalhador fique acordado à noite. Você vem comigo, agora!

Billy sacudiu seu filho como uma boneca de trapo quando ele tentou se desvencilhar, agarrando-o pela camisa. Ruth batia nas mãos dele, repetindo seu nome muitas e muitas vezes como se isso pudesse fazê-lo recobrar a consciência, mas ele a ignorou.

— Venha, eu vou transformá-lo num homem. Vamos fazer uma visita à casa do outro lado da rua, você e eu. Uma pequena farra, pai e filho, o que acha?

Ele escancarou a porta e empurrou Milton pela rua escura. Arrastando-o na direção da casa de Maddy — e sem dúvida teria chegado ali, seu progresso apenas sendo diminuído por Ruth, que continuava segurando-o pelo braço. Milton tentando escapar, porém quase congelado de medo e susto diante da fúria do pai.

— Não, lá não! Não!

Ela temia que Billy realmente fosse. Já percebera como Milton começara a se interessar pela casa de Maddy, observando os homens que entravam. Tímido e esperto demais para perguntar a ela ou ao pai sobre isso, mas observando. Vendo Maddy, também, com outros olhos, Ruth sabia, sempre que ela emergia para a rua. Até agora apenas *imaginando.* E, embora ela soubesse que o primeiro contato do filho com uma mulher provavelmente seria num lugar como aquele, ou talvez pior, ainda assim não queria que ele fosse lá. *Ainda mais agora, com o pai.*

— Aqui! Aqui! — Billy ainda gritava. — Qual é o problema? Você acha que não tenho dinheiro para pagar? Eu posso pagar. Tome, veja!

Ele enfiou a mão no bolso e retirou um pequeno punhado de moedas de ouro. Ruth se perguntando, a despeito de tudo, onde ele teria conseguido todo aquele dinheiro.

— Pronto, está vendo? Este é o meu salário, o salário de um trabalhador!

Mas ele estava chorando, agora, e permitiu que eles o detivessem, a pouca distância da casa de Maddy. Milton saiu correndo pela rua, para dentro da casa e do quarto das crianças. Ruth ouviu as portas batendo atrás dele. Mas ficou onde estava, com seu marido, tentando ampará-lo ali na rua enquanto ele continuava segurando sua mão, chorando incontrolavelmente.

— Aqui está o meu salário! O salário de um tra-ba-lha-dor!

E mais tarde, quando ela finalmente o levou de volta para casa, ele falou com ela por um longo tempo. E ela o abraçou, permitindo que ele chorasse em sua vergonha — e não pôde se impedir de pensar, com todo o genuíno pesar que sentia por ele, se não seria isso que seu filho iria se tornar. Se não seria este o destino do seu Milton, chorando por seu orgulho na porta da casa de uma rameira.

58

BILLY DOVE

Eles estavam no porão da delegacia, tentando escutar os barulhos do tumulto lá fora. As crianças amontoadas contra as paredes, encolhidas sobre si mesmas, prendendo os joelhos com os braços. O porão não tinha espaço suficiente para eles, embora fossem tão pequenos, e cada respiração era dificultada no cômodo restrito, quente.

Pelo menos tinham chegado até ali. Aquela criança selvagem, o menino branco com o rosto sujo de sangue, cumprira com a palavra. Tudo parecia um jogo para ele, Billy não tinha certeza se no final ele não os entregaria todos à turba. Mas o menino fizera o que disse que faria, guiando-os furtivamente pelos terrenos baldios e becos, atrás de cercas e casas novas. Fazendo-os passar de gatinhas por trás das latrinas e por fundações inacabadas. O menino sempre à frente, esticando a cabeça para fora a fim de se certificar de que tudo estava calmo antes de atravessarem uma rua.

A multidão movendo-se em torrentes cegas depois que eles saíram, se concentrando em destruir o asilo. As crianças se movendo depressa, as mais velhas carregando as menores nas costas. Atirando-se imediatamente no chão quando lhes era ordenado; esperando em silêncio nos porões recém-escavados, parados com a água na altura dos joelhos.

Finalmente chegaram à Fifty-first Street. Ali tiveram de disparar pelo espaço aberto, e seguir para o leste por uns poucos quarteirões repugnantes até onde ficava a Vigésima Delegacia, na Third Avenue. Uma intimidadora dupla de policiais montava guarda na frente, batendo com os cassetetes nas mãos, os revólveres enfiados de maneira visível nos cintos. Billy mandou os órfãos correrem, e eles correram; ele até sorriu ao ver as expressões boquiabertas dos policiais quando 237 crianças negras surgiram de repente diante deles. Tudo o que puderam fazer foi lhes dar passagem e escancarar as portas, deixando-os disparar para dentro da delegacia.

Eles conseguiram, Billy pensou, ainda quase incapaz de acreditar. *Nós conseguimos*. O que ele devia ao asilo e às crianças agora já estava acertado. Já planejava como iria voltar para o centro, para a sua própria família. Pensou que talvez eles até lhe dessem uma arma, embora duvidasse.

Se não conseguisse nada, ele iria por conta própria, agora, com apenas suas mãos nuas...

Assim que chegaram lá dentro, contudo, sua sensação de triunfo evaporou. A delegacia estava vazia — repleta com os costumeiros odores dos policiais, de tabaco, carne cozida e batatas, isso era certo. Uma camada de lixívia jogada sem qualquer efeito por cima dos cheiros ainda pungentes das celas, de suor, vômito e sangue.

Porém, não restara qualquer outra pessoa em todo o prédio. Absolutamente ninguém, exceto os dois sargentos postados na frente. Os batalhões regulares de Metropolitanos já tendo sido enviados para o centro, a fim de combater os tumultos.

— Só eu e o sargento McCluskey que sobramos, senhora — o sargento mais velho, um homem chamado Murphy, explicou às senhoritas. — Estamos tentando bancar os valentes lá fora, mas a senhora sabe que não conseguiremos enganá-los por muito tempo.

— Sargento, nós temos mais de duzentas crianças sob nossos cuidados. O que podemos fazer? — a srta. Shotwell perguntou, parada tão ereta e digna como sempre, embora um pequeno tremor se elevasse em sua voz.

— É bem provável que os arruaceiros apareçam para tocar fogo no prédio, senhora. Elas não *podem* ficar aqui.

— Elas não podem *não* ficar aqui — Billy se adiantou, então.

Ele nunca havia falado daquele jeito com um policial de Nova York, em toda a sua vida, e o sargento Murphy o encarou com frieza, como se estivesse decidindo se deveria nocauteá-lo com seu cassetete ali e agora.

— Elas não conseguem mais correr — Billy continuou, assim mesmo. — Não terão nenhuma chance se saírem novamente para as ruas.

Ele se virou para a srta. Shotwell, como se estivesse dirigindo suas palavras somente a ela. A senhorita encarou-o intensamente enquanto ele falava, a mandíbula pressionada com tanta força como se estivesse tentando quebrar uma noz com os dentes. Então ela falou devagar:

— Muito bem, então. Elas terão de ficar.

O sargento Murphy encolheu os ombros, impotente.

— Vamos fazer o que pudermos, senhora... mas não posso garantir como será, apenas nós dois contra uma multidão.

O tom dele era áspero, e não sem um resquício de grosseria. Todos eles sabiam que aos oficiais era permitido deixar um bando de negros e órfãos entregues à sua própria sorte, mas jamais poderiam abandonar uma dupla de damas ianques.

E de que adiantariam dois homens contra uma turba de arruaceiros — contra uma multidão com o tamanho e a ferocidade que Billy havia visto invadir o jardim do asilo? Nem mesmo as armas deles adiantariam, provavelmente serviriam apenas para enfurecê-los ainda mais...

— Neste caso, é melhor vocês descerem para o porão — o sargento Murphy falou, gesticulando na direção da escada. — É melhor não ficarem aqui se exibindo, pelo menos.

Desde então eles estavam fechados ali no porão. Como o porão de todas as delegacias, era um cômodo comprido e aberto. Havia poucas celas nos fundos, mas a maior parte era um espaço vazio onde, no inverno, muitas famílias desfavorecidas da Cidade podiam vir para dormir, se preferissem não congelar nas ruas.

Agora estava mais quente que um forno e escuro como breu, exceto por uma pequena vela que as senhoritas acenderam. As cortinas verdes puxadas, fechando as janelas. No transcorrer de toda a noite e da manhã eles tinham cuidado das crianças da melhor maneira possível — esperando até que escurecesse, depois levando-as para as latrinas atrás da delegacia em grupos de dois ou três, esperando que ninguém reparasse neles. Os sargentos, nesse meio tempo, lhes levaram água e o pouco de pão e carne que conseguiram encontrar nas dependências da delegacia.

Algumas das crianças mais novas começaram a chorar em função do calor e da fome, mas a maioria permaneceu em silêncio. Sentadas encolhidas contra a parede, seus rostos pequenos e solenes reluzindo de suor. Erguendo os olhos, atentas, quando algum adulto passava. *Nada como um órfão para entender a gravidade da situação.* Billy reparou em Tad, meio-escondido debaixo da escada — o menino que voltara para pegar o cavalinho de chumbo, fosse o que fosse que o brinquedo significava para ele. Billy sorriu, e o garoto sorriu também, ainda afagando o cavalinho.

Mas o tempo todo ele pensava, *Preciso voltar.*

Mais de vinte e quatro horas tinham se passado desde que ele dissera a Ruth que voltaria com o dinheiro. Já havia parado de perguntar as horas, então, pois parecia tão sem sentido. Imaginando o que sua mulher deveria estar pensando que lhe acontecera, se achava que ele havia caído de bêbado num beco qualquer, ou num bar. Ou se ela pensava o pior, com a revolta varrendo a cidade inteira.

Não importa o que eles estejam pensando, eu sei que estou a salvo. E quanto a eles?

Tentou se convencer de que pelo menos aquele lunático, Johnny Dolan, não conseguiria encontrá-los no meio de todo aquele tumulto. Mas sabia que não podia contar com isso. Se as revoltas no centro fossem em qualquer aspecto semelhantes ao que ele vira no Asilo, seria bem fácil para um homem ir aonde quisesse, fazer o que bem entendesse.

Billy sabia, também, que se Dolan aparecesse, o seu menino, Milton, iria lutar pela mãe até que lhe restasse um último fôlego. E que Dolan iria matá-lo, também, com a mesma facilidade com que mataria um cachorro. Muito tempo se passara, mas Billy conhecia Dolan o suficiente. O jeito que o rosto de Ruth ficava, a maneira como ele a surrava, uma mulher indefesa...

Ele precisava voltar.

No andar de cima, Billy escutava o matraquear do telégrafo da delegacia de tempos em tempos, enviando os despachos. Um dos sargentos descia de vez em quando para lhes contar o que ficavam sabendo. Desta forma eles souberam que o asilo de órfãos fora saqueado, destruído e incendiado até que mais nada restasse, o sargento McCluskey dera a notícia com a maior delicadeza que conseguiu.

A srta. Murray emitiu um gemido tímido e triste, pensando no belo casarão. A srta. Shotwell, em contraste, soara desafiadora, com uma ponta de fúria na voz.

— Nós conseguimos salvar as crianças, é isso que importa!

Conseguimos mesmo?

Depois que serviram às crianças o pouco de desjejum que puderam arrumar, Billy foi para o beco atrás da delegacia. Olhando para cima e para baixo do beco estreito antes de sair, depois tirando a camisa grosseira e quente por cima da cabeça. Ele a mergulhou completamente sob a bomba d'água que havia ali, depois a torceu até que não houvesse mais do que um nó duro e firme nas suas mãos, em seguida a ensopou outra vez. *Suas mãos.* Ele as flexionou debaixo da água, agora, jogando um pouco no rosto e no peito.

Podiam ser as mesmas mãos que fizeram o que já haviam feito antes? Construído um barco? E o que ainda poderiam fazer agora?

Subitamente pensou naquela garrafa de conhaque de pêssego, guardada no armário do asilo, e riu consigo mesmo. *Devia ter acabado com ela, no fim das contas* — esperando, pelo menos, que a turba tivesse incendiado o casarão antes que qualquer um dos arruaceiros a encontrasse. Ocorreu-lhe, também, que provavelmente haveria um pouco de uísque em algum lugar daquela deserta delegacia de irlandeses — mas obrigou-se a empurrar o pensamento para o fundo da mente.

Não. Não podia se embriagar agora. Tinham de fazer algo com as crianças. E ele precisava voltar.

Ele quase fugira para a sua casa na noite anterior, durante a tempestade. Dizendo a si mesmo que poderia se mover como uma sombra através da Cidade, um homem escuro numa noite escura, abrigado pela chuva. Até pensara em levar aquele estranho menino branco para ajudá-lo, para lhe mostrar algum caminho secreto — mas em algum momento entre a hora em que tinham chegado à delegacia e quando foram levados para o porão, o garoto desaparecera outra vez, tão facilmente quanto havia surgido. Saindo, sem dúvida, para alguma outra parte do vasto jogo que criara para si, em meio àquela balbúrdia.

Mesmo sem ele, entretanto, teria sido bem fácil. Tudo o que precisava fazer era dizer às senhoritas que ia usar as latrinas lá fora, e depois fugir. Andando pelas ruas sem ruído, através da chuva fresca e revigorante.

Mas como poderia abandonar todas aquelas crianças, deixá-las com uma dupla de indefesas senhoras idosas, com o Velho Bart e Yolanda e os sargentos de polícia? Pensou, também, no que aconteceria se ele não conseguisse — emboscado e morto em algum ponto entre a delegacia e o Beco Paraíso. Não teria serventia alguma a ninguém, então, aqui ou lá, seria como se simplesmente desaparecesse dentro da noite.

Então ele ficou. *Mas por quanto tempo? Por quanto tempo conseguiriam se esconder ali — antes que fossem descobertos pela turba?*

Quando a manhã passou sem que tivessem nenhum sinal de rendição ou de repressão da revolta, a srta. Murray saiu para procurar ajuda. Espertamente soltou os cabelos, primeiro, depois cobriu a cabeça com um xale preto — qualquer coisa para ficar mais parecida com alguma viúva irlandesa. Eles abriram a porta da frente para deixá-la sair — e Billy escutou os sons dos tumultos, como ondas batendo na praia, um subir e descer constante, o tipo de som que certa vez ele achara tão reconfortante. Havia também o cheiro de coisas queimando — tão forte como se estivesse vindo do quarteirão ao lado.

No entanto, ele sabia que a srta. Murray tinha a tarefa mais fácil, mesmo se encaminhando para tudo aquilo. A não ser que fosse atingida por uma bala perdida ou um lunático, ela estaria bem — uma senhora branca com um xale na cabeça. Seria o restante deles que teria de enfrentar o pior, e eles sabiam disso. O sargento Murphy até descera para mostrar a ele onde ficava o armário de armas no porão da delegacia.

— Se eles entrarem, quebre o vidro e pegue o que precisar. Pode dar uma para o velhote, também... — Ele indicou com o dedo o grisalho Velho Bert, que esperava pacientemente num canto. — Diabos, entregue para as mulheres e as crianças também, se chegar a esse ponto...

O sargento fez uma pausa, depois falou num tom quase de desculpas, a voz baixa no cômodo apinhado.

— Eu vi o que eles fizeram lá no escritório de recrutamento...

Porém, a turba não viera. E mais horas foram perdidas — horas durante as quais ele poderia estar em movimento, voltando para a sua família. Em vez disso estava ali, preso naquela arapuca.

Indo de uma arapuca para outra. Do Asilo de Órfãos para aquele porão. Depois... para casa.

Sempre fora assim. Fazendo tudo o que podia, tomando sua vida nas mãos para sair de um lugar — apenas para descobrir que o lugar seguinte era tão ruim quanto o primeiro, se não pior. *Será que este é o destino de todo negro neste mundo — ou será que sou eu?*

Não. Ele vira outras coisas — o vilarejo, lá onde agora estava o parque central. Pequeno, restrito e incompleto como era, cercado por inimigos. Apenas duas ruas, duas igrejas, umas poucas casinhas, mas um *lugar* — um lugar para os negros, para o povo negro, e para quaisquer brancos que quisessem se juntar a eles.

Como Ruth. Mas por que ela fora procurá-lo ali? E por que ele deixara?

Ele já havia pensado nisso muitas vezes no transcorrer daqueles anos. Por qúe nunca se casara com uma das mulheres negras do vilarejo, apesar dos esforços do reverendo Betancourt de lhe apresentar tantas diferentes pretendentes? Ele sempre quisera esperar, para ter algo a oferecer para sua esposa — um trabalho de verdade, um salário decente. Algo pelo qual ele pudesse se respeitar. Na verdade, ele tivera muito poucas mulheres em Nova York, até mesmo prostitutas. *A simples idéia do quão pouco possuía, do quão pouco conquistar, fazendo-o se encolher por dentro.*

Billy jamais tivera a intenção de se envolver com uma mulher branca. Já havia visto como os casais de raças mistas eram tratados na Cidade, até mesmo em Cinco Pontos, onde eram comuns. O mero aparecimento deles despertando a fúria dos brancos ainda mais do que a simples visão de um negro, e ele não queria ter nada a ver com isso.

Mas lá estava ela, a garota magrinha, parada na estrada à sua espera, e o que ele deveria fazer? Ela não gritara quando os caçadores de fugitivos apareceram. Não se esquivara, não fraquejara, nem lhe pedira nada. Apenas indo à sua casa e implorando que ele a possuísse, e o que ele iria fazer?

A pequena e indissolúvel força, evidente. Surrada e maltratada como era, a garota ignorante e analfabeta. Ainda voltando, querendo mais. Ela fora bastante capaz de descobrir quem poderia ajudá-la quando precisou se livrar de Johnny Dolan. Estava mais que disposta a fazer qualquer coisa por ele, também, nunca se furtando das suas obrigações.

Seria coragem?, ele pensava. *Ou apenas a cega e misteriosa necessidade de sobreviver? Indo sempre em frente, nutrindo e sobrevivendo, não importava o motivo.*

Antes que se desse conta, ele estava casado com ela. E graças a Deus, também, ele achava, pois quando o vilarejo foi derrubado sem qualquer aviso ele foi capaz de voltar com ela para os distritos brancos da Cidade. Para viver onde ela vivia, com a gente dela...

Outra arapuca. O vilarejo arrancado de sob seus pés. Muita conversa de brancos sobre escrituras legais, direitos de propriedade, tudo para tirar a terra de um homem. E acabou assim, sem mais nem menos — as casas desengonçadas que tinham sido erguidas a duras penas, as duas ruas, as pequenas igrejas caiadas, e todas as pessoas. Espalhadas agora pelos cortiços e becos fétidos e barulhentos, onde ficara decidido que deveriam morar, então. Misturados com todos os "pretos verdes" e irlandeses bêbados.

Ele nunca gostara do Beco Paraíso. Tinham perdido a primeira menina, Lillian, logo depois que se mudaram para lá, e ele sempre culpara o lugar — o ar abafado e maléfico, os porcos correndo soltos nas ruas. E ali ele tinha de ficar sempre atento aos caçadores de escravos fugitivos, principalmente à noite. Era tão mais fácil para eles chegar perto de um negro pelas ruas escuras e estreitas — mesmo se fosse um escravo liberto ou alguém que nunca foi escravo na vida. Apanhando-o de surpresa ou drogando-o, depois carregando o homem para as docas antes que alguém percebesse que estava desaparecido.

Morando ali, ele pensara pela primeira vez que poderia simplesmente sumir. Jamais se sentira assim antes, nem mesmo nas mais extremas profundezas da sua existência, quando dançava por enguias no embarcadouro. Mais do que nunca começara a parar no A *Casa de Vidro* e outros bares, embora soubesse o quanto isso era perigoso. Muito embora soubesse que seus filhos precisavam de cada centavo do seu salário, e não conseguisse suportar a expressão nos olhos de Ruth quando voltava bêbado à noite.

Ocorreu-lhe o pensamento de que seria bastante fácil *fazer-se* desaparecer. Ruth nem mesmo o culparia por isso. Poderia suspeitar — mas acabaria culpando os caçadores de fugitivos, ou alguma gangue do rio que atacava nas docas. Talvez ele até pudesse voltar, depois de algum tempo, se conseguisse juntar dinheiro. Diria que havia escapado novamente, ou que fora mandado de contrabando para o Peru.

Ele sabia que Ruth o aceitaria de volta, mesmo assim. Ela o abraçaria, sentiria pena dele e o receberia de bom grado sem fazer perguntas. Talvez, se encontrasse um outro lugar, bom para viver, pudesse até mesmo levá-los para lá...

Mas não podia abandoná-la. Billy não saberia dizer com certeza se realmente a amava, mas eles tinham laços profundos que os uniam agora. Ele a ajudara a despachar outro homem para o Egito, e havia a família que tinham criado juntos. Nunca se esqueceria de como ela chorou quando ele lhe disse que não poderiam pagar o daguerreótipo de Lillian. Ela aceitou, e nem mesmo o censurou por isso, mas ele sabia o que devia estar pensando. Como ele podia gastar dinheiro com o prazer passageiro da bebida, mas não com o retrato da filha...?

Sim, eles tinham um laço. O laço habitual das pessoas casadas há muito tempo, forjado por ressentimentos e animosidade compartilhados, tanto quanto qualquer outra coisa. E ainda assim, talvez ele a amasse.

E ele ficara. Ainda saindo para o trabalho todos os dias, cuidando dos órfãos. Recebendo seu salário e tentando não gastá-lo todo em bebida no caminho para casa.

A guerra o despertara novamente, por algum tempo. *Até lhe dera uma desculpa, uma boa e corajosa desculpa para ir embora.* Ele lia o *North Star*, o *Anglo-African* e o *Ram's Horn*. Procurando, ansiosamente, qualquer notícia de um regimento de negros, e sonhando em partir para a guerra. Escutando com raiva sempre que algum orador de esquina da Tammany arengava sobre as perfídias da sua raça.

"*Nem um negro sequer da União ergue uma palha que seja para defender as nossas liberdades...*"

Mas os regimentos de negros nunca foram recrutados. Ele nem mesmo poderia lutar. Não melhorava em nada saber que não iria, mesmo se pudesse. Que tinha obrigações demais ali — Ruth e as crianças, e as contas se acumulando, com tudo ficando cada vez mais caro na Cidade desde o começo da guerra.

Então vieram as greves, apenas um mês atrás. Já houvera greves antes, algumas nos mesmos estaleiros que o rejeitaram, mas ele nunca aceitou as ofertas dos fura-greves. Dizendo a si mesmo que não importava o que ele fosse, jamais tomaria o emprego de outro homem, nem tiraria o pão da boca dos filhos de outros — nem mesmo de um homem branco.

Mas os trabalhadores de estaleiros aderiram à greve, que se espalhou por todo o embarcadouro. Todos os estivadores, os carpinteiros, os fabricantes de velas e os mecânicos, e ele não conseguia resistir à idéia de construir um barco, ao menos por mais uma vez, apenas para sentir novamente como era. Panfletos foram distribuídos com ofertas de trabalho para quaisquer homens — até mesmo para trabalhadores negros — e na manhã seguinte ele se levantara ainda mais cedo que o habitual, e descera para os embarcadouros levando suas belas e novas ferramentas, que nunca tinham sido usadas.

Os embarcadouros ao longo do Hudson estavam em tumulto. Mesmo antes de amanhecer, os grevistas irlandeses e alemães já ocupavam as ruas em volta — acendendo fogueiras fumacentas nas caixas de lixo, gritando e agarrando os fura-greves. Espancando qualquer negro que conseguissem encontrar, berrando o velho refrão:

"Este é um embarcadouro de brancos!"

Ele tivera de passar através dos armazéns vazios que conhecia, disparando pela rua até as docas que tinham sido indicadas nos folhetos como os lugares para inscrição. Conseguira chegar por pouco. Ao longo do píer um enorme contingente de soldados, com baionetas fixadas, mal conseguia conter os grevistas. As tropas tiveram que arrancá-lo quase literalmente das mãos dos revoltosos, deixando-o num pequeno abrigo de madeira nas docas. Ali dentro ele se amontoou no final de uma fila de brancos embriagados, cheirando a uísque vagabundo e suor rançoso. Um outro negro, vestido com suas melhores roupas, acocorado na outra extremidade da fila — evitando cuidadosamente o seu olhar.

— *Nome?* — o agente de contratações perguntou, um ianque troncudo e barbado que falava com um palito preso nos dentes.

Dois outros soldados uniformizados, também com rifles e baionetas, se postavam bem atrás dele.

— Billy. Hum... Billy Dolan — ele disse, agarrando-se ao seu próprio nome levado por uma última esperança de que talvez pudesse precisar dele outra vez.

— Muito bem, Billy *Dolan* — o agente falou com desprezo. — Chame todos os seus amigos de County Cork que puder encontrar. São dois dólares por dia, vinte e cinco centavos por hora extra.

— Dois dólares?

— Isso mesmo. É pegar ou largar. Mais, *talvez*, se você souber fazer algum trabalho especializado.

— Mas eles só estão pedindo um dólar e setenta e cinco centavos por dia — ele disse admirado, gesticulando na direção da turba lá fora.

— Bem, não se preocupe com isso, sr. *Dolan*. Não vai durar muito tempo.

Ele foi em frente e assinou seu nome — o seu nome inventado —, e o agente ianque pingou na sua mão umas poucas moedas de ouro, o seu bônus de inscrição. Depois ele saiu para o embarcadouro com os outros fura-greves. Cerca de trinta ou quarenta, agora, ao todo — ele e o outro homem que vira no abrigo sendo os únicos negros.

Era um embarcadouro de brancos — mesmo para os fura-greves. Mas, então, por que os grevistas estavam gritando tanto? Será que viam apenas os negros e os mulatos?

Uma barcaça velha e coberta de limo estava atracada ao longo do cais, e eles receberam ordens de embarcar. Ali eles esperaram — o quê ninguém se dera ao trabalho de informar. Então simplesmente ficaram parados no barco, com uma chuva fria e constante começando a cair. A água formando poças sujas e oleosas sob seus pés, no fundo raso da barcaça. Podiam ver a multidão espalhada no embarcadouro, os homens ainda sacudindo os punhos e gritando para eles, contidos apenas pelos soldados.

— *Fura-greves imundos! Fura-greves imundos! Pretos sujos, fura-greves!*

Pretos? Billy olhou para os bêbados brancos que o rodeavam...

— *Vocês não vão viver para gastar o dinheiro!*

Uma saraivada de pedras, pedaços grossos de terra e esterco de cavalo chegou voando por cima deles. Uma das pedras atingiu o homem que estava ao lado de Billy — derrubando-o e fazendo um corte profundo em sua cabeça. Ele caiu, e Billy e outro homem o ajudaram a levantar, olhando na direção de onde viera a pedra.

Billy analisou os rostos dos homens acima deles — faces encovadas e sujas, vibrando ferozmente por terem acertado as pedradas. Os olhos reluzindo de ódio. Eles fechavam as mãos em torno dos pescoços para imitar um nó de forca.

— *Vocês nunca vão viver para aproveitar o dinheiro!*

Uma chalupa a vapor se aproximou devagar, aumentando um pouco a velocidade a bombordo da barcaça onde eles estavam. Uma comprida fileira de soldados entrou na barcaça, os fura-greves se afastando em silêncio para lhes dar espaço. *Proteção, finalmente,* Billy pensou, mas então viu que os soldados estavam desarmados. A expressão da maioria deles era de desalento, cansada, os uniformes frouxos e desarrumados, muitos homens com os braços ainda em tipóias. Depois chegou outro grupo que precisou de ajuda para entrar no barco — cinco ou seis homens de cada vez, todos acorrentados uns aos outros pelos tornozelos.

Inválidos e condenados, Billy se deu conta. *É com eles que estamos aptos a trabalhar.*

Ficou ali observando enquanto os soldados enchiam o barco lentamente, carregando numa das mãos a sacola com suas ferramentas novas e cintilantes e com a chuva escorrendo pelo chapéu. Os homens acorrentados se arrastavam devagar e ruidosamente para dentro do barco, a água subindo pelas pernas das calças azuis.

Billy pulou para fora da barcaça, então — movendo-se rapidamente antes que pudesse pensar mais um pouco no que estava fazendo. Içou-se para o embarcadouro com apenas um braço, prendendo as preciosas ferramentas embaixo do outro. *Ainda sem ser usadas.* Não que este arrependimento fosse lhe fazer algum bem, ele sabia. Teria de correr de volta para a Cidade o mais rápido que pudesse — os homens em tumulto nas docas correndo atrás dele no mesmo instante, querendo dar vazão à raiva em qualquer um que conseguissem agarrar. Os pulmões de Billy pareciam querer explodir em seu peito, os gritos de chacota da turba ecoando em seu rastro.

E mais tarde ele voltou para casa e tentou desabafar a raiva. Ruth foi compreensiva, embora nem mesmo soubesse sobre o que ele estava falando, e ele se sentiu grato por isso, amando-a por isso. Mas a verdade era que ela ainda não sabia, ainda não fazia idéia de tudo o que ele havia perdido...

Houve o som de gritos e pés correndo, subitamente muito alto e próximo. Billy escutou no torpor do porão sem entender, no início, como se fosse alguma coisa além dos mesmos ruídos dos tumultos. Então o sargento Murphy desceu correndo a escada do porão.

— Desculpe, senhora, mas eles estão muito perto, agora — ele relatou à srta. Shotwell.

— O quê? O que foi?

Ela piscou e endireitou o corpo — tão em transe quanto Billy estava em função do calor.

— Os *arruaceiros*, senhora. Há um bando de vagabundos aí fora nesse exato momento. O sargento McCluskey e eu estávamos observando. Eles trouxeram um barrilete de uísque e estavam só se divertindo, mas agora estão de olho na delegacia. Quando bebem o suficiente para criar coragem, a gente pode esperar qualquer coisa.

A srta. Shotwell piscou outra vez.

— Entendo.

— O sargento McCluskey e eu achamos que vocês devem ir embora, senhora — Murphy continuou, a urgência evidente na sua voz, sob as palavras calmas, respeitosas. — Nós vamos ficar pelo máximo de tempo que pudermos, mas a senhora precisa tirar as crianças daqui. Pelos fundos, se for possível...

— Obrigada. Obrigada pela sua ajuda.

A srta. Shotell repetiu as palavras estupidamente, como se não as entendesse muito bem. Olhou em volta do cômodo para as crianças órfãs, acocoradas nas sombras, nos recessos do porão.

Como uma brincadeira de criança, Billy reconheceu. Tentando sumir gradualmente nos cantos, nos lugares escuros. Apenas querendo desaparecer.

Mas isso não iria funcionar — não se eles incendiassem o prédio. O fogo sabia abrir seu caminho em todos os cantos, este era o seu terror, a sua utilidade como arma dos arruaceiros. Eles podiam tentar ficar fora do caminho tanto quanto quisessem, mas não daria certo com a gente branca.

Outra arapuca...

Billy se levantou — vendo os olhos das crianças girarem sobre ele. Tão alertas como sempre a cada movimento — ao perigo — a despeito do calor. Plenamente cientes do que estava acontecendo, apenas esperando as instruções seguintes.

Como elas confiam em nós, só porque somos adultos. Por mais que essa confiança já tenha sido traída.

Ele viu a expressão da srta. Shotwell, agora contraída ao ponto do desespero. Ainda querendo ir embora — mas para onde? Que chance eles teriam, tantas crianças juntas, com a Cidade inteira em chamas?

— Não vá a parte alguma. Não vá a parte alguma, *ainda* — ele falou em voz baixa à senhorita, certificando-se que ela entendera, depois se encaminhou para a escada. Ao parar por um instante perto do corrimão, viu Tad ali, encolhido debaixo da escadaria. Olhou em silêncio para Billy, o rosto agora inexpressivo — e ainda segurando o cavalinho de chumbo na mão.

Tentando ser ainda menor que os outros, enfiado num canto ainda mais escuro.

— Você também, não vá a lugar nenhum. — Ele sorriu para Tad, passando o dedo pelo seu talismã. — Não quero ter de sair outra vez procurando você.

Recebeu um breve e involuntário sorriso do menino. Então estava voando pela escada acima, atrás do sargento, correndo até o primeiro andar. Murphy encarou-o como se ele tivesse perdido o juízo — os lábios se estreitando numa exasperação de quem já vira de tudo. *Ele pensa que eu vou fugir...*

— Não é uma boa idéia, filho, tem gente demais lá fora — Murphy começou a lhe dizer.

O rosto irlandês jovem e sério debaixo do chapéu alto de Metropolitano, um bigode grosso, castanho-avermelhado, descendo até o queixo com o propósito de fazê-lo parecer mais velho. Os olhos finalmente traindo uma certa simpatia — uma solidariedade por todos eles, acuados como estavam naquele porão.

— Você nunca irá conseguir, nem mesmo sozinho. É melhor tentar sair pelos fundos, junto com os outros. Nós vamos contê-los aqui o máximo que for possível...

— Eu vou ficar bem lá fora — Billy Dove falou.

Deleitando-se com a sua liberdade, agora, sabendo o que iria fazer. *É esta a única liberdade verdadeira que temos? No final?*

Ele disparou pela porta afora, antes que os sargentos pudessem impedi-lo. Um tanto zonzo sob o súbito clarão do sol, do gosto acre de fumaça no ar, depois de tantas horas enclausurado no escuro. Forçando-se a andar ereto, com a cabeça erguida ao menos no início — sem querer que os policiais brancos achassem que estava com medo. *Ainda possuindo aquele tanto de orgulho, pelo menos.*

Porém, realmente sentiu medo quando viu a quantidade de gente lá fora. Trinta ou quarenta, no mínimo, parados e acocorados em volta do barrilete de uísque, no lado oposto da rua em frente à delegacia. Pareciam embriagados, também — exalando fumaça, os paletós sujos de fuligem. Fumando seus cachimbos, rindo um pouco alto demais enquanto levavam as canecas à torneira.

Como tantos outros grupos de homens amargurados que ele já havia visto, agachados em volta dos alambiques. Mas libertos agora — exatamente como ele — para fazer o que bem quisessem. Para descarregar sua amargura sobre quem quer que escolhessem...

Billy havia pensado que se o pior acontecesse ele iria lutar ou fugir — afastá-los da frente da delegacia. Mas vendo a quantidade deles agora, percebeu que poderiam facilmente rasgá-lo em pedaços ali mesmo, e não haveria nada que pudesse fazer quanto a isso. Tampouco estava certo do que iria fazer — deixaria que a inspiração do momento o guiasse. Desta vez entrando na arapuca com pleno conhecimento do que estava fazendo.

Livre ou não...

Billy fez o tremor retornar às suas pernas conforme se aproximava deles. Não como se fosse de medo, mas sim de embriaguez — um estado que ele conhecia muito melhor. Começando a cambalear e tropeçar enquanto andava na direção dos homens brancos, deixando os lábios caídos num sorriso mole, bêbado. Lembrando-se do que aprendera quando costumava dançar em troca de enguias ao longo das docas.

Só quando estava a poucos metros de distância os homens repararam nele. Rodeando o barrilete de uísque, onde havia um nome estampado: *Spelman's*, sem dúvida o lugar de onde o tinham roubado. Ainda estavam fazendo discursos vagos, embriagados e presunçosos uns aos outros, mas ficaram em silêncio, um depois do outro, quando o viram chegar. O assombro se delineando claramente em seus rostos enquanto observavam aquele negro bêbado indo direto para eles.

— *Olá, seus vagabundos!* — Billy gritou a plenos pulmões, sacudindo a mão dramaticamente acima da cabeça como saudação.

Sua platéia completa e perigosamente em silêncio, agora. Atônitos e incertos, mas ainda apenas observando, como cães decidindo se deveriam atacar. *Isso não vai dar certo. Tem de haver algo mais.*

Ele se preparou e deu um salto súbito, louco, aterrissando bem em cima do barrilete — rezando para que este não cedesse, nem entornasse. Certificando-se de se balançar como um bêbado, quase caindo para um lado, depois para o outro — se aproveitando do elemento-surpresa.

— *Não me odeiem pela cor da minha pele, companheiros vagabundos!* — ele gritou outra vez.

Sozinho em meio a dezenas de homens brancos, que fechavam o círculo à sua volta. Seus paletós cobertos de sangue e cinzas, ainda com os olhos arregalados e em silêncio. Porém, mesmo enquanto eles se moviam, Billy pôde ver que alguns começavam a sorrir com zombaria. Muitos mostrando os dentes, as bocas rosadas e desdentadas.

— Nós estamos vivendo um dia feliz, meus companheiros vagabundos! E eu estou feliz por poder me dirigir a uma platéia tão respeitável e inteligente, como a que está diante de mim!

Mais risos, algumas gargalhadas indisfarçadas — e também uns poucos olhares desconfiados. Os homens se pareciam exatamente com aqueles nas docas, que assistiam quando ele dançava. Suspeitando, talvez, que estavam sendo parodiados, mas incapazes de admitir uma coisa dessas. Incapazes de vê-lo como qualquer coisa além de um preto maluco, embriagado, pois se ele fosse algo mais do que isso — se ele realmente conseguisse imitá-los e insultá-los tão fielmente —, então isso exigiria uma reparação que ultrapassava até mesmo aquela que suas facas e cordas poderiam fornecer.

— Nós, companheiros vagabundos, somos a base da Cidade de Nova York! E se a base se move, vocês sabem, a estrutura desaba!

Ele tinha a atenção deles, agora, os homens rindo mesmo a contragosto. Gargalhando, na verdade — todos aqueles *b'hoys* de gangues e carroceiros, os trabalhadores que se esfolavam diariamente nos poços das construções e nos estaleiros. Tomando-o pelo que ele queria ser, pelo que queriam que ele fosse. Gritando de volta para ele do mesmo jeito que gritavam as conhecidas respostas nos espetáculos da Bowery.

— Está *mesmo* desabando!

— Bravo! Continue, escurinho!

Billy cambaleou diante deles, incerto sobre o que diria em seguida. Incerto sobre o que *poderia* dizer para manter a atenção deles. Tentou pensar no que havia e no que poderia levá-los a fazer ali, nas margens da Cidade. Ansiando pela esperteza, pelo jeito escorregadio com que seu cérebro trabalhava quando estava lubrificado pelo álcool. Mas sabendo que era melhor assim, que não poderia se dar ao luxo de uma única escorregadela...

— Ei, vamos lá, Juba! Não pare agora. Mostre um pouco do seu *breakdown!*

A voz pertencia a um homem particularmente alto, que se empurrara para frente. Tinha os olhos azuis e frios e um cavanhaque aparado no estilo afetado de um imperador francês. Billy pensou ter detectado um sotaque arrastado. O homem estava sorrindo, ou pelo menos mostrando os dentes, embora não houvesse nenhuma alegria verdadeira em seu rosto.

— Vamos ver, vagabundo! Um *breakdown!*

— Isso mesmo, um *breakdown*!

Os outros aderiram aos gritos e então devagar, desajeitadamente no início, Billy começou a dançar da maneira como fizera pela última vez tanto tempo atrás, lá nas docas. Deslizando para os passos tão conhecidos — o agachar com as pernas arqueadas e os chutes que os homens brancos nunca tinham entendido como uma zombaria do seu próprio e presunçoso caminhar.

A *mesma dança humilhante que ele odiara, tantos anos atrás, que o fazia suar de tal maneira que ele se jogava no rio no instante em que terminava, afinal isso era tudo o que poderia fazer. Pois não podia ir embora daquela maldita ilha...*

Apenas se certificando de exagerar ainda mais — sempre se lembrando que, supostamente, estava bêbado. Cambaleando de um lado para outro tanto quanto a tampa do barril permitisse. Vacilando na beirada, quase caindo uma dezena de vezes — até que os brancos tivessem de correr para segurá-lo. Gritando, aplaudindo e dando vivas a cada giro e bamboleio que ele fazia.

— É isso aí! Isso mesmo, crioulo!

Os gritos e risos continuaram até que finalmente ele se esgotou. Admitindo desesperadamente a si mesmo que ainda não tinha idéia do que fazer em seguida, apenas sabendo que não conseguia mais dançar. Foi se movendo cada vez mais devagar, até que parou completamente, tremendo — verdadeiramente exausto — na beirada do barril. Os Paddys ainda aplaudindo. Porém Billy não tinha mais nada para lhes oferecer, e eles ainda estavam ali, no lado de fora da delegacia com todas as crianças escondidas no porão. O sulista de olhos azuis agora parado diretamente abaixo dele. Os lábios ainda sorrindo, mas não os seus olhos.

— Muito bem, muito bem — ele falou com a voz arrastada. — Isso foi muito bom. Pule para cá agora, crioulo, e nós lhe damos um trago.

Billy fez menção de descer — mas o sulista o deteve com a mão.

— Não, não. Eu disse *pule.* Vá em frente e pule, nós pegamos você. Ou será que não confia nos brancos?

— Pule! Pule! — os outros homens em volta do barril começaram a gritar, acatando a idéia.

Eles se espalharam na frente de Billy com os braços estendidos, como se realmente fossem pegá-lo.

— Pule! Pule!

Isso não era bom — estava permitindo que eles lhe dissessem o que fazer, agora.

Billy viu o sulista trocando sorrisinhos e piscadelas furtivas e zombeteiras com os outros homens — algum traço de divertimento verdadeiro pela primeira vez em sua expressão. Mas não havia nada que pudesse fazer. Ele armou outra pose exagerada, tampando o nariz como se fosse mergulhar na água.

— Pule! Pule!

Billy se soltou, então, caindo para frente, direto para fora do barril — o amontoado de rostos sorridentes vindo até ele rapidamente. No último instante, contudo, exatamente como ele suspeitara, todos os homens se afastaram — deixando-o cair de cara no calçamento. A rua atingiu seu rosto e seu corpo com uma força brutal e ele sentiu algo rachando no nariz e na boca, uma umidade se espalhando pela face. A queda quase o nocauteou — o que, ele sabia, seria fatal. Mas ficou deitado ali por um longo momento, prostrado pela dor, lutando para manter-se consciente.

— Ah, nós erramos! — ouviu a voz do sulista retumbar acima dele. — Como é que foi esse passo, crioulo?

Uma renovada onda de risos se espalhou entre os homens — porém mais ásperos dessa vez, cruéis e violentos. Billy ainda lutava, ali no chão, para recobrar o fôlego. Percebendo, mesmo zonzo como estava, que agora que eles o tinham ferido — que o primeiro golpe havia sido desferido — estariam mais do que dispostos a acabar com ele de uma vez.

O humor da turba mudando imediatamente, ele já sendo reduzido de homem a uma coisa sangrenta. Sabia que precisava falar alguma coisa...

— Meus companheiros vagabundos — Billy conseguiu coaxar com o pouco de fôlego que reuniu, esperando que pudessem ouvi-lo.

Obrigou-se a se apoiar nas mãos e nos joelhos — e forçou um sorriso cômico. Arreganhando deliberadamente a boca como nas caras que via nos cartazes dos espetáculos da Bowery, enrolando os lábios por cima dos dentes.

— *Meus companheiros vagabundos. A base realmente se moveu. E a estrutura caiu* mesmo!

Houve um rugido acima dele — os risos ásperos, exagerados dos brancos retinindo em seus ouvidos. Então eles o estavam levantando, até mesmo limpando o pó das suas roupas salpicadas de sangue. O sulista de olhos azuis, ele percebeu, recuando da multidão que o rodeava. Os outros o carregaram de volta para o barril e encheram uma caneca de lata com uísque, empurrando-a para a mão dele. Parados sorridentes à sua volta enquanto ele sentava no meio-fio. Sabendo que não podia recusar a hospitalidade deles, Billy levou a caneca aos lábios e sorveu a bebida avidamente.

— Que tal, crioulo? É o melhor maldito uísque que você já bebeu!

Os homens se assomavam acima dele, os risos ainda ecoando dolorosamente na sua cabeça — e ele teve de admitir que estavam certos. O *Spelman's* devia ser um estabelecimento de primeira classe. O uísque desceu com mais suavidade do que qualquer outra coisa que ele já provara, como um bom vinho comparado ao que ele costumava beber nos alambiques dos bosques, ou nos botecos perto do rio. Ele queria cuspi-lo na cara deles.

— Ei, Juba, o que acha? Vem com a gente!

— É, vem com a gente! Nós vamos protegê-lo...

— Primeiro vamos queimar aquela espelunca ali...

Apontando para a delegacia no outro lado da rua.

— ... depois tem muito mais coisas para saquear e beber!

— Queimar a casa da polícia? — Billy arregalou os olhos com exagero, numa imitação dos cômicos do teatro, como se a simples idéia o enchesse de medo.

— Vai ser fácil! Se for como as outras que nós vimos hoje, não tem mais do que dois policiais lá dentro...

Apontando para os sargentos que se postavam ali na frente, observando-os. *Então eles sabiam. Sabiam que a delegacia estava indefesa — mesmo se não soubessem que as crianças estavam lá dentro.*

— Ah, não, não... 'brigado, patrão — Billy falou, erguendo as mãos.

O uísque de boa qualidade esquentando e engrossando sua língua — mas ainda tentando falar, tentando pensar.

— Eu acabei de sair de lá, patrão.

Eles riram outra vez e Billy tentou desesperadamente pensar em algo que pudesse entretê-los, algo mais que pudesse lhes oferecer. Sua mente vagando para os órfãos, sentados com as pernas encolhidas, nas sombras ao longo das paredes, tentando ser tão pequenos e inconspícuos quanto possível...

Eles começaram a se espalhar para a rua. Uns poucos já gritando coisas para os sargentos, que se limitavam a olhar em silêncio ali da porta. Muitos deles voltando para a multidão, arrastando os pés em busca de pedras soltas no calçamento. *Todas aquelas crianças lá embaixo, tentando se encolher contra as paredes, se encolher para longe do fogo.* Tad, agarrando seu cavalinho de chumbo embaixo da escada...

Então ele teve a idéia. O que os irlandeses iriam adorar acima de tudo?

— Meus companheiros vagabundos! — ele exclamou, levantando-se com dificuldade.

Adotando aquele tom portentoso dos comediantes de teatro que já usara antes. Erguendo as mãos sobre a cabeça como se estivesse testemunhando, e eles pararam — ao menos por um instante eles pararam, sorrindo frouxamente. Imaginando se mais diversão se seguiria.

— Meus companheiros vagabundos! Por que deveríamos arriscar nossos corpos a serem injuriados? Correr o risco da sorte ultrajante que poderá nos ser infligida por aqueles cavalheiros que ali estão?

Ele fez um gesto na direção de Murphy e McCluskey, parados na porta como dois blocos de granito. Houve mais alguns poucos sorrisinhos — mas os risos aumentaram, em antecipação.

— Ora, não vai ser injúria nenhuma, Juba. Eles vão fugir como coelhos, sempre fogem.

— Vam'lá, do que você está com medo, crioulo?

— Não, companheiros vagabundos, por que devemos nos cansar sem necessidade? Por que devemos até andar... quando podemos cavalgar?

Isso captou a atenção deles.

— O que é isso? Sobre o que o escurinho está falando?

— Cavalos! — Billy berrou. — Eu sei onde há cavalos suficientes para todos nós!

Os homens pararam onde estavam, diante daquilo. Cada um deles, os pobres camponeses Paddies, imaginando como seria cavalgar como um lorde de verdade. Os olhos traindo sua avidez quando se viraram para Billy.

— Onde é que tem isso, pode dizer?

— É bom que esteja falando a verdade, preto...

— Eu sei — ele repetiu, pensando nos estábulos das linhas de diligências que conhecia na Fifty-ninth Street. Longe o bastante da delegacia.

Mas não fazia idéia se eles ainda estariam lá, ou se os proprietários tinham conseguido removê-los. Nem tinha certeza se conseguiria se lembrar exatamente onde ficava o estábulo...

— *Cavalgar.* Cavalos suficientes para todo mundo cavalgar.

Isso os convenceu. Os homens brancos se desviaram imediatamente da delegacia e começaram a seguir para a cidade alta, como Billy indicara. E, como numa reação em cadeia, ele sentiu a mão de um homem em seu colarinho, o hálito pesado de uísque em sua nuca. Não ficou surpreso ao ter um relance do cavanhaque pontudo e imperial com o canto dos olhos.

— É melhor estar falando a verdade, preto. Onde é que estão os cavalos?

— Ei, vá com calma com ele, Langdon!

— Pois se ele sabe tanto sobre isso, vamos levá-lo com a gente. Assim ele pode se explicar, se não tiver cavalo nenhum.

A voz tão fria e implacável quanto os olhos azuis do homem. Mas era exatamente isso que Billy queria — o que quisera o tempo todo, mesmo quando fingia tremer e se encolher sob as mãos do homem branco.

Eles o levaram em marcha para a Fifty-ninth Street, então. O sulista com a barbicha de Napoleão empurrando-o por todo o caminho, uma das mãos no seu colarinho, a outra no cinto. Enterrando o joelho deliberadamente nas suas pernas e juntas, de quando em quando.

Billy suportou tudo, certificando-se de gemer e tremer uma vez ou outra. Detestando cada respiração do sujeito em seu pescoço — apenas esperando que os estábulos ainda estivessem no lugar onde se lembrava. Os cavalos — quaisquer cavalos — ainda lá dentro. Pensando que, mesmo se sobrevivesse àquilo, ainda teria de voltar para casa, para a sua família. No entanto, no fundo, estava mais calmo do que achou que jamais estaria.

Ele os afastara dos órfãos. Pelo menos isso ele conseguira. Era vital que ainda permanecesse vivo, que voltasse para o centro da cidade — para Ruth e seus filhos, o menino, Milton, à sua espera em casa. Forte e voluntarioso como um potro de dois anos, porém igualmente inocente.

O que o menino faria sem o pai? Sem alguém que o guiasse através destas ruas, aqui nesta Cidade, onde um único passo em falso poderia matá-lo...

Entretanto, ainda havia aquela calma impenetrável se espalhando em sua alma. Imperturbado por qualquer obstáculo à sua frente, até mesmo por aquele miserável e bêbado ex-caçador de fugitivos ou capataz de escravos que o empurrava pela avenida. Talvez fosse em função do uísque de boa qualidade que bebera. Ele já tivera aquela mesma sensação de invulnerabilidade antes, quando bebia — apenas passageira, apenas por uns poucos momentos antes que a bebida tomasse o seu inevitável rumo para baixo.

Mas ainda assim — ele fizera sua parte. Conseguira afastá-los dos órfãos. Já era alguma coisa, sem dúvida. Coisas terríveis ainda poderiam lhe acontecer, ele sabia que talvez acabasse gritando por sua vida ou implorando para que eles o matassem — porém nada havia que pudesse fazer quanto a isso. Sendo levado para a cidade alta, subindo através da ilha da qual certa vez ele tentara fugir, Billy entendia, agora, que jamais os teria deixado. Nem Ruth, nem Milton, ou os seus outros filhos. Nenhuma das carinhas negras que o fitavam com os olhos arregalados quando ele subira a escada do porão.

Era uma arapuca, tudo bem.

Eles chegaram aos estábulos das linhas de diligências. Estavam lá, pelo menos, exatamente onde ele se lembrava na Fifty-ninth Street com Quinta Avenida. As portas estavam fechadas com correntes, no entanto, com um enorme cardeal pintado na madeira por cima das palavras: LINHA DE DILIGÊNCIAS PÁSSARO VERMELHO. Não havia indicação de que qualquer cavalo ainda estivesse por lá — nenhum sinal de vida em todos os estábulos.

— Claro, cavalos para todo mundo — Langdon, o sulista, falou atrás dele com desprezo. — Do que você estava querendo nos afastar, hein, preto? É isso que eu quero saber. Por que estava querendo nos distrair, com toda aquela encenação de Juba, hein?

Talvez não tenha sido suficiente. Talvez ele não tivesse conseguido nada, no fim das contas. O pensamento penetrando nele como água estragada. Billy sentiu que o homem começou a se abaixar, e teve certeza de que estava pegando uma faca guardada na bota. Iria esperar que ele se inclinasse até embaixo, quando estivesse mais vulnerável. Então ele iria enfiar o cotovelo na cara do sujeito, pegar a faca e matá-lo ali mesmo. Tentaria sair correndo para o lado norte, levando o restante deles para ainda mais longe da delegacia. Porém, mesmo se o apanhassem, ainda estariam distraídos, se divertindo enquanto o esquartejavam...

Escutaram uma batida forte no interior do estábulo. Depois outro som, como um espirro abafado. Os homens brancos correram para a porta, puxando e destruindo as correntes com quaisquer facas e chaves inglesas que tivessem.

— Ei, vam'lá, Langdon! Pode ser que ele tá falando a verdade...

O sulista subitamente endireitou o corpo, ao mesmo tempo em que o soltava. Empurrando-o da sua frente, tão determinado quanto os outros diante da perspectiva de pegar os cavalos. Eles arrancaram as correntes e estavam destruindo as largas e pesadas portas do estábulo. Revelando ali um par de coches vermelhos, reluzindo de novos — e os cavalos.

Havia ainda mais do que Billy poderia imaginar. Dezenas deles, cavalos de todas as cores, baios, castanhos, pretos, brancos e até palominos. Todos amontoados nas baias, às vezes mais do que dois ou três num só cubículo. Aparentemente, os condutores e cavalariços os tinham enfiado ali de qualquer jeito e fugido antes do começo das revoltas, deixando-os por sua própria conta.

— *Cavalos!*

— O suficiente para organizarmos a nossa própria maldita cavalaria!

Os Paddies correram até eles como se fosse a manhã de Natal. Arrancando as portinholas das baias, levando suas montarias para a rua. Montando neles imediatamente. Uns poucos se deram ao trabalho de passar as rédeas pelas cabeças dos animais, mas o restante simplesmente se agarrava nas crinas — todos cavalgando sem os arreios.

— *Cavalos*, maldição!

Na maioria eram animais grandes e pesados, criados para puxar carroças e coches, lentos e lúgubres em suas passadas. Mas uma vez que foram levados para a rua e sujeitados ao manuseio dos irlandeses, começaram a recuar e escoicear — disparando repentinamente, derrubando seus cavaleiros na rua ou deixando-os pendurados nas rédeas e rezando pelas suas vidas.

Os homens não pareciam se importar, gritando e rindo enquanto os cavalos os levavam para longe. Escorregando, caindo e depois se jogando novamente nos lombos dos animais, muitas e muitas vezes, mesmo depois de terem sido atirados de cabeça no calçamento. Billy viu Langdon, o sulista, agarrando-se a um cavalo amarelado que disparou pela rua e passou direto através das janelas de um *saloon* deserto. No instante seguinte o animal voltou para a rua, irrompendo pelas portas de vai-e-vem, com Langdom ainda se segurando em seu pescoço.

Um outro homem, que realmente parecia capaz de controlar um pouco o seu cavalo, apareceu montado numa égua castanha e soprando uma comprida corneta de latão que havia encontrado. Baixou os olhos para Billy, que estava tentando se esquivar dos enormes animais que tombavam e relinchavam por toda sua volta, as bocas espumando.

— Pegue um pra você, Juba! Você mereceu! — o homem gritou, acenando para onde os cavalos que sobraram estavam agora, escoiceando como loucos pelo estábulo e nos coches que ainda restavam, atirando um irlandês depois do outro contra as paredes.

Billy olhou para o homem e sorriu com satisfação. Ele já começava a recuar, pronto para disparar de volta à delegacia. Os cavalos estavam carregando os arruaceiros para longe, na direção de Manhattan, ou para o novo parque, ou para o oeste. Os irlandeses ainda rugindo de alegria, correndo atrás das suas montarias fugitivas. O animal sob o homem que falara com Billy também disparou, levando-o para longe enquanto ele soprava sua corneta.

— Pode pegar! — ele gritou para Billy por cima do ombro. — Ah, mas se este não é o dia em que os pretos vão cavalgar!

59

JOHNNY DOLAN

Durante os verões ele ganhava dinheiro matando cachorros. O Conselho de Vereadores pagava cinqüenta centavos por cada vira-lata morto, e sempre havia centenas deles nas ruas. Enlouquecidos pelo calor, brigando com os porcos pelo lixo nas valas, espumando pela boca e atacando qualquer um que cruzasse seu caminho...

No entanto, eles sempre pareciam saber quando os matadores de cães estavam à solta. Desapareciam no ar, para dentro dos becos, nos quintais dos cortiços e nos porões, deixando somente os porcos, que eram valiosos demais para ser mortos por esporte.

Ele tinha de fazê-los sair dos esconderijos, com seu porrete na mão. Aprendendo como pensavam e se moviam, acuando-os antes que farejassem a sua aproximação.

Do mesmo jeito que ele havia se esgueirado por cima do oficial que brandia a espada ali na rua. Entrando pela porta dos fundos. Movendo-se rapidamente através da loja com as luzes vermelhas e âmbar, refletidas nos frascos de remédios. O barulho da multidão abafando seus passos.

Ele havia erguido a placa de madeira e com ela derrubara o oficial. Depois ele mesmo a colocara de volta no pescoço — a turba enxameando em volta do homem caído...

Geralmente havia uma multidão quando eles iam matar os cachorros, também. Metade se juntava em volta de algum garoto ou da sua mãe, gritando para que ele não matasse o velho e adorado mascote da família. A outra metade torcendo contra o animal — esperando ver algum tipo de espetáculo, pelo menos uma morte.

Ele despachava os cachorros da mesma maneira com que despachara o oficial, com o seu porrete. Um golpe certeiro na cabeça. Um grunhido de triunfo, e depois ele se afastara novamente, sem se interessar pelo que a turba faria com o sujeito. *Apenas procurando o que lhe pertencia.*

Ele ficara satisfeito por poder se abrigar em meio à multidão. Mexendo distraidamente na placa de madeira que tinham pendurado em seu pescoço — aquela com a qual ele golpeara o oficial. De tempos em tempos, quando lhe parecia conveniente, berrando os sentimentos gravados ali como se fosse um touro ferido.

"*Recrutamento não! Recrutamento não! Recrutamento não!*"

Os homens e mulheres por toda sua volta absorvidos na destruição. Arrasando casas, hotéis, bares, bondes ao longo da Third Avenue. Arrancando postes e até mesmo as ruas.

Arrancando tudo. Rasgando tudo ao meio, destruindo tudo. Desse jeito, certamente, ele descobriria onde eles estavam se escondendo...

Dolan ficara vagando sem destino junto com eles. Insone e delirante sob o calor pesado, úmido, seus próprios sentidos o traindo. Erguendo as pedras do calçamento, que agora pareciam tão leves quanto um filão de pão nas suas mãos — atirando-as sem esforço através das janelas das lojas, dos bondes.

E quando os policiais tinham atacado, ou as tropas apontado seus rifles, ele descobrira que não sentia qualquer medo. Ansioso por atracar-se com eles, esmagar e matar, e ver o pior que poderiam fazer com ele. Nem mesmo quando as tropas atiraram à queima-roupa ele tivera medo, tampouco saíra do caminho. Alguém tentando correr de volta para a rua caíra por cima dele, derrubando-o um segundo antes que a saraivada de balas chovesse acima das suas cabeças.

Ele ficara de pé outra vez — a placa de madeira ainda presa no pescoço, a bandeira ainda nos seus ombros. Arrastando-se para diante com a multidão, observando suas invasões e saqueando com indiferença.

Bem à sua frente, agora, dois negros estavam sendo arrastados para fora do porão de uma hospedaria. Enquanto Dolan observava, eles foram surrados até caírem na calçada, foram roubados e despidos das suas roupas. Ainda lutando para resguardar suas intimidades enquanto cordas eram atiradas em volta dos seus pescoços. Um deles conseguiu se soltar, disparando pela rua para salvar a própria vida, cortando os pés nas afiadas pedras do calçamento e nos cacos de vidro a cada passo que dava, mas ainda correndo.

O outro homem, com menos sorte, foi erguido num poste da rua antes que ateassem fogo debaixo dele. Ainda debatendo as pernas nuas, ainda lutando. Dolan se afastou, remoendo pensamentos.

Ruth. Ela o traíra com um homem negro. Precisava encontrá-la apenas por isso, se não fosse por mais nada...

Devia ter sido ele o escurinho no barco, na noite em que ele foi enganado e mandado para longe. *O amante preto de Ruth.* Isso ele havia descoberto depois de muitos anos, embora não tivesse percebido na época. Caindo como um idiota naquela lorota de rever o irmão. Percebendo somente no último instante, no barco, como seu cunhado Tom estava nervoso e agindo estranhamente. Só então entendeu o quão improvável seria que seu irmão realmente tivesse sobrevivido, que estivesse à espera no porto coberto pela neblina para ajudá-lo a fugir. *Como ele se enganara...*

Antes que ele pudesse se mover, o preto atrás dele jogara uma lona por cima da sua cabeça. *Ensacado como uma codorna no mato.* Teria sido este o plano dele o tempo todo? Não parecia possível que fosse de Ruth, seu cérebro já tão embotado mesmo antes da primeira vez que ele encostou a mão nela. *Mas ser superado em esperteza por um preto...*

A única coisa que ele nunca conseguira entender era por que ela simplesmente não o entregara à polícia e recebera o dinheiro da recompensa pelo assassino do Velho Noe. *Este, sim, teria sido um golpe inteligente. Então, por quê?* Algum tipo de gratidão por ele ter salvado o pescoço dela? Um sentimentalismo feminino?

A não ser que não fosse nada disso. A não ser que tivesse sido idéia de Deirdre desde o começo.

Ela não se importaria de vê-lo desaparecer. *Não exatamente morto, mas desaparecido, este teria sido o jeito dela.* Deirdre e Tom estavam sempre lhe arrumando empregos. O trabalho na turma de recuperação de ruas da Cidade, ou limpando o chão lá na Place of Blood. Levando-o para a companhia Black Joke.

Com o que ela se importava — ela ou a igreja onde vivia se refugiando? Deixando todos eles para trás, para morrer de fome no asilo de indigentes. Deixando ele e seu pai para puxar o cabresto, sua irmã Kathleen ser violada contra o muro do pátio e o seu irmão, seu pobre irmão Pat, ser preso na ala dos idiotas. Até que chegou a hora em que foram levados para a torre negra e escorregado para dentro da terra.

Ele via a maneira como Deirdre franzia a testa, nas poucas vezes em que ele conseguia convencer Ruth a ir na casa dela. Tom, também — os dois olhando fixamente para o rosto cheio de hematomas de Ruth, o seu lábio cortado. Dolan sempre se certificava de embelezá-la muito bem antes que fossem. Fazendo-a sentar na saleta da casa deles apenas para desafiá-los, para ver se diriam algo. *Aqui estamos. O que vocês vão fazer quanto a isso?*

Deirdre jamais entendera. Nem a própria Ruth, se esquivando quando ele voltava de uma luta, nunca compreendendo o quanto ele ainda desejava bater e apanhar. Tentando não provocá-lo, ficar fora do seu caminho — como se isso fosse possível. *Ela nunca entendera nada, não podia ser ela que o despachara para longe.*

Ou será que poderia? Afinal, devia ter sido ela quem encontrou os produtos do seu roubo. O relógio e o estojo do Velho Noe, a bengala com cabeça de cachorro, e uma ou duas coisinhas de natureza mais delicada.

Ele nunca deveria ter "limpado" aquele sujeito. Foi uma profanação — e, além disso, assegurou que todos os jornais nunca mais deixassem de mencionar o caso. Ele fizera aquilo levado pelo ressentimento, seu ódio pela presunção do velho ianque que tentara mandar prendê-lo. Em vez de simplesmente lhe dar uma boa surra e fugir, Dolan tivera de acabar com ele — porém nem mesmo isso fora o suficiente. O velho canalha caído imóvel e alquebrado aos seus pés, mas ele ainda tivera de pegar a sua dedeira de arrancar os olhos...

Ele estivera vigiando a nova fábrica de escovas e vassouras na Greenwich Street durante semanas. Com três andares de altura, a fachada e os acabamentos concluídos, mas o interior ainda inacabado. O nome da empresa já escrito logo acima do beiral: *Escovas Industriais Noe, Fundada em 1848*. Dolan conseguira invadir o local com bastante facilidade. Era domingo de manhã, a hora mais tranqüila da semana na rua, e ele arrebentara o cadeado e a corrente na porta sem ser perturbado, depois subiu pela escadaria temporária deixada pelos carpinteiros.

No entanto, os lucros tinham sido parcos. Nenhuma das negras e gigantescas máquinas estavam presas no chão. Não havia quaisquer artefatos ou móveis, nem qualquer objeto de vidro, o piso nem mesmo recebera acabamento.

Foi somente quando chegou na cobertura que Dolan viu alguma coisa que valia a pena levar. Os construtores já haviam enfileirado as canaletas de chumbo, mas estas ainda não tinham sido soldadas. Seria uma tarefa muito fácil pegar o pé-de-cabra curto, aquele que carregava no casaco especialmente para esse tipo de trabalho, e soltá-las. Sabendo que conseguiria um bom preço pelo chumbo, vendendo a qualquer uma das construções ao longo do West Side...

Já havia arrancado metade das canaletas de chumbo quando sentiu a mão em seu colarinho. Dolan permitiu que as mãos o empurrassem até que ficasse de joelhos, pensando se tratar de um policial. Tão concentrado em seu trabalho, tão seguro de não ter ouvido passos se aproximando. Era o dia de folga dos operários e não houvera nenhum vigia por perto, ele se certificara disso. Só podia pensar que era algum novo e ambicioso patrulheiro querendo uma promoção na delegacia.

Em vez disso, ele se viu erguendo os olhos para um homem de cabelos brancos, com um chapéu alto e uma casaca, segurando uma bengala ameaçadoramente em cima da sua cabeça. O Velho Noe em pessoa. O rosto tensionado e lívido — não muito diferente dos retratos do general Jackson que pendiam das paredes de todas as sedes da Tammany e dos *saloons*. Ele agarrava o colarinho de Dolan com uma força surpreendente, brandindo a bengala acima dele.

— O que está querendo aqui, seu patife?

— Eu só vim corrigir o meu trabalho da semana, senhor — Dolan se desculpou, com a maior humildade e timidez que conseguiu fingir.

Esperando que o fabricante de escovas não fosse capaz de distinguir um dos seus operários do outro. Porém, mesmo enquanto tentava se mostrar o mais suplicante possível, seus olhos se detiveram no brilho da bengala dourada de Noe, com a cabeça de cachorro. As orelhas pontudas como as de um chacal...

— Trabalho! — Noe retrucou com desprezo. — Você não trabalha para mim, rapaz, disso eu tenho certeza! Nunca contratei um bandido e mentiroso como você, em toda a minha vida. Você está aqui tentando roubar as minhas canaletas!

— Tudo bem, tudo bem, vamos esquecer — Dolan falou com seu tom de voz normal.

Tentando soltar o colarinho da mão do velho. A fúria vermelha, irracional, começando a subir quando não conseguiu.

Mais uns poucos minutos e ele teria conseguido uma boa quantidade para mascatear. Agora tinha de ficar escutando aquele velho, aquele dono de fábrica, lhe falar sobre trabalho.

— Só me deixe sair daqui, e pode ficar com as malditas canaletas...

Mas o velho nem sequer diminuiu a pressão da mão, e, em vez disso, arrastou Dolan pela cobertura, na direção da porta. Empurrando-o de volta para a escada.

— Vá para o diabo, isso sim! Você não vai escapar dessa, seu infame! Vou levar você direto para a delegacia!

Tentando manter a fúria vermelha controlada enquanto deixava que o velho o levasse da cobertura para o terceiro andar pela escada improvisada. Ainda gritando com ele, sem parar.

— Destruindo uma fábrica nova, para seu próprio proveito! Você sabe quantos homens trabalham num lugar como esse? Mas é só nisso que a gente da sua laia pensa, que vocês podem simplesmente roubar o que querem...

Então o velho iria levá-lo para a cadeia, assim, sem mais nem menos. Depois de tudo o que ele passara, o abrigo de indigentes, aquele maldito navio, bebendo a água dos barris de iodo. Depois de tudo o que ele suportara, para viver mesmo depois de ter morrido. Iriam trancá-lo numa prisão e o obrigariam a trabalhar para eles. Uma merda que iriam.

— *Eles vão cuidar de você, vão dar um jeito em você lá em Ossining! Nada desse trabalho fácil de arrancar canaletas, por lá! Eles vão obrigá-lo a quebrar pedras e puxar os cabrestos...*

Estavam começando a descer a escada para o segundo andar, então, e no passo seguinte Dolan estendeu a mão e se agarrou no vacilante corrimão improvisado. Fez um giro com o corpo puxou o pé-de-cabra de dentro do casaco ao mesmo tempo, e bateu-o com força — quebrando o braço com o qual Noe segurava seu colarinho com um golpe rápido, gratificante.

O velho cambaleou para trás e Dolan viu quando toda cor foi drenada do seu rosto. Os olhos se arregalando de medo por trás dos óculos, realmente entendendo, pela primeira vez, o que ele havia apanhado.

Mas era tarde demais. Noe tentou acertá-lo outra vez com a bengala, mas Dolan já se movia por baixo dela, a bengala caindo sem qualquer efeito em suas costas e ombros. Ele ergueu novamente o pé-de-cabra e esmigalhou o queixo de Noe, que caiu da escada de costas, aterrissando com força no chão — porém ainda consciente e brandindo a bengala. Dolan praguejou quando esta atingiu seus calcanhares, quase o derrubando, e então o velho se arrastou tentando se levantar, ofegando pesadamente.

Mas Dolan se manteve por cima dele. Antes que Noe conseguisse se erguer, Dolan desferiu um chute em seu peito, pregando-o contra o chão. O homem caiu com suspiro fraco, cansado, e Dolan o atingiu novamente com a barra de ferro. O velho ainda tentava se arrastar para longe, mesmo depois disso, portanto Dolan o segurou no lugar com o pé e bateu outra vez, depois outra, e mais outra. Fazendo a bengala voar pelo piso, arrancando os óculos do seu rosto — quebrando o outro braço e golpeando até que finalmente o velho ficou imóvel debaixo dele.

— O que é que você sabe sobre trabalho? *O que é que você sabe sobre trabalho?*

Os olhos de Noe desprotegidos, agora, ainda arregalados com a sua percepção derradeira. *Vendo o monstro diante dele*. Dolan estava com a dedeira na mão antes mesmo de perceber. Enterrando-a na órbita esquerda do homem, sentindo os tendões se esticarem antes do estalo terrível, abafado.

Aquilo foi o suficiente, finalmente. Ele deixou o outro olho, ainda arregalado, mas tão horrorizado e inanimado. O seu gêmeo abrigado com segurança na concavidade do arrancador — olhando para o mundo com uma nova e arredondada objetividade.

Ainda assim, ele precisava fazer alguma coisa com o que restara. Tirou o lenço vermelho do seu próprio pescoço e amarrou-o em volta da cabeça do Velho Noe — em volta das duas órbitas, a vazia e a cheia. Pronto para sair, agora que sua tarefa fora completada — sem estômago para voltar para cima e acabar de arrancar as canaletas. *Além disso, e se alguém tivesse escutado?*

No entanto ele se deu conta de que no decorrer de toda a luta o velho não emitira nenhum som — não gritou, não gemeu, não pediu socorro. *Devia estar sozinho, sem nenhuma chance de que alguém fosse socorrê-lo*. Aqueles olhos, refletindo todo o horror e o erro que havia cometido. Considerando-se, como o proprietário de uma fábrica de escovas, invulnerável a tal destino.

Leve-o e faça-o trabalhar. Quebrar pedras, girar cabrestantes. Que se dane.

Dolan revistou os bolsos do velho. Tirou o relógio e seu estojo, e a corrente. Um alfinete de gravata de diamante, abotoaduras de ouro, um pequeno maço de notas, algumas moedas de prata. Então ele fugiu. Reparando, só quando já estava ao pé da escada, na bengala de cabeça de cachorro caída no chão, para onde rolara.

Ele a pegou instintivamente, girando-a na mão enquanto a levava para fora da fábrica. Assoviando sem nenhuma melodia, forçando-se a parecer o mais despreocupado possível para qualquer pessoa que pudesse estar observando — ou que pudesse ter notado um homem com uma bengala saindo da fábrica.

Mas a Greenwich Street estava completamente deserta enquanto ele caminhava devagar, os sinos da igreja badalando por todo o Village. Ele subiu pela rua como se estivesse passeando — certificando-se tardiamente de esconder a ponta da bengala, pelo menos, sob a mão. Sabendo que deveria tê-la deixado junto ao corpo do velho, porém sem querer desistir dela, desfrutando o seu peso e elegância na mão, a boca escancarada do cachorro perpetuada em ouro.

Foi somente quando estava na esquina, esperando o ônibus, que ele se deu conta de que o olho esquerdo de James Noe ainda estava no arrancador de olho em seu dedo.

60

TOM O'KANE

Ele gostaria de se sentar e descansar a perna, mas o enorme e abobadado salão na estação Hoboken estava repleto de refugiados da Cidade. A maioria era de negros, os rostos escuros e mulatos semelhantes a tantos outros que ele vira na Virgínia. *O contrabando, fugindo pelas linhas da União dos seus lares e fazendas.*

Mas aqueles rostos pelo menos demonstravam alguma esperança, por mais exaustos e famintos que estivessem. Estes na estação pareciam apenas melancólicos e infinitamente extenuados. Muitos deles feridos, de um jeito ou de outro; com cortes e hematomas, as mulheres e crianças — até mesmo as moças — tanto quanto os homens. A maioria sem qualquer coisa exceto as roupas do corpo, e alguns sem nem mesmo isso. Ele viu homens e mulheres completamente nus, a não ser pelas grosseiras mantas de cavalos que os funcionários da ferrovia tinham lhes dado para se cobrir. Eles sentavam em qualquer lugar que pudessem, escarrapachados nos bancos, com as pernas cruzadas pelo piso de ladrilhos — como se estivessem esperando alguma coisa, algo que jamais viria e que dificilmente bastaria, se viesse.

Snatchem se aproximou dele, já tendo feito seu habitual giro de reconhecimento, a expressão preocupada.

— A situação parece ruim — ele disse, abandonando a loquacidade de sempre. — É mais do que uma simples briga de gangues. Há uma guerra de verdade nas ruas, com rifles e pistolas.

Tom praguejou.

— Nós precisamos *ir* para lá...

Os oficiais e os sargentos estavam berrando para que eles não saíssem de onde estavam, que se preparassem para atacar a qualquer momento. Mas aquilo era apenas mais um exagero do exército. Uma hora já se passara desde que eles desembarcaram do trem, e ainda não havia sinal de que alguma coisa estava acontecendo, ou de que aconteceria.

— Os navios já estão por todo o East River — George falou. — Estão removendo todo o ouro para a ilha do Governador.

Claro que eles iriam tirar o ouro primeiro...

Sua perna ainda estava latejando, porém ele não conseguia permanecer imóvel. Finalmente encontrou uma tabacaria na estação e encheu o seu cachimbo enquanto perambulava outra vez lá fora, nas docas.

Incapaz de olhar a cidade em chamas por mais tempo, agora ele desviou a atenção para acima do rio, para Hoboken. Era uma próspera e compacta cidadezinha de mecânicos e construtores de barcos, casas e fábricas. Formatos organizados e quadrados na escuridão, encravados por cerca de dois quilômetros de terra entre as colinas e o rio. Umas poucas residências mais grandiosas dos capitães de navios e proprietários de fábricas se espalhavam ao longo do rio, penetrando nos limites dos Campos Elíseos, o parque de diversões.

Tudo tão igual como na última vez em que ele vira a cidade, seguindo para a guerra. Nada havia mudado, exceto eles.

Eles tinham sido embarcados para o Sul acorrentados, devido ao temor de que os homens tentassem desertar e se alistar sob outros nomes, a fim de ganhar novamente o bônus. Tom foi acorrentado a Snatchem — que estivera esperando exatamente isso. Suas algemas só foram tiradas quando desembarcaram na Cidade de Washington, de onde seguiram em marcha para a Virgínia, e para a guerra.

O fim do ano já se aproximava quando eles chegaram, e o exército já estava acampado havia semanas nas colinas acima de Fredericksburg. Os veteranos carrancudos e unidos em panelinhas, roubando deles nos jogos de cartas e surrupiando comida e dinheiro das suas tendas. *O 69º de Combate.* Não mais os garotos que não tinham medo de barulho, eles pressentiam um outro desastre se formando. Olhando para o rio abaixo e para a cidade vazia e destripada que a artilharia deles estava reduzindo lentamente, inutilmente, em entulho, tentando em vão expulsar os atiradores rebeldes. Os generais ainda esperando que o inchado Rappahannock baixasse para que pudessem cruzá-lo — enquanto todos os dias os rebeldes traziam mais homens, penetrando ainda mais profundamente ao longo das colinas nos dois lados da cidade.

Pelo menos alguns dos rapazes da Black Joke tinham se alistado com ele — George, claro, Feeley, Black Dan Conaway, Danny Larkins e John J. Sullivan. Eles cuidavam uns dos outros da melhor maneira que podiam, e isso fornecia algum conforto. Tremendo em suas tendas à noite, mal conseguindo engolir as parcas rações de biscoitos de água e sal e de carne de cavalo salgada. Deixando a carne de molho em água durante horas para que a salmoura saísse o suficiente para que conseguissem comê-la.

Não havia muito que até mesmo Snatchem pudesse requisitar por ali, por mais engenhoso que fosse. Os campos estavam desolados àquela altura, saqueados como tinham sido por um ou outro exército durante mais de um ano. Restara pouca coisa que pudessem fazer, exceto sentar em volta das fogueiras e conversar se haveria ou não outra batalha antes da primavera.

— Eles não devem estar falando sério — George insistia, ali na fogueira. — Não *pode* ser que vão tentar agora, não com tantos rebeldes lá em cima.

Parecia loucura. Os rebeldes estavam entrincheirados ao longo de um cume inclinado, cerca de quinhentos metros ou mais para além da cidade de Fredericksburg. Para chegar até eles as tropas da União teriam de descer das suas próprias posições no Stafford Heights, cruzar o Rappahannock em pontões, marchar através da cidade e só então atacar as ribanceiras em seu ponto mais alto — com os rebeldes capazes de rastreá-los a cada passo do caminho.

— Isso é verdade — John J. entrou na conversa. — Mais uma ou duas semanas e eles vão ter que desistir, ir para o acampamento de inverno.

— Pois não vai ser um prazer? — Feeley ironizou.

Mas então Black Dan Conaway interrompeu suas especulações.

— Não se iludam — ele disse, desconsolado como sempre.

Black Dan tinha o rosto de um jovem escriturário, ou de um professor — as bochechas lisas e arredondadas, óculos, uma esparsa barba ruiva e bigode. No entanto, a sua aparência juvenil nunca correspondia à sua natureza, tristonha e pessimista ao ponto da loucura. Se estivessem lá no bairro eles teriam gritado para que ele calasse a boca, mas ali, na escuridão de um dezembro na Virgínia, todos ficaram em silêncio diante das suas palavras.

— Será que vocês já não viram o bastante? Isso aqui é o exército. Não existe nada que eles não considerem, contanto que signifique apenas matar mais alguns de nós.

Dito e feito, na manhã seguinte os engenheiros começaram a instalar os pontões. Pouco tempo depois disso o exército se agitara e começara a se mover lentamente para fora dos seus bivaques na direção do Rappahannock, como um cachorro velho cutucado com um graveto para longe do fogo.

Eles levaram um dia inteiro para atravessar. Os atiradores rebeldes, ainda abrigados na cidade, começaram a derrubar os pontoneiros antes mesmo do amanhecer, atirando em qualquer som no escuro. Ficou ainda pior depois que o sol nasceu — Tom vendo quando um homem depois do outro nos pontões subitamente emitiam um grito, depois tombavam na água cheia de gelo. Quando o tiroteio ficou violento demais eles simplesmente desistiram e correram de volta para o barranco da União. Então todo o trabalho cessou até que os oficiais os agruparam novamente e os mandaram de volta para as pontes.

Somente depois do cair da noite eles finalmente conseguiram atravessar e montar acampamento no outro lado. As tendas não tinham chegado, portanto foram deixados para vasculhar a cidade arruinada em busca de madeira e depois estendê-las no chão lamacento. Cobrindo-se da melhor maneira que podiam com seus cobertores finos — satisfeitos, por uma única vez, com os novos sobretudos que lhes tinham sido enviados e que pesavam uma tonelada quando estavam marchando.

— Ainda assim, passamos com bastante facilidade — Larkins salientara naquela noite, tentando ver o lado bom das coisas. — Talvez eles estejam apenas blefando com a gente.

— Sim, claro, como podem enfrentar um exército como esse?

Por toda à noite as colunas da União continuaram chegando pelos pontões, de forma que parecia que uma cidade inteira estivesse sendo removida através do Rappahannock. Todos ficaram impressionados com seus próprios números — todos, exceto Black Dan.

— Eles querem que a gente venha, vocês vão ver — ele lhes disse. — Voltar não vai ser assim tão fácil.

No alvorecer do dia seguinte seus cobertores estavam cobertos de gelo, e uma neblina branca e intensa cobria todo o acampamento. Era tão espessa que ninguém conseguia enxergar mais do que três metros à frente e, apesar do frio, seus ânimos estavam elevados quando se reuniram para comer o desjejum.

— Vamos partir para cima dos rebeldes antes que eles percebam que estamos chegando!

Ao longo de toda a margem do rio Tom escutava o zunido do imenso exército fazendo seus preparativos. Os barulhos desencontrados, mas reconfortantes — uma enorme, invisível hoste, oculta pelo nevoeiro.

— Precisamos ir agora — Conaway lhes disse.

Até o humor de Black Dan havia melhorado um pouco quando acordou e viu a neblina. Agora estava sentado com os dentes cerrados, observando-a se dissipar aos poucos.

— Ora, Dan, eu pensei que não era pra gente ir de jeito nenhum — Snatchem o provocou, mas Conaway limitou-se a balançar a cabeça com veemência e olhar fixamente na direção das fortificações dos rebeldes.

— Não, nós vamos. E, já que vamos, devemos ir *agora*, antes que aqueles lá em cima consigam nos ver.

Mas os generais pareciam estar seguindo seu próprio ritmo, como sempre, e não demorou muito para que o nevoeiro se dissipasse completamente. Em seu lugar foi deixado um dia claro e reluzente, o sol cintilando nos rifles e revólveres dos rebeldes acima deles.

— Nós vamos conseguir. Nós vamos! Só uma boa corrida...

— Por que eles não estão atirando em nós *agora*? — Conaway apenas perguntou. — Por que não estão atirando, me digam. É porque eles querem que a gente vá...

Eles comeram o desjejum e se reuniram na cidade destruída, com as torres salientes das igrejas, suas casas e tribunais arruinados. O padre Corby aproximou-se para ouvir suas confissões e lhes dar a comunhão e a extrema-unção. Até mesmo o sacerdote parecendo desconfortável diante dos homens, sabendo, como eles todos sabiam, que seus comandantes já haviam cometido um erro crasso.

— *Eis aqui o Meu corpo...*

Tom se ajoelhou e deixou-o colocar a hóstia em sua língua. Ainda se perguntando se havia feito uma confissão sincera. Tivera de perscrutar a mente em busca dos menores e mais venais pecados, desde a época em que tomava parte nos roubos de galinhas ou nos jogos de cartas. *Sem saber como dizer a um padre, no início de uma batalha: Eu passei a odiar a minha esposa.*

Abrindo os olhos ele viu acima de si os dois balões de observação vermelhos flutuando por cima das torres da igreja, direcionando o fogo da União. Os grandes canhões lá em Stafford Heights começando a abrir fogo, fazendo a terra tremer sob eles.

— Meu Deus, Jesus, mas esperem a gente ir para lá e morrer — Snatchem estava dizendo em voz baixa, se ajoelhando ao lado dele.

Os outros homens da companhia faziam seus próprios preparativos. Os mais supersticiosos jogavam fora seus dados e cartas de baralho. Escrevendo seus nomes e endereços em pequenos pedaços de papel, prendendo-os na parte interna das túnicas.

Tom achou que deveria fazer alguma coisa, também, mas não conseguiu. Tudo o que pôde fazer foi se acocorar com Snatchem e mais uma dezena de homens atrás de um muro em ruínas. Todos esvaziando seus intestinos, a merda fétida, líquida, se misturando antes de começar a congelar pelo chão. O cheiro de merda e de medo fazendo Tom se lembrar, inexoravelmente, de uma coisa: *a Place of Blood.*

O corneteiro tocou o chamado às armas e eles se formaram em suas fileiras. O general Meagher fazendo a revista a cavalo um pouco antes que eles avançassem, providenciando para que cada homem recebesse um raminho verde de buxo para colocar no chapéu.

— Ele pensa que é a "Rainha de maio", hein? — Snatchem zombou.

Meagher da Espada, fundador da Brigada Irlandesa — um homem alto, de aparência marcante, com olhos azuis encovados e penetrantes. O rumor que passara pelo acampamento apenas na semana anterior era que ele ficara tão bêbado que quase caíra numa fogueira. Agora, ele trotava até a extremidade da fileira, usando um deslumbrante uniforme novo forrado de debruns dourados — e desmontou, acenando para que avançassem com um grandioso floreio da espada.

— O que, ele não vem com a gente?

— Cale a boca, aí! Formar fileiras!

Os meninos do pífaro e tambor começaram a tocar o *Traje Verde* e eles começaram a marchar, movendo-se através da cidade e cantando para espantar o medo:

"Ah, eu encontrei Napper Tandy e ele tomou-me pela mão,
E perguntou como está a pobre Irlanda e como ela está suportando?
Esta é a terra mais desventurada que jamais se conheceu,
Pois estão enforcando homens e mulheres por usar o traje verde..."

Tom sentia as entranhas se contraindo com um punho cerrado. Olhando à sua volta para a destruída cidade de Fredericksburg, as belas casinhas de madeira e de tijolos arrasadas pela artilharia deles. O que não foi destruído pelas armas os saqueadores se encarregaram de completar, espalhando pelo chão lamacento espelhos e cadeiras quebrados, retratos de família desfigurados e até roupas íntimas femininas.

Pelo menos eles se sentiam mais ou menos abrigados nas ruas estreitas da cidade, embora uns poucos projéteis dos canhões dos rebeldes já estivessem zunindo por cima das suas cabeças. Tom viu um deles aterrissar nas suas fileiras, poucas centenas de metros adiante. Lançou para o ar dez ou doze homens, e ele abaixou-se instintivamente. Todos os outros à sua volta fizeram o mesmo, mas ainda assim ele se sentiu humilhado — tomando a decisão de se manter de pé e nem sequer pestanejar quando o projétil seguinte explodisse. No entanto, quando isso aconteceu, ele se esquivou novamente, quase caindo de joelhos dessa vez.

— Mantenham suas posições! Mantenham suas posições! — os oficiais berravam.

Eles marcharam para os campos abertos e esmagados para além da cidade, e a batalha inteira se abriu diante deles. Era um espetáculo tão vasto e grandioso que Tom perdeu todo senso de equilíbrio ao vê-lo, e teria caído se Snatchem não o segurasse.

O alto das colinas que teriam de tomar já estava obscurecido pela fumaça branca. O barulho era ensurdecedor, a terra tremia sob os pés pelo bombardeio dos canhões. Mas ali, à sua frente, eles podiam ver intermináveis fileiras de homens com os grossos sobretudos azuis. Todos eles marchando sombriamente na direção das ribanceiras, movendo-se com as mais extremas e solenes precisão e determinação e, ao observá-los, Tom teve certeza de que não iriam falhar.

Seu regimento se deteve nas margens da cidade a fim de aguardar sua vez de atacar, e para carregar as pesadas Enfield calibre 69 que então ainda usavam. Todas aquelas horas de treinamento agora entrando em prática. Tom, movendo-se unicamente pelo hábito, rasgou a ponta de papel do cartucho, enfiou-o no barril, colocou a cápsula no bocal sob o percussor. Fazendo isso tão naturalmente como se estivesse respirando, um exercício que seria impossível de ser realizado de qualquer outra forma ali, naquele lugar.

Então estavam se movendo novamente — com velocidade redobrada, agora, através do campo aberto e na direção das posições rebeldes. O avanço subitamente disparado à frente, afinal...

Entretanto, assim que eles começaram a avançar, já fracassaram. Imediatamente tiveram de parar numa espécie de canal — uma vala em linha reta, com cerca de nove metros de comprimento e dois de profundidade. A única maneira de atravessá-la era por três pequenas pontes, mas suas tábuas tinham sido todas removidas, obrigando-os a passar centímetro a centímetro se agarrando às traves.

— Que maravilha! — Snatchem gritou atrás dele.

Os próprios oficiais praguejavam pesadamente contra as sentinelas avançadas, os homens tentando se apressar o máximo que podiam, os veteranos sabendo, com certeza, o que viria em seguida.

Em questão de minutos os disparos dos rebeldes começaram a alcançá-los ali onde estavam, ainda escarranchados por cima do canal. Os projéteis e as balas dos canhões agora explodindo livremente através das suas fileiras, os homens se movendo frenéticos, gritando "*Vai! Vai! Vai!*", enquanto se balançavam no ar. Alguns preferindo se jogar na água gelada, para tentar subir pelo outro lado. Correndo ao passar pelos homens mortos e feridos que alastravam os campos adiante deles.

Uma vez que finalmente cruzaram o canal, Tom e os seus companheiros da Black Joke subiram correndo uma pequena colina, que pelo menos lhes dava um abrigo dos projéteis. Parando ali enquanto se refaziam e recuperavam — agora a menos de quatrocentos metros das linhas rebeldes.

— Ainda nos arrastando — Black Dan Conaway murmurou ao lado de Tom enquanto aguardavam as ordens. — Ainda nos arrastando para lá!

— *Agora, homens!*

Eles saltaram por cima da pequena elevação e correram a toda velocidade na direção dos tiros abaixo. Foi somente então que avistaram a estrada afundada, a parede de rocha e as trincheiras projetadas acima, ao longo do cume das elevações. As figuras cinzentas e marrons dos soldados confederados amontoadas atrás delas.

— Ah, meu Deus, meu Deus! — Snatchem entoava atrás dele. — Ah, meu Deus, então era isso!

Os rifles ao longo na parede de rocha espoucaram, como se um fósforo tivesse sido aceso por toda a extensão da fileira. Todos os soldados de casacos azuis que Tom podia ver à sua frente tombaram no mesmo instante, como se tivessem caído numa vala. Ele baixou a cabeça, involuntariamente, e viu o chão sob seus pés estremecendo como se estivesse vivo, e coalhado de insetos. Percebendo, tarde demais, que o que via era mais de uma centena de balas e projéteis rebeldes se rompendo através da lama e do mato esparso.

— *Eu sabia! Eu sabia!* — Black Dan estava gritando no seu lado direito, balançando a cabeça, mas com uma expressão quase de prazer no rosto.

Black Dan avançou um pouco mais adiante, depois girou — o sangue do buraco no meio da sua testa espirrando por cima de Tom e de George Leese antes que ele caísse.

Tom deu um passo para trás — e algo que pareceu um vento terrível e implacável atingiu-o na lateral do seu corpo, arrancando a mochila direto para fora das suas costas. Ele se levantou com esforço, passando a mão por si mesmo, porém sem encontrar nenhum ferimento, apenas o sangue de Dan. Olhando estupidamente para a pequena cratera que o projétil abrira no chão atrás dele...

— Recuar, recuar!

Snatchem o puxava pelo braço, agora, jogando-o novamente para trás da pequena colina de onde tinham avançado antes. Tom percebeu que não haviam avançado por mais do que cem metros — o terreno que tinham acabado de percorrer agora coberto com uma retorcente massa de corpos vestidos de azul.

— *Sexagésimo nono de Nova York!* De pé, homens, de pé! Mostrem a eles do que são feitos!

Eles correram para fora outra vez. Tom perdera sua arma quando foi atingido, mas parou e pegou outra Enfield caída no campo a poucos metros da colina. Havia muitas delas perdidas, agora. A mesma tempestade de fogo rebelde concentrado explodindo por cima deles novamente, homens tombando por toda sua volta.

— Deitados, homens, deitados! Atirar! — um oficial estava gritando, e eles obedeceram.

Tom se jogou na lama, outra vez funcionando por força do hábito — carregando a arma e atirando como havia sido treinado a fazer, como se tivesse se transformado numa máquina. Conseguiram disparar uma saraivada desigual, mas suficiente para derrubar alguns dos rebeldes, e voltaram outra vez para a cobertura da pequena elevação. Snatchem ofegando de exaustão ao lado dele — os dois se olhando com algo que se assemelhava à admiração.

— Jesus, Jesus — foi tudo o que George conseguiu dizer.

— *De pé, homens, de pé!*

Os oficiais enfileirando palavras cada vez mais sem sentido, exortações e ameaças, e quaisquer apelos que conseguissem pensar.

— Pela União, homens! Por suas esposas e namoradas! *Sexagésimo nono!*

— Por Nova York, homens! *Pela Irlanda!*

Tom não sabia como conseguiriam sair novamente — mas um dos homens saiu, e depois outro, e depois foi Feeley, e então ele e George saíram correndo atrás dele.

Eles foram mais longe dessa vez, até que estivessem a não menos de quarenta metros do paredão de pedra e da estrada encravada. Houve uma repentina diminuição dos tiros, quando Tom, ainda correndo à frente, pôde ouvir apenas o som da sua própria respiração e os gritos dos homens feridos pelo chão. Um pouco da fumaça se dissipou — e ele viu a linha de fogo seguinte, já preparada e recarregada, esperando por eles. Tão perto, agora, que podiam ouvir as provocações dos rebeldes conforme se aproximavam.

— Venham, barrigas azuis!

— Tragam os cobertores e as botas, agora! Tragam tudo para cá, barrigas azuis!

Suas vozes sem o sotaque arrastado habitual dos rebeldes, porém com algo mais familiar.

— Ah, meu Deus — Snatchem ofegou ao lado dele. — São irlandeses!

A linha rebelde explodiu abrindo fogo outra vez. Tom viu um sargento, bem à sua frente, à direita, levar um tiro que esmigalhou sua perna. De alguma forma o homem ainda conseguiu ficar de joelhos, acenando uma bandeira para os rebeldes. Ele foi atingido por pelo menos mais cinco balas em rápida sucessão — outro sargento agarrando sua bandeira quando caiu — e ele próprio tombando sob mais uma saraivada de balas.

Porém, de algum jeito eles estavam lá. O regimento, ainda fazendo seu avanço para cima do paredão. Cada um dos homens nas fileiras, agora, desde os garotos dos tambores, gritando a plenos pulmões contra o insuperável barulho da batalha.

— Fogo!

Tom ergueu sua Enfield, parou, apertou o gatilho. Os homens por toda a sua volta também pararam para atirar, suas balas penetrando através da parede de rocha e das trincheiras. A primeira linha de rebeldes caindo para trás, tombando.

Mas então eles estavam acabados. Outra fileira de uniformes marrons tinha se movido para cima, erguendo seus rifles. Suas saraivadas destruíram o ponto de ataque, detendo-os onde estavam. Os homens caíam por toda parte em volta de Tom, como se atingidos por um vento poderoso, e quando ele deu por si estavam todos correndo novamente para salvar suas vidas. Tropeçando nos corpos, caindo na lama, escorregando e levantando outra vez, arrastando-se na direção da pequena colina.

— Ah, Jesus, Jesus!

Eles fizeram seis ataques ao todo antes que a precoce escuridão do inverno cobrisse os campos. Aquela batalha se tornaria legendária. Eles ouviriam garotos adolescentes falando sobre isso com admiração, devido às notícias lidas no *Herald* ou no *Irish News*. Porém, em nenhum momento eles conseguiram chegar a mais do que cem metros da parede de rocha e da estrada encovada.

Tom foi atingido no último ataque. Ainda se movendo na direção do paredão que ficara vendo durante o dia inteiro, como um sonho recorrente, sempre que a fumaça clareava. Então a bala dos rebeldes passou através do lado esquerdo do seu corpo e saiu pelas suas costas, e ele caiu de cara no chão. Tentou se levantar no mesmo instante, mas suas pernas se dobraram sob ele e tornou a cair, completamente indefeso, incapaz até de se arrastar de volta para trás da colina. Observando do chão quando a última carga se esmigalhava à sua volta e seus amigos e companheiros passavam por ele correndo, tentando salvar suas próprias vidas.

61

TOM O'KANE

Ele ficou caído na lama congelada por um dia e duas noites, antes que os exércitos finalmente negociassem uma trégua e enviassem o destacamento de salvamento. Pelo menos Tom conseguiu estancar o sangue dos ferimentos com as dobras do seu sobretudo — o buraco em seu peito não sendo maior que uma moeda de um níquel, embora o ferimento da saída fosse grande o bastante para conter o seu punho fechado. Ele conseguiu roubar um cobertor e um cantil de água dos mortos que o rodeavam, embora não quisesse se mover por pouco que fosse — mesmo à noite —, temendo os ladrões de cadáveres ou os atiradores rebeldes entediados, que atiravam ao acaso nos corpos que permaneciam nos campos.

Tom escutara o barulho dos seus tiros penetrando nos cadáveres à sua volta, e se perguntava quando um destes iria atingi-lo. Os gemidos e súplicas incessantes dos outros feridos chegando até ele — mas diminuindo pouco a pouco com o passar das horas. Os corpos dos mortos inchando, os olhos se esbugalhando, a pele escurecendo conforme apodreciam.

Na segunda noite ele foi devastado pela febre, totalmente delirante. Ainda caído de bruços, erguendo para os céus o único olho que conseguia movimentar livremente. Ali, espetaculares, reluzentes faixas de cores azuis e vermelhas começaram a surgir, espalhando-se através de todo o céu noturno enquanto ele observava. Tom presumiu que fossem provocadas pelo seu delírio, mas assim mesmo ficou olhando com perplexidade. Sua mente retornando à noite do seu maior triunfo com a Black Joke — a noite que ele descobriu o incêndio, reservou o hidrante e provou, pela primeira vez, ser um membro habilitado da companhia. *A noite em que eles deram um banho na Big Six.*

Fora numa noite bem parecida com aquela, na época mais fria do inverno. A semana entre o Natal e o Ano-novo, quando a Cidade ficava mais escura e misteriosa. O céu repleto de nuvens luminosas e alaranjadas, uma camada de neve recém-caída cobrindo as ruas.

Tom estava quase sozinho na sede do corpo de bombeiros. Uma dupla de homens mais velhos cochilava perto do grande aquecedor *Franklin,* no salão de descanso, se escondendo das suas esposas. Uns poucos solteiros no andar de cima, dormindo a sono solto, e todos os demais em companhia das suas famílias para os turnos de festas e jantares que antecipavam o ano novo. Ele gostaria de estar com Deirdre, Liza e o novo bebê, mas não se importava demais. Feliz por ter a chance de provar sua dedicação e até satisfeito por poder passar uma noite fora de casa, nem se fosse apenas para sentar junto ao aquecedor e ler fielmente um dos textos inspiradores de Deirdre, e tentar permanecer acordado.

Então ele escutou o alarme de incêndio — distante, mas nítido, através da imobilidade pouco habitual da Cidade. A hora das vésperas já havia passado, ele sabia, portanto não podia ser outra coisa. Tocando duas vezes, então parando — depois duas vezes novamente. *Um incêndio no distrito.*

Ele estava de pé no mesmo instante. Os homens mais velhos se levantando com relutância — mas Tom já estava com suas botas e a camisa vermelha. Tudo o que precisou fazer foi puxar o casaco pendurado na parede e já estava na rua. O ar noturno instantaneamente gelado e penetrante, varrendo as teias de aranha do seu cérebro, a sonolência do calor do fogo.

Ele disparou na direção da prisão Tombs, uma pontiaguda haste escura dentro da escuridão. *Ali* — ele conseguiu apenas divisar. Uma única lanterna estava sendo balançada na ponta de uma vara comprida. Ele visualizou os mensageiros de meia dúzia de outras companhias, já ao largo e correndo, mas obrigou-se a esperar — e, por certo, outra luz apareceu. Uma segunda lanterna amarela, balançando e dançando pelo poste de sinalização.

Então ele saiu correndo, as botas rangendo na neve, seguindo na direção do rio. As duas lanternas significavam o embarcadouro — mas onde? Quando havia outros mensageiros na sede dos bombeiros eles se espalhavam para procurar, mas naquela noite a responsabilidade era unicamente sua. *Encontrar o incêndio, encontrar o hidrante Croton mais próximo e reservá-lo para a sua companhia...*

Ele parou no final da Catherine Street. Aspirando o ar gélido, tentando farejar o fogo. Espiando em cada porta e beco. Tinha certeza de que já podia ouvir os mensageiros das outras companhias correndo pelas ruas cobertas de neve atrás dele, mas se forçou a esperar outra vez — sabendo que precisava ser cauteloso. Qualquer *b'hoy* desgarrado das gangues do rio, ele sabia, ficaria mais do que contente em atacá-lo, e depois havia os *Old Maid's Boys*. Uma gangue de centenas de homens e rapazes que gostavam de iniciar incêndios apenas para emboscar os voluntários, surrando-os e deixando suas máquinas destruídas e inutilizadas nas valas...

Ele correu ao longo das docas o mais silenciosamente que pôde. Os mastros enrolados dos navios estavam cobertos de gelo, retinindo baixinho enquanto esbarravam nos ancoradouros. A floresta de galhos nus assomando-se branca e fantasmagórica acima dele. Tom continuou correndo pelo embarcadouro, para além de onde este fazia a curva perto da James Street — e lá estava o fogo, bem à sua frente.

Ele ficou ofuscado, no início, com aquele gêiser de luz vermelha irrompendo de um velho armazém de chá. Permaneceu ali, olhando admirado. O odor do chá queimado emitindo fragrâncias de canela, chicória...

Foi quando Tom avistou as outras primeiras figuras, cambaleando na direção dele vindo dos bares ao longo das South e Front Street. *Não há tempo, agora, para ficar parado admirando as chamas.* Ele correu desesperadamente para cima e para baixo da rua, tentando encontrar um dos hidrantes Croton de madeira pintada de verde-ervilha. *Este era o princípio do jogo — chegar primeiro, encontrar o hidrante para a companhia.* Estava quase desistindo quando caiu por cima de um — na metade da rua, completamente coberto pela neve.

Mas como iria reservá-lo e impedir que os outros o tomassem antes que sua companhia chegasse? *No outro lado da rua ele avistou um barril de cidra, providencialmente abandonado na vala do esgoto. Tom foi buscá-lo, virou-o sobre o hidrante e sentou em cima. Encolhendo-se dentro do casaco, tentando parecer o mais insignificante possível na rua deserta.*

Logo começou a ouvir o barulho de dezenas de homens correndo, e o trovejar da carroça com a máquina rodando e derrapando nas ruas. A máquina!

Mas havia algo errado. Ele percebeu imediatamente, apenas pelo som das rodas — a carroça muito maior, muito mais pesada do que a bomba da Black Joke. No início ele achou que seria em função da neve, mas então escutou a trombeta, mais alta e profunda que a deles. Mais homens correndo com a máquina do que a *Old Bombazula* jamais tivera...

Outra companhia, só podia ser. Mas qual?

Tom ficou tentado a se levantar e olhar. Soava como um exército chegando, fazendo a curva na esquina da Peck Slip. Mas obrigou-se a ficar onde estava, no barril, guardando e escondendo o hidrante Croton. Encolhendo-se ainda mais, para ficar quase imperceptível. *Como morto, talvez. Congelado onde estava, embrulhado no casaco.* Ouvindo os gritos de vivas dos meninos ao longo da rua e dos homens que saíam das tavernas, famílias inteiras se inclinando nas janelas das casas para ver o incêndio. Seu sangue ficando ainda mais gelado do que já estava, uma vez que conseguiu entender o que estavam gritando:

— *Big Six! Big Six!*

Ela assomou-se no horizonte — a Máquina Americus nº 6. A imensa máquina de dois andares em formato de piano, com o motor de sucção e a bomba recurvada. A *Big Six.*

Ele mal se atreveu a erguer os olhos para vê-la. A Black Joke também tinha dois andares, mas não havia nada como a Big Six. Pesava mais de duas toneladas — uma imensa e confiável máquina vermelha. Suas lanternas brilhavam como dois olhos cor de âmbar na escuridão, e nas suas laterais, entre os bombeiros que corriam a pé, estava pintada a cabeça de um tigre de Bengala com os dentes arreganhados, parecendo agora tão real quanto a vida, sob a luz das chamas.

Havia, no mínimo, 75 homens puxando a máquina pelas alavancas, ou correndo ao lado dela com uma disciplina militar. E, direcionando-os do alto da caixa da máquina estava o chefe da companhia, Bill Tweed em pessoa — trajando seu comprido casaco branco de contramestre, os braços cruzados sobre o ventre como um ídolo pagão.

— Está aqui, só pode estar aqui! Tem pelo menos um nesta rua! — Bill Tweed gritava ferozmente. — Onde está ele? Onde está o hidrante, rapazes?

Tom precisou de toda coragem que conseguiu juntar para se manter firme em seu posto. A Big Six era a companhia mais temida na Cidade. Era formada inteiramente por homens enormes, corpulentos — os únicos capazes de manejar as bombas de um monstro como aquele. Muitos deles pesavam mais de cem quilos, tirados da antiga gangue dos Tweed da Cherry Street. Eram também os mais odiados rivais da Black Joke, desde que a Big Six fora outorgada com a antiga sede do corpo de bombeiros, que se seguiu a um infeliz incidente numa véspera de Natal que envolvera o disparo de uma carga de morteiro numa outra companhia. Mas eles nunca se atreveram a enfrentá-los...

— Saia daí! Sai já daí, vagabundo! Por acaso você está dormindo em cima do hidrante,

— Hein?

Finalmente um dos rapazes se aproximou dele, mas Tom nem se mexeu. Podia ouvir uma outra trombeta, agora — que soava bem parecida com a da Black Joke, logo virando a esquina. Às vezes, até cinco ou seis companhias de bombeiros emergiam no mesmo incêndio, e então a briga pelos hidrantes podia levar horas. Tom já havia visto prédios inteiros virando cinzas enquanto os bombeiros se agrediam insanamente com pistolas e facas, chaves-inglesas e estilingues — e depois iam juntos beber no *saloon*.

Porém, tal afluência seria improvável de acontecer agora, na última semana do ano, com metade da cidade nos bailes e festas. *Ele precisava ficar no seu barril até que seus companheiros chegassem.* O mensageiro da Big Six sacudiu-o outra vez e ele gemeu como um velho bêbado — o rapaz fazendo uma careta de nojo. Ele era mais novo e franzino do que Tom, que sabia que poderia superá-lo. Mas, em vez disso, Tom permitiu que o garoto o empurrasse um pouco mais, revelando apenas o barril cinzento de cidra debaixo dele. O rapaz viu e começou a se afastar...

— Está aqui! O velho bêbado está sentado em cima dele, no fim das contas!

Tom havia se inclinado demais no seu barril — e outro mensageiro conseguira avistar um relance do hidrante verde e estava correndo na sua direção. O primeiro garoto o agarrou pelo braço, então — e Tom empurrou-o para a frente, atingindo-o no rosto com a outra mão. O rapaz desabou na neve, o sangue espirrando pelo nariz. Os outros corredores da Big Six enxamearam por cima dele no mesmo instante, lutando freneticamente para arrancá-lo de cima do hidrante, mas era tarde demais. Os companheiros de Tom chegaram, empurrando a Black Joke pela ladeira e o avistando imediatamente. Antes que os rapazes da Americus conseguissem mover a carroça, eles já estavam afugentando os mensageiros e prendendo a conexão da máquina no hidrante.

Mas ainda eram superados em número e músculos pelos outros homens da Big Six. Estes começaram a convergir para eles, agora, chaves-inglesas e machadinhas nas mãos. Tom e o restante da companhia Black Joke formaram um semicírculo em volta do hidrante, prontos para lutar por ele. As labaredas irrompendo pelas janelas do armazém no outro lado da rua...

— Nós chegamos à rua primeiro! O hidrante é nosso!

— Para o diabo com vocês — Finn McCool gritou, adiantando-se à frente da companhia. — Nós temos o hidrante, o incêndio é nosso. Ou será que estão com medo de perder a virgindade?

Somente a primeira máquina podia ser conectada ao hidrante. Se não houvesse mais hidrantes, as carroças atrasadas tinham de obter sua água *através* da primeira — e aí que estava todo o jogo, o ponto de honra. Se a segunda máquina não conseguisse lançar a água para fora com a mesma rapidez com que a recebia — ou mais rápido — esta iria se acumular na sua própria carroça. Acumular-se até vazar direto pela caixa, o maior desastre que qualquer companhia de bombeiros poderia suportar. Inundando toda a carroça e arruinando quaisquer elaboradas séries de pinturas e emblemas que decoravam suas laterais e a frente. *Um desastre indelével.*

A Big Six ainda era virgem. Nunca havia sido inundada por nenhuma máquina — e eles eram todos cientes de que já havia inundado dezenas de outras em seu tempo. Seus homens grandalhões manobrando as bombas da máquina imensa com uma facilidade indômita. Capazes de desenvolver tal pressão que certa vez lançaram um jorro de água direto no alto do Mastro da Liberdade, na Franklin Street, durante o desfile de Quatro de Julho dos bombeiros — um feito prodigioso, mesmo tendo sido descoberto mais tarde, que Tweed pagara a um marinheiro para escalar o mastro e cortar um metro dele durante a noite.

Mas eles não estavam dispostos a permitir que inundassem a Black Joke, agora que tinham o hidrante — nem mesmo se isso significasse que teriam de brigar por isso, ou que a cidade inteira pegasse fogo. Só no último minuto Tweed desceu da sua caixa de máquina e se colocou entre os seus homens e os da Black Joke. Até Finn McCool pareceu um pouco nervoso, então, à sombra de um homem muito maior, mas também sem dúvida ciente do quanto ele o ofuscava na sede da Tammany. Porém, para surpresa geral, o grande homem fez um gesto de magnanimidade.

— Claro, deixem eles ficar com o hidrante — ele disse à sua companhia. — É muito justo.

A expressão de Tweed tão afável e impenetrável como sempre. Os olhos pequenos e claros brilhando com sinceridade.

— Que mal eles podem nos fazer, afinal? Não é como se fossem capazes de *nos* inundar...

Transformando toda a situação imediatamente, fazendo com que fosse vergonha para *eles*, agora, se não conseguissem inundar a Big Six. Finn respirou fundo. Os homens de Tweed voltaram para sua máquina, rindo e zombando.

— É, que mal eles podem nos fazer, hein?

— Claro, os filhotinhos...

— *Aos seus postos, homens!*

Os homens das duas companhias correram para suas posições, ao lado das alavancas das bombas. Havia vinte de cada lado das máquinas de duplo-deque. Dez no alto, manejadas por homens que realmente ficavam de pé sobre a máquina, e dez embaixo, manejadas por aqueles que ficavam no chão. Bombeando a água de dentro da terra, dos canos que percorriam profundamente sob o solo desde o longo caminho do reservatório Croton...

O chefe assistente de Tweed na Big Six correu de volta com a grossa mangueira de couro, pronto para conectar a extremidade do rebite de cobre na Black Joke.

— Tomem cuidado, não me vão estragar a máquina! — ele os advertiu.

Às vezes, a máquina no hidrante tentava sair na frente. Os bombeiros bombeavam oito ou dez vezes antes que a outra máquina estivesse conectada, de forma que a água transbordava e a inundava quase imediatamente. Homens já haviam sido nocauteados e quase mortos por tal proeza — ou por não retirar a extremidade a tempo quando o fogo estava apagado.

— Tomem cuidado vocês! Volte para a sua máquina, pois serão batizados daqui a pouco!

As zombarias e insultos continuavam a voar entre as duas companhias enquanto o chefe assistente inseria a extremidade da mangueira. Os homens se remexendo em seus lugares como cavalos de arado no frio, ansiosos para iniciar o trabalho. Tom manejava uma das bombas ao nível do chão, com Snatchem num dos seus lados e Dolan, que então ainda estava na companhia, do outro. Ele ficara surpreso ao ver o cunhado ali, numa noite como aquela, tão longe de onde ele e Ruth moravam, em Pigtown. Porém, ele nada disse e Dolan — bem, era Dolan, silencioso e preparado, apenas esperando para liberar o instinto assassino que estava sempre enroscado dentro dele.

Eles olharam para Finn, que se postava em cima da máquina, esperando que desse a ordem de começar. A tensão era palpável no ar, igual a nada que Tom tivesse visto novamente, exceto pelos momentos que antecediam uma batalha. O incêndio em si agora já quase esquecido. Uma multidão se juntara nas calçadas, e Tom podia ver que algumas das pessoas pareciam ser o proprietário e os empregados do armazém de chá — disparando para dentro e para fora do prédio em chamas, salvando toda e qualquer mercadoria que conseguiam. Mas o restante estava ali para assistir a competição entre eles, sem se importar se a Cidade inteira acabasse em chamas.

— Muito bem, agora. Prendam a conexão e comecem a trabalhar, homens!

E eles começaram. Finn deu o sinal e eles pressionaram as alavancas para baixo como se fossem um só homem. Os bombeiros da Big Six empurraram suas próprias alavancas imediatamente, em resposta — e a multidão explodiu em aplausos enquanto a água jorrava formando um alto arco contra o céu da noite.

Tom se deleitava com a sensação do bombear, a alavanca subindo e descendo em suas mãos. A boa e conhecida dor se espalhando no mesmo instante nas suas costas e ombros enquanto trabalhava. Aumentando rapidamente a velocidade — funcionando em perfeita sincronia com Snatchem, Johnny Dolan e todos os outros homens na fileira e em cima da máquina.

— Bombeiem! Bombeiem! Trabalhem nela com vontade, rapazes! — Finn entoava em seu posto acima deles.

Normalmente eles gritavam em resposta, como marinheiros içando a vela mestra. Mas nesta noite eles sabiam que precisavam poupar o fôlego, investindo tudo o que tinham nas alavancas.

— Todo mundo trabalhando junto, agora! Com toda força!

Logo eles alcançaram a velocidade máxima, sessenta — depois setenta — braçadas por minuto. A Big Six os acompanhando com facilidade, até agora, cascateando através das mangueiras e por cima do armazém em chamas. A multidão crescendo cada vez mais, homens e mulheres acorrendo das tavernas e até mesmo das festas elegantes para se juntar a eles ao longo das calçadas.

— Vamos *trabalhar*!

Tom sentiu o seu substituto cutucá-lo no ombro, e se afastou para o lado. Naquele ritmo os homens não trabalhavam mais do que um minuto ou um minuto e meio antes de ser substituídos. O pessoal do segundo turno tomando seus postos nas alavancas de cima, primeiro, subindo por cima deles para chegar no alto da máquina. As bombas ao nível do chão, atrás de Tom, vindo em seguida. Com a precisão nascida de muitas e longas horas de treinamento, eles saíram da fila, ele, Snatchem e Dolan ao mesmo tempo. Dando um único passo para trás e para o lado quando a alavanca estava no alto, deixando que os substitutos se colocassem em seus lugares de forma que não perdessem mais do que um bombeamento durante a mudança;

— Trabalhando, rapazes! Vamos trabalhar!

Quando saiu da sua posição Tom pôde ver que o fogo já havia se alastrado pelo quarteirão abaixo — atingindo um *saloon* e uma hospedaria de marinheiros ao lado do armazém. Enquanto estava bombeando, tudo o que via era a alavanca de metal diante dele, empregando toda força que tinha para empurrá-la para baixo, acompanhando o mesmo ritmo que os outros bombeiros e dos chamados de Finn.

Tom se lembrou que George o cutucara uma vez, quando estavam no turno de descanso, e lhe dissera que o prefeito em pessoa estava presente. Ele havia olhado para ver um homem baixo, indefinível, com um sobretudo abotoado até o queixo e uma cartola. Segurando numa das mãos, como se fosse o próprio bispo, o bastão oficial de incêndios: uma vareta branca como a neve encimada por uma chama dourada.

Tom encolheu os ombros e saiu para pegar um pedaço de pão com queijo. O ajudante da companhia andava para cima e para baixo da fileira com sua sacola de comida, entoando seu refrão: "*Comam mais queijo e um bom pedaço de presunto, e depois enxágüem tudo com mais um bom trago.*"

Tom pegou a caneca de conhaque que o homem lhe entregava — bebendo apenas um gole, o suficiente para queimar e arder em seu peito. Jogou o restante dentro das botas, da maneira que havia visto os veteranos fazerem, para evitar que os pés congelassem. Depois voltou para a fileira, entrando rapidamente e tomando cuidado para que os dedos não fossem esmagados pelas alavancas de metal que se moviam.

— Vamos *trabalhar* agora, rapazes?

A batalha prosseguiu pela noite adentro. O fogo diminuindo apenas lentamente. O armazém uma perda total, o comerciante de chá sentado e chorando no meio-fio, embora a multidão não lhe desse a mínima atenção. O bar e a hospedaria pareciam bastante queimados, mas recuperáveis. A única dúvida que permanecia — a dúvida *real* — era se eles conseguiriam inundar a Big Six.

Naquela altura os braços de Tom pareciam pesar uma tonelada, e ele via o cansaço nos rostos de todos os homens à sua volta, inclusive Johnny Dolan. Mas Finn apenas aumentou o ritmo — e eles corresponderam. A companhia trabalhando como nunca, subindo a 75 bombeadas por minuto. Os mensageiros e os meninos da vizinhança atiravam punhados de neve em volta das alavancas, certificando-se que elas não soltariam faíscas e ateando fogo na carroça, tal era a velocidade com que trabalhavam.

E ainda assim os brutamontes da Americus bombeavam a água para fora. O próprio Tweed agora manejando as alavancas superiores, deixando que seu assistente gritasse os chamados à ordem. A Big Six sacudindo-se e balançando a cada longa bombeada que ele dava.

— Ei, Frank está chegando!

— É o Frank! É o Frank! Ele está aqui, é o Frank em pessoa!

Um tremor de excitação perpassou a multidão, e Tom viu a grande aglomeração se partir ao meio para dar passagem a um homem garboso e sorridente, usando uma capa de ópera. *Agora ele estava impressionado* — vendo que não era outro senão Frank Walton em pessoa, o maior de todos os tenores de incêndio,* de quem se dizia que quando cantara *Sonho de Napoleão* durante um fogaréu, até mesmo os velhos Quakers da Henry Street choraram ao ouvir o som da sua voz.

Com um floreio dramático ele soltou a capa em volta dos ombros, limpou a garganta e começou a cantar uma outra canção favorita:

"*Shule, shule, shule agra*
Claro que ele me ama
Quando voltar vai casar comigo
Johnny partiu para ser um soldado..."

A voz encantadora ressoava pelo ar da meia-noite, e as multidões cresciam ainda mais — pessoas com seus gorros de dormir espiando em todas as janelas, agora. Tom voltou para sua alavanca pensando que certamente tudo acabaria em breve, o incêndio já todo apagado. Não sabia quanto tempo mais conseguiria suportar, sentia como se os ombros estivessem prestes a se soltar das juntas

*Tenores de incêndio eram cantores populares que se apresentavam enquanto os bombeiros combatiam as chamas. (*N. do E.*)

— e, enquanto isso, os homens da Big Six ainda pareciam infatigáveis, mesmo dando a impressão de que estavam trabalhando com mais força, agora, sacudindo a carroça para cima e para baixo.

Porém, minutos depois ele percebeu uma mudança. Uma leve porém crescente resistência, ao longo da sua alavanca. Tom havia ajudado a inundar outras máquinas antes, e a sensação era a mesma — quando a carroça à frente estava se enchendo, chegando perto do ponto de inundação. Espiando Snatchem e Dolan com o canto do olho, ele pôde ver que pressentiam o mesmo. Finn, de pé na caixa, entoando novamente os brados para apressá-los — levando-os a subir de oitenta para oitenta e cinco bombeadas por minuto.

— Agora vocês conseguiram! — ele gritou. — Vamos trabalhar agora, rapazes? Vamos acabar com ela!

Era impossível sustentar aquele ritmo por muito tempo, todos os homens da Black Joke sabiam. O perigo disso era que se tentassem manter aquela velocidade os homens começariam a quebrar os braços, e perderiam o controle das alavancas. Não era tão ruim quanto ser inundado, mas ainda assim uma desgraça — a água diminuindo a apenas um fio ao sair pela mangueira de couro, o fogo passível de recomeçar.

Por mais incrível que fosse, no entanto, os homens da Black Joke agora estavam se esforçando visivelmente. Um dos seus mensageiros correu para a conexão da máquina ao hidrante com uma chave-inglesa, pronto para soltá-la ao primeiro aviso.

— O fogo está quase apagado! — ele gritou para Finn.

— Está apagado? *Está?* — Finn berrou. — Não me venha com "quase". Se você tirar essa conexão antes da hora eu desço aí e grudo você no hidrante!

O mensageiro ficou onde estava com a chave-inglesa, olhando para Finn e, depois, para os bombeiros da Black Joke — sabendo que cada um deles ficaria do seu lado.

— *O fogo não está apagado* — uma voz gritou na rua.

Era o prefeito, falando através do seu alto-falante e brandindo o bastão branco-neve no ar, como se estivesse fazendo um decreto papal. A multidão emitiu mais brados de vivas — e Frank Walton lançou-se a um bis, a voz se elevando até mesmo acima do barulho das chamas e da feroz competição.

"Vou vender minha pedra e vou vender meu tambor,
Vou vender o meu linho e a minha roda de fiar,

Para comprar uma espada de aço para o meu amor
Johnny partiu para ser um soldado..."

Os homens da Black Joke trabalhavam como nunca antes, agora aumentando para noventa bombeadas por minuto, um ritmo que jamais tinham alcançado nem mesmo por alguns segundos. Os braços de Tom estavam entorpecidos, os músculos tremendo com visível fadiga. Ele viu que Snatchem também estava lutando, embora Johnny Dolan continuasse trabalhando como um demônio, empurrando a alavanca para cima e para baixo. Os olhos fixos à frente na máquina, como se para ele mais nada existisse no mundo.

A pressão aumentava constantemente, o trabalho ficando ainda mais duro conforme sentiam a Big Six se enchendo — esta era a dificuldade de se inundar uma máquina. Porém, a companhia de Tweed já abandonara qualquer pretensão de indiferença, agora. O chefe assistente gritava para que fossem mais depressa, mais depressa, batendo na caixa para dar ênfase à ordem. Os grandalhões dando tudo o que podiam, alguns deles tendo tirado os casacos, mesmo naquele frio. A gigantesca máquina de duplo-deque balançando de um lado para outro, as molas rangendo sob o esforço.

— Agora ela vai, rapazes! Está prestes a explodir!

— Ainda não, ainda não!

Houve um som como um tiro de canhão, e a Big Six afundou para o lado direito — os eixos das rodas finalmente se rompendo sob os esforços dos homens enormes na carroça. As alavancas caíram para baixo — e os eixos do lado esquerdo se quebraram, dessa vez. Todo o chassis da máquina cedendo, então, as rodas se soltando e a máquina desabando, os homens fugindo e praguejando pela rua.

E, quando caiu, a água esguichou para cima e para fora da máquina da companhia Big Six. Jorrando por cima da cara do tigre de dentes arreganhados, e esbulhando todas as outras cenas grandiosas, as listras finas e negras, os raios das rodas vermelhas. Tom e o restante da Black Joke soltaram suas alavancas em celebração. Socando-se e abraçando-se uns aos outros, aqueles que ainda tinham forças suficientes para fazer qualquer outra coisa senão massagear os braços. A multidão avançando sobre eles, batendo em suas costas e levando-os para cima dos seus ombros — ninguém se incomodando em ver o que restava do incêndio.

Quando se recuperaram, os homens da Big Six também avançaram para eles, insistindo que a conexão deveria ter sido retirada quando a carroça começou a ceder, e prontos para a briga. Mas Tweed novamente se interpôs entre eles — ainda sereno, embora o rosto estivesse vermelho e transpirando.

— Ora, ora, rapazes, eles nos venceram de maneira justa. Podemos admitir que fomos derrotados e dar crédito a uma companhia de bons americanos, de Democratas!

No momento em que ele falava, um marinheiro da hospedaria estava puxando o casaco de Tweed, de Finn, de qualquer bombeiro que pudesse escutar.

— Ele preso! Ele preso ali!

Um garoto com pele cor de azeitona — não mais que treze anos, no máximo — com um marcante sotaque português, vestido com a calça branca e a jaqueta curta da sua profissão, agora cobertas de fuligem. Muitas das pessoas na multidão começaram a rir da sua frenética excitação.

— Meu amigo, ele preso! Caiu... caiu por cima dele! Ele queimando!

O garoto fez a volta pela máquina, puxando Tom, Snatchem e Dolan, que estavam sentados exaustos no meio-fio. Apontando para um quarto no terceiro andar da hospedaria. A janela e a cumeeira em volta estavam carbonizadas, mas agora qualquer fogo remanescente parecia ter sido extinguido, e Tom ficou apenas olhando estupidamente para o menino, enquanto George tentava despachá-lo.

— Pois bem, tire ele para fora! O que mais você quer da gente?

— Lá em cima? Ele está lá em cima? — Dolan perguntou, subitamente segurando o garoto pelos ombros e apontando na direção da janela escurecida.

— *Sim, sim!* Lá em cima!

— Mostre-me.

Dolan já pegava um machado na lateral da Black Joke, correndo para a hospedaria atrás do menino. Tom e Snatchem os seguiram, embora Tom não soubesse por que deveria se incomodar com o que aquele lunático fizesse. Correu atrás dele como faria com qualquer outro membro da companhia, ele e Snatchem gritando para que Dolan voltasse...

— Pare, pare, seu louco desgraçado! Você não sabe o que tem ali! Ele que procure seus próprios amigos...

Mas Dolan já estava lá dentro. Eles não tiveram escolha senão ir atrás dele — parando outra vez assim que passaram pela porta, Snatchem praguejando com fervor;

— Ele vai nos matar a todos!

Eles já tinham estado em incêndios suficientes para saber quando uma casa não era segura. Mesmo no vestíbulo já podiam ver que o estrago na hospedaria havia sido muito pior do que parecia do lado de fora. Pior ainda, o edifício não era somente um prédio, mas dois, a construção toda unida por um amontoado de tábuas e tijolos e umas poucas camadas de cimento. A única coisa que as mantinha juntas era a maneira como os dois lados se inclinavam um no outro, mas agora o fogo abalara até mesmo isso, tendo carcomido as paredes do meio.

A parte queimada — a metade onde eles estavam — parecia prestes a deslizar e desabar a qualquer momento. Até a *sensação* era de instabilidade — o piso e o teto, as portas e o corrimão da escada reverberando a cada passo que davam. E, pior de tudo, eles podiam detectar um resquício de fogo, escondido em algum lugar — e ainda ardendo.

Mas Johnny Dolan já estava subindo a escada, logo atrás do menino português. A escadaria inteira se sacudia com cada passo que ele dava. Snatchem olhou para Tom e encolheu os ombros — e então os dois saíram correndo atrás deles.

— Espere... espere por nós, pelo menos...

Eles escorregaram e subiram aos tropeções, sem se atrever a segurar no corrimão depois que um longo pedaço deste caiu em cinzas, se esmigalhando no andar de baixo. Quando chegaram ao terceiro andar viram que não estava muito melhor. O piso ali estava todo esburacado, nos lugares onde o fogo penetrara, podendo-se enxergar claramente por entre as tábuas finas e rachadas.

Eles precisaram andar com todo cuidado pelo corredor na escuridão quase total. Até mesmo Dolan agora se movia mais devagar — embora o garoto de pele morena continuasse a correr agilmente à frente, na direção da cumeeira que havia apontado. Eles sentiram o cheiro de fogo outra vez — bem mais forte, agora, vindo de algum ponto logo abaixo do piso de tábuas, ou talvez dos beirais acima deles.

— Jesus, mas a gente pode cair daqui direto para o inferno...

— Ali... ele preso!

O menino português estava apontando onde uma viga do teto caíra através de uma porta, derrubando-a e prendendo-a no lugar. Debaixo dela eles puderam ver um par de pés enegrecidos. Snatchem praguejou.

— Ah, mas o seu amigo já está morto, marujo...

Porém, no instante em que ele falava um dos pés se mexeu, e um gemido baixo emergiu do corpo debaixo da porta. Chegando mais perto, eles viram um rapazinho magro, não muito mais velho do que o menino que os chamara. Seus pés não estavam queimados, mas era a cor profunda e negra da sua pele. O rapaz estava nu embaixo da porta que o prendera, ainda deitado nos remanescentes da ordinária cama de hospedaria onde dormia quando a viga desabou.

Ele apenas gemeu, e abriu os olhos por um instante quando eles chegaram. O menino que os levara afagou seus cabelos grossos e bem curtos, enquanto lhe falava em torrentes de português. O menino sob a porta limitou-se a gemer mais um pouco, até que Tom calculou que ele deveria estar fazendo um esforço monstruoso apenas para respirar. Era óbvio que estava sofrendo dores terríveis — provavelmente já quase morto, seus órgãos internos esmagados pelo peso da viga e da porta.

Mas nunca se sabe. Ele já havia visto os bombeiros resgatarem pessoas com todo tipo de ferimentos. Às vezes, aqueles que pareciam ter apenas inalado um pouco de fumaça, ou sofrido uma pequena pancada na cabeça, acabavam desfalecendo em seus braços e morrendo. E outras vezes homens e mulheres que eram uma massa de contusões, ou gritando de dor pelas queimaduras, apareciam na sede da companhia algumas semanas depois, sorrindo com a expressão desafiadora dos sobreviventes. Gabando-se: *Lembram-se de mim? Pronto para outra!*, embora raramente estivessem.

— Tá preso, hein?

Johnny Dolan olhava por toda a volta do quarto escurecido, tentando analisar a situação. Finalmente pegou o machado e desferiu uma pancada rápida e segura na viga. Eles sentiram a casa inteira estremecer sob seus pés.

— Meu Deus, Johnny, você vai nos matar a todos!

— Não. Não dessa vez...

Ele parecia quase em transe, golpeando novamente a viga com o machado, indiferente ao lugar onde estavam ou à maneira como o próprio piso se inclinava e escorregava com cada golpe. Até que eles ficaram ali como marinheiros num navio emborcado, quase incapazes de manter o equilíbrio.

— Diabos, seu idiota, isso é *inútil!* Você vai derrubar a casa inteira antes de conseguir cortar essa viga!

De fato, a viga parecia ser impossivelmente grande, mas provou estar apodrecida bem no centro — e depois de meia dúzia de pancadas ela acabou se partindo em duas. O garoto português se apressando a empurrá-la e tirar a porta de cima do seu amigo. O corpo nu do outro rapaz dolorosamente cortado e amassado — Tom adivinhando, apenas de olhar para ele, que devia ter quebrado no mínimo umas cinco costelas e talvez uma perna, se tivesse sorte.

— Cuidado, agora. Cuidado com ele!

O garoto português já estava levantando o amigo. Tom tentou acalmá-lo, sabendo, por experiência, o quanto era perigoso remover um ferido com muita pressa.

Mas então ouviram um barulho perturbador crescendo por toda sua volta — um tipo de som farfalhante. A parte do teto de onde a viga caíra subitamente cedeu, um enorme pedaço de cimento, poeira e telhas esmigalhadas caindo pelo vão — e com isso vieram também milhares de baratas, muitas do tamanho de um dedo, caindo no chão e se espalhando para todos os lados.

— Ah, meu Deus! — Snatchem exclamou. — Deve estar lá em cima! Deve estar bem em cima de nós!

O fogo irrompeu antes mesmo que as palavras estivessem fora dos lábios dele, arrancando o que restara do teto como se fosse a tampa de uma lata. Todos eles já se moviam de volta para o corredor o mais rápido que podiam, Dolan carregando o garoto ferido nas costas como se fosse um saco de batatas. A fumaça se arremessando pelo corredor atrás deles, e depois pela escada. O teto inteiro desabando em camadas flamejantes depois que eles passaram, pedaços do piso e da escada desaparecendo de sob seus pés mesmo enquanto corriam.

Conseguiram chegar no último lance de degraus — agora capazes de enxergar apenas um ou dois metros à frente, e mal conseguindo respirar. Esperando que não houvesse algum buraco adiante deles. O fogo estava direto em seu rastro, no entanto, e não tinham outra opção a não ser se jogar a meio caminho da escadaria — Tom fazendo uma rápida prece à Virgem para que não caíssem direto no porão.

O piso agüentou, e eles estavam novamente no vestíbulo — mas ainda não estavam fora do prédio, ainda engolfados em fumaça e poeira. Tom ouvira dizer que um bombeiro morrera exatamente numa situação como aquela, a poucos metros da segurança, porém cambaleando inutilmente na direção errada...

Eles se jogaram no chão e começaram a se arrastar na direção de onde parecia que a porta estivera. Segurando-se nas barras das calças uns dos outros — Dolan os conduzindo, Tom apenas esperando que ele soubesse para onde ia. Ele próprio não fazia idéia, àquela altura — a fumaça o sufocando, tornando impossível abrir os olhos. Tentando manter a cabeça baixa, quase encostada no chão. Procurando as correntes de ar puro e fresco...

Então uma dezena de mãos estava por cima dele, levantando-o e tirando-o da fumaça, de volta para o mundo escuro e congelado perto do rio noturno. O céu luminoso e alaranjado assomando-se acima dele. Fez todo o esforço possível para se arrastar até o meio-fio ao lado de Snatchem. Ainda tossindo e sufocando, engolindo a maravilhosa água que o ajudante lhe entregou.

— Tudo isso... por um marinheiro preto?

Muitos dos outros bombeiros ainda incrédulos pelo que eles tinham feito. Não tanto por ele, nem por George, pois era algo que já podia se esperar deles, correr para salvar um homem em dificuldades. *Mas Dolan.* O sujeito nunca demonstrara qualquer inclinação ao heroísmo — uma tendência arriscada em qualquer companhia de bombeiros, sobretudo quando havia uma grande platéia assistindo. Todos olharam para ele desconfiados, ainda sem entender completamente o que o levara a fazer aquilo — especialmente por aquele garoto.

— Ainda assim, foi um ato muito corajoso...

— Ah, sim, corajoso como um tordo...

Tom pensou que também não entendia. Ficou observando Dolan, que ainda carregava o menino que resgatara do incêndio. Ele não permitiu ser cuidado até que tivesse deitado o garoto num cobertor, ao longo do chassis da máquina Black Joke. Puxando outro cobertor por cima dele, e também o seu casaco de bombeiro. Ordenando ao ajudante que desse ao menino uma caneca de conhaque — segurando-a nos lábios dele, ajudando-o a beber.

O menino estremeceu e depois se imobilizou. Os olhos ainda abertos, girando de um lado para outro, a boca abrindo de quando em quando, como se ele quisesse falar alguma coisa e as palavras não saíssem. Dolan ficou olhando para ele, como se o analisasse, durante um longo tempo. Então a polícia chegou para levá-lo ao hospital, e Dolan se virou abruptamente e se afastou, deixando que alguém jogasse um cobertor por cima dos seus ombros.

Mais tarde eles foram ao restaurante *Udell's*, depois de terem limpado e guardado a máquina. Finn McCool ofereceu um brinde e um elogio a cada um dos homens da Black Joke, e Tom recebeu um destaque por ter reservado o hidrante, e Dolan por seu salvamento heróico, e toda a comida teve um gosto melhor do que qualquer outra coisa que ele comera em sua vida — café fresco, panquecas e tortas de cordeiro quentes.

Depois eles cantaram os refrões intermináveis da *Caça ao Búfalo*, a estranha e lenta cantiga que era a favorita de todos os bombeiros, executada em todas as festas e piqueniques.

Venham todos os camaradas que tenham o gosto pela aventura,
Numa terra estrangeira sua situação irá mudar;
Procurando novos prazeres todos juntos iremos.
E vamos nos assentar nas margens do agradável Ohio.
E vamos percorrer as matas selvagens e caçar os búfalos;
E vamos percorrer as matas selvagens e caçar os búfalos.

Se por acaso os índios selvagens se aproximarem,
Nós todos ficaremos unidos com coragem e alegria;
Iremos marchar através da cidade, rapazes, e desferir um golpe mortal.
E os expulsaremos das margens do agradável Ohio...

Mas a melhor parte foi quando ele chegou em casa. O sol estava apenas começando a nascer e Deirdre ainda estava na cama, depois de também ter ficado acordada quase a noite inteira em função do bebê. Ele deitou ao lado dela e fizeram amor devagar e voluptuosamente. Ela sentiu o cheiro de fumaça nele e quis saber o que havia acontecido, mas Tom limitou-se a abraçá-la com mais força ainda. A sensação do corpo dela contra o seu era tão boa, tão quente, depois do brutal ar noturno nas docas, e ela cheirava a sabão, lixívia e leite. Depois de algum tempo o bebê chorou e ela se levantou para amamentá-lo, mas Finn dera a Tom o dia de folga do seu trabalho na Cidade, então ele pôde ficar na cama, regalando-se com o seu calor e com o cheiro de Deirdre que permanecia nos lençóis...

Ele ficara incerto, no início, sobre como Deirdre iria se comportar na cama, sabendo que ela havia sido educada pelas Irmãs. Tom ouvira casos de como eram tais moças, de como só faziam se houvesse um lençol no meio deles, e nunca nos dias santos. Ficara incerto sobre como iria abordá-la, considerando-se o quanto ela era bonita, e, de alguma forma, isso ainda parecia uma impertinência mesmo depois que estavam casados.

Mas Deirdre o recebera com prazer desde a primeira noite que passaram juntos — tão séria como era em todas as outras coisas, mas também apaixonada e disposta. Por mais inflexível que Deirdre se mostrasse fora do quarto, ali ele encontrava nela o seu refúgio. Aninhando a cabeça entre seus seios na escuridão, maravilhando-se com a firmeza do seu ventre inchado, durante as muitas gravidezes.

A vida deles na cama havia selado o laço que os unia. Havia afirmado a sua fé em Deirdre, para permitir que ela o transformasse no que quisesse.

Então, por quê? Por que ela iria querer que ele partisse para um lugar terrível como essa guerra? E por que ele quis partir?

Tom não se lembrava de quando finalmente foram resgatá-lo nos campos nos arredores de Fredericksburg. Sua única lembrança, ainda que vaga, era da carroça que o levou de volta para a Cidade de Washington, quase quebrando suas costas nas estradas esburacadas e congeladas. Melhorando e depois piorando da febre recorrente durante os quatro meses seguintes, deitado numa cama com lençóis imundos no superlotado hospital do exército.

Ele não sabia como tinha sobrevivido a tudo aquilo. Os outros homens gritando constantemente em agonia. As afetadas aristocratas ianques que os visitavam durante o dia, espiando avidamente suas feridas e rezando em voz alta no meio do quarto. As prostitutas que se fingiam de enfermeiras à noite, oferecendo-se para fazer todo tipo de coisas, o que quer que os homens conseguissem e depois mais, em troca de umas poucas moedas.

No entanto, foi no hospital que ele descobriu que finalmente entendia. Deitado na cama, sem nada para fazer exceto pensar, naqueles momentos em que a febre baixava — pensando em Deirdre e em si mesmo.

No final, ele sabia, havia ido para a guerra porque quisera ir. *Sua própria confissão, trocada com a dela.* Ele quisera ir para ver o elefante. Para se livrar do trabalho de todos os dias, nivelando o solo no parque e permanecendo sóbrio exceto pelas cervejas que conseguia beber às escondidas com Billy Dove.

Ele gostava da companhia dos homens...

Tom era obrigado a admitir, agora, que não podia mais culpar unicamente Deirdre. E no fim das contas recebera apenas o que merecia, por ter ajudado a enviar outro homem para a servidão.

O irmão dela. Johnny Dolan. Foi então que todo o abismo começou a se abrir entre eles. Havia sido como Deirdre dissera que queria que fosse, isso era certo. Ela concordara com tudo desde o início, aquela seria a melhor maneira de salvar Johnny da forca — mandá-lo para fora da Cidade.

Mas Tom sabia que ela nunca o perdoara realmente por isso e, afinal, foi ele quem acabou cuidando de tudo. Indo até o "O Repouso do Marujo", conversando com alguns dos seus antigos *b'hoys* da gangue *Break o'Day Boys*. Fora bastante simples, eles estavam sempre à procura de novos corpos. Ruth ficara encarregada de levar Johnny para as docas. Tudo o que ele precisou fazer foi entrar no barco, com Billy Dove, e remar até eles.

Havia feito Dolan sentar entre ele e Billy — esperando desesperadamente que Dolan não percebesse nada antes que chegassem ao navio, mas tomando suas precauções assim mesmo. Pensando que talvez desse certo, que Dolan parecia sonolento em função do uísque drogado que bebera no bar, e completamente extasiado com a mentira que Ruth lhe dissera sobre o seu falecido irmão.

— Então ele está me esperando, está? — Dolan havia lamuriado. — Para me ajudar a fugir?

— É — Tom assentira, manejando os remos e com medo de falar demais.

— E estava vivo todo esse tempo! Eu sabia. Eu sabia que ele devia estar vivo. Sair da torre negra... isso é uma coisa e tanto. Pensei que somente eu tivesse conseguido, mas ele também conseguiu.

— Claro.

Repetindo a mesma coisa muitas vezes, enquanto procuravam o navio através do porto apinhado, coberto pela névoa. Porém, inevitavelmente, Dolan começara a perceber. Talvez fosse pelo fato de Tom estar falando tão pouco — ou porque quanto mais ele falava, mais se dava conta de como tudo aquilo parecia improvável. Tom podia ver a expressão dele mudando, enquanto o observava. A percepção, aos poucos se assentando, de que não havia irmão algum, que não poderia haver um irmão que se salvara da Irlanda e agora o esperava para ajudá-lo. Suas palavras sumindo pouco a pouco, seus olhos disparando para perscrutar a água — e depois direto para Tom.

Dolan ameaçou fazer um movimento quando Billy Dove atirou o saco de lona por cima da sua cabeça. Tom havia visto — Dolan saindo do banco, indo direto para ele, que conseguiu apenas ficar sentado ali, hipnotizado. Mas Billy o apanhou de surpresa — aparentemente Dolan nem imaginaria que aquele homem negro, remando, serviria para qualquer outra coisa senão obedecer às ordens de Tom. Billy atirou o saco por cima dele e em seguida lhe deu um soco curto e rápido na cabeça, e depois outro, mas Dolan ainda se debatia — golpeando em todas as direções com os punhos e os pés. Um dos seus socos atingiu Tom na lateral da cabeça no instante em que ele se inclinou para ajudar Billy, quase o derrubando para fora do barco. Dolan quase conseguiu se livrar do saco, mas Billy o golpeou na cabeça com a ponta da âncora. Tom juntando-se a ele, então, os dois socando a esmo a forma rija e inflexível sob a lona, dando vazão ao medo e à raiva por cima dele. Golpeando até que a cabeça coberta ficasse imóvel embaixo deles — ficando atentos mesmo depois que o saco de lona se imobilizou, deixando o barco flutuar, para o caso de ser mais um dos seus truques.

Mas não havia qualquer sinal de que ele nem mesmo estivesse vivo, e então eles o amarraram com a corda que Billy tivera a boa idéia de trazer, e empurraram o corpo inerte para o fundo do barco.

A noite deles ainda estava longe de ter terminado. Perderam um dos remos durante a luta, e foi necessário um longo tempo apenas para descobrir onde estavam agora, no rio encoberto pela neblina. Tom verificando o corpo sob a lona de tempos em tempos, para ver se estava respirando, ou se tinha pulso. Sem querer ter a morte de Dolan na consciência, afinal, mesmo se esta fosse o melhor que poderia acontecer para todos os envolvidos.

Finalmente chegaram ao navio que os *Break o'Day Boys* tinham arranjado, e bateram na lateral com a âncora. A embarcação se assomava escura e sinistra no rio, com pouco mais do que uma única lanterna na proa. Tom deu o sinal conforme lhe fora instruído — erguendo a lanterna e cobrindo-a, depois deixando-a brilhar outra vez. Depois de uns poucos e perturbadores minutos imaginando se tinham chegado à embarcação errada, ou se, no fim das contas, aquilo era uma armadilha, uma lanterna brilhou em resposta no navio.

Mas um momento depois uma corda grossa foi desenrolada na lateral, e dois homens usando casacos e bonés pretos como breu escorregaram para baixo. Eram silenciosos e rápidos como gatos, os olhos avermelhados e desconfiados sob a luz da lanterna, e pela primeira vez Tom entendeu realmente que tipo de negócio era aquele contrabando de homens.

Ele e Billy entregaram o corpo encapuzado de Dolan para os homens do navio, que ainda não diziam uma palavra sequer. Os dois mantendo uma cautelosa distância, o mais longe possível, dos homens silenciosos — sabendo que eles poderiam muito bem levar três corpos em vez de um. E quando tudo terminou, o corpo coberto e ainda inerte desaparecendo por cima da amurada, remaram o mais depressa que conseguiram, abrindo a distância na água entre eles e o navio escuro com a maior rapidez que foi possível.

Aquele fora o pior serviço noturno que ele já fizera, despachando outro homem para só Deus sabia onde. *E ela sabia disso, dera sua aprovação, mas ainda assim as coisas nunca mais ficaram certas entre eles.* Principalmente depois, quando ele encontrou Ruth e sua família lá no parque.

Quando ele levou os pretos para o quarteirão. Não fora simplesmente uma afronta aos ares de respeitabilidade de Deirdre, agora ele sabia. Mais do que isso, era também um lembrete a ela, todos os dias, do que Tom havia feito — do que *ela* havia feito — com seu próprio irmão.

Tom não sabia como pôde ter sido tão tolo. Mas se sentira muito mal por Ruth, tendo sido despejada da sua casa lá no vilarejo dos negros. E por Billy, também, um homem bastante decente, fosse de cor ou não, e pelos seus filhos pequenos. Porém, acima de tudo por Ruth, ele sabia — ainda sofrendo, ainda pateticamente tentando sobreviver. Tom não conseguira evitar, mas suspeitava que Deirdre também pressentira isso, do jeito que era capaz de farejar quase tudo.

Qualquer que fosse o caso, nunca mais as coisas foram as mesmas entre eles, depois disso. Continuaram trabalhando como sempre, lendo juntos à noite. Tendo mais filhos. Ainda assim, havia uma frieza, uma distância entre eles que ficava ainda mais evidente na cama. Ele começou a passar mais tempo fora de casa. Demorando-se mais no trabalho ou na sede do corpo de bombeiros, desejando poder acompanhar os rapazes em alguma farra. Mas, no fundo, não querendo nada disso — se sentindo ainda mais infeliz fora da sua casa. O gosto pelo uísque desaparecido para ele, depois de tanto tempo. Entediado com as conversas tolas e vazias dos *b'hoys*, depois de passar tantos anos conversando sobre assuntos sérios com sua esposa. *Um cavalo preso nos arreios por tempo demais para agora ficar solto.*

E, no entanto, ele precisava ir para algum lugar. Começou a passar pela casa de Ruth cada vez com mais freqüência — supostamente para beber um gole escondido com Billy Dove, mas na verdade para vê-la. Incapaz de se fartar com a gratidão que via na expressão dela assim que entrava. Exibindo-se, gabando-se sobre as pessoas que conhecia no Wigwam, ou na Cidade endinheirada, insistindo em deixar dinheiro para ela em lugares escondidos pela casa, como se fosse rico como Creso. Gratificado ao ver como ela aceitava de bom grado cada centavo, cada elogio que ele lhe atirava.

Era uma situação desesperada, ele admitiu. Estivera até contemplando a idéia de fazer uma visita à Maddy Boyle, a bela rameirinha do fim da rua. Parando na rua certa vez para lhe desejar bom dia — apenas para ver a surpresa e a gratidão nos olhos *dela*. Imaginando como seria visitá-la em sua casa, onde iam todos os marinheiros e os cavalheiros ianques. Para ver, talvez, ainda mais gratidão — quanto maior a gorjeta que lhe deixasse, as palavras mais gentis que lhe dirigisse...

Mas ele desejava ir para ainda mais longe, se afastar de tudo aquilo, do mundo restrito do quarteirão, do seu trabalho e das suas obrigações. Cansado de tentar agradar sua esposa, que nunca ficava satisfeita. Dizendo a ela, queixando-se com ela que não queria ir para a guerra.

Mas, no final, ele fora. Deixando para trás esposa, filhos e todos aqueles a quem amava. Partindo para a sua capela mortuária.

Ele ficara tão contente por receber as cartas de Deirdre, então, quando estava no hospital em Washington. Grato pela confissão dela, que fora escrita na agonia de não saber se ele estava vivo ou morto. Desafogando-se de tudo o que ela pensara e fizera — tudo o que ele havia suspeitado. Tom ficara deitado em seu leito no hospital, ainda mal tendo forças suficientes para se mexer, lendo e relendo cada palavra.

Escrevendo a sua própria confissão, então. Poupando-a dos detalhes, do quão próximo ele estivera da morte, embora achasse que ela sabia disso. Falando com ela de coração para coração, da maneira que faziam antes. Confessando-lhe que quisera ir, eximindo-a de toda culpa. Até mesmo mandando fazer o retrato que ela tanto queria, que suplicara para que ele fizesse.

Tom havia esperado vê-la assim que pudesse voltar para Nova York em licença, mas então as ordens tinham sido desencontradas. Extraviadas em algum ponto, se esquecendo da sua licença e da sua convalescença. Em vez disso, eles o despacharam de volta para o regimento, enquanto Bobby Lee se dirigia para o norte e todo o imenso exército se voltava para persegui-lo.

Tom tivera que voltar. Esta era outra coisa que aprendera sobre a guerra. Não ficava menos cruel simplesmente porque se aprendia alguma coisa. Ele se juntara novamente à sua companhia perto de Frederick, em Maryland — ou o que restara dela. A Brigada Irlandesa mal sendo realmente uma brigada. Todos os regimentos reduzidos, agora formados quase que totalmente por garotos de Boston, ou alemães vindos da Pensilvânia. Até mesmo Meagher se fora, tendo renunciado num impulso depois de um ataque de nervos, em decorrência da mais recente derrocada em Chancellorsville.

Mas pelo menos Snatchem, Feeley, Larkins e John J. Sullivan ainda estavam lá. Eles pareceram felizes por vê-lo de volta, mesmo com a aparência que ele sabia que tinha agora — olhando no retrato que mandara fazer para Deirdre, barbado, magro e quase irreconhecível. Todos os seus companheiros, exceto Black Dan, tinham sobrevivido às batalhas em Fredericksburg e Chancellorsville. Eles o engordaram na melhor maneira que puderam, entupindo-o com as rações extras e com as "requisições" de George enquanto marchavam para a Pensilvânia, perseguindo Lee até Gettysburg.

E agora ele estava ali, o círculo se fechando — ou quase. Retornando às docas de Hoboken, esperando cruzar o rio para sua casa. Podia ouvir os barqueiros, finalmente trazendo os botes. Figuras escuras na água escurecida, prontos para levá-los de volta pelo rio para a cidade em chamas. *De volta para ela.*

— De volta para a velha e boa Nova York — Snatchem falou, passando por ele.

Sem dúvida já arquitetando quaisquer golpes que poderia imaginar. Porém, até ele parecia sério e pronto para fazer o que fosse necessário. Chocado, como todos estavam, diante da visão da Cidade ardendo diante deles.

Os botes pararam no ancoradouro, os sargentos gritando e empurrando-os para as filas. Mas as tropas já estavam correndo para embarcar por conta própria, muito embora soubessem que, do jeito que são tais coisas, a travessia para o outro lado do rio provavelmente iria demorar pelo resto da noite. Eles não se importavam — já parados no convés e olhando para a Cidade, ansiosos por voltar para casa. E, quando chegassem, a briga seria das boas.

62

RUTH

Pelo resto da tarde e começo da noite elas ficaram ouvindo as mulheres brancas se agitando na rua. Encenando a sua própria e despropositada imitação das arruaças. Enquanto as mulheres de outras raças do Beco Paraíso — as negras e mulatas, as índias e todas aquelas que eram casadas com homens destas raças — permaneciam quietas e escondidas nas suas casas e porões. *Como ela estava — mas nem mesmo escondida na sua própria casa.*

Apesar de tudo não houve mais ataques. O pior que fizeram foi atirar mais uma ou duas pedras na casa de Maddy, ou incitar os filhos a fazerem o mesmo. Gritando uma ou outra ameaça e desaforo, que Ruth adivinhava ser para ela mesma ou para Maddy.

Claro, Deirdre insistira em sair duas vezes para encher os baldes d'água, embora ainda tivessem água mais que suficiente em casa. Marchando com ar de desafio até a bomba Croton, olhando diretamente para as mulheres que se juntavam na rua — desafiando-as a dizer ou fazer qualquer coisa. Voltando para casa triunfante, feliz por pelo menos ter tomado uma atitude.

— *Elas* não vão causar nenhum problema — Deirdre falou, depois fez um gesto na direção de Maddy, que ainda dormia no sofá. — Ela está mais do que certa quanto àquele bando de covardes. É só uma questão de se conseguir homens suficientes para limpar as ruas, e tudo estará terminado.

Mas pelo que Ruth ouvia, parecia que isso não iria acontecer muito em breve. Pelo menos Deirdre os mantinha ocupados com uma ou outra coisa — todos eles, até mesmo Maddy, quando finalmente acordou. Jamais permitindo que ficassem simplesmente sentados e esperando notícias, mas fazendo com que a ajudassem a limpar a casa, cuidar das crianças, preparar as refeições — espiando o tempo todo pelas venezianas.

Ruth a ajudara a completar todas as suas meticulosas arrumações, varrendo a casa desde o porão até o sótão. Ainda havia bastante comida, com o peixe enlatado e as carnes salgadas que ela havia estocado. Havia barris inteiros de água, agora, em todos os cômodos, o suficiente para que bebessem e se lavassem durante dias, se fosse necessário — ou para apagar qualquer fogo. Bastante leite para as crianças, guardado nas caixas de gelo no porão, juntamente com os legumes, as conservas em seus potes e — as batatas. Uma quantidade de batatas que parecia suficiente para durar um ano, lá em County Clare, depositadas numa prateleira. *E nunca nem uma delas estragou, ali...*

Ruth estava satisfeita por ter suas tarefas, feliz por ter alguma coisa para preencher o tempo. Grata até mesmo pelo jeito incansável de Deirdre — enchendo-se novamente de admiração pelos seus talentos em cuidar de uma casa. Até que enfim, quando finalmente o dia terminou e as crianças foram levadas para suas camas, elas subiram para a cobertura da casa para tentar escapar do calor. Deixando Milton a postos e vigilante perto das janelas — a arma de Maddy bem escondida.

Ruth achava que nunca antes estivera num lugar tão alto — subindo até o telhado achatado, coberto de alcatrão, um ou dois andares acima do solo. De onde estava podia ver, bem ao oeste, as muralhas cinzentas da prisão Tombs, com seus misteriosos sinais egípcios. A pilha escura do cortiço da Shambles ao norte, assomando-se como sempre acima deles — e toda a longa tira da Cidade abaixo. Cada quarteirão atulhado de atarracadas casinhas inclinadas, tão parecidas com a dela, juntamente com as placas mais compridas dos cortiços e dos armazéns, as torres das igrejas se destacando acima delas como se fossem espinhos pontiagudos.

E ao sul, por toda a margem da Cidade, ela avistava os navios — os mastros e cordames se erguendo acima dos telhados. Encurralando-os como se fossem paliçadas, ou as lanças de algum exército silencioso, mortífero — demarcando as duas extremidades da ilha, e o caminho para a saída. Ela se lembrou de um dos rumores que as mulheres do quarteirão tinham espalhado — *aquelas aves de rapina brancas* — dizendo que o governo estava trazendo a marinha para bombardear a cidade.

— Jesus, você acha que eles virão para nos explodir? — ela perguntou à Deirdre, estremecendo um pouco mesmo no calor, só de pensar. — Você acha que eles seriam capazes de fazer isso, só para não perder a Cidade?

— Não use o nome do Senhor em vão — Deirdre censurou-a. — Mas, não, eles nunca fariam isso. O arcebispo jamais permitiria.

Por toda a volta delas, Ruth via os incêndios irrompendo subitamente, através das janelas e até pelos tetos das casas. Aqui e ali, ao longo das ruas escuras, ela via também minúsculas luzes individuais. Movendo-se juntas, o deslocamento como de insetos luminosos, de um grupo de revoltosos, de dezenas de grupos com suas tochas. Seguindo precipitadamente por uma rua, depois parando. Esperando, escutando, exatamente da maneira como as baratas pareciam escutar na sua cozinha quando ela acendia uma vela ou as apanhava no meio da noite.

Então os pequenos grupos de luz se separavam, como fagulhas na fogueira. Ou se desviavam repentinamente para outra direção, ou desapareciam numa esquina. Acompanhados pelos gritos e vivas, desaparecendo na noite — fazendo com que ela se perguntasse o que, afinal, eles estariam procurando.

Algo mais para pilhar, para destruir? Algum pobre ianque ou negro acuado? O meu Billy?

Ruth estremeceu e ergueu os olhos novamente, olhando agora na direção do norte da ilha, tanto quanto conseguia avistar. Isso a fez se lembrar da noite em que ficara observando Billy, sem ser vista, na colina acima da Vila Sêneca, as centenas de janelas minúsculas e iluminadas lá embaixo.

Porém, o humanitarismo — a ordem e a cordialidade — agora havia desaparecido. Extinguido em favor daqueles insetos malignos, reluzentes, que se espalhavam à vontade. O universo humano desaparecido, revertido ao mundo frio e arbitrário que ela conhecera no convés do navio no mar encrespado. *A besta retornou, imensuravelmente bela, e fria, e sem sentido.*

— Não se preocupe. Nada dura por muito tempo.

Ruth sentiu o braço de Deirdre em volta dos seus ombros, puxando-a para si, e deixou-se ser abraçada.

— Não nesta Cidade. Ela irá se consumir pelo fogo. Isso sempre acontece.

— Sim.

— Tudo estará terminado amanhã, com certeza. O arcebispo certamente está fazendo tudo o que pode.

— Sim.

Ela queria que Billy voltasse, agora mesmo, para sentar ao seu lado ali na cobertura. Ela o queria consigo, mesmo se ele não pudesse deter a turba. Apenas para saber que ele estava bem, e para que ele a abraçasse, para que a tocasse uma vez mais. Para que ele soubesse que ela estava sozinha, observando a besta.

Houve um movimento na escuridão, ao longo do telhado, onde ficava o alçapão. As duas se encolheram ao mesmo tempo — embora soubessem que era impossível. Não acontecera nenhum tumulto na rua, não havia como nem mesmo *ele* ter subido ali, sem ser ouvido, através da casa inteira trancada. Mas lá estava, a porta do alçapão se abrindo — e Maddy saindo. Ela parou, parecendo tão surpresa quanto as duas, depois se aproximou delas timidamente.

— Eu subi para fumar um cigarro — ela disse, mostrando o cigarro enrolado num pedaço de jornal como se estivesse se justificando. Olhando para Deirdre com um ar submisso, pedindo permissão.

— Ora, eu acho, por que não...?

Maddy sorriu — um sorriso inesperado, uma explosão de entusiasmo quase infantil inundando seu rosto — e acendeu o cigarro com um fósforo de fricção. Um repentino clarão se inflamou, antes de diminuir a uma chama vermelha e brilhante na extremidade do cigarro — mais um brilho como os outros ao acaso, iluminando o que restara da Cidade abaixo delas.

Maddy tragou o cigarro placidamente — tão diferente da fera selvagem que tinham arrastado para fora da rua naquela manhã. Depois de muitas outras enlouquecidas e barulhentas tentativas de correr de volta para a rua, ou de recuperar sua arma, ela acabara dormindo quase o dia inteiro no sofá. E quando Deirdre a pusera para trabalhar ela se arrastara sonolenta pela casa, porém não mais protestando nem se recusando. Durante o jantar ela ficara o tempo todo em silêncio, mas devorara todo o prato de batatas com carne de porco salgada, com a mesma dedicação com que comera o ensopado no almoço.

— É gostoso aqui em cima — ela disse agora. — Está mais fresco. Eu nunca subi no telhado da minha casa. Bem, é claro, ele é feito de telhas.

Ela se inclinou para a frente, olhando com elas na direção norte.

— Olhem só, tudo o que a gente consegue ver...

— É.

Maddy ofereceu-lhes o cigarro. Deirdre balançou a cabeça, recusando — mas Ruth o aceitou e deu uma tragada longa, profunda. Esperando que Deirdre não a julgasse mal por isso, mas incapaz de resistir. Era a primeira vez que fumava depois de muito tempo, exceto pelas tragadas ocasionais no cachimbo de Billy, e ela desfrutou o sabor penetrando nos pulmões e na cabeça.

— Eu gostaria que Billy estivesse aqui — ela disse, sem querer. — Gostaria que ele estivesse aqui agora mesmo.

— E eu gostaria que Tom estivesse aqui — Deirdre falou, para surpresa de Ruth.

— Ah, eu também. Também queria que ele estivesse aqui.

Deirdre olhou para a Cidade, fazendo o sinal da cruz enquanto falava.

— Eu daria tudo para que Jesus o mantivesse seguro, que o acolhesse em Sua infinita misericórdia.

Olhou para Ruth, então — os olhos sombrios na pouca e fraca luz que havia, a maior parte vindo dos incêndios que devastavam a Cidade. Sua beleza enevoada, ali no escuro, os lindos olhos castanhos não mais imitando a cor dos cabelos.

— Tenho certeza de que Ele irá... — Ruth tentou tranqüilizá-la, mas Deirdre ignorou seu consolo.

— Fui eu quem o mandou para lá. Isso é o pior. Não é como você com o seu Billy, que os santos o protejam. Você não o empurrou para lá, como eu fiz com Tom. Eu o mandei para a guerra, e qualquer coisa que acontecer com ele agora será por minha culpa.

— Mas claro que Tom queria ir, no final — Ruth falou. — Certamente ele concluiu que era seu dever...

— Não. Eu conheço Tom — Deirdre falou num tom peremptório, e Ruth teve de admitir que ela estava certa. — Ele jamais iria para a guerra por conta própria, não a uma guerra que está sendo travada a oitocentos quilômetros daqui. Mas *eu* li sobre isso nos jornais e disse a ele que era o seu dever. E então ele foi.

— O meu Billy *quer* ir para a guerra.

— Ora, é só da boca para fora — Maddy falou, surpreendendo-as pela segunda vez.

Elas quase tinham se esquecido da sua presença, ela estivera tão quieta — sentada ao lado delas ali na cobertura, novamente com as pernas dobradas sob o corpo, como uma criança.

— É só da boca para fora — ele repetiu. — Os homens falam todo tipo de coisas que não pretendem fazer. Pode acreditar em mim, nenhum homem quer ir para a guerra.

— Por que eles fazem isso, então? — Ruth perguntou. — Não, não, olhe só para todos eles, lá embaixo.

Ela fez um gesto indicando os insetos luminosos, disparando aqui e ali através das ruas.

— Tem muitos deles que gostam de uma guerra, é verdade. Até mesmo Billy. Talvez eles não gostem do que acontece, ou de como termina, mas gostam bastante. Gostam de ir para a guerra deles. É uma chance de voltar.

— Eu posso suportar a idéia de ele voltar para casa de muletas — disse Deirdre. — Seria uma coisa difícil, mas pelo menos isso eu suportaria. Seria o meu castigo, e eu o aceitaria e rezaria a Deus pela Sua misericórdia todos os dias, apenas para tê-lo de volta...

— Ah, não, mas isso não vai acontecer...

— Mas pensar que ele está morto! Pensar nele morrendo da *tamh* num daqueles hospitais, com todas as pobres almas sofredoras à sua volta! Ah, não... Não sei se conseguiria suportar uma coisa dessas.

— É só uma perna, Deirdre, foi só isso que o jornal disse. Não disse que ele vai ser dispensado, nem nada assim. Não disse mais nada, exceto que ele está vivo.

— É.

— Afinal, ele sobreviveu ao tiro no peito, e aquilo foi *grave*, você mesma disse.

— Sim, é verdade.

Elas ficaram em silêncio por um momento, escutando o bacanal que se desenrolava lá embaixo. Os gritos selvagens, os súbitos e assustadores disparos de mosquetes e pistolas — até mesmo uma ou duas saraivadas coordenadas fazendo-as pular de susto.

Maddy acabou o cigarro e se recostou apoiada nos cotovelos. Depois descansou a cabeça no colo de Deirdre, exatamente como uma criança, e Deirdre deixou que ela ficasse ali — afagando lentamente seus cabelos embaraçados, como faria com um dos seus filhos. Ruth inclinou-se para mais perto, até que as três estivessem coladas ali, mesmo naquele calor. Escutando os sons da selvageria minguando aos poucos, vendo as luzes das tochas se apagarem uma depois da outra.

— E quanto a você, Maddy? — Ruth perguntou. — Também queria que o seu homem estivesse aqui?

Maddy fez uma expressão de desprezo.

— Não há chance de me livrar dele. Provavelmente está lá embaixo tocando a minha sineta nesse exato momento.

Subitamente surgiu uma luz no mesmo nível que elas — uma lamparina, tremeluzindo pela cobertura de um dos prédios atrás delas, no outro lado do terreno dos fundos. *Do alto da casa dos judeus*, Ruth deu-se conta.

— Olá! Vocês, aí! — uma voz chamou baixinho através da escuridão.

Elas se levantaram abruptamente.

— Em que posso ajudá-la, sra. Mendelssohn? — Deirdre perguntou, suas vozes parecendo terrivelmente altas, agora, na noite que silenciava.

— O que vocês vão fazer? Se eles vierem amanhã?

— Rezar a Jesus em Sua misericórdia para que eles não venham.

— Sem querer desrespeitar, mas não é com Jesus que eu estou preocupada.

Estreitando os olhos na escuridão, Ruth conseguiu divisar a silhueta da sra. Mendelssohn inclinando-se por cima da lamparina, com um xale nos ombros. Parada ao lado dela estava a filha — Sarah, se Ruth não estivesse enganada. *Tem um rosto lindo, mas há algo de errado com suas pernas...*

— E se os arruaceiros vierem?

— Se vierem, não creio que estarão interessados em gente como nós, sra. Mendelssohn.

— Mas e quanto aos outros? As pessoas de cor, e as outras. Ou se quiserem apenas saquear nossas casas?

— Não acredito que vão chegar a esse ponto...

— Mas, se chegarem. Vocês podem vir para cá, vocês sabem. Se conseguirem fugir pelos fundos, venham direto para cá. Nós vamos acolhê-las... e qualquer outra pessoa que vocês conheçam.

— Obrigada, sra. Mendelssohn, é muita bondade sua. E o mesmo serve para a senhora. Se eles chegarem no seu quarteirão primeiro, a nossa casa está sempre aberta para vocês.

— Obrigada — a sra. Mendelssohn falou, soando aliviada e bastante satisfeita. — Obrigada, de coração. E lembrem-se, venham para cá!

Ela e a filha se viraram e a pequena luz avermelhada da lamparina desapareceu, voltando para dentro.

— Você acha que eles irão atrás dos judeus, hein? — Ruth perguntou. — Se chegar a esse ponto?

— Não sei — Deirdre falou com sinceridade. — Não sei o que eles vão fazer, ou o que eles querem. Não sei o que eles pensam que estão fazendo agora.

— Estão fazendo o que os homens sempre fazem. Estão descontando nas outras pessoas — Maddy falou sonolenta do seu lugar no colo de Deirdre, e Ruth sentiu um aperto de inveja, desejando que ela própria pudesse estar ali, sentindo a mão tranqüilizadora de Deirdre na sua testa e nos seus cabelos.

— Mas por quanto tempo?

— Até se cansarem disso. Até que fiquem sóbrios ou amedrontados o bastante para desistir.

— E quando isso vai acontecer?

— Quem sabe? Ainda há muitos prédios de pé, não é?

— Já chega dessa conversa! — Deirdre censurou-a, mas Maddy apenas bocejou ruidosamente e espreguiçou-se como uma gata.

Seu corpo, ainda coberto apenas pela camisola vermelha, esguio e inconscientemente sensual.

— Só espero que ele esteja bem — Ruth falou com veemência. — Só espero que ele seja esperto o bastante para se esconder. Ele é inteligente. É um homem sensato, quando não está sob o efeito da criatura, quando não está nervoso.

— Ah, sim.

— E eu sei que Tom vai ficar bem.

— Deus permita.

Nas ruas abaixo os insetos luminosos começaram a se apagar pouco a pouco, ou a correr para longe.

— Deus permita que todos os filhos das mulheres fiquem protegidos esta noite.

No colo de Deirdre, Maddy ressonava.

63

DEIRDRE

Lá na cobertura ela afagava os cabelos de Maddy que estava deitada em seu colo. Quase admirada por ver-se aninhando a cabeça da prostituta do quarteirão.

Aquela pobre e desorientada criança. E para onde ela iria, depois de tudo isso? Depois que as harpias lá embaixo acabassem de destruir sua casa?

Ao seu lado Ruth também adormecera, a cabeça recostada em seu ombro. *Quem diria?* Mas lá estava ela, dando abrigo às prostitutas e aos pretos, e simplesmente contente em fazê-lo.

Ela estivera certa, no fim das contas — não era um quarteirão adequado para se viver. Pensando nas mulheres que tinham cercado a casa durante o dia todo, com suas ameaças furiosas. Os rostos selvagens, contorcidos de alegria enquanto atiravam pedras e tijolos.

Apedrejando uma garota! Em sua própria rua! O que aconteceu conosco, então?

Mas seus pensamentos sempre voltavam para Tom. Tentando imaginar onde ele estaria, e se estava bem. Remoendo novamente sobre aquela única linha no jornal — a linha mais recente: *O'Kane, perna.* E antes disso houvera o *peito, grave*, e quantas mais haveria depois disso, mesmo se Jesus ouvisse suas preces e ele conseguisse sobreviver?

Pelo menos agora estamos reconciliados. Pelo menos agora teremos alguma chance de nos encontrar no Paraíso, depois que nós dois confessamos.

No decorrer de todo o inverno depois daquele último — depois do *grave* — ela agonizara de preocupação por ele. Querendo desesperadamente vê-lo, pensando em pegar um trem para Washington e sair à sua procura pelos hospitais até que o encontrasse.

Mas era um risco grande demais. O sarampo e a catapora estavam devastando a Cidade inteira, na época. Ela não podia deixar as crianças e, além disso, não havia dinheiro para tal viagem, de qualquer forma. Então ela lhe enviava toda a comida que conseguia, e passava as noites escrevendo — escrevendo a toda e qualquer pessoa que achasse que poderia ajudá-la. Escreveu para a Comissão Sanitária e para as enfermeiras do hospital; para o Congresso e para o Departamento da Guerra, e para o coronel do regimento de Tom. Esperando e rezando por alguma notícia — por alguma chance de que alguém pudesse saber do seu marido.

E, acima de tudo, ela escrevia a ele todas as noites — uma carta por dia, embora mal pudesse pagar a postagem. Ficando sem o jantar, às vezes, para que pudesse comprar as penas e a tinta, e as velas. Fazendo as crianças escreverem, também, aquelas que já sabiam, fazendo qualquer coisa que pudesse para se certificar de que ele recebesse ao menos uma carta a cada dia, onde quer que estivesse.

Deirdre quase fora à loucura, tentando obter alguma notícia, em primeiro lugar, e querendo saber se ele estava vivo ou não. Sofrendo por todo o transcorrer do Natal, enquanto tentava agradar às crianças e fazer com que tivessem algum tipo de festividade.

Como teria sido bom contar com uma amiga, então, ela pensou, sentindo o peso da cabeça de Ruth em seu ombro. *Como teria sido bom simplesmente não estar sozinha.*

Finalmente ela recebeu uma carta oficial do Departamento da Guerra, no fim de janeiro, informando secamente que seu marido ainda estava inválido no hospital em Bethesda. A nota lançando-a num paroxismo de medo e exultação — feliz ao saber que ele estava vivo, mas atormentada por não saber porque ele ainda estava no hospital.

Somente depois que mais um mês se passou, no meio de fevereiro, ela recebeu as primeiras escassas linhas escritas por ele. *Está tudo bem agora,* escritas com sua letra quase infantil, porém ainda mais vacilantes e incertas do que o normal, como se ele mal tivesse forças para segurar o lápis. *Estou recuperado agora e de volta à minha companhia.* Deirdre pressentiu um traço de ressentimento ainda percorrendo aquelas palavras, lembrando-a de que ainda estava em serviço.

Aos poucos eles foram se entendendo. No decurso daquelas primeiras cartas hesitantes, o daguerreótipo que ele finalmente lhe enviara. Ela própria se intimidava, querendo desesperadamente se confessar, se rebaixar diante dele, mas tinha medo de como ele reagiria.

Para se conhecer, em tantas palavras, para ser casado com uma mulher como ela — como ele aceitaria?

Finalmente ela lhe escreveu:

"Eu sei o que fiz. E me arrependo disso de todo coração, e com toda a minha fé, e me arrependeria também com a minha vida, se soubesse que isso serviria de alguma coisa".

E recebendo a resposta dele, então — ainda cautelosa e insegura, ainda com um toque do antigo ressentimento. Mas lentamente ele também acabou fazendo a confissão, com a morosidade relutante e cheia de orgulho tão própria dos homens. Escrevendo-lhe com aquela letra infantil, *Mas eu queria ir. Essa é a verdade: eu queria ir.*

As palavras ali, a sinceridade, assentando-se entre eles com algo recém-descoberto. A questão ainda não resolvida, o laço ainda frágil, ainda tênue, mas restaurado, ao menos por enquanto — enquanto a guerra prosseguia.

Então viera o jornal novamente, depois de Gettysburg, com o nome dele ali estampado. A coisa toda recomeçando cedo demais.

Se ao menos ela o tivesse visto. Ele deveria ter recebido a licença para se recuperar, mas houve algum engano e ele precisou voltar ao regimento. Então, com Lee se movendo para o norte, todas as regalias tinham sido canceladas. Ele lhe escrevera, e ela ficou contente ao menos por isso. Sem querer que ela pensasse que ele havia passado seu tempo de licença jogando e saindo com prostitutas na Cidade de Washington — fazendo-a saber que queria voltar, que queria estar em casa com ela e a família dele.

Um beijo e um abraço. Eu voltaria para você se pudesse, para todos vocês.

Sabendo ao menos que havia esperança, algo em que depositar sua fé. Então viera Gettysburg e a nova linha no jornal.

O'Kane, perna.

Deirdre ficara atônita quando vira. Pensando que havia encontrado a paz, agora, que depois de ter confessado ela seria perdoada por Deus e por Tom. Mas lá estava — outra batalha, outra desolação. Sabendo que tudo poderia prosseguir indefinidamente, as batalhas, as mortes, sem razão nenhuma. Até que o seu Tom, também, fosse morto.

— Deus não se curva aos nossos desejos, mas nós aos Dele — o padre Knapp lhe dissera, embora Deirdre mal conseguisse fitá-lo nos olhos, agora, por toda a fraqueza que ele devia saber que ela continha dentro de si.

— Mas de que serve este sacrifício, então, padre? De que serve isso para Tom?

— Jesus nos ensina: "Eu exijo misericórdia, não sacrifício." Tudo o que você pode fazer é esperar pela misericórdia Dele, e propagar a nossa própria.

Isso não adiantou muito — e ainda não adiantava. Mas então ela ficou sabendo que seu irmão havia voltado, e os tumultos começaram, e não tivera mais tempo de pensar em nada. Certificando-se de estocar água e comida suficientes, e de manter as crianças longe da rua. Obrigando-se a pensar o que mais precisava ser feito.

Foi então que se lembrou de Ruth. Ainda querendo odiá-la — mas não conseguindo mais. Seu último e residual poço de ódio secando totalmente quando viu o quanto ela estava assustada e indefesa, porém determinada. E então ela viu claramente o propósito de Deus. Que ela poderia aliviar a frieza do seu coração, ainda inconfessada, por aquela mulher que havia destruído o que lhe restara da sua família. O rancor cultivado com tanto cuidado durante todos aqueles anos — mas do qual ela abrira mão facilmente. Satisfeita por finalmente se submeter ao julgamento Dele, purificada das suas culpas como algum teimoso advogado protestante.

Lá embaixo ela viu as últimas luzes desaparecendo — em torno do Cinco Pontos, logo ao sul, e mais no East Side. A Cidade aos poucos ficando escura, e finalmente se aquietando. Imaginando o que fariam, o que ela faria, se eles retornassem de manhã — se os arruaceiros chegassem ao quarteirão.

Fugir pelo terreno dos fundos até a casa dos judeus? Tentar enfrentar os homens, como hoje enfrentara aquelas mulheres tolas? E o que iria fazer com o seu irmão, se ele as encontrasse?

Deirdre não sabia, tudo estava nas mãos de Deus, e até mesmo os seus mais cuidadosos preparativos em nada iriam ajudar com o que poderia se abater sobre eles. Estava apenas satisfeita por ser capaz de fazer alguma coisa — ser capaz de lutar, se fosse necessário, como ele lutava. Satisfeita por ter um dever.

64

MADDY

Estava mais fresco ali na cobertura.

O ar ainda estava quente e havia um cheiro constante de fumaça, mas era melhor ali em cima e, além disso, ela tinha companhia.

Ela deitou no colo de Deirdre, entrando e saindo dos sonhos. Aninhada e afagada, seus olhos abrindo de quando em quando para ver as luzes piscando abaixo. A mão de Deirdre alisando seus cabelos. Envergonhada por saber que estavam sujos e embaraçados, mas feliz por sentir a mão dela, assim mesmo. Contente por sentir qualquer toque humano que não fosse o de agarrá-la e manuseá-la metodicamente.

Seu pai costumava afagar seus cabelos quando ela se deitava na cama, à noite. Ou talvez tivesse sido a sua mãe. Era difícil se lembrar, os dois tinham partido há tanto tempo. Ela quase não tinha qualquer recordação do pai — apenas a sensação de uma presença grande, confiante. A lembrança dele postado na soleira da porta com as mãos nos quadris, rindo de algo que ela fizera.

Maddy nunca entendera o que acontecera de errado com o andaime, lançando-o para baixo de uma altura não muito maior do que aquela onde elas estavam naquela noite. Não era uma queda grande demais, à qual um homem não pudesse sobreviver com uma perna quebrada, uma dor nas costas — um ombro que não funcionasse direito pelo resto da vida. *Ele devia ter perdido o equilíbrio, ter ficado preso nas cordas e caído num ângulo fatal.*

Ela se perguntava desde então se sua mãe tinha sido chamada ao local — para ver o corpo do marido caído ali, o pescoço torcido como o de um homem enforcado. Ela não sabia, a mãe nunca lhe falara sobre isso. A própria Maddy mal conseguia se lembrar daquele dia. Somente que chegara em casa depois da escola e encontrara a mãe sentada numa cadeira, vestida de preto, e que todos os vizinhos apareceram para visitá-las. O velório foi naquela noite — seu pai dentro de uma caixa, as velas acesas aos seus pés. O rosto parecendo cinzento, tendo sido lavado e vestido com as melhores roupas dele pela sua mãe e todas as suas amigas. Maddy o vira pela última vez naquela mesma manhã, seus olhos ainda nublados de sono, quando ele tomava o chá na cozinha antes de sair para o seu trabalho de pintor.

E agora, na disparatada criação de Robinson, ele era um bêbado, um bruto, um cafetão. Vendendo as filhas na rua em troca de álcool, surrando a esposa. Quando, em toda sua vida, ele fora culpado de apenas uma coisa — de ter morrido.

Ah, bem, isso não era o bastante, era?

Sua raiva por aquele dia se assentando num sedimento profundo, lamacento — embora ela ainda se encolhesse e praguejasse consigo mesma quando pensava em como aquelas cadelas poderiam estar saqueando suas coisas. Roubando o que quisessem, e quem poderia detê-las? Meia dúzia de vezes durante o dia ela havia se postado no meio da saleta de Deirdre, procurando sua arma. Determinada a correr pela rua e acertar as coisas, enxotá-las como se fossem um bando de galinhas.

Elas a seguraram todas as vezes, Ruth e Deirdre. Levando-a de volta para o sofá, sentando-a ali com delicadeza, mas também firmeza. Na verdade, ela ficara bem contente por ter sido impedida, muito embora praguejasse e esperneasse contra elas, lutando fracamente sob seus pulsos fortes. Ainda estava desorientada por causa do apedrejamento, do pedaço de tijolo jogado na sua cabeça. Era um ferimento pequeno e Deirdre já fizera um curativo com iodo, mas isso a deixava irritada.

Ela saíra com a sua arma e as mulheres não tinham fugido. Ela saíra e as mulheres tinham apenas rido dela, apedrejando-a como se fosse uma prostituta...

O que ela realmente era. Isso doía mais do que tudo. As mulheres a encaravam como alguém que não prestava, mesmo agora, com a guerra vindo direto para o quarteirão. Elas realmente tencionavam feri-la, ofendê-la. Atirar-lhe pedras na rua e roubar seus pertences, exatamente como fariam com as mulheres de outras raças, ou com a família de Ruth...

Maddy não conseguia entender por que Deirdre as enfrentara, embora fosse grata por isso. Durante o jantar ela se sentara à mesa com todos os outros. As crianças das duas famílias amontoadas na mesa como se fosse véspera de Natal. Deirdre e Ruth, e o filho de Ruth, aquele lindo garoto negro, servindo a comida e cuidando de tudo.

E ela, Maddy, também espremida na mesa. Sentada entre as duas filhas mais velhas de Deirdre. Ela havia sido colocada ali como se fosse mais um membro da família, sentada e servida com todos os outros. Todos os preparativos e acompanhamentos de uma família, exceto que esta não era realmente a sua.

A refeição clareara a sua cabeça, pela primeira vez em dias.

— Está sentindo a falta dele, hein, Maddy?

Ruth muito próxima, logo acima dela. Maddy abriu os olhos e viu-a recostada no ombro de Deirdre. Seu rosto mais suave na luz alaranjada refletida no céu do que ela jamais havia visto antes.

— Quem? — ela perguntou, embora soubesse exatamente a quem Ruth se referia, tendo feito uma exibição, fingindo que ele estava lá embaixo correndo atrás dela.

— Você não devia encorajá-la a sentir falta de um homem como aquele — Deirdre advertiu-a, mas Ruth não lhe deu atenção.

— Você sabe onde ele está? Não acha ruim que ele não tenha aparecido esta noite?

— Não, ele não — Maddy falou com sinceridade.

Em vez disso, ela estava pensando no andaime que desabara, no homem que caíra para a morte assim, sem mais nem menos. Isso havia mudado tudo, mas ela fizera o melhor que pôde, ela e sua mãe. Maddy jamais inventara quaisquer desculpas para isso.

— Tudo bem, então — Deirdre falou, interpretando-a erroneamente. — Não há necessidade de sentir falta de tipos como *aquele*.

Não — não quando havia tantos outros canalhas ainda por vir.

Durante o dia inteiro, ela sabia, estivera aguardando, esperando que o seu amante voltasse de alguma forma, e cumprisse sua promessa. Disposta a perdoá-lo, apesar de tudo o que ele fizera à sua família no livro que escrevera — apesar de toda a sua nulidade. Apenas com fé e esperança de que ele conseguisse vê-la pelo que ela era — alguém a quem retornar — em vez da maneira como ele queria vê-la, como a sua Escrava Branca, a modelo do artista.

Porém, não precisava nem mesmo dele, no final. Se ele não quisesse voltar, era bom que ela soubesse disso de uma vez por todas. Ela sempre seguira em frente, desde que o andaime cedera. E sempre seguiria. *Estava mais fresco ali na cobertura.* O colo de Deirdre tão confortável sob a sua cabeça. Quase como uma família.

Maddy disse a si mesma que nada disso importava — as mulheres na rua, o capitão dos bombeiros com suas ameaças de acabar com ela. Robinson e seus joguinhos. Deixando que tudo sumisse para longe dela juntamente com a noite. Todas as suas coisas, e seu amor por ele, e todas as marcas e os insultos e os ultrajes ainda não resolvidos. Todas as mãos dos homens sobre o seu corpo.

Ela tentou pensar apenas na árvore, bem ao lado da janela da cozinha na casa em St. John's Park, os três sentados comendo o jantar numa noite de verão. Insistindo que nada mais importava — e que nada disso jamais seria vingado, e que ele jamais a veria como ela era, e que seu pai e sua mãe seriam deixados em paz, que Deus guardasse suas almas.

Somente aquela voz baixa, inquieta dentro dela. Sabendo que importava, sim, para ela, tanto quanto desejava que não importasse. Insistindo, enquanto espiralava para dentro do sono: É mentira, É mentira, É mentira...

65

FINN McCOOL

Ele ficou parado na rua, impotente. Sem saber o que fazer, observando horrorizado enquanto a turba torturava O'Brien.

Um oficial, nada menos que isso. E irlandês, também.

Ele estava perplexo com tudo o que via à sua volta, agora. Os rostos bêbados, avermelhados. Invadindo casas, quebrando e queimando tudo o que estava à vista.

Até mesmo a máquina, a própria Black Joke. Destruída para além de qualquer conserto e jogada numa vala como se fosse lixo.

Até os próprios homens — entrando em bandos em qualquer casa que pudessem saquear, como se fossem assassinos. E aqueles que permaneceram leais, que seguiram suas ordens e tentaram apagar os incêndios, tinham apenas visto a sua autoridade ser subvertida. A máquina destruída, as mangueiras cortadas. A água, o sangue vital da Cidade, jorrando inutilmente nos esgotos.

Os homens tinham esperado as suas ordens, como sempre — mas então, vendo-o derrotado, foram embora. De volta para suas casas, suas esposas e filhos — ou para ver o que eles mesmos poderiam saquear.

Tudo, fora do seu controle.

Ficou ali perto dos alpendres, as mãos nos bolsos. Assistindo O'Brien se contorcer de dor à sua frente. Homens, mulheres e até moças, agora rindo enquanto o cortavam em pedaços.

Haveria um preço a pagar por isso, ele tinha certeza. *E como tudo seria reconstruído?* Como teriam qualquer organização novamente, no lugar daquela turba inútil de chacais? Teria de haver algum meio — alguma maneira de retornar à frente da multidão outra vez. Alguma forma de entregar a eles o que queriam, sem destruir a maldita cidade inteira...

Ele pensou naquele marujo no Beco Paraíso, na outra noite. Aquele que rira na sua cara e o deixara na rua depois de bater a porta.

Eles iriam gostar bastante daquilo. E o que ela era? Somente uma prostituta. Não seria a casa nem a propriedade de ninguém...

Endireitou o corpo, um plano começando a se esboçar na sua mente. *Esta era a solução.* Guiá-los para onde queriam ir, sem provocar alguma luta com o exército ou a polícia, uma batalha que estariam destinados a perder. *Apenas lhes dê o que desejam.*

Finn reparou no repórter no outro lado da rua — o funcionário de Greeley, aquele maldito Robinson. Agora ele parecia tão enojado quanto o próprio Finn, observando-os torturar o pobre O'Brien. *Bem, ele tentou alertá-lo.* Um repórter, no entanto, não era nada bom. Observando tudo, anotando tudo para mais tarde...

Para sua consternação, viu que Robinson se virou e também reparou na sua presença. Até começou a atravessar a rua indo na sua direção, antes que Finn tivesse tempo de se afastar e se esconder atrás dos seus *b'hoys.*

Agora Robinson o avistara. E veria, também, o quão pouco poder ele exercia ali — o que era ainda pior do que se fosse culpado por liderar todo o tumulto.

Aquela era a primeira tarefa. Tinham de arrancar os olhos do inimigo — dos Greeleys e dos Republicanos. Tinham de proteger o povo dos crimes deles.

Ele lançou um olhar para Robinson, tentando alertá-lo novamente — o repórter encarando-o com uma expressão atônita. *Quantos avisos o sujeito iria esperar?* Finn voltou-se para os seus brutamontes, apontando para o repórter.

— *Olhem ali* — ele lhes disse, já começando a gritar. — *Aquele não parece um espião da polícia? Ou de Greeley?*

Ele fez todo o possível para não rir, quando viu Robinson debandar em desespero. Tentando não olhar muito para O'Brien que, de qualquer forma, já estava quase morto, o pobre homem. *Seu corpo poderia ser atirado em algum lugar onde jamais seria encontrado. Todo aquele crime transformado em apenas um rumor.*

Ele deu um empurrão nos seus brutamontes, tentando reavivar a autoconfiança. Havia coisas que precisavam ser feitas e seria ele quem as faria, um líder de homens. Esfregou as mãos, pensando novamente naquela maldita rameira do Beco Paraíso...

66

HERBERT WILLIS ROBINSON

Acocorado atrás da máquina de limpeza de ruas, eu solto a torneira do seu barril de água como um fazendeiro ordenhando uma vaca. Bebendo sofregamente o pouco da água que restou. Jogando mais nas minhas mãos, esfregando meu rosto com elas. (Sem sombra de dúvida, é a primeira vez que esta máquina realmente limpou alguma coisa.)

Mantendo os olhos fixos na esquina às escuras, no bar, no outro lado da Ninth Avenue. Prestando atenção ao barulho dos passos — aqueles que me perseguiram até aqui. Tentando ouvir a aproximação *dele*, aquele monstro do parque...

Do meu esconderijo consigo observar todos os exércitos de ignorantes que desfilam de um lado para o outro através da noite, suas tochas erguidas no alto. Ainda determinados a cometer algum original ato de destruição, alguma pilhagem mais fresca.

Não é uma tarefa fácil. A Cidade é um esqueleto descarnado, mas os vermes continuam nas ruas.

Tudo o que quero é voltar para casa — voltar para Maddy, agora. *Como eu a decepcionei.* Mas não me atrevo a me mexer — com medo da Cidade, do zunido da turba que ainda permanece. Nada posso fazer além de ficar aqui abaixado, segurando minha arma. Os passos que me seguiram já desapareceram.

Mas ainda não tenho como saber se *ele* está por aí em algum lugar, logo na esquina, *esperando.*

E o que há para se relatar em tudo isso? Qual é a *notícia*? As depredações dos homens? Aquelas crueldades impensáveis, repetidas interminavelmente?

Escondido atrás de um limpador de ruas, eu espero de tocaia por outro homem.

Agora, no outro lado da Ninth Avenue eu vejo um homem branco e grandalhão — um pedreiro ou carroceiro, seu corpo volumoso parcialmente oculto sob os beirais de uma taverna. Quando um negro passa, o homem corre atrás dele e o derruba no chão, agarrando-o e mordendo-o como um animal. O homem negro lutando com ele desesperadamente, até que afinal consegue empurrá-lo para longe e sai correndo para salvar a vida, o pedreiro disparando ofegante atrás dele. O homem arranca com uma mordida parte de uma orelha e da face do negro, antes que ele consiga se libertar — cambaleando pela rua abaixo, soluçando de medo e dor. O homem branco gritando às suas costas:

— *Preto! Preto sujo! Preto! Ah, acho bom que não botem nenhum preto sujo para trabalhar!*

O pugilista grandalhão finalmente fica em silêncio, caído de bruços por um momento ali onde está, no meio da rua. Então ele se levanta e volta para as sombras da taverna. Esperando para atacar o próximo negro que por acaso se aproximar.

Eu quero a minha Maddy. Quero voltar para ela, tê-la junto de mim — até mesmo para levá-la para a minha casa.

Sei que deveria ir buscá-la, protegê-la, só Deus sabe o que ela deve estar passando. Mas não posso. A noite rasteja por cima de mim, profunda nas horas da meia-noite, mas não consigo sair daqui, voltar para aquela *Cidade* desprezível. Minhas pernas estão paralisadas sob o meu corpo. Não consigo fazer mais nada exceto me esconder atrás deste enorme balde quebrado.

Eu vi a multidão, e a desprezo. Estou aterrorizado por ela. Sabendo que ainda irei testemunhá-la, escrever sobre ela, com uma compulsão de alcoólatra. Mas não serei levado à ela, por nada nem ninguém — nem mesmo Maddy. Quero apenas ficar escondido do zunido dissonante, do zumbido terrível e sem sentido da humanidade em massa.

Não serei parte disso.

67

JOHNNY DOLAN

Devia ter sido Ruth que o entregou. A sua mulher.

Ele disse a si mesmo, agora, que estava seguro disso. Descobrindo a verdade enquanto continuava cambaleando em volta da cidade com as turmas de arruaceiros. A placa de madeira ainda no seu peito, e ainda sem nenhuma idéia de como iria encontrá-la...

E o que era pior, tinha certeza de que notara que as multidões começavam a decrescer. Sumindo para longe com os produtos das pilhagens. Ainda gritando embriagados os seus ridículos chamados à revolta — porém ninguém mais aparecia.

— Vendidos! Por trezentos dólares, quando um preto vale mil!

E por que não? Trezentos dólares era um bom preço para um homem — mais do que qualquer um deles valia. E sem dúvida qualquer preto era capaz de trabalhar mais e melhor.

Mas antes que todos desaparecessem — antes que a polícia e os soldados acabassem com eles — Dolan precisava encontrar Ruth. Mas como? Ele vagou para longe dos arruaceiros, tentando decidir o que faria. Andando até se encontrar perto de um rio — qual deles, nem fazia idéia. Atento apenas ao sol vermelho-sangue que pairava acima da água.

Deve ter sido ela.

Somente Ruth poderia ter percebido o quanto ele estava agitado, quando voltara para o barraco em Pigtown naquela noite. Ele deveria ter saído da Cidade imediatamente, só agora se dava conta. Em vez disso, perdera o controle e correra de volta para ela, para sua casa.

Ela não era das mais espertas, mas percebia as coisas. As mulheres sempre percebem. Ele achou que ficaria bem, no fim das contas, ela nem sabia ler os jornais que a mandava comprar. Mas sem dúvida foi espiar nas suas coisas enquanto ele dormia — e escutado os falatórios sobre o assassinato nas conversas na rua.

Ele nunca deveria tê-la deixado sair, nem mesmo para comprar comida. Melhor ainda, deveria ter lhe esmagado a cabeça no instante em que passou pela porta...

Mas, em vez disso, ele ficou parado em casa. Nervoso demais para esticar a cabeça para fora da porta por mais do que uns poucos minutos de cada vez. Temendo até mesmo pegar os produtos do seu roubo — o belo relógio de corrente, a linda bengala com a cabeça de cachorro — e levá-lo para um receptador ou uma casa de penhores, com medo de que os objetos fossem reconhecidos. Temendo que algum dos seus velhos companheiros das gangues do rio, os Break o'Day Boys ou os Swamp Angels, ficassem sabendo do crime e o vendessem por um níquel, apenas por suspeitar dele.

Dolan sabia que deveria ir embora. Fugir para Jersey, para Providence ou mesmo para Boston, assim que tivesse uma chance. Mas não conseguia, com medo de que, se estivessem à sua procura, ele certamente seria apanhado tentando sair da Cidade. Reconhecido por alguém no meio de uma multidão...

Então ele ficou parado e esperando. Bebendo demais, enevoando o raciocínio, hora após hora. Até que eles fizeram toda a armação, atraindo-o para fora de casa com a desculpa perfeita.

Dizendo a ele que seu irmão ainda estava vivo. Por Deus, aquilo foi mesmo uma sujeira. Eles mereciam morrer somente por isso, se não fosse por mais nada. E como ele foi acreditar numa coisa dessas?

Mas, então, ele já havia passado quase duas semanas fechado no barraco. Esgueirando-se todas as noites, quando achava que ela estava dormindo, para admirar o olho do Velho Noe, ainda envolto pelo seu arrancador de olho. Tentando enxergar no fundo dele, tendo ouvido dizer que o olho de um morto continha a última imagem que havia visto.

Dolan sempre duvidara disso, calculando que, se fosse assim, todos os assassinatos do mundo seriam solucionados — e, por certo, não conseguia ver nada, não importava o quando olhasse. A órbita fitando-o de volta, escura e neutra e perfeitamente objetiva. Fazendo-o se esquecer de tudo o mais...

A caixa.

Dolan se lembrara dela, então, retirando a cobertura da caixa de maravilhas rachada e quase destruída. Puxando seu manto negro para ver ali dentro o mesmo olho — ou quase o mesmo. O olho de um gigante. Foi assim que o tocador de realejo o descrevera, embora, na verdade não parecesse nem tão grande quanto o olho de um homem normal, agora que ele tinha um exemplar bem à sua frente. Aquilo que ele havia admirado por tantas noites, na estrada e no ventre do navio — aquele único olho por trás do vidro, fitando-o de dentro do seu próprio mundo perfeito. Sempre o rastreando, impiedoso e imóvel.

No entanto, ele percebeu que nem mesmo era um olho de verdade. Pois, ao contrário do que acontecia com o olho de Noe, neste ele podia ver, bem no fundo dentro da íris, uma imagem minúscula, oscilante — a imagem de si mesmo no vidro artisticamente pintado. Olhando para o seu próprio ser, desfigurado e atemorizado. A imagem de um assassino.

E, depois disso, ele optara por acreditar neles. Depois disso ele cedera, permitindo que o enganassem, que o levassem para aquele barco. *Para ver seu irmão. Partir para o mar, para o seu irmão...*

Era o mesmo que ter acreditado que eles o estariam levando para o Paraíso. Entretanto, tinham sido somente Tom, e aquele negro de Ruth, cujo nome ele nem mesmo sabia, no barco. Atirando o saco de lona por cima do seu chapéu, surrando-o como se fosse um coelho. Quando finalmente voltou a si os seus raptores já tinham passado há muito por Seagate, e quando ele lutou e se debateu, eles enfiaram novamente o saco em sua cabeça e o surraram até que perdesse os sentidos outra vez.

O navio era um balde de vermes, ainda pior do que o Birmingham. Reparado apenas o suficiente para chegar ao Panamá, com uma carga de pás, picaretas, peneiras de mineração, calças de lona e sacos de farinha. Ouro puro — para ser vendida com um lucro de mil por cento para os mineiros. Seus novos patrões o obrigavam a trabalhar como um condenado, prendendo-o nos porões sempre que chegavam a um novo porto. Ele ficara doente o tempo todo, a viagem quase tão ruim quanto a travessia do Atlântico, e quando se recusava a trabalhar eles o chicoteavam até que chegasse a milímetros da morte.

Ele pensara em tentar pular para fora do navio, quando afinal chegaram no Panamá. Mas ainda não tinha dinheiro e, por toda a sua volta, nas docas em

Colon, ele via os homens tombando como moscas por causa da malária, caídos de cara na lama. Decidiu prosseguir a viagem até São Francisco, onde tinham prometido finalmente lhe entregar o pagamento.

E então, quando subiram pela costa para a Califórnia, ele quase se esqueceu de tudo e até sentiu prazer em navegar. O clima era quente e ele adquirira um pouco de habilidade náutica pela escassez do que fazer. Aprendendo as posições das estrelas e a navegar por elas. Até mesmo se encontrou pensando que talvez pudesse voltar no mesmo navio, depois que tivesse seu dinheiro.

Ele ainda não os perdoara. Ainda queria o que lhe era devido, sua mulher e seu tesouro. Porém lhe ocorreu que poderia simplesmente continuar navegando. Os marinheiros falavam sobre como eram os Mares do Sul, e a China, e as Índias Ocidentais...

E o que ele seria quando chegasse em tais lugares? Algo diferente — sem passado.

Mas então eles ancoraram em São Francisco e, na manhã seguinte, ele acordou e viu que o navio estava deserto. Todos os outros, o capitão e a tripulação inteira do navio, tinham partido para as minas de ouro sem nem sequer avisá-lo. A carga também desaparecida — o navio apenas mais um na floresta que agora preenchia totalmente o porto. Eram tantas as embarcações abandonadas, presas pelas âncoras — as tripulações tendo partido em busca das suas próprias fortunas — que ele conseguiu chegar até a terra firme pulando de um convés para o outro.

Mas o ouro não era para ele, Dolan tinha certeza de que se tratava de um embuste para os caipiras. Durante todo o dia seguinte e metade do outro ele ficou vagando pelo embarcadouro, tentando descobrir o que fazer. *Como voltar, ou ir a outros lugares, ele ainda não decidira.* Como fazer qualquer coisa para ganhar um pouco de dinheiro de verdade, e não poeira de ouro...

Foi então que entrou no salão de bilhar na Montgomery Street. Sem ter nenhum plano definido em mente, nunca tivera muita aptidão para aquele jogo. *Este foi o problema. Ele era apenas aquilo — o otário, esperando para ser apanhado.* Houve uma discussão, um tiro foi disparado por causa de alguma coisa que ele ainda nem sabia o que era. Mas quando deu por si estava sendo empurrado para diante de um juiz, depois despachado para uma penitenciária, de onde havia sido suficientemente estúpido para tentar fugir...

Dolan se arrastou de um lado para outro do cintilante rio vermelho, ainda incerto sobre o que iria fazer. Andando de volta cegamente pelo lusco-fusco — ignorando as pequenas guerras que eram travadas por toda sua volta, de um quarteirão a outro.

Escutou um barulho — um som rascante, gutural, semelhante a algo que um cão poderia emitir em sua agonia de morte. Ele chegara a mais uma baderna, as pessoas reunidas em torno de algum novo divertimento e, se aproximando para investigar, viu que havia um oficial do exército estendido sobre o calçamento. O corpo do homem torturado quase até a morte, mas ainda vivo. O rosto devastado pelas pedradas e pauladas, as pernas e braços cortados e queimados com óleo...

O mesmo oficial que ele havia golpeado.

Dolan percebeu que havia andado num círculo, voltando exatamente para o lugar de onde saíra. *Eles deviam estar atormentando aquele homem durante horas*, pensou. Alguns ainda enchendo-o de chutes, outros segurando um padre que tentava removê-lo para dentro. As mulheres zombando dele, contando anedotas indecentes. As crianças da rua correndo para cima do homem, cortando-o com facas ou tesouras, depois gritando deliciadas e disparando novamente.

O oficial, por sua vez, estava incapaz de falar ou sequer se mexer sob seus golpes. No entanto, gemia e estremecia de quando em quando, ainda vivo.

Era tão difícil morrer.

Dolan se lembrou de um homem que certa vez ele salvara de um incêndio, no auge do inverno. Nem tivera a intenção de socorrê-lo, mas quando percebeu estava correndo para dentro do prédio em chamas, com um machado na mão. Derrubando uma escadaria vacilante até que o encontrou, preso sob uma viga.

O sujeito era tão escuro quanto um ás de espadas. Um marinheiro, tão negro quanto aquele preto no barco, na noite em que ele foi raptado. No entanto, Dolan o soltara, sem um momento de hesitação. Arriscando a própria vida, as vidas dos outros bombeiros, para salvá-lo. Carregando-o para fora do prédio um pouco antes que este desabasse por cima de todos eles.

Todos os homens da companhia de bombeiros ficaram admirados pelo fato de ele ter feito tal coisa. Ele também ficara admirado consigo mesmo. Simplesmente quisera soltar o sujeito, isso era tudo...

Agora, olhou para o corpo do oficial que se contorcia, e tocou a faca que estava em seu bolso. Seria necessário apenas uma rápida arremetida e ele estaria acabado. Mesmo que os outros protestassem e fizessem o diabo, ele os enfrentaria. Depois poderia ir embora. Refazer seus passos de volta para o rio, talvez. *Mergulhar nele e deixar que o cobrisse. Dar o fora dessa maldita ilha, de uma vez por todas...*

Começou a abrir caminho aos empurrões através da multidão. Apertando a faca no bolso, pronto para atacar — quando, bem à sua frente, o oficial gemeu mais uma vez e morreu. Acabado, rápido assim. A multidão agora permitindo que o padre passasse — as pessoas baixando as cabeças, instantaneamente dóceis como carneirinhos na frente dele. O padre ordenou que levassem o corpo para uma das casas, e eles obedeceram. Seis homens carregando humildemente o corpo do oficial, agora o tratando quase com delicadeza.

Dolan começou a se afastar com o restante dos arruaceiros. Fervilhando de inveja do oficial morto.

Ele próprio já estava morto. Era disso que estava sempre se esquecendo.

Ele tinha sido empurrado para fora da torre negra, caído na cova coberta de cal, mas se levantara. Ele andara desamparado pelas estradas, sem nada para comer em dez condados, mas conseguira sair. Ele ficara preso no fundo daquele navio, sem uma gota de água decente para beber, e depois navegara até a Califórnia, mas havia sobrevivido. Ele voltara, e fizera tanto esforço para viver novamente, apenas para desaparecer agora sem reclamar o que lhe pertencia.

Sua mulher. Seu tesouro, e sua mulher.

Ela era sua, tão certo como se tivessem publicado os proclamas. Ele salvara a vida dela lá naquele vilarejo, com os cachorros prontos para devorá-la. Sabia que ela se ressentia dele, a maneira como a tomara para seu próprio prazer, simplesmente se empurrando para dentro dela. E como a havia tratado desde então, voltando para casa com o sangue latejando em suas veias, e em seus punhos.

Ela podia se ressentir o quanto quisesse, mas ainda era sua. Ele a tirara daquela maldita ilha, não tirara? E a levara para a Amerikay. Ela apenas pensava que sabia o que ele fizera para sobreviver. Tivera bastante sorte de ter chegado ali já quase no final, quando o bando de cachorros vagabundos apareceu.

Ele ainda precisava encontrá-la. Mesmo agora que a turba já destruíra quase tudo, ela ainda não aparecera — nem ela, nem o seu amante preto. A resposta derramou-se sobre ele como uma revelação, deixando-o ainda mais furioso por não ter percebido antes.

Deirdre. Ela deveria saber onde estava Ruth, se é que ela e o marido ainda moravam na Cidade. *Onde era mesmo que eles moravam? Aquela casinha mirrada, da qual se orgulhava tanto?* Era em algum lugar no Quarto Distrito, perto do rio. Os nomes retornando a ele, agora, com o jorro cumulativo da memória. Uma ruazinha, no Beco Paraíso...

Deirdre iria saber onde sua mulher estava — se ela mesma ainda estivesse ali. Mas ele não podia imaginar que não estaria, não com o apego que tinha por aquela casa...

Começou a caminhar para o sul, se arrastando na direção do embarcadouro. A mão ainda cerrada em volta da faca em seu bolso. Indo buscar o que era seu. *Indo soltar as amarras.*

TERCEIRO DIA

Quarta-feira
15 de julho de 1863

É uma coisa régia...
... cidade...

"A RUÍNA"

68

HERBERT WILLIS ROBINSON

O terceiro dia. Oito da manhã.

Os porcos voltaram para as ruas. Sem dúvida já discerniram, com sua esperteza rápida, animalesca, que o pior já passara. Eles andam por toda parte pé ante pé, fartando-se nos novos montes de lixo que apodrecem pelas ruas.

No meio deles, homens se arrastam de ceca a meca, sem ter mais pontos de referência, horários ou hábitos. De ressaca sob o calor miserável, sangue e cinzas ainda escurecendo suas mãos.

Eu sigo com eles, trôpego. Todos nos trombando uns contra os outros. Barbados e sujos, os mortos entre nós ainda sem as bênçãos. Ainda marchamos em frente, na direção de alguma coisa, como se merecêssemos.

Nós cheiramos mal.

Mais uma tempestade breve e violenta desaba. Penso que pelo menos ela irá nos limpar, porém a chuva está tão cheia de cinzas quanto de água, nos ensopando com borrões cinzentos e negros dos incêndios da Cidade.

As tropas finalmente jorram para dentro de Manhattan, vindas da Pensilvânia e do interior do estado. É anunciado que o próprio 7º regimento da Cidade já desembarcou na Battery, juntamente com o 152º de Nova York, o 26º de voluntários de Michigan, e os 74º e 65º da Guarda Nacional. Aquelas tropas que não sofreram terríveis baixas em Gettysburg foram unidas em improvisadas companhias de emergência.

Mas os revoltosos não se renderam. Os arruaceiros ainda não acreditam que tudo terminou, certos até o fim de que os soldados de linha não irão atirar neles.

— Não em seus próprios amigos e vizinhos — um deles me assegura, repetindo o sentimento comum. — Não em seus próprios parentes. Espere só para ver, eles vão passar para o nosso lado.

Mas na verdade as tropas estão tomando a Cidade, quarteirão por quarteirão, sem tolerar resistências. Atiram saraivadas inteiras sobre a multidão que tenta enfrentá-los, perfuram as frentes das casas com rajadas sempre que encontram atiradores.

Na West Twenty-eight Street, um coronel do 8º de Nova York finalmente ordena aos seus homens que soltem o pobre velho Abraham Franklin, o cocheiro linchado. O ajudante de açougueiro irlandês que foi o primeiro a enforcar Franklin, agora tenta puxar o oficial para fora do seu cavalo. O coronel apenas desembainha sua espada — e a penetra através do peito do rapaz. O açougueiro tomba no chão com uma expressão de genuína surpresa ainda no rosto, se contorcendo um pouco enquanto o sangue borbulha para fora do seu peito. A multidão se espalha imediatamente, deixando-o para morrer na rua. Os soldados delicadamente depositam o corpo de Abraham Franklin na calçada ao lado dele — o lenço do próprio coronel colocado por cima do seu torturado rosto negro.

No Hotel St. Nicholas, o brigadeiro de Wool, general Brown, agora já expulsou para fora a maioria dos lobistas. O hotel é um eficiente e agitado quartel-general militar — o telégrafo no bar funcionando novamente.

O comissário Acton também está lá, vindo da Mulberry Street, para coordenar os ataques do exército com os seus Metropolitanos. Ele envia um telégrafo após outro para aquelas delegacias que ainda estão resistindo.

Matar qualquer homem que porte uma arma improvisada... Receber pessoas de cor tanto quanto for possível... Ninguém deve ser recusado...

Ele ri quando me vê — sujo e enlameado como devo estar, não somente minhas roupas, mas também o meu rosto coberto de fuligem.

— Por onde foi que você andou? — ele ruge. — Está pensando em se tornar artista de teatro, Herbert? Bem, é melhor se lavar. Nós estamos devolvendo a cidade para a civilização!

Por todo o decorrer da noite, ele me diz, a polícia abrigou centenas, talvez milhares de negros refugiados.

— Até enviamos nossos homens para procurá-los agora, numa tentativa de resgatar as pobres criaturas!

No 27º distrito, eu testemunho um trio de robustos patrulheiros irlandeses tentando convencer um homem negro chamado Jackson a sair de baixo da doca do Píer 4. Ele foi surrado quase até a morte, tentando chegar à balsa do Brooklyn — e só conseguiu escapar quando se escondeu nas profundezas daquela indescritivelmente imunda cloaca de cabeças de peixe e latas descartadas, de gatos mortos e cascas de ostras que são jogados debaixo do píer.

A polícia tenta fazê-lo sair, mas os homens não conseguem convencê-lo de que não são simplesmente os mesmos arruaceiros sob outras formas. Os passageiros da balsa se juntam a eles, tentando persuadi-lo, mas Jackson fica cada vez mais desconfiado com todas as novas e insidiosas vozes brancas que escuta lá em cima.

— Venha, nós não vamos lhe fazer nenhum mal —, um corpulento policial chamado McClusker implora, esticando um braço pela plataforma do embarcadouro. — Você pode ver isso agora, não pode?

Do fundo da sua caverna no píer vem a voz desincorporada:

— Não posso ver nada. Só estou vendo que vocês são brancos.

Finalmente, num ato de fé colossal — ou de resignação — Jackson emerge para fora. Cortado e sangrando numa dezena de lugares, a pele negra agora acinzentada pela lama do porto. Seus olhos arregalados fitam vagamente a distância — os passageiros da balsa recuando só de olhar para ele. Os policiais o enrolam num cobertor, levando-o para um coche e depois para o Hospital de Nova York.

— Me diga, o que fez com que você finalmente acreditasse em nós? — McClusker lhe pergunta.

— É que eu não agüentava — Jackson responde, e começa a verter lágrimas longas, silenciosas. — Eu só não agüentava mais ficar lá embaixo.

Perto do cruzamento das ruas Chamber e Oak, logo nos fundos da Prefeitura, eu me deparo com um velho índio Mohawk — um veterano da Guerra do México que trabalhou como caiador no centro durante anos. Todo mundo o conhece. Agora ele jaz agonizando na calçada, nos braços de alguns outros trabalhadores. A turba, ao que parece, o confundiu com um negro — não que tivessem se importado muito com isso, de qualquer forma. *Extinguindo uma ou outra antiga tribo.*

Na Igreja Metodista Africana Bethel, na Thirtieth Street, pergunto ao ministro de cor se seu povo tem alguma esperança no futuro. Ele me encara muito diretamente, os lábios pressionados e os olhos calmos e fixos.

— Sim — ele responde. — Na próxima vida.

A turba se agita — mas, incrivelmente, ainda não se dispersa, os revoltosos em muitos lugares mais determinados do que nunca. Eles armam ainda mais barricadas nas ruas, travam batalhas campais com a polícia e o exército em meia dúzia de pontos por toda Manhattan.

Enquanto isso, saqueadores solitários ainda percorrem as ruas, carregando audaciosamente tudo o que conseguem. Na Second Street eu vejo um gigantesco operário alemão andando com duas saias-balão penduradas no pescoço, enquanto vasculha através das lojas destruídas procurando mais. A Brooks Brothers — que tanto prosperou com a venda de mercadorias vagabundas para nossas tropas — jaz saqueada e destruída na Cherry Street, a calçada repleta de elegantes calças e ternos masculinos, coletes e chapéus.

Mas eu já tive o bastante, pelo menos — observando agora todas as suas depredações com apenas metade do olho. Eles podem ir todos para o inferno, minha Cidade, e quanto mais depressa, melhor. Sigo me arrastando na direção da casa de Maddy sob o calor sulfúrico. Os medos e fantasmas da noite anterior se dissolvendo na luz do dia. Envergonhado de mim mesmo, quase envergonhado demais para olhá-la de frente. Perguntando-me se ela ainda estará lá...

E por que estaria? Por que ela iria ficar no lugar onde a deixei? Para o que mais ela ainda precisaria de mim?

Ainda assim preciso me certificar de que ela está bem. Preciso ver se irá voltar comigo — se consegue suportar a idéia de ficar comigo, depois que a decepcionei tanto. Nós precisamos chegar a algum tipo de acordo, se for possível.

Estou quase na Shambles quando avisto os homens. Cerca de quarenta ou cinqüenta, no mínimo. Movendo-se rapidamente, saindo do quarteirão com aquele jeito furtivo de cães que acabaram de fazer alguma coisa que sabiam que não deveriam.

Maddy...

Eu começo a andar mais depressa — depois a correr —, pegando a minha arma. Sabendo, enquanto sinto meu estômago se contorcer, que não há mais tempo. *A guerra está aqui.*

69

TOM O'KANE

Eles chegaram logo depois do amanhecer e se reuniram na Stuyvesant Square, na pequena e encantadora praça em frente ao prédio de tijolos vermelhos que era a sede dos Quakers. Os botes levaram a noite inteira para transportá-los até o outro lado, na Desbrosses Street, e quando finalmente estavam todos reunidos, lhes serviram um desjejum que estava apodrecido demais para ser ingerido, mesmo por aqueles homens acostumados às rações campais — carne bichada, pão rançoso e um queijo coberto com borrões azuis de mofo. Logo depois disso uma tempestade desabou, súbita e violenta, ensopando-os até os ossos antes de desaparecer na direção do East River, e em nada ajudando para melhorar a disposição dos homens.

Finalmente chegou a ordem de avançar, para a Second Avenue. O comando deles era formado pelos homens feridos de meia dúzia de diferentes regimentos, mas eram todos veteranos e marcharam com um tranqüilo profissionalismo. O sol aparecera novamente, a água se evaporando nas ruas diante deles. Eles pulavam por cima dos buracos nas ruas, de onde as pedras tinham sido arrancadas, olhando para as cascas das casas totalmente queimadas, as roupas e móveis quebrados atulhando as calçadas. A Cidade tão igual ao que eles se lembravam, mas tão alterada, como um lugar conhecido revisitado num pesadelo.

O que diabo está acontecendo? Tom se perguntou, impaciente por voltar logo ao Beco Paraíso. *Tão perto de casa, agora.*

Eles tiveram alguma idéia do que tinham de enfrentar quando alcançaram a Nineteenth Street, e os Zuaves de Duryea passaram por eles em fileira. Eles haviam sido enviados como guarda avançada, com seus obuses, mas agora voltavam mancando, parecendo envergonhados e felizes por poder sair dali com vida.

Como os homens de Sickles, saindo trôpegos dos campos de trigo...

— Era uma armadilha! Eles nos guiaram para lá e depois nos atiraram pedras de cima dos telhados — um deles falou para Snatchem, quando ele o deteve.

O velho truque das gangues — um truque que qualquer sargento de polícia teria percebido.

— Há centenas deles! Eles pegaram os obuses. E acho que mataram os oficiais, também...

O homem se interrompeu e correu pela rua abaixo com os outros Zuaves, as calças largas e vermelhas e as jaquetas de harém turco agora enegrecidas com fuligem e pólvora. *Como eles eram belos e elegantes naqueles uniformes, quando marcharam para a guerra há dois anos...*

Eles abriram suas fileiras dando passagem aos homens derrotados — Tom e os outros do 69º sem se comover. Tinham visto muitas derrotas, incluindo as suas próprias, e já sabiam o suficiente para não se assustarem com isso. Ao contrário, apenas aumentava um pouco mais a sua raiva conservada há tanto tempo em fogo baixo. *Ser derrotados por um bando de arruaceiros, em sua própria cidade. Eles iriam dar um jeito nisso.* Dobraram uma esquina para a First Avenue — e lá estava.

Os Zuaves tinham razão, Tom pensou imediatamente. Havia centenas, talvez milhares de homens e mulheres na rua. Enxameando pelas casas e lojas destruídas e saqueadas como se fossem baratas num pedaço de queijo velho — alguns deles ainda surrando os indefesos feridos que os Zuaves deixaram para trás. Na esquina, também, eles ergueram a sua forca — três corpos negros pendiam nus e mutilados num único poste de rua, como uma braçada de faisões. Dois que tinham sido homens e uma mulher, os corpos ainda esfumaçados, a gordura humana pingando com um chiado que lembrava a chuva, quando atingia a rua.

— Meu Deus. Jesus, meu Deus.

— Os filhos-da-puta — Snatchem falou em voz baixa.

Tom podia ouvir os outros homens — todos veteranos em batalhas — praguejando baixinho por toda a extensão da fileira. Mas quando a multidão os avistou, explodiu em gritos de viva, reconhecendo quantos deles eram de Nova York.

— Venham para cá, irlandeses! Não existe nada para nos deter se vocês estiverem com a gente!

— Nós vamos tomar a Cidade inteira!

— Venham, amigos, venham para o nosso lado!

Entretanto, por trás dos arruaceiros que os chamavam, Tom via outros, correndo para cima e para baixo tentando encontrar qualquer coisa que pudessem explodir com os obuses que tinham tirado dos Zuaves. Entupindo os bocais das armas largas e bojudas com pregos e pedras, pedaços de metal e vidro, tentando descobrir alguma coisa para ser usada como estopim.

— *Amigos uma ova!* — Feeley murmurou.

Os tambores começaram a soar e a companhia de Tom avançou pela rua, velocidade redobrada. Os artilheiros tranqüilamente trazendo uma bateria de canhões ao longo dos seus flancos. O coronel montado em seu cavalo à frente deles, brandindo a espada em círculos acima da cabeça.

Os saqueadores largaram tudo o que estavam fazendo, agora. Alguns correram para trás de uma frágil barricada que havia sido erguida ao longo da First Avenue — enquanto outros ainda chamavam os soldados esperançosamente, até estendendo os braços.

— Juntem-se a nós!

— Juntem-se aos seus amigos e vizinhos!

Mas já havia esparsos tiros e pedras sendo atirados dos telhados, espatifando-se no calçamento aos seus pés. Os soldados ignoraram tudo, marchando direto para a barricada — que não passava de um poste de rua, umas poucas cadeiras e camas quebradas, leitos de carroças. *Nada que conseguisse suportar o ataque de tropas veteranas.*

— *Juntem-se a nós! Juntem-se a nós!*

Eles pararam e apontaram os rifles, a cerca de dez metros de distância dos rostos sorridentes, animados. Tão semelhantes àqueles que Tom havia visto durante toda a sua vida no bairro — alguns deles os mesmos rostos. Bronzeados e desgastados pelos dias de trabalho sob o sol, agora manchados de fuligem e cinzas por toda as atividades daquela manhã. Ou da noite anterior, do dia anterior — fosse quando fosse o momento em que tinham decidido pendurar seres humanos como eles mesmos em postes e depois atear-lhes fogo.

Ainda sorrindo, agora — ainda pensando que as tropas iriam passar para o lado deles. Sem compreender que aquilo não era mais uma brincadeira. Sem entender, apesar de tudo o que sabiam sobre as vicissitudes da vida, o que era uma guerra. Rindo e gritando saudações do mesmo jeito que fizeram no dia em que os viram partir para a guerra, com o grandioso desfile nas docas...

Cantando "nós somos os rapazes que não temem o barulho"...

A primeira saraivada varreu a barricada para longe como se fosse lixo. A segunda limpou a rua, enviando a multidão aos gritos, uivos e choros pelo quarteirão abaixo, fugindo para qualquer casa ou loja que encontrassem. O calçamento imediatamente se cobrindo de homens mortos, gemendo, sangrando. *Exatamente como em todos os campos que eles tinham visto nos dois últimos anos.* Os revoltosos berrando e praguejando enquanto se dispersavam diante deles.

— Malditos! Malditos sejam! Fazer isso com seu próprio povo!

— *Vocês não são melhores do que a polícia!*

Tom avistou um bando de brutamontes e saiu correndo atrás deles. Perseguindo-os pela entrada de uma casa de tijolinhos e depois para dentro, George, Feeley e Larkins logo atrás dele. Mesmo com a perna ferida ele os seguiu através da casa destruída, os cacos de vidro e mobília quebrados estalando sob seus pés.

Eles os seguiram até a cobertura da casa, onde os homens subitamente se viraram e jogaram os braços para cima, tentando se render. Tom viu que conhecia pelo menos dois deles, da Black Joke — homens que manejavam as alavancas nas mesmas fileiras que ele durante anos. Eles o reconheceram, também, e aos outros. Tom pôde ver em suas expressões — os olhos arregalando, um alívio perpassando seus rostos quando viram que seriam poupados.

Mas, em vez disso, eles continuaram avançando, as baionetas fixadas. Os homens a quem tinham acuado mantiveram as mãos erguidas, incapazes de acreditar que eles realmente iriam atacar os seus velhos companheiros. Apenas no último instante eles entenderam que os soldados não iriam parar, e pularam do telhado — aterrissando com um baque na rua, três andares abaixo, quebrando pernas e braços e gritando de dor.

Tom e seus homens os observaram lá de cima por um instante — depois correram para baixo, as baionetas ainda presas, para exterminar o restante da arruaça.

Eles não sabiam o que era uma guerra.

Quando voltara para o regimento, depois da sua longa convalescença, Tom teve certeza de que iria morrer. Convencido de que este era o castigo de Deus pelo que ele havia feito com Johnny Dolan, por ter mandado um homem à servidão, grato apenas por ter sido capaz de se reconciliar com sua esposa.

Por todo o decorrer da campanha, enquanto se revolviam através das estradas empoeiradas de Maryland e Pensilvânia, ele sabia que iria morrer na batalha seguinte. Era uma sensação sobre a qual outros soldados veteranos falavam e, embora Tom zombasse em silêncio de tais premonições no passado — tendo visto muitos destes mesmos veteranos que se julgavam condenados, parados na frente das suas barracas no dia seguinte à batalha com as expressões repletas de espanto — ele próprio não tinha dúvida de que iria morrer.

E que batalha fora aquela, tão violenta quanto a de Fredericksburg, e dois dias mais longa.

Ele quase morrera no segundo dia. O regimento fora interceptado num pomar de pêssegos, graças à habitual estupidez dos comandantes, e eles tiveram de lutar para sair. Fora uma luta desesperada, através das fileiras de árvores do pomar, o ar em torno deles perfumado com o cheiro dos pêssegos caídos. Os rostos contorcidos e os gritos dos rebeldes por toda a volta deles.

John J. Sullivan tombara ali, atingido por um tiro à queima-roupa de algum tenente do Mississippi quando virou a cabeça. Ele nem chegara a ver o homem, embora Snatchem o tivesse apanhado imediatamente, enfiando a baioneta através dos rins do oficial. Tom baixou os olhos para ele quando passaram correndo — um rapaz com jeito de universitário, o uniforme elegante e imaculado, parecendo ter acabado de sair da escola de cadetes, e a vida tendo sido sacudida para fora dele, agora, em meio aos pêssegos caídos.

Antes que conseguissem voltar para suas fileiras, Feeley também levou um tiro na clavícula — outro rebelde tentando perfurá-lo com a baioneta quando ele caiu. Tom apenas teve tempo de derrubar o rebelde com a coronha do rifle, depois ele e George o arrastaram de volta na direção das suas próprias linhas de fogo ao longo do Cemitério Ridge. Feeley amaldiçoando e gritando a cada sacudida em seus ombros, o restante deles berrando como loucos enquanto corriam direto para os rifles e canhoneiros já preparados para atirar.

— *Não atirem! Não se atrevam a atirar, seus filhos-da-puta!*

Então eles passaram, de volta às suas próprias fileiras. As armas disparando quase que imediatamente, na direção tanto dos rebeldes como dos homens ainda em retirada da sua própria brigada. As armas disparando muitas e muitas vezes, até que finalmente o avanço foi interrompido, os rebeldes recuando através dos campos ensangüentados e os pessegueiros destruídos.

Mais tarde, quando o regimento foi retirado da linha, eles ajudaram a levar Feeley para o hospital de campanha. Aquela foi a visão mais terrível que Tom jamais tivera, sem excluir nem mesmo o chão de abate da Place of Blood. Os cirurgiões serrando pernas e braços com velocidade e displicência aterrorizantes. Rasgando entranhas e cavidades torácicas com os dedos e arrancando as balas — as achatadas, obscenas meias-órbitas de chumbo — para fora dos corpos vivos. Os homens berrando, anestesiados apenas com doses mínimas de láudano ou uísque. Os cirurgiões praguejando quando suas facas e serras ficavam cegas demais para ser usadas, esfregando-as no chão, limpando o sangue e as vísceras na terra antes de voltarem ao trabalho.

Tom e Snatchem ajudaram a segurar Feeley quando chegou a vez dele. O cirurgião remexeu e revirou no ombro dele até conseguir extrair a bala. Erguendo-a sob a luz da lamparina com um interesse passageiro, profissional...

— Você teve sorte — ele opinou. — O osso impediu a passagem da bala. Quem sabe que danos não teria causado, se passasse... — Colocando a clavícula no lugar enquanto Feeley rangia os dentes e praguejava.

Eles o deixaram descansando, então, e voltaram lentamente para seu bivaque. Ali Tom sentou no chão e tentou comer um pouco de banha salgada, escutando os sons do exército se recuperando por toda sua volta. Os artilheiros carregando as armas de volta. Homens limpando seus rifles, comendo e conversando entre si em voz baixa. O retinir ininterrupto das bridas e das esporas de metal, baionetas e frigideiras, rodas de carroças e de canhões, por toda a extensão do posto da União.

Ele sentira, então, a infinita fé e tristeza de todos os soldados, sabendo que fazia parte desta coisa muito maior, desta besta. Esta poderosa máquina feita de homens e animais, planos e ordens, armas e pólvora, por toda a sua volta. E que, apesar de todo o seu poder, ela não lhe faria bem algum. Sabendo que certamente estaria caído num campo no dia seguinte, e extraído para fora do grande corpo do exército. Seu posto ocupado, seu mosquete entregue a qualquer outro. Pensando em como tudo isso era amaldiçoadamente encantador. Pensando: *Eu vou resistir. Eu não vou resistir.*

Ele fora dormir em sua barraca ainda possuído pela inalterável convicção de que iria morrer. Mas no dia seguinte nenhum novo e louco ataque ocorrera. Os homens tinham sido abatidos de tal forma que sua companhia já mal existia, e ele, Snatchem e Larkins foram convocados por um major, juntamente com outros homens desgarrados, e avançaram para preencher um espaço ao longo de uma muralha baixa no Cemitério Ridge.

Até mesmo esta posição avançada provou ser mais segura, uma vez que as armas rebeldes começaram a disparar mais tarde naquela manhã. Eles atiraram quase todos seus projéteis e granadas para o alto, por cima da linha, atingindo o refeitório dos oficiais e uns poucos carros da artilharia nos fundos. Tom e seus amigos, nesse meio tempo, estavam colados à terra que estremecia. O barulho arrasador, mesmo com os ouvidos tampados com algodão, o pior bombardeio que já tinham escutado. Porém, quando finalmente parou, horas depois, eles se levantaram do chão sob a latejante imobilidade e silêncio, tão absoluta como as almas no Dia do Julgamento Final, limpando a poeira das roupas e sorrindo timidamente uns para os outros.

Eles ainda achavam que os rebeldes não viriam, então — não contra eles, não contra o centro da linha, forte como era. Os projéteis tinham errado seus alvos, e nenhum bombardeio nessa terra seria capaz de tirá-los para fora de onde estavam escondidos, com suas próprias armas, atrás de um muro de pedras.

Tom ficara tão surpreso quanto os outros quando vira os rebeldes marchando à frente, em suas perfeitas fileiras de desfile. Tentando atemorizá-los com seus números, suas manobras — a sua arrogância casual em perfilar as tropas, mesmo enquanto as armas da União apartavam e abatia suas fileiras.

Mas todos sabiam que seriam eles quem estariam fazendo a matança naquele dia. Os soldados cinzentos recorrendo no final, quando provavelmente perceberam que estavam quase dentro do alcance dos rifles, ao velho brado rebelde. Berrando mais alto e mais ruidosamente que nunca — aquele grito lunático e estranho de caçada. Atrás das fileiras da União, uns poucos recrutas mais novos estremeceram, porém os veteranos se mantiveram firmes, desprezando toda aquela gritaria.

— Eu ouvi mulheres e crianças fazendo um barulho pior do que esse nas suas cabanas, na época da fome — um dos homens perto de Tom falou com desdém. — Bem que eu queria ter um rifle nas mãos, então.

Os gritos morrendo, no momento em que os rebeldes atingiram o pé da ribanceira. Já mandados para o inferno, já sem a maior parte dos seus oficiais. Os dois lados compreendendo que o ataque já estava condenado, mesmo enquanto os oficiais bradavam seus comandos e os soldados azuis levavam os rifles aos ombros. A reversão das suas posições tão evidente que foi imediatamente entendido, de ambos os lados do muro, quando os homens da União começaram a entoar seu próprio brado cheio de amargura:

— *Fredericksburg! Fredericksburg! Fredericksburg!*

Aquela única palavra reverberando pelos campos. Até que o comando para atirar soou e todos os outros barulhos foram abafados pelo som das suas saraivadas.

E como eles poderiam saber disso? Como poderiam saber o que era uma guerra, aqueles homens que costumavam ser seus amigos e vizinhos?

Eles mataram com tanta facilidade, tão irracionalmente. Enforcando homens e mulheres nos postes das ruas, numa Cidade cristã. Gritando para que se unissem a eles. Até mesmo queimando a bandeira diante deles, acenando a flâmula dos rebeldes. Gritando para o inferno com Abe Lincoln, Horace Greeley, os ricos aristocratas ianques.

Como eles iriam saber? A quem ele devotava a sua fidelidade...

Não era à bandeira. Nem a Abe Lincoln, a quem ele jamais vira, exceto por uma vez a uma grande distância, quando ele fora inspecionar o exército — uma figura alta com uma cartola, montando num cavalo pequeno. Nem a Horace Greeley, sobre quem ele apenas lera nos jornais que sua esposa comprava, e que não lhe fedia nem cheirava. Ou aos ianques, ou os aristocratas. Ou aos Republicanos, os Democratas da Paz, os Democratas da Guerra, ou os Copperheads, ou a nada nem ninguém desse tipo.

Sua lealdade era para com os homens com quem lutava, aqueles que agora marchavam ao seu lado. À sua esposa e filhos, aqui nesta Cidade, por quem ele faria qualquer coisa, mataria qualquer um. E, acima de tudo, sua fidelidade era simplesmente contra todos aqueles que matavam tão facilmente — enforcando homens e mulheres inocentes, ou quem quer que fosse, somente porque podiam.

Ele vira matança demais para poupá-los agora.

70

BILLY DOVE

Ele precisava voltar.

Billy Dove recostou na parede em meio à escuridão, sob o calor sufocante do Arsenal. Apertando a arma na palma da mão, sentindo a dor percorrer a perna ferida. Tentando escutar qualquer barulho acima dele, pensando que certamente teriam ido embora. Estava prestes a tentar se levantar, e procurar um jeito de sair dali, quando ouviu novamente — o chamado zombeteiro, odioso e enregelante como sempre.

— *Pre-to, oh, pre-to!* Nós ainda estamos *aquiii, preto!*

As mesmas palavras, o mesmo grito de provocação que ele estivera escutando desde a tarde anterior, e ao longo de toda a noite — desde que finalmente conseguira tirar os órfãos da delegacia de polícia na cidade alta. Os desgraçados eram covardes demais para descer à sua procura, sabendo que ele tinha uma arma — mas lembrando-o, ainda assim, de que eles o tinham acuado ali. Fazendo-o saber que estavam dispostos a esperar até que ele saísse — até que fosse tarde demais.

Ele tentou pensar num meio de escapar, embora sua cabeça ainda estivesse explodindo de febre. *Algum jeito de se levantar e sair do porão, e voltar para sua casa com a perna quebrada.* Ele tentara pensar em alguma coisa durante toda à noite, quando não estava perdendo e recuperando a consciência. Não havia nada que pudesse ao menos tentar fazer, não com eles logo ali em cima, como estavam. Mas, ainda assim...

Ele precisava voltar.

Sua sorte havia mudado agora, ele sabia. Era fatal que isso acontecesse, depois de ter resistido durante toda a tarde anterior. Logo depois de ter conseguido levar os irlandeses para o estábulo Pássaro Vermelho e deixá-los com suas montarias, ele havia se deparado com um sacerdote. O padre Knapp, que perseguia quaisquer arruaceiros que pudesse pelas ruas, correndo atrás deles com a mesma determinação e eficiência de uma criança tentando pegar os pombos numa praça.

— Padre, não vá atrás deles! — Billy o alertara, segurando-o pelo braço.

A expressão do sacerdote atormentada e distraída, mal conseguindo focalizar Billy a princípio.

— Eles precisam parar — ele ofegara, quase totalmente sem fôlego, apoiando-se pesadamente no seu braço. — *Eles nunca irão nos perdoar.*

Só então ele olhou para Billy — vendo a cor da sua pele.

— Você deve sair das ruas! — disse com urgência, empurrando-o por uma porta com força surpreendente.

— O senhor precisa nos ajudar — Billy falou, prendendo o padre pelo braço até que ele conseguisse se concentrar e prestar atenção no que ele estava dizendo.

Os olhos do padre Knapp finalmente se clareando, embora ainda parecessem enlouquecidos.

— Eles nunca irão nos perdoar...

— Eles nem vão se lembrar disso, amanhã. O senhor precisa *me* ajudar.

O sacerdote conseguira levá-lo até uma companhia de soldados bem às margens da Cidade, e os convencera a segui-lo de volta para a delegacia. Billy os guiara direto para a porta do porão, passando pelos sargentos que ficaram olhando tudo aquilo com um ar apalermado.

— Quem é? Quem está aí? — a voz da srta. Shotwell.

Idiotice, para dizer o mínimo, ele pensou — *como se os arruaceiros fossem responder educadamente* — mas sabendo que ela apenas tentava proteger as crianças.

— *Quem está aí em cima?*

Ele acendera a lamparina e fora até o topo da escada. Dali olhou para baixo, para as centenas de crianças amontoadas no pequeno porão. Era uma visão da qual nunca se esqueceria — a melhor visão da sua vida, exceto pela primeira vez em que vira seu filho, o seu primogênito. A srta. Shotwell postava-se desafiadora ao pé da escada — mas por toda sua volta, por toda à volta das paredes e sob a escada, e amontoados em cada canto e fresta do porão da delegacia de polícia, ele via os olhos das crianças.

Elas piscaram na defensiva sob o súbito clarão de luz, porém ainda estavam em silêncio — ainda dispostas a suportar qualquer coisa que acontecesse em seguida. As dezenas de faces negras e marrons erguidas cegamente — depois se alargando em sorrisos, e até admiração, quando viram que *ele* estava ali. Os soldados armados atrás dele parecendo ainda mais altos, como nos livros de histórias, com seus rifles e baionetas.

— Billy! — a srta. Shotwell exclamara ofegante. — Ah, Billy, meu querido!

Sua tarefa cumprida, então. Completamente quites. Eles providenciaram para que uma guarda de soldados levasse as crianças até o East River. Dali um canhoneiro deveria transportá-las para a Blackwell's Island, onde o exército estava abrigando todos os negros que eram resgatados. As senhoritas ianques, Yolanda e o Velho Bert iriam acompanhá-las.

Elas vão ficar bem ali, Billy pensara, estreitando os olhos para os canhoneiros achatados, revestidos de ferro, que navegavam para cima e para baixo do rio como se fossem crocodilos. Eram um novo tipo de embarcação, quase toda feita de metal na parte externa. Barcos assim não eram mais construídos pelas mãos dos homens, mas forjados em ardentes fornalhas.

Não que isso importasse. As fábricas e as fundições também eram todas dos brancos, do mesmo jeito que os embarcadouros.

— Por que você não vai com eles, hein? — o sargento Murphy lhe perguntara, fazendo um gesto na direção da comprida fileira de crianças que seguiam obedientes para o rio. — Vai estar seguro lá, até que tudo isso acabe.

Ele apenas balançara a cabeça, embora soubesse que a intenção do policial era boa. Quando Billy reaparecera com os soldados os dois sargentos o receberam como se fosse um verdadeiro milagre, Lázaro voltando dos mortos...

Mas isso nunca vai acabar, ele queria lhe dizer. *Não na sua vida, nem na vida do seu filho, nem em qualquer época depois disso. Eles nunca iriam desistir. Não até que a mão de Deus fizesse todas as peles negras — ou lançasse todos os homens para a escuridão.*

— Bem, então, leve isso, pelo menos — Murphy dissera, dando-lhe um aperto de mão. — Vai precisar, do jeito que ainda estão as coisas por aí...

O sargento pressionara alguma coisa na sua mão. Um novo revólver Colt, Billy viu, e uma caixa de munição. Ele tentou murmurar algumas palavras de agradecimento, mas o policial apenas lhe deu um tapinha nas costas.

— Foi a melhor coisa que eu já vi um homem fazer, você com aqueles filhos-da-puta lá na rua, ontem — Murphy falou, balançando a cabeça.

Billy o encarara sem palavras, dando-se conta de que aquela era a primeira vez que via um homem branco tratá-lo com genuína admiração.

— Diabo, foi mesmo uma coisa corajosa!

Billy deixara que Murphy carregasse a arma para ele. Escondendo-a, e também as balas, no fundo dos bolsos, não muito ansioso para ser visto com ela, porém pronto para dispará-la em seu caminho até o Quarto Distrito, se fosse necessário.

— Vá com Deus — Murphy lhe dizia.

Billy balbuciara algo em resposta, sem estar muito certo do que dissera, e começou a descer pela Third Avenue. À sua frente já podia avistar os prédios queimando, as trilhas de fumaça negra enovelando-se preguiçosamente no espesso ar de verão. Mas então ouviu algo inesperado e olhou para trás, vendo os órfãos partindo de mãos dadas. Muitos deles olhando para trás, para ele, acenando as mãos. Ainda cantando seus hinos enquanto marchavam:

> *"Então sinaliza a minha alma,*
> *Meu Deus salvador a vós,*
> *Quão grande Vós sois,*
> *Quão grande Vós sois..."*

Billy se perguntara se iria vê-los novamente algum dia — uma vez que eles, e ele, tivessem fugido da Cidade. As fileiras de meninos e meninas, marchando com a sua habitual boa ordem. E por toda a volta as falanges de soldados, assomando-se sobre as crianças, os rifles presos nas cinturas, as baionetas preparadas.

Que tipo de Cidade era esta, onde se precisava de uma guarda armada para impedir que crianças órfãs fossem linchadas?

Mas não havia tempo de pensar mais nisso — ou em como ele sentiria a falta delas, ou em como iria receber seu salário atrasado, agora. *Tinha outra tarefa.*

Billy acenou brevemente em resposta, e se virou na direção sul. Apressando-se para entrar na Cidade ardente.

Conseguira chegar à Twenty-third Street antes de ser avistado, o que considerou sendo uma notável seqüência de sorte, por si só. Havia quase chegado a Gramercy Park — pensando que agora não estava muito longe, não mais do que a dois quilômetros do Beco Paraíso, e que poderia estar lá antes de escurecer...

Então ele virou uma esquina e quase trombou direto com um grande grupo de homens brancos na porta de um *saloon*. Era inevitável, ele soubera desde o começo, havia bares demais nesta cidade, e ele tentara se arriscar. Procurando disparar para longe antes que os Paddies tivessem a chance de se recuperar do susto...

Porém, eles começaram a persegui-lo quase imediatamente, gritando e uivando atrás dele, como se estivessem partindo para um jogo, ou uma caçada. Billy tentou apenas correr mais do que eles, no início. Correndo para o oeste, descendo por um quarteirão que ele sabia ser famoso pelos seus bordéis. Desviando-se dos cavalheiros de aparência próspera, ainda passeando pelos alpendres das casas de tijolos, que se afastavam cautelosamente para fora do seu caminho.

— Vem cá, seu preto sujo! Preto-preto-preto! Vem cá, nós temos uma coisinha pra *você*!

Eram operários jovens, na maioria, rápidos e musculosos, e logo começaram a diminuir a distância entre eles. Billy sentia as pernas ficando pesadas, exaustas por já terem percorrido quase um quilômetro e meio, sem nenhum alimento para sustentá-las desde dois dias atrás, exceto pelo gole pequeno e doce do uísque que os vagabundos forçaram pela sua goela abaixo.

Billy perdeu a velocidade, então, permitindo que os homens o alcançassem. Agarrando o Colt no bolso, olhando por cima do ombro para o homem que liderava o grupo. *A boca aberta, tocos de dentes marrons aparecendo na expressão excitada do seu rosto rosado*. Billy deixou que ele se aproximasse por mais uns poucos metros — então puxou o Colt de dentro do bolso e deu um tiro à queima-roupa na barriga do homem. Ele gritou e caiu rolando como uma pipa na rua — alguns dos seus companheiros tropeçando por cima dele, outros parando para socorrê-lo, gritando com raiva.

Mas não foi o bastante. O restante dos homens continuou correndo, mais inflamados que nunca, imbuídos pela coragem de quem tinha bebido a tarde inteira. Quando chegaram perto demais outra vez, Billy disparou outro tiro, acertando outro homem direto nos pulmões. A turba atrás dele agora aumentava — tiros zunindo pela sua própria cabeça, estilhaçando os alpendres e as vitrines das lojas à sua volta.

Ele fingiu que seguiria para a cidade alta — depois correu em volta do quarteirão e virou na direção do sul e leste. Gastando as últimas reservas de fôlego, procurando desesperadamente um beco ou algum prédio onde pudesse entrar, talvez se esconder.

Correu pela Twenty-first Street, a turba quase em seu encalço, direto para o prédio destruído do Arsenal. Não parecia muito promissor, mas era a única estrutura que permanecia de pé em todo o quarteirão. As balas passavam por ele com mais freqüência, e Billy disparou para o prédio, subindo pela escadaria e atravessando a enorme porta da frente que estava solta, pendendo nas dobradiças.

Ele correu para dentro — e viu-se em pleno ar, os braços se sacudindo loucamente, tentando encontrar algum apoio. Em vez disso, ele caiu sobre uma pilha de entulho que ainda queimava lá dentro. Cortando a testa na ponta de uma viga, queimando as mãos nos tijolos ainda quentes.

Mesmo assim ele se levantou imediatamente. Correndo por todo o Arsenal e percebendo, enquanto o fazia, que aquilo se transformara numa casca vazia, com o telhado e os pisos internos todos queimados. Lá dentro nada mais restava além de pilhas de tijolos quebrados, tábuas soltas e projéteis vazios...

Não havia abrigo para ele ali, absolutamente nenhum. A casca do prédio, na verdade, era uma armadilha. Ele já podia detectar relances da turba, espertamente se dividindo, metade deles correndo para cercá-lo no outro lado do Arsenal.

Billy ficou parado no meio do prédio incendiado, sem saber o que poderia fazer agora. Por toda sua volta, através dos buracos nos tijolos, ele via as sombras fugidias, ouvia os risos, as vozes zombeteiras.

— *Pegamos você agora, preto sujo!*

— Venha, venha... nós sabemos onde você está!

A bala de um rifle passou raspando pela sua orelha, agora, e, abaixando-se, ele se arrastou pelas pilhas de madeira e tijolos indo novamente na direção da porta. Esperando que talvez pudesse abrir seu caminho a tiros, passar por eles de alguma forma. Mas seu pé escorregou numa das pilhas soltas e ele quase caiu. Enquanto tentava se levantar e recuperar o equilíbrio, ele se apoiou numa tábua solta. Tudo o que sentiu, depois disso, foi o chão desaparecer de sob seus pés, antes de ser envolvido pela escuridão.

Billy voltou a si de repente, embora não fizesse nenhum barulho — temendo se entregar. Não fazia idéia de onde estava, ou quanto tempo tinha se passado, mas, para seu grande alívio, viu que ainda estava escuro.

Sentia um terrível latejar na perna direita. Olhando para baixo, viu que estava inclinada num ângulo impossível, com um grande pedaço de madeira por cima dela. Entendeu, então, que devia ter caído através do primeiro andar do que antes fora o arsenal, para dentro do porão. Estava deitado sobre uma pilha de madeira queimada e velhas caixas de armas. A perna obviamente quebrada, e ele sentia algum sangue pingando na panturrilha, imaginando se o osso havia perfurado a pele.

— *Preto! Onde está você, preto?*

As vozes provocativas, zombeteiras acima dele. Uma grande pilha de entulhos caíra pelo buraco depois dele, Billy percebeu, pois do contrário os arruaceiros seriam capazes de simplesmente se abaixar e agarrá-lo. *Só Deus sabe o que aconteceria com ele, então.* Lá em cima ele distinguiu feixes alaranjados de luz através das tábuas, e concluiu que os homens tinham acendido algum tipo de fogueira nos escombros do arsenal, no local da sua conquista.

— Pre-to!

Billy forçou o corpo para cima, empurrando desajeitadamente a madeira caída em sua perna. Tentava fazer o menor barulho possível, mas era um pedaço de madeira grande e, quando ele deu o último empurrão, ela caiu sobre o piso de pedra do porão com um som pesado e surdo.

— Escutou isso? 'Cê escutou isso, hein?

— Ele está lá embaixo!

Billy escutou os passos, correndo como ratos pelos escombros, indo na direção dele. Mas estava livre, então, e capaz de se arrastar para longe do lugar onde caíra, para mais fundo na escuridão. Mas não demorou muito para que visse uma cara grotesca de duende, na luz alaranjada das chamas, espiando cegamente para dentro da escuridão.

— Tá vendo ele, hein?

Billy levou a mão ao bolso procurando o Colt — grato por encontrá-lo ainda ali, pelo menos. Querendo disparar mais uma rajada direto na cara estúpida que o procurava lá em cima.

Mas, em vez disso, se conteve. Preferindo que eles ficassem com medo do que poderia ou não haver ali no escuro. *Esperando com Ruth no matagal que os caçadores de escravos se afastassem...*

— Para onde ele foi? Ele não saiu...

— Só pode estar aqui. Alguém tem de ir atrás dele.

— Vai você, então. Vai você procurar um preto com uma pistola num porão escuro.

Pelo resto da noite ele ficou escutando, enquanto os homens tentavam convencer uns aos outros a entrar no porão. O calor ali dentro era ainda pior do que estivera na delegacia de polícia, e quando a fumaça das fogueiras se espalhou ele fez de tudo para se impedir de sufocar e tossir. Tentou respirar superficialmente, lutando contra a sensação aterrorizante de que iria morrer sufocado ali, bem debaixo da turba. *Caçado como um cão, de um porão a outro — e ainda tão longe de Ruth e da sua casa.*

Conseguiu fazer uma tala para a perna, pelo menos. Estava quebrada, isso era certo, bem abaixo do joelho, mas o osso não perpassara a pele como ele temera. Rasgou a camisa em tiras e usou-as para amarrar um cano de mosquete ali perdido à perna, tentando fazer tudo o mais devagar e silenciosamente possível. No final achou que iria servir, embora não soubesse como poderia sair dali, nem se conseguiria se erguer para fora do porão.

Nada mais havia para fazer, então, a não ser se recostar na parede e esperar, pensando que os irlandeses acabariam ficando entediados, ou sem bebida, e iriam embora. Mas eles permaneceram exatamente onde estavam. Conforme a noite passou, ele foi atacado pela febre e adormeceu e acordou várias vezes — sempre despertando para ouvi-los ainda rondando lá em cima, berrando suas canções embriagadas. Tentando pensar no que poderia fazer.

Ele precisava voltar.

Pela manhã, quando raios da verdadeira luz do sol substituíram o clarão das chamas e a fumaça finalmente se dissipou, Billy achou que eles tinham ido embora, ou tivessem caído no sono. Mas ainda estavam ali. Andando apressados e vasculhando os entulhos acima dele, procurando algum meio de chegar até ele — para tirá-lo para fora. Retomando as buscas.

— *Pre-to! Oh, pre-to!*

Billy soube, então, que jamais sairia dali — não antes que fosse tarde demais. Se quisesse voltar, teria de imaginar ele próprio algum jeito. *Mas como?*

Tinha o Colt, mas a perna ainda o incapacitava. Poderia atirar neles enquanto tivesse balas suficientes, mas isso não importava. Inevitavelmente, eles iriam tirá-lo de lá e o fariam em pedaços; para eles, ele agora era o cervo ferido.

Em desespero, começou a se arrastar pelo porão do Arsenal. Era perigoso, ele sabia — tentando fazer o menor barulho que fosse possível, esperando e escutando até que os ouvisse se mexer lá em cima antes de se arrastar outra vez. O velho piso acima dele estava perfurado de buracos, e ele nunca sabia quando um dos homens iria olhar para baixo e avistá-lo. Em outros lugares o piso também cedia perigosamente sob o peso de todo o lixo acumulado, e ele sabia que, a qualquer momento, poderia ser esmagado como um mineiro num desabamento, incapaz de nem mesmo pular para fora do jeito que estava a sua perna.

Mas continuou vasculhando, incansavelmente, por todo o porão. Procurando alguma coisa, qualquer coisa — examinando as paredes com as mãos, na escuridão. A Cidade, ele sabia por longa experiência, era repleta de catacumbas e túneis — escavados pelas gangues de *b'hoys*, ou de cofres abandonados de bancos, ou de porões secretos para sabia-se lá que antigos propósitos. Havia um buraco num terreno de fundos da Mulberry Street, onde todo mundo sabia que se podia entrar e depois sair na Elizabeth Street, dois quarteirões adiante. Seria improvável, naturalmente, que existissem tais passagens no porão do Arsenal, um prédio do governo construído com determinadas especificações, mas ainda assim...

Finalmente ele escutou. Atrás da parede por onde passava as mãos, havia um som de água corrente. *Um riacho subterrâneo? Um aqueduto?* Ele seguiu mancando até encontrar um ponto ao longo da parede da fundação onde o barulho da água era ainda mais alto, quase direto no seu ouvido. Entretanto, não podia ver qualquer tipo de abertura por ali, somente mais tijolos e cimento.

Billy pegou o canivete que sempre levava consigo e começou a descascar e desbastar as beiradas dos tijolos. Estes já estavam soltos, obviamente danificados pelo colapso do prédio — embora isso não o deixasse particularmente encorajado. Sabia que poderia facilmente fazer a parede inteira ruir, e mais o andar acima, esmagando-o de uma só vez. Tampouco fazia idéia do que encontraria no outro lado. A Cidade era cheia de riachos há muito enterrados, rápidas correntezas esquecidas sob o calçamento, que periodicamente explodiam e jorravam em porões pantanosos e vazavam para as ruas, aturdindo os passantes.

Mas isso é melhor. Esta era a escolha que ele realmente fizera tanto tempo atrás. *Melhor morrer afogado do que ficar aqui, sufocando lentamente.*

Levou um tempo insanamente longo para remover os tijolos, tendo de parar e escutar os sons acima a cada poucos minutos. Mas, afinal, foi capaz de se espremer através da parede, mesmo com a perna inchada, latejante. Deu um passo para fora — e quase caiu na água que se movia rapidamente debaixo dele.

O *esgoto.* A correnteza escura, fluindo velozmente, como ele sabia que seria, na direção do rio. Billy se equilibrava numa estreita saliência acima, quase da largura do seu pé, e ali ele hesitou por um longo momento, perguntando-se se conseguiria manobrar pela saliência com a perna quebrada. Sabendo que se a chuva caísse repentinamente outra vez o túnel iria se encher num instante, carregando-o. Sabendo, também, que muitas gangues dos rios usavam os esgotos para se movimentar pela Cidade, e que poderia facilmente encontrar a morte ali onde estava.

Mas ele lhes devia isso. Ruth, e o menino, Milton, e seus outros filhos. A família que ele trouxera para este mundo. Há tanto tempo negligenciada em favor dos seus anseios, da sua amargura, dos ressentimentos que ele acalentara em todo o decorrer da sua vida. Ele devia a eles esta tentativa, por mais exausto e ferido que estivesse.

Billy se preparou para começar, tentando calcular onde seria a saída do esgoto. Arrastando os pés lentamente ao longo da saliência, contra o fluxo da correnteza — recusando-se a olhar para baixo, para a água escura que corria abaixo dele.

71

RUTH

— Eles estão chegando! Eles estão chegando!

De manhã ela os ouviu correndo. Lá fora nas ruas, e nos terrenos dos fundos. O som dos seus passos, os gritos passando pela casa. Já os rodeando, sem lhes deixar escolha senão lutar ou se esconder.

— Aí vêm eles!

Ruth correu para fora do quarto dos fundos onde estava dormindo com seus filhos. Deirdre já passando por ela no corredor, puxando o vestido por cima do ombro enquanto andava. Ela se encolheu dentro da sua camisola — sentindo o calor enrolar-se em torno do seu corpo como uma toalha molhada, escutando os gritos selvagens e exultantes das mulheres lá fora.

— Onde eles estão? — ela perguntou, entrando na cozinha onde Deirdre espiava pela janela no terreno das latrinas.

Deirdre apontou — e quando Ruth olhou uma sombra passou correndo, depois outra. *Um homem*, ela viu então, gritando algo e batendo com um grosseiro bastão de madeira na lateral da casa.

Eles já estão nos fundos. Encurralando-as ali, simples assim.

— É claro que ela vai contar a eles — Ruth falou. — É claro que aquela cadela vai contar a eles...

— Na frente — disse Deirdre, correndo pela casa.

Mas quando chegaram à saleta Maddy já estava olhando através das venezianas meio-abertas.

Multidões de homens enxameavam pela rua. Subitamente, eles estavam ali, depois que o quarteirão permanecera deserto durante os dois últimos dias. Finalmente a guerra chegara até elas.

Os homens ainda não estavam fazendo nada em especial. Muitos apenas vagavam por ali, conversando animadamente uns com os outros. Uns poucos correndo sem destino para cima e para baixo, como se estivessem excitados demais para se controlar. Outros, ainda, girando embriagados em círculos, bebendo direto nas garrafas de conhaque, vinho e rum. Todos eles parecendo maltrapilhos, os casacos rasgados e descosturados, os rostos feridos, ensangüentados e cobertos de fuligem.

Todo aquele barulho terrível, e lá estava. Apenas um bando de homens que ainda nem sabia o que estava fazendo.

Até agora, pelo menos, eles não pareciam ter qualquer coisa em mente para o quarteirão. Muitos já se dispersavam para longe, procurando pilhagens mais lucrativas, sem dúvida — um quarteirão onde houvesse um *saloon*, ou alguma rica residência republicana.

Então ela avistou a cabeça da sra. McGillicuddy, acima das outras mulheres, subindo pelo beco para encontrá-las. Enquanto Ruth observava aterrorizada, a mulher se plantou no outro lado da rua da casa de Deirdre, apontando vigorosamente na direção da janela. Ela pôde ver os homens olhando para lá, já começando a se interessar.

— Ah, sua maldita idiota!

Deirdre fechou e trancou as venezianas no mesmo instante, apressando-as a voltar para as profundezas da casa. Correu para trancar a porta dos fundos, também, gritando as ordens enquanto o fazia.

— Ruth, tire as crianças dos fundos! Rápido, agora. Leve elas para cima!

Mas Ruth já havia acordado as crianças no quarto dos fundos e as levava para o andar de cima. Milton, como sempre, bem ao seu lado, já vestido e alerta e carregando Vie e Elijah nos braços, empurrando a filha mais nova de Deirdre com a mão. Ela e Deirdre pegaram as outras crianças — e até Maddy pegou Mana da melhor maneira que pôde em seus braços magros. Todos correram para o segundo andar, empurrando e carregando as crianças, duas de cada vez.

Bem em tempo. Ela ouviu tijolos começando a bater na frente da casa no mesmo instante em que chegaram no andar superior. Os gritos dos homens se elevando — a sra. McGillicuddy e as outras mulheres brancas os incitando.

— Nos fundos! Nos fundos! Não deixem elas saírem pelos fundos!

— O que está acontecendo... o que está acontecendo neste quarteirão? — Deirdre falou, ofegante.

— Talvez... talvez ainda dê tempo de sairmos pelos fundos...

— Não! Já é tarde demais — disse Deirdre, e olhando para baixo pela janela, Ruth viu que ela tinha razão.

Havia dezenas de homens correndo pelos terrenos das latrinas, agora, rindo e gritando.

— E agora? — ela perguntou, querendo que Deirdre pensasse em algo.

Porém, o que mais Deirdre poderia fazer para salvá-la, mais que qualquer outra pessoa? Ela fora salva tantas vezes antes, quem diria que haveria alguém para salvá-la agora...

Deirdre permaneceu onde estava por um momento, perto da escada, ouvindo a multidão e tentando pensar.

— O revólver — ela disse de repente.

— Minha pistola! — Maddy se animou. — É isso, me dê a arma. Eu vou acabar com os filhos-da-puta...

— Não. Milton... desça e pegue a arma. Está na terceira gaveta da secretária, nos fundos à direita, debaixo dos guardanapos de linho...

Milton assentiu, escutando com atenção, mas Ruth a interrompeu.

— Não! Eu vou. Não quero que ele volte para lá.

— Está bem, então.

Ruth já corria pela escada abaixo, pegando a arma no lugar exato onde Deirdre disse que estaria. Enquanto o fazia, viu a porta da frente e as venezianas começando a se sacudir. Primeiro a porta, depois as janelas — uma depois da outra, reverberando com as pancadas dos arruaceiros.

Eles querem entrar...

Ruth sentiu a arma na palma da mão. Pensando em como seria ver a surpresa na cara embriagada do primeiro homem que entrasse cambaleando...

Ouviu outro som de pancada, agora na porta dos fundos. O susto fez com que ela voltasse a se movimentar. *Claro que não poderia matar todos eles. Claro que havia homens demais — e, mesmo se conseguisse, o que aconteceria aos seus filhos?*

Ela correu de volta pela escada, levando a pistola na mão, e a entregou para Deirdre.

— Muito bem — ela disse, segurando-a com confiança. — Muito bem, pelo menos isso irá retardá-los.

— Deixe-me ficar com ela! Eu vou mostrar a eles, os canalhas! — Maddy berrou, tentando agarrá-la. — É a minha arma...

— E agora? — Ruth perguntou outra vez, ignorando-a. — O que vamos fazer agora?

— Não sei — Deirdre admitiu, franzindo a testa com preocupação enquanto ouvia as batidas e pancadas no andar de baixo. — Não sei. Mas se eles entrarem, ainda terão de subir para cá. Talvez, se eu atirar logo nos primeiros que aparecerem, isso os faça pensar duas vezes...

— *Olá! Olá!*

Deirdre e Ruth olharam pela janela aberta, acima dos casebres das latrinas. Ali avistaram a sra. Mendelssohn, acenando com um lenço da janela do segundo andar da sua própria casa, e chamando o mais alto que se atrevia.

— Olá!

Claro — os judeus.

— Olá, vocês conseguem vir até aqui? — ela perguntou, inclinando-se no beiral da janela, com a filha olhando por cima do seu ombro novamente, o lindo rosto moreno encarando-as através do beco dos fundos. Pálido de medo, agora, mas também repleto de simpatia, ou piedade.

Era assim que as pessoas olhavam quando sabiam que você ia morrer?

— Não sei — Deirdre começou a gritar de volta, prestando atenção aos homens que ainda corriam pelas latrinas.

Os arruaceiros ainda pareciam indiferentes a elas, ali no segundo andar. Concentrando-se, em vez disso, em derrubar a porta dos fundos.

— O telhado! O telhado! — a sra. Mendelssohn dizia agora, apontando para cima com o polegar.

Ela correu para cima através do sótão e chegou à cobertura. Ruth sentiu o cheiro de fogo no ar, agora. Já tão quente, tão quente. Tudo tão diferente de como estivera há apenas algumas horas, na noite anterior. Os incêndios estavam bem próximos. Ela só podia imaginar o que aconteceria quando eles se cansassem de esmurrar as pesadas portas de carvalho de Deirdre e decidissem incendiar a casa, também.

— Aqui, aqui! O varal!

A sra. Mendelssohn estava gritando para ela da sua própria cobertura, agora, sua linda filha subindo aos tropeções atrás dela. Movendo-se o mais depressa que conseguiam, estendendo a corda do varal para elas.

— É muito fina — Ruth falou distraída, olhando atentamente para a dupla extensão de corda que percorria de um lado a outro entre as simples e enferrujadas roldanas nas coberturas de Deirdre e dos judeus.

Não me importa, eu não vou pendurar meus filhos num fio de varal...

— É fina demais, não sei se vai nos agüentar...

— Não, não! Veja!

A sra. Mendelssohn apontou para onde sua filha havia desamarrado as duas pontas da corda das suas roldanas. Agora ela as enrolava e amarrava habilidosamente uma na outra, fazendo maravilhas com as mãos. *Muito mais ágil do que ela própria jamais conseguira ser em seu trabalho com as senhoras alemãs.* Com mais uns poucos movimentos hábeis ela conseguiu criar uma espécie de improvisada cadeira de contramestre de navio com a corda do varal — amarrando-a e formando um assento que parecia seguro o bastante para agüentar o peso de pelo menos uma criança — e prendeu-o novamente na roldana.

Se conseguissem passar ao menos as crianças pequenas para o outro lado. Mas, e quanto a Milton?

— Pronto, pode pegar!

A cadeirinha de corda passou balançando por cima das latrinas, Ruth puxando no seu lado o mais rápido que podia. Os homens lá embaixo não pareciam ter percebido nada, apesar dos rangidos e guinchos da velha roldana de metal, e ela examinou-a rapidamente, admirando o trabalho manual da garota judia.

Mas iria agüentar?

Lá embaixo houve o primeiro e fulminante barulho de madeira se quebrando. Ruth voltou correndo para o segundo andar e disse a Deirdre o que estava acontecendo com a maior brevidade possível.

— Mas vai agüentar?

— Não sei dizer.

Houve mais um estalo alto — a porta da frente aos poucos começando a ceder.

— Mas precisamos ver.

— É.

— Milton, você fica aqui. Com o revólver.

Deirdre olhou para Ruth quando falou, certificando-se de que tinha o consentimento dela. Mas Ruth sabia que era a única coisa que poderiam fazer, por mais que odiasse ter de deixá-lo ali, por um momento que fosse. *Por mais que quisesse chorar ao ver seu menino com uma arma na mão, pronto para enfrentar uma turba de homens.*

Milton apenas assentiu, como sempre solene e ciente das suas responsabilidades, e Deirdre colocou o revólver na mão dele.

— Você sabe usar, não é?

— Sim — ele disse, a boca seca. — Sim, eu sei.

— Muito bem, então.

Elas apressaram as crianças através do sótão e até a cobertura. Movendo-se mais depressa do que Ruth jamais pensara que conseguiria — movendo-se com a pura destreza nascida do pânico, praticamente atirando e enfiando as crianças pelo alçapão. O alcatrão na cobertura já encrespado pelo calor, sugando seus pés e joelhos, se liquefazendo sob o ardente sol da manhã. Ruth tentou mantê-las abaixadas sob uma saliência de cimento que percorria a beirada do teto — tentando se certificar de que não seriam vistas pelos homens lá embaixo. Mas elas choraram e choramingavam por estar tão perto do calor. O medo, agora, palpável em todos eles...

— Os menores primeiro — Deirdre falou, apontando para Elijah.

— Mas...

Ruth hesitou novamente por um único instante, perguntando-se se isso seria certo. Perguntando-se se não deveriam escolher um dos filhos de Deirdre, desde que, afinal, aquela era a cobertura da casa dela...

— Eles são brancos. Você sabe — Deirdre falou bruscamente. — Coloque o seu, primeiro.

Ela assentiu e ajeitou Elijah no pequeno balanço de corda. Dizendo a ele para prestar atenção e se segurar na corda, e não balançar as pernas nem se mexer. Tentando forçar-se a soar calma.

Um de cada vez. Era assim que teriam de fazer, um de cada vez.

— Vocês estão prontas? — a sra. Mendelssohn chamou do outro lado do terreno das latrinas, ela e a filha preparadas para puxar a corda.

— Espere!

As palmas das mãos de Ruth estavam suadas — preparando-se para enviar seu filho por cima de um beco repleto de homens perigosos, a nove metros de altura. Ela olhou para baixo mais uma vez, assegurando-se de que os homens ainda estavam ocupados em tentar derrubar a porta de Deirdre.

— Muito bem. Juntas!

Ruth puxou a corda com a maior força que conseguiu — Deirdre e Maddy fazendo o mesmo atrás dela, a sra. Mendelssohn e a filha também puxando no outro lado. Ela mal conseguia olhar, murmurando a Ave Maria enquanto o menino se balançava através do espaço aberto, imaginando se ele poderia virar se puxassem com muita força.

Mas Elijah passou velozmente pelo abismo, como uma ervilha na correnteza, carregado para o lado das judias e da segurança antes que tivesse tempo de começar a chorar. A sra. Mendelssohn e a filha o seguraram assim que ele chegou, desamarrando-o para fora da cadeirinha e abraçando-o, o menino ainda boquiaberto de susto.

— Um já foi! — Deirdre ofegou triunfante enquanto puxavam o balanço de volta rapidamente.

Mas o som de vozes humanas podiam ser ouvidas lá embaixo, agora, alguns dos homens erguendo os olhos para o alto.

— O que foi isso, hein?

— O prédio está desabando?

Elas tiveram de esperar até que as vozes se calassem novamente, os homens especulando a natureza da sombra que passara sobre eles. Logo, entretanto, escutaram as batidas recomeçarem na porta e nas venezianas, o que as deixou ainda mais nervosas.

— Eles vão chegar aqui a qualquer instante — Ruth falou frenética, incapaz de se controlar.

E com Milton ali na escada, sozinho.

— Depressa...

Elas puseram Vie na cadeirinha. A menina também estava assustada demais para chorar — tremendo tanto que elas mal conseguiram amarrá-la. Ruth beijou-a na cabeça e no rosto enquanto a preparava, sussurrando para que ela olhasse para o irmão, que ainda estava parado na cobertura dos Mendelssohn.

— Está vendo Elijah, está vendo Elijah ali? Você vai ficar lá com ele, agora.

Ruth estava aterrorizada com a possibilidade de a menina começar a gritar, mas conseguiram puxá-la através da abertura antes mesmo que ela abrisse a boca. Depois que foi desamarrada no outro lado, Vie ficou abraçando o irmão com força — os dois olhando incrédulos para a altura pela qual tinham acabado de passar. A cadeira balançando de volta para elas...

— Escutem!

Houve uma súbita explosão de risos vinda do terreno abaixo, e elas sentiram um cheiro acre e conhecido.

— O que é isso?

Eles estavam queimando as latrinas. Fiapos de fumaça negra e pútrida começaram a se enovelar para cima, até a cobertura.

— Depressa, não temos mais muito tempo...

Mana foi içada para o outro lado, e depois Frederick. A fumaça das latrinas ficava cada vez mais espessa — tanto que Frederick não pôde evitar tossir e chorar enquanto passava. Elas imobilizaram a corda assim que ele estava a salvo — mas os homens lá embaixo também estavam tossindo e sufocando com a fumaça, ainda ocupados demais com sua balbúrdia para perceber o que acontecia acima.

— Vamos queimar *toda* a merda! Queimar todos os *pretos*!

Ruth estremeceu ali no telhado. Maddy, ao seu lado, olhava para baixo com desprezo, preparando-se para cuspir nos homens antes que elas a puxassem para trás.

— Olhem só, todos esses filhos-da-puta aí embaixo...

Mas não havia tempo. Mesmo ali na cobertura, as lágrimas escorriam dos olhos delas, provocadas pela fumaça rançosa, imunda.

— Agora os seus filhos — Ruth disse a Deirdre, por mais que lhe doesse, por mais que quisesse mandar Milton imediatamente.

Mas e se a corda se rompesse com o peso dele? E quem ficaria vigiando a escada?

Elas passaram as crianças de Deirdre com a maior rapidez que foi possível, mas ainda assim levaram algum tempo, seus braços ficando mais lentos pelo cansaço. E, como seria de se esperar, as roldanas de metal rangiam e se inclinavam na direção da beirada da cobertura, a cada criança que passava. A corda cedendo, ficando cada vez mais baixa sob a fumaça — as crianças tentando prender a respiração ou ofegando desesperadamente em busca de ar. Elas chegavam no outro lado com os rostinhos e as roupas cobertos de fuligem. As faces da sra. Mendelssohn e da filha estavam igualmente enegrecidas, mas elas se mantinham firmes em seus postos, as crianças ajudando a cada puxão.

— Vamos passar Milton, agora! — Ruth pediu.

— Isso, agora. Só falta o seu menino — Deirdre concordou, assim que acabaram de passar Eliza.

Houve um grande estrondo vindo de algum lugar na casa, depois gritos abafados de triunfo. Milton apareceu na porta do alçapão, correndo para a cobertura com o revólver na mão.

— Eles arrombaram a porta da frente! — ele lhes disse, ofegante. — Conseguiram derrubar a parte de cima, não vai demorar muito para que derrubem tudo!

— Muito bem, então, você é o próximo — Deirdre falou.

— Como vamos saber se a corda vai agüentar o peso dele? — Ruth perguntou. *Visualizando-o mergulhar, aos gritos, nas latrinas incendiadas quando a corda arrebentasse.*

— Não temos como saber, mas qual é a outra escolha? Além disso, vamos mandá-lo com o revólver, assim, mesmo se ele cair...

— Vejam, vejam! Está pegando fogo!

Maddy avançara para a frente, e estava apontando na direção da corda — seu rosto pálido, os cabelos e a desgastada camisola agora também sujos de fuligem, de maneira que parecia completamente louca. Mas estava certa, elas viram no mesmo instante. No meio do caminho entre as duas casas, em pleno ar, a fumaça estava saindo da própria corda.

— Não, meu Deus, não...

— Está queimando, não há como evitar.

A corda estava em chamas, agora. A inteligente cadeirinha feita pela garota judia agora consumida totalmente, o fogo saltando rápido pela corda, na direção de onde elas estavam. Deirdre tirou a arma da mão de Milton e começou a bater na roldana, soltando-a com as pancadas e fazendo-a cair antes que a corda em chamas atingisse a casa. No outro lado do terreno, as duas judias estavam paradas na cobertura, segurando as crianças, observando tudo com impotência.

— Entrem, agora! — Deirdre gritou para elas. — Nós vamos ficar bem. Podem ir, levem as crianças para dentro!

Ótimo, com a turba lá embaixo.

A sra. Mendelssohn assentiu rapidamente — apesar de que, pela sua expressão, Ruth soube que ela não achava que elas ficariam bem, de maneira alguma. Sua filha já estava protegendo os rostos das crianças com os braços e o vestido, coxeando com elas enquanto se afastava da beirada do prédio, indo para baixo.

— E agora? E agora? — Ruth gritou, virando-se para olhar para Deirdre e Milton que estavam atrás dela. — Nós precisamos escondê-lo! É isso que podemos fazer, onde vamos escondê-lo...?

— Eles vão derrubar toda essa maldita casa, vocês sabem disso! — Maddy gritou insanamente. — E se eles o encontrarem, então...

— Maddy!

— Talvez seja melhor apenas fecharmos a porta do alçapão — disse Deirdre. — E rezar a Jesus para que eles não subam. E os enfrentarmos com a arma, se for necessário.

— Mas e se eles simplesmente incendiarem a casa?

— Esperem. Acho que já sei...

Deirdre já as guiava pela escada para o segundo andar. Ali ela abriu a janela do quarto que dava para a frente. *Os arruaceiros ainda no andar de baixo, graças a Deus.*

— Venham, venham, agora! Ajudem-me com isso! — Deirdre falou, agarrando tudo o que podia — qualquer coisa que parecesse valiosa — e atirando imediatamente pela janela para a rua abaixo.

Mas são as suas coisas, Ruth queria dizer, embora soubesse que agora não havia outra escolha. *Precisavam fazer alguma coisa bem depressa, ou o seu menino iria morrer.* Podia ouvir os homens no andar de baixo, derrubando o que restava da porta arruinada. Destruindo a janela da sala. *Logo eles estarão subindo pela escada...*

— Tomem! Levem isso!

Ela jogou uma enorme colcha de retalhos. Ruth sabia que era aquela que Deirdre fizera com as próprias mãos — 48 quadrados, cada um representando uma cena da vida de Jesus. Exigira dois anos de trabalho, ela se lembrou. Agora a colcha flutuava vivamente pela janela, caindo na rua. Distraindo os homens das suas atividades por um momento — olhando para cima, admirados com aquela estranha oferta que vinha do alto.

— Vamos, mais! Isso não vai ocupá-los por muito tempo!

Ruth olhou em volta, ainda incerta do que poderia escolher para atirar pela janela. Então avistou Milton, parado na soleira da porta, ainda vigiando a escada. Tentando se mostrar valente...

— Aqui! — Ela pegou um par de castiçais de prata verdadeira e os jogou pela janela. — Deus me perdoe...

Os castiçais retiniram no calçamento, os homens se empurrando para pegá-los. Ao seu lado, Maddy atirou uma gravura emoldurada do Sagrado Coração de Jesus — e depois uma jarra, que estilhaçou inutilmente no calçamento.

— Guarde isso para quando eles vierem! — Deirdre censurou-a, arrancando agora os lençóis da sua própria cama e lançando-os para baixo como se fossem velas enfunadas, espalhando-se por cima deles.

Os homens lá embaixo riam e gritavam vivas. Já não havia nenhum barulho deles perto da porta — pensando que seu trabalho estava sendo feito por outros saqueadores que tivessem entrado pela porta dos fundos.

— Continuem jogando! — Deirdre gritou, juntando alguns dos seus melhores vestidos.

Estava dando certo. Ruth não sabia por quanto tempo duraria, mas por enquanto estava funcionando. Até a sra. McGillicuddy e as outras mulheres se empurravam para pegar qualquer coisa que conseguissem. Alguns deles continuavam abrindo caminho pela rua, saqueando toda e qualquer casa vazia que encontravam. Ruth quase teve vontade de rir quando viu alguns homens arrombando a porta da frente da sua própria casinha abandonada.

Foi então que ela ouviu a voz novamente. Era a mesma que escutara poucas noites atrás, na rua, enquanto se aconchegava em Billy no quarto. *O freguês de Maddy.*

— *Onde está ela? Onde está a maldita rameira dos pretos? Nós viemos ajustar as contas com ela, agora que já acabamos com todos os pretos...*

Ruth viu um novo agrupamento de homens chegando no quarteirão, voltando de qualquer que fosse a maldade que tinham acabado de cometer. À frente deles, reconheceu o homem com cara de duende. A mesma cabeça mirrada, enfiada no peito — o mesmo corpo encarquilhado, com os braços compridos demais, que ela vira tanto tempo atrás no hospital de Staten Island. Não mais exibindo aquele sorriso falso e desconcertante, mas agora com um esgar feroz, os dentes aparecendo. Gritando pela rua com a mesma voz controlada e mortal que ela escutara naquela noite.

— *Onde está a rameira dos pretos? Nós viemos acertar as contas com ela.*

O homem-duende estava liderando a turba na direção da casa de Maddy e, por um instante, o coração de Ruth disparou. Mas as mulheres brancas do quarteirão começaram a correr com os arruaceiros — a sra. McGillicuddy apontando para a casa de Deirdre.

— Ela fugiu! Ela fugiu! Ela está entocada ali naquela casa, junto com os pretos!

A multidão vacilou, hesitando bem abaixo delas. Ruth prendeu a respiração, observando-os, Deirdre fez o mesmo. Os homens olhando incertos para a porta destruída, para todos os detritos espalhados na rua, uma indicação de que já havia sido saqueada.

— Tem pouca coisa de valor, aqui...

— Vamos para a casa dela, é lá que está o filão!

— Ah, os vestidos que aquela rameira usa!

Elas sentiram Maddy se aproximando por trás, antes que a vissem.

— Malditos sejam, eles acham que podem me roubar?

— Não, Maddy, não seja louca! — Deirdre gritou para ela.

Mas ela já estava correndo pela escada, praguejando a plenos pulmões, brandindo alguma coisa na mão.

— Vagabundos desgraçados! Malditos irlandeses filhos-da-puta! Eu estou aqui!

— O revólver! — Deirdre exclamou, lembrando-se, no instante em que falava, que o deixara ali no telhado, depois de tê-lo usado para quebrar a roldana.

— Meu Deus, se ela atirar num deles, é certeza que irão matá-la!

As duas correram pela escada atrás dela. Maddy indo para a porta, Deirdre seguindo logo depois — e Milton correndo atrás dela, embora Ruth gritasse para ele voltar.

— Entre! Volte para dentro, eles não podem ver você! *Ah, meu Deus, eles não podem ver você!*

Porém, Maddy já estava no primeiro andar, disparando pela porta arrombada como uma lebre. Correu direto para a rua, sacudindo o revólver bem debaixo dos narizes dos homens perplexos.

— Aqui está quem vocês querem, não é? Aqui está a rameira dos pretos!

Houve alguns risos incrédulos, alguns gritos zombeteiros. Alguém atirou um pedaço de tijolo que por pouco não lhe atingiu a cabeça, caindo nas pedras do calçamento atrás dela. No instante em que o tijolo bateu no chão, Maddy ergueu a arma e atirou.

— *Je-sus!*

Ela disparava a esmo, enlouquecida, os tiros zunindo pelas cabeças dos homens à sua frente e penetrando inofensivos na madeira da porta da mercearia no outro lado da rua. Os homens se abaixaram instintivamente, depois começaram a correr na direção dela, rindo e praguejando. Ela atirou outra vez, agora correndo para a sua casa.

— Peguem ela! Peguem a maldita rameira!

Maddy entrou correndo na casa — reaparecendo um minuto depois, em cima do telhado. Ainda disparando a arma, gritando para os homens na rua.

— *Irlandeses filhos-da-puta! Seus malditos irlandeses filhos-da-puta!*

Dois homens na multidão começaram a atirar nela, as balas esmigalhando os vidros das janelas do andar superior da casa. Começaram a chutar a porta da frente, mas então Maddy se virou e desapareceu novamente, embora continuasse gritando.

— *Seus irlandeses filhos-da-puta!*

Àquela altura, Ruth, Deirdre e Milton já estavam fora da casa. Ficaram parados ali na rua, diante da multidão, sem nem mesmo contar com a proteção do revólver. Grande parte dos homens saíra correndo atrás de Maddy, contudo, e Ruth tentava agarrar o filho e empurrá-lo de volta para a casa de Deirdre, pensando que, talvez, a turba não reparasse nele.

— Quem sabe a gente consegue fugir pelos fundos...

Mas antes que pudessem fazer qualquer coisa, já ouviam os gritos da sra. McGillicuddy, incitando os homens novamente. As outras mulheres não demoraram muito para se juntar a ela.

— É aqui que os pretos moram! É aqui que estão escondidos!

— Atirando em nós! Atirando em nós, a rameirazinha!

— É aqui que ele mora, o preto grandalhão do bairro! A família inteira dele está aqui!

Os homens começaram a se mover na direção delas, agora. Deirdre e Ruth deram mais um ou dois passos para dentro da casa, apesar de saber que isso em nada adiantaria, com a porta e as janelas destruídas. Ruth com os braços enlaçados em volta de Milton, tentando protegê-lo com seu próprio corpo.

— Talvez possamos sair pelos fundos...

— Não sei — Deirdre falou, o medo engrossando sua voz, mas tentando manter a calma e pensar. — Não sei se vamos conseguir passar pelo fogo.

Elas podiam sentir o calor mesmo ali onde estavam — a fumaça acre vinda dos fundos, começando a preencher a casa inteira, subindo pela escada. Ruth começou a tossir, diminuindo a pressão dos braços no seu filho enquanto se inclinava, tentando respirar.

— E se sairmos para os fundos lá em cima...

— Não adianta — Milton estava dizendo.

Ele se desvencilhou dela — olhando na direção da porta, para os homens lá fora. Sua expressão grave e furiosa.

— Não, não faça isso — Ruth falou, estendendo os braços para ele através da fumaça sufocante. — Não, não vá lá fora, meu filho, não...

Porém, Milton já se afastara, indo na direção da porta. Seu rosto jovem, belo, tão alerta e inabalável como o de um cão de caça, apontado para a turba lá fora.

— Quem são eles para vir aqui e nos expulsar? Quem são eles? — ele murmurou, afastando as mãos dela para longe. — Eles já mataram o meu pai...

Milton passou pela porta, então, saindo para a rua diante da multidão. Tão rápido, tão quieto e calmo e digno que eles nem reagiram — no início. Então Ruth correu atrás dele, ainda tentando puxá-lo de volta. *Buscando ficar entre ele e a multidão* selvagem. *Mesmo estando repleta de um terrível orgulho por ele, o seu filho...*

— Voltem! Voltem para dentro, vocês dois! — ela ouvia Deirdre gritando atrás de si, mas Ruth já cruzara a porta e estava parada na rua com seu filho.

Ainda sem saber o que poderia fazer, mas determinada a qualquer coisa, a protegê-lo deles. *Meu menino...*

E foi então que ela o avistou — Johnny Dolan em pessoa, destacando-se bem na frente da multidão — e soube que iria morrer.

72

BILLY DOVE

Ele podia ver a água se abrindo à sua frente. A efluência escura da Cidade se precipitando para fora, absorvida pelas correntezas mais largas e lentas do rio. *Finalmente, a boca do esgoto, bem diante dele...*

Billy levara horas para abrir seu caminho pelo esgoto da Twenty-first Street, se arrastando dolorosamente na saliência estreita. Muitas e muitas vezes se sentiu perdendo o equilíbrio, e teve de se agarrar à áspera parede de tijolos do túnel para se salvar. Em muitos lugares os blocos da saliência estavam erodidos, e ele era forçado a balançar a perna quebrada cuidadosamente por cima do espaço vazio — rezando para não tropeçar em nada, para não acabar pendurado acima da escura correnteza abaixo dele.

Precisava fazer quase tudo tateando, as mãos passando pelos tijolos como as de um cego. Não havia som algum, exceto o correr da água, ou os gritos desgarrados na rua acima, e a única luz era a que vazava de uma ou outra grade do esgoto. Havia também os ratos que corriam pela saliência, e ele os sentia disparando pelos seus pés e até tentando subir pelas suas pernas antes que pudesse enxotá-los — ouvindo-os guinchar e se espatifar na água.

Havia homens, também, ali no esgoto. Muitos deles passando pelo outro lado — figuras furtivas, abaixadas, que se moviam pela saliência muito mais depressa que ele. Pareciam não perceber a presença dele ali, mas ainda assim ele se certificava de manter o Colt à mão.

Num certo momento ele encontrou um homem no seu lado do túnel. Billy o pressentira antes mesmo de vê-lo no escuro — sentindo o odor do seu corpo, escutando o rastejar das mãos pela parede. Ele congelara — e quando o homem o ouviu, ou o farejou, ele também havia parado. Tudo o que Billy conseguia enxergar era um volume escuro, colado à parede; de onde estava, nem mesmo distinguia a cor do homem. Somente os olhos, fitando os dele também, sem dúvida tentando decidir se voltaria ou seguiria em frente, ou se o derrubaria da saliência.

Billy pegara a arma — sem apontá-la, sem dizer uma palavra. Apenas erguendo a arma, certificando-se de que o outro homem a visse sob a luz distante. Ele viu os olhos do homem registrá-la — depois percebeu que ele começava a se mover lentamente, pelo mesmo caminho de onde viera. Billy se demorou logo atrás, mantendo uma certa distância, tendo o cuidado de não apressá-lo nem provocá-lo a algum ato desesperado. Escutando seus grunhidos e a respiração ofegante, o mesmo arrastar das mãos pela parede de tijolos. Só então Billy começou a se arrastar atrás dele — quase contente pela companhia, pelos pequenos ruídos humanos à sua frente.

Depois de algumas centenas de metros, o homem dera um passo para trás, entrando num recesso oco ao longo da parede. Fez um gesto rápido e curto com a mão, então, indicando a Billy que passasse. Nenhum deles falou uma palavra sequer. Billy tirara o Colt novamente do bolso, depois estendeu um braço e a perna saudável para além do homem. Enquanto fazia isso, ele enfiou a arma profundamente na barriga do homem, certificando-se de que ele não se aproveitaria daquilo para empurrá-lo para fora da saliência. Ouvira o homem grunhir de surpresa, mas ainda sem nada dizer, mantendo as mãos cuidadosamente abaixadas enquanto Billy passava por ele. Tão próximos, agora, que Billy sentiu o seu hálito azedo no rosto — os olhos fitando, cautelosamente imóveis, a escuridão por cima do ombro de Billy.

Então ele passou e puxou a arma. Ainda a segurando. Ainda parado contra a parede, até ouvir o homem se mover outra vez, na direção oposta, se arrastando e tateando pelo seu caminho dentro do esgoto.

Billy tentara se guiar pela memória, depois de ter decidido que a água que ele havia visto, no porão do Arsenal, estava correndo para o leste, e para o rio. Dali, ele seguira centímetro a centímetro ao longo de pequenos túneis e regatos. Esperando que nenhum deles o levasse para um ponto sem saída, ou o porão de algum cortiço, ou para uma das aterrorizantes gangues de rio. Sempre tentando seguir na direção que ele achava ser o sul e leste — *na direção de casa* — embora soubesse que poderia muito bem acabar no West Side, que não havia nada com que pudesse se orientar lá embaixo, nem sol, nem estrelas, nem terra.

Era um trabalho dolorosamente lento, mas ele concluiu que era a única maneira. De qualquer forma, não conseguiria se mover mais depressa que isso se estivesse lá em cima, não com a perna quebrada. Ali, na saliência, pelo menos estava em pé de igualdade com qualquer outra criatura que por acaso encontrasse. *Enquanto na Cidade acima, seria apenas sangue na água, uma criatura ferida, implorando para morrer.*

Era a sua única chance, Billy sabia, mas ainda assim odiava cada minuto. Ansiando por chegar.

E se ele conseguisse, pensou enquanto arrastava os pés milímetro a milímetro, com o rosto colado na parede, *se conseguisse chegar em casa, não iria a lugar algum. Ficaria ali entocado com a sua arma, se fosse necessário, esperando Johnny Dolan, ou o inferno todo, vir para encontrá-lo. Era a sua casa, fosse como fosse, e ele não iria fugir novamente por ninguém nem por nada nesse mundo.*

Sua casa, e sua família. Pensou nos seus rostos enquanto abria caminho através dos túneis escuros, intermináveis. Seus filhos, seu garoto inteligente, Milton, em especial.

Billy percebeu, então, que sempre havia pensado neles como algo tão insignificante — sob a luz do que achava que poderia ter feito, da vida que poderia ter construído para si. Apenas mais adições aos vastos rebanhos de crianças negras que ele via diariamente lá no Asilo, sem melhores esperanças para a vida do que elas tinham. Destinadas a viver neste mundo como ele vivera, carcomido pela amargura, pelos anseios que jamais se realizariam.

Pensou no quanto os amava, agora. Ruth, também, aquela garotinha maltrapilha que ele encontrara parada na estrada, vagueando atrás dele. *Há quanto tempo ela cuidava dele, mesmo quando ele a desapontava. Sem lhe oferecer nada em retribuição, apenas a porção mais rancorosa do seu afeto. Nem mesmo capaz de domar a sua maior fraqueza por amor a ela, por mais que ele próprio tivesse nojo disso.*

Bem, isso iria mudar. Billy tinha certeza, agora, de que nunca mais beberia outro gole de álcool em sua vida. Iria desistir de tudo isso, começaria a guardar algum dinheiro. Viver uma vida pela qual ela poderia respeitá-lo, pelo menos, mesmo se ele não conseguisse se respeitar.

Ou talvez eles pudessem ir embora, no fim das contas — em seus próprios termos. Quando a guerra acabasse, se é que algum dia acabaria, e os escravos fossem realmente livres, então talvez houvesse um lugar para onde pudessem ir. Algum lugar como o pequeno vilarejo, agora soterrado. Só que maior, talvez uma cidade, algum lugar onde ele pudesse usar novamente as suas habilidades e exercer sua profissão.

Eles mereciam isso dele, no mínimo — a sua família. Talvez ele tivesse de partir, mas não importava o que acontecesse, jamais partiria sem eles, nunca mais ficaria separado deles outra vez.

Ele precisava voltar.

Billy avistou um minúsculo feixe de luz à sua frente. No início pensou que fosse mais uma grade, porém ficava maior à medida que ele se arrastava na sua direção, até que se deu conta de que era a boca do esgoto, finalmente, se abrindo diante dele. O riacho subterrâneo correndo para as enganosamente passivas correntezas do rio.

Havia uma grade de barras de metal através da entrada do esgoto, mas ele sabia que as gangues dos rios sempre a mantinham destrancada. Por certo, ele conseguiu abri-la com facilidade e empurrar-se para cima e para fora, novamente para a luz do dia.

Ficou ali por um momento, piscando como uma toupeira. Tentando descobrir onde estava — subitamente percebendo o quanto estava exausto, os lábios rachados e a língua inchada de sede. Olhou em volta — e viu, com imenso alívio, que não estivera muito errado. Havia saído direto na parte de trás da Shambles, e tudo o que precisava fazer era andar mais dois quarteirões até a Cherry Street, no final do Beco Paraíso, e estaria em casa.

Parou pelo tempo suficiente para beber água de uma bomba Croton. Engolindo a água limpa, fresca, até sentir a barriga inchar, jogando mais na cabeça, no pescoço e nas costas. Tentando lavar um pouco da sujeira e do limo dos esgotos, embora soubesse como devia estar a sua aparência. Sem camisa, todo cortado, com um cano de mosquete amarrado na perna quebrada. Sorrindo consigo mesmo, ao pensar em como Ruth ficaria feliz ao vê-lo, mesmo do jeito que estava, e em como ela iria chorar.

As ruas à sua volta pareciam tranqüilas, e não havia mais do que uma alma à vista. Mas Billy não se deixou enganar. Ainda podia ouvir os gritos e até tiros vindo de algum lugar, lá na Cidade — ainda sentia o cheiro de fumaça. Concentrou-se na tarefa que tinha em mãos e, segurando a arma no bolso, foi mancando pela rua, arrastando-se de volta para casa.

73

JOHNNY DOLAN

Ele os viu no instante em que chegou no quarteirão. Tudo imediatamente reconhecível outra vez, como se quatorze anos tivessem apenas se dissolvido. Lá estava a casinha fútil e orgulhosa de Deirdre, sob o enorme cortiço que se assomava acima dela. Sua grandiosidade agora destruída, a parte da frente toda devastada...

E lá estava *ela*, também, correndo para fora da casa bem diante dele. E, na frente dela — um garoto negro. Não o marido, não, este era ainda muito jovem. Aquele, o marido, ele jurava que poderia reconhecer em qualquer parte, depois daquela noite no barco, e não estava em lugar algum que pudesse ver.

Mas o menino, era ainda melhor.

Dolan compreendeu na hora que só podia ser o filho dela. Um garoto negro alto, esguio, com a pele bem escura, e provavelmente no início da adolescência. E Ruth corria para a rua, direto para a multidão que gritava e zombava, a fim de protegê-lo.

Ela já devia estar grávida, a cadela. Grávida, ou foi logo depois...

Ele viu a sua chance, agora, de realmente feri-la.

Havia uma mulher qualquer correndo por ali, louca, brandindo uma arma, distraindo todo mundo. Ele avançou na direção do garoto...

Deirdre. Ela também saiu correndo da casa, atrás deles. Isso fez com que o seu coração parasse, detendo-o a meio passo, para ver a sua irmã. *Ainda tão linda, mesmo depois de tanto tempo.* O vestido e os cabelos ainda tão cuidadosamente arrumados, cobertos de fuligem e suor como estavam.

Ele iria lhe mostrar. Iria mostrar a todos eles.

Moveu-se através da multidão com seu andar arrastado, de caranguejo. Aproximando-se deles antes que pudessem avistá-lo — avançando para o menino.

74

RUTH

Ele parecia pior do que nunca, ela pensou — ainda pior do que na primeira vez em que pusera os olhos nele. *Naquele vilarejo deserto, com os cachorros...*

O cabelo havia praticamente desaparecido, as pústulas terríveis se projetando ao longo do crânio. O rosto barbado, hirsuto, coberto de fuligem, sujeira e manchas de pólvora. Quase enegrecido, agora, bem semelhante ao estado do seu próprio rosto, igual a todos os rostos na multidão, pelo fogo que se espalhava. Com uma estranha placa de madeira pendurada por cima do peito...

Ela o avistou ali — e soube que ele também a havia visto. Ele já estava se movendo direto para ela, na direção da porta quebrada da casa. Deirdre correndo para fora, agora. Tentando se colocar entre eles, falando muito rápido enquanto estendia os braços.

— Quem mandou você para aquele barco fui eu — Deirdre começou a dizer. — Fui eu quem o mandou embora, porque sabia que você era incapaz de conviver com gente decente...

Dolan atingiu-a com a mão esquerda, e depois com a direita, a combinação lançando a irmã escarrapachada na rua, o rosto para baixo. A multidão rindo aparvalhada, incerta.

— Ei, espere, essa mulher é uma irlandesa! — o homem com cara de duende começou a dizer, aproximando-se, mas não se atreveu a tentar realmente deter Dolan, e ninguém mais esboçou qualquer gesto.

Ruth estava ocupada, ainda tentando puxar Milton para trás.

— Fuja. Fuja correndo, *agora*... — ela o incitou.

Mas não houve troca de palavras entre ela e Johnny Dolan. Ele simplesmente foi até ela — o rosto contorcido com a mesma fúria da qual ela se lembrava tão bem. Seu braço desferindo um soco antes mesmo que ela percebesse, rápido como sempre. Ele a derrubou para trás, depois a jogou para longe, sua cabeça batendo nas pedras do calçamento. Depois, voltou a atenção para o menino...

— *Deixe a minha mãe em paz!*

Milton fez um giro para Dolan — o corajoso grito infantil ainda pairando no ar. Conseguiu atingi-lo com um desvairado soco de esquerda — seu punho apagando a fuligem e expondo uma súbita marca branca na face de Dolan. O soco o fez vacilar nos calcanhares por um breve momento — a placa de madeira balançando contra o peito. Então, enquanto Ruth olhava, Dolan arrancou-a e golpeou o seu filho com ela, atingindo-o na lateral da cabeça e nocauteando-o imediatamente.

Ela já estava de pé, correndo para eles. Os braços dos arruaceiros se estendendo para segurá-la...

— Calma, dona, o nosso problema não é com a senhora...

— Me soltem! *Pelo amor de Deus, me soltem!*

Ruth conseguiu se desvencilhar e se atirou para Dolan. Ele já estava por cima do menino outra vez, atingindo-o cada vez que ele tentava se levantar, socando-o violentamente de volta para o chão. Ela agarrou seu braço, mas Dolan simplesmente a jogou para longe. Abaixando-se outra vez sobre Milton — erguendo-o pela camisa antes de golpeá-lo de novo com o bloco de madeira. Chutando sua cabeça quando ele caiu...

— *Maldito seja!*

Ruth se lançou novamente sobre ele. Passando os braços pelo grosso pescoço de Dolan, tentando de alguma forma sufocá-lo.

— Saia daqui.

A mesma voz áspera, raivosa, quase incapaz de emitir um som humano. Ele soltou as mãos dela, virando-a para encará-lo.

— Saia agora, sua vez vai chegar.

— Me mate — ela disse, tentando pensar em alguma maneira de provocá-lo, de afastá-lo do seu filho. — Vá em frente, me mate no lugar dele. É a mim que você quer matar...

Tentando atingi-lo.

— Não. — Ele prendeu os braços dela em seus punhos, esboçando um arremedo de sorriso. — Não, é *ele* que eu quero matar.

— Fui eu que coloquei você naquele barco. Fui eu que mandei raptarem você, que vendi você...

— E eu não sei disso?

Ele a jogou para o lado outra vez, pegou Milton de onde estava, ainda caído no calçamento. Puxando-o pelo pescoço, como um cão faria com um rato, o menino quase inconsciente, os olhos girando nas órbitas. Dolan rasgou a camisa do garoto e passou a retirar metodicamente todas as suas roupas.

Ruth tornou a avançar, dessa vez indo direto para o rosto de Dolan, agarrando-o pelos olhos. Tentando enfiar o joelho na sua virilha, tentando fazer qualquer coisa para que ele não a ignorasse — que pudesse enfurecê-lo a ponto de matá-la. Ele simplesmente a golpeou na altura da cintura com a placa de madeira — com tanta força que ela ouviu algo estalar e quebrar dentro de si. Ela se dobrou em choque, e ele voltou a atenção para seu filho outra vez, mas, de alguma forma, Ruth conseguiu se levantar e segurá-lo pelas pernas antes que ele pegasse Milton.

Desta vez ele encheu-a de socos, desferindo um golpe depois do outro na sua cabeça e ombros. Derrubou-a no chão com a placa, golpeando-a até que a grossa madeira se partisse em duas, metade dela ricocheteando na rua.

Então voltou novamente para o menino. Arrancando o que restava das suas roupas. Milton tentando automaticamente se cobrir, mesmo quase inconsciente, levando as mãos por cima das vergonhas. Ruth vendo tudo isso ali na rua, tentando se levantar, o sangue escorrendo pelo seu rosto. Dolan arrastou o seu filho nu pela rua, onde um grupo de risonhos garotos brancos já atirara uma corda por cima de um poste. Outros — outros homens e mulheres, até mesmo do quarteirão — correndo agora com suas facas e lamparinas cheias de querosene, rindo e gritando.

— *Fogo nele! Queime o preto agora!*

Mais homens — adultos, agora — trouxeram um balde com água da bomba. Eles a jogaram por cima da cabeça de Milton — esbofeteando seu rosto, forçando uísque pela sua garganta. *Tentando reanimá-lo. Tentando reanimá-lo para ter certeza de que ele sentiria a dor quando eles cortassem sua carne e despejassem o óleo. Assim ele forneceria um espetáculo muito mais divertido.*

Milton abriu os olhos — mas Ruth pôde ver o primeiro véu da morte já descendo sobre eles.

Ela se levantou outra vez, então, arrastando-se pela rua. Uma perna retorcida, o braço direito pendendo num ângulo estranho, no lugar onde ela tentara aparar os golpes dele. Algumas das mulheres do quarteirão tentaram segurá-la — algumas realmente parecendo solidárias. A sra. McGillicuddy até pôs a mão em seu ombro, tentando detê-la.

— Você já salvou os outros, afinal — ela disse. — É só esse que você vai perder...

Ruth se desvencilhou dela. Enxugando o sangue que continuava escorrendo por cima dos olhos, mas ainda se movendo na direção de Dolan.

Ele a viu chegando, os lábios levemente separados naquele mesmo sorriso cruel. Deixando o filho dela escorregar para a calçada, por enquanto. Ela foi direto para ele e Dolan se preparou, pronto para atacá-la — mas no último instante Ruth inclinou o corpo e correu de cabeça para o estômago dele, logo abaixo dos seus punhos cerrados. Agarrando-se a ele, ainda prendendo-se nele mesmo enquanto a esmurrava e empurrava.

— Acabe comigo — ela pediu outra vez. O rosto dele apenas um borrão acima dela, através do sangue.

Ele tentou soltá-la, mas Ruth continuou se agarrando — sabendo, enquanto o fazia, que se ele conseguisse tirá-la dali tudo estaria acabado. Sabendo que ele iria matar o seu filho. Os outros homens só observando, recuando um pouco, agora, sem saber o que fazer numa situação como aquela.

— Acabe comigo. Sabe que é a mim que você quer. *Acabe comigo.*

— Não.

Os olhos de Dolan acima dela, amarelados e enlouquecidos pela raiva e pela dor, exatamente como Ruth se lembrava deles.

— Não, eu quero a sua cria negra. Quero que você esteja viva para me ver matar ele.

Dolan a empurrou, então, derrubando-a no chão. Ela prendeu os braços em volta dos joelhos dele, e quando ele a chutou para longe, ela se agarrou novamente em seu peito.

— Me mate, e você pode pegar a sua caixa. Eu ainda estou com ela, sabe. Está ali na casa — ela ofegou, mal capaz de pronunciar as palavras, mas ainda tentando pensar. Procurando fazer algo para que ele a matasse no lugar de Milton. — Foi por isso que você veio, não foi? Não quer pegar a caixa, antes que um desses outros ponha as mãos nela?

Dolan cerrou o punho e deu-lhe um soco no olho esquerdo com toda sua força. Este se fechou imediatamente, mas ela continuou se agarrando.

— Seu filho-da-puta — ela cuspiu. — Mas você sabe que é tudo lixo, não sabe? Sabe que é tudo um lixo inútil, aquele homem estava certo. E você quis assim mesmo.

Ele fechou o punho outra vez, esmurrou-a na boca, arrancando os dentes que encheram a sua boca. *Tentando lhe causar o maior estrago possível*, ela sabia, mas permaneceu agarrada.

Em algum lugar aos fundos ela ouvia as pessoas gritando, berrando, mas ninguém interferiu. Perguntou-se estupidamente onde Deirdre estaria, se ainda estava viva. Era como se estivessem sozinhos, ela e Dolan, lutando numa rua no meio da Cidade. E o seu filho.

— Seu mentiroso — ela continuou falando, da melhor maneira que pôde através da boca destruída. — Você mente, você nunca esteve morto. Você nunca achou que estava morto. Você faria qualquer coisa para ficar vivo. É por isso que deixou o seu irmão morrer...

— Cadela desgraçada!

Ele a esmurrou agora com as duas mãos — mas de alguma forma ela ainda conseguiu se encolher, segurá-lo em volta da cintura. Estava quase cega pelos golpes, o sangue cobrindo todo seu rosto, mas ainda ergueu-o para ele.

— É isso. Você nunca quis morrer...

— Eu morri, eu estava morto...

— Não. Não, nunca esteve. Você viveu... sobreviveu comendo carne.

— Não, isso é uma maldita mentira!

Ele a socou, mas dessa vez apenas fracamente — recuando, tentando se afastar dela.

— Você deixou ele morrer, e depois sobreviveu comendo carne. Pensa que eu não sabia? Acha que eu não sabia como você conseguiu sobreviver naquele vilarejo, depois que todo mundo tinha morrido? Quando todos os cachorros estavam magros, e só você estava gordo? Acha que eu não sei o que você fez para ficar vivo?

Dolan emitiu um uivo, então, e empurrou-a para longe. Tirando as mãos dela de cima de si, tropeçando pela rua. Ela rastejou com as mãos estendidas, tentando tocar seu filho, mal conseguindo enxergar. Encontrando o corpo do seu pobre menino, caído nu ali na rua. Atirou-se por cima dele, cobrindo-o onde ele estava. *Ainda quente, ainda respirando, ela tinha certeza.*

Três ou quatro homens a rodearam no mesmo instante. Tentaram puxar o corpo de Milton de baixo dela, mas Ruth não o soltou. Eles a chutaram e socaram, golpeando-a com uma barra de ferro que trouxeram de algum lugar. Atingindo-a tão violentamente com o cabo de um machado que ela gritou.

— Isso vai fazer com que a rameira dos pretos se mexa!

Mas ela continuou agarrada ao menino. Tentando cobri-lo da melhor maneira que podia com o seu próprio corpo. Tentando mantê-lo escondido ali, protegido de tudo, enquanto os socos e golpes chegavam cada vez mais rápidos. Mas Ruth o segurava com força — mantendo-o aquecido e vivo sob ela.

Os homens continuaram a surrá-la, a fúria deles aumentando quanto mais ela se agarrava ao menino. Atingindo-a com frenesi, agora, com qualquer coisa que tivessem à mão, cabos de machado, travessas de carroça, seus próprios punhos, gravetos, pedaços de pau e tijolos. Mas era como se ela não sentisse mais nada, agora, acostumada aos seus golpes. Suportando, agüentando, guardando seu filho, seguro, debaixo do seu corpo. Os homens ainda batendo — até que, finalmente, pararam.

75

DEIRDRE

Os punhos do seu irmão a fizeram cair no calçamento, batendo a cabeça no meio-fio. Seus socos eram a coisa mais dura que ela já sentira, mas mesmo enquanto caía ela só pensava em Ruth. *Como ela agüentou? Como ela agüentou aquilo por tanto tempo?*

Deirdre se levantou assim que conseguiu se recobrar um pouco, lançando-se novamente na direção dele. Tentando chegar até Ruth e Milton, certa de que Johnny iria matar os dois, se pudesse. Ela cambaleou para ele, tentando recuperar o equilíbrio. Os gritos de zombaria das outras mulheres do quarteirão enchendo seus ouvidos — incentivadas, agora, pelos homens que tinham voltado à rua. A sra. McGillicuddy segurando o seu braço, a boca desdentada sorrindo com excitação.

— Olhe! Olhe! Você não é mais tão orgulhosa e pedante, agora, defendendo os pretos!

Deirdre deu-lhe um soco na boca, derrubando-a na calçada. Passou pelas outras mulheres empurrando-as com bastante facilidade, apesar das suas arengas destemidas, embriagadas — mas não conseguiu passar pelos homens. Deirdre correu para eles, socando e chutando, mas eles apenas a empurraram de volta para trás. Não permitiam que ela rompesse o círculo que tinham formado no meio da rua — o círculo dentro do qual ela sabia que seu irmão estava matando Ruth e o menino.

— Saia daqui! Dê o fora! Fique contente porque *você* está viva!

Ela cambaleou para trás, a cabeça ainda latejando pela pancada — tentando obrigar-se a pensar. Ninguém no Beco Paraíso iria ajudá-la. As mulheres ainda estavam gritando e apontando, os homens, parados de braços cruzados, assistindo e rindo enquanto ele os trucidava.

Em outro lugar. Fora do quarteirão...

Deirdre começou a correr — ainda zonza, movendo-se o mais depressa que podia. Trombando nas laterais das casas e tropeçando nas valas escorregadias. Correndo para a casa das judias, agora, virando a esquina da Water Street — sabendo que elas a ajudariam, se ninguém mais ajudasse, embora não tivesse idéia do que poderiam fazer. Aquilo não era algo que se pudesse resolver com uma corda de varal ou uma filha aleijada. *Mas, pelo menos, talvez pudessem conseguir mais ajuda...*

A sra. Mendelssohn estava no alpendre da frente da casa, a linda filha coxa ao seu lado. Já correndo pela escada até ela — a expressão se consternando ao ver os hematomas no rosto de Deirdre, o sangue na sua cabeça e no vestido.

— Aí está você! Graças a Deus, graças a Deus! E onde estão os outros?

A sra. Mendelssohn já levava Deirdre na direção da casa.

— Seus filhos vão ficar tão contentes. Onde estão os outros? Estão chegando?

Deirdre agarrou-se no corrimão da escada do alpendre, forçando-a a parar.

— Nós precisamos ajudá-los — ela disse ofegante, tentando explicar o que estava acontecendo, o que os desordeiros estavam fazendo.

Os olhos da sra. Mendelssohn se estreitaram no rosto amendoado, os lábios se pressionando.

— A senhora precisa me ajudar — Deirdre repetiu. — Eles vão matá-la. Vão matar o filho dela, também...

— Está bem. Jake! Jake!

Um homem de meia-idade já corria para a rua até onde elas estavam, vindo da outra direção. Usava roupas de operário, com um revólver enfiado no cinto, o longo bigode retorcido de preocupação. *Sr. Mendelssohn, o vidraceiro.*

— Graças a Deus que você veio... — ele começou a dizer, aproximando-se do alpendre.

— O senhor precisa me ajudar — Deirdre repetiu, tão calmamente quanto foi possível, tentando falar algo que fizesse sentido. — Ele vai surrá-la até a morte. Eu sei que vai. Vocês precisam me ajudar...

O sr. Mendelssohn encarou-a, os olhos castanhos se apertando. Deirdre sabia que devia estar parecendo uma louca, para ele — ensangüentada, o rosto e as roupas sujos de fuligem. Começou a explicar novamente, embora soubesse que não havia tempo, que Johnny iria matar os dois...

— Ruth! Deve ser Ruth! Vocês precisam socorrê-la! — a filha gritou, e então a mãe estava gritando para ele também.

Portas estavam se abrindo por todo o quarteirão, homens e mulheres olhando para fora. Mais homens saíam para a rua, o ar espesso, com o cheiro de fumaça...

— Eu tenho de proteger a minha esposa. As crianças... — o sr. Mendelssohn começou a dizer.

— Então me dê o revólver — Deirdre implorou. — Apenas por um minuto. Não há *tempo*!

A sra. Mendelssohn fez um gesto impaciente.

— *Vá*, Jake!

— Está bem! — Ele a empurrou para dentro da casa, beijando-a apressadamente. — Voltem para dentro, voltem! E não abram a porta para ninguém! Eu prometo que vou voltar!

Então ele estava correndo junto com Deirdre. Outros homens na rua chamavam por ele, perguntando o que estava acontecendo, porém Mendelssohn os ignorou, finalmente entendendo a urgência.

Viraram novamente a esquina — o fogo nos terrenos das latrinas, que seria um atalho, quente demais para que passassem, eles podiam sentir o calor até mesmo na calçada onde estavam. Deirdre pensando com amargura, *Só precisaram de alguns segundos, só precisaram de alguns segundos, aqueles idiotas*. Nem mesmo percebendo que o quarteirão inteiro estava na iminência de se incendiar. O ar tão ardente, tão pesado e espesso que eles estavam ofegantes depois de percorrer apenas uns poucos metros, os flocos negros de cinzas caindo em suas cabeças e ombros como se fossem de neve.

Eles viraram a esquina para o Beco Paraíso — e o sr. Mendelssohn tirou a arma do cinto assim que viu o cenário à frente, mas continuou correndo. As mulheres gritando chacotas ao vê-los se aproximar, porém recuando para fora do caminho quando repararam no revólver.

— Saiam! Saiam daqui! — o sr. Mendelssohn gritava furioso.

Elas se afastaram, mas os homens continuaram impassíveis — amontoados onde estavam, hipnotizados pelo que havia ali na rua, ainda golpeando, pulando e gritando, como homens num jogo de dados ou numa rinha de ratos. Mendelssohn precisou ir direto até eles, depois começou a puxá-los pelos seus coletes e colarinhos, enxotando-os dali como um homem que separa uma briga de cachorros.

Até que finalmente Deirdre pôde vê-los — o filho mais velho de Ruth caído na rua, desnudo e sem sentidos, na melhor das hipóteses. E Ruth ainda deitada sobre ele, ainda tentando protegê-lo, enquanto os homens enxameavam sobre ela como moscas. Um deles a golpeava naquele mesmo instante com um aro de roda de metal, outro com um poste de cerca — outro simplesmente batendo com seus punhos e botas. Tentando de tudo para obrigá-la a se mover, praguejando e batendo em seu frenesi — enquanto Ruth se agarrava ao filho.

Deidre viu, então, que ela ainda estava viva, ainda consciente. Virando-se para proteger o filho dos golpes sempre que podia, com os braços e pernas, com seu corpo inteiro, até que afinal o sr. Mendelssohn ergueu o revólver. Apontando-o no peito do homem mais próximo e destravando o gatilho com um clique alto, embora tivesse de gritar para chamar a atenção deles.

— *Parem!*

Os homens finalmente fizeram uma pausa. Parecendo ligeiramente espantados, mas de forma alguma amedrontados pela arma. Ainda ofegantes com o esforço, acocorados, os braços pendendo soltos nas laterais do corpo, as faces e roupas cobertas de cinzas e sangue.

— Parem imediatamente! Saiam de perto dela, agora!

Deirdre pôde perceber, mesmo em seus rostos enegrecidos, que nenhum deles era o seu irmão. Nenhum deles era Johnny Dolan. *Para onde ele foi?* Olhou em volta, aterrorizada, porém não viu qualquer sinal dele.

— O que vocês têm a dizer sobre isso?

Um dos homens deu um passo hesitante na direção deles, levantando o braço. O sr. Mendelssohn apontou-lhe a arma, e ele parou.

— Pois eu digo que é uma vergonha vocês estarem surrando um menino e uma mulher desse jeito, é isso que eu tenho a dizer. Vocês, homens fortes e adultos, vindo aqui para atacar um garoto. Por que não experimentam bater num homem, se querem brigar?

— Ora, vá para o inferno! — o homem que estivera batendo com o aro de roda gritou com raiva.

— Vocês parem com isso agora mesmo e saiam deste quarteirão — o sr. Mendelssohn falou, apontando a arma para ele. — Juro por Deus, eu vou lhes dar todo o inferno que quiserem, se não saírem daqui.

A multidão começou a se juntar lentamente, agora, avançando para frente. Não pareciam mais preocupados do que estiveram com o revólver de Maddy, e Deirdre sabia que era apenas uma questão de tempo até que alguém aparecesse com seu próprio revólver ou rifle. Porém, estava mais preocupada com um único homem do que com todos aqueles, tentando avistá-lo antes que ele conseguisse surpreendê-la. Perguntando-se, freneticamente: *Onde ele está? Onde está Johnny?*

Houve um tumulto no final do beco. Deirdre pensou que seria mais uma turma de arruaceiros chegando — mas então viu, com alívio, que eram os vizinhos de Mendelssohn, vindos da outra rua. Muitos deles alemães, as expressões sérias e determinadas, armados com bastões de madeira e seus próprios revólveres.

A turba recuou diante deles, mas ainda não abriu caminho, as mulheres gritando insultos aos alemães. Por um momento Deirdre temeu que a rua inteira estivesse prestes a explodir numa nova batalha, e já calculava como faria para remover Ruth e o menino para um lugar seguro. Mas então ela ouviu um ruído diferente, crescendo, a poucos quarteirões de distância. Era um som inconfundível, ficando cada vez mais alto — o rufar de tambores.

O exército estava chegando.

O homem com cara de duende, que havia liderado a turba para o quarteirão, adiantou-se à frente. Deirdre o reconheceu, agora — o chefe assistente em quem ela jamais confiara, da antiga companhia de bombeiros de Tom. *Finn McCool, esse era o nome dele.* A pele e as roupas do homem estavam notavelmente limpas da fuligem e do sangue que enegreciam todos os outros, e ele erguia a mão para os homens que o rodeavam como se estivesse no comando.

— Vamos lá, rapazes, não há necessidade de ficarmos aqui por mais tempo! Já fizemos nosso trabalho. Tem um outro ninho de pretos na Leonard Street, vamos para lá fazer a limpeza!

A multidão gritou vivas para a Leonard Street e prontamente começou a se mover para fora do quarteirão, fingindo seguir em seu próprio ritmo, porém se apressando cada vez mais, à medida que o soar dos tambores aumentava. Os alemães mantendo suas posições em volta do sr. Mendelssohn, observando cada passo da retirada.

Deirdre já estava ao lado de Ruth na rua, tentando afastá-la delicadamente do menino. Ruth resistiu, no início, sem dúvida pensando que ainda fosse algum dos homens — agarrando-se ao filho como se fosse a própria morte. Deirdre precisou abaixar-se até o seu ouvido, sussurrando que estava tudo bem.

— Sou eu, Ruth. Sou eu, ele está bem.

Finalmente, ela se deixou ser removida, tentando olhar para Deirdre. Mas seus olhos estavam fechados e cobertos de sangue, o rosto quase totalmente desfigurado.

— Meu menino — ela gemeu. — Meu menino.

— Sim, sim, ele está bem — Deirdre falou, aninhando sua cabeça nas mãos. — Você fez um bom trabalho, ele está bem, agora.

— Ele está salvo? Está vivo?

— Sim, Ruth. Você o salvou, você conseguiu.

A cabeça de Ruth pendeu para trás, inconsciente, e Deirdre olhou para cima, gritando ordens para as mulheres na rua. Elas se aproximaram, agora inofensivas, apalermadas pelo que acontecera em seu quarteirão.

— Ajudem-me a levá-la para dentro. Com cuidado, agora! E chamem um médico imediatamente, não me importa onde tenham que ir. Ajudem-me com o menino, vão buscar um cobertor para cobri-lo decentemente!

As mulheres obedecendo como cordeirinhos, ajudando-a a levantar Ruth e o garoto e a carregá-los de volta para a casa de Deirdre. Movendo-os com extrema delicadeza, de fato. Suas expressões até mesmo repletas de piedade, Deirdre reparou. *Todas voltando a ser gente. Assim, sem mais nem menos, de volta ao perdão e à integridade. Para si mesmas, pelo menos. Tudo o que fizeram, já esquecido.*

Deirdre acomodou Ruth e o filho nas camas e fez com que as mulheres os limpassem, lavando os cortes e ferimentos. Ficou surpresa ao ver que o garoto, Milton, estava inconsciente, mas ainda respirando, apesar do que dissera à Ruth. Ela mesma se encarregou de limpá-lo, lavando ternamente as camadas de cinzas da pele com seu refinado tom escuro. Ele tinha o corpo inteiro cheio de cortes e hematomas, porém ela achou que nenhum dos ferimentos parecia profundo demais, e nada parecia estar quebrado. *Se ele conseguisse sobreviver à febre...*

Deirdre sabia que havia menos esperança para Ruth, por mais que desejasse o contrário. Uma vez que examinou os seus ferimentos, achou que era um milagre ainda estar viva. Seu rosto, mesmo depois de limpo do sangue, era uma massa de hematomas imensos, arroxeados, escuros. Os dois olhos estavam inchados e fechados, os ossos da face esmagados. Pelo menos um dos braços estava quebrado, e algumas costelas, também, e sua testa já estava ardendo. Estava murmurando coisas em sua febre — Deirdre incerta do que ela dizia, ou mesmo se ela sabia onde estava.

— Eu tirei ele, eu tirei. Sem nem precisar da batata.

— Sim, sim.

— Eu salvei todos eles, e não sacrifiquei nenhum. Eu salvei ele...

— Sim, Ruth. Tente dormir, agora.

Ela mergulhou num sono profundo, e Deirdre deixou Eliza, que voltara da casa dos judeus, sentada ao seu lado, e foi para fora da sua casa destruída. Passando indiferente pelos remanescentes da sua linda saleta e através da porta derrubada. Pegando pelo braço a primeira mulher que encontrou.

— Vá procurar um padre. Diga a ele que é urgente, uma mulher está morrendo e talvez uma criança, também. Vá, *agora*!

A mulher, que participara das arruaças até minutos antes, assentiu e saiu correndo sem dizer nada. Deirdre ficou parada na rua, inspecionando os estragos por mais um momento — os colchões, a roupa de cama. As mesinhas e cômodas, os armários e baús — todos os seus melhores móveis — quebrados ou queimados, ou simplesmente esvaziados ali onde estavam.

Então ela viu — um pouco acima da rua, na frente da casa de Ruth. Aquela *coisa* de Johnny — a caixa de maravilhas. Jogada no calçamento, os painéis quebrados, o vidro estilhaçado. Ela andou até lá para ver mais de perto — olhando dentro da caixa, esperando encontrá-la vazia. Mas não lhe pareceu que qualquer um dos inúmeros badulaques que continha estivesse faltando, estavam apenas misturados. *Um amontoado de lixo sem sentido, jogado ali na rua.*

Ela fez o sinal da cruz e começou a murmurar uma prece.

— *Ave Maria, cheia de graça...*

Foi interrompida por um barulho insano, de metal retinindo, como se um sino solto estivesse rolando por uma colina. Virando a cabeça, imaginando que nova calamidade seria aquela — viu a companhia de bombeiros empurrando suas máquinas para o quarteirão. Ficou olhando, incrédula, enquanto os homens corriam para ligar a mangueira no hidrante Croton, bombeando imediatamente as enormes alavancas com habilidade e disciplina. Alguns deles eram os mesmos homens, os rostos ainda enegrecidos, que, ela tinha certeza, acabara de ver tentando incendiar o quarteirão.

Ela foi até eles, lendo o nome e o número das suas carroças: *Nº 6. A Big Six.* A feroz carranca de um tigre pintada na frente da máquina. A grande máquina vermelha sem sequer um arranhão, mesmo depois de todo os tumultos que devastaram a Cidade. Deidre se aproximou de um dos bombeiros como se estivesse num sonho.

— O que vocês estão fazendo?

— Ora, apagando o fogo, dona! — o homem lhe disse, tocando a aba do chapéu de couro preto, mas encarando-a como se ela fosse maluca.

— Por quê? Para quê? Vocês atearam o fogo.

— Ah, não, dona, não pode ter sido nenhum de nós — disse o bombeiro, censurando-a com um sorriso enquanto corria, junto com os companheiros, para guiar a mangueira até os terrenos das latrinas. — Além disso, são ordens do próprio patrão...

Deirdre se afastou, voltando para sua casa e para Ruth. Os bombeiros se agitando acima e abaixo do quarteirão, por toda sua volta. As mulheres aos poucos retornando às suas casas, fechando suas portas e janelas — e o som dos tambores ficando cada vez mais alto.

Uma outra companhia apareceu na esquina, agora — os homens vestidos com túnicas azuis, correndo em passo redobrado. As baionetas em seus mosquetes reluzindo no sol da tarde. *Os soldados* — ali, afinal. Eles se espalharam pela rua, observando cuidadosamente tudo em volta, examinando as janelas dos andares superiores e os telhados com as armas apontadas. Um oficial os seguia, montado num enorme cavalo negro — mais parelhas de cavalos puxando um par de canhões logo atrás.

Deirdre ficou olhando entorpecidamente todos aqueles homens e suas armas, movendo-se juntos como se fossem uma única e perigosa entidade. *Como uma máquina.* Desejando, em seu torpor, que eles simplesmente varressem as ruas de qualquer tipo de vida, que limpassem todas as ruas daquela Cidade devastada.

E então ela o avistou. Quase incapaz de acreditar, a princípio, ou de entender. Vendo-o ali, e inteiro — movimentando-se com bastante facilidade, apenas um leve coxear da perna. O rosto quase todo coberto pela barba. Mais velho e desgastado do que ela poderia imaginar, depois de apenas alguns meses mas, sem dúvida, era ele. Tom em pessoa, correndo juntamente com os outros, os olhos parecendo muito mais preocupados que os dos outros. Até que ele também a avistou...

76

JOHNNY DOLAN

Ele baixou os olhos para a caixa destruída, onde os saqueadores a tinham largado. *Uma caixa de maravilhas* — caída no calçamento à sua frente. Toda ela ainda ali. O olho de vidro pintado, a ponta quebrada de uma espada, e a máquina minúscula. A miniatura da mulher mais bela do mundo, e os amantes caminhando sob o luar, e um navio dentro de uma garrafa.

Tudo lixo. Tudo isso um lixo tão grande, sem valor nem mesmo para a turba furiosa. Exatamente como McCool e o barman lhe disseram, em sua primeira noite na Cidade.

Ele passou a mão através dela, apanhando os badulaques misturados. Deixando-os rolar pela rua.

Uma ilusão. Exatamente como o seu irmão.

Olhou para o final da rua, onde o corpo destruído da sua mulher ainda jazia no chão — protegendo e escondendo o filho debaixo dele. A multidão, e a explosão de violência, ainda os rodeando.

Tudo destruído pelas suas próprias mãos. Ele não tivera intenção de bater neles com tanta força, em Ruth, ou no menino. Não — ele quisera bater neles com toda a força que podia, esmagar a vida para fora deles. Mas isso de tão pouco lhe adiantara.

Olhou novamente para o lixo aos seus pés, e quis urrar a sua raiva. Tudo aquilo. Viajando por metade do mundo e depois voltando, só para aquele lixo, para a ilusão de um irmão. *E tanto trabalho, só para viver.*

Mas lá estava ele, no final da estrada — e ainda vivo. Ainda respirando, apesar de tudo o que tentara. Ele se levantou e caminhou sem ser percebido, para fora do Beco Paraíso, na direção do embarcadouro. Procurando um bar, afinal não conseguia morrer.

77

HERBERT WILLIS ROBINSON

Ela jaz caída na rua, quase morta. Seu rosto terrivelmente inchado, coberto de sangue. Gemendo muitas e muitas vezes o nome de alguém, que me informam ser o filho dela. Quase incapaz de pronunciar as palavras em sua boca ensangüentada, mas continua perguntando.

— Meu menino, meu menino... Como está o meu menino? Eles mataram o meu menino?

Eu acho que reconheço o rosto dela, mesmo devastado como está. Sem dúvida já cruzei com ela na rua no decorrer de todos aqueles anos, em minhas visitas a Maddy. E ela também devia me conhecer, então, como sendo o cavalheiro de Maddy.

Por quantos rostos assim nós passamos todos os dias, nesta Cidade? Oferecendo não mais do que, quando tanto, um rápido reconhecimento. Jamais suspeitando que podem nos conhecer como algo mais — melhor ou pior do que aquilo com que preferimos nos apresentar ao mundo. Jamais os olhando duas vezes, até que alguma coisa aconteça — o cavalo dispara, o bonde estremece, um grito ressoa no ar — e então eles estão caídos à nossa frente, como essa mulher diante de mim, gemendo pelo filho.

O menino está caído sobre uma vala, uns poucos metros adiante. Ele também surrado e ensangüentado, completamente despido. Está inconsciente, mas ainda respirando. Um rosto infantil, meigo, exibindo agora as marcas dos mesmos punhos violentos que socaram a sua mãe. Um belo jovem — ou era, antes de a multidão chegar. O nariz e no mínimo um osso da face quebrados, cortes e talhos cobrindo a pele lisa, juvenil. Ele é jovem, talvez consiga sobreviver.

Elas me falam sobre isso, as pessoas no quarteirão de Maddy. Esta coleção de raças mistas, de quase indigentes. Mulheres brancas casadas com homens negros, catadoras de trapos, catadores de ossos, varredores de ruas e prostitutas. Pelo que consigo concluir, foi o ex-amante da mulher que fez aquilo. Ela o abandonou para se casar com um homem negro, que agora está ausente, desaparecido desde o início dos tumultos.

— O senhor conhece ele? Sabe algo sobre ele? — as pessoas me imploram notícias sobre o marido negro.

Puxando a manga do meu paletó assim que começo a escrever e elas se certificam de que sou jornalista. Pensando que sei de tudo; temendo que o pior tenha lhe acontecido, um homem de cor perdido na Cidade...

— Ele é chamado de Billy Dove. Trabalha no Asilo para Órfãos de Cor. Ou trabalhava, até o outro dia...

— Ah, seria uma pena perder os dois...

— Ah, mas o menino vai sobreviver, espere só para ver...

— Já chega de tanta conversa, todos vocês!

Uma irlandesa extremamente bonita assume o comando, enxotando-os para longe da mulher caída na rua. Quase incapaz de conter a raiva, ela ainda é tão eficiente e controlada quanto um grande general.

Sou dado a entender que se trata da cunhada — aprumada como um carvalho novo, os cabelos puxados para trás num coque firme, bem feito. Seu rosto é realmente belo, os olhos da mesma cor dos cabelos castanhos. Contudo, apesar de toda sua beleza, ela tem uma expressão dura, inflexível.

— O que devemos fazer com tudo isso, então? — um dos vizinhos que se demora ali na rua lhe pergunta.

Ele está indicando uma caixa quebrada, caída na calçada, rodeada por um amontoado de lixo. Não consigo discernir o que seja. Parece tanto arcaico quanto incompreensível — o lixo de décadas espalhado a esmo por um beco, como acontece em tantas ruas da nossa Cidade.

A mulher, a cunhada, olha para a caixa com o desprezo que ela merece. Então faz um breve gesto com a mão, dispensando-o. A arrogante governanta irlandesa, de corpo e alma, mostrando ao limpador de chaminés onde fica a entrada dos criados.

— Livre-se daquilo. Jogue tudo fora! Ou deixe ali mesmo, vai acabar apodrecendo onde está!

Mas então eu vejo lágrimas nos olhos dela — tão inesperadas como se tivessem surgido nas faces de uma estátua de mármore. Ela se vira, depois volta rapidamente para dentro da casa da sua cunhada.

Alguns dos vizinhos permanecem mais tempo na rua, imaginando o que podem fazer — se perguntando se a turba irá voltar. Logo, entretanto, uma companhia de soldados abre caminho pela rua, montando piquetes nas esquinas. Eles passam de roldão pelo distrito, empurrando para longe a multidão à sua frente. Indo de porta em porta à procura de mercadorias roubadas, prendendo qualquer pessoa que encontram carregando casacos, vestidos ou camisolas femininas.

E Maddy desapareceu. Ninguém sabe onde ela pode estar. A porta da sua casa está escancarada, e não há ninguém lá dentro. Mas logo consigo juntar as peças e compreender que foi ela quem atraiu a turba de arruaceiros para lá.

— Dando tiros para o ar o tempo todo — uma mulher me diz, num tom de admiração. — Amaldiçoando aqueles homens pelo que eram, e atirando como o diabo com aquele revólver.

Então, finalmente, ela conseguiu disparar a arma no fim das contas. E depois fugiu — para onde? Tudo que as pessoas sabem me dizer é que ela escapou pelo telhado, descendo depois pelos terrenos das latrinas. Correndo para a Cidade com uma arma descarregada. *Livre de mim, pelo menos — e com menos idéia de como sobreviver do que teria uma criança. A criança que apanhei na rua, na Praça das Gráficas...*

Dentro do seu quarto, saqueado, vejo a camisola suja e manchada que ela estivera usando havia dias. O tecido nas minhas mãos é surrado, quase insubstancial. O que resta do seu armário, o seu guarda-roupas, está vazio, completamente revirado e pilhado, bem como toda aquela casinha holandesa que aluguei para ela. Eu me pergunto se algum dia ela irá retornar para cá.

Lá fora, na rua, eu reviro com os pés o lixo daquela caixa estranha, quebrada. Uns poucos soldados estão inclinados sobre ela, examinando as diversas curiosidades e depois atirando-as com um piparote de volta na rua. Apanho em flagrante um recruta — sua clavícula toda enfaixada — guardar no bolso da túnica uma gravura obscena.

Então, pelo menos serviu para alguma coisa. Estou prestes a sair dali e voltar para o *Tribune*, quando vejo mais uma coisa caída no meio de todo aquele entulho. É a mesma placa infernal. O bloco de madeira que a criatura do parque usou o dia todo, ou pelo menos um pedaço dele. A tosca exigência ainda gravada a giz: *RECRUTAMENTO NÃO!*

Digo a mim mesmo que os arruaceiros devem ter feito centenas de placas como aquela — porém não há como me enganar. Lá está até a mesma corrente em torno dela. É o mesmo pedaço de madeira, descartado bem ali.

Então descubro onde vi aquela expressão antes — no rosto da cunhada. *Aquela mulher linda, ríspida.* Um rosto tão diferente do daquele homem quanto a noite do dia, porém não realmente. Ainda contendo a mesma expressão, o mesmo desdém que vi quando ele enfrentou as tropas, incitando os soldados a atirar.

Deve ter sido ele quem foi para lá, desencadeando toda aquela devastação, toda a sua fúria despejada naquela pobre mulher, no menino. Eu começo a correr imediatamente, perguntando a todos que encontro para onde ele foi, em que direção, mas as pessoas estão apenas confusas e desconfiadas. Elas me fornecem somente respostas truncadas, inúteis, mesmo se continuo insistindo. Querendo saber...

— Onde ele está? *Onde ele está?*

78

BILLY DOVE

Ele foi mancando pelo quarteirão até a sua casa. Vendo, incrédulo, o que parecia ser uma celebração à sua frente. Sem se atrever a ter tanta esperança, mas vendo bem ali, bem diante dos seus olhos — as túnicas azuis dos soldados, os homens correndo com seus rifles e baionetas. *Havia até mesmo uma artilharia.* Certamente nenhuma turba de desordeiros sequer tentaria enfrentá-los...

Não chegara tarde demais, então. Billy deixou o alívio fluir através dele. Podia ver os vizinhos para fora, pelas calçadas, saudando os soldados como se fossem heróis conquistadores. Entregando-lhes chá e pão, as mulheres cortejando-os e flertando. Uma delas até abraçava um soldado, bem no meio da rua. *A vida militar não parecia ser tão ruim assim...*

Somente quando chegou mais perto Billy viu as cicatrizes no quarteirão. A máquina dos bombeiros despejando água nos esfumaçados terrenos dos fundos. As fachadas das casas destruídas e as pilhas de móveis quebrados, e roupas, tudo isso espalhado pela rua.

Billy olhou para a sua casa, viu a janela e a porta da frente quebradas e começou a andar mais depressa. Tropeçando com a perna ferida, caindo de cara no calçamento. Esforçou-se para levantar imediatamente e continuou mancando o mais rápido que pôde, tentando chegar até a casa.

— *Minha casa* — ele ofegou.

Apoiando-se na janela, olhou lá dentro à procura de algum sinal de vida. *Minha casa...*

— Billy... Billy, é melhor você vir comigo...

Deirdre estava ao seu lado, agora. Falando alguma coisa, estendendo a mão para ele, mas Billy não a tomou. Já enfurecido pela expressão de piedade no rosto dela, sabendo o que ela tinha para lhe dizer. Sabendo o truque que tinha sido armado para ele, mais uma vez.

24 de abril de 1865

79

JOHNNY DOLAN

Ele estava andando por uma rua escura, procurando um bar, quando o policial foi até ele. Dolan abaixara a cabeça e desviara o rosto, mas o policial fora atrás dele assim mesmo, do jeito que os policiais sempre fazem, apressando o passo enquanto fingiam não estar com a mínima pressa.

Ele dobrou uma esquina, na Water Street, onde se enfiou no primeiro bar que encontrou. Sentou numa banqueta nos fundos e pediu um uísque de sete centavos, mantendo o olho nas portas de vai-e-vem, esperando para ver se o policial o seguiria até lá.

Ficou bebendo devagar, matando o tempo. O uísque tão áspero quanto já era esperado — quase nem uísque, mas sim querosene adulterado. Mas pareceu acalmá-lo, e ele pediu outro. Olhando disfarçadamente pelo salão, enquanto isso, tentando perceber se alguém o olhava com um interesse especial.

O local lhe parecia vagamente conhecido, mas, então, todos os botecos das docas eram iguais. Era um salão empoeirado, vazio, com umas poucas mesas e cadeiras, algumas gravuras nas paredes e a luz preciosamente pouca. Nos fundos havia uma cortina de veludo vermelho que Dolan presumiu levar à porta de trás — um incongruente toque de elegância, provavelmente mascarando a saída para um beco coberto de mijo.

Lançou um olhar para o barman, também para ver se estava prestando alguma atenção nele. O rosto do homem parecia ter sido drenado até a última gota de sangue, Dolan pensou — tão branco que parecia quase brilhar no salão escuro. Ele se postava em silêncio, os ombros encurvados, enxugando copos num canto distante e se aproximando apenas quando algum freguês o chamava.

Satisfeito, Dolan recostou no balcão e logo pediu mais um uísque, depois outro. Não havia sinal do policial, mas ele não conseguia se obrigar a voltar para fora. Era tão bom finalmente descansar em algum lugar, depois da maneira como estivera em movimento nos vinte meses desde a rebelião. Indo e voltando de um embarcadouro a outro, um bar a outro, por toda à volta do porto — seguindo até Newark, Hoboken e Elizabeth; voltando para o Brooklyn e o East River. Trabalhando aqui e ali nas docas — carregando cargas para os navios, roubando o que podia. Tentando ficar longe de qualquer um que pudesse se lembrar dele. Bebendo sempre que conseguia juntar algumas moedas.

Ele nunca conseguira se desprender — partir novamente para a Califórnia, ou para as Ilhas. *Sabia que deveria ir, para viver.* Sabia que, se não fizesse isso, mais cedo ou mais tarde seria descoberto. Um outro Bunker Narigudo, ou algum ambicioso sargento de polícia o reconhecendo dos cartazes de recompensa. Seu nome ressurgindo por toda a cidade, agora nas paredes das delegacias: *O Perigoso Johnny Dolan.*

Ele até havia voltado ao Beco Paraíso. Esgueirando-se através do terrível e gigantesco cortiço, subindo até a fileira de raquíticas casinhas de dois e três andares, numa certa noite. Olhando pela rua à procura deles — qualquer um deles.

Mas não tinha visto nada. *Nenhum sinal de Ruth.* Dizendo a si mesmo o que sabia ser a verdade — que ela estava morta, que ele era procurado pelo seu assassinato. Mas ainda a procurando...

Pensando que não deveria ter batido nela com tanta força...

Mesmo então ele não fora avistado. Passara por dezenas de homens e mulheres, mesmo àquela hora, alguns que o olhavam direto na cara. Mas sua maldita sorte continuou firme — ninguém havia assoviado para chamar um guarda, ninguém o perseguira nem avisara aos vizinhos que ele estava ali. *Absolutamente nenhuma sorte.*

Ele acabou de beber mais um uísque e revirou os fundos dos bolsos à procura de outras moedas. Só conseguiu encontrar um níquel — tirando a moeda, segurando-a à sua frente. Uma cabeça de índio num lado, um búfalo no outro, banhados pela luz vermelha da lamparina. Olhando a moeda com tristeza. *A dois centavos de distância de um uísque.*

Teria de ir embora. Ele se levantou um tanto cambaleante e puxou o casaco para cima das orelhas, preparando-se para o vento nas docas, ainda frio mesmo no meio da primavera. Espiando para fora nas portas da frente mais uma vez antes de sair, apenas para se certificar de que o policial não estava por ali. Escutou um barulho acima dele, e ergueu os olhos para a pequena placa de madeira que balançava sob a brisa. O "Repouso do Marujo", dizia — um nome que lhe pareceu familiar, embora não conseguisse se lembrar por quê.

O barman apareceu diante dele — pegando o níquel que ele ainda segurava na mão, rejeitando seus protestos. Seu rosto murcho, espectral, realmente sorrindo para Dolan.

— Está tudo bem, senhor — ele disse. — O senhor tem sido um bom cliente. O restante é por conta da casa.

O homem tirou um enorme copo de vidro de baixo do balcão — mais parecido com uma tigela do que com um copo — e começou a preparar um ponche ali dentro, misturando uísques e conhaques tão furiosamente que Dolan nem sequer conseguiu acompanhá-lo. Finalmente terminou — uma espumante, rodopiante tigela de ponche, brilhando avermelhada sob a fraca luz a gás — e colocou-a cuidadosamente na frente dele.

— Aí está.

Dolan mal conseguia acreditar — os *saloons* ao longo do embarcadouro não eram exatamente conhecidos por fornecer bebidas de graça, não importava o quanto a pessoa já consumira. Ficou parado ali por um momento, perguntando-se se não havia entendido errado, em sua embriaguez, se no fim das contas haveria um preço a pagar por aquilo.

Mas o barman apenas se inclinou no balcão e apontou na direção da cortina vermelha que cobria a passagem para os fundos.

— Por obséquio, senhor. Ali dentro... o Salão de Veludo. É apenas para clientes especiais. Teremos prazer em recebê-lo para passar a noite.

Dolan seguiu para lá cautelosamente, equilibrando a preciosa tigela nas duas mãos. Reparando, enquanto andava, que os poucos outros fregueses do lugar pareciam estar sorrindo para ele. Isso também o intrigou, mesmo bêbado como estava — porém, assim que passou pela cortina vermelha e viu a cama, todos os pensamentos sobre qualquer outra coisa se dissiparam.

A cortina não disfarçava uma saída, nem tampouco um beco. Lá dentro havia apenas um cômodo pequeno, com mais veludo vermelho cobrindo todas as paredes, um tapete vermelho no centro do piso. As únicas peças de mobília eram uma cadeira e a cama estreita, e ele sentou nesta última para se firmar. Bebendo o ponche lentamente, querendo que durasse bastante — embora a bebida na tigela nunca parecesse diminuir.

Dolan a levou aos lábios novamente com as mãos trêmulas, sentindo a bebida se espalhar e reluzir através dele, bem semelhante à maneira como estava na tigela. A bebida era realmente boa, melhor do que qualquer uísque que já despejara pela goela abaixo, e quando terminasse ele iria dormir. E então, amanhã — encontraria alguma coisa para fazer, algo que lhe desse algum dinheiro para continuar seguindo em frente. *Algo que o mantivesse vivendo.*

Ele tentou levantar a tigela novamente, mas descobriu que agora estava pesada demais em sua mãos. Tentando baixar os lábios até ela, em vez disso — abaixar-se até o chão para que pudesse beber...

O tapete vermelho escorregou sob seus pés. Só então ele viu, atônito, o formato de uma portinhola cortada no piso.

Foi a última coisa que se lembrava de ter visto.

80

DEIRDRE

Ruth ficou na cama do quarto dos fundos de Deirdre pelo restante daquele verão, agarrando-se à vida. Seu rosto esmagado e pálido como cera voltado fixamente para o teto. A respiração vindo em roncos demorados, sofridos, que podiam ser ouvidos pela casa inteira em todas as horas do dia e da noite, de forma que sua presença pairava sobre eles como uma nuvem o tempo todo, fazendo-os baixar os olhos e falar em sussurros sempre que passavam pela porta.

Deirdre estava ao seu lado dia e noite. Umedecendo-lhe a testa com um pano molhado, alimentando-a com qualquer caldo que ela conseguisse ingerir.

Ela até mesmo trouxera os filhos de Ruth para ficar junto ao seu leito, esperando que pudessem lhe dar mais vontade de viver, apesar de que, na verdade, não sabia como Ruth iria conseguir mais vontade de viver do que já possuía. Não tinha certeza se as crianças menores realmente deveriam ver a mãe naquele estado — o rosto ainda tão descolorido, os ossos da face e o nariz terrivelmente achatados. Nem tampouco saberia dizer se Ruth os reconhecia. Ela mergulhava e emergia da consciência, e quando estava acordada geralmente delirava. Deirdre nem mesmo tinha certeza de quando estava sorrindo, a boca tão contorcida e deformada.

Deirdre sabia, no entanto, que se fosse ela, iria querer ver os filhos num momento como aquele — portanto levou as crianças para o quarto de Ruth usando suas melhores roupas, enfileirando-se, solenemente, ao lado da cama da mãe. Milton era o único que ela ainda hesitava em levar. O menino ainda fraco das pernas pelo espancamento que sofrera, e Deirdre queria chorar todas as vezes que via como o seu rosto belo e jovem estava repleto de hematomas e cortes. Tinham se passado semanas antes que ele parasse de ter acessos de tontura, ou de cuspir sangue sempre que tossia.

Mas ele perguntava pela mãe o tempo todo, e não havia como escondê-la dele, com sua respiração ofegante preenchendo a casa inteira. Billy até insistira nisso, com tal aspereza na voz que a deixou nervosa.

— Deixe o menino ver. Deixe ele fazer o que fizeram com a sua mãe.

Na primeira vez Milton se postara rigidamente ao lado da cama, tentando segurar a mão dela. Os dedos de Ruth caíram molemente, a respiração ficando mais terrível e difícil do que nunca. Então ele se descontrolara, jogando-se por cima dela e beijando seu rosto até que Deirdre e Billy tiveram de afastá-lo, temendo que ele pudesse machucá-la.

O próprio Billy se arrastava para o quarto dela com sua perna quebrada assim que acordava de manhã. Sentava ao seu lado e tentava alimentá-la — acariciando-lhe a cabeça, falando com ela em voz baixa. Passando todas as horas com ela, exceto por aquelas que ficava cuidando do filho ferido, ou com as outras crianças, ou quando Ruth insistia para que fosse descansar um pouco. Conversando com Ruth sobre todos eles, sobre como Milton estava melhorando, ou lhe dizendo que nunca mais ficaria longe dela outra vez.

— Nós vamos partir, agora — ele lhe prometia, a voz mais suave do que ela jamais ouvira antes. — Vamos para o Oeste, ou para o Canadá, para algum lugar, assim que você estiver bem. Vamos ficar todos juntos, e você e as crianças ficarão seguras.

Às vezes, Ruth levantava a mão para tocar o rosto dele, ou murmurava alguma coisa enquanto ele se inclinava para ouvir. Mas na maior parte do tempo ela ficava apenas imóvel ali, olhando para o teto, com aquela respiração terrível e áspera saindo do seu peito, e Billy saía do quarto com o rosto contorcido de fúria.

A família inteira de Ruth estava morando com Deirdre. A sua própria casinha abandonada e sem ter sido alugada, a porta e as janelas da frente ainda destruídas. Para Deirdre era mais fácil cuidar de todos dessa forma, certificando-se de que as crianças estavam limpas e alimentadas e, além disso, gostava da companhia — quanto mais gente à sua volta, melhor.

Todos na rua os evitavam, agora, mas Deirdre não se importava. Não era nada violento — não mais insultos ou ameaças às pessoas de cor. Era mais como se simplesmente quisessem que a lembrança daquele dia desaparecesse, como se associassem a família dela e a de Ruth à má sorte, como faziam com a perna aleijada da garota judia. No final, Billy e seus filhos eram as únicas pessoas de cor que tinham restado no Beco Paraíso, Deirdre havia reparado. As outras famílias de raças mistas tinham partido silenciosamente nos dias que se seguiram à rebelião, embora ninguém jamais falasse sobre isso.

Ruth estava se agüentando por tanto tempo que Deirdre até se atrevera a esperar que ela conseguiria sobreviver, de alguma forma, e gastava cada centavo que economizava para pagar o médico. Ele lhe explicara a necessidade de manter a febre baixa, sobre o perigo de envenenamento do sangue. Porém, Ruth conseguia comer cada vez menos conforme os dias passavam, e logo o médico admitiu que provavelmente havia algum órgão esmagado dentro dela, e que nada poderia ser feito.

Eles passavam o tempo todo ao lado dela ali no quarto dos fundos, então, Deirdre, Billy e Milton. Nenhum deles querendo deixá-la sozinha, muito embora isso significasse vê-la definhar bem diante dos seus olhos.

E será que havia sido assim com os outros, lá na Irlanda?, Deirdre se perguntava, pensando na sua família. *Teria sido assim? Não era de admirar que ele enlouquecera...* Pensando até mesmo em Johnny Dolan com piedade, embora nem soubesse como conseguia isso.

Foi o pior leito de morte a que ela prestara assistência, ainda pior do que aqueles de crianças pequenas que havia visto. O pobre rosto de Ruth estava tão esmagado, seus olhos ainda inchados e semicerrados pelos golpes que sofrera, seu marido e filho tão abatidos com a própria dor. Deirdre não conseguia ver a mão de Deus em nada daquilo, por mais difíceis e inexplicáveis que sabia que eram os Seus desígnios.

Na última noite, a febre de Ruth subira tanto que Deirdre achou que ela poderia se consumir como uma vela acesa. E a febre não cedia, não importava quanto ela molhasse sua testa, nem o quanto tentasse mantê-la refrescada, até que no final eles só foram capazes de sentar e ficar olhando enquanto os minutos e horas passavam.

No entanto, Ruth ficara também mais animada com a febre. Parecia reconhecê-los, então, e falou com eles, embora não soubessem exatamente sobre o que ela estava falando — sobre salvar seu irmão, ou implorando a alguma velha em Limerick durante a fome. Repetindo as palavras deles, como se significassem alguma coisa:

— Eu descendo de uma família talvez tão boa quanto a de qualquer pessoa a quem me dirijo, embora agora esteja destituída de meios!

Billy tentara mantê-la viva apenas pela pura força de vontade. Erguendo sua mão sempre que descaía, segurando-a entre as suas. Repetindo as mesmas coisas muitas e muitas vezes, com a mesma convicção com que rezaria um rosário;

— *Não vá embora. Não me deixe sozinho. Não deixe o nosso menino sozinho.*

Ele se inclinava sobre ela, cada vez mais perto conforme a noite passava. Falando com ela como se não houvesse mais ninguém no quarto.

— Faça um esforço, agora. Você se lembra como foi quando teve ele, faça a mesma força, agora.

Ela pareceu sorrir, então, e apertou a mão dele com mais força, e ele passou a falar com mais fervor.

— Você foi a única mulher que eu amei. A única coisa boa que tive, você e as crianças. Não vá embora, não me deixe.

Mas com o passar da noite ele acabou silenciando. Ainda segurando-lhe a mão, embora esta agora estivesse inerte. Milton também tentara falar com ela, mas quando começou apenas irrompeu em soluços, mergulhando a cabeça em seu ombro e abraçando-a com delicadeza.

Deirdre ficou apenas observando — querendo dizer alguma coisa, fazer alguma coisa, mas tudo o que conseguia pensar era em ficar trocando os panos molhados, tentando manter a febre baixa. Até isso parecia ser inútil, no final, e então ela voltou para a sua cadeira. Até que finalmente, na hora antes do amanhecer, eles estavam quase cochilando no quartinho e ela percebeu, assustada, que a respiração terrível e raspante que tinham escutado durante semanas agora estava quase desaparecida — a respiração de Ruth se esvaindo.

Um pouco antes do momento derradeiro, Ruth abriu os olhos mais uma vez e agarrou o braço de Billy, falando diretamente com ele.

— Você precisa ajudá-lo — ela disse num sussurro rouco. — Precisa ficar com ele e ajudá-lo.

— Claro, claro, está tudo bem — Billy tentou tranqüilizá-la, pousando a mão em sua testa. — Farei isso. Mas agora lute...

— Promete?

— Sim, eu prometo. Eu prometo... se você lutar.

Deirdre se levantou para sair, pensando que talvez eles quisessem ficar sozinhos com ela, mas Billy fez um gesto para que ela ficasse — um gesto pelo qual ela lhe seria grata por toda sua vida. Ela inclinou-se sobre a cama — e Ruth soltou a mão que o marido segurava, por um momento, e acariciou o rosto de Deirdre. Ela ficou chocada ao sentir como era áspera a mão de Ruth, os dedos e a palma tão calejados e grossos. A mão de uma operária, desgastada por tantos anos de trabalho na confecção das bonecas criadas do lixo, por mexer com as panelas no fogo e carregar a água tirada da bomba. A mão que não era mais jovem — *tão parecida com a sua*, ela pensou.

Um meio sorriso se formando em seu rosto. Repetindo novamente as palavras da mulher em Limerick:

— De uma família tão boa quanto qualquer uma...

Então o braço de Ruth caiu e ela se foi. Mergulhando num outro sono profundo, a respiração mais áspera e difícil que nunca. Continuou assim por mais alguns poucos minutos antes de cessar completamente, e eles ficaram ali, rígidos em suas cadeiras em volta do quarto, olhando uns para os outros.

Finalmente Deirdre se levantou e fechou os olhos de Ruth, depois saiu para ver o que precisava ser feito.

Depois disso ela havia implorado a Billy para que continuasse morando ali. Não mais se importando com o que as vizinhas pensavam, um homem negro morando em sua casa enquanto seu marido continuava na guerra. Dizendo-lhe que os filhos precisavam dele, que as crianças no Asilo de Órfãos precisavam dele.

Mas Billy não lhe deu ouvidos. Estava em todos os jornais, um regimento de homens de cor estava sendo formado na Cidade, e assim que Ruth foi enterrada e a perna dele estava curada, ele saiu para se alistar.

— Mas você *prometeu* a ela. Você prometeu que iria cuidar do menino — Deirdre argumentou enquanto ele guardava os seus poucos pertences, incapaz de compreender como ele seria capaz de quebrar tal promessa.

— Eu prometi a uma mulher moribunda — ele disse, a voz fria e distante. — Seus problemas não são mais com os vivos.

— Tenho certeza de que você vai conseguir o seu emprego de volta, lá com os órfãos. Eles ainda precisam de você...

— Sempre haverá uma fartura de órfãos de cor nesta Cidade. Existe muito pouca coisa que eu ou qualquer outra pessoa possa fazer.

— E quanto aos seus filhos? Eles não precisam saber que têm um pai?

Ele encarou-a diretamente, então, a expressão dura como pedra.

— *Meus filhos* — ele disse num tom cáustico. — O que os meus filhos precisam é saber que a mãe deles não podia ser espancada na rua como se fosse um cachorro. Meus filhos precisam saber que suas vidas valem alguma coisa.

— E quanto ao menino? — ela perguntou. — E quanto ao menino, ela pediu que você o ajudasse...

A expressão de Billy se suavizou um pouco, agora parecendo apenas triste.

— Nós tivemos uma conversa sobre isso, eu e ele.

— E?

— Nós conversamos. Ele vai cuidar dos irmãos e irmãs por enquanto. E quando estiver se sentindo melhor, daqui a algum tempo, ele vai se juntar a mim.

— *Não!*

— Sim, ele vai. — Billy cerrou os dentes. — E, depois dele, o irmão, e depois o irmão mais novo. Quem sabe até as irmãs, também, antes que a guerra termine. Tantos quantos forem necessários, ou podemos morrer tentando.

— Não, você não pode dizer a ele que vá para a guerra...

Mas Billy limitou-se a lhe dar um aperto de mão muito formalmente, e jogou a sacola por cima do ombro.

— Você foi uma boa vizinha — ele disse, já na soleira da porta. — Eu agradeço por cuidar dos meus filhos. O menino vai ajudá-la em tudo que você precisar. Já dei a ele o meu último salário do orfanato, e vou mandar todo o dinheiro que receber do exército.

— Mas e se eu me recusar? — Deirdre tentou. — Se eu me recusar a cuidar das crianças?

Mas não funcionou.

— Se não quiser cuidar, mande elas lá para junto dos outros órfãos — foi tudo o que ele disse. — Vão ficar bem, ali, até que chegue a vez delas.

Nove meses depois Deirdre viu o nome dele nas listas, depois do terrível massacre em Cold Harbor.

"No 20º Regimento de Cor de Nova York, os seguintes desaparecidos em batalha: Sargento Dove..."

Ela não sabia como contar a Milton. Ciente de que ele também lia os jornais e que, mesmo se não tivesse lido, logo ficaria sabendo pelas outras crianças da rua, ou até mesmo pelos homens e mulheres do Beco Paraíso. Finalmente, ela colocou o jornal bem na frente dele, na mesa da cozinha. Mostrando-lhe as listas, porque não conseguia falar em voz alta. Não conseguia nem mesmo pensar *no que* dizer, com o nome de Billy ali, abaixo dos "*desaparecidos*". Pelo menos aquele era um sofrimento que nunca tivera de passar com Tom...

— Eu preciso encontrá-lo — ele falou de uma só vez, assim que leu o nome do pai.

— Você não pode...

— Preciso ir para lá e encontrá-lo.

— Não pode, você jamais o encontraria, no meio de tudo aquilo — ela suplicou.

Deirdre nunca tinha certeza de como lidar com o menino. Ele parecia ter se curado completamente. Mas se mostrava mais quieto — mais sombrio, algo que ela não conseguia entender. Às vezes o apanhava pensando, apenas olhando para o espaço, através da janela. Ele tinha pesadelos, e despertava gritando o nome da mãe, pulando para fora da cama, e a casa inteira acordava, as crianças chorando e gritando antes que ela pudesse levá-las de volta para suas camas.

No entanto, não sabia o que teria feito sem ele. Tudo agora estava mais difícil do que nunca, com tantas crianças para cuidar, e Deirdre mal tinha tempo de pegar algum trabalho para ganhar um dinheiro extra. Milton a ajudava de todas as formas possíveis, tão inteligente e confiável como sempre. Cuidando das crianças menores quando adoeceram com outra epidemia de sarampo, ou de catapora. Prestando atenção a tudo e conseguindo qualquer trabalho que pudesse fazer.

Deirdre estava ciente, também, que ele recebia cartas do pai. Ela quase não tivera notícias de Billy desde seu alistamento — apenas uma ou duas linhas, anexadas ao soldo que ele lhes mandava. Mas não sabia que ele estava escrevendo ao filho, e desde o dia em que ele partiu Deirdre se preocupava com esse momento, temendo que Milton simplesmente fugisse para o Sul.

— Eu sei sobre o que você e seu pai conversaram — ela falou. — Mas preciso de você aqui, e você não vai encontrá-lo. O melhor que pode fazer é ficar e esperar por ele aqui, como fez antes, durante a rebelião.

Milton assentiu, então, depois pediu licença e foi para o seu quarto. Mas na manhã seguinte Deirdre escutou quando ele saiu bem cedo, fechando a porta muito devagar atrás de si. Ela correu pela escada abaixo atrás dele, jogando um xale nos ombros e gritando para Liza cuidar das crianças.

Deirdre correu por todo o caminho até a Battery, onde estavam armadas as tendas de recrutamento. Com tanto medo de que fosse perdê-lo. *Eles aceitavam tantos meninos da idade dele, agora,* ela sabia. *Não apenas para tocar os tambores, mas para ir direto para a linha de frente...*

Deirdre procurou em todas as barracas de recrutamento, abrindo caminho entre os camelôs das cidades do interior, entre as provocadoras gangues de *b'hoys*, dos pobres homens se oferecendo como substitutos, e dos políticos *copperhead* matraqueando contra a guerra. Procurando frenética entre todos eles, até que finalmente chegou à maior tenda do Battery Park — e a uma comprida fileira de homens negros, serpenteando em volta da praça.

Milton ficou desconcertado e um tanto envergonhado quando ela tentou tirá-lo dali. Deirdre implorando abertamente, sem se importar com quem estava ouvindo ou o que diziam.

— Nós precisamos de você. Precisamos de você para cuidar de todas aquelas crianças. Quem vai olhar por elas, se você partir?

— Eu sou um homem, agora — ele disse, embora a voz estivesse trêmula. — Cuidar de crianças não é um trabalho para homens.

— Pois eu estou falando com um homem, agora. Quem vai cuidar das crianças, se não for você? E se ele nunca mais voltar? — ela disse, embora não quisesse expressar tal pensamento em voz alta. Persignando-se antes de continuar: — E se o meu Tom também não voltar? Quem vai ganhar o salário de um homem para sustentar as crianças?

Milton permitiu que ela o puxasse para fora da fila, então. Concordando em ficar, para ajudar. Desviando o rosto do olhar dela, como se estivesse envergonhado — porém, quando tornou a olhar para a frente, Deirdre viu que seus olhos estavam cheios de lágrimas.

— Eu não queria mesmo ir — ele confessou. — Eu disse a ele que iria, que cumpriria meu dever, mas não queria ir.

— Não, não — ela disse, tranqüilizando-o enquanto voltavam para casa. — Nós também temos um dever a cumprir, aqueles de nós que apenas nos sujeitamos.

Era verdade, também, que Deirdre não sabia o que teria feito sem ele. Não havia somente as crianças, agora, mas também Maddy Boyle, que era apenas um pouco melhor do que uma criança. Deirdre a encontrara num beco na Pearl Street. Ela estava recostada numa parede, coberta de sujeira. O vestido em frangalhos, e mal podendo, ou querendo, falar.

Deirdre nunca soube com certeza o que acontecera com ela, se a turba conseguira apanhá-la ou se ela finalmente fugira. Tudo o que sabia era que o grande revólver Colt com que Maddy tanto de deliciara agora estava perdido, e que a aparência de Maddy era de alguém que passara semanas sem tomar um banho.

Desde então ela havia melhorado um pouco, pelo menos — embora Deidre pensasse, em seus momentos menos caridosos, que estava cuidando de um asilo de inválidos. Porém, depois de algumas semanas, Maddy começou a falar um pouco mais, e às vezes sorria, e depois de algum tempo conseguia até mesmo completar alguma tarefa mais simples, como olhar a comida no fogo, ou tomar conta das crianças pequenas.

Por todo o seu antigo orgulho, entretanto, Maddy se recusava a voltar para a sua casa. Nem mesmo para buscar o pouco que restara das suas coisas, apenas correndo para longe das janelas sempre que via aquele cavalheiro, que antes a sustentava, descendo pela rua.

O homem fora audacioso o bastante para bater na casa de Deirdre, perguntando por Maddy, mas ela lhe dissera na cara que não fazia idéia de onde estava a garota. Ele a examinou cuidadosamente, demonstrando que não acreditava; sem dúvida alguém fora lhe dizer alguma coisa. *Ah, esse quarteirão.* Mas Deirdre enfrentara o seu olhar, e então ele foi embora. Ela sabia que ele continuava pagando o aluguel — a casa ainda vazia, como se esperasse por Maddy. Mas ela não iria voltar.

Às vezes, também, ela pensava em Johnny. Forçando-se a rezar por sua alma, embora soubesse que não adiantaria nada. Pois não conseguia perdoá-lo.

No início, nos primeiros dias e semanas depois da rebelião, ela tivera medo que ele pudesse voltar, ainda tentando extrair algum tipo de vingança por tudo que lhe fora infligido. Mas conforme os meses passavam, ela começou a pensar que dessa vez ele se fora para sempre. Não sabia para onde — *apenas partido, como se o próprio inferno se abrisse e o engolisse para baixo.*

E então, em tais momentos, ela tentava pensar em como devia ter sido, com toda a família morrendo lá no asilo de indigentes de Cork. Tentava pensar nele como o seu garoto esperto, destemido, a criança de quem cuidara quando ela própria era pouco mais do que uma menina, e imaginar o que acontecera para ele se transformar na pessoa que era. Porém, não conseguia perdoá-lo.

Mais do que tudo, ela pensava em Tom. Rezando por ele, escrevendo para ele todas as noites, mesmo quando estava tão cansada que as letras dançavam diante dos seus olhos. Eles tiveram tão pouco tempo juntos na Cidade, depois da revolta. Ele pudera ficar com ela apenas por algumas noites antes de voltar para a guerra, para o seu regimento, ainda perseguindo Bobby Lee no interior da Virgínia.

Aqueles momentos lhe pareceram como uma visita noturna, como algo que às vezes nem tinha certeza de que havia acontecido. *Estar nos braços dele outra vez, segurar seu rosto amado, magro e barbado como estava.*

E então ele se foi — e durante semanas, depois disso, ela achou que aquela visita significava que ele iria morrer, certamente. Sua convicção aumentando ao longo de todas as terríveis batalhas que aquele açougueiro Grant travou no decorrer de um ano e meio, desperdiçando as vidas dos seus homens como se nada valessem...

No entanto, ela se enganara novamente, tentando interpretar as intenções de Deus. Tom voltara para casa outra vez, numa licença de várias semanas, embora tivesse sido ainda pior do que a sua primeira visita. Deirdre ficava agoniada ao pensar que logo ele iria partir novamente, assim que ele chegou em casa. Vendo isso nos olhos dele, também, a antecipação que corroía cada minuto que estavam juntos.

Como os homens iam para a guerra, ela não sabia. Mas como eram capazes de voltar, isso ela jamais entenderia.

Mas nos últimos meses, desde então, ela começara a ter esperança novamente. Tentando pensar nas palavras que o padre Knapp havia lido para ela — "Eu exijo misericórdia, não sacrifício" — naqueles dias em que ela ainda podia imaginar a existência de um Deus misericordioso. A melhor parte dos seus dias tinham sido as tardes, quando ela saía à rua por uns poucos minutos. Verificando a caixa do correio para ver se havia alguma carta de Tom, vinda das trincheiras antes de Richmond. A guerra ainda se prolongando tão lenta e agonizantemente, durante o grande e derradeiro cerco da capital rebelde — embora ela fosse grata por isso, também, feliz ao saber que agora havia menos lutas.

Quando a guerra finalmente acabou, ela ficara extasiada. Sua alegria não fora diminuída nem mesmo com a notícia do assassinato de Lincoln num teatro. Era uma coisa terrível, ela sabia, teria de pagar uma penitência pela indiferença do seu coração, mas tudo o que podia pensar era *Tom... Tom finalmente vai voltar para casa, para sempre.*

Até que, certa tarde, ela subiu para o andar de cima e encontrou Milton examinando um mapa de campanha que havia guardado de um dos jornais. Os olhos dele brilhavam com determinação enquanto planejava a sua viagem até Cold Harbor, o mais breve que pudesse.

— Preciso encontrar o meu pai — ele disse. — Se ele ainda estiver em algum lugar, eu vou encontrá-lo.

81

TOM O'KANE

Ele está vindo.

Eles chegaram à estação de Hoboken às cinco daquela manhã, o trem sacudindo e bufando como um búfalo sendo levado para os galpões do East River. Parou na plataforma e ali ficou por mais algum tempo, imenso, escuro e misterioso. As cortinas das janelas todas fechadas, pedaços de crepe negro ainda pendendo nas laterais. A locomotiva lançando nuvens brancas de fumaça na estação cavernosa, de cobre esverdeado, antes que o maquinista interrompesse o vapor, e os freios emitissem um último e longo sibilo.

O sargento Thomas O'Kane abriu a porta do vagão fúnebre e desceu na plataforma, dobrando os joelhos em favor da perna ferida em Gettysburg, que ainda o incomodava. Posicionou o rifle no ombro e postou-se em posição de sentido, saudando o coronel Pennybacker que descia a escada do vagão. O restante da guarda de honra apressando-se logo atrás, já limpa, escovada e vestida para o desfile, como ele sabia que já tinham estado havia horas. Querendo, como o maquinista, se certificar de que tudo estava sendo feito da melhor maneira.

Ele está vindo. Ele retornou ao meio de nós.

Eles levaram muito tempo para chegar até ali, serpenteando lentamente pelo longo trajeto desde Washington City. Através dos campos da Pensilvânia, e das colinas de Piedmont, o único trilho através das planícies de Jersey. Refazendo em grande parte a rota pela qual Tom viajara quase dois anos antes, em seu caminho para salvar a Cidade para a União. Desta vez não mais desviados para dar lugar às linhas de passageiros, mas parando em cada estação e cidadezinha. Paradas mais longas nas cidades maiores, em Harrisburg e Filadélfia, e mesmo Baltimore.

Agora todos saíam para lamentar — para *ver*, e para contar o que tinham visto. Os moradores das cidades em suas pequenas e orgulhosas estações. Os robustos fazendeiros holandeses ao lado dos seus celeiros e enormes cavalos. Os catadores de ostras e os pescadores em seus estuários em Chesapeake e Schuylkill, Delaware e Susqyehanna. Pequenos grupos de homens e mulheres negros, parados ao longo dos trilhos em clareiras desertas, no meio do nada, como se estivessem determinados a não demonstrar seu pesar abertamente demais, nem mesmo no meio de Nova Jersey.

Tom os observava a todos com o canto do olho, postando guarda numa das extremidades do caixão durante as longas horas de serviço. Olhando sem reservas pelas janelas acortinadas de preto quando estava em sua folga.

Afinal, não havia muito mais o que fazer. Nenhum jogo de cartas, nem cantorias, nem bebedeiras ou as conversas grosseiras e irônicas com as quais os soldados normalmente matavam o longo tempo em que estavam longe das linhas de fogo. Não podiam nem ao menos fumar, apenas uma ou duas tragadas para mantê-los acordados. Espiando pelas janelas os vilarejos de madeira e tijolinhos, os negros que rezavam estendendo as mãos ao longo das clareiras no meio da noite.

Estamos chegando, Pai Abraão,
Meio milhão mais fortes...

Eles entraram em formação de revista na plataforma. Os rifles tocando o chão diante deles, as pernas separadas, olhos fixos à frente. A multidão enchendo a estação, a plataforma estreita a apenas alguns centímetros de onde eles estavam. Os bons cidadãos de Hoboken e suas famílias. Mecânicos, comerciantes, construtores de barcos e trabalhadores de fundições. Usando seus melhores trajes domingueiros, olhando boquiabertos o volume escuro do esquife montado no último vagão.

Tão diferente da última vez em que ele esteve aqui. E há tanto tempo. A estação, então, repleta de negros desesperados, surrados. A Cidade ardendo no outro lado do rio.

E tudo isso desaparecera desde então. Tantos outros homens perdidos. Pensando, então, nos dias que se seguiram a Gettysburg, que a guerra já deveria estar quase no final. Nunca suspeitando que os piores dias, os massacres mais sangrentos e contínuos ainda estavam por vir, nos campos e trincheiras da Virgínia.

Danny Larkins, morto com um tiro na cabeça em meio à lama e ao caos de Wilderness. Feeley, abatido nas linhas de defesa no Bloody Angle, em Spotsylvania. E então havia George Leese — Snatchem — cumprindo trinta dias na cadeia de Washington City por ter roubado uma galinha no quintal de um senador.

E ele próprio, ainda inacreditavelmente intacto. Ferido na orelha por uma bala de raspão em Hare House, seu boné atirado para fora da cabeça, e por outra bala na parte carnuda da coxa umas poucas semanas antes, durante a batalha pela Estação Sutherland. Este último ferimento nem mesmo doía mais, para sua surpresa — tendo passado diretamente através da sua carne e sangue como se agora ele não fosse mais do que um fantasma. *Um ferimento que nem sequer chegaria às listas de baixas,* ele esperava.

— Muito bem — o coronel Pennybacker trombeteou agora. — Muito bem, homens!

Seu rosto pálido com a responsabilidade, os olhos arregalados sob os pequenos óculos de prata. Acabado de sair de West Point. A fina penugem da sua primeira barba apenas margeando-lhe o queixo, mas já um veterano maduro, Tom sabia, atingido e derrubado duas vezes da sela da sua montaria. Todos eles homens experientes e condecorados na guarda de honra, soldados e marujos selecionados pelos estados representativos da União para aquela parte da jornada. No entanto, todos eles tão nervosos e pálidos quanto o jovem coronel; aquilo era simplesmente grandioso demais para eles.

— Prontos, agora! Todos juntos...

Esta era a parte que eles mais odiavam. Descer o esquife, transferi-lo para qualquer que fosse o trem ou barcaça que o esperava. O caixão de carvalho pesado, e comprido, claro. Tinham de remover todo o catafalco porque, afinal, não poderiam simplesmente *largá-lo* ali no chão da plataforma. Por isso tudo ficavam aterrorizados com a possibilidade de deixar o esquife escorregar e tombar no chão, o presidente assassinado rolando na frente deles.

Como teria sido?

O próprio Velho Abe, caindo para fora do seu esquife. Eles tinham visto coisas piores, naturalmente — muito piores. Tinham visto campos tão cheios de homens se contorcendo que pareciam vermes na cabeça de um cavalo. Tinham visto corpos amontoados como lenha numa fogueira, esperando que as ambulâncias os levassem, e crânios partidos ao meio, e baldes inteiros repletos de braços e pernas amputados que se estendiam, vacilantes, ao lado das tendas dos cirurgiões.

Mas esta também seria uma profanação inimaginável.

Estamos chegando, Pai Abraão. E quantas sombras, vindo com ele? Todos os anos de massacres. A brigada inteira, muitas vezes abatida, destruída e reorganizada, muitas e muitas vezes com rapazes recém-chegados, recrutas novos.

Os mortos eram tantos que poderiam facilmente ser enfileirados dali até a Cidade de Washington. Dobrados ao meio pelas milhares de cercas e árvores, estradas e florestas e ruas...

— Cuidado, agora!

Os soldados baixaram o corpo dele, tirando-o do vagão. Pennybacker agitando-se em volta deles, saltitando de um pé no outro, incapaz de se controlar. Todos exalando um suspiro de alívio quando o esquife foi descido e montado novamente no catafalco. Marchando lentamente através da plataforma apinhada, na direção da balsa funerária que os aguardava. Na verdade bastante bons nisso, àquela altura, já tendo aprendido bem como carregar os mortos.

Ele está chegando.

A Cidade abrindo-se para ele nas margens do rio largo, cinzento. Do jeito que ele viera a ela, então, durante aquela semana terrível quase dois anos atrás. Nenhum cheiro de fumaça, agora, mas o habitual odor penetrante de carvão e salmoura, peixe e metal fundido. A cidade emergindo aos poucos das brumas da manhã — torres pontiagudas, enegrecidas. Os blocos marrons e retangulares das fábricas e armazéns — e a densa paliçada de mastros, por toda volta deles.

Onde ela está.

Ele se postou perto da proa da barcaça, esquecendo sua disciplina só por um momento. Esfregando a mão distraidamente na barba crescida, agora quase grisalha. Imaginando como devia estar envelhecido. Perguntando-se o que ela iria pensar ao vê-lo chegar dessa maneira — *se* ela o visse, ele não tivera tempo de lhe escrever antes de ter sido escolhido para as fileiras da guarda fúnebre.

O sargento Tom O'Kane, retornando como parte da guarda fúnebre do presidente. Jesus, isso era uma coisa e tanto!

Parado orgulhosamente na barcaça, ele próprio quase incapaz de acreditar, mas, acima de tudo, querendo apenas estar em casa. *Lembre-se de si mesmo, agora.* Olhos à frente, olhando direto para a Cidade enquanto os marinheiros os levavam vagarosamente através das correntezas velozes e traiçoeiras do Hudson.

Ela está lá, me esperando, ele pensou. *Todos eles. A minha família.*

Quando ele voltara ao quarteirão, naquele dia terrível quase dois anos atrás, ele a abraçara e abraçara bem ali no meio da rua, até que o capitão finalmente o obrigou a voltar para o pelotão improvisado. Conseguira desencavar uma rápida licença e passar umas poucas noites com ela e com a família antes de deixar a Cidade. Retornando por apenas umas poucas semanas de licença no outono seguinte, depois das perdas terríveis que tinham sofrido, todos os homens da Brigada Irlandesa receberam licença para voltar para casa e fazer palestras para recrutamentos para os seus regimentos.

Como ele odiara aquele serviço. Sem querer convencer ninguém a fazer parte do massacre que ele suportara. Alguns dos *b'hoys* tinham aparecido, amaldiçoando e vaiando nos fundos da multidão, porém, mais do que tudo o que ele via diante de si eram os rostos jovens — negros e brancos, reunindo-se em volta da plataforma do orador, olhando com curiosidade para ele e para os outros veteranos em seus uniformes. E ele ficara ali, sem saber o que dizer. Não querendo falar sobre salvar a União, nem libertar os escravos, ou sobre a glória da Irlanda, ou qualquer uma dessas coisas que havia sido instruído a dizer, por melhores que fossem.

— Juntem-se a nós — ele lhes dissera finalmente. — Juntem-se a nós, se vocês quiserem. Para nos ajudar a acabar com isso de uma vez por todas, para que possamos voltar para casa. Eu lhes digo com toda sinceridade, este é o único motivo porque desejo que vocês se juntem a nós.

Valera a pena, ao menos, para passar algum tempo com Deirdre e a família. Ele sentira mais plenamente do que nunca o peso que colocara nos ombros dela, estando longe. Deirdre cuidando de todos os filhos de Ruth e também daquela pobre garota, Maddy Boyle.

Ela já havia lhe contado numa carta sobre Billy Dove, desaparecido nos campos em Cold Harbor, e ele ficara triste por isso, mas não surpreso. A brigada fora devastada naquela batalha, também, porém as tropas de cor tinham suportado o pior — como sempre acontecia. Os rebeldes não permitiam que se rendessem, atiravam em todos os negros uniformizados que capturavam, e lutavam como o diabo sempre que sabiam estar enfrentando um regimento de cor.

No entanto, no final, a solidariedade deles pelo que acontecera às tropas formadas por negros — pelo que acontecera a qualquer um — era limitada. Da mesma forma que Tom sentira apenas uma certa indiferença, até mesmo por Billy, com tantos outros já mortos e desaparecidos. A guerra havia durado tempo demais, os homens estavam bastante acostumados à matança.

E ainda assim, por qualquer que fosse o capricho de Deus, ele estava entre os que tinham sobrevivido. Voltando para sua casa para sempre...

Para Deirdre, e as meninas, Eliza, Mary e Amanda. Os meninos, Henry e Andrew. Uma para a Virgem, e os outros com os nomes protestantes e importantes que ela tanto gostava. E depois todos os outros — os pobres filhos de Ruth, de quem tinham de cuidar agora. Ter uma família, num lugar como aquele...!

Era indescritível. Ele manteve os olhos fixos nas docas das balsas da Desbrosses Street, as multidões já avançando pelo ancoradouro. A Cidade inchando-se à sua volta, com sua vasta cacofonia. Os sinos das igrejas badalando, uma banda começando a tocar, os assovios dos canhões e dos trens ressoando em algum lugar na ilha.

82

HERBERT WILLIS ROBINSON

Tudo em negro.

As faixas negras de luto, presas em torno dos braços dos homens, e os reluzentes chapéus novos dos oficiais. As rosetas negras pregadas nas cortinas de centenas de casas, grandiosas e humildes. Crepe negro por toda a parte, aplicado bem em cima dos adornos vermelhos, brancos e azuis que tinham acabado de ser pendurados para as comemorações da grande vitória nas últimas duas semanas.

Oh, Cidade falsa! É o seu coração negro, também?

A balsa se move como um fantasma através do rio. Os homens silenciosos, os remos abafados, movendo-se rápida e implacavelmente para fora da neblina da manhã. Nós prendemos o fôlego ao vê-la, toda a multidão ao longo do embarcadouro agora silenciada, esperando até que a embarcação encoste na plataforma das balsas com um baque quase inaudível.

Um coro de alguma sociedade alemã avança, e começa a entoar um lúgubre e antigo hino luterano, então a canção favorita do exército nos campos.

Chorando, triste e solitário,
Esperanças e temores tão vãos!
Quando esta guerra cruel terminar,
Rezando para que possamos nos encontrar...

Há um rufar de tambores e os soldados erguem o esquife da sua barcaça. Eles saúdam e manobram em volta, giram e prendem os braços, e carregam o caixão para dentro de um imenso carro fúnebre com vidros nas laterais. Este é puxado por oito esplêndidos cavalos cinzentos, cada um deles ornamentado com mantas, plumas e arreios negros. A guarda de honra do presidente irá marchar à frente, com os homens do Sétimo Regimento da Cidade, e depois do carro fúnebre virão as carruagens dos integrantes da imprensa, das diversas autoridades.

Atrás de nós — os negros. Frederick Douglass à frente, parecendo tão orgulhoso e feroz quanto um leão. Alguns ministros da Igreja Metodista Episcopal Africana, seguindo com ele. Os outros não tão audazes quanto Douglass, porém marchando com as cabeças erguidas — sem dúvida mantendo os olhos abertos para possíveis cacos de tijolos. Os patronos da Cidade se recusaram a permitir sequer que eles marchassem, a princípio, e só foram persuadidos por suficientes ameaças da Liga da União, e do Secretário Stanton grunhindo lá em Washington.

Eu vejo o ministro da Igreja Bethel, o homem que me disse, durante a rebelião, que a única esperança para o seu povo estava na próxima vida. Ele ainda está aqui, contudo, ainda na Cidade. Também marcha com a cabeça erguida — significando esperança, demonstrando esperança, mesmo se não lhe restou nenhuma.

Há menos pessoas da sua raça em meio de nós, agora, do que jamais houve. Suas antigas ruas e velhas casas incendiadas, ou ocupadas por brancos que o encaram com inocência, ou com absoluta malícia, se você lhes pergunta quem morava ali antes.

Ainda assim, já há mais de um ano, foi autorizado o primeiro regimento de negros de Nova York — o 20º de Infantaria de Cor. Eles se formaram no parque da Union Square, antes de partir para a guerra. Parados em posição de sentido enquanto as esposas da Liga da União se adiantavam para presenteá-los com suas bandeiras regimentais, e pressionar louros em suas frontes — "*como um emblema de amor e honra das filhas desta grande metrópole para os seus bravos campeões*".

Houve muito desgosto e resistência à essa idéia nos quartéis habituais, claro. O governador Seymour recusou-se a ter qualquer coisa a ver com os regimentos de negros, enquanto o sr. Bennett vociferava no *Herald*: "*É um belo início para a miscigenação. Ora, a frase 'amor e honra' necessita apenas da pequena palavra 'obediência' para se tornar o equivalente a uma cerimônia de casamento.*"

Duvido que eles sequer tenham assistido à cerimônia. As tropas desfilando rápidas para dentro da praça, rostos escuros em uniformes escuros. O porta-estandarte do regimento, seguindo à frente, era um sargento alto, extremamente belo — negro como carvão, com apenas um mais leve tom de vermelho índio na sua pele. Era um homem mais velho, já no final dos trinta, com um rosto sério e quase feroz. Segurava a bandeira com suas mãos de artesão, inclinando-se para que as mulheres brancas da sociedade, muito mais baixas, pudessem colocar o louro em sua testa.

Poderia ter parecido ridículo, exceto pela expressão solene e poderosa que o homem manteve o tempo todo. Ele endireitou o corpo com cuidado, a guirlanda verde equilibrando-se precariamente em seu boné de infantaria. Fez então uma rápida continência, e o restante das tropas de negros entrou em fila, atrás dos oficiais brancos. Marchando para a Battery em silêncio — o Sétimo Regimento se recusou a emprestar-lhes a banda para a ocasião — porém com uma dignidade e disciplina muito mais condizentes com a ocasião. Uma pequena multidão nas calçadas para se despedir deles, na maioria homens e mulheres de cor. Acenando com lenços e chorando exatamente como todos os outros enquanto eles passavam, indo direto para os navios e para a guerra.

Como teríamos conseguido preservar a União sem eles, eu não sei. No despertar da rebelião os "Quarenta Ladrões" votaram com alacridade o valor de trezentos dólares para a compra de um substituto por qualquer homem que desejasse escapar do recrutamento. *Finalmente os homens pobres e os homens ricos tiveram os mesmos direitos!* Agora tanto uns como os outros são livres para se esquivar dos seus deveres cívicos.

Depois da revolta, muitas das nossas tropas brancas foram extraídas da pior escória da Cidade. Bandidos ou bêbados, muitos deles tão depravados que tinham de ser enviados para o Sul acorrentados, para que não desertassem e se alistassem novamente, sob outro nome, apenas para receber de novo o bônus de recrutamento.

De nada valeu a insistência de John Hughes de que seus párocos ansiavam para que o governo os recrutasse. Dois dias depois que o exército dizimou a rebelião, foi anunciado que o arcebispo iria falar sobre o recrutamento. Greeley e os outros jornais republicanos o estiveram castigando por não ter se manifestado antes, mas quem se importava com o que eles pensavam? Cerca de cinco mil integrantes dos seus rebanhos foram para as ruas ouvir Dagger John. Fazendo o longo percurso até a Thirty-sixth Street e a Madison, onde ele estava hospedado com amigos.

Eles o carregaram para a janela de balcão. Doente demais, agora, para falar do seu púlpito, ou mesmo para ficar de pé, porém ainda determinado a se exibir diante dos inimigos. Enfrentando como uma águia ferida os jornalistas que ele sabia que estavam lá apenas para escarnecer dele.

O discurso em si foi uma decepção, uma fala divagante que prolongou-se por mais de uma hora. O homem que antes tinha nas mãos os melhores advogados protestantes da cidade agora tinha dificuldade em ler as próprias palavras num pedaço de papel. Clamando brandamente por paz e ordem. Levantando a cabeça, os olhos sombrios sob os óculos de leitura, enquanto gritava para a multidão...

— Eles me dizem que vocês são desordeiros. Pois não vejo nem um desordeiro entre vocês!

Greeley e os outros o ridicularizaram por isso — mas claro que ele tinha razão. A grande maioria da sua platéia era formada por pacíficos irlandeses e bavários, aspirantes à classe média e vindos dos distritos mais altos. Artesãos e mecânicos, a espinha dorsal da ascendente União — muitos tão assustados com a rebelião quanto George Strong.

Quem mais iria sair para escutar tal discurso? Eles ouviram atentamente, se esforçando para entender as palavras do arcebispo. No entanto, mesmo ali, quase ao final do discurso, um bando de grosseiros *b'hoys* nas margens da multidão começou a gritar "*Acabem com o recrutamento!*". Dagger John foi arrancado novamente do seu texto, estreitando os olhos, confuso, para aquele mar formado pela sua gente.

Ele morreu logo depois do Ano-Novo, o seu grande sonho, a nova catedral, ainda mofando na Quinta Avenida. No funeral eu me encontrei com o padre Knapp, ainda tão modesto como sempre em sua simples batina preta. Fiquei quase envergonhado demais para falar com ele, então, depois da última vez em que o vi — assistindo enquanto a turba assassinava o pobre coronel O'Brien. A fim de disfarçar meu embaraço, perguntei se ele havia retornado à sua paróquia, agora que o arcebispo falecera. Ele me disse que sim — mas que já recebera permissão para ir para o Oeste, à fronteira, para ministrar aos fazendeiros irlandeses e mineiros do Colorado, e aos trabalhadores que construíam estradas de ferro por toda a extensão do continente, mesmo durante a guerra.

Atônito, fui impertinente o bastante para lhe perguntar se perdera a fé em seu povo ali, na Cidade, depois de tudo o que havia visto naquele dia. Mas o padre apenas balançou a cabeça, impaciente pelo fato de que eu ainda não entendia.

— Eles não são melhores nem piores do que quaisquer outras pessoas — ele insistiu. — Fui eu quem lhes falhou. Deveria ter lhes ensinado a ser algo mais... algo melhor do que já eram. É por isso que preciso partir.

No entanto, grande parte do seu rebanho também parecia disposta a ir embora. Logo depois que conversei com ele, avistei novamente aquele menino — o mesmo do primeiro dia da revolta, passando pelo rosto a mão suja de sangue...

Sorrindo para mim, enquanto o sangue na vala engolia lentamente o seu barquinho...

Agora ele estava sentado alegremente no alto da carroça dos seus pais, ali no Oitavo Distrito, enquanto eles a enchiam com todos os seus pertences. A caminho do Oeste, imaginei, para o Colorado ou Kansas, ou para o Território do Arizona. Ou apenas para o Brooklyn, ou Yonkers. Mas indo embora, finalmente — para qualquer lugar longe das ruas estreitas da Cidade, onde os meninos pintam os rostos com sangue como se fossem selvagens.

A procissão se arrasta para o leste pela Canal Street, depois segue para a cidade alta, virando pela Union Square e voltando para a Prefeitura, onde o presidente ficará exposto em câmara ardente. Na Nineteenth Street a procissão se detém por uns poucos momentos, e eu vejo de relance dois meninos pequenos, na janela de uma casa de dois andares, usando belos terninhos — assistindo admirados ao grande desfile, os carros de munições, as bandas e a cavalaria, que parou tão fortuitamente bem diante da sua casa. Um deles, evidentemente míope, estreita os olhos por trás das lentes grossas dos óculos, como se tentasse guardar a cena inteira na memória.

O condutor da carruagem estala o chicote, e a procissão segue em frente. Agora movendo-se mais devagar ao passar pelo camarote das autoridades, os bancos de madeira cedendo sob a pança coletiva dos patronos da nossa Cidade.

Eu avisto Greeley sentado ali em cima, parecendo distraído. A mente sem dúvida preocupada com os próprios e infindáveis sonhos de glória eleitoral. *Como pode submeter os republicanos à sua vontade, agora que Lincoln se foi...*

Como todos os editores, ele tem feito elogios a Lincoln nos editoriais há dias. (Lincoln se tornou o número um em nossas páginas.) No entanto, apenas no verão passado, aterrorizado novamente pelas perdas de Grant, Horace tentara forçar algum impossível acordo de paz na administração. Negociando com seus próprios e misteriosos emissários rebeldes em Niagara Falls.

Lincoln rompera com ele definitivamente, então, comparando-o a um sapato velho. Definindo-o, como sempre, com a frase perfeita: "*Ele não é verdadeiro. Os pontos todos esgarçados.*"

Ao lado de Greeley no estande de revista estão sentados nossos líderes eleitos e magnatas financeiros. Muitos destes, também, fugiram da Cidade depois dos conflitos — por pouco tempo. August Belmont e Fernando Wood pegaram um navio para passar uma temporada na Europa. Outros vereadores *copperhead* e comissários partiram para Connecticut ou Saratoga.

Estavam todos de volta a tempo para a próxima eleição, no entanto, passando a Cidade para aquele janota, McClellan. Organizando as costumeiras assembléias monstruosas, tentando explorar o massacre agora renovado na Virgínia. Candidatando-se sob a bandeira "A *União como foi, e a Constituição como é*", palavras mais ignorantes até do que os costumeiros slogans políticos.

Era tudo mera demagogia? Ou será que eles não entendiam — nada jamais seria como tinha sido, nunca mais. Não depois de três anos de guerra. Não depois das lutas nesta mesma Cidade, com tantos mortos. O Sul não iria se render, e os escravos não seriam libertados. Poderia acabar em nada mais do que isso, exceto pelo sangue.

Ainda assim, talvez a deles seja a realidade maior. Os republicanos conseguiram salvar a eleição nacional, fazendo prevalecer o estado, graças a Deus. Mas, nos distritos, tudo ainda é um grande negócio, sob os mesmos patrões. Finn McCool conseguiu que seu irmão fosse eleito para a assembléia — conquistando ao mesmo tempo um cargo infinitamente mais poderoso para si mesmo, como integrante do comitê da Tammany. Quando me encontrei com ele, logo depois disso, o homem realmente teve a audácia de falar comigo, como se nunca tivesse tentado incitar os arruaceiros para cima de mim nas ruas.

— Você tem mesmo coragem! — gritei para ele. — Eu deveria mandá-lo para a forca!

— Pode ser que sim — ele disse, encolhendo os ombros. — Mas, daí, se enforcassem todos os homens que merecem ser enforcados nesta Cidade, não haveria postes suficientes.

— Seu patife! Isso é o melhor que tem a dizer em sua defesa? Você quase incendiou a Cidade inteira, você e seus comparsas!

— Ah, mas era a Cidade, então, agora é uma coisa completamente diferente — ele disse, insolente como sempre. Alisando com adoração o seu terno novo e elegante, um alfinete de diamante na gravata. — A Cidade está sempre se incendiando em algum lugar, pouco a pouco, ou será que você não reparou? Nunca é a mesma Cidade de um dia para outro, não mais do que nós nunca somos sempre exatamente as mesmas pessoas. Somos?

Enquanto continuo espumando de raiva, ele me dá um tapinha com sua bengala — uma bela bengala de madeira escura que provavelmente surrupiou durante os tumultos, com a cabeça de um cão de ouro no cabo, as orelhas longas e pontiagudas como as de um chacal.

— Você é bastante inteligente, e não é nenhum tolo — ele me disse em confidência. — Permita que lhe ofereça uma compensação, posso lhe contar determinadas coisas sobre os terrenos do West Side. Pode ter certeza... é um local promissor.

Ele dá uma piscadela insolente, indisfarçada, e se afasta.

— Lembre-se! — ele grita por cima do ombro, ainda sorrindo. Referindo-se, imagino, ao segredo imobiliário que compartilhou comigo. — É apenas uma questão de tempo!

Até parece. Na verdade, Nova York dá a impressão de estar queimando cada vez mais depressa, desde a rebelião. O ritmo da Cidade é mais rápido, frenético, vistoso e vulgar do que nunca. Há ainda mais salões de dança e mais garçonetes belas e jovens. Mais freqüentadores de teatros de nudistas, mais boêmios e moças vendendo nas ruas qualquer coisa que puderem. Mais vigaristas e comerciantes de ações trapaceiros enchendo os saguões dos grandes hotéis. Mais jogos de *faro*, galerias de tiro ao alvo e botecos ordinários; mais lixo, animais mortos e excremento empilhando-se nas ruas.

Na Wall Street agora eles negociam ações de petróleo, bem como de ouro. Há mais epidemias devastando os distritos mais pobres, sarampo no Cinco Pontos, tifo na Mulberry Street, cólera nos embarcadouros — muitas delas doenças que poderiam ter sido evitadas com uma simples vacina. Em vez disso, os nossos responsáveis pela saúde são, na maioria, comerciantes de bebidas com conexões políticas, inclinados a fazer nada além de queimar cânfora nas ruas — como se fôssemos todos gigantescas mariposas, atraídas para as chamas.

Os meios pelos quais os homens ganharam dinheiro durante a guerra! Que tipo de sociedade teremos nos anos que virão — as ruas atulhadas com os sibaritas dos produtos de péssima qualidade. Eles se esbarram na procissão fúnebre. Usando a morte do Grande Emancipador para exibir as suas novas carruagens, ornamentados com véus e fitas de seda negras, luvas pretas e cartolas.

Mesmo assim este não é um dia para a sociedade. O carro fúnebre segue com suas rodas altas, para que todos possam ter um relance — todos os estivadores e pescadores, os ferreiros, pedreiros e costureiras. As mulheres dos bordéis, acenando com tristeza os seus lencinhos perfumados. Os homens ainda com os uniformes, os rostos inexpressivos, as mãos enfiadas profundamente nos bolsos. Outros se arrastando em muletas e pernas-de-pau, as faces contraídas e sombrias, saudando o corpo do grande chefe. Vindo para chorar por ele nas mesmas ruas onde, há apenas dois anos, clamavam pelo seu sangue.

Está tudo diferente, agora. As multidões ao longo da Broadway são dóceis, até reverentes. *Paddies*, ianques e negros, simplesmente se esforçando para ver alguma coisa. Ele pertence a eles, também, agora. *Lincoln*, eles já o chamam. *Lincoln*, com a mesma reverência com que pronunciam *Washington*, ou *Jefferson*, ou *Jackson*, todos os santos seculares da República. Todos nós apanhados agora na história maior, o épico de uma nação, que nos deixa a todos ofegantes, comovidos e emocionados mesmo a contragosto.

E, enquanto passamos, procuro o rosto dela. Perguntando-me se Maddy está entre eles.

Eu a procuro por toda parte, agora. Pensando que a estou vendo dezenas de vezes num mesmo dia, nas multidões pelas ruas. Procurando por ela ao longo da Park Row, onde a vi pela primeira vez — e nos corredores estreitos e cortiços do Beco Paraíso.

Pensei que talvez ela fosse voltar para mim, porém ela nunca mais apareceu. Digo a mim mesmo que ela foi somente uma modelo, uma diversão, porém, assim mesmo a procuro. Digo que quero apenas acertar as coisas, compensá-la pelo que fiz, contudo sei que a minha necessidade é bem mais egoísta.

Até continuo pagando o aluguel da casinha onde ela morava, ainda vazia no Beco Paraíso. Esperando que isso talvez possa atraí-la de volta — incapaz de compreender a mágoa que ela sentia por mim, mas precisando dela cada vez mais. *Maddy*. Sempre tentando, mesmo quando não estou pensando nisso, distinguir o rosto dela em meio à multidão. Pensando que ainda, de alguma forma, possa haver uma reconciliação, alguma maneira de vivermos juntos.

Nesse meio tempo continuo observando, anotando tudo que vejo — como escriba que sou. A imensa fileira de pessoas se estende quase até a Battery, todos esperando pacientemente para ver o esquife. Eu os observo enquanto avançam devagar, os cidadãos comuns da Cidade, e rabisco as anotações em meu caderninho. Registrando a sua reverência, o seu espanto, o que eles dizem e fazem — mas o tempo todo procurando o rosto dela. Pensando que, certamente, ela virá para ver Lincoln.

A procissão fúnebre finalmente pára na escadaria da Prefeitura. A guarda de honra segue na frente, carregando cuidadosamente o caixão para o Salão do Governador.

Ele voltou para o meio de nós, outra vez. O rústico simplório, que ocultava tudo sob um sorriso, uma brincadeira, uma anedota. Seus segredos carregados para o túmulo. Ainda posso vê-lo sentado na ópera, no Brooklyn, em seu próprio baile de máscaras. Sem jamais demonstrar nada. Sentado ali sozinho, bem acima do palco, enquanto escutava a divina música — o rosto típico do oeste ainda perfeitamente opaco e atento.

Amanhã, depois do velório, eles irão embarcá-lo num trem para Albany, e depois de volta para o Oeste, onde os campos e prados se prolongam indefinidamente, por toda a extensão até as montanhas distantes.

Mas isso é amanhã. Por enquanto, ele precisa descansar. Nós precisamos deixá-lo em exposição, como tudo o mais nesta Cidade, elevado ali para que todos possamos ver, e nos admirar.

83

TOM O'KANE

Ele seguiu para o centro com o lento desfile, esperando poder avistá-los em algum lugar, em meio à multidão perplexa. *Nada.* Mas isso não o deixou exatamente surpreso. As aglomerações eram enormes e ele entendia porque ela não quisera se arriscar — uma mulher branca levando um punhado de crianças negras pelas ruas. *Não depois de tudo que tinham sofrido.*

Nenhum dos homens da guarda de honra tinha permissão de deixar a Prefeitura enquanto o corpo estivesse sendo velado, e não havia como mandar um recado. Ele esperava que a notícia se espalhasse assim mesmo, do jeito que sempre se espalhava através da Cidade, mais rápido do que qualquer telégrafo.

Alguma palavra para alcançá-la, para avisá-la de que ele estava ali...

Ele se manteve em seu posto no salão fechado e escuro, os olhos quase se fechando sob o calor. Nada para se ver além das cortinas negras que cobriam as janelas — apenas um relance de galhos verdes e grama. O rifle pesando em seu ombro — mesmo sendo o Springfield — depois daquela grande caminhada pela Cidade. O cheiro de cera derretida das velas e das braçadas de flores recém-cortadas enchendo suas narinas.

As intermináveis e inquietas fileiras de pessoas que passavam, sussurrando e apontando. Os cavalheiros e comerciantes, os fundidores e vidraceiros, as criadas e cozinheiras, os estivadores e os bombeiros com seus uniformes completos, os chapéus de lona e os galões reluzentes. Serpenteando lentamente à frente para ver o caixão fechado, cego. Para se postar ali e tocar a bandeira dobrada acima dele, e se perguntar o que deveriam pensar a respeito.

Ele viu homens e mulheres conhecidos, mas não podia falar nada e, de qualquer forma, eles não o reconheceram, seu rosto coberto pela barba, o boné de infantaria sobre a testa. Quase se sentia como se ele próprio estivesse morto, observando as pessoas se aproximando, invisível, tocar o esquife e se afastar. Querendo chamá-las, querendo lhes dizer *Avisem Deirdre*. Mas claro que isso era impossível.

Pensou novamente na última vez que a vira, no último dia da rebelião. Seus cabelos castanhos já começando a ficar grisalhos — não mais imitando a cor dos olhos — mas ainda tão linda. Parada ali na rua, imaginando o que faria em seguida — o rosto determinado como sempre. Então ela o avistara. Segurando a barra da saia, os olhos arregalando-se com surpresa e alívio — alívio por ser resgatada, ele sabia, porém mais por vê-lo ali, tão inesperado e a salvo. Ele soube, então, como se jamais tivesse duvidado, que fora ela quem o transformara num homem.

Ele permaneceu ensopado de suor ao lado do esquife, o uniforme de lã lhe provocando coceiras pelo corpo inteiro. Observando as fileiras passarem, as faces como borrões.

Desejando que ela viesse. Precisando que ela viesse.

Tentou olhar o mais distante possível nas fileiras, esperando avistá-la assim que emergisse na penumbra dos corredores da Prefeitura. Procurando algo que pudesse reconhecer — a cor de um vestido, os seus cabelos, o jeito de ela andar.

Ela virá.

Tom baixou os olhos por um instante, e então ela estava ali. Pensou que fosse uma ilusão, no início. Ela usava uma fita escura amarrada em volta dos cabelos. O único vestido preto de luto que tinha, cuidadosamente costurado e reformado, o mesmo que usara no enterro do primeiro filho deles, e dos gêmeos. Torcendo um lenço nas mãos. E seu rosto, seu rosto — um pouco mais envelhecido, algumas poucas rugas, alguns fios do cabelo um pouco mais acizentados, porém tão bela e adorável como ele se lembrava. Os perfeitos olhos castanhos, olhando em volta ansiosos, mas cheios de esperança. Procurando alguma coisa além do grande e óbvio catafalco, ele percebeu. Tendo ouvido alguma notícia da sua presença ali, no fim das contas.

Então ela o viu. As lágrimas surgindo em seus olhos, quando isso aconteceu, mas um sorriso leve e secreto brincando em seus lábios. Tão orgulhosa dele em seu posto, Tom sabia. Nem se dando ao trabalho de ir até o caixão, apenas olhando para *ele* — e tudo o que Tom podia fazer era olhar de volta, impotente, sob o seu boné. Sabendo que ela gostaria que fosse assim, que ela iria querer que cumprisse com seu dever, mas também ele preferindo estar dessa maneira, por enquanto. Querendo apenas olhar para ela, *vê-la.*

Sua Deirdre. *Sua esposa.*

AGRADECIMENTOS, E UMA NOTA SOBRE AS FONTES

Não deverá surpreender a muitos leitores o fato de grande parte de *Rebelião em Nova York* estar intimamente baseada nos acontecimentos reais durante a fome na Irlanda, a emigração na década de 1840, a vida nos distritos mais pobres da cidade de Nova York nos anos de 1850, a guerra civil e as infames rebeliões do recrutamento em 1863 — até hoje, provavelmente um dos piores distúrbios civis na história dos Estados Unidos.

Muitos dos incidentes específicos aqui contidos também foram extraídos da vida real. Estes incluem os assassinatos de James Noe e do coronel O'Brien, as cenas da Irlanda durante a época da grande fome, as diversas batalhas e atrocidades que ocorreram durante as rebeliões do recrutamento, e a defesa de Ruth ao filho contra uma turba de rua.

Billy Dove foi, de fato, o nome de um dos primeiros residentes afro-americanos na região, que depois se tornou o Central Park. Júpiter K. Zeuss foi também um dos primeiros cidadãos naturalizados moradores desta área. John Kennedy *foi* um superintendente da polícia de Nova York na ocasião das rebeliões — seu nome não tem intenção de transmitir quaisquer conotações políticas. A *Escrava Branca* foi uma verdadeira sensação; pode ser vista ainda hoje na ala americana do Museu Metropolitano de Arte, em Nova York.

Sou imensamente grato, como sempre, às minhas fontes históricas. Em primeiro lugar, no que se refere a descrições da vida em Nova York entre os anos de 1840 e 1865 em geral, e à revolta do recrutamento em particular, estão três obras soberbas: *The New York City Draft Riots: Their Significance for American Society and Politics in de Age of the Civil War*, de autoria de Iver Bernstein; *The Civil War & New York City*, de Ernest A.McKay; e *The Armies of the Streets: The New York City Draft Riots of 1863*, de Adrian Cook.

Sobre estes mesmos tópicos também me beneficiei grandemente com o best-seller contemporâneo de Sólon Robinson, *Hot Corn: Life Scenes in New York Illustrated; The Diary of George Templeton Strong; Writing New York, A Literary Anthology*, editados por Phillip Lopate; *The Park and the People. A History of Central Park*, de Roy Rosenzweig e Elizabeth Blackmar; *A Clearing in the Distance: Frederick Law Olmsted e America in the Nineteenth Century*, de Witold Rybczinski; *Country, Park and City: The Architecture and Life of Calvert Vaux*, de Francis R. Kowsky; *The Age of Jackson*, de Arthur Schlesinger Jr.; *Fernando Wood, A Political Biograpy*, de Jerome Mushkat; *The Tiger: The Rise and Fall of Tammany Hall*, de Oliver E. Allen; *Tigers of Tammany*, de Alfred Connable e Edward Silberfarb; e *"Boss" Tweed*, de Dennis T. Lynch.

Minhas descrições dos pitorescos voluntários das companhias de bombeiros de Nova York foram compiladas principalmente do *Ye Olde Fire Ladies*, de Herbert Asbury, e *Our Firemen*, de A. E. Costello.

No que se refere às descrições da vida literária de Nova York naquela época, contei com de *Hired Pens, Professional Writers In America's Golden Age of Print*, de Ronald Weber; *The Great Rascal: The Expoits of the Amazing Ned Buntline*, de Jay Monaghan; *Israfel: The Life and Times of Edgar Allan Poe*, de Hervey Allen; *Raymond of the Times*, de Francis Brown; *Horace Greeley: Ninteenth Century Crusader*, de Glyndon G. Van Deusen; *Horace Greeley: Voice of the People*, de William Harlan Hale; e *Go West Young Man: Horace Greeley's Vision for America*, de Coy F. Corss II.

Num sentido mais geral, também me foi muito útil a alusão às obras de Whitman e Poe, e ao inesquecível poema de Melville sobre observar os tumultos do recrutamento em sua casa no Brooklyn, "*The House-Top. A Nigth Piece. July, 1863*".

Minha compreensão de *todos* os aspectos da vida na Cidade de Nova York foi intensificada por três obras de referência que provaram ser indispensáveis: *The Encyclopedia of New York City*, de Kenneth T. Jackson; *Gotham*, de Edwin G. Burrows e Mike Wallace e *The Historical Atlas of New York City*, de Eric Homberger.

Em relação à grande fome na Irlanda e à vida irlandesa em geral no século XIX, eu estaria perdido sem o *The Great Hunger*, de Cecil Woodham-Smith; *Journey in Ireland*, de Aléxis de Tocqueville; *The Irish Famine, A Documentary History*, de Noel Kisseane; a série *The Green Flag*, de Robert Kee; *The Great Shame* e *The Encyclopedia of Ireland*, de Thomas Keneally.

Sobre a experiência da imigração irlandesa, utilizei *The Irish in América*, de Carl Wittke; *Erin's Daughters in América, Irish Immigrant Women in the Nineteenth Century*, de Hasia R. Diner; *The American Irish*, de William Shannon; *Dagger John: The Unquiet Life & Times of Archbishop John Hughes of New York*, de Richard Shaw; *Living Stones, The History and Structure of Catholic Spiritual Life in the United States*, do padre Joseph P. Chinnici; *Guide for Catholic Young Women, Especially For Those Who Earn Their Own Living*, de George Deshon; *Five Points*, de Tyler Anbinder; *How The Irish Became White*, de Noel Ignatiev; *American Catholic:The Saints and Sinners Who Built America's Most Powerful Church*, de Charles R. Morris; *The American Catholic Experience and The Immigrant Church: New York's Irish and German Catholics 1815-1865: A History from Colonial Times to Present*, de Jay P. Dolan; *The Irish: Emmigration, Marriage, and Fertility*, de Robert E. Kennedy.

As passagens referentes às batalhas e à vida campal da Guerra Civil foram extraídas de uma vida inteira de leituras sobre o assunto, e mais particularmente as obras clássicas de Bruce Catton e Shelby Foote. *The Life of Billy Yank, the Common Soldier of the Union*, de Bell Irvin Wiley, foi também valioso na descrição da vida diária no exército da União. Para discorrer especificamente sobre os regimentos irlandeses-americanos, tive a sorte de encontrar o *Melting Pot, the Union's Ethic Regiments*, de William Burton; *Irish Green and Union Blue, The Civil War Letters of Peter Welsh*, editado por Lawrence Frederick Kohl, com Margaret Cosse Richard; e especialmente *The History of the Irish Brigade: A Collection of Historical Essays*, editado por Pia Seija Seagrave.

Minha pesquisa sobre a história das caixas de maravilhas foi informada pelos *Wonder and the Order of Nature*, de Lorraine Daston e Katherine Park; e *A Collector's Cabinet*, de Arthur K. Wheelock Jr.

Para a minha breve passagem por Charleston, pude contar com *A Short History of Charleston*, de Robert N. Rosen; e *Days of Defiance, Sumter, Secession and the Coming of the Civil War*, de Maury Klein. A clássica coleção *The Book of Boxing*, editada por W.C. Heinz e Nathan Ward, me ajudou com a bela arte do boxe sem luvas.

Finalmente, nenhuma jornada ao *demimonde* do século XIX em Nova York estaria completa sem a orientação de *Low Life*, de Luc Sante, e *The Gangs of New York*, de Herbert Ashbury.

Em acréscimo a todas as fontes anteriormente citadas e um grande número de outras, pude utilizar uma enorme variedade de revistas e jornais daquele período, graças aos acervos da Biblioteca Pública de Nova York e da Columbia University.

Além das fontes literárias, meu conhecimento da época e da cultura em questão foi grandemente expandido por um número de recentes exibições nas muitas instituições culturais de Nova York. Estas incluem a mostra da Sociedade Histórica de Nova York sobre a Vila Sêneca e a construção do Central Park; a exposição de caixas de maravilhas no Museu do Brooklyn; e a mostra no Metropolitan Museum of Art: "Arte e a Cidade Império". O magnífico documentário de Ric Burns sobre Nova York também me forneceu imagens indeléveis.

Nenhuma fonte, entretanto, provou ser mais útil do que a assistência pessoal fornecida pelos padres Dominic Monti e John Knapp. Ambos foram extremamente generosos com seu tempo e paciência em explicar a Igreja Católica americana no século XIX à minha pobre e velha mente presbiteriana. Devo também agradecer ao padre Jerome Massimino por ter providenciado minha entrevista com o padre Monti.

Fui bastante afortunado com meus amigos, familiares e colegas. A generosidade deles fez mais para elevar a minha carreira e minha vida do que posso facilmente expressar.

Minha esposa, Ellen Abrams, tem sido minha ajudante, confidente e grande alma. Espero que sempre seja.

Henry Dunow tem preenchido o difícil papel duplo de amigo e agente com galhardia, e tem realizado maravilhas pela minha auto-estima, sanidade e conta bancária. Devo também agradecimentos a Jennifer Carlton e a todos os demais na Agência Literária Henry Dunow.

Daniel Conaway, meu editor na HarperCollins, perseverou através de não apenas a (às vezes) irracional obstinação deste escritor, mas também ao nascimento do seu filho Christopher. Suas sugestões foram infalivelmente honestas, perceptivas e úteis, e ele merece uma grande parte do crédito por qualquer sucesso que *Rebelião em Nova York* possa obter. A assistente de Dan, Nikola Scott, com quem foi um prazer trabalhar, graças ao seu infatigável entusiasmo e bom humor. O mesmo pode ser dito em relação a todos os meus colegas na HarperCollins.

Tive oportunidade de agradecer a muitos daqueles que me deram seu amor, amizade e apoio no decorrer dos anos, quando fiz os agradecimentos em meu último livro. Meus sentimentos permanecem os mesmos em relação a eles — e gostaria de estender o mesmo a alguns que não foram mencionados então, ou a quem eu ainda não conhecia. Estes incluem a minha mãe, Claire S. Baker; meu padrasto, Lawrence Martin; minha irmã, Pámela Baker, e meu cunhado, Mark Kapsch; meus tios, Ann e Bruce Baker; e meus queridos amigos Amanda Robb, Andrew Chesler, Pearl Solomon, Alix Spiegel, Deirdre Dolan, James Gray, Milton Allimadi, Mana Kasongo, Andy Staub, Delphine Taylor, John Kaehny, Ahmed White, John Sullivan, Mariana Johnson, Marc Aronson, Marina Budhos, Ingrid Krane-Mueschen, Michael Mueschen, Larry Davidson, Wendy Owen-Dunow, Agnes Rossi — e a geração seguinte: Zoe, Julian, Griffin, Anik, Daisy, Gus, Teddy, Max, Mary, Grace, Alina, Christopher, Julius, Sasha, Eloise, Cassius e Selene.

Este livro foi composto na tipologia
Goudy Old Style, em corpo 11/15, e impresso em
papel off-white 70g/m², no Sistema Cameron da
Divisão Gráfica da Distribuidora Record.